Kerstin Hensel

Lärchenau

Kerstin Hensel

# Lärchenau

Roman

Luchterhand

## 1. TEIL

# Bub und Spinne

*Bub und Spinne, Bub und Spinne*
*gingen in den Wald,*
*Da wurden dem Bub, da wurden dem Bub*
*die Beine kalt.*

(Johannilied)

Erst wenn der Besucher Philadelphia hinter sich gelassen hat und von der Bundesstraße 246 nach wenigen Kilometern südlich abbiegt, das Urstromtal durchfährt, an Seen Brachwiesen Heideflächen vorbeigekommen ist, an Roggenfeldern mit blauäugigen Kornblumen, an aufgeschütteten Spargelzeilen, alten Gehöften, Richtung Groß Eichholz, dann linksweg durch sanfthügliges Sandgebiet, in dem Kiefern und Lärchen im Sommer harzige Wärme verströmen, wenn er noch ein Stück westwärts fährt, hat er Lärchenau erreicht.

Der Besucher wird sehen, daß dieser Ort wenig zu bieten hat: kein Schlachtendenkmal, keine alte Feldsteinkirche, kein berühmtes Restaurant, nicht einmal ein Storchennest. Dabei ist Lärchenau reizvoll eingebettet in gesunde Flora und Heimat für fast achthundert Menschen, die in soliden Häusern wohnen, jedes mit neu gedecktem Schindeldach. Der durstige Besucher kann Einkehr halten im Gartenlokal »Zum Ochsen«. »Timms Fleischerei«, die sich mit braunglasierten Außenwandkacheln vom Lichtocker der anderen Häuser abhebt, bietet an Wochentagen schmackhafte ländliche Kost. Verläßt man die Dorfstraße und schlägt sich linksrechts in Nebenwege, wird man vielleicht vor der zweistöckigen prächtigen Villa verweilen, die dem Arzt Professor Doktor Gunter Konarske gehört.

Aber nur wenn der Besucher den Weg über den Anger bis ans Dorfende geht, kann er das Schloß sehen. Jenen bescheidenen, altrosa verputzten Landsitz derer von Lärchenau. Der vierzig Jahre lang als Lagerhalle für Landmaschinen diente. Hinter dem sich jetzt ein kleiner barocker Park in den märkischen Wald hinein öffnet. Wer Lust verspürt, diesen Wald zu betreten, wird in angenehmer Ruhe seinen Alltag vergessen. Sommers kann man auf sonnenknisternden Lichtungen ein beispielloses Biotop erforschen. Hier, bei Lärchenau, findet der Pilzkenner neben goldgelb glänzenden Lärchenröhrlingen die köstlichsten Reizker-Arten: jene, deren orange- oder blutroter Saft milde unter den Lamellen hervortritt und deren edelste Exemplare in der Küche begehrt sind. Nur wenn in irgendeinem Winkel des Waldes der Hallimasch auftritt, ist Gefahr angesagt.

Wer durch die hierorts oft herrschende Trockenheit den Wald lieber meidet, kann Erholung am Mennichensee finden. Keine zehn Fahrradminuten von Lärchenau entfernt liegt er eingebettet in niedrighölzigem Nadelwald: ein Kleinod der Natur, mit Teichrosen und Schilf umgürtet. Bläßhühner und Haubentaucher sind zu beobachten, wie sie blitzschnell abtauchen und oft so lang unter Wasser bleiben, daß man glauben könnte, am Grunde des Sees befände sich etwas außerordentlich Interessantes. Mitunter erscheinen Kormorane, die sich auf den Uferpfählen niederlassen, um nach dem Fischen fächelnd ihre Flügel zu trocknen. Entdeckt der Jäger diese Vögel, schießt er sie ab.

In nur vierzig Autominuten erreicht man von Lärchenau aus die Oper. Überhaupt hört man durch das stille, stets nachwachsende Grün der Landschaft den Lärm der nahen Stadt.

# 1

Am 6. September 1944 wurde in Lärchenau, in der Wohnstube des Milchmannes Otto Konarske, dessen lediger Tochter Rosie ein Junge geboren. Unter Musik, die aus dem Volksempfänger klang. Die Hebamme hatte den Radioapparat vom Schrank genommen und ihn neben die Kreißende, die rücklings auf wachstuchgeschütztem Sessel lag, placiert.

»Die Kiste stinkt!« keuchte Rosie.

Sie wollte erklären, daß ihr der Geruch des Bakelits schon immer Übelkeit erzeugt hätte, aber das Geheimrezept der Hebamme lautete: Mit Musik geht alles besser. Auch Hühner, behauptete sie, legen bei Musik größere Eier, Kühe geben mehr Milch.

Der Großdeutsche Rundfunk gab Wagner. An jenem Nachmittag hörte die Gebärende, was ihr, vermischt mit dem Bakelitgeruch, wie ein Wurm in die Seele kroch – *Denn der Götter Ende / dämmert nun herauf.* Sie quälte sich in den Wehen, mochte den orgelnden Sopran nicht ertragen, denn diese Töne, erinnerte sie sich, hatte der Kindsvater Doktor Lingott verabscheut. Er, der Musikliebhaber, auch wenn er jetzt am Ort der ewigen Stille weilte und Engelskonzerten lauschte. Rosie zerschrie unter den Wehen die nicht endenwollende Arie *selig in Lust und Leid / läßt die Liebe nur sein,* und einen Moment lang glaubte sie an die große Lüge der Musik.

Siebzig Jahre alt war Rochus Lingott gewesen, als er seinen Sohn gezeugt hatte. Der Arzt, der auf so wundersame Weise die Lärchenauer über zwei Weltkriege hinweggetröstet, der für alles eine Medizin, eine Musik oder eine andere Lösung hatte. Der Doktor war ein Mann vornehmer Güte. Schlank, das Haar im Alter voll und weiß. Aufgrund seiner Größe lief er nach vorn gebeugt, zog ein wenig die Schultern ein und sprach mit tiefer weicher Stimme, die aus einem unendlichen Resonanzraum seines Inneren zu kommen schien. Mit Vorliebe trug er helle Leinenhosen und weiße Hemden aus Baumwolle. Selbst auf Beerdigungen erschien er in birkenhafter Frische. Niemand nahm es ihm übel.

Doktor Lingott heilte vornehmlich mit dem, was die Natur bot. Nicht, daß er ein Verächter der Schulmedizin war, aber als Landarzt hatte er das Wissen und den Zugriff auf das, was ihm quasi vor Augen wuchs: heilkräftige Kräuter, Blüten und Beeren. Oftmals empfahl Doktor Lingott versehrten Patienten ein Bad im Mennichensee. Der See, behauptete er, verfüge über eine besondere Algenart, der man eine gesundende Wirkung nachsage. Tatsächlich erreichte der Arzt mit seiner Bademethode Erfolge. Vor allem Brandverletzte und Männer, die mit amputierten Gliedmaßen aus Verdun Warschau Stalingrad nach Lärchenau zurückkehrten, schickte er ins Wasser, wo sie unter Aufsicht einer Krankenschwester ihre verschmolzenen Häute und Stümpfe badeten und danach merklich an Lebensmut gewannen.

Bei weiblichen Patienten bevorzugte der Doktor subtilere Heilmethoden. Wie auf dem Land üblich, besuchte er die Kranken oft zu Hause. Er schwang sich aufs Fahrrad (in späteren Jahren fuhr er einen kleinen Ford), machte sich auf den Weg durch Lärchenau und in die Nachbardörfer. Bei sich trug er eine Ledertasche, die neben medizinischen Untersuchungsgeräten allerhand Beruhigungs- und Belebungstropfen barg. Je nach dem, was die Landfrauen an Beschwerden vorzubringen hatten, flößte ihnen Doktor Lingott pflanzliche Balsame ein. Nachdem sie Wirkung gezeigt hatten, fanden sich die Patientinnen in erlöstem Zustand.

Vor allem den Witwen der Gegend tat der Doktor wohl. Er

sprach mit ihnen im tiefen eindringlichen Largo des Wissenden. Er trieb ihnen die Trauer aus, indem er spezielle abendliche Spaziergänge verordnete. So taten es die Witwen: Abends liefen sie in Grüppchen durch Lärchenau, flüsterten, kicherten, hakten sich backfischhaft unter. Wie vorgeschrieben, machten sie vor dem Haus des Doktors halt. Dort begann die Therapie. Aus dem geöffneten Fenster über den Praxisräumen tönte Musik. Doktor Lingott spielte. Auf einem Flügel. Nicht meisterhaft, aber hinreißend. Bach Mozart Beethoven. Manchmal, wenn er glaubte, eine Frau auf der Straße weinen zu hören, wechselte er den klassischen Stil zu springendem reißenden Rag oder Swing, immer wieder wiegenden tröstenden Swing, den er auf die Witwen ansetzte, eine verbotene durchschlagende Medizin, und sie standen unterm Fenster, fingen zu tanzen an, leise, wie von süßer Macht getrieben, und tanzten und swingten bis nach Mitternacht. Dann schloß der Doktor das Fenster, legte sich schlafen. Ach, seufzten die Frauen. Manch eine überlegte, ob sie den Doktor nicht noch auf einen nächtlichen Hausbesuch herausklingeln sollte. Aber die Frauen bewachten einander.

Rochus Lingott besaß seit dem Jahr 1900 eine kleine Praxis, die unter den Räumen seiner Privatwohnung eingerichtet war. Von der aus man einen schönen Blick auf Kirche und Friedhof hatte. Kaum ein Lärchenauer, der nicht wenigstens einmal halbjährlich dem Arzt einen Besuch abstattete. Jedes Bagatelleiden war Anlaß für die Dorfbewohner, bei ihm vorzusprechen. Die Wände der Praxis hatte Doktor Lingott in sanftem Ocker gehalten. Das Wartezimmer schmückten gerahmte Farblitographien aus Köhler's Medicinal-Pflanzen-Sammlung von 1887, wo in zierlicher Art Schlafmohn und Fingerhut, Goldregen und Stechpalme den Betrachter ins wundersame Reich der Medizin führten.

Über dem Schreibtisch des Untersuchungszimmers hing eine bildnerische Rarität: eine Karte mit dem Abbild des Wasserschierlings, in allen Einzelheiten, vom gekammerten Stengel über die blühende Dolde bis zur aufgeschnittenen eiförmigen Frucht. Jeder, der die Praxis besuchte, blickte auf diese Pflanze. Auf nichts sonst. Erst als Lingott 1937 vom Reichsgesundheitsamt die Auflage erhielt, ein Führerbild über den Schreibtisch zu hängen, geriet die Existenz des Schierlings in Gefahr. Unter Aufsicht eines Amtmannes mußte der Doktor das Pflanzenbild von der Wand nehmen und das des Führers anbringen. Sobald der Amtmann die Praxis verlassen hatte, heftete Lingott den Schierling über das Bild des Führers. Kündigte jemand Hohes seinen Besuch an, verstaute der Doktor den Schierling für kurze Zeit hinter dem Schrank.

Doktor Lingott behandelte alle gleich: den Landarbeiter wie den Gutsbesitzer, den Greis wie den Dreikäsehoch, den fahrtenmessertragenden Bengel wie das zopfnestgeschmückte Mädel, den Turnlehrer wie den Krüppel, den Nationalsozialisten wie den Kommunisten. Er gehörte keiner Kirche und keiner Partei an. Ein Radio besaß er nicht. Die Zeitung, die er täglich zugestellt bekam, verwendete er zum Ausstopfen nasser Schuhe und zum Anfeuern. Rochus Lingott liebte seinen Beruf. Mehr noch liebte er die Musik.

Im Mai 1940 stellte er Milchmanns Tochter, die neunzehnjährige Krankenschwester Rosie Konarske, in seiner Praxis an. Die bisherige Arzthelferin war zum Reichsarbeitsdienst verpflichtet worden. Rosies Bewerbung kam gerade recht: so aufreizend hübsch und kräftig war die junge Schwester, daß der Doktor Gefallen an ihr fand. Von Wuchs war Rosie eher klein. Das holunderschwarze Haar trug sie zum Nest aufgesteckt. An manchen Tagen ließ sie das Haar über die Schultern fallen. Es verdeckte dann ihre glühenden Ohren. Maikäferbraun leuchteten Rosies Augen. Lachte sie, entblößte sie eine Reihe großer Zähne. Mitunter vergaß sie den Mund zu schließen. Es kam auch vor, daß sie gegen Bäume und Haustüren lief. Mancher im Dorf munkelte: Die hamse mitte Muffe jebufft. Doch in Rosie vereinte sich, was für den Beruf der Krankenschwester wichtig war: Sanftmut und Strenge, Gehorsam und Eigenständigkeit.

Es dauerte nicht lange, da hatte Doktor Lingott sie eines Abends zu sich nach Hause gebeten. Er wolle, erklärte er die Einladung, mit Rosie zusammen ein neues Behandlungssystem erarbeiten sowie etwas mehr über sie und sich erfahren. Rosie zögerte nicht, die Einladung anzunehmen. Der Ruf des Arztes war tadellos, und solch eine Offerte, das wußte die junge Frau, war der Traum manchen Dorfweibes. Da Rosie keiner Heilung bedurfte, war sie sich sicher, als Krankenschwester und nur als solche bei Doktor Lingott geladen zu sein. Einzig Otto und Emma Konarske, die den Milch- und Grünzeugladen im Dorf betrieben, waren argwöhnisch. Der Doktor soll, behauptete Mutter, einen Schrank voller gebrauchter Brautkleider besitzen. Vater wußte, daß der Doktor jedem, der vor seinen Augen den Deutschen Gruß machte, eine Tasse Rizinusöl verabreichte.

»Alles Märchen«, sagte Rosie, holte eine frisch gestärkte Schwesterntracht aus dem Schrank, steckte das Häubchen mit Haarnadeln fest, zog eine Strickjacke über und versprach, spätestens zehn Uhr wieder zu Hause zu sein.

Rosie stand in der Diele, als hätte sie nichts als ihre Schönheit zu bestellen. Rochus Lingott saß am Flügel. In hellem Anzug und Seidenschal. Er spielte, ohne aufzusehen. Eine Sonate von Bach spielte er, und Rosie befand sich sogleich in einer Folge wunderbarster Töne, die den Fingern des Spielenden oder dem Instrument entsprangen, tanzten, sich in Bücherregalen, der

Deckenleuchte verfingen, wirbelndes fugales Auf und Ab, bis die Töne umschlugen, härter, frecher wurden, gleichsam den Gast aufforderten, das steife Schwesternhäubchen abzulegen.

»Mozart!« rief der Doktor.

Gewohnheitsmäßig wollte Rosie die rechte Hand zum Gruß heben, dachte aber noch rechtzeitig an Vaters Warnung und machte einen Knicks. Einen Moment lang schien Rochus Lingott irritiert, dann lachte er kurz auf, spielte das Instrument mit wirbelnden Fingern, deren Lauf über die Tasten Rosie gebannt verfolgte, als besäße der Doktor mehr Fingergelenke als ein normaler Mensch, wie eine Spinne, die klangvolle Fäden zu Rosie knüpfte und sie in irre Gedanken fallen ließ, denn jetzt sah sie die Finger als Skalpell und Spekulum, Klemme und Katheder, und dennoch spielten sie weiter jene Musik.

»Kommen Sie ruhig näher«, sagte Lingott in die Pause hinein, in der er vom Adagio zum Presto wechselte, »spielen Sie mit mir.«

»Aber das kann ich doch gar nicht.«

Rosie mußte die Strickjacke ablegen. Abermals Mozart, sanft, hart, hoch aufspringende Töne von ungewohnter Gewalt, dann ein Gewitter unterschiedlichster Nuancen, kaum zu fassen, keiner Harmonie folgend, eine chaotische gleichsam kosmisch geordnete Unordnung. So hörte es Rosie. Und es flimmerte ihr vor Augen.

»Das ist Schönberg.«

Der Doktor ließ seine Finger hüpfen. Die junge Krankenschwester stellte sich nun vor, jede Fingerkuppe steche in geschwüriges Fleisch, so daß mit jedem Ton der Eiter spritze. Sie versuchte ihre Ohren mit den Fingern zuzuhalten, denn diese Musik schien nicht von dieser Welt, und vielleicht, dachte Rosie plötzlich, ist es das, was Vater und Mutter meinten, als sie vor dem Doktor warnten.

»Keine Angst!« rief Lingott, schob den Klavierschemel nach hinten, raffte die Jackenärmel und spielte nun Swing. *Goody Goody!* sang er, streichelte die Tasten und eröffnete den letzten Teil seines Zaubers. Da vergaß Rosie, was die Eltern geargwöhnt hatten. Die Zärtlichkeit der Musik riß sie hin, ging in Arme, Beine, Füße. Rosie begann mitzuswingen in ihrer Tracht, deren Schürze sie sich jetzt entledigte. Dem flotten *Goody* folgte der *Tiger Rag*, und Lingott ließ in der Diele den Tiger los. Der brachte Rosie dazu, sich auf dem Parkett zu drehen, klatschend zur Musik, die sich im nächsten Moment wieder änderte und *So tired* sanft unter Doktors Händen die Krankenschwester aufforderte zu vergessen, woran sie glaubte – an das neue Behandlungssystem, die Brautkleider, das Rizinusöl …

»Jetzt sind Sie aber dran.«

Doktor Lingott klappte den Flügeldeckel zu.

»Verzeihen Sie«, hauchte Schwester Rosie, vollbrachte noch eine Drehung und sank zu Boden. Erschöpft. Erleichtert.

In diesem Moment beschloß Doktor Lingott, sein Spiel nur noch bei geschlossenem Fenster und allein für seine neue Krankenschwester zu veranstalten. Er hob Rosie vom Boden auf, legte sie im Wohnzimmer auf die Couch und belebte sie wieder mit einem Kuß auf die Stirn. Jetzt will er mir ein Brautkleid schenken, dachte Rosie. Aber Lingott sagte nur, daß er sie nicht überfordern wolle und man das Gespräch auf einen anderen Tag verschieben müsse. Pünktlich um zehn Uhr begleitete Rochus Lingott die Krankenschwester nach Hause.

Nichts sei passiert, äußerte sich Rosie den Eltern gegenüber, und doch, fügte sie hinzu, sei ein Wunder geschehen.

»Ja«, blaffte Milchmann Konarske, »'n Wunder is', dat ick dem alten Jrützkopp nich'n Brejen einschlach!«

»Er hat mir nichts getan.«

Rosie flehte Vater an, nichts gegen den Doktor zu unternehmen. Da sah sie schon Vaters Blick, der ihr so bekannt war, daß sie ihn fürchtete wie einen Schwarm Hornissen.

»Jut«, sagte Otto Konarkse zu seiner Tochter, »weeßt ja, watte für meene Jesundheit zu tun hast.«

Das wußte Rosie. Sie wartete auf die Stunde, bis Vater sie zu sich rief.

Tags arbeiteten der Arzt und die neue Schwester gemeinsam in der Praxis. Rosie besaß ein gutes Lehrzeugnis, verstand sich in Lingotts Heilmethoden, war bald ganz der neuen Verantwortung hingegeben. Abends, wenn Rosie der elterlichen Aufsicht entkam, spielte Lingott für sie am Flügel. Da saß sie neben ihm auf einem Stuhl und lauschte. Manchmal konnten sie während des Spiels unter dem Fenster klagendes Keckern vernehmen. Dann zog der Doktor die Vorhänge dichter zu und flüsterte: »Witwenweh, vergeh, vergeh!«

Einmal mußte Rosie am Flügel Platz nehmen. Lingott beugte sich von hinten über sie, führte ihre Finger über die Tasten. *Eins*-zwei-drei-vier, *Bub*-und-Spin-ne, *Bub*-und-Spin-ne, *ging*-en-in-den-Wald. Rosie spürte, wie ihre Finger dem Instrument Töne entlockte, wenn auch geführt und simpelster Natur, da-*wur*den-dem-Bub, da *wur*den-dem-Bub, die-*Bei*ne-kalt, und doch gehörten die Töne ihr und Lingott als Gemeinschaftswerk. Sie sang das Lied oft. Sie durfte den Doktor Rochus nennen. Er sagte zu ihr *meine Rose.*

Und Otto Konarske: »Der könnte ihr Jroßvater sein!«

Zum 69. Geburtstag schenkten Lärchenaus Frauen ihrem Doktor einen Volksempfänger aus schwarzem Bakelit. Damit er endlich einmal richtig Musik hören könne, damit er vielleicht wieder für die armen Witwen spiele. Und auch sonst mehr von der Welt mitbekäme.

»Die Kiste stinkt«, maulte Rosie, als Lingott das Radio auf den Schreibtisch der Praxis gestellt hatte.

»Dann wirf sie weg.«

Rosie hatte eine bessere Idee. Sie überreichte das Radio zu Weihnachten ihren Eltern.

»Damit ihr endlich einmal richtig Musik hören könnt.«

In die Stille der feiertäglichen Stube hinein gestand sie, in Rochus Lingott verliebt zu sein. Nur das Brutzeln und Zischen der Bratäpfel, die in der Ofenröhre lagen, war zu hören. Rosie wiederholte, was sie gesagt hatte, da brach es aus Mutter heraus: daß sie es immer schon geahnt hätte, dieser alte Bock, dieser Scharlatan, Musikkasper und Weiberverdreher, vielleicht sogar Zigeuner, so wie der sich aufführt, und daß er nie wieder um Milch in ihren Laden zu kommen braucht.

»Ick hab och schon mal mehr jelacht«, sagte Otto Konarske und schloß, bevor er wütend ins Schlafzimmer verschwand, den Befehl an: »In drei Minuten biste of meiner Station.«

Drei Minuten lang wartete Rosie gehorsam, bis sie eintrat. Mutter hatte sich, wie stets in solchen Momenten, in die Küche verzogen, wo sie unablässig Geschirr hin- und herräumte, klirrte, klapperte, das Herdfeuer schürte und nichts hören wollte. Rosie stand vor dem Ehebett, in dessen rechter Hälfte Vater lag. Wie immer. Die Jacke hatte er ausgezogen, das Hemd war geöffnet und Rosie sah, was sie immer sah: die Silberdrahtlocken auf Vaters Brust, die das Mädchen herabzogen, vor dem Bett niederknien, den Kopf senken ließen, bis Rosies Gesicht die Locken erreichten, bis es sich darauf legte mit sanftem Reiben der Wange. Rosie roch Vaters Gewöll, die Haut, und jetzt hörte sie, wie Vaters Herz bocksprang, und er flüsterte: »Mach wieder jut, watte versaut hast.«

Rosie wünschte, das Drahthaar möge tausend Volt Strom enthalten und sie durch- und durchschneiden. Jetzt packte er sie an den Ohren, drehte und zwirbelte sie. Rosie wimmerte pflichtgemäß, bis Otto Konarske aufstöhnte und die Ohren seiner Tochter losließ. Dann war es vorbei. Vater stand vom Bett auf, knöpfte das Hemd wieder zu, schickte Rosie in die Stube, um gleich darauf selbst dort zu erscheinen und fröhlich zu rufen: »Bratäpfelzeit!«

Als beim Kerzenschein des Tannenbaumes Otto den Radioapparat einschaltete, als weihnachtlicher Jubel, durchmischt mit Siegesmeldungen der Wehrmacht, wie Engelsmusik erklang, nahm Emmi Konarske ihre Tochter in den Arm und wünschte, der Doktor möge ihr Glück sein.

»Er muß wenigstens nich zu die Bolschewisten an' Arsch der Welt«, tröstete sie sich.

Drei Äpfel aß Vater Konarske, ohne noch ein Wort über die Liebe seiner Tochter zu verlieren. Tage später, Schwester Rosie befand sich gerade allein in der Praxis und drehte Tupfer, betrat ein Herr des Reichsgesundheitsamtes den Untersuchungsraum.

»Heil Hitler!«

Überm Schreibtisch hing der Schierling.

»Wo ist der Führer?«

»Hausbesuche machen«, antwortete Schwester Rosie.

Sie sah noch, wie der Herr blaß wurde, auf sie zutrat, sie roch das Fett der gewichsten Stiefel, dann riß er ihr die Tupfertrommel aus der Hand und warf sie durch das Fenster auf die Straße. Die Scheibe klirrte. Dann war es still.

Das erste Mal erbrach sich Schwester Rosie, als im Februar ein Transport Schwerverwundeter aus der Ukraine nach Lärchenau kam. Sie nahm, wie sie es gelernt hatte, Schienen von gebrochenen Armen und Beinen, entfernte verkrustete Binden von Schädeln und Stümpfen, träufelte Mohnsaft in Münder – alles, wie sie es kannte, ertrug, und doch, diesmal würgte es sie. Ein junger Mann wurde auf einer Trage in den Verbandsraum gebracht. Unter der Mullverpackung erkannte

Rosie hohen Besuch: Admiral Graf Julius. Der jüngste derer von Lärchenau. Der Arm des Grafen war vom Gasbrand gezeichnet: blauschwarzes eiterndes Gewebe, das, strich Rosie darüber, knisterte, und als sie Doktor Lingott zu sich rief, dieser sofort mit dem Skalpell das Gewebe öffnete. Der Graf wieherte vor Schmerz, da spuckte die Schwester, was sie am Morgen gegessen hatte, heraus. So ging es von nun an täglich. Diese Übelkeit, das Würgen, obwohl ihr alles bekannt war und abends der Doktor am Flügel spielte: Bach Mozart Beethoven Schönberg und Swing, auch wenn die Arbeit an seinen Kräften zehrte und er ganz grau im Gesicht war.

Rochus erkannte den Zustand seiner Rose, als er ihr am Ufer des Mennichensees, in den er Patienten am ersten warmen Frühlingstag samt Stock und Stumpf zum Baden schickte, um den Leib faßte.

»Du bist nicht krank«, sagte er und küßte sie.

Am 19. August 1944 holte man Doktor Rochus Lingott ab. Drei Männer in Uniform betraten ohne Aufforderung die Praxis und machten den Gruß. Einer riß den Schierling von der Wand. Ein anderer stieß die Tür zum Operationszimmer auf, wo der Arzt gerade eine Fraktur richtete.

»Mitkommen!« befahl der dritte.

Der erste sagte zu Schwester Rosie, die mit dickem Bauch dem Doktor assistierte: »Sie halten die Stellung!«

Nachdem Rosie Konarske ihren Sohn im elterlichen Wohnzimmer zur Welt gebracht, ihm den Namen Gunter Rochus Konarske gegeben hatte, brach sie in Tränen aus. War nicht zu beruhigen, obwohl der Radiowalküre plötzlich die Stimme abgedreht wurde. Doch statt der erlösenden Ruhe folgte die Stimme des Führers. Die Hebamme schwor, jene Stimme brächte sogar Gefallene wieder auf die Beine, und stellte den

Apparat lauter. Im Dämmerschmerz der ausgestandenen Entbindung vernahm Rosie, wie der Führer vom Volkssturm, der nun organisiert werde, sprach. Als die Hebamme der jungen Mutter im Steckkissen den Säugling entgegenhielt und sagte: »Sie haben dem Führer ein schönes Kind geschenkt«, hatte derselbe seine Rede beendet. Die Götterdämmerung wurde wieder zugeschaltet, das Finale, bei dem die Wöchnerin endlich ruhig wurde. Schmerzfrei. Fühllos. Nachdem die Hebamme ihre Tasche gepackt und sich mit der Anweisung, Rosie möge noch mindestens zwei Stunden im Liegen ruhen, verabschiedet hatte, schob Rosie die Decke, unter der sie lag, von sich. Ihre rechte Hand hob sich, schwerelos, als gehörte sie einem fremden Wesen. Rosie griff unter die Fliestücher, die zwischen ihren Beinen klemmten. Tief faßte sie in Wärme und Nässe, bis sie die Wunde des Dammrisses spürte, als fransiges Gewebe nur, völlig schmerzlos, und sie bohrte mit den Fingern nach, bis sie den Schmerz endlich spürte.

## 2

Am selben Tag, da Gunter Konarske im märkischen Lärchenau das Licht der Welt erblickte, wurde mehrere hundert Kilometer entfernt, im vogtländischen Dorf Katzgrün, der ebenfalls ledigen Liese Möbius im Stall ihres Hofes ein Mädchen geboren. Unter dem zarten Meckern zweier Ziegen. Liese, die wie ihre Zwillingsschwester Lotte ordentlich Pfunde auf den Rippen trug, legte Messer und Handtuch auf dem Melkschemel ab, stellte sich auf ein Fuder frisches Heu vor das Stallgitter, stützte ihre Arme darauf, raffte Rock und Schürze, knotete sie mit einem Strick über dem Bauch fest, stellte die Beine auseinander und ging in die Hocke. Neugierig kamen die Ziegen näher und sahen die Augen der Herrin glänzen, den dicken Leib pulsieren und ihr sonst so muffiges Wesen erstrahlen. Als die Wehen einsetzten, nahm Liese die Schmerzen wahr als angenehmes Ziehen, das die Glieder vom Becken her ergriff. Ein Jucken, das, sich in Wellen ausbreitend, den ganzen Leib erfaßte, stieß, drängelte, und Liese hoffte, daß es niemals zu Ende gehen möge. Nun hechelte die Gebärende, was die Geißen veranlaßte, sie mit Meckern zu unterstützen und die Glöckchen am Hals bimmeln zu lassen. Als das Köpfchen des Kindes aus Lieses Schoß heraustrat, seufzte Liese. Es war das wonnigste Gefühl, das sie je im Leben empfunden hatte, und einen Moment lang glaubte sie an die große Lüge ihrer Empfängnis.

Das waren Liese und Lotte Möbius: vom ersten Tag an unzertrennlich. Sie trugen gleiche Kleider, gleiche Haarfarbe, den gleichen abwehrenden Blick. Man nannte sie Nilpferdhexen, weil sie mächtig aufblühten und schon mit elf Jahren Brüste besaßen, die kein Kerl mit seinen Armen zu umspannen vermochte.

In der Schule, die sich im Nachbarort Hundsgrün befand, saßen die Zwillinge auf der letzten Bank. Mit ihren Augen, die fast hinter den Lidern verschwanden, guckten sie die meiste Zeit in die Luft oder zum Fenster hinaus. Sie liebten es, die mit eingekratzten Inschriften versehene Bank um eigene Zeichen zu ergänzen. Mit Fingernägeln und Federkiel gruben sie Kreuze Herzen Blitze ins Holz, stießen sich verschlagenen Blicks an, waren sich einig, daß keine Kraft der Welt sie von ihrem gemeinsamen Weg abbringen könnte. Bald frönten sie der Leidenschaft, Kreidestücke ins Tintenfaß zu tunken, bis sie sich vollgesogen hatten. Ihre weißen Schürzen zierten aufgedruckte blaue Muster und ihre Wangen rote Backpfeifenstriemen. Vom Lernstoff verstanden die Mädchen wenig, so daß nach drei Jahren Dorfschulbesuch den Möbius-Bauern angeraten wurde, die Töchter besser einer praktischeren Lebensbestimmung als weiter der Schule zuzuführen.

*Bei denen liegt's in der Familie,* hieß es. Dennoch vermochten die Zwillinge etwas zu leisten, was sie berechtigte, nicht zum totalen Gespött der Gegend zu werden. Beide schafften es, mit jeder Hand zwei volle Milchkübel zu tragen, dazu auf dem Rücken eine kienspangefüllte Kiepe. Haushalt und Stall, Küche und Feld erledigten sie zur Zufriedenheit. Nachts schliefen sie fest und traumlos. Nichts und niemand fehlte ihnen.

Im Winter 1915 hatte Mutter Möbius ihren Töchtern eröffnet, daß Vater bald eine lange Reise antreten würde. Die Mädchen fragten, warum und wohin. Noch nie war von den Möbiusschen jemand an irgendeinen Ort verreist. Von gelegentlichen Einkäufen in der Stadt mal abgesehen. Die Bäuerin wußte nichts auf die Frage zu antworten, warum und wohin Vater Möbius auf Reisen geschickt werden sollte.

»Iech denk, der Ort haast Hindenburch«, sagte sie.

Da lachte der Bauer und rief: »Ludendorff! Ludendorff, du domms Deng!«

Vier Wochen später erreichte den Möbiusschen Hof die Nachricht, daß der Soldat Benno Möbius fern in der Walachei für Volk und Vaterland sein Leben verloren hatte. Mutter Möbius, die mit zwei ungeheuren Appetit an den Tag legenden Mädchen allein war, die neben dem Hof mit Kühen, Schweinen, Hühnern und Deutschen Edelziegen noch das Feld beakkerte und von morgens bis spätabends schuftete, fand nachts im Bett keine Ruhe mehr.

»Warum hodd'r sei Leb'm net widdergfondn?« weinte sie und sah im Traum ihren Mann, den guten Bauern Benno, auf fremdem Feld herumkriechen und etwas suchen, das sein Leben war.

Eines Tages wollte Mutter Möbius ebenfalls verreisen. Für immer.

»Su bleed, wie alle denkn, bie iech net«, sagte sie.

Auf einer Brachwiese, nahe der Zwickauer Mulde, fand sie, was sie suchte. Jene Pflanze mit rundem, gerilltem Stengel und kräftiggrün gefiederten Blättern überragte die Bäuerin um zwei Kopfeslängen.

»Schieh biss d', mei Libbsdor biss du«, flüsterte Mutter Möbius, bevor sie die Früchte pflückte, jene wohlbekannten Kapseln, die, aufgebrochen, nach Mäusepisse stanken. Mit zugehaltener Nase aß die Unglückliche eine Frucht nach der anderen, auch wenn der Mund vom Verzehr brannte, Schweiß ausbrach, auch wenn Wald Wiesen Himmel vor Augen verschwammen, ihr übel wurde, die Knie zitterten und schließlich die Lunge wie ein Stein in ihr erstarrte. Am nächsten Morgen wurde sie vom Förster gefunden und nach Hause getragen.

»Itze müssen *mir* die Stellung halten«, sagte Liese.

»Itze müssen *mir* die Stellung halten«, sagte Lotte.

Auf das Grab der Mutter pflanzten sie Efeu. Die Möbius-Zwillinge, die Jahr um Jahr üppiger durchs Dorf schlurften, mit aufgestockten Zopffrisuren, und an nichts denken mochten als an sich, die alle Tiere verkauften bis auf zwei Ziegen, liefen die Straße zur Milchrampe hinunter. Zwei Kübel an Lieses Linker, zwei an Lottes Rechter – wankend nahmen sie ihren täglichen Weg durchs Dorf. Nur manchmal verspürte die eine wie die andere sonderbare Trockenheit in sich, als müßte endlich ein Guß Glück auf sie niederkommen. Aber Träume dieser Art schlugen nicht aus in Liese und Lotte Möbius. Sie blieben allein. Aßen miteinander. Schrubbten sich im Freitagsbad den Rücken. Steckten sich gegenseitig das Haar zum Knoten. Schliefen in einem Bett.

Jedes Weihnachten stopften LieseLotte Möbius gemeinsam

die Gans: mit Äpfeln Beifuß Kastanien. Fest und energisch. Diesmal stopften sie die Gedanken an die toten Eltern, sowie ein Gefühl von Unruhe mit hinein. Zum Braten gab es grüne Klöße Rotkraut Bier. Gleichzeitig bissen die Zwillinge ins knusprige Fleisch, stippten den Kloß ins Fett, schoben im Mund die Bissen von links nach rechts. Zum Nachschlag wurde das Gekröse aus dem Inneren der Gans aufgetragen.

Weihnachten 1942 blickten sich LieseLotte beim Gänseschmaus plötzlich von der Seite an, schnell, unauffällig, jede so, daß es die andere nicht bemerkte. Sie sahen Apfelwangen, fette Lippen, mahlende Zähne, und es kam Abscheu in ihnen auf, jener, den sie mit in den Braten gestopft hatten oder der seit langem in der Luft lag. Wie gräßlich meine Schwester ausschaut, dachte die eine. Die andere: Was doch in meiner Schwester Scheußliches hochkommt. Da kam das Gänseskelett auf den Tisch. Die Zwillinge nagten es ab mit Appetit. Nach dem Mahl legten sie sich auf das Sofa. Vor dem Fenster fiel leicht und weiß Schnee. Vom Dorf herauf läuteten Glocken die ewige Geburt, und aus den Städten kamen Kinder auf Schlitten und Lastwagen nach Katzgrün.

Im Winter 1943, da jene Frauen Kinder Alten, die aus den Städten aufs Land gebracht wurden, zu klagen begannen: wie unerträglich die Zustände hierorts seien! Die Läuse! Der Saufraß! Die Hundehütten, die man ihnen zumute! Vor allem die Dummheit! Das abgründige Geschnurz und Geknarze! Dann lieber jeden Tag Alarm! – In jenem Winter sollten Gesandte nach Katzgrün kommen, um Frieden unter den Menschen zu stiften. Für den dritten Sonntag im Januar hatte der Führer sich angekündigt.

*Die Heimat gibt euch nicht verloren.* Sachsens Gauleiter Mutschmann beauftragte persönlich den Bürgermeister, für das Festmahl die beste Köchin des Dorfes zu verpflichten. Die

Wahl fiel schnell auf die Möbius-Zwillinge, da ihre nahrhafte Küche im ganzen Gau bekannt war. Am Abend standen sie sich gegenüber. Klatschten in die Hände, was für ein Glück! Was für ein Treffer des Schicksals, und beim Klatschen sangen sie: »Rindfleisch und Klopse! Käse mit Schopse! Birnen mit Speck! Getzen mit Fett!«

Die Aufregung nahm den Fräuleins die Luft, doch Katzgrüns Bürgermeister, der sie eigens in Vorbereitung des Ereignisses aufsuchte, machte ihnen einen Strich durch die Rechnung.

»Unser Führer ißt kein Fleisch«, sagte er.

Er befahl, aus Kartoffeln, Gemüse und was sonst noch auf den Feldern gewachsen sei, einen Festschmaus zu bereiten, der dem Führer die Kraft zum Endsieg gäbe. Die Möbius-Zwillinge versprachen, alles zu tun. Hinab stiegen sie in den Keller zu den Kartoffelhorden Weckgläsern Trockenkräutern. Sie suchten das Beste heraus, schwangen den Löffel, den Zauberstab.

Im Vereinshaus war eine Tafel mit weißem Tuch und Tannengrün gedeckt. Für den Führer und seine Begleiter. Für Gauleiter, Bürgermeister und die klagenden Menschen, die aus den Städten gekommen waren. Für Liese und Lotte Möbius, die gekocht hatten: Kartoffelsuppe mit Hallimasch. Denn *Eintopf ißt das deutsche Volk,* lautete die Parole. Liese war es, die, bevor der Führer den Raum betrat, noch einmal die Suppe kräftig durchrührte.

Der Führer kam und wurde an seinen Platz geführt. Kleiner war er, als man dachte. Er nahm in der Mitte der Tafel Platz. Der Bürgermeister seufzte. Der Führer war wahrhaftig in Katzgrün erschienen! Trotz der Leute im Raum, die ihn mißtrauisch beäugten. Erst setzte sich des Führers Begleitung, danach, zaghaft, erwartungsvoll, die anderen. Am Schluß nahmen die Möbius-Zwillinge Platz. Keiner traute seinen Augen: Liese rechts neben dem Führer, Lotte links. Schamröte schoß dem Bürgermeister ins Gesicht. Aber der Führer nickte. Er nickte nach rechts zu Liese und nach links zu Lotte. Die hochgesteckten Haare der Frauen überragten den Gast um Kopfeslänge. Schutzengel, dachte der Bürgermeister.

»Die Heimat gibt euch nicht verloren«, sagte der Führer.

Diesen Satz hörte Liese als Verkündung des Großen. Das Schnurren der Worte klang gleichzeitig klar wie Kristall. Liese wollte diesen Moment festhalten, dem Klang folgen – da öffnete Lotte die Suppenterrine. Der Hallimasch verströmte seine Macht: durchgekocht, die waldige Seele verrührt mit Erdäpfeln, gewürzt mit Majoran Liebstöckel Sellerie.

»Lange Se neer zu«, flüsterte Liese und gab dem Führer eine Kelle Suppe auf den Teller. Sie bekam Gänsehaut, als er sich mit kurzem Nicken bedankte.

Der Führer aß. Alle sahen, wie es ihm schmeckte. Lotte fiel der Spruch *Hallimasch, Heil im Arsch* ein. Aber noch war keine Gefahr zu erkennen. Der Führer löffelte schnell und nahm winzige Schlucke Wasser zu sich. Mein Gott, dachte Liese, dann sah sie, wie er mit der Zunge blitzartig über die Lippen fuhr, die Zungenspitze das Bärtchen berührte und ein Pilzstückchen ableckte. Das sah nur Liese. Lotte, die schwer atmend achtgeben mußte, daß kein Schweiß von ihrer Stirn auf den Teller tropfte, sah es nicht. Liese legte nach. Noch eine Kelle. Noch ein Dankeschön vom Führer, der sich nach dem Essen mit der Hand über den Mund wischte. Jetzt wollte sie ihren Lohn. Jetzt streckte Liese Möbius dem Führer ihre Hand entgegen. Er nahm und drückte sie. Kurz und kraftlos. Lottes Hand blieb unter dem Tisch.

Am Ende der Mahlzeit half der Bürgermeister dem Führer in den Mantel. Als das schwarze Automobil, mit dem die Abordnung gekommen, hinterm Wald verschwunden war, lief Liese los. Immer der Wagenspur hinterher, keuchend, stolpernd, so schnell die schweren Beine konnten. Und noch jemand lief mit: der Schuricht-Knecht, mit einem Hinkebein geschlagen, dennoch flink wie ein Windhund und Liese Möbius dicht auf den Fersen. Lotte blickte der Schwester nach und dachte, bevor sie den Heimweg allein antrat: rammdösige Kuh!

In dieser Nacht schliefen die Schwestern nicht nebeneinander im Bett. Am morgendlichen Küchentisch trafen sie wieder zusammen. Als sei nichts geschehen, verlangte Liese das Brot. Die Zwillinge hatten es nicht gemeinsam geschnitten, nicht wie sonst zur gleichen Zeit in den Korb gegriffen. Lotte hatte nur sich bedacht.

»Gibst mir wohl was ab!« fauchte Liese.

»An Tritt kriegst«, sagte Lotte, »Schlampe, du! Treibst dich herum die ganze Nocht und wiest nach Moder stinke dust! Dos sich der Führer net gschiddld hod weeng dir!«

»Wennsd net gleich dei Gusch hellst …«

Im Winter 1943 schlugen sich die Möbius-Zwillinge einander die Augen blau. Die gemeinsamen Jahre schlugen sie aus sich heraus, den Zorn auf die roten altjüngferlichen Wangen, da saß jeder Schlag.

Nachdem Liese mit einem Schrei der Lust im Stall des Möbius'schen Hofes ein Mädchen zur Welt gebracht, ihm den Namen Adele gegeben hatte, steckten die Ziegen ihre Köpfe durch das Gitter und stupsten die Stallherrin gegen den Hintern. Liese, wie sie es vom Kalben her kannte, trennte mit dem am Morgen abgekochten Messer die Nabelschnur durch, gab dem Kind einen Klaps, damit es zu schreien begann, wickelte es ins Handtuch und legte es aufs Heu. Dann wartete Liese die Nachgeburt ab, die sie über das Gitter in den Trog warf, wo sich die Ziegen darauf stürzten.

In diesem Augenblick öffnete sich die Stalltür. Herein trat Lotte Möbius mit dem Melkeimer.

»Host woll e Ratt hiegmacht?« fragte sie und wies mit der Fußspitze auf das Bündel im Heu.

Liese hob den Säugling hoch, zeigte ihn der Schwester, wartete, bis das Scheppern des heruntergefallenen Eimers verklungen war, und sagte:

»Siehst du, er hod sich net gschiddld weeng mir.«

## 3

Es war nicht Otto Konarskes Art, sich mit dem Kind, das seine Tochter auf uneheliche Weise geboren hatte, einfach abzufinden. Zunächst schaffte es Emma, den zornigen Vater von der Wöchnerin fernzuhalten, indem sie die Wohnstube verbarrikadierte und den Schutzraum mit Wäschestampfer und Kohlezange verteidigte: »Es is doch unser Enkel, und unser Volk braucht Kinder, det haste doch selber jesagt!«

»Ja, aber nich sone falschen Fatzken. Un dat von son Jroßkotz! Dokta un Klavierklimperer, wo jibts denn so wat! Un janz ohne Trauschein! Un dat *mir*, der se doch liebhat, unser Roseken.«

Nach wenigen Tagen hatte Vater in Abwesenheit der Mutter den Schutzwall gestürmt, Rosie samt Neugeborenem vom Sofa gepeitscht und aus dem Haus getrieben. Schreiend, unter Tränen stieß Otto Konarske sie mit einer Gardinenstange die Dorfstraße entlang.

»Los, zeig, watte anjerichtet hast! Zum Klops jemacht haste mir mit dem Balg!«

Konarske brüllte das Dorf zusammen, während Rosie, ihr Kind im Arm, vor ihm herstolperte, benommen von den

Schlägen, aber sie spürte keinen Schmerz, so wie sie nie etwas spürte, wenn Vater ihr seine Erziehung beibrachte. Hinter Fenstern und Gartenzäunen zeigten sich Lärchenaus Bürger, fast nur Frauen, denn die letzten Männer hatte der Volkssturm hinweggefegt, oder sie saßen untauglich für jeglichen Kampf im Haus.

»Kiekt euch die Hure an!« schrie Konarkse.

Aber die Lärchenauer schüttelten den Kopf über das Geschrei des Milchmanns. Nur in wenigen Frauenaugen konnte man Neidflämmchen sehen, denn sie wollten in Klein Gunter Züge Doktor Lingotts entdeckt haben. Gern hätte manche die Schikanen, die Rosie erduldete, für so eine Mutterschaft auf sich genommen. Konarske ließ von seiner Tochter ab, als ihm keiner mehr applaudieren wollte und er Rosie trotz der Striemen, die sie an Rücken und Armen trug, ohne erkennbare Verzweiflung sah.

»Jut«, sagte Konarkse, »will ick dir noch mal vazeihn. Die Schande kannste vielleicht jutmachen, wennde dein alten Herrn nix krummnimmst, wa?«

»Ja«, antwortete Rosie.

Vater umarmte sie, schneuzte sich, gerührt von der eigenen Schwäche, und gebot, was er stets in solchen Situationen gebot: »In drei Minuten biste off meiner Station.«

Den Säugling legte Rosie in die Wiege, deckte ihn zu und summte leise ihr Lied. Sie träumte sich zu Rochus, den sie vor sich sah, als sei er nie von ihr gegangen. Als sei die Zeit ein Streich gewesen, der sie zum Narren hielt, sie, die nichts weiter wollte, als am Leben zu sein. Nach drei Minuten öffnete Rosie die Tür zum elterlichen Schlafzimmer.

Erst war es wie immer. Das offene Hemd. Das silberdrahtige Haar. Der Geruch. Doch an diesem Tag, als Rosies Lippen pflichtgemäß Kuß um Kuß über Vaters Brust stupsten, packte er plötzlich nicht die Ohren, sondern die Hände der Tochter und führte sie unter seine Achselhöhle, wo sie Knötchen ertastete. Konarske zuckte zusammen, setzte sich im Bett auf, bat Rosie mit ungewohnt ängstlicher Stimme, sie möge sich als Krankenschwester doch mal ankieken, was er für komische Auswüchse habe.Vor der Schlafzimmertür schrie Gunter.

»Ich muß zu ihm«, sagte Rosie.

Vater hielt sie am Arm fest und befahl, sie möge ihm bitte auch sagen, was dieser rote Knöterich an seiner linken Kronjuwele soll, der zwar nicht wehtue, aber so groß wie eine Reichsmark sei, so was würde sie doch kennen und eine Salbe wissen gegen die verdammte Krätze. Schon hatte Konarske die Hose heruntergelassen und seiner Tochter den Knöterich gezeigt. Nur flüchtig beschaute Rosie Vaters Leiden, um dann schulterzuckend zu verkünden: »Dagegen ist kein Kraut gewachsen.«

An einem Novembertag im Jahr 1944 schwang sich der kriegsversehrte Admiral Julius Graf von Lärchenau auf sein Pferd und ritt aus. Sein rechter Arm war steif und hing in stumpfem Winkel von der Schulter herab. Betrachtete Julius das vernarbte, unnütz gewordene Glied, überkam ihn Zorn. Auch wenn Doktor Lingott längst dort war, wo der Graf ihn gern sah, fluchte er ihn Pfuscher und Wehrkraftzersetzer. Daß Julius den Gasbrand überlebt hatte, verdankte er dem starken Geschlecht der Lärchenauer.

Diesig war der Tag. Nebel zog aus den Wäldern über die Felder. Julius' Rappe lief in gemächlichem Trab. Mit der Linken hielt der Reiter den Zügel, während die rechte Hand in der Manteltasche steckte. Atem wolkte aus Mund Maul Nüstern. Nur der dumpfe Hufschlag im Gras war zu hören. Graf Julius umritt sein Anwesen. Das tat er öfter, wenn er sich verlassen fühlte. Das Schloß hatte kaum noch Personal. Julius gab dem

Pferd die Sporen. Schneller sollte es laufen, damit er bald dem Nebel entkäme, denn die schwere Luft drückte auf Leib und Seele. Über Felder Wiesen Weiden gelangte Julius an seinen schönsten Besitz, den Mennichensee. Still lag das Wasser in der Senke zwischen den Wäldern. Das Schilf schien fast schwarz. Kormorane, die sich auf einem Uferpfahl niedergelassen hatten, bemerkten den Reiter und flogen davon. Aus der Ferne drang Brummen über das Land. Julius' Pferd scheute, aber der Reiter sah weit und breit nichts.

»Es sind nur Vögel«, beruhigte der Graf sein Tier.

Das Brummen kam näher. Julius hatte Mühe, den Rappen mit einer Hand zu bändigen. Dann flog über dem See eine Staffel viermotoriger britischer Flugzeuge.

»Auf dem Land gibts kein Futter für sie«, erklärte Julius dem Tier, das mit den Hinterbeinen ausschlug und seinen Reiter fast zu Fall brachte.

In diesem Moment löste sich aus dem Pulk eine Bombe. Die Luft pfiff, gleich darauf stürzte die Bombe in den See und versank ohne einen Laut. Wellen schlugen ans Ufer. Raschelndes Schilf. Dann war alles wie vorher.

Der Russe kam über Philadelphia nach Lärchenau. Im April 1945. Die Rote Armee stieß von der Oder nach Frankfurt ins Berliner Urstromtal, besetzte Städte und Dörfer.

»Jetzt wirds unjemütlich«, unkten Lärchenaus Bewohner.

Eilig wurden im Schloß Wäsche Geschirr Bücher verpackt und zusammen mit Möbeln und Teppichen auf Lastwagen verladen. Als Graf Julius Abschied von Lärchenau nahm, stieg er in den bereitgestellten offenen Wagen, fuhr ein letztes Mal über die Dorfstraße, stemmte mit dem linken den rechten Arm zum Gruß und rief den Leuten zu: »Es dauert nicht lang!«

Rechtzeitig ließ der Bürgermeister auf dem Anger ein Friedensfeuer anzünden und warf von seinen Amtsunterlagen hinein, was gut brannte.

Die Hebamme, die nach Doktor Lingotts Verhaftung in der Praxis Notfälle behandelte, hatte das Führerbild mit der Gipsschere in Stücke zerteilt, dieselben mit Äther desinfiziert, mit Mull gepolstert, mit Zinksalbe bestrichen. Fortan dienten die Pappen als Armschienen. Die Hebamme wußte nur Gutes von Doktor Lingott zu erinnern. Weiber und Witwen holten Bettlaken aus den Schränken hervor, versteckten Vieh und sonstiges HabundGut. Wir haben den Doktor nicht verraten, beteuerten sie und bestätigten tausendmal am Tag: Wir haben ihn geliebt, seine Musik hat uns gesund gemacht, und nie nie nie haben wir ihn verraten!

Eines Tages war der Dorfschullehrer verschwunden. Am Morgen darauf zeigte der Bürgermeister unvermittelt Leidenschaft für weite Reisen. Nur Bauer Eden, der einmal Kriegsdeserteure bei sich in der Tenne versteckt hatte, glaubte zu wissen, daß der Russe ihn mit aller Ehre empfangen und daß er, Helmar Eden, zum Begründer des Friedens in Lärchenau erhoben werde.

Am schlechtesten ging es Otto Konarske. Seit Wochen klagte er über Schwäche und Knochenschmerzen. Auch zeigte seine Haut rote Ausschläge, die sich, mit juckenden Papeln durchsetzt, über den Körper verbreiteten. Zu jener Zeit verspürte Konarske auch keine Lust mehr auf das Spiel, zu dem er seine Tochter so gern verpflichtete. Vielmehr glaubte er Rosies Worten, daß er sich mit dem Masernvirus angesteckt habe, was in seinem Alter zu lebensgefährlichen Komplikationen führen könne, wenn er nicht absoluten Abstand zu ihr und dem Kind halte. Konarske gehorchte. Emma verabreichte ihrem Mann Heublumenbäder und Kamillentee.

»Wenn der Russe mir sieht, wird er ’nen Bogen um unsa Haus machen, da kannste Jift drauf nehm!« sagte er.

Emma erwiderte: »Besser is, *du* nimmst dat Jift.«

Otto ließ sich von seiner Frau pflegen, die darüberhinaus allein den Laden führen mußte, weil Konarske nicht mehr aus dem Bett kam, ihm kreisrund Haare auszufallen begannen, die Ausschläge auf Handteller und Fußsohlen übergriffen. Rosie rieb sich im stillen die Hände. Noch nie war sie so bei sich. Noch nie war sie so lange nicht gegen die Wand gelaufen.

Bauer Eden war es, der durchs Dorf rannte, eine Kuhschelle in der Hand, und verkündete: »Der Russe ist am See!«

Weiber und Witwen versteckten sich in den Häusern, hißten weiße und rote Fahnen und beteten das Schicksal an.

»Soll der Deibel die Russen frikassieren«, schnaubte Konarske, drehte seinen schmerzenden Leib von der Seite auf den Rücken und beschloß, wenn er schon als Mann an einer Kinderkrankheit verrecken sollte, noch einmal seiner Tochter die Chance eines Heilerfolges geben.

»In drei Minuten biste auf meiner Station!«

»Steh auf«, befahl Rosie, als sie das Schlafzimmer betrat.

»Meene Beene sind wie Mus«, stöhnte Konarske.

Rosie zog die Bettdecke vom Kranken herunter. Elend sah Vater aus: ein rötlichgrau gescheckter Balg, auf dem Kopf Haartümpelchen, die Augen trübe, die einst so silberdrahtstarke Brustwolle zersplissen. Heul nicht, ermahnte sich Rosie. Da spürte sie wieder die Kraft aus dem Körper entweichen und kannte sich selbst nicht mehr.

»Laß man jut sinn«, flüsterte Konarske.

Seine Hand griff nach Rosies Fingern, die sie plötzlich zur Kralle formte und Vaters Arm damit packte. Auf wackeligen Beinen stand Konarske im Schlafzimmer. Rosie kleidete ihn an. Hose Hemd Schuhe.

»Quäl doch nich son altet Aas wie mir«, bat er.

Rosie stand vor Otto Konarske. Blickte in seine Augen, die unruhig versuchten, den Blick zu erwidern. Wenn du wüßtest, dachte Rosie und verbarg ein Lächeln. In der Stube, wo das Kinderbett stand, war Gunter aufgewacht und greinte. Einen Moment zögerte Rosie, dann schob sie Vater aus dem Schlafzimmer.

Immer die Straße entlang. Die Dorfstraße, die vom Schloß über den Anger, an Kirche, Kneipe, Arztvilla und den übrigen Häusern vorbei zu den Feldern führte. Rosie, Gunter mittels eines Tuches auf den Rücken geschnallt, trieb Vater voran. Kaum daß er die Füße fest aufsetzen konnte, so hinfällig schlurfte Konarske. Aber Rosie stützte, drängte ihn, und sein Heulen *wohin? wohin?* tat sie mit strenger Schweigsamkeit ab.

Der Weg endete am See. Schlotternd stand Konarske am Ufer.

»Jut«, keuchte er, »jut, ick nehm allet zurück, wat ick übern Dokta dummet jequatscht hab. Ick weeß jetzt, daß er 'n jroßer Mann jewesen war, und ick mach allet, watte sachst, wat ick tun soll. Daß ick nur bald wieda jesund werde.«

Vom Seeufer schöpfte sie Wasser mit der Hand. Zwölf Tabletten Pyramidon löste sie darin auf, rührte mit dem Finger um und befahl Vater, die Medizin zu trinken. Er tat es ohne Widerrede. Dann sagte Rosie: »Geh.«

Otto Konarske blickte noch einmal in die flackernden Augen seiner Tochter, noch einmal in das Gesicht seines Enkelkindes, dann warf er beiden einen Kuß zu und stieg ins Wasser.

»Weiter! Tiefer hinein!« rief Rosie.

Konarske, bis zum Bauch im Wasser, wollte zurückrufen, daß er müde sei, so unsäglich müde, daß er im Stehen einschlafen könnte, aber ihm blieb der Mund verschlossen. Von ferne hörte er Rosies Stimme: »Schwimm! Das Wasser trägt dich.«

Rosie rannte davon. Sah sich nicht um, wollte nichts hören, was vom See herüberkam. Leicht, wie mit gasgefüllten Adern, schlug sie sich in den Wald. Im Brombeergestrüpp drückte Rosie Beine und Arme in die Ranken. *Stschastliwetsch!*, Glückspilz! nannte der Kommissar den Toten, den er am Abend im Mennichensee treibend fand.

## 4

»'s haasd Adele!«

Mitten auf dem Katzgrüner Anger hielt Adele Möbius das rosa Steckkissen hoch, damit es alle sehen konnten.

»Wer hod sich denn an die Nilpferdhexn nagedraud?« tuschelten die Leute und begutachteten argwöhnisch jene Männer, die zur fraglichen Zeit der Empfängnis im Dorf gewesen waren. Keiner wollte es gewesen sein. Nicht bei Möbius-Liese, die eine Wampe hatte, nach Schmalz roch und in keinem Mann eine Ahnung wachzurufen vermochte, in welcher Grotte, in welchem Sumpfloch ihres Leibes man hätte in sie dringen sollen. Wer also könnte es gewesen sein, der diese Tat vollbracht hatte? Schwester Lotte, die Zorn Eifersucht Unglaube in sich hineingefressen hatte, wußte die Antwort: »Dor Wind wars.«

Vorstellungen bauten sich in den Köpfen auf, etwa wie sich Liese unter blühenden Tannen öffnet und der Wind sie erbarmungsvoll mitbedenkt.

»Des Madl is' *sei* Kend!«

Mit diesen Worten drehte Liese ihr Neugeborenes der Sonne entgegen, worauf es zu weinen begann, aber die Mutter sah den Schein um Adeles Köpfchen und hörte das Raunen der Leute als beifällige Bewunderung.

»Lügentrutsche!« schrie Lotte und versuchte ihrer Schwester das Bündel zu entreißen. Gleichzeitig ging ein heißer Stich Enttäuschung durch Lottes Leib, eine Sekunde des Glaubens, daß es ja wahr sein könnte, was Liese frech behauptete. Doch es wären nicht Lottes schwesterliche Bande, wäre sie nicht sogleich darauf bedacht gewesen, Liese vor Peinlichkeit zu bewahren.

»Mei Schwester is saubleed«, versuchte sie das Publikum zu beruhigen, »die hodd in dor Schul ze vill Dinde gsoffn. Guckt eich doch des Balch an: Siehts net aus wie dem Schuricht-Knecht seins?«

»Laß mei Gung in Ruh!« rief Pauline, die Mutter des Verdächtigen.

»Mei Madl is'n Fiehror sei Kend!« plärrte Liese.

Tränen in den Augen hatte sie den Säugling aus dem Kissen geholt, ihm das Strickmützchen vom Kopf genommen und es den Dörflern, die sich inzwischen fast vollzählig auf dem Anger versammelt hatten, zur Ansicht gereicht.

»Wie ausm Gsicht gschniedn«, höhnte Lotte.

Der Schuricht-Knecht, der mit schmutzigen Fingern Adeles Stirn berührte, behauptete, nicht seine, sondern die Züge des Führers seien deutlich zu erkennen und er sei stolz, Zeuge dieses Ereignisses zu sein. Gelächter überm Anger. Erst glucksend, als würde es niedergeknüppelt werden, dann brandete es auf, und der Wind trug es in die Dörfer. Liese steckte ihr Kind ins Kissen zurück, schlang die Arme darum und rief in die Menge: »'s is wies is.«

Da drehte sich der Wind.

»Her itze auf mit deine domme Gschichdn! Du brengst ons noch Schand iebors Dorf«, sagte Pauline Schuricht zu Liese.

Sie packte ihren Sohn am Jackenkragen, zerrte ihn von der jungen Mutter weg mir den Worten: »Du bist aber auch an dommer Bub bist du!«

»'s is'n Fiehror sei Kend, und dabei bleibts!« rief Liese wiederholt.

»Halt dei Gusche!« brüllte es von überall her.

Liese nahm das Bündel, warf ihr Haar in den Nacken und verließ mit schwerem schwankenden Schritten den Dorfanger. Das wird euch noch leid tun, dachte sie. Bei allem Zorn fiel Liese auf, daß der eben gedachte Satz in einem ihr fremden klaren Klang in ihr verharrte. Auch wenn Liese Möbius noch nie flinke Gedanken hatte – in diesem Moment war ihr klar, daß das der Beginn ihrer unerhörten Wahrheit sein würde. Sie versuchte sogleich den Beweis und flötete: »Tas wirt oich noch leitun!«

»Die is fei net gesund«, meinten die Dörfler und machten sich auf den Weg nach Hause.

Nachts aber träumte manch Katzgrüner Weib von ihrem im Feld gebliebenen Mann oder vom Krüppel, der daheim sein Unwesen trieb, von den Kindern, die es mit dem gewöhnlichen Vater gezeugt hatte; und die Weiber spannen für sich das Abenteuer, das ausgerechnet Liese Möbius vorgab, erlebt zu haben.

Der Amerikaner kam über Plauen nach Katzgrün. Anfang April 1945, da bei Adele die ersten Zähne durchbrachen und sie zugefüttert werden mußte mit Möhren-, Kartoffel-, Grießbrei, drei Mahlzeiten täglich, mal von Mutter Liese, mal von Tante Lotte genährt, da das Kind aufblühte, mit kuhbraunen Augen den Möbius'schen Hof entdeckte, abwechselnd dabei quäkte und lachte und nichts von den giftigen Sprüchen der Dörfler mitbekam. Die Zwillinge hatten sich einander wieder angenähert. Nicht, daß Lotte ihrer Schwester das Abenteuer vollends verziehen hätte, aber je länger sie das niedliche Wesen, das Adele war, im Haus beherbergte, desto großmütiger konnte Lotte vergeben und vergessen. Wobei sie sich regelrecht auf das Kind stürzte, es hingebungsvoll windelte und herzte.

»Glabbst mo itze mei Gschichd?« fragte Liese ihre Schwester.

»Hm«, meinte Lotte, »wenns schreid, do klengds wie von ihm.«

Als Mitte April die ersten amerikanischen Soldaten Katzgrün erreichten, ging Möbius-Lotte in den Stall. Die Ziegen hatten sich hinter Strohballen verzogen, als ahnten sie etwas. Lotte nahm die Forke.

»Iech loss mo nix nochsogn, iech net«, flüsterte sie und ging zurück in die Küche.

Die Angst vor den Amerikanern machte ihren Leib noch schwerer. Liese stand am Herd, wo sie gerade Zwieback in Milch einweichte. Adele lag im Körbchen auf einem Fell und lutschte an ihren Zehen.

»Willsd se fittern?« fragte Liese, rührte den Zwieback zu Brei und sah erst auf, als sie die Zinken an ihrem Hals spürte.

»Wos is denne nu los?«

»Dor Ami is en Dorf, on wo der is, kast du net sei, net mit denn Kend.«

»Aber es is dem Fiehror seins.«

»Du bist su bleed, daß …«

Lotte drückte die Forke fester gegen Lieses Hals.

»Vorschwend on nemm dei Teiflsbalch mit!« befahl sie.

»Iech denk net dran«, hauchte Liese.

Da stach Lotte zu. Leicht aber bestimmt. Der Schmerz ließ Liese zu Boden gehen, dann begriff sie, raffte sich hoch, rieb sich den Hals, nahm Adele, schrie, daß sie nicht länger mit einer Bekloppten im Haus wohnen und daß sie in die Hauptstadt gehen wolle, denn dort würde Adeles Vaters sie erwarten und erlösen von diesem ländlichen Pack und dem Irrsinn, der übers Dorf gekommen sei.

»Iech glaub, die waß nuch wenger, wos inner Weltgschichdn lus is, als onnere Ziegn«, sagte Lotte, da ihre Schwester samt Rucksack und Adele den Hof verlassen hatte. Ohne Gruß. Ohne sich noch einmal umzudrehen.

In den vogtländischen Wäldern begegnete Liese Möbius dem Frühling. Mitunter mußte sie verhuschten Gestalten ausweichen, sich verstecken, wenn sie Unbekanntes hörte, aber die ersten Tage ihrer Flucht waren von der milden Wärme des kommenden Mais bestimmt. So spürte es Liese.

Am Rucksack festgeknüpft hingen Windeln. Am Hals trug Liese das Zehrgeld ihrer Schwester: fünf blutunterlaufene Flecke, die sich nach und nach blau verfärbten. Als Reiseproviant besaß sie nur Zwieback. War Adele hungrig, knetete Liese ihre Brüste, um sie noch einmal als Milchquelle nutzbar zu machen. Notdürftig wusch sie die Windeln in Waldbächen und ließ sie als weiße Fahnen außen am Rucksack trocknen. Da Lieses Leib gut mit Fett versorgt war, fröstelte sie nachts nur wenig. Morgens durchschritt sie ausgeruht die Wälder, eine stramme Wanderin, die ihr Ziel vor Augen hatte.

»Dei Vador werd sich fraie«, flüsterte Liese dem Töchterchen ins Ohr.

Unter den kitzelnden Worten mußte Adele weinen. Liese war es, als würde ein Echo den Satz zurücktragen. Als hätte sie sich nicht klar ausgedrückt und ein Vorwurf würde auf sie zurückkommen. War sie nicht schon auf einem anderen, besseren Weg gewesen? Weg von dieser breiten grolligen Tonart, die ihr schlecht und töricht erschien? Auf einer Lichtung, von der aus bereits die Stadt Zwickau zu sehen war, wiederholte Liese laut: »Dein Vater wird sich freuen!«

Adele kreischte belustigt, als Mutters Stimme plötzlich künstlich klang. Von diesem Moment an versuchte Liese Möbius, sich selbst einer strengen Lehre zu unterziehen, denn im Hauptquartier von Adeles Erzeuger, glaubte sie zu wissen, würde die reine Sprache der Heiligen gesprochen.

»Un net su an garschdiches Wald- on Subbndeidsch.«

Das waren Lieses letzte natürliche Worte, bevor sie die Lichtung verließ, das strampelnde Kind im Arm, auf dem Rücken Marschgepäck für viele Tage. Gescheit kam sich Liese vor, ein Gefühl, das ihr neu war, und dieses Gefühl machte sie froh und satt. An Lotte dachte Liese in der freudigen Einsicht, daß die Schwester wohl nie und nimmer aus Katzgrün herauskäme und ohne sie, die plötzlich und endlich geistig gereifte Liese, in strafbarer Dummheit von Amerikanern, Russen oder sonstwelchen Landplagen dem Elend ausgesetzt sein würde.

Am siebten Tag ihrer Wanderschaft, da Liese vom Fleisch gefallen war, Töchterchen Adele hingegen immer rosiger und schwerer wurde, wurde sie aufgehalten. Am Stadtrand. Von einer Gruppe Sowjetsoldaten.

»Dos sei die neien Kerle, die dei Vador ins Land neigschickt hod«, flüsterte Liese ihrer Tochter ins Ohr, korrigierte sich sogleich und wiederholte den Satz in wohlartikuliertem Heiligendeutsch.

Ein mondgesichtiger Offizier, dessen Augenlider solch enge Schlitze bildeten, daß Liese glaubte, er sei blind, richtete das Maschinengewehr auf die Wanderin, während die anderen Soldaten daneben standen, Machorkakippen kauten, ausspuckten und Liese angrinsten. Adele begann zu schreien. Liese schaukelte das Bündel auf dem Arm. Der Lauf der Waffe berührte ihre Schläfe.

»Stoj, streljatj budu!«, sagte der Schütze, kniff seine Augen noch mehr zusammen, stupste die Mündung des Gewehrlaufes von Lieses Schläfe die Wange herab zum Unterkiefer, beinahe zärtlich, zum Hals, bis er denselben freigelegt hatte und die blutunterlaufenen Flecke entdeckte.

»Maasern«, sagte Liese schnell, »iech hob ...«

Sie korrigierte sich sofort und flötete: »Ich habe Masern!«

Der Offizier legte das Gewehr ab.

»Kind! – Daj!« befahl er.

»Es ist vom Führer!«

Erleichtert, daß der Schlitzäugige an Masern zu glauben und sie über reine Sprache zu verfügen schien, hielt Liese ihr Kind dem Offizier entgegen, der es an die Soldaten abgab. Sie reichten Adele von Arm zu Arm, hoben sie hoch, redeten in einer Sprache, die Liese komisch fand und bei der sie mitlachen mußte. In diesem Moment hatte sich das Gesicht des Offiziers ihrem Hals genähert. Ehe Liese sich wegducken konnte, berührten seine Lippen ihren Hals. Dann gab der Offizier den Befehl, man möge Frau und Kind gehen lassen.

»Kuda? – Wohin?«

»Nach Berlin«, sagte Liese, »zu *ihm.*«

Noch als sie längst auf dem Zwickauer Bahnhof stand, hörte sie die Russen lachen. Plötzlich wußte Liese nicht, woher sie gekommen und wohin sie gehen sollte. Konnte sich nicht erinnern, welche Macht sie an diesen Ort getrieben hatte. Die Blutergüsse am Hals juckten wie der Teufel. Um Lieses Leib lappte die Strickjacke. Frostige Frühlingsluft mischte sich mit dem Gestank der Eisenbahnzüge und herumirrenden Menschen. Verlorene und Verwundete sah Liese, deren Anblick sie irritierte, denn in Katzgrün kannte sie doch nur sich, ihre Schwester, die Dörfler, den Stall. Und die Liebe, wie sie glaubte. Auch wenn sich die Erinnerung an jene Nacht, da Liese dem Traum hinterhergelaufen war, hier auf dem Bahnhof verflüchtigte und lähmende Verlorenheit hinterließ.

»Lotte, Lottchen«, jammerte Liese.

In diesem Moment fuhr der Zug ein.

Dreihundert Kilometer Hölle. Sieben Stunden dauerte die Fahrt. Auf dem Rucksack sitzend, zwischen Menschen gepreßt, die nach Qualm Schweiß Urin stanken, die sich einem Ziel näherten, das auch Lieses Ziel war, das sie nicht kannte, für das sie aber eine Eingebung besaß.

Liese übte. Immer wieder wollte ihr das Wort *Iech* aus dem Mund quellen, das alte abgenutzte schafsbreite Getön, aber Liese setzte Neues dagegen: *Ich!* flüsterte sie vor sich hin, *ich! ich!*, bis es genügte.

»Ich muß zum Führer!« rief sie, als das Gedränge zu groß wurde und Liese befürchten mußte, Adele würde in ihren Tüchern erdrückt.

Manche versuchten, sich an andere Stellen des Waggons zu drängeln, denn dem Mitleid, die Lieses Ausfälle erweckten, folgte die Angst, der Russe oder wer immer die Reise im Geheimen begleite, würde den Zug mit Bomben bewerfen.Von Zwickau ging es Richtung Chemnitz. Langsam, mit schnaufender Lok. Fast konnte man neben dem Zug herlaufen. Möbius-Liese, die noch nie Eisenbahn gefahren war, dachte, der Wagen würde auseinanderbrechen.

»Wir kommen kommen kommen«, hauchte sie Adele bei jedem Schienenstoß ins Ohr, schloß die Augen, schlief ein und träumte, wie sie in der Hauptstadt empfangen würde: von einem schwarzen Automobil, aus dem *Er* persönlich steigen, auf sie zulaufen und ihre Hand nehmen würde. Wie damals beim Suppeessen. *Lang Se ner zu!* hörte sich Liese sagen. Gleichzeitig erschrak sie. Suchte verzweifelt den heiligen Klang, nur wollte ihr der im Traum nicht einfallen, immer nur dieses *Lang Se ner zu!* Kurz vor Hohenstein war der Zug zum Stehen gekommen.

Eine halbe Stunde hielt er in einer Kurve, mußte schließlich an Chemnitz vorbei über Altenburg Borna Grimma Richtung Norden umgeleitet werden. Es dämmerte bereits.

Liese und Adele Möbius erreichten Berlin im Dunkeln. Endstation Adlershof.

»Ab hier wird jeloofen!« brüllte ein Mann in Uniform, riegelte die Waggontüren auf und scheuchte die Massen, die dem Zug entquollen, über unbeleuchtetes Gelände Richtung Stadt.

Liese ging ihrer Nase nach. Die Luft roch nach Kartoffelfeuer. Liese wußte nicht, was nun ihr Weg sein sollte – nach Berlin oder Katzgrün, zum König oder zurück zu den Ziegen. Sie sehnte ihre Schwester herbei, wünschte, Lotte möge neben ihr laufen, im schwankenden Schritt weiblicher Stärke, zwei Milchkannen an jeder Hand, vor Augen den Stall. Nach einigen Metern spuckte Möbius-Liese die Sehnsucht aus, drückte ihr Töchterchen an sich, aß ein letztes Stück Zwieback, huckte den Rucksack auf und ging Richtung Innenstadt.

Durch eine Landschaft von Trümmern. An verkohlten Silhouetten vorbei, bei deren Anblick Liese das Herz klopfte. Sie wußte nicht, ob es Stolz oder Furcht war. Unter Sternen lief Liese, die, je weiter sie in die Stadt hineinkam, verblassten. Aber jenen Stern, der sie leitete, glaubte sie, nie aus dem Blick zu verlieren.

»Morgen werden wir bei ihm sein«, tröstete Liese Adele, die nach Nahrung verlangte. In Mutters Brüsten fand sich nur noch wässrige Spätmilch.

Am nächsten Morgen erwachten Mutter und Kind durchfroren in einer Toreinfahrt irgendwo in Treptow. Wen sie suche, erkundigte sich ein alter einbeiniger Mann, der des Weges gehumpelt kam.

»Ihren Vater«, sagte Liese und wies auf das Bündel.

»In dem Haus hier jibts keene Väter mehr.«

Der Alte stach mit seiner Holzkrücke nach der Frau.

»Es ist der Führer«, versuchte Liese zu erklären, stand auf und legte Adeles Gesicht aus den Tüchern frei.

»Dir hat der Kriech aber janz schön eens an'n Ballon jejeben.«

Mit diesen Worten hinkte der Alte davon. Auch Liese ging weiter. Schritt für Schritt. Von den Stallschuhen hatten sich die Sohlen gelöst. Durchgescheuert waren die Strümpfe. Adele war eingenickt. Seit Stunden lag sie in durchnäßten Windeln. Weiter voran. Wir kommen kommen kommen. Vereinzelt kurvten Leute auf Fahrrädern durch die verschütteten Straßen. Bevor Liese die Spreebrücke erreichte, wurde sie von Uniformierten angehalten und nach ihren Papieren gefragt. Liese wies sich aus. Ordnungsgemäß. Sagte, sie sei auf der Suche nach ihrer Familie. Man schickte sie weiter. Auf der Brücke überkam Liese Schwindel, und sie stürzte hin.

Die erste Suppe, die Liese nach langer Zeit aß, bestand aus Brennessel, gestreckt mit Kartoffeln, gewürzt mit Majoran. Liese strahlte, als jemand ihr Löffel für Löffel einflößte. Auch Adele, die der Milch inzwischen entwöhnt war, wurde von jener köstlichen Friedensspeise wieder zum Leben erweckt. In einer Baracke des Roten Kreuzes, wo ein Kanonenofen bullerte und sich fremde Menschen drängten. Wer sie an diesen Ort gebracht hatte, erfuhr Liese nicht, und wohin sie jetzt gehen wollte, konnte sie niemandem erklären. Als sie behauptete, der Führer würde auf sie und sein Kind warten, gab ihr die Krankenschwester Chinin. Eine Frau, die ebenfalls mit einem Säugling in der Baracke Unterschlupf fand, hielt Liese die Faust vors Gesicht und sagte: »Noch een Wort und ick nehm dir außenander!«

Am siebten Tag nach ihrer Ankunft in der Stadt, verlor Möbius-Liese ihren Rock. Er war heruntergerutscht. Der Bund hatte keine Stütze mehr an der Hüfte und Liese hatte vergessen, ihn mit Gummiband am Leib zu fixieren. Notdürftig wickelte Liese den Rock wieder um ihren Schoß, faßte Adele fester, als drohten ihr die Dinge flüchtig zu werden, und beschloß, die Suche nach dem Kindsvater zu einem späteren Zeitpunkt fortzusetzen.

Hatte Liese eben noch ihren Schlafplatz hinter einem Steinstapel, den sie für diese Nacht auf der Linienstraße sicher besorgt glaubte, wurde abermals ihre Ruhe gestört. Durch einen Befehl. Aber Liese hatte aus diesem *Verschwinde!* etwas herausgehört, das in ihr das Gefühl der Verheißung erzeugte: In dieser Kommandosekunde klang Schnarren, ein *rrr,* wie es zufriedene Katzen erzeugen. Eine Frau war vor Liese scheinbar aus dem Boden gewachsen.

»Sperrstunde!« fauchte sie.

Liese zitterte. Mit dreckstarren Fingern wies sie auf das Bündel, das sie bei sich trug, und im Aufgebot ihrer letzten Kraft artikulierte sie sauber:

»Das ist Adele. Die hat sich verlaufen.«

»Na komm schon«, sagte die Fremde.

Liese, die eben ein schwesterliches Gefühl zu verspüren glaubte, erblickte aus ihrer gekrümmten Stellung heraus zwei Beine in Strümpfen, Knöchelschuhe, einen feingewebten Rock und einen weitgeschnittenen Mantel aus Ziegenleder. Liese drückte den Rücken gegen den Steinstapel und blickte in ein zierliches, von welligem Haar gesäumtes Gesicht. Die Dame lächelte. Und sie roch nach süßem Rauch, der den Schutt- und Brandgestank der Stadt zu überdecken schien. Liese bat, die Dame möge sie nicht verraten, sie würde womöglich als verrückt weggesperrt werden, aber sie sei nicht verrückt, nur vom Land, aus dem Dorf Katzgrün, nein, man müsse es nicht kennen, aber der Führer habe es einmal besucht ...

»Der Führer?«

»Ja, und da ist es auch passiert«

»Was?«

Nach einem raschen Blick über die Schulter, prüfend, ob jemand etwas gehört habe, trat die Frau einen Schritt auf Liese zu. Obwohl diese ihr anmerken konnte, daß sie vor dem Gestank, den die Landstreicherin nach Tagen der Verwahrlosung ausströmte, lieber zurücktreten wollte.

»Du hast den Führer gesehen?«

»Ja«, flüsterte Liese, und in einer Anwandlung Zutrauens gab sie die ganze Wahrheit kund: »Er ist der Vater meines Kindes.«

Klar, deutlich hatte Möbius-Liese auch diesen Satz gesprochen. Kein Klang nach Wald und Suppe, nur ein winziges imitiertes Schnurren. Sie erwartete, daß die Fremde ihr einen Schlag verpasse oder, wie sie es gewohnt war, sie auslachen würde. Aber diese apart duftende Dame äußerte nur einen Wunsch: das Kind zu berühren. Liese, die nicht wußte, wer oder was ihr begegnet war, ließ die Finger der Fremden über Adeles Körper spazieren, duldete das Streicheln. Dankbar streckte sie Liese die Hand entgegen, und als wolle sie diese Person ernsthaft gewinnen, stellte sie sich vor: »Ich bin Traudel Schieke.«

Stille. Als wäre ein Engel auf Liese und Adele niedergekommen, so unwirklich wirklich war das Angebot, sich aus der elenden Lage zu höherem Dasein zu erheben. Da entfuhr es Liese: »Is des a Glück! Iech hobs gwußt! Unnre Haamit gibt uns net verlore!«

Sie preßte sogleich die Lippen aufeinander, mußte im nächsten Moment lachen, schrill, unhaltbar, weil sie eben wieder den Halt verloren hatte, die klar klingende Zukunft, und Adele begann zu wimmern, während Traudel die beiden hinter dem Steinstapel hervorführte, wenige Schritte bis zur Tür mit der Nummer 55.

»Reiß dich zusammen. Wenn uns der Russe hört, sind wir dran.«

Im Haus, das so schmal war, daß nur drei Familien darin wohnen konnten, roch es nach Keller. Es war von Bombenangriffen verschont geblieben, aber von den Wänden und der Decke bröckelte Putz. Langsam überkam Liese eine Ahnung, wohin sie das Schicksal geführt hatte. Ganz nah fühlte sie sich ihrem Ziel.

»Ich wußte, daß der Führer hier wohnt.«

»Er wohnt nicht hier«, erwiderte Traudel und flüsterte Liese ins Ohr: »Aber manchmal geht er nachts durchs Haus.«

»Also doch!« rief Liese.

»Blödsinn. Der Führer ist tot.«

Traudel wurde plötzlich unleidlich. Sie drängte Liese nach oben, öffnete eine Holztür neben dem Abtritt und sagte: »Hier bleibt ihr fürs erste.«

Den Zwischenboden konnte Liese nur mit eingezogenem Kopf betreten. Hinter dem ersten gab es ein zweites, kleineres Zimmer, von dem aus man auf den Hof blicken konnte. Der Boden war mit Gerümpel, einer Zinkwanne, einem alten Fahrrad, verstaubten Nachtschränkchen, einem halbblinden Spiegel und einer zerschlissenen dreiteiligen Matratze belegt. Ein Paradies nach den vorherigen Schlafstätten. Möbius-Liese tat, was sie im Leben nur selten getan hatte – sie bekreuzigte sich.

In der ersten Nacht schlief sie unruhig. Im Traum erschien Lotte, die eine mit Holzkohle gestopfte Gans auf dem Arm trug. *Ich bin nicht tot!* schnatterte die Gans, und Lotte lachte *Lang ner zu! Lang ner zu!* Liese schreckte aus dem Traum hoch und wußte, daß Traudel recht hatte. Der Führer war tot. Sie weinte, zog Adele an sich heran, küßte, beschnupperte sie.

Als Liese am Morgen die Augen öffnete, erblickte sie über sich ein Spinnennetz. In der Mitte saß ein dickes kurzbeiniges Tier, das, indem es heftig mit dem Leib wippte, das Netz in Schwingungen versetzte. Zufrieden erhob sich Liese von der Matratze, als sei es ein Luxusbett gewesen, erkundete den Raum, um sich ihrer neuen Existenz zu vergewissern. Es war fast alles da, was man zum Leben brauchte. Den Rest würde Traudel, die gute Fee, schon besorgen. Liese war sich sicher, daß alles von langer Hand vorbereitet war. Daß *er* sie nicht vergessen hatte.

Im Spiegel sah Liese ein Gesicht, das sie fragte, wem es gehöre. Nach genauerem Hinsehen erkannte Liese ihr eigenes: nur daß die Augen, sonst unter dicken Lidern verborgen, jetzt sichtbar und die Wangen nicht mehr pausbäckig waren. Sie strich eine Haarsträhne aus der Stirn, und hielt sich, so mager geworden, doch für adrett. Als Liese den Kragen ihrer Bluse herunterklappte, fand sie den Hals makellos.

## 5

»Nu!«

Der Soldat tauchte den Maßbecher in den Kübel, holte ihn hoch, randvoll mit Milch, setzte den Becher an den Mund, trank ihn in einem Zug leer.

»Daj!« rief ein zweiter Soldat, entriß dem ersten das Gefäß, um selbst zu schöpfen und, als sei er am Verdursten, ohne abzusetzen einen ganzen Liter zu trinken.

»Bitte, bedienen Sie sich.«

Emma Konarske, die den Soldaten zuschob, was sie in den ersten Friedenstagen an Delikatessen zu bieten hatte: Lakritze Zwieback Winteräpfel, auch Sauermilchkäse Zwiebeln Rindertalg, stand mit weichen Knien im Laden.

»Wodka! Schnaaaps!«

Ein dritter Soldat, so jung, daß ihm noch nicht einmal der Bartflaum wuchs, forderte mit krähender Stimme diese Steigerung der Genüsse.

»Hab ich nicht, hab ich wirklich nicht«, sagte Emma.

Verzweifelt wühlte sie in Kisten und Kartons, um irgend etwas zur Beruhigung der Soldaten hervorzuzaubern. Es fand sich nur ein Fläschchen Essigessenz. Alkohol war seit Wochen ausverkauft.

»Glotatj daj, starucha!«

Ein weiterer Becher Milch wurde geschöpft und machte die Runde. Ein Soldat nach dem anderen trank. Vor jedem Schluck prosteten sie sich zu. Senfgläser wurden ausgeteilt, Milch hineingeschüttet, und mit grölendem *Na starowje!* kippten sie hundert zweihundert dreihundert Gramm in sich hinein. Wieder und wieder. Einer torkelte von der Theke nach nebenan in den Lagerraum, in dem sich noch ein einziger Milchkübel befand – die Dreitageration für Lärchenaus Kinder.

»Ui!« pfiff der Soldat, kippte den Kübel an, rollte ihn in den Laden, wo sich die Kameraden auf ihn stürzten, den Gummideckel herunterrissen, mit Maßbechern Senfgläsern Blechbüchsen in sein Innerstes tauchten, schöpften, was sie nur konnten, und sich berauschten.

Emma Konarske, die nicht verstand, was eben im Laden geschah, der noch der Schrecken der vergangenen Tage in den Knochen saß, hoffte nur, man möge ihr nicht die Einrichtung demolieren, weil dieser Raum doch ihre Sicherheit, ihr Leben war. Weil doch ihr Mann im Mennichensee geblieben ist. Sich fortgestohlen hat von ihr, aus der Zeit. Weil doch Rosie und Klein Gunter satt werden mußten.

Der Soldat mit dem Kindergesicht trat auf Emma zu. Mein Gott, dachte sie, was der Junge wegtrinken kann! Dabei war es nur Milch, aber diese Milch mußte etwas Irremachendes an sich haben: wie die Kerle lachten, sich drehten mit ihren Stiefeln, wie sie klatschten, zu tanzen begannen, und jetzt wurde Emma aufgefordert von dem Kind, das sein Gewehr ablegte und mit ihr zum Kübel tanzte, ras – dwa – tri. Der Junge tauchte seine Hände in das Gefäß, als wolle er sich waschen. Als er sie wieder herauszog, war Milch darin wie in einer Schale. Emma Konarske, die sich nicht anders zu helfen wußte, beugte sich herab, spitzte die Lippen, schlürfte, trank. Sie trank bis zur Neige.

»Smojsja!« befahl der Soldat.

Besoffenes Lachen dröhnte durch den Laden. Emma, die verschämt ihren Milchbart abwischte, wurde gezwungen, sich abermals mit dem Mund der Soldatenhand zu nähern. Sie roch nach Milch Schmieröl Schmutz.

»Dawai!«

Einer Katze gleich leckte Emmas Zunge über die Handfläche des Soldaten, von den Kuppen zur Lebenslinie bis zum Daumenballen, dann noch einmal alle fünf Finger aufwärts, bis die Hand trocken war. Die Soldaten schulterten die Gewehre. Zum Abschied legte der Junge seinen Kopf an Emma Konarskes Brust. Ein paar Sekunden nur. Dann hatte Emma den Laden wieder für sich.

Mit dem ersten Frühlingsgewitter, das sich über Lärchenau entlud, wurde Otto Konarskes Sarg in der Erde versenkt. Regen hatte Sand vom Feldrain durch den Bretterzaun des

Kirchhofes geschwemmt: kleine Dünen märkischer Materie, die sich zwischen Tulpen Krokus Efeu ablagerten und auch an den Heldengräbern verfing. *Die Heimat gibt euch nicht verloren.* Infolge eines Wolkenbruchs folgte der nasse Wegsand Otto Konarske in die Grube.Von allen Seiten klatschte er vom Grabrand auf den Sargdeckel. Emma versuchte, ihrerseits eine Handvoll zu werfen. Aber Sturm und Regen hatten den Sand bereits aus der Schale zerstreut. Die Bestatter, nachdem sie den Sarg abgesenkt, die Gurte eingeholt hatten, zogen ihre Hüte ins Gesicht und entfernten sich.

Ohne daß irgendein Mensch ein Wort über Milchmann Konarske verloren hatte, hörte das Gewitter plötzlich auf. Noch gluckste der Friedhof vom Regen, der so schnell nicht abfließen konnte; noch drückten Windböen die Trauernden in Richtung des Verstorbenen, so daß sie sich gegenstemmen mußten, bis auch der Wind nachließ. Nur Emma, Rosie und Gunter waren zur Beerdigung erschienen. Kein Lärchenauer, nicht einmal der Pfarrer, gab Konarske das letzte Geleit.

»Det hatter nu ooch wieder nich verdient«, heulte Emma und fügte erbost hinzu: »Aba wenner wat rüberjeschobn hat im Laden un wenn de Milch nie saua war und wenner hat wat anjeschriebn, da standen se alle bei Fuß!«

Rosie hatte es eilig, den Friedhof zu verlassen, zumal das Kind auf ihrem Arm fiebrig und durchnäßt war.

»Warum sagste nuscht? Een letztes Wort kann doch nich zu ville sein.«

So wie Emma zornig über die abwesenden Dorfbewohner war, so wunderte sie sich über ihre Tochter, die tränenlos am Grab des Vaters stand. Einmal meinte Emma sogar, ein Lächeln auf deren Lippen zu erkennen.

»Wat is los mit dir? Dein Vadder is jestorbn!«

»Ach«, sagte Rosie teilnahmslos.

»Roseken! Der Mensch muß heuln können, damit es weiterjehn kann im Leben.«

Aus Angst, Rosie ersticke am Gram, flehte Emma sie um Tränen an. Aber Rosie konnte nicht weinen. Sie blickte ins aufgedunsene Gesicht ihrer Mutter, hielt das frierende Kind im Arm, spürte die Tropfen, die von den Bäumen auf sie niederfielen, und blieb starr. Ihr war, als verschrumpele ihre Haut, verwandelten sich die Nerven in Stricke. Weinen können, damit das Leben weitergeht.

»Bitte«, flehte Rosie.

Sie gab sich Mühe. Keine Träne kam. *In drei Minuten biste auf meiner Station*, flüsterte sie ihr vergangenes Leben zurück. Aber sosehr sie sich bemühte, sich Vaters Züchtigungen noch einmal vorzustellen, sosehr sie wünschte, in einer Tränenflut alles auflösen zu können – es gelang nicht. Stumm biß sie sich auf die Lippen und spürte nichts.

»Du blutest«, sagte Emma.

»Das ist kein Blut.«

Rosie machte jetzt große Schritte. Schnell weg vom Grab, das am Rand des Friedhofes lag, da, wo er an einen Rübenacker grenzte. An jener Stelle, wo nur selten ein Mensch beerdigt wurde, wo kaum ein Besucher hinfand. Emma, die nicht mehr gut zu Fuß war, versuchte ihrer Tochter zu folgen.

»Det jehört sich nich, so schnelle üban Friedhof!« schnaufte sie.

Da sah sie Rosie stürzen. Mitten auf dem Weg. Sie fiel der Länge nach hin, den Säugling an sich gepreßt. Nach dem Sturz erhob sich Rosie, als sei nichts geschehen, und begutachtete ihre Beine. Die Knie bluteten und schmerzten.

»Nu weenste ja doch noch.«, sagte Emma erleichtert.

Mit einem Mal bestand Rosie darauf, daß die Sterbeursache ihres Vaters, die *Erstickung durch Ertrinken* lautete, korrigiert wurde: *Lues venerea* hieß die wahre Diagnose seiner Krankheit. Als Emma erfuhr, daß Ottos seltsame Hauterscheinungen der letzten Monate nicht auf Masern zurückzuführen waren, sagte sie: »Ick gloobs nich.«

Und glaubte es doch. Da sie sich von Stund an sicher war, ihr verstorbener Gatte habe es mit sämtlichen Weibsbildern der Gegend getrieben, schloß sie den Laden, setzte sich in den Badezuber, löste ein Stück Kernseife darin auf und wusch, schrubbte, schmirgelte den vermeintlichen Dreck, den ihr Otto hinterlassen hatte, vom Leib. Auch Tochter und Enkelkind mußten sich dieser Prozedur unterziehen, wenngleich Rosie meinte, ein Bad im Mennichensee würde mehr Vorbeugung bewirken, als diese Gewaltkur im Seifenbad.

»Der See is vaseucht für alle Zeiten, seit der Hund mit seine Schanker da rinjegang is!« rief Emma und seufzte: »Jott sei Dank aber och, dasset nich auf uns überjegriffen hat.«

Der Sommer 1945 brachte zeitig Trockenheit in die sandigen Kiefernwälder. Als einziger Pilz wuchs scharenweis die Frühlorchel, deren Gift kundige Sammler mittels Trocknen abdampfen ließen. Sie tauschten die Pilze unter falschem Namen mit Waren, die man aus der Stadt nach Lärchenau brachte: Wäsche Teppiche Schmuck. Sie tauschten sie, wie Milch Mehl Kartoffeln auch getauscht wurden, als ob sie den Hunger, der die Städter aufs Land trieb, wettmachen könnten. Mitunter beschleunigte der Genuß der Lorcheln das Siechtum manch armen Käufers. Aber von solcher Schuld wollten die Lärchenauer nichts wissen. Sowenig wie sie wissen wollten, was war und kommen würde. Es genügten ihnen ihre toten, kranken oder abgeführten Männer. Die in Kammern Böden Scheunen einquartierten fremden Leute, die aus dem Osten eingetroffen waren, mit einer schlimmen Sprache, Angst und Typhus im

Gepäck. Es genügten die Soldaten, die Häuser und Höfe aufsuchten, das Vieh aus den Ställen trieben, Anweisungen gaben und sich nicht nur in Konarskes Laden an der Milch vergingen.

In manchen Stunden aber klang aus den Fenstern des Schlosses Musik: schwere Harmonikaklänge, von denen die Frauen des Dorfes angelockt wurden. Aber sobald sie unter dem Fenster standen und, wie sie es kannten, ihre sehnsüchtigen Gedanken an die Spielenden hinaufschickten, kamen die Offiziere. *Geh, Schenja!* lautete der Befehl.

Rosie arbeitete wieder als Gemeindeschwester. Da nach Doktor Lingotts Tod dem Dorf vorerst kein Arzt zur Verfügung stand und zwischen Eichholz und Philadelphia nur ein achtzigjähriger Dentist Dienst tat, übernahm Schwester Rosie alle anlaufenden Fälle. Eine Notverordnung der sowjetischen Kommandantur ermöglichte ihr, Diagnosen und Eingriffe zu wagen, die eigentlich nur einem Arzt erlaubt waren. Von Rochus hatte Rosie gelernt, worauf es ankam. Die Patienten vertrauten ihr. Zur Seite hatte Rosie die Hebamme, die diensteifrig alles tat, was Rosie anordnete. Sie vermied jedes tiefere Gespräch mit der Schwester, begutachtete jedoch regelmäßig und fürsorglich den kleinen Gunter, den sie zur Welt gebracht hatte, und bescheinigte ihm bestes Gedeihen.

Die Arztvilla war mit frischer Kalkfarbe gestrichen. Über den Schreibtisch, der unverändert an seinem Platz im Behandlungszimmer stand, hängte Rosie den Schierling. Da war er wieder. In den wenigen stillen Minuten, die die Schwester hatte, versenkte sie sich in dessen Anblick, in das verschleppte Glück ihrer Liebe. Eines Tages hing ein anderes Bild an der Stelle des Schierlings. Die Hebamme hatte Stalins Portrait aufgehängt, und mit triumphierendem Blick kündigte sie an: »Wir sind die ersten im Dorf.«

Rosie starrte das Bild an, stieg auf den Tisch, machte Anstalten, es wieder abzunehmen, aber die Hebamme hatte es in der Wand verschraubt. Rosie fühlte ihre Kraft schwinden und konnte nichts mehr tun. Hatte die Hebamme Feierabend, legte sich Rosie die Ledermanschette des Blutdruckmeßgerätes um den Oberarm, pumpte sie mit Luft auf, fester, bis der Arm schmerzte und anschwoll. Dann erst war sie in der Lage, den Schierling mittels Reißzwecken über dem Stalin-Bild zu befestigen. Jeden Morgen vor Arbeitsbeginn nahm ihn die Hebamme wieder ab.

Zwischen Patienten- und Stuhlbeinen krabbelte Gunter, während im Behandlungszimmer Mutter nach bestem Wissen wirkte. Bald kannte Gunter fast alle Lärchenauer, lernte sie von den Umsiedlern zu unterscheiden – und alle kannten ihn, wußten, womit sie sein neugieriges Wesen befriedigten, und steckten ihm, als er zahnte, oft Brotkanten zu. Litten die Leute nicht allzusehr unter Beschwerden, spielten sie im Warteraum mit dem Jungen, sangen, machten Scherze. Gunter weinte so gut wie nie, war allerdings auch selten zum Lächeln aufgelegt. Ernsthaft bewegte er sich von einer zur anderen Zimmerecke, inspizierte, was ihm im Weg lag, ließ sich nur unwillig hochheben und war froh, wenn am Abend der letzte gegangen war. Dann nahm ihn Mutter auf den Arm und zeigte ihm das Reich ihres Wirkens: den Schreibtisch, die Untersuchungsliege, die klappernde Waage, vor allem die weißen Schränke, hinter denen es metallisch funkelte und vielerlei Utensilien Gunters Aufmerksamkeit erregten. Das höchste Glück für den Jungen war, wenn er auf den frisch gewischten Boden gesetzt wurde. Stracks krabbelte er auf eine Kiste zu, von der er wußte, daß sie ihm gehörte. Sein Spielzeug, abenteuerlich wie nichts sonst auf der Welt: gläserne Spritzenkörper, Ampullen, Spatel,

Tablettenröhrchen und -schachteln, Schälchen, Gummihandschuhe, Augenspiegel, sogar ein ausrangiertes Spekulum und ein Rektoskop befanden sich darin. Jedes einzelne Teil holte Gunter aus der Kiste, drehte es in den Händen, befühlte und legte es schließlich akkurat nebeneinander auf den Boden. Vom Holzauto, das ihm die Hebamme zum ersten Geburtstag schenkte, wollte er nichts wissen.

Obwohl Schwester Rosie in ihrer Verantwortung aufblühte und sich rühmen konnte, noch nie eine Fehldiagnose gestellt, keine falsche Behandlung angeordnet zu haben, spürte sie etwas, das sich wie das Herausrieseln ihres Lebensstroms anfühlte. Weder aus dem Vertrauen der Patienten, noch aus dem artigen Verhalten ihres Jungen, auch nicht aus der unbeirrten Liebe der Mutter schöpfte sie Kraft. Bald bemerkte sie nur noch einen faden Druck, wenn sie die Manschette des Blutdruckapparates um ihren Arm schloß. Bald war ihr gleichgültig, ob überm Schreibtisch Stalin oder der Schierling hing. So leer fühlte sie sich nach Dienstschluß, daß ihr nichts einfiel, das sie erwecken konnte. Wär ich doch krank, dachte Rosie.

Eines Nachmittags saß Kleinbauer Eden im Wartezimmer. Breitbeinig, in Stallschuhen, Arbeitsmütze, aber mit frisch gebügeltem Hemd. Neben sich hatte er eine Ledertasche gestellt. Ungeduldig wartete Eden, bis er an die Reihe kam, um schon im Augenblick des Eintretens das Behandlungszimmer mit bellendem Husten zu füllen.

»Wie lange geht das schon?« erkundigte sich Schwester Rosie in lässiger Routine, die den Bauern, der, wie er behauptete, noch nie im Leben einen Arzt aufgesucht habe, ärgerte.

»Der reißt ma schon janze Nächte ausm Bett«, krächzte er und erklärte der Gemeindeschwester, daß Beate, seine Frau, vor lauter Lärm schon das gemeinsame Schlafzimmer verlassen, sich in die Bodenkammer zurückgezogen, dort, wo er, Helmar Eden, vor drei Jahren einen Kriegsdeserteur versteckt habe.

»Sie müssen wat tun, Schwesta!«, forderte der Bauer, als Rosie sich noch immer nicht für ihn zu interessieren schien.

»Machen Sie den Oberkörper frei.«

Gleichgültig, in der Gewißheit, alles richtig zu tun, nahm Schwester Rosie das hölzerne Hörrohr aus dem Schrank und wartete, bis der Patient ihre Anweisung befolgt hatte. Bauer Eden stand vor ihr, die Brust entblößt. Rosie sah das schwarze gekräuselte Haar, roch Schweiß und Seife, da trieb es ihr einen Schmerz durch den Kopf, der sie beinahe beglückte. Gerade noch schaffte es die Schwester, ihre Lippen von der Brust des Bauern zurückzuziehen, das Hörrohr aufzusetzen und aus den Atemgeräuschen zu schlußfolgern, daß es sich, trotz röhrender Husterei, um einen einfachen Katarrh handele.

»Sagen Sie Ihrer Frau, sie soll einen Salbeisud herstellen. Drei Gläschen täglich. Dazu Honig. Wenns nicht besser werden sollte, baden Sie im Mennichensee.«

»Ick kann aba nich schwimmen«, grinste Bauer Eden, zog seine Mütze aus der Stirn und schlug vor, daß Rosie es ihm jedoch beibringen könne. Rosie kritzelte die Worte »Salbei, Honig, ggf. baden« auf einen Zettel, gab ihn dem Bauern in die Hand und rief ins Wartezimmer: »Der nächste, bitte!«

»Ick bin der letzte.«

Stolz wies Bauer Eden in das leere Zimmer, wo Gunter bereits seine Spielkiste in Angriff genommen hatte.

»Schlauer Bursche«, sagte Eden, »und det ohne Vata!«

Er trat auf den Jungen zu, der mit Spatel und Spekulum gerade ein Klapperkonzert aufführte, öffnete seine Ledertasche und holte ein in Wischtücher gewickeltes Päckchen hervor. Es war üblich, die Dienste von Schwester und Hebamme in Naturalien zu bezahlen. Aber was Rosie diesmal als Entlohnung erhielt, übertraf alles, was sie bisher von Patienten bekommen hatte: ein kompletter Satz massivsilbernes Tafelbesteck, dazu sechs Serviettenringe, ebenfalls aus Silber.

»Das kann ich nicht annehmen«, sagte Rosie barsch und schlug das Besteck in die Tücher. Unangenehm war ihr der belfernde Bauer.

»Bei so 'nem Brustjewitter, wat ick Ihnen zumute, müßten Se noch 'n Tafeljeschirr mit Joldrand dazubekomm«, sagte Eden und fügte hinzu: »Außerdem dachte ick nich unbedingt an Ihre Person, sondern det schöne Erbjut von meine Omma sollte vielmehr dem kleenen Junter zustehen, nich wahr.«

Der Bauer reichte dem Jungen das Besteck. Schon hatte Gunter die Tücher aufgeschlagen und Messer Löffel Gabeln nebeneinander auf den Boden gelegt. Entzückt klatschte er in die Hände. Rosie versuchte, ihm die kostbaren Teile durch sein gewohntes medizinisches Material auszutauschen. Aber Gunter schloß seine Fingerchen um zwei Messer, hielt Rosie die Spitzen entgegen. Der Bauer verabschiedete sich, indem er die Mütze zog und der Schwester kurz über die Wange streichelte. Heftig schlug ihr Herz auf und bremste die Schläge wieder ab. Rosie riß dem Sohn die Messer aus der Hand und schrie: »So was sollst du nicht tun!«

Anfang November 1945 überbrachte ein Gesandter der sowjetischen Kommandantur die Mitteilung, daß in Lärchenau wieder ein richtiger Arzt arbeiten, Rosie als Krankenschwester bei ihm angestellt sein sollte und die Hebamme an einen anderen Ort versetzt werde. Nach Sibirien, hieß es.

Anfang November trugen die Bauern, was die späte Herbsternte hergab, von ihren Feldern zu den Sammelstellen. Sie trieben ihr Vieh aus den Ställen, Befehle im Rücken wie Bajonette. Auch Kleinbauer Eden trieb seine Frau aufs Feld, die, knochenpörös, unter seinen Anweisungen Rüben verzog.

»Det muß allet neu hier werden, Beatchen, und neu wird et nur durch uns!«

Ratten in Scheunen und Mietsstuben mußten fremden Menschen weichen. Mancher erstickte an der Enge oder überfraß sich an hungertreibenden Dörrapfelscheiben. Oft drückte der Pfarrer vor der Zeit Verzweifelten die Augen zu.

Anfang November wurden auf den Wiesen hölzerne Strommasten in die Erde gerammt. Bald summten in den noch leeren Höfen, in Ställen Stuben Küchen Kammern elektrische Glühbirnen.

Anfang November wankte etwas in einem Mantel, der von tausenderlei Pelz und Rauhwerk zusammengesetzt war, die Dorfstraße entlang.

»Sieht aus wie unsa Meister Simson!« flüsterte Schlosser Goiso Harzendorf, der gerade seine Werkstatt wieder eröffnet hatte. Aber andere wollten nicht glauben, daß dieses klapperdürre Wesen Schneider Simson Blumgebind sein sollte. Der war doch weggeholt worden. Irgendwann. Irgendwohin. Für immer und ewig.

»Der kommt ausm Lager«, behauptete Horst Gegenbauer, ehemaliger Gutskutscher und bester Tänzer des Dorfes.

»Hau uns nich die Hucke voll mit wat nich sein kann«, drohte Mittelbauer Gert Mannschatz, der im Krieg Panzer gefahren war und im Frieden Traktor fuhr.

Bevor Simson Blumgebind seine Verwandlung erklären konnte, umarmte er einen Strommasten. Er konnte nicht mehr geradeaus sehen, fand den Weg nicht mehr in sein Dorf. Goiso Harzendorf, der sich nicht traute, die zerlumpte Gestalt zu berühren, lief, die Gemeindeschwester zu holen. Der letzte Schritt, den der Schneider tat, ging in Rosies Arme hinein. Er starb ohne ein Wort der Erklärung. Sein Mantel, an dem jedes Tier ein Stück seiner Haut dazugegeben hatte, diente ihm als Sarg. Lärchenaus Tischler war noch nicht heimgekehrt.

Anfang November ernteten die Leute körbeweise Hallimasch, der sich im Wald in immer neuen schuppigen Büscheln zeigte. Die begehrten Edelreizker blieben in diesem Jahr aus, wagten sich nicht aus der Erde hervor, ebensowenig wie die glänzenden Lärchenröhrlinge, die man hierorts Schleimchen nannte.

Anfang November war auch das letzte Bläßhuhn, der letzte Kormoran geschossen. Aus manchem Rucksack, den die Städter aus Lärchenau herausschleppten, fielen schwarze Federn. Als es Winter wurde und eisige Trockenheit über das sanfthügelige Sandgebiet zog, nagelten die Rotarmisten im Schloß die Fenster mit Pappe zu. Die Glasscheiben hatten sie nach ihrem Einzug zum größten Teil zerschlagen. Es gab Frauen, die wußten zu berichten, daß die Russen dabei gesungen haben sollen. Auch Flüche und lautes Weinen wollten sie gehört haben.

Das ist die Ruhe vorm Sturm, hieß es. Dorfkinder unternahmen Abenteuergänge in den verwilderten Park, von dem aus sie schauerliche Töne hörten, sie zu Geschichten verspannen und den Eltern erzählten, sie seien Zeugen von Ritterkämpfen und Prinzessinnenentführungen geworden. Bald gehts los, hieß es. Aber der Winter hatte alles im Griff. Obwohl die meisten Lärchenauer mit Nahrung und Brennholz versorgt waren, obwohl es in ihren Kellern und Stallböden, auf Tennen und Dachkammern zu einem wundersamen Zuwachs an Kleidung Hausrat Teppichen gekommen war, krochen Kälte und Angst durch alle Wände und Gemüter.

Ende November, vor dem ersten Frost, standen auf den Akkerflächen der Großbauerngüter, in den Wäldern und Feldern rund um das Schloß Männer mit Meßzirkeln und teilten das Land auf. Wer wenig hatte, bekam nun mehr. Wer bis dahin nichts besaß, sollte von nun an etwas haben und Neubauer sein. Gert Mannschatz wurde mehrere Felder und seinen Traktor los. Helmar Eden, der mit Frau und zwei Landarbeitern eine kleine Wirtschaft betrieb, mußte seine Schweine abgeben.

»'n Schwein frißt nur, wat 'n Mensch auch frißt, det heeßt, det frißt uns allet weg!« lautete die Begründung.

Alles andere ließ man Bauer Eden.

Anfang Dezember kehrte der erste Kriegsgefangene nach Lärchenau zurück: Holzfäller Waldemar Struck, der mit irrem Augenflackern seine Frau und den dreijährigen Sohn schüttelte, einfach nur schüttelte und immerfort winselte: »Wattn nu? Wattn nu? Wattn nu?«

Drei Tage nach seiner Rückkehr besorgte sich Waldemar Struck ein Bolzenschußgerät, setzte es an seine Stirn, drückte ab und brauchte nie mehr auf Antwort zu warten.

Anfang Dezember wurde mittels Eisenschlacke die Landstraße befestigt, und als sie fertig war, spielte die neugegründete Dorfkapelle zum Tanz auf, und das von nun an alle zwei Wochen.

Ende Dezember starben unter Rosie Konarskes Händen zwölf Schlesier, die nach Lärchenau umgesiedelt worden waren, an Typhus. Rosie machte sich auf den Weg zum Schloß. Angstgestärkt nahm sie allen Mut zusammen und klopfte ans Tor.

»Sie haben uns einen Arzt versprochen«, sagte Rosie dem Soldaten, der ihr öffnete.

»Da.«

Der Soldat zog die Tür hinter sich zu. Rosie wartete. Wartete eine halbe Stunde, aber nichts regte sich. Rosie klopfte. Trat mit dem Schuh gegen die Tür.

»Ein Arzt!« rief sie, lief ums Schloß herum, wo der Frost den Putz von den Wänden gelöst hatte. Niemand öffnete. Erst als sie sich wütend und verzweifelt wieder auf den Heimweg machte, hörte Rosie aus dem Schloß ein Grollen: »Da! Da, Djewuschka!«

Den Leuten im Dorf sagte sie, der versprochene Arzt würde bald erscheinen. Gegen den grassierenden Typhus verordnete Schwester Rosie abgekochtes Wasser aus dem Mennichensee zu trinken, aber es half nicht viel.

Tage später fuhr ein Sowjetsoldat Gerts ehemaligen Traktor die Dorfstraße entlang Richtung Schloß. Der Soldat winkte den Leuten auf der Straße zu. Auch Schwester Rosie grüßte er fröhlich vom Bock: »Da, Djewuschka! Da! Da!«

Im Frühjahr verschwand mit den Toten der Typhus. Im Frühjahr wurden die Russen in die Stadt abgezogen. Mit Sack und Pack. Nur der Traktor blieb zurück. Hinter den vernagelten Fenstern des Schlosses fand man nichts, was an diese oder jene Herren von Lärchenau erinnerte.

»Da hört sich denn doch de Weltjeschichte uff!« wunderten sich die Lärchenauer. Nur Bauer Eden glaubte, die Sache zu durchschauen.

Das erste, worum Doktor Volker Krause bat, war, daß Gunter das Wartezimmer nicht mehr als Spielplatz benutzte. Es würde den Hygienevorschriften widersprechen, sich außerdem ungünstig auf die Entwicklung des Jungen auswirken, wenn er ständig von Kranken umgeben sei. Obgleich Rosie die Anordnung des neuen Arztes zunächst als Zumutung empfand, weigerte sie sich nicht, ihr Folge zu leisten.

War doch Doktor Krause als Engel erschienen. Nicht, daß er eine glänzende Figur abgab: keine Spur Ausstrahlung, die ihn nur in die Nähe des verstorbenen Doktor Lingott rücken konnte! Eher ähnelte Krause einem pummeligen Himmelshelfer, dessen hohe Stirn Arbeitseifer zeigte. Der jüngste Sohn einer Breslauer Optikerfamilie hatte den Hohn des Schicksals auszustehen, da er selbst mit starker Weitsichtigkeit geschlagen war. Wie in Aspik lagen Krauses Augen hinter dicken Brillengläsern. Als Kind schon trug er eine solche Brille. Er verlor sie auf der Flucht bei einem Waldgang, wo der Junge während seiner Notdurft gestürzt war. Als er, zerschürft und halbblind, wieder aus dem Wald gefunden hatte, war sein Treck einfach ohne ihn weitergefahren. So hatte Volker Krause auf der Flucht neben der Brille auch Mutter, Vater und vier Geschwister verloren. Ihm blieb die väterliche Sammlung von Okularen und Objektiven.

Bei seiner Ankunft in Lärchenau war der Dreiunddreißigjährige noch unbeweibt. Das Ledigsein schien ihm nichts auszumachen. Jeden Morgen beim Rasieren betrachtete er sich im Spiegel, erweiterte mit zusammengekniffenen Lidern die ohnehin abstrus wirkenden Augen zu monströsen Glotzgebilden. Dergestalt machte sich Krause regelmäßig seine Erscheinung bewußt und sah in ihr einen Grund, sich den Menschen, Frauen vor allem, nicht überaus herzlich nähern zu müssen.

Stets auf Fachliches beschränkt, sprach Doktor Krause mit quarkiger Stimme. Selten kam ihm Schwester Rosie gegenüber ein persönliches Wort über die Lippen. Schnell wurde er rot im Gesicht. Im großen und ganzen war Doktor Krause freundlich und verläßlich. Aufgrund seiner Lazaretterfahrung an der Westfront, lag seine Kompetenz in solider chirurgischer Handwerklichkeit, weniger im Gebrauch von Hausmitteln oder dem Vertrauen in den Zauber der Natur. Es dauerte lange, bis die Lärchenauer den Neuen anerkannten. Vor allem die Frauen des Dorfes wünschten Doktor Lingott zurück.

»Nu is Schluß mit Musike«, sagten sie.

Die wechselnden Bilder über dem Schreibtisch würdigte Krause keines Blickes.

Von Stund an spielte Gunter in Konarskes Milch- & Grünzeugladen. Emma hatte ihrem Enkel neben dem Kübellager einen Verschlag gebaut, an dessen buntlackierten Zaunlatten er sich hochzog und bald auf eigenen Füßen stand. Der Versuch, Gunter Spielzeug etwa in Form von Zigarrenkisten, Holzautos oder Murmeln anzubieten, schlug fehl. Nach wie vor beschäftigte er sich ausnahmslos mit abgelegten medizinischen Instrumenten. Einzig Bauer Edens Silbermesser, die Rosie doch noch als Lohn behalten hatte, konnten Gunter in Entzücken versetzen. Er liebte alles, was scharf war und glänzte.

Noch mit drei Jahren hatte Gunter nicht das Bedürfnis, sein Ställchen zu verlassen. Frühmorgens setzte ihn Mutter hinein, und Emma konnte den Tag über ihren Laden führen. Zwar wunderten sich Kunden über das Kind, das in sich versunken mit sonderbaren Utensilien hantierte, wenig Bewegungsdrang erkennen ließ und den Eindruck machte, als sei es nicht ganz bei Verstand. Der Eindruck täuschte. Gunter war hellwach, wenn er Messer Spatel Spekula vor sich ordnete. Wenn er Pappkartons mit Bleistiftstrichen versah, das Skalpell hineinstieß und akkurat die Pappe nach der Linie aufschlitzte. Hellwach, wenn er den kopflosen Puppenbalg, den man für ihn aus dem Müll geholt hatte, mit einem Schnitt öffnete, das Stroh herauszog, es mittels Augenspiegel untersuchte, wieder hineinstopfte und den Balg mit Weckgummis fixierte. Auch sprachlich war Gunter nicht zurück – im Gegenteil: Die Kinder, mit denen er im Laden oder am Wochenende auf dem Anger zusammentraf, konnten ihn nicht auf ihr niederes Geplapper herabziehen. Gunter sprach wenig, artikulierte jedoch präzise.

Rosie sehnte sich nach irgend etwas, und vermochte doch nicht unter der Sehnsucht zu leiden. *Bub-und-Spin-ne, Bub-und-Spin-ne,* sang Rosie, als hätte sie eine Spieluhr im Kopf. Dann lachte Gunter und schlug mit Scheren Schälchen Klemmen den Takt. In seinen Augen lag ein feiner Glanz.

Eines Tages wollte es Rosie wissen. Nach Dienstschluß ging sie mit Gunter in die Villa, die Treppe hinauf bis zu Rochus' Wohnung, die inzwischen Doktor Krause bezogen hatte. Rosie klingelte an der Tür. Doktor Krause öffnete im Morgenmantel und errötete.

»Entschuldigen Sie«, sagte Rosie.

Sie schob den Jungen vor. Sie wolle nur mal mit ihm an den Flügel.

»An welchen Flügel?«

»Bitte lassen Sie den Jungen probieren.«

»Ich verstehe nicht«, sagte Krause, fuhr sich unsicher über die Stirn und bat die Gäste schließlich einzutreten.

An der Stelle, wo sich das Instrument befunden hatte, standen Kisten.

»Musik!« rief Gunter.

Er machte sich daran, die Schnüre der Kisten aufzuknoten. Rosie gab dem Kind einen Klaps auf die Hand.

»Entschuldigung«, sagte sie.

Auch Doktor Krause entschuldigte sich. Als die beiden die Wohnung verlassen hatten, mußte Krause die Brille putzen. Sie war ganz beschlagen.

Vorm Schlafengehen, da Rosie Gunter stets ein Lied vorsang oder eine Geschichte erzählte, forderte sie an diesem Abend selbst etwas von ihrem Sohn. So von Taubheit war ihr Leib erfüllt, daß sie eine Nagelschere nahm, ihren Blusenärmel hochschob und den Dreijährigen bat, er möge ihr das Wehweh aus dem Arm schneiden. Gehorsam untersuchte Gunter den

Arm seiner Mutter. Wie Spinnenbeine fühlten sich die Finger des Kindes an.

»Stich einfach hinein«, forderte Rosie.

In Erwartung des Schmerzes schloß sie die Augen. Gunter hatte die Schere zu Boden geworfen, sich in die Bettdecke gehüllt und wollte nur noch schlafen.

Im Frühjahr 1949 redete man in Schembarts Fleischerei über den Hunger. Horst Gegenbauer, der mangels anderer Kleidung noch immer seinen Gutskutscheranzug trug, war der erste, der sich in der Wurstküche einnistete. Es folgten Milchbauer Würtz, Gert Mannschatz, der alte Schlosser Goiso Harzendorf; Melker Dankwart Thiel, dem, wie er behauptete, noch immer eine Bleikugel ums Gehirn herumwanderte, und schließlich Helmar Eden, der Schutz vor seiner Frau suchte. Schembart, der die Fleischerei über den Krieg gerettet hatte, war über den Besuch zunächst mißtrauisch, weil er glaubte, die Männer triebe lediglich die Wärme der Kochkessel zu ihm. Bald aber gingen zwischen Hackklotz, Räucherkammer und Schmalzschüsseln heiße Gespräche einher. Über das, wie es weitergehen soll, nach dem *Reinfall mit dem Krieg* und der *Russenwirtschaft,* die nichts Halbes und nichts Ganzes sei. In Schembarts Wurstkessel brodelte eine Bouillon aus etwas, das der Fleischer nicht verriet.

»Es muß anders werden«, wußte Bauer Würtz zu sagen. Mehr fiel ihm nicht ein.

»Tanzen is det jrößte, wattet jibt! Wir wer'n det Schloß umwichsen zum Tanzsaal. Da kann ick endlich loslegen, mit wat ick der alten Herrschaft abjekieckt habe, Walzer und so, und schöne Mädchens, na, is det was?«

Horst Gegenbauer klopfte zuversichtlich auf den Hackklotz, um den sich die Männer geschart hatten.

»Wat redst du denn für ’ne Makulatur?«

Goiso Harzendorf, dem die Hände nicht still sein wollten, hatte freilich auch nur ziellose Vorschläge zu bieten. Schembart rührte in der Bouillon und schwieg. Er wollte wieder Wurst am Haken und Speck unterm Messer.

»Wir müssen’s mit wat Neuem in Jang bringen«, sprach Helmar Eden und setzte einen gewichtigen Blick auf.

»Und mit wat, Herr Schlaumeier? Wat meen Bulli jewesen war, der jehört mir nich und is seit Monaten ohne Benzin und hat schon Wurzeln jeschlagen«, rief Mannschatz.

»Weeß noch nicht. Weeß nur, det mar nicht jeda für uns allein ackern dürfen. Ick meinerseits will meene Arbeit hörn, sehen und riechen. Und off unsre Kinda müss ma ’n Auge haben, det is die Vorhut vonne neuen Zeit.«

»Und ick dachte, *icke* hab ’ne Bleivajiftung im Jehirn«, entgegnete Thiel, dem die im Kopf herumwandernde Kugel mal das Gehör, mal die Sprache, mal die Gliedmaßen außer Kraft setzte.

Der Fleischer schenkte Brühe in Blechdosen aus und grinste. Heiß war es in der Wurstküche.

Im Frühjahr und Sommer 1949 war jeder, der gesunde Arme und Beine hatte, auf den Feldern und in den Ställen. Wo etwas wachsen konnte, wurde gesät, dreimal die Ähren verlesen, und keine Kartoffel blieb in der Erde zurück. Repariert, aufgetankt mit russischem Benzin, fuhr der Traktor, auf Anweisung der Kommandatur, nicht nur über Gert Mannschatz’ Boden. Plötzlich hatten einfache Landarbeiter ein eigenes Stück Land, doch als darauf etwas wachsen sollte, trug es nicht. Das höhnische Gelächter derer, die mit Wissen breite Felder bestellten, vermehrte die Fäulnis und das Ungeziefer, das über das neue Eigentum gekommen war. Dennoch wurde bis in die Nacht hinein gearbeitet. Bauer Eden und Bauer Mannschatz klopften sich auf die Schultern, weil ihnen versprochen wurde, daß Großes bevorstand.

Im Herbst 1949 wurde in Lärchenau ein Kindergarten eröffnet. Bauer Eden war es, der sich der Initiative rühmte und alles dafür in Bewegung gesetzt hatte. Obwohl man seiner kinderlos gebliebenen Frau Beate eine Futterrübe als Gebärmutter und ihm eine Stinkmorchel als Zeugungsorgan nachsagte, gab Helmar Eden zu, Kinder zu lieben. Auf der Dorfversammlung sprach er von Verantwortung, die er im Namen des neuen Staates gern persönlich übernehmen würde, hob eigenhändig eine Sandkastengrube aus und zeigte ein großes Herz, indem er am Eröffnungstag selbst hergestelltes Karamel spendierte.

Obwohl Emma Konarske sich daran gewöhnt hatte, ihren Enkel im Laden zu beaufsichtigen, stimmte sie Rosies Vorschlag zu, ihn in den Kindergarten zu geben: »Recht haste! Der kriecht ja noch Raupen in' Kopp, wie sein Jroßvata, wenner nich bald wat Normales spieln tut!«

Der Kindergarten war eröffnet. Mit zwei Erzieherinnen und zwanzig Kindern aus Lärchenau und Umgebung. Gunter Konarske saß in der Ecke. Mit dem, was man ihm anbot, wollte er nicht spielen. Er wollte seine Kiste wiederhaben.

Die Kindergartentanten bewiesen Geduld. Im Namen des neuen Staates sangen sie viele fröhliche Lieder und spielten lustige Spiele und tanzten RingelRingelReigen und hopsten in langen Schlangen über die Dorfstraße über den Anger bis zum Schloß, wo der große Tuck-Tuck-Traktor wohnte, und von da aus zum See zu den Enten und den schwarzen Krähenvögeln und wieder zurück bis zu den Neubauernhäusern zum Eden-Hof und den prächtigen Ställen mit Muh und Mäh, und alle nahmen Gunter Konarske mit, der nicht wollte und doch wollen mußte jeden Tag, und Bauer Eden beschenkte ihn heimlich mit allerlei Gegenständen aus seinem Besitz, und die waren schön und glänzend und scharf.

Saß Doktor Krause am Schreibtisch, blätterte in Akten oder schrieb Rezepte, ertappte sich Schwester Rosie dabei, etwas von ihm zu wünschen, das über seine sachliche Freundlichkeit hinausging. Zwar verglich sie Krauses Wesen mit den müffelnden Eigenschaften von Bauchbinden, Zinksalbe und Wollfett, aber von Tag zu Tag wurde die Hoffnung stärker, der Doktor würde in jedem Patienten, der vor ihm auf der Liege lag, *sie*, Schwester Rosie, sehen. Sie selbst versetzte sich in Gedanken oft in diese Situation, träumte sich etwas an den Leib, das unter Doktor Krauses Fingern aufbrach oder sich verbreitete. Und *er* würde sie heilen. In schleppender Diagnose, denn die Wunden sollten sich nicht schließen, bis Rosie wußte, wer sie war.

Doktor Krause bekam von alldem nichts mit. Sein Tag war ausgefüllt mit Arbeit. Abends zog er sich früh zum Schlafen zurück. Jeden zweiten Sonntagmorgen traf man ihn in der Kleingartenkneipe »Zum Ochsen«, wo er ein Bier trank und das Lokal schnell wieder verließ. Jeden zweiten Sonntagnachmittag machten sich die Lärchenauer Frauen lustig über die Wäscheleine, die hinter der Villa auf schwankende Pfähle gespannt war. Zwischen Arztkitteln hingen Soldatenunterhosen aus grauem Flanell: Doktor Krauses verführerischste Wäschestücke. Als Schwester Rosie einmal die gackernden Weiber ertappte, jagte sie diese von ihren Schauplätzen, stieg selbst über den Zaun, pflückte Krauses Hosen von der Leine, stürmte die Treppe zur Wohnung hinauf und klingelte. Niemand öffnete. Nach abermaligem Klingeln ging Rosie zurück auf den Wäscheplatz, und bevor sie die Hosen wieder auf die Leine hängte, grub sie ihr Gesicht in das Flanell.

Am nächsten Morgen bat Doktor Krause Schwester Rosie, sie möge sich von seinen privaten Dingen fernhalten. Er wurde nicht mal rot im Gesicht. Um so mehr verdroß es Rosie, auch in der entschiedensten Zurückweisung des Arztes Freundlichkeit zu erfahren.

Im Kindergarten begegnete Gunter Konarske das erste Mal seinem Vater. Von zwei Dutzend Kindern rühmten sich drei, ihren Vater als Ritter im Kampf gegen das Böse verloren zu haben. Ein Halbwaisenmädchen fand Schwindeln blöde und behauptete, ihr Vater sei König in der Sowjetunion und würde ihr Spielzeug und Schokolade schicken. Gunter sagte gar nichts. Er staunte nur über das, was er mit anderen offenbar gemein hatte, aber nicht kannte. Was er niemals vermißt hatte, weil ihm die Menschen, die ihn umgaben, genügten. Klaus, Karin, Rolf, Helmut, Brigitte und die anderen nahmen ihn in die Mangel, wollten aus Gunters Mund hören, was sie längst zu wissen glaubten: »Meene Mutta hat jesagt, dein Vata is 'n jroßer Zaubara jewesen.«

»Ja, mit janz lange weiße Haare!«

»Und hundat Jahre alt oder tausend!«

»Und alle hatta vazaubert, mit Musike und so, und det se alle jesund bleim.«

»Sagt meene Mutta auch!«

»Und als die Faschistn kam und ihm sein Zaubastab wegnehm wolltn, hatter sich vawandelt innen Fisch und is in Menichensee jesprung!«

»Da isser heute noch.«

»Ick hab'n schon da jesehn – janz aus Silba!«

»Det is jelogen!«

»Det is wahr! Da kannste alle fragen.«

»Sach schon, Junter! Stimmt det mit deim Vata?«

»Wir wollen jetzt vorlesen.«

Die Erzieherin, die das Spielzimmer betrat, legte ein dickes Bilderbuch auf den Tisch.

»Ooooch«, murrten die Kinder.

Da stieg Gunter Konarske auf den Stuhl, erkletterte den Tisch, zupfte an seinen Spielhosen und holte tief Luft. So still war es, daß man die Glühbirnen sirren hörte.

»Klar«, gab Gunter nach einer Weile gespannten Schweigens zu, »mein Vater war ein Zauberer.«

Seit diesem Tag bemerkte Rosie das feine Lächeln um den Mund ihres Sohnes.

Gunters sehnlichster Wunsch war es, nach dem Kindergarten mit Mutter einkaufen zu gehen. Weil Oma Emma einen eigenen Laden führte, brauchte die Familie natürlich nirgendwo anders anzustehen. Gunter interessierte ohnehin nur ein spezielles Geschäft: die »HO-Fleisch & Wurstwaren«. Die Fleischerei wurde erst kürzlich von der volkseigenen Handelsorganisation mit neuem Namen eröffnet und von Schlachtermeister Schembart, der bis zum Kriegsende Ladeninhaber war, weitergeführt.

Gunter bestand öfter darauf, den Laden aufzusuchen. Aber nicht Wurst und Fleisch faszinierten ihn, sondern die großen blitzenden Messer. Wie der Meister damit auf dem Hackklotz hantierte! Wie die Messer durchs Fleisch schnitten oder wie schnell und präzise sie Wurst teilten! Auch der Kettenhandschuh, den Schembart zum Schutz gegen Verletzungen trug, erregte Gunters Aufmerksamkeit. Jede Woche sah sich Rosie gezwungen, etwas Fleischernes zu kaufen. Jede Woche bekam der Knabe vom Meister ein Rädchen Wurst extra zugesteckt.

Der Zufall wollte es, daß auch Bauer Eden, Schembarts Freund und Fleischzulieferer, immer öfter Rosie und ihrem

Sohn im Laden begegnete. Im Gegensatz zu Gunter war Rosie die Gegenwart der Männer unangenehm. Vor allem Eden, der sie stets unverhohlen angrinste, ihr anbot, den Einkauf nach Hause zu tragen, und sie dies und das fragte, aus welchen Gründen auch immer. Er war Rosie gleichgültig. Rosie hatte einen anderen Plan. Eines Tages betrat sie mit einem Milchkännchen die Fleischerei.

»Einen halben Liter Blut bitte. Vom Schwein.«

»Wat woll'n Se denn damit?« fragte Schembart.

»Grützwurst kochen.«

»Könn Se bei mir fertig habn.«

»Bekomme ich nun oder nicht?«

Rosie wurde ungeduldig. Eben hatte der Bauer mit einer Schweinehälfte auf dem Rücken den Laden betreten.

»Stell dir vor, unsre Schwester will Blut koofen, weil dem Herrn Dokter seine Konserven ausjejang sin!« rief Schembart nach hinten, wo Eden das Fleisch ablegte.

»Blödsinn«, sagte Rosie.

Schon hörte sie das Bellen des Bauern und das Röhren des Fleischers.

»Nu ma im Ernst, junge Frau«, sprach er schließlich zu Rosie, »ick kann Ihn keen Blut vamachn. Det is für privat nich freijejebn.«

Rosie verließ die Fleischerei, sah sich um ihren Plan betrogen, verfluchte die Männer, das Dasein in diesem immer öder werdenden Dorf, die neue Zeit verfluchte sie wie den Kindergarten, der ihren Sohn zu kruden Phantasien zu verleiten schien; ihre Arbeit, die Wäsche im Hof von Doktor Krause verfluchte sie und alles, was sie nicht zu sich brachte.

»Komm Se mit mir«, hörte sie da die sanft brummende Stimme Bauer Edens, »ick hab frisch jeschlachtet.«

Am nächsten Morgen war Rosie früher als sonst in der Praxis erschienen. Erst bereitete sie alles vor wie immer: wischte Staub, holte die Instrumententrommeln aus dem Sterilisator, legte die Akten der bestellten Patienten bereit. Im Moment, da sie Schritte von oben aus dem Haus hörte, trank sie das Blut. Ein ganzes Glas. Ohne große Überwindung. Schnell spülte sie das Gefäß mit Wasser aus, stellte es in den Schrank. Augenblicke später trat Doktor Krause ins Zimmer, sagte Guten Morgen! und sichtete, was für diesen Tag zu tun sei. Er konnte dem braunen Schwall, der aus Schwester Rosies Mund schoß, nicht ausweichen.

Eine halbe Stunde lang wurde sie von Doktor Krause untersucht. Er hörte die Lunge, tastete Lymphknoten und Bauchorgane ab, beschaute Rosies Nase Rachen Ohren, fand alles ohne Befund und ordnete etwas ratlos an: »Für morgen Labor Urin und Termin Gastroskopie.«

Dann fügte er hinzu: »*Sie* machen Sachen, Schwester Rosie. Ich kann Sie doch hier nicht entbehren.«

Rosie versuchte, ein leidendes, gleichwohl tapferes Gesicht zu machen. Dabei war ihr wundersam fröhlich zumute. Bis unter die Zunge klopfte das Herz. Nachdem sie den Blutflekken vom Boden gewischt hatte, rief sie den ersten Patienten herein.

Nachts, in der Küche, als Emma und Gunter schliefen, stach sich Rosie mit einer Spritze in die Vene und nahm sich selbst Blut ab. Nur ein paar Milliliter. Ein Toilettenspiegel, den sie auf den Fußboden legte, diente Rosie dazu, um sich, mit entblößten Genitalien über ihn hockend, das Blut mittels Katheder durch die Harnröhre in die Blase zu injizieren. Nach dieser Tat schlief sie traumlos bis zum nächsten Morgen.

»Sie machen mir Sorgen«, gab der Doktor nach zahlreichen Untersuchungen und Vermutungen, die Schwester Rosies rätselhafte Krankheit anbelangte, zu. Rosie aber dankte dem Schicksal, daß es sie nicht bloßstellte.

Die Zuckertüte, die Gunter Konarske am Tag seiner Einschulung erhielt, kippte er auf dem Küchenboden aus. Zwischen Äpfeln Wollsocken Dropsrollen suchte er, was er gebrauchen konnte. Enttäuscht über soviel unnützen Kram beschloß der Junge, wenigstens Füllfederhalter, Bleistifte und Gummischlangen nach seiner Art zu benützen: Er legte die Schlangen auf ein Küchenbrett, traktierte sie mit Stahlfeder und Stiftspitzen. Dann zog er sie in die Länge, bis ihr Körper weiß wurde, die Löcher sich dehnten, bis sie zerrissen. Die Schlangenstücke tat Gunter in einen Topf und ließ sie auf kleiner Flamme schmelzen. Den süßen Saft brachte er zum Eden-Hof, wo er von Astor, dem todkranken Hund, gehört hatte. Bauer Eden war erfreut über den Besuch des Jungen und gestattete ihm, den Hund zu füttern.

»Wat Süßes kann meen Astor als Henkasmahlzeit durchaus vatrajen.«

Der Hund soff und stand schon Minuten später vom Sterbelager auf.

»Willste mir varrickt machen?« fragte Eden, aber Gunter erörterte den spontanen Heilerfolg wie folgt: Er hätte Vaters Fähigkeiten im Blut und besäße den Drang, dieselben auszuprobieren.

In der ersten Unterrichtsstunde stach Gunter Konarske mit seinem Wissen sämtliche Kinder aus. Er beherrschte bereits alle Buchstaben, konnte zählen, addieren, subtrahieren, zeichnete, sang und wußte über Tiere und Pflanzen Bescheid. Anfangs lobte ihn Frau Bäffke, die Klassenlehrerin. Aber da Gunter bei allen Fragen stets der erste war, der sich fingerschnipsend zur Antwort meldete und anderen Schülern dadurch die Lust an der Mitarbeit nahm, begann Frau Bäffke ihn zu ignorieren. Gunter wehrte sich, in dem er fortan kippelte schwatzte störte. Für seine Streiche, in die er Klassenkameraden einbezog, erlangte er unter den Abc-Schützen Beliebtheit. Besonders die Experimente, die Gunter in den Pausen veranstaltete, wurden von den Schülern bestaunt: Gunter nahm weiße Kreidestücke, die neben der Tafel lagen, tauchte sie in Tinte, wo sie sich vollsaugten. Der Tinte folgten andere Flüssigkeiten, die Gunter den Kindern abverlangte, bei deren Beschaffung Mut und Phantasie gefragt waren. So brachte man dem Klassenbesten bald Holundersoße oder Mutters Haarfestiger. Auch Pisse und Schweineblut taugten für Konarskes Zauberlabor.

Ende des ersten Schuljahres konnte der Schüler Gunter Konarske in allen Lernfächern beste Noten vorweisen. Im Betragen stand er auf Vier. Rosie hatte zwei schriftliche Tadel zu unterschreiben. Gunter äußerte den Wunsch, Jungpionier zu werden.

»Ein Jungpionier ist gehorsam.«

Frau Bäffke versuchte den Schüler zu überreden, erst seine Betragensnoten zu verbessern und dann noch einmal den Antrag für die Aufnahme in die Pionierorganisation zu stellen. Gunter wollte nicht warten. Er wurde sofort Pionier. Das blaue Halstuch trug er mit herablassendem Gehorsam. Dachte er an seinen Vater, lächelte er und blickte über die Köpfe der anderen Schüler nach vorn.

Da Bauer Edens Hund ein Jahr, nachdem er Gunters Schlangensaft gesoffen hatte, noch immer lebte, sich sogar aufgerappelt hatte, wagte Eden, den Jungen um einen weiteren Gefallen zu bitten. Zwar zierte er sich, denn es war ihm peinlich, ein Kind um Rat zu fragen, aber Eden erkannte in seiner Entscheidung doppelten Nutzen: zum einen mochte er die Gegenwart des Jungen, zum anderen konnte er jede Hilfe, und wenn es sein mußte, auch die der Zauberei, gut gebrauchen. Trotz Rosies Verbot, das Gehöft des Bauern zu betreten, begab sich Gunter nach dem Schulhort dorthin.

Stammeber Fidelio litt unter Geschwüren, die sich hinter den Ohren gebildet hatten. Die vom Tierarzt verordnete Salbe wirkte nicht. Bauer Eden war verzweifelt.

»Haste nich noch mehr von deine famosen Zauberwässer?« fragte er Gunter.

Der untersuchte das Tier und nickte.

»Kein Problem, gib mir einen Eimer.«

Eden brüllte nach seiner Frau, sie möge sofort einen Eimer bringen, und Beate kam auf krummen Beinen dahergewetzt und brachte das Gefäß. Gunter lief los. Richtung Mennichensee. Es würde nicht lange dauern, hatte er versprochen. Nach kurzer Zeit war er wieder zurück. Im Eimer befand sich Wasser.

»Willst mir veräppeln?« knurrte der Bauer.

»'n Jungpionier lügt nicht.«

Mit den Händen schöpfte er nun Wasser aus dem Eimer und träufelte es dem Schwein hinter die Ohren. Fidelio, der als Eber der Stammlinie »Patriot AS 2756« angehörte und einzigartig prächtige Nachkommenschaft zeugte, scheuerte die Ohren am Gatter.

Tage später waren die Geschwüre verheilt. Bauer Eden war so gerührt, daß er Rosie auf der Straße abpasste und sich bedankte. Er sei stolz auf den Jungen und sicher, daß aus ihm ein großer Doktor würde. Seiner Mutter überreichte er ein Armband, das, wie er behauptete, aus echtem Gold sei. Rosie hielt das Geschenk in der Hand, als bestünde es aus Feuer.

»Ich habe nichts getan«, sagte sie und gab es dem Bauern zurück.

Im März 1953 hängte Schwester Rosie endgültig das Bild des Schierlings über den Schreibtisch. Doktor Krause wußte oft nicht weiter. Auch was Rosies Krankheit anbelangte. Trotz wiederkehrender diffuser Symptome blieb sie arbeitsfähig. Der Doktor konnte keine passende Diagnose für Rosie Konarskes Leiden stellen. Das fraß an ihm, und er unternahm alles, um dahinterzukommen.

Noch mehr geschah in Lärchenau: Leute kamen ins Dorf, auf Fahrrädern, Mopeds oder in Gruppen zu Fuß. Sie forderten Einlaß in die Gehöfte der Bauern und versprachen ihnen, daß alles anders und leichter würde, wenn sie –

Sie redeten mit schnellen, wichtigen Zungen, stemmten ihre Arme auf die Tische oder, wenn der Bauer sie nicht hereinlassen wollte, setzten sie ihren Fuß in die Tür und versprachen beste Felderbewirtschaftung, wenn sie –

Sie verfolgten die Bauern jeden Tag überall hin, in den Stall, auf die Felder, in den finstersten Flur, redeten und lobten und versprachen den richtigen Weg, geregelte Arbeitszeiten, Urlaub und eine Wasserleitung aus dem zentralen Netz, wenn sie –

Bauer Würtz wollte seinen stärksten Bullen auf die Werber loslassen. Aber da der Bulle keine Lust zur Attacke verspürte, wurde Würtz in die Mangel genommen und gefragt, wie er es als Einzelbauer denn fände, daß durch seine lahmen Erträge die Bevölkerung hungern mußte. Und wie er denn bei den hohen Abgaben von seinen handtuchschmalen Feldern etwas Taugliches erwirtschaften wolle, wie denn, Bauer, wie denn?

»Bin ick der liebe Gott?« blaffte Würtz.

»*Den*, Bauer, lassen wir nicht in unserem Staat mitwirken«, sagten die Werber, »aber wenn wir unsere Felder zu großen Anbauflächen zusammenschließen und Pflüge Mähdrescher Traktoren gemeinsam benützen; wenn wir uns wie in der Sowjetunion zu Brigaden vereinen, nicht mehr jeder für sich allein, wenn die revolutionäre Umwälzung auch dich, Bauer Würtz, erreicht, werden wir bald die Kapitalisten hinter uns lassen, wenn –«

»Ick«, schnauzte Würtz, »hab jeden Pfennig für Vieh und Land jespart und nix zu vaschenken! Außerdem: Wat intressiern mir die Kapitalisten?«

Die Werber kamen am nächsten Tag wieder. Und am Tag darauf. Bis Bauer Würtz unterschrieb.

Ne Kolschose is für Bauern, die nich wirtschaften können, hieß es im Dorf. Man munkelte von Sonntagsarbeit, Einheitskleidung und Frauen als Gemeineigentum.

Bald fuhren Autos mit Lautsprechern durch Lärchenau. Sie nannten die Bauernhöfe, die sich für die Kollektivwirtschaft entschieden hatten, beim Namen. Auch die, wie es hieß, mit ihrer Ablehnung *dem Fortschritt im Wege standen,* wurden genannt. Laut und vernehmlich. Es kam vor, daß Kinder, die bei den Pionieren waren, ihre Eltern vom *Parteiauftrag* überzeugen wollten und dafür Prügel einstecken mußten.

Bauer Eden hatte es seiner Frau Beate zu verdanken, daß man ihn nicht erst mürbe zu machen brauchte. Beate brach unter der Arbeit in Haus und Stall fast zusammen und trug bereits beide Beine bandagiert. Als die Werber in ihrer Küche saßen und *Erleichterung* versprachen, und Edens Zucht der deutschen weißen Edelschweine samt Eber Fidelio auch im Kollektiv auf großartige Aussichten hoffen durfte, wurden sie schwankend. Zu viele Bauern hatten das Land schon verlassen. Ihre Höfe standen verwaist, die Felder lagen brach. Die Ernte war schon das dritte Jahr eine Katastrophe. Bauer Eden hatte hierorts noch Ziele. Auch fürchtete er seine Frau, die ihn mit ihrem Elend bedrängte, als sei sie die verkörperte alte Zeit. Helmar Eden unterschrieb den Kollektivierungsvertrag. Jetzt gehörte der Traktor auch ihm. Und das Schloß nannte er sein eigen. Die Genossen hatten es verwandelt in eine Ausleihstation für Strohpressen Pflüge Grubber Anhänger Ackerbürsten Eggen Wiesenwalzen Mäher Häcksler Drill- und Erntemaschinen.

## 6

In jener Zeit, da im märkischen Lärchenau die Rote Armee ihren Sieg mit Milch begoss und der Sohn von Gemeindeschwester Rosie Konarske begann, Zauberkräfte zu entwikkeln, errichtete in Berlin die aus dem Vogtland zugereiste Bäuerin Liese Möbius inmitten der Trümmer ein Laufställchen. Hinter drahtverflochtenen Besenstielen stand Adele auf wackligen Beinen und sah ihrer Mutter beim Steineklopfen zu.

Liese hatte sich eingereiht in die Kolonnen der Frauen, die zwischen Mulack-, Linien- und Rosenthaler Straße mit Händen Hämmern Klöppeln Säcken Schaufeln Stemmeisen Schutt und Steine schlugen schippten stapelten sortierten Eimer Wagen Loren bestückten auf Pferdewagen Schienen schiebend Bombentrichter verfüllend zu Sammelstellen brachten und leer wieder zurück um erneut Ziegel Holz Beton Stahl Sand Knochen von Hand zu Hand gehen zu lassen an hellen sonnigen Tagen, an denen oft gelacht und gesungen wurde, auch wenn der Staub in Lieses Augen brannte und die Kleider verschmodderten. Liese Möbius konnte anpacken wie keine andere. Zwölf Stunden am Tag. Wo die Berliner Frauen gerade mal einen vollen Eimer Schutt beidhändig zu schleppen vermochten, bugsierte Liese zwei an jeder Hand. Leichtfüßig stieg sie durch die Trümmer, packte Steine, schlug sie passend. Stellte die Vorarbeiterin Liese gar als Vorbild für andere hin, errötete sie. Doch in Momenten des Stolzes wand sich wie eine grobe Schnur ein Satz durch Lieses Gedanken: *Do werd sich dr Fiehror ober frein!* Liese biß sich auf die Lippen, um die Wörter zu verschlucken. *Außerhalbsche* wurde sie von den Berlinerinnen bespöttelt. Um so mehr übte sie, während der Mörtel unter ihren Händen wie wild von den Ziegeln sprang, die reine Sprache der Heiligen.

Indes klopften Adeles Finger gegen die Gitterstäbe, hinter denen sie und andere Kleinkinder stundenlang warten mußten. Schließlich kamen die Mütter, legten sie trocken, spielten mit ihnen Pinkepanke, Hämmerchen und fütterten sie mit dünnen Suppen aus Wehrmachtsgeschirr. Saß Adele auf Lieses Arm, jauchzte sie. In den Augen des Kindes erkannte Liese ihren König, der von einer spürbaren Höhe herab alles dirigierte.

Im Zwischenboden der Linienstraße 55, wo die kleine Familie ihr Lager besaß, baute Liese an der Gewißheit ihres Glückes: Aus der Hofpumpe holte sie Wasser, putzte, wienerte das Linoleum, verzauberte Gerümpelecken in wohnliches Terrain. Es machte ihr nichts aus, für das ganze Haus die Aborte zu säubern, da sie sich bei jener Arbeit an das Ausmisten der Ställe erinnerte. In der Katzgrüner Sehnsucht fand Liese zum Märchen, das sie oft in sich wachrief und am liebsten weitergetragen hätte zu allen Menschen. Aber Traudel hatte es verboten.

Traudel. Die man nicht in den Trümmern sah. Die die Arbeiterinnen *Frollein* riefen. Das war in Lieses Ohren eine Beleidigung. Morgens sah Liese die Fee im weitgeschnittenen Mantel davongehen, der so ausgefüllt war, als würden sich darunter verbotene Waren befinden. Richtung Weberwiese oder auf andere Märkte führte Traudels Weg, von dem sie am Nachmittag zurückkehrte, verschlankt, in zusammengefallenem Mantel, verwandelt. Im Treppenhaus schwebte Traudel an Liese vorbei. Zwar machte sie sich mit den geheimnisvollen Ausflügen und im Aufputz ihrer Freundin verdächtig, dennoch spürte Liese beim Erscheinen der Fee Hoffung. Liese wollte wissen, wohin des Wegs? Vielleicht zu *ihm*? Was sie unter dem dicken Mantel verbergen und *ihm* bringen würde?

»Tumbe Gans«, zischte Traudel.

Auch wenn sie sich mit der Kraft ihrer Eleganz gegen Lieses einfältige Existenz zu wappnen wußte, entgingen Traudel nicht die Züge in Adeles Gesicht. Hinter den Pausbäckchen, den dunklen Augen, unter den bräunlichen Härchen lockte der Verdacht, Adele könnte tatsächlich *echt* sein. In solchen Momenten hielt Traudel inne, als wollte sie etwas sagen. Aber sie berührte das Kind nur, um gleich darauf weiterzuhasten. Wohin, erfuhr Liese nie.

Eines Tages wurde Liese von Traudel aufgefordert, zum Essen zu kommen. Und zwar in ihre Wohnung, wo sie Liese und das Kind auf Stühle placierte. Traudel lief um das Kind herum, atmete dessen Duft nach Kernseife, der aus seinem Haar stieg, und eröffnete, von nun an gebe es keine Hungerkost mehr. Keine Brennesseln, kein Kleiebrot, keine Hafergrütze, keinen Kunsthonig, kein Stalinfett, nichts Falsches mehr. Milchpudding wurde aufgetafelt, Speck und Kartoffeln, süßer Brei für Adele, Kuchen aus Butter Mehl Eiern, mal ein gebratenes Huhn, mal ein Ragout aus Fleisch.

»Ist das wahr?« fragte Liese.

Sie langte sogleich zu, schaufelte in sich hinein wie in alten Zeiten, wie sie es mit Lotte, ihrer Schwester, getan hatte, an die sie hämische Gedanken verschickte. Noch einmal holte sie Nachschlag. *Lang Se ner zu!* und lud sich ein zweites Kompott auf den Teller und noch ein Stück Brot. Traudel verlangte für alles nur eins. Adele auf ihrem Schoß. Daß sie sich füttern ließ von ihr. Brei Kuchen Milch. Köstlichkeiten ohne Ende. Mehr nicht. Nur füttern und sehen, wie Traudels Nahrung in ihr verschwand und sie aufblühen ließ.

»Erzähl's noch mal«, bat Traudel nach jedem Königsmahl.

Gern zog Liese die Mittagspause in die Länge, plauderte, schmückte ihre Geschichte zum hundertsten Mal aus. Redend und schweigend gingen die Frauen einander ins Netz. Weil Märchen sattmachten.

Als Adele das Laufen gelernt und Mutter Liese als Stärkste aller Trümmerfrauen einen kleinen Teil der Stadt vom Schutt geräumt hatte, begann auch Adele Ordnung zu lieben. Mit Handfeger und Kehrschaufel bewaffnet, ein Fensterleder unterm Arm, wachte Adele über das Möbius'sche Wohnreich, fegte jeden Krümel weg, putzte, was kaum sichtbar war. Nur um das Spinnennetz an der Decke machte ihr Federwisch einen Bogen. Das wenige, was man besaß, sortierte nicht Liese, sondern Adele in akkurate Stapel. Es geschah, daß das Kind alles von den Brettern herunterzerrte, zerstreute, um es neu zu ordnen.

Nach dem Essen, wenn die Frauen sich schwärmerischen Reden hingaben, durfte Adele auch an Traudels Schrank: die Kleider in gleichem Abstand auf Bügel hängen, daneben die Unterröcke, auf Kante das Bettzeug, die Wäsche in Reihe.

»Sie tut nichts anderes«, seufzte Liese.

Traudel tröstete: »Adele ist eine sittliche Größe angeboren, und damit wird sie es weit bringen.«

»Bis zum Führer?« fragte Liese hoffnungsvoll.

Traudel lächelte, als wüßte sie es.

Lieses Leib nahm wieder an Gewicht zu. Sie trennte die Abnäher aus den Röcken, strickte ihre alten Jacken an. Traudel vermied es, bei Tisch neben ihr zu sitzen. Das Mädchen Adele hingegen erblühte.

Nach jedem Königsmahl mußte sich Adele einer Begutachtung stellen. Mutter und Tante Traudel drehten das Püppchen vor sich. Man ließ ihr Haar lang wachsen. Liese flocht Strähnen zu Zöpfen und befestigte sie mit roten Glaskirschen. Adele war darauf bedacht, daß kein Haar sich aus dem Verband der Zöpfe löste, daß Kleid Schürze Strümpfe stets sauber waren. Sie spielte nicht gern mit anderen Kindern auf der Straße, stand bestenfalls am Rand und war beleidigt, wenn sie mal jemand rempelte. Eines Tages verlangte Traudel das Kind. Sie schlug vor, es gegen ein kostbares samtenes Kleid einzutauschen.

»Nein«, sagte Liese.

»Nur für ein paar Tage«, bat Traudel.

»Warum?«

»Darum!«

Traudel packte das Mädchen am Arm und riß es an sich. Liese biß ihrer Fee in die Hand, daß es blutete.

Adele rannte davon. Dreijährig, mit glaskirschengeschmückten Zöpfen, die über den Schultern wippten. Davon, die Treppen hinunter, über den Hof, katzenhaft geschickt die Aschetonnen erkletternd, über die Mauer – das Kind stürzte, schlug sich die Knie auf.

»Adeeele! Adeeele!« hörte sie Mutter rufen.

»Adele!« rief Tante Traudel.

Das Mädchen weinte, da es ihr beim Sturz die Strümpfe zerrissen, das Blut alles versaut hatte.

»Mama!« brüllte Adele, humpelte die Straße entlang, denn von überall her hörte sie ihren Namen, als wolle ihr jemand denselben wegnehmen. Adeeele! Aber sie hatte Angst. In ihrer Not lief sie in die Arme des Menschen, der ihr entgegenkam. Auf der Mütze des Soldaten stand ein roter Stern. Den durfte Adele berühren und wünschte ihn als Schmuck für ihre Zöpfe.

Stolz saß sie auf den Armen ihres Retters, der in ihr Ohr summte: »Ticha, ticha, Dotschinka.«

Und wollte nicht wieder herunter. Adele! rief es von überall her. Der Soldat und das Mädchen durchstiegen Trümmerschneisen und geräumte Areale.

»Kak tebja sawut? Ichch – Oleg!«

Der Soldat tippte mit den Fingern auf seine Brust. Sie liefen von Haus zu Haus, von Halde zu Halde, von Ruine zu Ruine.

»Gdje tschewjosch? Wo wohnst du?«

Das Mädchen wußte es nicht. Alles war unbekannt. Sie schlug vor:

»Adele will bei Oleg bleiben.«

Der Soldat schüttelte lächelnd den Kopf. In der Dämmerung erreichten sie die Linienstraße Nr. 55.

»Bääääh!« schrie Adele.

Sie zeigte hinauf zum ersten Stock, wo Licht brannte.

»Bei Oleg bleiben!«

Der Soldat lächelte noch immer. Auf seinem Arm bettelte das Kind um ihn, aber er klingelte an allen Namensschildern, rief *allo! allo!*, bis endlich jemand die Treppen herabkam und das Mädchen in den Armen ihrer Mutter lag. Liese, glücklich, Adele zurückzuhaben, schwatzte auf den Retter ein, bedankte sich, indem sie mit fliegenden Händen seine Uniform abklopfte. Plötzlich verzog sie das Gesicht und wies gleichfalls hinauf zum ersten Stock.

»Die will mirs Kend wegnehme!«

Bevor sich der Soldat ratlos, aber höflich verabschiedete, küßte er Adele auf die Stirn.

»No, sperrn Se doch die Fraa ei!« rief Liese ihm nach.

Der Soldat tippte an den Stern auf seiner Mütze und ging davon.

»Is der ze bleed, miech ze vorstieh?«

Nachts, als Adele erschöpft in ihrer Kissenecke schlief, trainierte Liese. Wort um Wort holte sie aus sich hervor, um es vom rückfälligen Schmutz zu reinigen. Noch war nichts verloren.

Das Märchen war aus. Tage vergingen, ohne daß Liese und Traudel einander begegneten. Liese aß mittags wieder aus der Büchse wie die anderen Arbeiterinnen. Vorbei waren die Puppenstunden, in denen Adele posieren mußte. Aus den kargen Mahlzeiten wuchs Liese Möbius' Haß. Sah sie doch Traudel mitunter, wie sie in ihrem wandelbaren Mantel selbstvergessen durch die Stadt schwebte, reich, elegant wie eine Königin – wohin, das hatte Liese noch immer nicht in Erfahrung gebracht. Zu *ihm* natürlich, ging ihr wieder durch den Kopf. Wohin sonst. Die Eifersucht zernagte sie. Bis sie bereit war, Traudel auffliegen zu lassen. Der Vorarbeiterin, mit der Liese manchmal ein paar Worte wechselte, erzählte sie eines Tages, was sie glaubte, von Traudel Schieke zu wissen.

»Na kiek ma an!«

Die Vorarbeiterin riet Liese, die Tatsachen »janz nach oben« zu melden.

»Vielleicht vadonnert der Russe Madam dazu, unsre Blechtöppe mal mit wat Jutem zu füllen. Als Dank sozusachen, det wir mit der Wahrheit von dat Frollein bißken Klarheit in de Weltjeschichte jebracht haben.«

Liese konnte sich nicht entschließen, Traudel anzuzeigen. Sie wußte auch nicht wie wo warum. *Ganz oben* – was war das?

Im Zwischenboden brach ein Stück Decke ein und verschüttete die halbe Kammer. Liese und Adele machten alles wieder sauber und zogen in die einzige schuttfreie Ecke.

Eines Morgens, da Liese gerade zur Arbeit wollte, sah sie die Tür zu Traudel Schiekes Wohnung einen Spalt offen. Geräusche drangen heraus, als würde die Fee in ungewohnter Tätigkeit schuften. Liese hielt Adele den Mund zu, schlich durch den Flur ins Wohnzimmer. Der Anblick, der sich bot, veranlaßte Liese, ihrer Tochter die Augen zuzuhalten: Auf dem roten Samtsofa lag Oleg der Soldat auf Traudel oder Traudel verschlungen mit Oleg, der hineinstieß in sie und sie ihn stöhnend aufnahm voll Lust, und Oleg glänzte vor Schweiß, all die schönen Kleider waren zerrissen, und Traudel streichelte ein Tier und leckte mit glitzernden Lippen über Hände Arme Hals Stoppelkopf, bis sich die Eindringlinge aus der Stube zurückzogen. Die nächste Fluchttür war die des Abortes, wohinein Liese mit ihrer Tochter drängte.

»Saubratze!« zischte Liese. »Die setz ich mit'm Gesicht in' Nachttopp!«

Der Gestank trieb beide zurück ins Treppenhaus. In diesem Moment sahen sie Traudel die Stufen herabschreiten: im Feenkleid, verstört aber stolz. Rotfleckig das Gesicht, die Lippen zerbissen. Die Arme hatte Traudel auf dem Rücken verschränkt. Hinter ihr Oleg, der sie, in Stricken gefesselt, abführte. Wohin auch immer.

Der Herr vom Kontrollrat erschien bei Liese Möbius mit einem Briefumschlag, der den Schlüssel zur neuen Wohnung enthielt. Für Töchterchen Adele hatte er, mit Grüßen von Oleg, Konfekt mitgebracht: große eckige Pralinen, die Adele sogleich aus dem bunten Papier wickelte und ihre Zähne in die süße weiche Masse grub. Indes stand Liese wie vom Donner gerührt in Traudels Zimmer, das nach Honig Schweiß Parfum Verrat duftete, das nun *sie* bewohnen sollte, als Dank der Sowjets für ihren Mut. Aber Liese wußte gar nicht, was geschehen war, welchen Anteil sie hatte an der verwunschenen Situation, die ihr mehr Angst als Hoffnung bereitete. Das rote Sofa, das Bett, der Schrank, der Tisch. Alles war noch da, wenngleich leergeräumt, abgestaubt von Erinnerungen, gesäubert von unhaltbaren Verdächtigungen.

»Glückwunsch!«, sagte der Mann vom Kontrollrat.

Abermals überlegte Liese. Was wollte der von ihr? Was unterschrieb sie da auf welchem Papier? Adele, auf dem Sofa lümmelnd, aß bereits das dritte Stück Konfekt.

»Ich hoffe, Sie arbeiten weiter für unsere Sache«, sagte der Mann, der Liese den Schlüssel überreicht hatte.

Er legte seine Hand auf ihre Schulter, was sie vollends verwirrte. Sie wußte nur, daß sie jetzt handeln mußte. Daß man etwas von ihr erwartete, eine Tat der neuen Zeit vielleicht, wie auf Plakaten und Spruchbändern zu lesen war. Schon hatte Liese ihre Tochter vom Sofa gescheucht und sich selbst darauf gesetzt. Wie sie es vor Tagen gesehen hatte: den Rock über die Schenkel gezogen, bis zum Nabel alles frei, der Bauch, lila gerissene Haut, die Brüste, zwei Prachtwummen, die sie für den Mann vom Kontrollrat entblößte.

»Bürgerin!« rief er empört.

Dann war Liese allein. Adele hatte Bauchschmerzen und krümmte sich. Schwere Stille lag in der neuen Behausung. Liese brühte Kamille. Zwei Zimmer. Das Feenschloß, was keines mehr war. Der Tisch. Jetzt war er leer. Lang Se ner zu.

In der Nacht stand Adele heimlich auf, tappte barfuß in die Küche. Dort holte sie aus dem Schrank die restlichen Pralinen. Trotz Bauchweh verspeiste sie die Süßigkeit und träumte sich in die Gewißheit, endlich eine richtige Prinzessin zu sein.

Den Kindergarten betrat sie mit einer Krone auf dem Kopf. Der silberpapierüberzogene Pappring glänzte.

»Das sieht aber hübsch aus«, sagte die Tante.

Sie nahm Adele die Krone ab und erklärte freundlich: »Aber wir wollen hier alle hübsch aussehen.«

»Meine Krone!« rief Adele.

»Wir brauchen sie nicht.«

Die Tante verstaute Adeles Schmuck auf dem Spielzeugschrank.

»Meine!« brüllte Adele.

»Nein«, sagte die Tante.

Am Nachmittag, als Liese ihr heulendes Mädchen vom Kindergarten abholte, versuchte die Tante Adeles Verhalten zu erklären: Das Kind könne sich offenbar noch nicht in die Gemeinschaft der Gruppe fügen, es wolle sich hervortun, Aufmerksamkeit erregen, aber das sei kein Grund zur Sorge, das habe man bei Kindern, die ohne Vater aufwachsen, öfters.

»Was hat man öfters?« fragte Liese, ihre Fäuste in die Hüften gestemmt.

»Daß sie verstört sind«, gab die Tante zur Antwort und versprach: »Wir werden uns alle Mühe geben mit Adele.«

Mit den Worten »Die brauchen wir nicht« gab sie die Krone zurück.

Die Kindergartentanten benötigten nur wenig Geduld, um Adele für die neue Gemeinschaft gefügig zu machen. Schon am nächsten Tag sang sie mit den Spielkameraden fröhliche Lieder und spielte lustige Spiele und tanzte Ringelreihen und hopste durch den Garten vom Zaun bis zur Rutsche, vom Klettergerüst bis zur Wippe oder die Fußwege entlang, wo man den Wiederaufbau der Stadt bestaunen konnte, und zurück ins Spielzimmer zu den Bällen Büchern Puppen, wo die Kinder bis sechs Uhr auf ihre Mütter warteten, oder manchmal, selten, kam ein Vater, sie abzuholen.

»Hab ich auch einen Vater?« fragte Adele eines Tages ihre Mutter.

»Du host miech.«

Liese fuhr sich über den Mund im Bewußtsein, daß sie nicht lügen, den Vater nicht verleugnen durfte, und flüsterte Adele mit geputzter Stimme ins Ohr: »Du hast mich. Wenn du groß bist, erzähl ich dir von deinem Vater.«

»Ich bin groß«, behauptete das Kind, »und von einer Prinzessin der Vater, das ist ein König, stimmts?«

Seufzend wickelte Liese Adeles Zöpfe um ihre Finger. Adele hakte nach: »Stimmts?«

Liese war kurz davor, das Geheimnis an die Tochter preiszugeben, ihr das Märchen vom Hallimasch und dem Führer aufzutischen wie eine gigantische süße Mahlzeit, aber Liese fehlten die Worte, zumal sie sich täglich mehr bemühen mußte, nicht der groben Sprache zu verfallen. Wie sie sich schämte dafür! Sie tröstete Adele: Ja, ihr Vater sei so etwas wie ein König gewesen. Wenn sie artig sei und niemandem etwas davon erzähle, würde er eines Tages vor ihr erscheinen.

»Holt er mich dann vom Kindergarten ab?«

»Bestimmt«, versprach Liese.

Die Schule, die Adele im Herbst 1950 in buntem Baumwollkleid, Igelittschuhen, Pappranzen und einer Zuckertüte das erste Mal betrat, war auch die neue Arbeitsstelle ihrer Mutter.

Nach ihren ausgezeichneten Leistungen als, wie es hieß, »Hilfsarbeiterin im Baugewerbe«, hatte Liese nunmehr einen Vertrag als Reinigungskraft unterschrieben. Ihr Tätigkeitsgebiet war die Grundschule Berlin-Mitte, wo sie von morgens sechs bis nachmittags vier Uhr arbeitete. Liese war die erste, die den Schulhof schwer schwankenden Schrittes durch den Hintereingang betrat, Gummischuhe Kittelschürze Kopftuch anzog, an jeder Hand einen Eimer Sodawasser bugsierte, unterm Arm Besen und Kehrschaufel geklemmt, im Schürzengürtel Leder Lappen Schwämme. Sie legte los mit einer tatkräftigen Freude, die sie überkam, wenn sie die Flure mit breiten Besenstrichen kehrte, die Flusen zusammenfegte, um dann aus einer Bakelitdose Schlieren Schmierseife aufs Linoleum zu klatschen, den Schrubber ins Wasser zu tauchen, mit tropfenden Borsten die Seife zu zerstreichen, den Boden einzuschäumen, den Dreckbrei mit dem Feudel aufzunehmen, auszuspülen, um zu sehen, wie glänzend das Linoleum dem neuen Schultag entgegenblinkte. Einmal pro Woche trug Liese Möbius Bohnerwachs auf. In den Pausen säuberte sie die Toiletten, legte Zeitungspapier und Ammoniaksteine aus; leerte Papierkörbe und putzte Fensterbretter.

Schmalzkanone nannten sie die Schüler. Lehrer und Horterzieher erklärten, solche Ausdrücke gehören sich nicht für Abc-Schützen und schon gar nicht für Junge Pioniere oder solche, die es werden wollen. Außerdem sei Frau Möbius Adeles Mutter. Man möchte doch nicht, daß eine Klassenkameradin so etwas Gemeines über die eigene Mutter hört. *Über allen strahlt die Sonne, über allen in der Welt.*

Adele konnte von ihrer Zuckertüte nur eines wirklich gebrauchen: die Tüllmanschette, welche die bescheidenen Gaben von Obst und Karamel umhüllte. Am ersten Schultag hatte sich Adele den Schleier vors Gesicht gehängt. Auf dem Kopf die Krone. So geschmückt nahm sie den ihr zugewiesenen Platz in der vorletzten Reihe ein, hängte den Ranzen an den Haken neben sich; legte, wie sie es im Kindergarten gelernt hatte, die Hände flach auf die Schulbank.

»Du siehst aber hübsch aus«, sagte Frau Panzoch, die Lehrerin.

Ein Schauer der Genugtuung durchfuhr Adele. Minutenlang war es still in der Klasse 1 A, dann prasselte der Lachsturm los. Mit Fingerknöcheln Griffeln Linealen klopften die Kinder auf die Holzbänke, trampelten, sprangen auf, ließen knallend die Sitze hochschnellen.

»Ruhe!« rief Frau Panzoch und klatschte in die Hände.

Sie nahm Adele Krone und Schleier ab.

»Das brauchen wir in der Schule nicht«, sprach sie mit sanfter Stimme.

Adeles Augen blitzten, als sie sah, wie die Lehrerin den Schmuck unterm Pult verstaute. Adele öffnete das Tintenglas, das vor ihr auf der Bank stand, erhob sich, ging nach vorn und verspritzte die Tinte auf Frau Panzochs Bluse.

»Au weia!« riefen die Kinder.

Nach der Pause hatte die Lehrerin eine Strickjacke übergezogen. Ohne ein Wort der Schelte versetzte sie Adele Möbius von der vorletzten auf die erste Reihe.

»Jetzt wollen wir sehen, was wir schon alles können«, begann Frau Panzoch den Unterricht, »Adele, die uns bereits einige ihrer Künste gezeigt hat, singt uns am besten gleich einmal etwas vor.«

Adele. Die mit dem Schleier und der Krone. Die an den König glaubt. Deren Mutter die Schulklos saubermacht. Jetzt sollte sie singen. Der Prinzessin fiel nichts ein. Alles hatte sie vergessen, was sie im Kindergarten gelernt hatte. Kein Ton war mehr da.

»Aber du wirst uns doch ein Lied singen können«, drängte Frau Panzoch.

Adele Möbius sang nicht. Andere Schüler wurden aufgerufen, Gesang angestimmt. Frau Panzoch schlug mit dem Tamburin den Takt. *In unserm frohen Rundgesang zeigt jeder, was er kann.* Adele konnte nicht länger stillsitzen, *Wer dran ist, überlegt nicht lang und fängt zu singen an!*, und Adele stimmte in den Chor der Schüler ein, erst zaghaft beleidigt, dann öffnete sie sich, trällerte mit heller Stimme den Rundgesang, wieder, immer wieder, bis alle durch waren, und begann von vorn, allein, ein machtergreifendes Solo, das niemand aufhalten konnte, auch Frau Panzoch nicht, die sich bis zum Pausenklingeln bemühte, Adeles aufflammende Energie abzustellen, doch sie sang noch auf dem Schulhof Strophe um Strophe …

In Betragen bekam Adele Möbius »sehr gut«. In den Lernfächern konnte sie dem Stoff nur schwer folgen. Es war, als würde dem Mädchen jeden Morgen ein Mantel Müdigkeit übergelegt. Adele rechnete langsam und umständlich mit den Fingern. Die Buchstaben gerieten auf der Schiefertafel zu spinnenbeinigen Krakeleien, liefen auf dem Papier wie von selbst über die vorgegebenen Zeilen hinweg, wobei die Feder kratzte oder tropfte, Bücher Hefte Griffelkästchen verschmierte und kein Löschpapier den Fluß aufhalten konnte. Im Nadelarbeitsunterricht wollte Adele Haken nicht von Ösen unterscheiden. In Turnen lief sie x-beinig, fürchtete den Ball und hing schwer an der Sprossenwand. Nur im Fach Heimatkunde meldete sie sich mitunter zu Wort. Dann erzählte sie von Wäldern, die alle ihrem Vater, dem König, gehörten.

In den Pausen traf Adele öfter ihre Mutter. Bei diesen Begegnungen wußte sie nicht, ob sie sich freuen oder schämen sollte, denn noch immer war sie den Hänseleien der Mitschüler ausgesetzt. Die Möbius'schen ham beede'n Riß inner Krone, hieß es.

Saß Adele nach mühsam verbrachtem Schultag mit Liese am Abendbrottisch, durfte sie die Krone aufsetzen. Alle Müdigkeit fiel dann von ihr ab, und die Hoffnung, heut oder morgen würde ein Mann im purpurnen Mantel vor ihr stehen und sagen: Ich bin dein Vater, komm, wir reiten in mein Schloß!, überkam sie.

»Er muß ganz in der Nähe sein«, log Liese, wenn ihre Tochter wissen wollte, wann es soweit sei.

Frau Panzoch beriet mit dem Lehrerkollektiv eine eventuelle Versetzung der kleinen Möbius in die Hilfsschule. Man kam jedoch überein, daß bei dem Mädchen keine tatsächliche geistige Minderung, eher eine zu geringe Einflußnahme der Mutter auf noch zu entwickelnden Fleiß vorhanden sei. Adele wurde Nachhilfe verordnet. In Elternabenden und Hausbesuchen gab Frau Panzoch der Mutter Ratschläge, wie die Leistungen der Tochter zu verbessern seien.

»Aber Adele tut doch nichts Böses«, beschwerte sich Liese.

»Das genügt nicht«, sagte die Lehrerin.

Zusammen mit zehn anderen Kindern bekam Adele am Ende des ersten Schuljahres das Halstuch der Jungpioniere. Obwohl sie Klassenletzte war. Erhobenen Kopfes trug Adele jeden Tag ihr blaues Tuch. Die Krone aus Silberpapier wich dem Käppi mit dem Fackelemblem.

»Dein Vater wäre stolz auf dich«, sagte Liese, als sie sah, wie sich das Mädchen vor dem Spiegel drehte.

Liese Möbius wurde immer schwerer im Fleisch. Da sie hart arbeiten mußte, aß sie wieder Wurst Butter Mehl, alles Nahrhafte, was es endlich ohne Marken zu kaufen gab. Es kam vor, daß Liese glaubte, beim Kochen in der Küche nicht allein zu sein, sondern eine zweite Person gleichen Maßes, gleicher Unmäßigkeit stünde neben ihr und schaute in die Töpfe.

»Loß miech in Ruh!« zischte Liese.

Erkundigte sich Adele, mit wem Mutter redete, antwortete sie: »Dos wüßt iech a gern.«

Ende des dritten Schuljahres, da Adele nur knapp die Versetzung in die vierte Klasse geschafft hatte, wurde sie zur Kassiererin des Pionierbeitrages ihrer Gruppe berufen. Während einer Versammlung in der Aula mußte sie aus der letzten Reihe hervor auf die Bühne treten. Das erste Mal im Leben unter den Augen von dreihundert Schülern und Lehrern. Frau Panzoch lobte die gute Pionierarbeit ihrer Schülerin, das Vermögen, es trotz Mühe immer wieder zu schaffen, dem totalen Versagen zu entgehen. Mit der Methode Verantwortungsübernahme hoffte die Lehrerin, Adele zu motivieren.

Zehn Pfennige mußte sie monatlich von jedem Schüler kassieren. Adele hatte ein Kästchen, wohinein sie die Münzen sorgsam zählte: schwärzende Aluminiumgroschen, die in ihren Träumen zu Bergen silberner Taler wuchsen. Sie baute Münzen zu Türmchen, erspann Geschichten grenzenlosen Reichtums, denn es gab Kinder, die waren reich. Die hatten etwas, das sie nicht besaß: Kaugummis, Mickymaus-Hefte oder Kaba – Kostbarkeiten aus dem verbotenen Teil der Welt. Dabei war Adeles Vater doch ein König. Das wußten alle, und bald würde sie es beweisen können. Mit dem Geld, das sie kassierte. Für ein paar Klebemarken aus Papier.

Die Pionierleiterin erkundigte sich nach dem Geld. Es dauerte, bis Adele begriff, daß sie ihre Einnahmen abgeben mußte. Einmal versuchte sie, ein paar Groschen beiseite zu schaffen, um sie gegen eine Begehrlichkeit einzutauschen, heimlich, im Gestrüpp hinter der Turnhalle, wo sich der Umschlagplatz für verbotene Kostbarkeiten befand. Ulf Häfner aus der 4B, der sich rühmte, kein Mitglied der Pionierorganisation zu sein, besaß die Macht über die Schätze. Zwanzig Groschen nahm er Adele ab, um ihr eines der bunten Hefte zu vermachen, in denen Mickymaus, Donald und Dagobert Duck Abenteuer bestanden, von denen Adele sofort begeistert war.

»Wenn du petzt«, drohte Ulf, »scheiß ick deiner Mutta vor die Füße!«

Adele hielt dicht. Das Heft versteckte sie unter der Matratze ihres Bettes. Jeden Abend nach dem Gutenachtsagen betrachtete sie unterm Licht der Taschenlampe die Bilder. Obwohl es nur zu feierlichen Anlässen getragen wurde, knotete Adele jeden Morgen das blaue Halstuch, zog zur weißen Bluse einen guten Rock an, nahm Ranzen Brottasche Turnbeutel und ging zur Schule.

»Kast du net emol ewos anersch aziehe?«

»Ich tu doch nichts Böses«, sagte Adele.

Trotz anfänglichen Mißbehagens begann die Klassenlehrerin Adele in ihr Herz zu schließen. Das sonderbare Mädchen war von einer Fügsamkeit, die vermuten ließ, daß ihre wirklichen Stärken einfach noch nicht zutage getreten waren. Eine Spätzünderin, die auf die Grußformel *Seid bereit!* lauter als die anderen antwortete: *Immer bereit!*

Auf einem Wandertag, an dem die Klasse mit der S-Bahn in den Müggelwald fuhr, nahm Frau Panzoch Adele beiseite und fragte, ob sie sich zutraue, beim nächsten Pioniernachmittag den Kindern etwas über »unseren Präsidenten Wilhelm Pieck« zu erzählen. Obgleich Adele nichts von dem verstand, was die Lehrerin von ihr wollte, spürte sie, daß sie ihr den Wunsch nicht abschlagen durfte. Womöglich hatte Frau Panzoch herausbekommen, daß sie jeden Abend in dem verbotenen Heftchen las. Adele schüttelte den Kopf. Sie bekam Angst. Schon sah sie, wie Ulf auf Mutters frisch gewischten Boden einen Haufen setzte.

»Bitte nein«, flehte Adele.

»Aber warum nicht? Wilhelm Pieck ist ein tapferer Friedenskämpfer und berühmter Mann. Du kennst ihn – in unserem Schulflur hängt sein Bild, und es ist auch in deinem Pionierausweis abgebildet.«

»Ich weiß«, gestand Adele eingeschüchtert.

»Na also. Jetzt hörst du mir gut zu, was ich dir von Wilhelm Pieck erzähle, und am Pioniernachmittag bist *du* es, der alle zuhören werden.«

Adele hörte zu. Frau Panzoch erzählte. Vom Präsidenten, der in einem schönen großen Haus in Berlin-Pankow arbeitete, der einst Tischler gewesen war und alle Kinder auf der Welt liebte. Von Spartakus, Thälmann und Oktoberrevolution hörte Adele die Lehrerin berichten, rauschende fremde Klänge, und dennoch vernahm Adele etwas, das sie kribbelig machte. Der Präsident – warum wohl wollte Frau Panzoch mit ihr über ihn sprechen? War es nicht ein Zeichen dafür, daß Adele endlich zu ihrer Herkunft fand? Gewiß ist dieser Präsident ein ganz Großer, spann Adele ihre Gedanken fort, so was wie der Schuldirektor oder wie Dagobert Duck vielleicht, wenn nicht sogar –

Da platzte Adele heraus: »Mein Vater!«

Frau Panzoch stutzte. Einen Augenblick lang überlegte sie, ob sie der Schülerin nicht doch zuviel zumutete, dann aber sprach sie: »Ja. Er ist auch dein Vater.«

Auf den Pioniernachmittag bereitete sich Adele Möbius gut vor. Der Auftrag, den sie empfangen hatte, empfand sie nun als Bewährung. Obwohl Adele Lesen und Schreiben schwerfiel, übte sie sich in der Lektüre von Büchern, die ihr die Lehrerin gegeben hatte. Täglich fiel ihr das Lernen leichter. Bald stand ein Foto von Wilhelm Pieck neben Adeles Bett. Mutter Liese sah sich gezwungen, bei ihrer Tochter Fieber zu messen. Sie hatte keins. Legte Adele sich schlafen, glaubte sie, unter der Matratze hervor Kichern zu hören. Sie wurde wütend und wollte von Mickymaus und Donald Duck nichts mehr wissen. Sie gab das Heft an Ulf zurück, der ihr dafür einen Vogel zeigte. Sie ließ am Mittwochnachmittag die Bombe platzen.

»Unser Präsident – er ist mein Vater.«

Mit diesem Satz schloß Adele Möbius ihren Vortrag, den sie vor den staunenden Pionieren, der Pionierleiterin und der begeisterten Klassenlehrerin gehalten hatte. Eine halbe Stunde lang. Auswendig, voller Hingabe, korrekt. Dann der Schlußsatz. Frau Panzoch erbleichte. Mit ungläubigen Gesichtern saßen die Pioniere in den Bänken, Milch, Kekse und das Bild des Präsidenten vor sich.

»Danke«, flüsterte Frau Panzoch.

Sie hoffte, daß niemand es weitersagen würde. Doch schon am nächsten Morgen, auf dem Schulweg, spürte Adele, wie ihr jemand erst am Ranzen und sie dann zu Boden zerrte. Ulf Häfner hatte den Vorfall spitzgekriegt und wollte seinen Ruhm als der ewig Auffällige nicht teilen. Schon gar nicht mit einer *Besemmelten.* An die Schulhofmauer gedrückt, packte er sie am Halstuch.

»Hör zu, Kleene, wat unsan Präsident anbelangt, det is schon mein Vata. Vastehste?«

»Bahnhof«, antwortete Adele.

»Och noch frechwern, wa?«

Ulf zog den Knoten fester zu. Das Mädchen röchelte. Nachdem Ulf ihr das Versprechen, daß sie ihre Behauptung widerrufe, abgerungen hatte, ließ er sie laufen.

»Wennde petzt, weeßte, wat deina Mutta blüht!« rief er ihr hinterher.

Zu Hause blühte Adele eine Tracht Prügel. Es war das erste Mal, daß Liese an ihrer Tochter den Teppichklopfer probierte.

»Wie kast'n du ieber dein Vaddor su ewos sogn? Willst woll, des de Leit ieber miech spottn? Wieso redschn itze esu, wie wenn du ewos Schlechtres wärst?«

Der Klopfer klatschte auf Adeles Hinterteil. Das Mädchen hielt ruhig unter Mutters Bemühen, jene unerhörte Behauptung, die sogar dem Direktor zu Ohren gekommen war, zu entkräften. Ich werde ihr alles sagen, schwor Liese. Mit Kamille tupfte sie die Striemen auf Adeles Haut ab, Verzeihung erflehend, die die Tochter gnädig gewährte. Vor Adele aber wollte Lieses Wahrheit nicht entstehen.

Es hatte sich etwas geändert in Adeles Leben. Im Halbjahreszeugnis 1954 konnte sie einen Zensurendurchschnitt von 3,0 vorweisen. *Adele hat sich in diesem Jahr viel Mühe gegeben. Sie ist eine willige Schülerin und nimmt rege am Pionierleben teil,* lautete die Beurteilung.

Neben ihrer Funktion als Beitragskassiererin liebte Adele Möbius den Ordnungs- und Tafeldienst. Sie genoß es, den Schwamm in den Wassereimer zu tauchen und das schwarze Brett zu säubern, langsam von oben nach unten, den Schwamm ausspülen, noch einmal von links nach rechts, am Ende trokkenwischen und neue Kreide ins Fach legen.

Auch wenn Adele bemüht war, Mitschülern und Lehrern durch Eifer zu imponieren, auch wenn sie schon mit zehn Jahren zu den hübschesten Mädchen der Schule zählte – wirkliche Freunde gewann Adele nicht. Einerseits bewunderte man sie für die zahlreichen mündlichen und schriftlichen Lobe, die Adele für ihre *gesellschaftliche Arbeit* erhielt, andererseits war sie unbrauchbar für Spiele oder Streiche jeder Art. Nach der Schule stand sie abseits von den Gruppen der Kinder und beobachtete sie abfälligen Blicks. Forderten diese sie zum Gummitwist, Himmelhölle oder Ballwerfen auf, behauptete sie, Wilhelm Pieck, ihr Vater, würde derartiges blöde finden. *Selber blöde!* sagten die Kinder.

Am 3. Januar, dem Geburtstag von Wilhelm Pieck, sah jeder, der die Grundschule Berlin-Mitte betrat, neben dem Ölportrait des Präsidenten über der Eingangstür zwei weitere Bildnisse: die in Tempera gemalten Köpfe der Schülerin Adele aus der 3A und deren Mutter, der Reinemachfrau Liese Möbius. Zwischen den Bildern das Zeichen der Raute. Nachdem der Hausmeister auf Geheiß des Direktors die Bilder entfernt hatte, begann die Suche nach dem Täter. Treppauf treppab rannte Frau Panzoch, schaute nach irgendwem, horchte ins Leere hinein, war aufgelöst vor Angst.

Statt der geplanten Geburtstagsfeier rief der Direktor eine Versammlung in der Aula ein, wo er seiner Enttäuschung über die Missetat Ausdruck gab. Adele, die zunächst geglaubt hatte, mit den Bildern sei endlich der Beweis ihrer Abstammung erbracht worden, mußte erleben, wie sich ein Ring von Mißtrauen, Entsetzen und Verdächtigungen um sie und ihre Mutter schloß. Aber niemand konnte irgend etwas beweisen.

Eine Abordnung vom Ministerium für Volksbildung erschien, welche jeden einzelnen der Anwesenden zu sich befahl und sich nach Dingen erkundigte, die kein Schüler verstehen wollte. Wenn wir den Schmierfinken erwischen, wird es Konsequenzen haben, versprach die Schulleitung.

Adele und Liese Möbius indes fanden nicht mehr zusammen. Während Adele ihre Zöpfe entflocht, die Glaskirschen an »Einserpopel« verschenkte, ihr Haar von nun an kastanienbraun offen trug, wurde Lieses Haar grau und nahm den wrasigen Geruch ihrer Arbeit an. Jeden Tag rang Liese mit sich, der Tochter endlich zu eröffnen, wer ihr wirklicher Vater sei. Da sich aber die Worte in ihr wie störrische Ziegen verrammelt hatten, vergangenes Leben an Erinnerungen abrutschte und sie selbst nicht mehr sicher war, was an jenem Wintertag im Jahre 1943 wirklich geschehen war, mußte sie zusehen, wie Adele ihrer trügerischen Gewißheit, sie sei die Tochter des

Staatspräsidenten der DDR, aufsaß. Auch hörte und träumte Liese nichts mehr vom Führer. Fühlte ihr Ziel verfehlt, schob die Schuld auf Traudel, die ihr jegliche Zuversicht genommen, die sie betrogen und für dumm verkauft hatte.

»Hätt mer mei Schwester doch dezemoll en Hals dorchgestochn.«

Der Skandal, den die vonwemauchimmer gemalten Portraits ausgelöst hatten, vermehrte Adeles Stolz. Nichts sehnlicher wünschte sie sich, als dem Helden, der sie so kindlich-kunstvoll verfertigt hatte, mit Dank zu belohnen. Er wird mich küssen dürfen, beschloß sie.

Im Jahresendzeugnis stand Adele auf einer glatten Zwei. Frau Panzoch rühmte sich ihrer pädagogischen Leistung, mußte jedoch zugestehen, daß ihr die Schülerin fremd wurde. Mehrfach hatte die Lehrerin versucht, Wilhelm Pieck aus dem Kreis der verdächtigen Väter, die für Adeles Existenz verantwortlich sein könnten, herauszunehmen und klarzustellen, daß das Mädchen Wunschvorstellungen aufgesessen war, beziehungsweise, daß es sich um einen unverstandenen Scherz handele. Nach jedem Aufklärungsversuch warf Adele schnippisch ihr Haar zurück und strafte die Lehrerin, indem sie ihre Hausaufgaben vergaß, falsche Antworten gab oder zu spät zum Unterricht erschien.

Am Tag, da Ulf Häfner die Grundschule Berlin-Mitte wegen rüpelhaften Betragens verlassen mußte, stellte er sich. Rotzfrech, das Haar pomadisiert, passte er hinter der Turnhalle Adele ab und zeigte ihr sein Geheimnis: eine Mappe mit wasser- und temperafarbenen Bildern, auch Zeichnungen, kohleschwarze Skizzen von Schülern und Lehrern, daneben pastellene Naturimpressionen.

»Kiekste, wa?«

Adele errötete. Wollte eben mit berüchtigter Geste ihr Haar

zurückwerfen, da holte sich der Held seinen Lohn. Ohne zu fragen. Der Kuß geriet zum molluskenfeuchten Aneinanderdrücken der Zungen, dauerte nur Sekunden, brachte das Mädchen ins Wanken, so daß Ulf es festhalten mußte. Mit entschiedenem Griff löste er den Knoten des Pioniertuches, nahm es Adele vom Hals, schneuzte sich hinein und warf es ins Gebüsch. *Meine!* Adele wollte protestieren, da verschloß Ulfs Zunge abermals ihren Mund. Als der Kuß vollendet war, fragte er: »Willste mit mir jehn?«

Adele, die mehr über ihr eigenes Herzklopfen als über den Kuß erschrocken war, wischte sich über die Lippen. Stille im Gebüsch. Blauer Ferienhimmel über dem Schulgelände. Ulf, der sonst sein Kästchen mit verbotenen Kostbarkeiten an diesem Ort zum Handel bereithielt, hatte heute nur die Mappe zu bieten.

»Nee!«

Ulf spielte den Trumpf aus: »Bitteschön, Wilhelm Pieck ist *dein* Vater.«

Wieder lehnte Adele ab. Zog das Halstuch aus dem Gebüsch und griff in Rotz.

»Ferkel!«, rief sie und ließ den Helden einfach stehen.

Kurz vor Arbeitsschluß fand Liese Möbius im Schulflur, den sie gerade gebohnert hatte, einen stinkenden Haufen.

»Verdammt nuch emoll, e Schweinestall is nix geeng des Irrnhaus. Wos isn hier bloß los?« fluchte sie.

Bückte sich Liese, tat ihr das Kreuz weh. Schwer wie Medizinbälle waren ihre Brüste geworden. Um beim Putzen mit den Händen den Boden erreichen zu können, drückte Liese die Knie durch. Rock- und Schlüpfersäume hatte sie mit Gummi erweitert. So dick waren Lieses Beine, daß sie sich wie wassergefüllte Säulen anfühlten. Mitunter, wenn sie den Hader auswrang oder Wischwasser in die Toilette kippte, glaubte sie,

Stimmen zu hören. Mal klar wie Kristall. Mal dreckig. Drehte sich Liese um, war alles still.

Das Klingelgeräusch riß Adele aus dem Schlaf.

Am Tag vor Heiligabend hatte sie sich zeitig ins Bett zurückgezogen. Ungewohnte Schläfrigkeit war über sie gekommen, verbunden mit schmerzhaftem Jucken der Brust. Kaum, daß sie unterm Nachthemd mit den Handflächen die Haut berührte – jede Körperstelle machte sich bemerkbar. Es kitzelte, zwiebelte, vor allem zwischen Achseln und Brustbein. Adele, neugierig geworden, griff zu. Die einst mädchenflachen Brüste füllten ihre Hände, wuchsen unter sanften Massagen; die Warzen wurden hart. Adeles Finger kreisten um die Warzen herum, zärtliche Satelliten, sie spürte, wie es den Leib durchfeuerte, kreiste weiter – da läutete es.

Enttäuscht zog Adele die Finger von ihrer Entdeckung. Für einen Moment glaubte sie, das Christkind hätte sich verfrüht. Sie ärgerte sich über ihre dummen Gedanken und rief sich ins Gedächtnis, daß sie ja zehn Jahre alt war, es weder Christkind noch Weihnachtsmann gäbe und die ganze Geheimnistuerei dieser Tage nur fauler Zauber sei. Adele hörte Mutter über den Flur schlurfen.

»Wer hot sich denn bei uns verlaafe?« schnaufte sie.

Dann das Knarren der Tür. Dann Mutters Schrei: »Iech glaabs net!«

Adele sprang aus dem Bett, öffnete spaltweit die Zimmertür, lugte über den Flur und erkannte im Treppenhaus ihre Mutter. In Pelz Stiefel Strickmütze, in jeder Hand eine Tasche.

»Mama?«, fragte Adele unsicher, denn dieselbe stand ja in der Wohnung, davor ihr Ebenbild, verkleidet, dennoch gleich, der Blick, die Haare, der Leib – Liese im Angesicht mit sich selbst.

»Derf iech reikomme?«

»Bist ja schon drin.«

Lotte Möbius hatte eine Gans mitgebracht. Vom eigenen Hof. Fünf Kilo schwer, gerupft, gesengt. Und sie hatte Eingekochtes dabei: Pflaumen Kirschen Pilze.

»Iech wollt ner emoll seh«, sagte sie, »ob des alles wahr is, dei Flucht, dei Gschicht, die do kaaner glabt. Zeh Gar sei schließlich genuch, loss ons denn ganzn bleeden Streit begrobm.«

Liese griff sich an den Hals. Da war es wieder. Der Hallimasch, die Gewißheit der wundersamen Empfängnis, der Spott, der Schwesternneid, Forke Schmerzen Flucht. Ohne abzuwarten ging Lotte in die Küche, wuchtete die Gans auf den Tisch und stellte die Weckgläser ab. Jetzt trat Adele aus ihrem Versteck. Im Hemd sah sie wie ein Engel aus. Als solcher machte sie sich sogleich unberührbar für die Gestalten der Weiber, bei deren Anblick sie schwor, zu gegebener Zeit ihre Abstammung ernsthaft zu überprüfen.

»Do heits miech aber em!«

Für Sekunden stand Lotte starr, neigte den Kopf, tippte auf Adeles Stirn und sagte: »Dausendendmoll schenner als dei Vaddor!«

»Hellst wohl dei Gusch!«

Liese trat zwischen Schwester und Tochter, schnappte nach Luft, versuchte, die sich anbahnende Katastrophe zu richten: Angst Lügen Weihnachtsgans, den unaufgeräumten Tisch, die kalte Herdasche, die Frage nach einem Gästesofa, die alten Unverschämtheiten, der aufkommende Geruch nach Stall. Springenden Herzens erklärte Liese Adele, daß Lotte ihre Schwester sei, man hätte sich aus den Augen verloren, sie sei selbst überrascht, daß Lotte plötzlich nach so langer Zeit hier auftauche, und überhaupt – Liese schickte funkelnde Blicke Richtung Schwester – woher wisse sie eigentlich … woher kenne sie ... warum komme sie hier hereingeschneit ... wos os'm bassiert? ... Ham se dich aus'n Dorf gocht?

Nein. Man hatte Lotte Möbius nicht aus dem Dorf gejagt. Freiwillig hätte sie die Reise nach Berlin angetreten, wenn auch als Beifahrerin auf 'm Kartoffellaster, aber freiwillig! Sie wolle, behauptete Lotte, wirklich nur Frieden schließen. Nun gut, ein bißchen Neugier sei da schon, und am zweiten Feiertag müsse sie nach Katzgrün zurück, die Tiere warten, man wäre jetzt LPG, jaja, da tät der Kindsvater aber staunen, was aus den Menschen geworden ist!

»Iech stopf dir dei Maul!« zischte Liese.

Lotte legte den Arm um Adele und lächelte breit.

»Iech on dei Mutter, mir sei scho e richtichs Gschpann!«

Adele befreite sich aus der Umarmung und verließ brüskiert die Küche. Im Bett fand sie wieder zu sich, ließ ihre Brüste in die Hände wachsen, erschrak in der Vorstellung, daß sie selbst bald welche haben könnte, die Mutters Glocken übertrafen. Das wollte sie nicht. Nie und nimmer dieses platzverschlingende Ausmaß, nie diesen ewig unsauberen Geruch, nie diese Sprache, die dem Mädchen wie Filz die Ohren verstopfte. Adele bereute, das bunte Heft zurückgegeben zu haben. Micky Donald Dagobert: die putzigen Retter in der Not. Dachte Adele an die bevorstehenden Tage, wünschte sie sogar, Ulf Häfners Angebot würde sich wiederholen. Vielleicht wäre es ja die Rettung.

Als das Mädchen nach Mitternacht endlich zur Ruhe kam und einschlief, saßen die Schwestern noch in der Küche zusammen. Sie sprachen nicht, gaben aber im Einvernehmen miteinander von Hand zu Hand, was für den Weihnachtsbraten vonnöten war. Gemeinsam wie früher. Keinen Deut anders. LieseLotte. LotteLiese.

Liese bestand darauf, daß Adele für das Festessen das schönste Kleid, das sie besitze, anziehen sollte. Sie selbst zwängte sich in ihren besten Rock, ließ, da er nicht passen wollte, hinten zwei Knöpfe offen und deckte den Tisch mit weißem Tuch. Drei Gedecke trug sie auf, obgleich es ihr in den Fingern juckte, den Geistern der Vergangenheit Referenz zu erweisen. Dachte sie an Traudel, befiel sie Wehmut. Kam ihr der Führer in den Sinn, mußte sie sich unter den Brüsten kratzen.

»Host Krätze?« fragte Lotte.

»Hunger hob iech«, sagte Liese.

Das Pionierhalstuch zierte Adeles Kleid. Sie setzte sich an den Tisch, aufrecht, teils mit stolzem, teils mit abwehrendem Blick über die tanngrüngeschmückte Tafel.

»Host du dein Vorstand vorlorn? Wos soll'dn der Fetzn ze Weihnachtn?« rief Liese.

Lotte, die im Bräter die Gans servierte, setzte dieselbe gerade noch rechtzeitig ab, damit der Lachdonner, der bei Adeles Anblick aus ihr brach, nicht fettigheißes Unheil über sie brächte.

»Mei Adele is oft emol eweng wirr em Kopp, se maants nett su.«

»Doch«, widersprach Adele, »ich meine es so.«

Weihnachten 1954 schauten sich LieseLotte beim Gänseschmaus in die Augen. Nicht unauffällig von der Seite, wie vor zehn Jahren, sondern unbarmherzig, direkt, jede so, daß sie die andere blickwütig traf. Sie sahen rotgeäderte Wangen, grindige Lippen, den mümmelnden Biß, und es kam Genugtuung in ihnen auf. Mit jedem Biß ins Fleisch schauten die Zwillinge tiefer in sich hinein, wortlos, ohne zu fragen, wie alles so kommen konnte. Meine Schwester hat es verdient, dachte die eine. Die andere: Wie gerecht das Leben doch sein kann. Da kam das Gänseskelett auf den Tisch. Aber die Zwillinge hatten keinen Appetit mehr. Es sollte noch eingekochte Pflaumen geben.

Lotte holte das Kompott aus der Küche. Adele, die gerade mal ein Stück Gänsebrust zur Hälfte verspeist und die Klöße samt Soße ganz gemieden hatte, hob die Zähne.

»Ich geh ins Bett«, beschloß sie, zupfte am Knoten des Halstuches und verließ das Zimmer, hüftwippend wie ein Mannequin.

»Wennst itze widder lachst, kast e Nachtwanderung nei in dein Dorf machn.«

Lotte Möbius trank. Bier Schnaps Bier. Auch Liese schenkte sich ein. Unfeierliche Stille im Raum.

»Mei Madl is doch'n Fiehror sei Kend«, sagte Liese, als die Luft über den Kerzen zu knistern begann.

»Iech glaabs dir, itze glaab iech's dir!«

Lotte schlug auf den Tisch, daß das Geschirr tanzte. Noch ein Klarer, zwischendurch Bier, obendrauf ein Brauner, Pfeffilikör hinterher.

»'n Fiehror seins!«

Jetzt wurde Liese laut und lustig. Auch Lotte ließ die Sau aus sich heraus. Heulen Röhren SchnapsaufSchnaps. Hoch in den schweren Stubenhimmel schwang sich die Verzweiflung der Frauen. Der Frieden, den sie in dieser Stunde schlossen, wurde mit schwesterlicher Umarmung besiegelt.

»'n Fiehror seins!« wiederholte Lotte tränengerührt.

Vorm Fenster, in weihnachtlicher Ferne, schlugen Kirchenglocken. Leise, gedämpft, wie es sich für die Zeit gehörte. Die Möbius-Zwillinge waren besoffen, aber noch nicht satt. Wußten, was und woran sie glauben konnten: an sich, an das hohe Blut, das ihre Familie veredelt hatte. *'n Fiehror seins.* Was Liese und Lotte nicht wußten: daß Adele die ganze Zeit vor der Tür gestanden und alles gehört hatte.

*Fiehror.* Die Bettdecke über den Kopf gezogen, sprach Adele das Wort nach. *Fiehror* hatte sie verstanden. Oder war es

*Vierer? Viehrer, Vierer, Führrohr ...* Kein Königs- oder Präsidentennamen. Ein ungewöhnlicher, aber simpel klingender Name irgendeines Kerls, vielleicht sogar des Katzgrüner Dorftrottels. So also heißt mein Vater, dachte Adele und kaute auf *Fiehror* und *Vierer* herum wie auf einem zähen Stück Fleisch. Vor Enttäuschung biß sie ins Kissen.

In der Stube indes ging es ans Eingemachte. Die Pflaumen waren vertilgt, von den Kirschen gab es nur noch Kerne – jetzt zog Lotte am Gummi des Pilzglases. Es zischte beim Öffnen und verbreitete erdigen Geruch in der Stube. Gemeinsam löffelten die Zwillinge aus dem Glas, und als sie die Augen verdrehten, dachte die eine von der anderen: Wie köstlich ihr es doch schmeckt!

Am nächsten Morgen erwachte Adele mit dem Vorsatz, Mutter zur Rede zu stellen. Sie würde ihr den Namen ins Gesicht spucken, die Lügen und Verheißungen der Jahre als solche entlarven, und Adele würde Mutter *Schmalzkanone* schimpfen und über sie herziehen wie alle in der Schule. Das war nur gerecht.

Im langen Nachthemd des Racheengels öffnete das Mädchen die Küchentür. Sie glaubte, wie jeden Morgen das Frühstück vorzufinden: Haferflocken oder Brot mit Zucker und Quark. Heute war die Küche voller schmutzigem Geschirr und Essensresten.

»Mama? – Tante Lotte?«

Die Wohnung blieb still. Als Adele die Tür zur Stube öffnete, fand sie Lotte, blau im Gesicht, auf den Dielen liegen. Mutter saß auf dem Sofa: ein Koloss, der Kopf weggeknickt, die Augen offen und blicklos. In der Hand hielt Liese Möbius das leere Weckglas. Auf dem Tisch neben den Flaschen: das Gänseskelett: abgenagt bis auf die letzten Faser.

»Mama?«

Adele berührte Mutter am Arm. Sie kippte zur Seite, ganz allmählich, als wollte sie in sich selbst versinken.

## 7

Gunter Konarske wollte Krieg. Im Dorf Lärchenau, das mit den Reizen der Landschaft keinen Anlaß gab, irgendwie als außerordentlich zu gelten, wollte der junge Konarske, daß es kracht. Obgleich er Kraftmeiertum und Prügeleien für seine Person verachtete, gefiel es ihm, wenn es unter Klassenkameraden oder Kindern vom Anger zu handgreiflichen Auseinandersetzungen kam. Am Rande stehend, wußte er stets, wer gewinnt und vor allem, daß es nur einen Sieger geben konnte. Ihn selbst: Gunter Konarske.

Ein besonderer Plan reifte während eines Pioniernachmittages bei der Patenbrigade »VEB Holzhandel«, wo den Kindern Waffeln aufgetischt wurden und Reden des Brigadiers vom Volkswirtschaftsplan, sozialistischen Produktionsverhältnissen, dem Sieg der Genossenschaftsbewegung, der kollektiven Aktivistenarbeit, die hier im märkischen Wald mit zukunftsweisenden Zielprogrammen in Hinblick auf einen gemeinsamen Bau des großen Zellstoffkombinates bei Usk-Ilimsk und der Festigung der revolutionären Errungenschaften und der weltweiten internationalen Anerkennung Lärchenaus und dem Bündnis der werktätigen Bauernschaft den Grundinteressen und den Maßnahmen zur Verwirklichung …

Wortstrudel, in welche die Kinder hineingezogen wurden, verschluckten und spien sie wieder aus, müde, durchgewalkt, in Sehnsüchten nach irgendwo, nur hier wollten sie nicht sein. Nicht in diesem verquarzten Pausenraum, wohin sie, der Brigadier und drei Arbeiter verpflichtet waren, um, wie es hieß, etwas über die Zukunft der Menschheit zu bereden. Während der Brigadier vom Papier ablas, aßen die Kinder Waffeln, zählten tote Fliegen im Lampenschirm, sogen die Arbeiter an ihren Zigaretten oder schauten auf die Uhr. Sie hatten bereits Feierabend. Auch Frau Bäffke blinzelte müde. Über der Tür: das Bild Wilhelm Piecks. Holzstaub hatte es in einen Kokon versponnen.

Konarske sah sich nach etwas um, das die Versammelten erwecken könnte. Hinter vorgehaltener Hand, trotzdem sichtbar für jeden, bekritzelte er kleine Zettel, faltete sie zusammen, steckte sie in die Hosentasche. Neugierig waren die Kinder geworden. Sie kannten ihren Helden, den König der tollen Ideen. Der Pioniernachmittag klang aus mit einem Kanon für drei Stimmen, den Frau Bäffke mit den Schülern extra für die Patenbrigade einstudiert hatte: *Guten Morgen, Frau Sonne, ich bin auch schon wach! Gibt es heut einen Menschen, der nicht fröhlich sein mag?* Die Arbeiter drückten ihre Zigaretten aus. Der Brigadier bedankte sich artig und schenkte jedem Schüler als Erinnerung ein handgesägtes Brotbrettchen mit dem eingebrannten Warenzeichen des »VEB Holzhandel«.

Jetzt waren die Kinder frei. Auf dem Anger, dem Platz der Verabredung, verteilte Gunter Konarske die Zettel. Jeder, der am Pioniernachmittag teilgenommen hatte, bekam einen. Es standen die Namen jener Kinder darauf, die nicht bei den Pionieren waren. In Gunters Klasse gab es sechs davon. Einer zählte zu den »Christlichen«. Die anderen hatten Eltern, die sich in politischen Dingen störrisch zeigten. Um das Gleichgewicht der Parteien zu wahren, hatte Gunter in seine Strategie alle Nichtpioniere zwischen Groß Eichholz und Philadelphia einbezogen und jeden einzelnen Namen notiert.

»Wat solln dat werden?«

»Mann gegen Mann!«

Die Truppenansprache fand hinter den Aschekübeln statt. Zu diesem Zweck kletterte Gunter auf eine Mülltonne und zog seine Kniestrümpfe hoch. Sprach er vom Feind, der die Pioniere herausfordere, sahen dieselben, wie die Abendsonne Konarskes Augen erhellte; wie ihm das Haar, kühn und lässig in die Stirn gekämmt, einen bedeutenden Ausdruck gab. Konarske, der sich zum General erklärt hatte, legte seine Strategie des geplanten, wiewohl auf Überraschung angelegten Überfalls dar. Er hatte nicht die geringste kämpferische Ahnung, aber redete wie ein Feuerrohr, heiß, scharf und wunderte sich über sich selbst. Auf dem Heimweg ließ er Papierflieger über die Zäune derjenigen Gehöfte steigen, in denen die Nichtpioniere wohnten. Neben den Namen der Feinde standen Ort und Zeit der Kampfaustragung: 29. Mai 1956, sechzehn Uhr, Schloßgarten.

Der Garten hinterm Schloß, das zur Maschinenausleihstation umfunktioniert war, stand in voller Blüte. Der warme Mai hatte der Verwilderung Vorschub gegeben. Beerenranken Efeu Melde Wicken überwucherten das Gebiet bis in den angrenzenden Wald hinein. Beidseits des Areals konnte man sehen, wie auf Kartoffelfeldern das Kraut verging, die Blätter erst braun, dann welk und löchrig wurden, wie die kahlen Stauden letztendlich den Kampf um ihre Existenz verloren. Es war genau der Ort, an dem Gunter Konarske gewinnen wollte.

Alle waren erschienen: die Truppen der Pioniere und der Nichtpioniere. Konarske saß im Kirschbaum. Von da aus hatte er den Überblick. Von da aus erklangen seine Kommandos.

»Feuer!«

Als erstes flogen faule Äpfel. Die Geschosse pfiffen den Kindern um die Ohren. Traf eines, gab es Geschrei. Konarske notierte die Treffer. Nichtpioniere, auf Nahkampf und Tarnung spezialisiert, griffen aus dem Brombeergestrüpp an. Sofern sie nicht von Apfelbomben verwundet worden waren, stürmten sie, mit roten Ruten bewaffnet, auf die Gegner zu und zogen ihnen die Ruten über. Es pfiff sirrte klatschte. Die Kinder brüllten, warfen die Waffen weg, fielen mit bloßen Händen übereinander her, zogen sich an den Haaren, traten mit Füßen, schlugen mit Fäusten, bissen, keilten sich, während General Gunter Konarske im Kirschbaum mit den Beinen baumelte.

Als genügend Kinder im Gras lagen, brach Konarske den Kampf ab. Er sprang vom Baum und befahl den Unversehrten, die Verwundeten nebeneinander zu legen. Gehorsam tat jeder, was Gunter verlangte. Jetzt war seine eigentliche Zeit gekommen. Aus dem Rucksack, den er als Sanitätstornister handhabte, nahm er Verbandsmaterial und Instrumente zur Wundversorgung. Mit fachmännischem Blick untersuchte Konarske die Blessuren, die sich die Kinder in seinem Krieg zugezogen hatten. Auf Schürfwunden träufelte er Jod, Platzwunden drückte er mit Kompressionsbinden zusammen, verstauchte Gliedmaßen wurden bandagiert. Am Ende bekam jeder Kämpfer einen Schluck Wasser aus dem Mennichensee. Die Schmerzen ließen so schnell nach, wie sie gekommen waren. Dankbar, stolz waren die Kinder auf ihren Klassenkameraden, der sie mit seiner Heilkunst vor elterlichem Schimpf bewahrte. Gunter Konarske war der Held des Tages. Er ließ sich feiern, bewundern, und doch war ihm das nicht genug. Ein wenig mehr als dankbare Worte sollte es schon sein. Noch einmal ließ er alle Kinder zwischen Lärchenau, Groß Eichholz und Philadelphia antreten und schickte sie auf den Acker. Sie wüßten doch, sagte Konarske, daß der Amerikaner es auf die junge Republik abgesehen und von der Luft aus allerhand Schlimmes auf sie geworfen habe. Nach bewiesener Stärke würde man hier und heute dem Ami die Schweinetour versauen! Seid ihr bereit?

»Jaa!« riefen die Kinder, und Gunter befahl: »Jeder bringt mir mindestens hundertfuffzig von den Viechern. Abgabe in einer halben Stunde im Hauptquartier, dann Zapfenstreich!«

Aus Schuhen Strümpfen Unterhemden Pionier- und Taschentüchern nahm Konarske die Folgen amerikanischer Sabotage entgegen: Kartoffelkäfer. Er schüttete sie in einen alten Zinkeimer. Als der Eimer randvoll mit krabbelnden Tieren war, zog Gunter sein Hemd aus, und verschnürte damit das Gefäß. Erhobenen Kopfes verließ er den Kampfplatz. Eine Mark fünfzig für sechs Pfund Käfer bekam der Held auf der Schädlingssammelstelle ausgehändigt. Es war ein guter Lohn für seine Tat.

Nach Konarskes Krieg und Sieg wäre Lärchenau beinahe doch noch Aufmerksamkeit zuteil geworden. Volkspolizist Hauptmann Weinreich war über mehrere Ecken das Spektakel zu Ohren gekommen. Daher sah er sich genötigt, auf dem Schulhof die beteiligten Kinder ins Verhör zu nehmen: Was denn losgewesen sei? Mitten im Frieden Krieg? Ein ungeheuerlicher Skandal! – Gunter Konarske bestritt, Anstifter gewesen zu sein, beschwor, daß alles nur ein Spiel gewesen und er bereit sei, den Kindern eine Aufklärungsstunde gegen derartige Verfehlungen zu geben. Hauptmann Weinreich glaubte dem Jungen, lobte seine Einsicht und verzichtete noch einmal darauf, an höherer Stelle Meldung zu erstatten.

Es gab Lärchenauer, die, wenn sie oder ihr Vieh erkrankten, statt Doktor Krause oder den Tierarzt den dreizehnjährigen Schüler Gunter Konarske zu sich riefen. Es hatte sich herumgesprochen, über welche Fähigkeiten der Junge verfügte, daß er freundlich, zuverlässig und nicht ohne aufkeimenden äußerlichen Reiz war. Rosie sah es ungern, wenn ihr Junge nach der Schule nicht sofort nach Hause kam. Tolerierte sie doch gerade mal die Besuche bei Fleischermeister Schembart. Bei ihm, am Hackklotz versammelt, traf er Männer, die ihn nicht mehr nur mit Wurst fütterten. Gerüchtehalber mußte Rosie erfahren, daß ihr Sohn auch bei fremden Familien, beim Pfarrer, Bürgermeister und sogar bei dem ihr verhaßten Bauern Eden verkehrte. Warum auch immer.

»Hast du kein eigenes Heim?« fragte Rosie.

Stets erhoffte sie, Gunters Antwort möge sie treffen, sie in Zorn, Freude oder Aufregung versetzen. Aber Gunter antwortete nur, daß er seinen Pflichten als Pionier im Timurtrupp nachgehe, den Leuten helfe, mehr nicht.

»Mir hilfst du nicht«, beschwerte sich Rosie.

Gunter zuckte mit den Schultern. In solchen Situationen war ihm, als kannte er seine Mutter nicht. Einmal fing Bauer Eden den Jungen vor der Schule ab und lud ihn in den Beiwagen seines Motorrades.

»Meine Frau!« rief er, während er Gas gab, »kannse dir mal ankieken? Sie will keen Arzt, will, dat du kommst!«

Gunter ließ sein inzwischen berühmtes Lächeln um den Mund spielen. Wind blies ihm ins Gesicht, machte ihn glücklich, stolz, und als die Fahrt vorbeiging an gut bestellten Feldern, Schweinemastanlagen und dem neu eröffneten Rinderoffenstall, spürte Konarske den weiten Raum seiner Zeit. Kaum war der Eden-Hof erreicht, sprang Gunter aus dem Beiwagen, ließ sich vom Bauern zur Schlafkammer führen, worin seine Frau lag.

»Ick darf nich mit 'rinn«, flüsterte Eden, »Beatchen hat neuerdings so Anwandlungen, als würd ick ihr wo ranwolln, vastehste? Dabei siehtse aus wie Dünnbier und Spucke! Im Jejensatz zu deine Mutta, die hat ...«

»Verstehe«, unterbrach ihn der Junge.

Er wußte, daß von Eden stets besonderer Lohn für seine

Dienste winkte, und öffnete entschlossen die Tür zur Kammer. In einem mit Decken erhöhtem Bett lag Beate. Zugedeckt mit Baumwollaken, durch die Gunter sogleich erkennen konnte, wie es um sie stand: Knochig zeichnete sich Beates Leib ab. Ockergelbe Haut spannte über dem mageren Gesicht. Die Augäpfel, die Gunter untersuchte, waren entzündlich durchädert. Der Junge trat vom Bett zurück. Unheimlich war ihm der Zustand dieser Frau. Nicht, daß er noch nie sieche Existenz gesehen hatte – hier traf ihn ein Blick, der ihn erschreckte. Mit aufgerissenen Lippen versuchte die Kranke zu lächeln. Das zurückgebildete Zahnfleisch hatte die Zahnhälse freigelegt, so daß es Gunter kalt über den Rücken lief. Der Junge konnte sich nicht erklären, wieso ihn gerade Beate, Gattin seines väterlichen Freundes, so hilflos machte. Hatte doch Gunter stets ein Heilmittel parat; wußte um die Unfehlbarkeit seiner Experimente – an diesem Ort fiel ihm nichts ein.

»Keine Angst!« flüsterte Beate.

Sie hatte die Hand des Jungen ergriffen. Ohne daß sich Gunter wehren konnte, spürte er, wie sie, unters Laken geführt, papiertrockene Haut berührte, wie es knisterte, als er den Leib entlangtasten mußte: vom trommelfellhart gespannten Bauch, die Hüften, über hervorstehende Beckenknochen, nach oben, wo es wärmer wurde, unter die Achselhöhlen, wo Gunter beinahe einer Ohnmacht erlag. Aber Beate ließ ihn nicht los, sondern schickte seine Hand erst zur linken, dann zur rechten Brust, wo sie sich wie von selbst tastend bewegte, so daß Beate die Hand lockerte und selig die Augen schließen konnte. Da riß sich Konarske weg. Mit zwei Schritten war er an der Tür, vor der Bauer Eden auf das Wunder wartete.

»Nu, wat hatse?«

»Nicht mehr viel Zeit«, antwortete Gunter.

Am liebsten wäre er davongelaufen, weg von diesem Gehöft, das, seit es der LPG gehörte, vor sich hin rottete. Weg von Bauer Eden, der wie ein verlassener Hund zu winseln begann: *Beatchen, Beatchen* – in diesem Moment wollte Gunter nur noch zwischen Oma Emmas Milchkübeln sitzen. Im Laufställchen, wo er sich eines anderen Weges besinnen könnte. Aber der Junge, dessen Stimme seit einigen Tagen tief tönte, war timurverpflichtet. Er wischte seine Hand, die eben noch die Brüste der Kranken berührt hatte, an der Hose ab.

»Wat is nun!« rief Eden, sich in den Hemdsärmel schneuzend.

»Vollbad«, sagte Gunter.

Eden und er wuchteten Beate auf eine pferdedeckengepolsterte Schubkarre. So lag die Frau in ihrer gelben Papierhaut, eingehüllt ins Laken, abgedeckt mit einer Zeltplane, halb wach, halb abgestürzt im Schlaf, und hatte bekommen, was sie wollte. Sie konnte sich nicht wehren, als sie verladen wurde.

»Soll ick nich mitkommen?« fragte der Bauer.

Nee, meinte Konarske, er sei gewohnt, allein zu arbeiten.

»Aba ick bekomm meen Beatchen jesund wieder?«

»Klar«, versprach der Junge, »du weißt doch: Ich krieg jedes Schwein wieder hin.«

Über den holprigen Hof ging es links die Dorfstraße entlang. Ein Stück schob Konarske die Karre, dann begann die Ladung zu ruckeln und sonderbare Geräusche auszustoßen. Gunter glaubte, die Kranke lachen zu hören. Klopfenden Herzens hielt er an, schaute sich um, daß niemand ihn sähe, schnürte die Plane fester und drohte: »Sei ruhig, sonst müssen wir beim Doktor absteigen, und dann gehts ins Krankenhaus.«

Gunter schob die Karre voran. Den längsten Teil der Dorfstraße mied er, indem er Feldwege wählte, hinter denen sich Rüben- und Kartoffeläcker erstreckten. Zwar war das Fahren dort mühsamer als auf der Straße, aber Konarske wollte nicht, daß jemand sah, wie er wütend, außer sich vor Beleidigung, diese Ladung voll Elend transportierte. Er dachte: Sie muß in den See.

Der See war weit. Die Kraft des Jungen reichte kaum, das schwere schaukelnde Gefährt bis zur Landstraße zu schieben. Jetzt begann es unter der Plane zu fiepen. Hohe vogelartige Töne stieß die Kranke aus. Konarske konnte nicht unterscheiden, ob es das Zwitschern einer Verrückten oder das Aushauchen ihres Lebensatems war. Angst Zorn Übermut gaben ihm Kraft, den Weg fortzusetzen. Sie muß in den See! Hinter der Schweinemastanlage, wo die Wiese rostrot vom Sauerampfer erblüht war und irisierende Güllebäche ins Erdreich versickerten, wo die Luft die Augen ätzte, aber dennoch hoch am Himmel eine gelbsüchtige Sonne Zukunft verhieß, schob Gunter Konarske Bauer Edens Eheweib Richtung Mennichensee, um sie zu erlösen. Das hatte er Eden versprochen. Dafür erwartete er guten Lohn.

Kurz bevor er den Feldweg zum See erreichte, mußte Konarske die Schubkarre abstellen. Die Sonne knallte in den Nacken. Nur das Zirpen der Grillen war zu hören und von fern her das Rattern eines Mähdreschers. In diesem Moment spürte Gunter Beates Griff. Ihre Hand war unter der Plane hervorgeschnellt, schnappte nach seinem Knie, ließ nicht mehr los. Konarske entfuhr ein Schrei. Prompt war es mit der schützenden Stille um ihn herum vorbei. Vögel schreckten aus den Feldrainen auf. Hunde schlugen an. Zu allem Überfluß kam eine Gruppe Landarbeiter des Weges. Gunter nahm Beates Hand von seinem Knie, steckte sie schnell unter die Plane, und stellte sich davor.

»Na, wieder fleißig?« fragten die Landarbeiter den Jungen, der grüßte und eilfertig erklärte: Jaja, er hätte die Idee einer gemeindeweiten Lumpen- und Altstoffsammelaktion ins Leben gerufen. Hier sei seine erste Fuhre.

»Komisch«, knurrte einer der Männer, »als ick 'n Bengel in deim Alter war, ha' ick wat andres im Kopp jehabt.«

Nachdem die Landarbeiter wieder abgezogen waren, hob Gunter nochmals die Plane hoch, um nicht wieder überrascht zu werden. Diesmal lag die Kranke mit an den Leib gepreßten Händen. Fahler war ihr Gesicht geworden. Zwischen den geschlossenen Lippen floß ein Fädchen Blut. Doch was Gunter diesmal an Beate sah, war etwas, das ihm eine Lust bescherte, der er nachzugeben drängte. Nicht *er* erschrak, sondern der in den Augen der gequälten Frau sichtbare Schrecken erregte ihn.

Als der Rinderoffenstall in Sichtweite geriet, lief Gunter so schnell er konnte. Die Karre rumpelte über Baubetonplatten. Konarske wollte nicht zum Stall, aber die Karre wollte es, oder die unheimliche Ladung lenkte sich selbst. Gedrängt standen die Kühe auf einem Fleckchen Schatten, das das Schrägdach des Stalles erzeugte. Es gab keine Wände, so daß einige Tiere der prallen Sonne ausgesetzt waren. Kein Mensch weit und breit. Erst am frühen Abend, wenn es zum Melken ging, würde hier jemand erscheinen. Konarske atmete schwer. Biesfliegen umsurrten ihn. Kühe muhten. Er traute sich nicht weiter an sie heran. Er fürchtete sich vor den prallen geäderten Eutern. Er hatte sich noch nie vor Tieren gefürchtet. Warum jetzt? Wartete, daß etwas geschähe. Ein letztes Mal unter die Plane geblickt: Beate, reglos, hatte die Augen geschlossen.

Gunter kehrte um. Als er die Ställe hinter sich gelassen hatte, sirrte die Landschaft. Kaum war Edens Gehöft erreicht, stellte er das Gefährt vor dem Tor ab und verdrückte sich im Schweinestall. Gunter dachte über die Furcht in Beates Augen nach, was sie mit ihm gemacht hatte. Am Abend kam der

Bauer vom Feld zurück, entdeckte die Karre, faltete die Plane auf und zog das Laken vom Körper seiner Frau. Sie lächelte. Weit offen hatte sie die Augen, aber es war nichts mehr in ihnen zu lesen. Als Helmar Eden die Lider herunterdrückte, entfuhr Beates Mund ein Zwitschern.

»Konarske!« rief der Bauer. »Wo haste dir vasteckt, verdammter Bengel!«

Gesenkten Blickes trat Gunter aus dem Stall hervor. Zu Eden sprach er, daß es ihm leid tue.

»Aber du hast mir wat vasprochen«, sagte der Bauer.

Konarske: »Sie hat es so gewollt.«

Da hockte sich der Bauer vor die Karre, auf der seine Frau endlich zur Ruhe gekommen war, und heulte mit zum Himmel erhobenen Kopf: *Beatchen! Beatchen!* Gunter versuchte den Verzweifelten zu trösten, indem er von Erlösung sprach, doch plötzlich sprang Bauer Eden auf, packte den Jungen an der Jacke, schüttelte ihn und sagte barsch: »Stell dir vor, det wäre deine Mutta!«

»Es ist nicht meine Mutter.«

»Es könnte aba deine Mutta sein.«

Konarske stampfte auf, schrie: »Nein, das ist nicht meine Mutter, das ist sie nicht, ist sie nicht, ist sie nicht!«

Helmar Eden nahm den Jungen in den Arm, wimmernd: »Is jut, Junge, war ja nur so 'n Vadacht, ach, das Beatchen war so 'ne zähe Frau, aba det unsaeener nich allein sein kann, det is nich jut, sach ick dir, so nich un so nich, hat mein Beatchen wat von die neue Zeit jehabt? Nee, hatse nicht, un nu is zu spät, doch icke, Helmar Eden, werd ma dennoch nich untakriegen lassen, ick doch nich!«

Doktor Krause, der Beates Totenschein ausgestellt hatte, nahm den Bauern ins Gebet, rügte ihn der Nachlässigkeit, verlangte zu wissen, warum er ihn, den Doktor, nicht ein einziges Mal zur Kranken gebeten habe.

»Det kenns Se doch«, versuchte sich Eden zu rechtfertigen, »off'm Land jibt sich meistens allet von alleene. Außerdem: Mein Beatchen hat Se einfach nich sehen wollen. Wenn Se's beruhigt, mich auch nich.«

»Wir sollten eine Obduktion beantragen«, schlug Doktor Krause vor.

»Warum dat denn? Denken Se, ick hab meene Jutste selbst zu Dörrobst vaarbeitet?«

»Man weiß nie«, sagte der Doktor.

Am Abend traf Eden in der Fleischerei mit Schembart und dem Schüler Konarske zusammen. Wie so oft, wenn es etwas zu bereden gab. Schembart, der als Beileidsbekundung und zu Ehren Beates eine Runde Klaren ausgab, meinte zu seinem Freund, daß ja nun endlich die Zeit der Freiheit gekommen sei: sich umsehen können, nach wem und was man wolle. Gunter hockte mit den Männern um den Hackstock herum und nippte am Schnaps. Er dachte an den Schrecken, den er in Beates Augen gesehen hatte. Er schwor, die nächste Zeit jegliche Heilungsangebote abzulehnen. Eden legte seine Pranke um die Schultern des Jungen, ihm versprechend, seinen Lohn diesmal auf besondere Weise zu zahlen. Gunter, der von Eden bisher mit scharfen glänzenden Werkzeugen und anderen interessanten Utensilien beschenkt worden war, sollte für seine letzte Tat etwas Dauerhafteres, weil Unmaterielles erhalten: ihn selbst. Bauer Helmar Eden, der in Kürze um die Hand seiner Mutter, der Gemeindeschwester Rosie Konarske, anzuhalten gedachte.

»Vergiß es«, sagte Gunter.

»Warum? Würdste dich nich freuen – ick, dein Vata? Ick meine, wir kenn uns wie Bolle un Rolle; unne Krankenschwesta un ’n Landwirt erster Jüte jeht doch jut zusamm, stimmts, Schembart?«

Der Fleischer wiegte den Kopf und lenkte ein, daß Edens Entscheidung vielleicht doch zu eilfertig getroffen sei. Die Beate sei gerade mal ein paar Stunden tot, wer soll denn da an ernsthafte Liebe glauben.

»Mensch!« rief Eden. »Ick will dat Roseken wirklich!«

»Aber sie will dich nicht!«

Hart stellte Gunter das Schnapsglas auf den Hackstock. Mit einem Mal waren seine Gedanken bei Mutter. Wie ein Überfall kam die Liebe über ihn, erschreckte, erschlug ihn fast. Er überstand den Überfall, indem er sich klarmachte, woran er bei Mutter war. Wie sie ihn immer ansieht! Wie sie auf ihn aus ist mit ihrem *Mir hilfst du nicht! M i r nicht!* Nein, er konnte ihr nicht helfen. Wer war er denn? Was bekam er denn von ihr? Kein Lohn, nichts, was greifbar war. Nur dieses Gezähre, als das er Mutters Barmen empfand. Dann diese eigenartigen Reaktionen ihres Körpers, bei denen er sie manchmal ertappte: dieses lange Bluten ohne Schmerz.

Gunter verabschiedete sich von den Männern. Er müsse noch Hausaufgaben machen, sagte er.

Auf der Untersuchungspritsche liegend, fixierten Gemeindeschwester Rosies Blicke erst die Risse in der Zimmerdecke, dann gingen sie zur Lampe, deren moderne Neonröhren bläuliches Licht erzeugten, dann schloß Rosie die Augen. Als sie sie abermals öffnete, erblickte sie, durch Brillengläser vergrößert, Doktor Krauses wie in Aspik verschwimmende Augen, welche wiederum in die Augen der Patientin sahen. Es war wie immer, wenn sich Rosie in dieser Lage befand, in letzter Zeit täglich, der Doktor über sie gebeugt, kopfschüttelnd, ratlos. Mitunter entfuhren ihm Vorwürfe, seinen Vorgänger Lingott betreffend, dem er nachsagte, Schwester Rosie hätte ihm seinen Zustand zu verdanken, weil er sie durch Quacksalberei regelrecht vermurkst hätte.

Doktor Krause beugte sich über Rosie. Ihre Augen verrieten nichts. Nur der linke Arm war geschwollen, rot angelaufen die Finger. Doktor Krause diagnostizierte ein Lymphödem, doch auch in diesem neuen Fall war ihm die Ursache ein Rätsel. Den Arm abtastend, bemerkte er zwar unter der Achselhöhle merkwürdige Striemen, aber Rosie, darauf angesprochen, behauptete, dies seien die Gummibündchenabdrücke der Blousonbluse, die sie getragen hätte. Krause, der durch seine unzögerliche, etwas gemütskalte Art des Umgangs mit Patienten bekannt war, geriet ausgerechnet bei Rosie, der treuen, zuverlässigen Krankenschwester, außer sich. Hätte er jeden anderen Patienten mit solch ausgeprägten Symptomen ins Kreiskrankenhaus überwiesen, packte ihn im Fall Rosie Konarske der Ehrgeiz, sie ganz allein zu behandeln.

Rosie lag, schloß die Augen. Doktor Krause versuchte den geschwollenen Arm zu bewegen. Rosie seufzte. Jetzt hatte sie ihn. Und alles, was sie wollte. Mir hilfst du, dachte sie. Krauses Finger strichen über die trockene kühle Haut des Armes. Er ermahnte die Patientin, sie möge ihn stets hochhalten, um die Blutzirkulation anzuregen.

»Ja«, versprach Rosie.

Die Nacht hindurch ließ sie den Arm über die Bettkante herunterhängen. Er wurde heiß. *Da macht der Bub, da macht der Bub ein Feuer an,* sang Rosie, *damit der Bub, damit der Bub sich wärmen kann.* Am nächsten Tag war der Arm schwerer als zuvor. Sie würde womöglich nur bei einem Spezialisten stationär Hilfe finden, versuchte Rosie den Doktor voranzutreiben.

»Unterstehen Sie sich!« sagte er. »Außer mir kann Ihnen keiner helfen.«

Er schrieb Rosie Konarske arbeitsunfähig. Er gab ihr Medikamente. Er kompressierte injizierte punktierte. Er nahm ihr eigenhändig Blut ab und kostete davon. Er mußte wissen, was er falsch machte, warum er zu keiner Erklärung fand. Er sehnte sich danach, Rosie auf der Pritsche festzuschnallen. Er sah sich, wie ein Taufengel an der Deckenlampe, von oben herab auf Rosie schwebend, ihr die Gaben seiner Macht überreichen: einen neuen Arm, ein getauschtes Herz, ein Gehirn, das seinem gleichkam.

»Danke«, sagte Rosie mit geschlossenen Augen.

Hatte Doktor Krause Feierabend, trachtete er danach, schnell wieder zu sich kommen. Dann mußte er im »Ochsen« Bier trinken.

Rosie indes vergaß sich immer mehr. War der Doktor nicht in ihrer Nähe, hoffte sie auf Gunter. Aber nicht einmal der entstellte Arm interessierte ihn. Bauer Eden, der wiederholt den Versuch unternahm, die Gemeindeschwester auf ein Rendezvous anzusprechen, erhielt eine Abfuhr. Den Bauern wollte sie nicht. Hoch hinaus wollte sie. Mit dem Doktor. Der ihren Leib kannte wie kein anderer. Der ihr helfen konnte. Nur er allein.

Eines Morgens stellte Doktor Krause Rosie Konarske zur Rede. Er drosch mit der Faust auf den Tisch, brüllte, daß er sich getäuscht, mißbraucht und in seiner Kompetenz entwertet sehe. Gunter hätte ihm geschildert, was sie zu Hause mit sich anstelle. Sie müsse sich nun einen anderen Dummen suchen, außerdem würde das Bezirksamt informiert werden, und er, Doktor Volker Krause, hätte mit der ganzen Sache nichts, aber rein gar nichts zu tun!

Rosie schämte sich derart, daß sie drei Wochen lang ihre Wohnung nicht verließ. Nach Ablauf dieser Zeit war ihr das Leben so gleichgültig, daß sie mitunter vergaß zu atmen. Als sie wieder einigermaßen arbeitsfähig war, wies man ihr im

Landambulatorium einen Schonplatz am Telefon zu. Doktor Krause sprach nur noch das Notwendigste mit ihr. Die neue Gemeindeschwester hieß Angela.

Im Jahr 1958, da Gunter Konarske als einziger Lärchenauer Achtklässler auserwählt war, die Erweiterte Oberschule in Storkow zu besuchen, konnte sich die Bevölkerung auch endlich wieder Butter leisten. Die letzten Lebensmittelmarken waren Erinnerung. Wie die anderen Landbewohner, kochte und buk Rosie für sich und ihren Jungen, wann immer es ging, mit Butter. Daß er Abitur machen durfte, freute sie, zumal ein Großteil der Schüler nach der achten Klasse abging, um in der Landwirtschaft zu arbeiten.

Zu Beginn der Sommerferien stellte Rosie eine Torte aus Buttercreme her. Emma, Gunter und sie selbst aßen davon, bis ihnen schlecht war. In Butter wurden Schnitzel und Jagdwurst gebraten, Butter kam an Bohnen Möhren Kohlrabi, Butter aufs Brot, unter die Wurst, Butter pur auf dem Löffel mit Zucker. Wer Margarine aß, sehne die alten Zeiten zurück, hieß es. Margarine hatte es schwer, in Emma Konarskes Milch- & Grünzeugladen verkauft zu werden. Sie wurde ranzig und an die Schweine verfüttert. Emma, obwohl sie selbst gern Butter aß, erregte sich auf ihre alten Tage über die Unvernunft der Leute. Bald wurde Butter knapp. Nicht nur in Lärchenau kam es zu Engpässen: Das ganze Land war vom Buttermangel betroffen. Die Menschen fluchten und schimpften Margarine als Arme-Leute-Nahrung. Emma triumphierte.

»Jibt's nich!«, sagte sie zu jedem, der bei ihr das gute Fett kaufen wollte, und raunte hinter der Hand: »'s is hierzuland beileibe nich allens in Butter! Nehm 'Se doch statt derjleichen 'n Würfel jute *Sahna* oder *Silberstern* oder vielleicht *Nußgold*.«

Notgedrungen kauften die Leute Margarine. Bauern, die

heimlich selbst butterten, verhökerten ihre Kostbarkeit für viel Geld oder Gaben. Auch nahmen sie aus der Genossenschaft Futter mit nach Hause, wo sie mit privatem Vieh wie mit Goldkühen wirtschafteten. Eines Tages hatte der Pfarrer Lärchenau Richtung Westen verlassen. Ihm folgten mehrere Familien, die mit ihm befreundet waren. Als der Kartoffelkäfer wieder einmal einen Großteil der Ernte vernichtet hatte, verließ auch der LPG-Vorsitzende das Dorf. Daraufhin kam der Borkenkäfer und fraß sich durch die Rinden der Kiefern und Lärchen. Selbst Birken Weiden Erlen verschonte er nicht. Rings um den Mennichensee verloren die Bäume an Halt. Als Gunter das erste Mal den Schulbus benutzte, mußte er, bevor er den Bus betrat, auf einer Matte mit Desinfektionsmittel seine Schuhe abtreten. Die Maul- und Klauenseuche war in Lärchenau ausgebrochen. Zeitgleich starben im Offenstall mehrere Kälber. Man hatte, bei herrschenden Minusgraden, vergessen, ihnen nach dem Tränken die Mäuler trockenzuwischen. Im neugebauten Schweinestall, der über eine automatische Mistentsorgungsanlage verfügte, stellte Schweinezüchter Eden bei Fidelio und einigen Sauen Trichomonaden fest. Schembarts Fleischerei hatte nunmehr noch Kaninchen und eine dubiose Grützwurst im Angebot. Der Schlachtermeister selbst wünschte seinen Kunden, die mit nichts den Laden verließen, einen gesegneten Appetit und empfahl Weißkohl aufs Margarinebrot: »Besser 'ne Laus im Kohl, als jar keen Fleisch.«

Der Tag, an dem ein Lkw aus Thalheim/Erzgebirge das Dorf erreichte und der Fahrer vor Emma Konarkses Laden Dutzende Kartons ablud, versprach eine Wende.

»Ha' ick dat bestellt?« fragte Emma angesichts des Kartonturmes.

Der Fahrer wußte nur, daß er einen Auftrag erhalten und gegen Unterschrift abzuliefern hatte. Emma, die sich erst wundern konnte, als der Lkw das Dorf wieder verlassen hatte, öffnete die Kartons und fand sie voller Strümpfe. Feinstrümpfe. Aus seidig glänzendem Perlon, das sich seit kurzem Dederon nannte. *Strümpfe der Anmut* verhießen die beigelegten Zettel.

»Na, nu wirds Tach!« sagte Emma.

Jedem Karton, den sie öffnete, entnahm sie Strümpfe. Nichts anderes war geliefert worden, keiner der begehrten Artikel, auf die die Dorfbewohner seit Monaten warteten – Kaffee etwa oder Zahnpasta, auch waren Soda Reibeisen Haarseife knapp, von Butter ganz zu schweigen. Hunderte Paar Feinstrümpfe, glänzend, durchsichtig, zartes Spinnengeweb lagen vor Emma Konarske, die nicht wußte, ob sie lachen oder weinen sollte. Meene alten Beene machen se nu ooch nich mehr scheen, dachte sie. Aber für Rosie fiel ihr ein, sei es noch nicht zu spät. Die würde sich drüber freuen.

Emma räumte das Regal mit Kunsthonig aus. Sie füllte die unteren Reihen mit Strümpfen. Gerade mal fünf Pakete hatte sie geleert. Es waren noch zehnmal mehr, und Emma wußte nicht, wohin damit. Sie nahm die Leiter, stieg hinauf. Unter jedem Arm ein Paket Feinstrümpfe. Wenn die nich zwanzig Jahre off Vorrat halten, dachte Emma noch, da brach die oberste Sprosse, und Emma stürzte kopfüber zu Boden.

Am letzten Herbsttag, der Lärchenau mit Sonne bedachte und die Natur noch einmal leuchten ließ, wurde Emma Konarskes Sarg neben dem ihres verstorbenen Mannes in die Erde versenkt. Alle waren sie zur Beerdigung erschienen: das ganze Dorf vom Melkerlehrling bis zum neuen Pfarrer. Sogar aus den Nachbargemeinden waren sie gekommen, um der alten Emma das letzte Geleit zu geben. Wie es sich gehörte, trugen die Trauernden Schwarz. Aber die Beine der Frauen strahlten von hautengen Dederonstrümpfen. Ob in Landlatschen, Pantinen oder hockhackigen Schuhen – Emmas letzte Ware wurde glänzend in Ehren gehalten. Jede der Frauen hatte sich mit Strümpfen eingedeckt. So liefen sie hinter dem Sarg und bewunderten sich gegenseitig, wie gut ihnen so etwas Feines doch stand.

Auch Rosie war von vielfältigem Glück erfaßt: Daß sie zu weinen vermochte, vermehrte die Freude über die edlen Strümpfe. Am Morgen der Beerdigung hatte sie diese wie einen Schatz aus der Verpackung genommen, jeden Strumpf achtsam, damit keine Masche riß, über die Füße gezogen, Zentimeter für Zentimeter nach oben gerollt und schließlich mit den Ösen des Hüftgürtels verknöpft. Als Doktor Krause Rosie die Hand reichte und sein Beileid aussprach, tanzte Rosies Herz. Gunter mußte Mutter festhalten. Auf dem Rückweg zum Friedhofstor betrachtete Gunter die vor ihm laufenden Mädchenbeine, wie sie schimmerten, als seien sie von besonderer Natur.

Die Übernahme einer Funktion in der Freien Deutschen Jugend lehnte Konarske ab. Statt dessen beherrschte er die Arbeitsgruppe »Junger Naturforscher« mit enormem Wissen und Ideen. Er organisierte Exkursionen, zeigte Schülern und Lehrern verschiedene Käfer, die er, mit Mutters Nagellackentferner getötet, in Ornamenten auf Korkplatten gesteckt hatte. Auch berichtete Gunter nicht ohne Stolz von seinen Heilerfolgen, die er, dank der vererbten Begabung seines Vaters, an den Lärchenauern vollzogen hatte. Daß er Medizin studieren werde, sei klar, verkündete er.

Die Schüler der Erweiterten Oberschule bewunderten Konarske, wie er, hemdsärmelig, die Haare hinter die Ohren gekämmt, stets auf alles eine Antwort wußte. Niemals spickte er, ließ nicht abschreiben, war aber bereit, lernschwachen Schülern Nachhilfeunterricht zu erteilen. Die Mädchen scharten sich um ihn, aber Konarske tat, als bemerke er sie nicht. Zeigte er sich großherzig, verschenkte er spitzes Lächeln. Im Turnunterricht wählten die Mädchen Konarske zum Hilfesteller, weil er so stark war, sie beim Bocksprung abzufangen oder vorm Sturz am Barren zu bewahren. Er übersah die ihm entgegenstreckten Brüste unter den Trikots. Auch keinem der Jungen glückte es, Gunters Freundschaft zu erlangen. Von den Mädchen behaupteten nur die dreistesten, daß er ihnen zugetan war. Manche Tage, wenn Konarske zuviel gelernt oder ein besonderes Experiment ausgeheckt hatte, war er seltsam blaß im Gesicht.

FDJ-Gruppensekretär Hanswerner Giersch aus der Elften, der auch für die Gestaltung der Wandzeitung in der Schule verantwortlich war, schmückte dieselbe eines Tages mit dem Foto eines Teichmolches. Darunter stand in fetten Buchstaben: *Triturus vulgaris conarska beim ersten Landgang.* Gunter, der die Gemeinheit sofort durchschaut hatte, lächelte. Keine Spur Zorn, kein Suchen nach dem Tatverdächtigen. Im Biologieunterricht hielt er ein Referat über »Neotenie im Tierreich und dessen Abarten in der Entwicklungsgeschichte der Menschheit«.

»Konarske, Sie sind mir unheimlich«, sagte der Lehrer.

Konarske antwortete: »Ich mir auch.«

Hatte der Schulbus Konarske in Lärchenau abgesetzt, lief er zum Mennichensee. Er war gern an diesem Ort. Enten und Bläßhühner hatten in den versumpfenden Rändern Bruträume geschaffen. Heute empfand Gunter das Wasser trüber als sonst. Je länger er am Ufer stand, desto mehr spürte er, daß Unheilvolles auf dem Grunde des Sees lag. Aus Weidenruten und seinem Taschentuch baute er einen Kescher.

Am nächsten Tag, zur Hofpause, öffnete Konarske seine Brotbüchse. Für die Schüler sichtbar entnahm er ihr einen prächtigen graugelb gepunkteten *triturus vulgaris.* Dem Tier mit zwei Fingern unter die Ärmchen greifend, hob Konarske es hoch, ließ es zappeln, sah, wie sich dessen Finger spreizten, das Maul hilflos schnappte – der Junge öffnete seinen Mund, biß dem Molch den Kopf ab und aß ihn auf. Was jetzt geschah, war einzig für Konarske ein Vergnügen. Nie zuvor hatte er das, was ihn beschäftigte, so vielfältig studieren können: wurden einige Schülerinnen beim Anblick seines Frühstückes schrekkensrot, drohte anderen blaßgesichtige Ohnmacht. Griffen sich etliche Jungen an die Kehle, lief es anderen vor Bewunderung kalt den Rücken herunter. Ein Mädchen aus der Zehnten erbrach sich. Die Lehrerin für Staatsbürgerkunde kreischte. Der aufsichtsführende Englischlehrer eilte herbei, gerade rechtzeitig, um noch mitzubekommen, wie Gunter Konarske, nachdem er das Tier komplett verspeist hatte, die Brotbüchse mit den Fingern auswischte. Am Schlafittchen gepackt wurde er ins Direktorenzimmer geführt. Am Abend unterschrieb Rosie Konarske den Verweis, den ihr Sohn auf den Tisch legte. Sie hatte ihren Jungen noch nie so zufrieden gesehen.

Obwohl nach jener Mahlzeit bei den Schülern der Ekel vergessen und der Respekt vor Gunter gestiegen war, behielt er den Spitznamen Teichmolch. Es machte ihm nichts aus. Furcht und Achtung, die ihm zuteil wurden, genoß er, zumal ihm keiner mehr zu nahe kam. Er lernte viel. Was ihn interessierte, studierte er über den Lernstoff hinaus. Kunst Musik Literatur bezeichnete er als Weiberkram. Dennoch diskutierte er in diesen Fächern jedes Mädchen an die Wand. Russisch hielt Gunter für überflüssig, während er in Englisch und Latein fehlerfrei mit den Lehrern kommunizierte.

Anläßlich der Zeugnisausgabe wurde Gunter Konarske von der Schulleitung mit dem Abzeichen für Gutes Wissen ausgezeichnet. Er gewann die Mathematikolympiade, entwickelte ein Jugendmesseprojekt für chemische Abwasserreinigung, glänzte sogar in der Rezitation von Gedichten. Unterzeichnete Rosie die Zeugnisse ihres Jungen, hoffte sie stets, Freude und Stolz zu spüren. Damit sie wußte, daß auch sie am Leben war. Aber von Mal zu Mal wurde Rosie gleichgültiger. Teilnahmslos betrachtete sie den Sohn, der, gravitätisch die Wohnung durchschreitend, seit neuestem morgens *a good rich breakfast* forderte oder *Nice to see you!* rief oder mit Vokabeln jonglierte, die selbst Doktor Krause noch nie benutzt hatte.

Rosie, beleidigt, sprach kaum noch. Tat nur, was Gunter von ihr verlangte. Bis sie verstummte. Kein Wort kam mehr über ihre Lippen. Selbst in der Ambulanz, wo sie das Telefon bediente, versickerte ihre Sprache bis zur absoluten Stille. Doktor Krause weigerte sich, nach den Ursachen zu suchen. Schwester Angela mußte das Telefon übernehmen. Als Gunter wieder einmal von Mutter forderte: *Polish my shoes!,* tat sie es nicht. Ließ die Schuhe und den Jungen stehen. Mit festgefrorenem Gesicht blickte sie an ihm vorbei.

»Schon gut«, sagte Gunter erschrocken.

Rosie rührte sich nicht. Da trat der Sohn auf sie zu. Als er ihren inzwischen ergrauten Kopf an seine Brust drückte, spürte er, wie ihm Tränen die Wangen herabliefen. Scheiße, dachte er, auch das noch!

Da Konarske das Lernen sowie die täglichen Busfahrten nach und von Storkow zeitlich sehr in Anspruch nahmen, erfüllte er in Lärchenau nur noch exklusive Aufträge, die viel Lohn versprachen. Die LPG kam nicht in Frage, zumal die staatlichen Aufsichtsbehörden vorgaben, die Gesundheit der Tiere im Griff zu haben, und den Jungen womöglich anzeigen würden. Konarske half nur privat. Die Gebrechen, die er heilte, waren spezieller Natur: Blessuren aus Ehekämpfen, Saufgelagen oder geheimzuhaltende Schanker. Mit selbstgebrauten Tinkturen, Kräuteressenzen und Wasser aus dem Mennichensee gelang es Konarske, jedes kleinere Übel zu kurieren.

Mutter Rosie half er nicht. Sie blieb stumm, starr, und im Dorf munkelte man über sie. In Schembarts Wurstküche, wo Gunter inzwischen ein angesehener Gesprächspartner war, erfuhr er vom Meister, daß in Berlin eine *kolossale politische Sauerei* geplant werde. Genaues wußte Schembart auch nicht. Nur wenn er den Kettenhandschuh klirrend auf die Hackbank warf, weil er wieder kaum mehr als Rippchen und Kutteln im Angebot führte, ahnte Konarske, daß er recht hatte. Bauer Eden, der regelmäßig Schnaps in den Laden brachte und auf den Feierabend viele klare Prosits loßließ, klagte, daß ihm nichts Neues mehr über den Weg liefe.

»Wat willste denn?« fragte Schembart.

»Mal wieder ordentlich durchpflügen!«

Im Juli 1961 errichteten Mitarbeiter der Kreisstadtoper auf dem Dorfanger eine Bretterbühne samt Zeltplane und Kulissen. Das erste Mal in der Geschichte Lärchenaus sollte hier echtes Theater aufgeführt werden. Obgleich der Bürgermeister fürchtete, eine *Oper* würde keinen Bauern hinterm Ofen hervorlocken, erschienen die meisten Dorfbewohner, um am großen Ereignis teilzunehmen. Klugerweise hatten die Veranstalter an Freibier gedacht. Die Leute kamen in Sonntagshosen, glänzenden Strümpfen. Bis auf den letzten Platz waren die Bänke besetzt. Auf der Wiese hockten Kinder und Jugendliche.

Gunter, auf einem Stehplatz am Rand beharrend, war nur erschienen, damit man ihm keinen Hochmut nachsagte. Als er im Publikum Hanswerner Giersch entdeckte, ärgerte es ihn, einem weiteren Scheinheiligen zu begegnen. Giersch, der *hundertprozentige*, der allein mit seiner Mutter Elsbeth, Sekretärin der Kreisparteileitung, in einem Neubau neben der Geflügelstation lebte. Giersch, der ein nagelneues Fahrrad fuhr und dieses öfter, ohne daß ein Mensch wußte, zu welchem Zweck, vor Hoftoren, Häusern oder am Spielplatz parkte. Erst blieb der Schüler auf dem Fahrrad sitzen, als erwarte er eine Einladung, dann stieg er vom Sattel, klingelte an den Türen oder mischte sich unter die Kinder. Auch wurde Hanswerner Giersch schon öfters im »Ochsen« gesehen, wo er bei Semmelweis-Märrie eine Faßbrause bestellte und sich in die Nähe des Stammtisches setzte. *Der is nich koscher,* sagten die Lärchenauer, vorsichtig hinter sich blickend. Gunter war sich sicher, daß Hanswerner niemals aus Liebhaberei die Veranstaltung auf dem Anger besuchte. Als er Gunter zuzwinkerte, blickte Gunter über ihn hinweg.

Die Befürchtung, *Oper* würde die märkische Landbevölkerung überfordern, erwies sich als falsch. Ebenso die vom Parteisekretär der LPG geäußerte Meinung, die Bauern würden auf solcherlei bürgerliches Vergnügen keinen Wert legen. Das Ensemble, bestehend aus vier Mitgliedern, stellte in einem Potpourri die heiteren Stücke des Repertoires vor: Papagenos Zauberflötentöne perlten von der Bühne über den Anger, Grafen Gräfinnen Zofen feierten für die Lärchenauer ihre glühenden Herzensneigungen, eine Arie lang war *die ganze Welt himmelblau,* im Weißen Rössl, im Dreimäderlhaus oder wo sonst man hingetrieben sein wollte, und wenn es die Unterwelt wäre, sofern sie ein fröhliches Ende bereithielt. *Heißes Kreolenblut brennt wie Feuer.* Feuer brannte auch am Rande der Veranstaltung, wo Semmelweis-Märrie ein Spanferkel briet. Nach der Pause gaben die Sänger weitere Höhepunkte ihrer Kunst zum besten: Bei *Ach, wie so herrlich zu schaun sind all die reizenden Fraun* zeigte manch Lärchenauerin kichernd ihre feinstrumpfglänzenden Beine; bei *Bor-*

*stenvieh und Schweinespeck!* klatschten auch die Bauern mit; am Ende schwelgten alle gemeinsam in Octavians Walzer, ein wenig verwirrt, weil plötzlich die Musik zusammenfiel, sich verzerrte, als wolle sie noch etwas anderes kundgeben als die sommerliche Schwüle über dem Anger.

»Meinste nicht, wir sollten uns mal erfrischen?«

Gunter, gegen seinen Willen von der Darbietung der Sänger angezogen, hatte nicht bemerkt, daß sich Hanswerner Giersch an ihn herangeschlichen hatte. Der dunkelhaarige Junge, einen Kopf größer als Konarske, trug als einziger Blauhemd. Zwar waren die oberen Knöpfe lässig geöffnet, aber Gunter ergriff sogleich ein unangenehmes Gefühl.

»Verzieh dich«, sagte er.

Die Vorstellung war zu Ende. Die Sänger verbeugten sich. Es gab Beifall, dann die Zugabe: *Schweige und begnüge dich, lächle und füge dich.* Wieder Applaus, der auf eine weitere Zugabe hinauslief, die schließlich auch Konarske mürbe machte. Weiberzeug! dachte er und ertrug Hanswerners Arm um seine Schultern.

»Das ist bürgerlicher Pipifatz. Ich hab was Bessres für uns.«

Konarske ahnte: Der Schleimscheißer wollte Frieden schließen. Der Versager sehnte Versöhnung herbei. Er machte den Thron frei für Konarske, obwohl er den höchsten Schülerposten an der Schule bestritt und unter den Mädchen noch vor Konarske als begehrenswertester Junge galt.

»Sag mir, wo du's schön findest, da gehen wir hin.«

Giersch, den Arm um den Schultern des Schulkameraden, lenkte Gunters Schritte vom Anger weg.

»Nimm deine Griffel von mir!«

Giersch, in Gehorsam erstarrend, gab noch einmal sein Versprechen, des zukünftigen Daseins Lösung zu wissen: Da gäbe es etwas, von dem Konarske wissen sollte.

»Erst will ich von dir was hören«, forderte Gunter.

»Einverstanden!«

Ohne Zögern erklärte Giersch, daß er sich für das Teichmolchportrait an der Wandzeitung entschuldige, er habe erkannt, daß es eines Kameraden unwürdig sei, derartige Flegeleien zu begehen, aber Gunters Extrafrühstück sei auch nicht von schlechten Eltern gewesen, also schlage er vor: Freundschaft! Konarske blieb mißtrauisch. Noch immer ging ihm die Musik nicht aus dem Kopf. Sie tanzte, schäumte, versetzte ihn in hilflos machende Schwingungen.

»Das Geplärre hat mich mächtig aufgeweicht«, sagte Konarske.

»Geht mir auch so«, gestand Giersch.

Er bot Gunter an, auf dem Gepäckträger seines Fahrrades Platz zu nehmen. Auf diese Weise würde man dem reaktionären Quatsch schnell entkommen und außerdem den Blicken der Weiber nicht mehr ausgesetzt sein.

»Weiber interessieren mich nicht«, sagte Gunter und setzte sich auf den Gepäckträger.

»Halt dich ruhig an mir fest!« rief Giersch und trat in die Pedale. Die Jungen erreichten den See, stiegen vom Rad. Libellen schwirrten wie gläserne Flugzeugminiaturen über das Wasser.

»Ist das deine Lieblingsstelle?« fragte Giersch.

»Ja. Machmal läßt die LPG Gülle hinein.«

Nachdenklich blickte Gunter hinüber zum anderen Ufer, wo sich auf halbversunkenen Weidenstämmen Vögel niedergelassen hatten.

»Gülle!« rief Giersch, »Mensch, solche Sauereien müssen ans Licht.«

»Es sind Kormorane«, sprach Gunter und forderte Hanswerner auf, sich still zu verhalten.

»Die haben sich seit Jahren nicht mehr hier blicken lassen. Jetzt nehmen sie einfach ihren See zurück. Famose Tiere, was?«

»Kann sein«, sagte Giersch ungeduldig, »aber ich muß dich was fragen. Du hast ’nen Blick für das, woraufs ankommt. Habs schon lange gemerkt. Hast den Durchblick, Mann. Und bist mächtig schlau. Könn’ sich alle vor dir verstecken. Wir brauchen solche wie dich. Hast du nicht Lust mitzumachen bei uns? Gülle im See, das ist doch ein Verbrechen! Das muß gemeldet werden!«

»Manchmal jagen sie in Gemeinschaft, in regelrechten Schützenlinien, wo sie die Fische einkesseln und zusammentreiben. Aber sie lassen sich Zeit.«

Konarske klatschte in die Hände. Mit trägem Flügelschlag flogen die Vögel von ihrem Ruheplatz auf, drehten eine Runde über dem See und ließen sich wieder auf den Weidenstämmen nieder.

»Hörst du mir überhaupt zu?«

Gierschs Hände näherten sich Gunters Gesicht.

»Was ist? Machst du bei uns mit?«

»Ich weiß nicht, wer *uns* ist.«

Hanswerners Daumen streichelten Gunters Wangen, streiften sacht zum Kinn herunter, fixierten das Gesicht des Jungen. Der hielt den Atem an. Für Sekunden wurde ihm schwarz vor Augen. Als er wieder zu sich kam, sah er Hanswerner am Ende des Weges winken. Zuversichtlich blau strahlte das Hemd der Freien Deutschen Jugend. Konarske mußte sich setzen. Das erste Mal im Leben verstand er sich nicht. Suchte Erklärungen im flachen Uferwasser: Stichlinge Kaulquappen Molche. Was war los? Wohin drängte es ihn? In dieser Stunde vermochte Konarske in jeder Erscheinung nur fremde Zeichen zu erkennen, wie sich die Dinge opernhaft bunt gebärdeten, wandelten, neu formierten, tanzten, zueinanderfanden, abstießen, wie Licht durchschien, daraufhin alles Klare verschwamm, von fern ein Schuß sich löste und Gunter Konarske sah, wie mit grotesken Flügelschlägen ein Kormoran vom Himmel in den See stürzte, und, bevor der Vogel das letzte Mal tauchte, seine Kehle weiß leuchtete.

Eine Woche nach dem Auftritt des Ensembles der Kreisstadtoper in Lärchenau, setzte Schembart seinem Freund und Fleischzulieferer Helmar Eden seine Faust ins Gesicht. Mit blutigen Lippen lief Eden sogleich zu Konarske, der auf bewährte Weise schnell handelte.

»So'n Stumpfbock!« schimpfte Eden, nachdem er sich vom Schlag erholt hatte.

Konarske erfuhr, daß der Bauer Kandidat der Sozialistischen Einheitspartei geworden war und zum LPG-Vorsitzenden gewählt wurde. Er hätte es Schembart, den er für seinen Freund hielt, sogleich erzählt, aber der sei auf ihn losgegangen, mit'm Filetiermesser, jaja, und hätte ihm was auf die Nuß gegeben, also, wenn ick nich in Tierschutzvaein wäre …

»Der kriegt sich schon wieder ein«, tröstete Gunter den Bauern.

Aber Schembart verschloß seine Wurstküche vor ihm. Ließ den Kumpanen nur noch Fleisch liefern, sprach kein Wort mehr, lehnte Schnaps und Schnurren ab, bis Eden begriff, daß das Zerwürfnis ernster Natur war. Aber auch in Eden siegte der Stolz. Er war jetzt *Kandidat*, hatte Ställe Felder Weiden sowie die Maschinentraktorenstation unter seinem Regiment und trug seine neuerworbene Verantwortung mit leutseliger Präsenz durchs Dorf. Es war ihm ernst. Er vermeinte, den Fortschritt des Landes im Schlagen seines Herzens zu spüren, und war bereit, seine ganze Kraft da einzusetzen, wo die

Partei ihn brauchte. Wenn ihn schon sein Beatchen nicht mehr brauchte, sich von ihm weggestohlen hatte und Rosie, die begehrte Frau, ihn ignorierte, wollte er doch wenigstens die Lärchenauer im Aufruf zur gemeinsamen Arbeit gewinnen. Es war ein großes, alle Sinne einnehmendes Gefühl. Helmar Eden sah sich als erster Mann des Dorfes. Auf der Gemeindevertretersitzung, wo auch der Bürgermeister, Lehrer, Ingenieure, Elsbeth Giersch und Doktor Krause anwesend waren, führte Eden das Wort. Hemdsärmelig saß er am Tisch, diskutierte, erweiterte Pläne, erfand Antworten auf Fragen, die der Alltag nicht lösen konnte. Helmar Eden übernahm die Leitung der Arbeitsgemeinschaft Junge Techniker, organisierte für Semmelweis-Märrie eine neue Zapfanlage, baute für den Kindergarten Luftschaukeln und half die wegen Futtermangel verendeten Rinder aus den Ställen zu schaffen. Er redete viel, wenn das knurrige Schweigen der Lärchenauer Bauern Unheil ankündigte. Er redete, bis man auf ihn hörte. Nur wenn Helmar Eden an der Fleischerei vorbeikam, drückte ihm etwas die Kehle zu.

Eines Tages erhielt Genosse Eden die Aufforderung, an einem vierzehntägigen Lehrgang auf der Bezirksparteischule in Berlin teilzunehmen. Er fuhr nach Storkow, um einen Koffer nebst Ausgehanzug zu erwerben, denn der Bauer war, wie die meisten Leute im Dorf, noch nie für längere Zeit verreist und besaß derlei Dinge nicht. Beschwingt packte er die neuen Sachen: Schuhe Wäsche Schreibzeug, eine Bestecktasche aus Kunstleder, obenauf das Parteibuch. Er pfiff auf Schembart, der ihn im Dorf *rote Rotzfahne* nannte. Nicht alle Leute lachten darüber.

Ende August, kurz vor Beginn des neuen Schuljahres, erhielt Gunter Konarske die Aufforderung, an einem Gespräch mit der Schulleitung und Vertretern der Nationalen Volksarmee teilzunehmen. Er fuhr nach Storkow und bekam mitgeteilt, daß er für ein Medizinstudium vorgesehen sei, unter der Bedingung, daß er drei Jahre seinen Ehrendienst bei der NVA absolviere. Ohne Zögern bekundete Gunter seine Bereitschaft. Beschwingt saß er am Abendbrottisch und aß mit Appetit, was Rosie ihm vorsetzte: Speck Spiegeleier Apfelkompott.

»Freust du dich nicht?« fragte Gunter seine Mutter, nachdem er sie über seine Zukunft unterrichtet hatte.

Rosie schwieg. Sie zog die Wand zwischen sich und dem Jungen höher. Gunter pfiff auf Mutters Schwermut. Er machte keinen Hehl daraus, im Dorf zu verkünden, daß er hier eines Tages die größte Heilanstalt der Republik erbauen werde. Nicht alle Leute lachten darüber.

## 8

Adele Möbius lag oben. Die letzte Etage des dreistöckigen Bettes war unter den Heimkindern die verhaßteste: Kaum daß man sich aufsetzen wollte, stieß der Kopf gegen die Zimmerdecke. Das Bettenmachen war eine Tortur, weil man es durch mangelnde Bewegungsfreiheit nie richtig glatt bekam. Nur ein schmaler Holm schützte den Schlafenden vorm Absturz. Im letzten Jahr hatte es einen Toten gegeben. Der Aufstieg in das oberste Bett gelang über die Metallgitter der unteren. Adele Möbius lag oben und weinte ins Kissen. Ein Zipfel war schon naß. Das Weinen wollte nicht aufhören. Sonja, die mit vierzehn Jahren den Rang der Stubenältesten trug, hörte sich das Gewimmer der Neuen eine Weile an, sprang aus ihrem Bett und rief ins Dunkel des Raumes: »Schlußendeundaus!«

Adele lag oben und weinte.

»Ruhe!« befahl Sonja.

Gemurre im Raum. Sonja, die ihr Haar mit Klemmen zurückgesteckt trug, als würde sie den Makel ihres fleckigen Gesichtes zur Schau stellen wollen, wiederholte: »Ruhe!« Da ihr Rufen nichts nutzen wollte, gestattete sie Adele, noch einmal von ihrem Bett herabzusteigen, um Klarheit darüber zu gewinnen, wo und bei wem sie hier im Kinderheim *Anton Semjonowitsch Makarenko* gelandet war. Nämlich in der Mädchenkolonie »fleißige Biene«, deren Zimmertür eine solche kennzeichnete. Hier wohnten die zehn- bis vierzehnjährigen Waisen, die auf der elterlichen Flucht in den Westen zurückgeblieben waren – wobei sie, Sonja, das Regiment führe, sie alles gefragt und ihr alles gesagt werden müsse. Dieses Gesetz würde man der Neuen zum Empfang verdeutlichen, nach Mitternacht, wenn die Flurkontrolle und das Töpfen vorbei und die Stunde der Taschenlampen gekommen sei.

Sonja ließ die Bienen antreten. Ulrike Eva Birgit Gisela Annelie Bärbel und Jüpchen, die aussah wie sechs. Sie stachen zu. Piksten kniffen kitzelten Adele, die unter der Tortur lachen mußte, die sich nicht halten konnte, zu Boden fiel und wieder hochgebracht wurde mit kleinen giftigen Stichen.

»Schlußausende!«

Sonja scheuchte die Mädchen zurück in ihre Betten.

Den Arm um die Neue gelegt, als wollte sie ihr Freundschaft aufdrücken, beglückwünschte die Stubenälteste Adele zum Erfolg ihres Einstandes.

»Träum was Schönes und Ruhe im Karton!«

Adele lag oben und weinte. Lautlos. Gab sich Mühe, das Zittern ihres Körpers zu unterdrücken. Endlos zog sich die Nacht dahin. Wie die Tränen, von denen Adele glaubte, sie würden gleich durch die Matratze auf die Schläferin im mittleren Bett tropfen. Es dämmerte schon der Morgen herauf, da hörte Adele das leise Tapsen nackter Füße. Erst dachte sie, eines der Mädchen würde sich in den Flur aufs Klo schleichen wollen, aber das Tapsen näherte sich ihrem Bett. Es quietschte, und neben Adele atmete jemand.

»Was willst du?« flüsterte Adele.

Schon hatte der heimliche Besuch Adeles Decke hochgehoben und sich daruntergelegt, flink wie ein schutzsuchendes Tier. Adele hielt die Luft an. Geh weg, dachte sie. Aber das Mädchen, dessen daunendünnes Haar sie kitzelte, schlang unter der Decke seine Arme um Adeles Leib. Eine Weile zitterte Adele noch, dann wurde sie ruhig. Leise forderte sie: Geh weg!, aber Jüpchen hielt Adele fest. So lagen die Mädchen bis zum ersten Sonnenstrahl. Dann schliefen sie ein. Halb sieben Uhr wurde geweckt.

»Ach du große Scheiße!« rief Sonja, als sie die beiden entdeckte und der neuen Zimmergenossin erklärte, daß Jüpchen *es* mit jedem Ankömmling so treibe, daß sie für immer zum Babydasein verdammt und Blödheit ansteckend sei. Zu Verdeutlichung versetzte Sonja Jüpchen eine Ohrfeige, worauf das Kind auf allen vieren durch den Schlafsaal lief. Die Strafe für Adele bewahrte sich Sonja bis zum Abend auf.

*Das Stoßgebet.* Kaum, daß Adele der Schlaf überkam, drückte Bärbel, die im Bett unter ihr lag, mit den Füßen die Matratze hoch. Hart stieß sie gegen Adeles Rücken. Sie war wieder wach.

»Bete!«

Der Befehl aus der Dunkelheit kam von Sonja. Adele schwieg. Nur das rhythmische Quietschen der Stahlfedern war zu hören. *Bete!* Adele wußte nicht, was. Gegen Morgen gab Bärbel auf. Gegen Morgen lag Jüpchen wieder neben Adele und streichelte sie.

»Du bist nicht normal, was?« flüsterte Adele, als ihr die Berührungen des Kindes unheimlich wurden. Jüpchen schüttelte den Kopf und legte Adele den Finger auf den Mund. Adele wagte nicht, den Schlafgast fortzuschicken. Sie hörte das zufriedene Atmen des Mädchens, wenn es bei ihr lag. Die Augen geschlossen, nahm Adele die vor Dankbarkeit warmen Glieder des kleinen Jüpchens bei sich auf und träumte sich als Prinzessin. In Jüpchen hatte sie jemanden, der ihr folgte und die Tränen der Verlassenheit verbannte. Wenig Schlaf blieb den Mädchen, bevor der neue Tag mit Wecken begann und aufging in Morgengymnastik Frühstück Schule Hausaufgaben Ordnungsdienst Freistunde Abendbrot Schlafengehen.

Adele sah im Spiegel des Waschraumes, wie die Mädchen sie von der Seite betrachteten: neidisch bewundernd, auch begehrlich, als wollten sie etwas abhaben von ihrer Schönheit oder von dem, was die Neue vorgab zu besitzen: stolzen Gleichmut, mit dem sie ihr Schicksal neuerdings hinnahm. In der Tat merkte man Adele nicht mehr an, daß sie mit Mutter Lieses Tod den letzten Menschen und mit der Einweisung ins Kinderheim ihren vertrauten Lebensplatz verloren hatte. Adele fügte sich. Schnell lernte sie die Regeln des Heimalltags. Nachts ließ sie ein warmes weiches Tier zu sich unter die Bettdecke. Tagsüber ging sie Jüpchen aus dem Weg. Niemand sah sie jemals mehr weinen oder aus Verzweiflung etwas tun, was zu unterbinden gewesen wäre.

Aber es bemerkte auch niemand, wie sich Adele mitunter auf den Wäscheboden unters Dach verzog und zwischen den zum Trocknen aufgespannten Laken sich einen Himmel vorstellte, der ihre wahre Existenz ermessen konnte. An diesem Ort träumte sie ihren König herauf, vermied, ihm Namen zu geben, stellte sich ihn nur körperlich vor, ähnlich der eigenen Erscheinung, auch wenn in solchen Momenten Gestalten der Vergangenheit aufblitzten: Traudel die Fee, Prinz Oleg; Ulf

Häfner, der ihr den Kuß geraubt hatte; die Mutter, die als Nilpferdhexe in fernem Wald wohnte. Der Wäscheboden war Adeles Reich. Der Heimhimmel. Sonja konnte sie nicht länger beeindrucken. So wenig wie die anderen Mädchen. Auch von den Jungen, denen sie im Speiseraum oder in der Freizeit begegnete, weckte keiner ihr Interesse. Sie schienen allesamt bubihaft räudig. Adele träumte sie als Knechte, die ihr gehorchen mußten. Auch die Erzieher waren in Adeles Spiel gefangen. In ihren weißen gestärkten Schürzen erschienen sie dem Zögling wie Gefangene, die selbst die Strafe *Erziehung* zu verbüßen hatten. Betraten sie mit schepperndem Nachtgeschirr die Schlafsäle der Kinder, um *abzutöpfen*, oder, wenn es bei dem einen oder anderen Kind zu spät war, dieses im nassen Hemd zum Schämen in die Ecke zu stellen, verwünschte Adele die Erzieher. Tagsüber gab Adele keinen Anlaß zur Beschwerde, war gehorsam, machte sich im Sinne des Heimes nützlich. Es galt Makarenkos Credo *Die Idee der Pflicht* war *Der Weg ins Leben*, und Adele nahm die Idee gleichgültig hin.

Nach einem halben Jahr stellte Direktor Genosse Gutermilch seinem Zögling Adele Möbius in Aussicht, bei anhaltendem Pflichtbewußtsein, gewiß aber vor ihrem achtzehnten Geburtstag, das *Makarenko* verlassen zu können. Adele triumphierte. Den Spruch, der gobelingestickt über Gutermilchs Schreibtisch hing, las sie an diesem Tag zum ersten Mal: *Kinder sind lebendiges, herrliches Leben.* Ich bin kein Kind mehr, dachte Adele. Gutermilch, ein brummbärtiger Mann um die Vierzig, nickte Adele zu. Sie nickte zurück.

»Du kannst in dein Zimmer gehen«, sagte der Direktor freundlich.

Adele nickte und blickte in die Augen des Genossen, der plötzlich verlegen auf dem Tisch herumkramte.

»Nun geh schon.«

»Danke«, sagte Adele.

Hüftschwingend verließ sie das Büro.

Adele durfte, obwohl das Kinderheim in einem anderen Stadtbezirk lag, weiter ihre alte Schule besuchen. Nach Liese Möbius' Tod hatte Frau Panzoch extra eine Jugendstunde eingerichtet, in der den Schülern Adeles schwierige Situation erläutert und ihr kameradschaftliche Hilfe angeboten wurde. Jeden Morgen strich Adele mit dem Kamm durch ihr langes glänzendes Haar und wußte, daß sie keines Beistandes bedurfte.

Nur nachts ließ sie Jüpchen an sich kleben und wärmte sich an dem Tierchen das eigene dicke Fell. Jüpchen war so dankbar, daß Adele vor ihrem eigenen Großmut erschauerte.

Jeden zweiten Sonntag im Monat wurde das Tor des *Makarenko* für Gäste geöffnet. Erwachsene kamen und schauten den Kindern beim Spielen zu. Vorzugsweise standen sie um den Sandkasten im Garten herum, auf dem die Kleinsten, sonntagsfein zurechtgeputzt in ihrer Geborgenheit, mit Eimer Schaufel Murmeln hantierten. Die Besucher schätzten die Spiele der Kinder ein, beobachteten, ob nicht eines darunter war, das sich so verhielt, wie es sich zukünftige Eltern erhofften: ohne Anzeichen für etwaige Plärrattacken, mit gesunder Hautfarbe, gesunden Bewegungen und einem zugänglichen Wesen. Fast jede Woche wurde eines der Kleinen an eine Familie übergeben. Schon die Vierjährigen hatten es schwer, die ungeteilte Aufmerksamkeit der Besucher zu bekommen. Zu oft hatte das Schicksal sie zu Rabauken Stummen Stotterern Bettnässern gemacht, ihnen etwas Bissiges zugefügt, daß auch die beste Erziehung im Makarenkowschen Sinne nichts nutzte. An jedem zweiten Sonntag wetteten die älteren Kinder darauf, daß wieder nichts mit ihnen passieren würde. Kaum ein Gast interessierte sich für die Darbietungen von Chor Turngruppe Bastelarbeitsgemeinschaft. Schaffte es doch mal eines, mit Gesang und Blumenstrauß in ein neues Leben verabschiedet zu werden, kam es danach unter den Zurückgebliebenen zu Prügeleien; ein Phänomen, das kein Erzieher erklären konnte und das mit Stubenarrest bestraft wurde.

Bald fiel auf, daß die dreizehnjährige Adele Möbius die Neugier von Besuchern erweckte. Keiner der Jugendlichen konnte sich damit rühmen, schon einmal in die nähere Auswahl einer vorzeitigen Befreiung gelangt zu sein. Über Adele, hieß es, gäbe es Verhandlungen. Auch wenn sich letztendlich doch niemand zu einer Adoption entschließen konnte und Adele weiter die Tage bis zu ihrem achtzehnten Geburtstag zählen mußte.

Und sie weiterhin in ihren Himmel auf den Wäscheboden stieg, um allein zu sein zwischen aufgespannten Bettlaken, die ihr Schloß bildeten. Wo sie träumend einherschritt, fernab dem herauftönenden *Fröhlich sein und singen!* fern dem Gelächter Gebrüll Gequieke, des anzüglichen Wetteiferns der Jungs untereinander, fern den überflüssigen Gesprächen über die Zukunft, die der Genosse Gutermilch neuerdings mit Adele zu führen pflegte. Freiwillig hatte sie sich zum Wäschedienst verpflichten lassen, um möglichst keinem anderen Menschen zu begegnen. Bis zum Lichtlöschen hielt sie sich im Himmel auf.

Eines Tages – Adele hatte gerade eine Ladung frisch gewaschener Handtücher aufgehängt und sich in der Phantasie einen ornamentalen Festsaal ausgeschmückt – vernahm sie in der Ecke, wo es durch lose Dachziegel hereinzog und sich Gerümpel stapelte, Geräusche. Erst raschelte, dann seufzte es. Adele trat durch die Handtücher wie durch ein goldenes Tor, über knarrende Holzplanken, bewaffnete sich mit einem

Besen und war bereit, Katze, Ratte oder Marder den Garaus zu machen, oder – sie überlegte eine andere Variante – den Störer an die Wand zu werfen, um seine Verwandlung zu erfahren.

»Komm' raus!«

Hinter dem Gerümpel knackte es. Dann Stille. Nur die Wäscheleine knarzte im Windzug. *Komm' raus!* Nichts rührte sich. Adele nahm die Bretter Kisten Gestänge beiseite und stieß in das Nest. Mit voller Wucht trafen die Besenborsten eine hingehockte Gestalt: Jüpchen. Wie ein Igel rollte sich die Kleine zusammen, während Adele innehielt und fragte, ob Jüpchen denn plemplem sei, sie so zu erschrecken, ob sie schon länger hier hocke und ob ...

»Nicht böse sein«, flehte Jüpchen und rollte sich langsam wieder auf. Unter Tränen gestand sie, seit Beginn ihrer Heimeinweisung diese Ecke für sich entdeckt zu haben, denn hier, wo höchstens eine Maus hinfinde, habe sie ihr Geheimnis, und Adele könne ruhig alles an Sonja Ricke Evchen weitersagen, auch den Erziehern und dem Direktor. Adele stellte den Besen beiseite. Obwohl auch Jüpchen dreizehn Jahre alt war, reichte sie Adele gerade bis zur Brust. Um ihr schmales spitznäsiges Gesicht hing das daunendünne Haar. Die Augen leuchteten so kindlich, daß Adele vor Mitleid schlucken mußte. Im gleichen Augenblick spürte sie Jüpchen gegenüber etwas Erhabenes. Als würde sie ihr Bettierchen zum ersten Mal als Zimmergenossin wahrnehmen, starrte sie die larvenhafte, zu keinerlei Reife ausgelegte Gestalt an.

»Ich petze nicht«, versprach Adele.

Jüpchen hatte sich aufgerichtet. Die Pfütze, die sich unter ihr auf dem Boden gebildet hatte, versuchte sie mit den Füßen zu verwischen. Mit gefalteten Händen bat sie, Adele möge nicht länger zögern und endlich kundtun, was sie gesehen habe. Adele errötete. Dann entsann sie sich ihres Standes und wurde ungehalten.

»Ich petze nicht. Aber ich will, daß du mir dein Geheimnis verrätst.«

»Das geht nicht.«

»Gut«, sagte Adele streng, »dann schläfst du ab heute allein.«

»Ist nichts Besonderes.«

Jüpchen kniete vor Adele.

»Bitte nicht. Bitte.«

Doch Adele forderte das Geheimnis. *Ihr* gehörte der Himmel. Und Jüpchen gab nach. Das Fotoalbum war in graues Leinen gebunden. Gemeinsam hockten Adele und Jüpchen auf dem Dachboden des *Makarenko* und blätterten darin: Bilder, die Adele nichts sagten, bräunlich vernebelte Familienaufnahmen unbekannter Leute, streng blickende Frauen, ernste Kinder in stummen Posen, Leute in der Sommerfrische, Männer im Anzug aus versunkener Zeit. Adele war enttäuscht.

»Die olle Schwarte soll ein Geheimnis sein?«

»Paß auf«, flüsterte Jüpchen, und ihr wächsernes Gesicht erhitzte sich.

Die letzte Seite des Albums war mit Seidenpapier verklebt. Vorsichtig löste es Jüpchen von der Pappe und nahm das Bild heraus. Nicht größer als ein Stammbuchblümchen. Adele betrachtete es: zwei Männer in Uniformen, auf deren Schildmützen ein Adlerkreuz prangte. Der eine Mann hielt mit schmalen zusammengepreßten Lippen den Kopf schräg im Profil, als müsse er etwas bedenken. Der andere entblößte die obere Zahnreihe, ein freundlicher ältlicher Herr, der in die Kamera lachte.

»Das ist mein Vater.«

Jüpchen tippte auf den bedenklich blickenden Mann und

wartete auf den Augenblick, da Adele erschrak, sie der Lüge bezichtigte oder sonstwie außer sich geriet. Adele zuckte mit den Schultern. Da hatte sie, was ihren Vater anbelangte, mehr zu bieten.

»Und der neben Papa …« – Jüpchen hielt die Luft an – »… das ist …«

Jüpchen, obwohl so jung aussehend, wußte mehr als andere Kinder. Mehr als Lehrer, Erzieher, mehr als in Geschichte und Staatsbürgerkunde gelehrt wurde; mehr als Adele. Mit heißen Wangen erzählte sie die Geschichte von General Bruno Jüphorst. Der in Hitlers Schutzstaffel ein tapferer Kämpfer um die Gerechtigkeit gewesen sei. Den die Russen nach dem Krieg getötet hätten, ebenso Jüpchens Mutter. Sie, Jüpchen, sei mit drei Jahren ins *Makarenko* gekommen, und das Fotoalbum habe sie zufällig auf dem Dachboden gefunden. Jahre später, als man im Kinderheim einen Film gezeigt hatte, habe sie Papa wiedererkannt und den Führer, von dem er immer gesprochen habe und über den niemand heute so sprechen dürfte. Das Zauberwort war gefallen. Der Fiehror Führror Vierer wurde zum Führer. Das klang, wie es immer klingen sollte. Adele zog um ihren Traum einen Rahmen.

»Jetzt weißt du's«, sagte Jüpchen.

Ängstlich fügte sie hinzu: »Wenn du's weitersagst, komm ich in den Jugendwerkhof, todsicher.«

»Ich sag dir mal was«, sprach Adele mit rauher Stimme.

Und gab ihre Herkunft preis. Das Große ihrer Abstammung, das sie immer geahnt und nie verstanden hatte. Jüpchen saß mit offenem Mund und lauschte Adeles Märchen. Es war noch besser, noch schrecklicher als das ihre.

»Kein Wort zu niemanden«, sagte Adele.

»Kein Wort zu niemanden«, schwor Jüpchen.

Im nun geteilten Himmel ritzten sich die Mädchen mit einem

Holzschiefer in den Arm, schlossen Blutsschwesterschaft und gelobten Treue bis in den Tod.

Ganz oben im Doppelstockbett hockte Adele. Ihr Kopf berührte die Zimmerdecke. So eifrig blätterte sie in Büchern, daß sie es nicht bemerkte. Adele hatte die Bücher aus der Bibliothek. Sie brauche in Vorbereitung einer Jugendstunde Material über den Hitlerkrieg, hatte sie gegenüber der staunenden Erzieherin behauptet. Noch nie war Adele in der Bibliothek gesehen worden. Die Erzieherin hatte angeboten, Adele zu helfen, aber Adele meinte, bei der Sache, die sie interessiere, brauche sie keine Hilfe. Für welche Sache sie sich denn interessiere, wollte die Erzieherin wissen, und Adele hatte geantwortet: Für die meines Vaters. – Aber den würde sie doch gar nicht kennen. – Doch. Er hieße Wilhelm Pieck. – Die Erzieherin hatte gelacht, dann die Stirn in Falten gezogen und Adele mit den Worten, über sozialistische Helden dürfe man sich nicht lustig machen, aufs Zimmer geschickt.

Beim Durchblättern der Bücher war Adele enttäuscht, daß es so wenige Fotografien vom *Führer* gab. Jedenfalls keine lustigen, keine mit solch herzerfreuendem väterlichem Lachen. Jene Bilder, die zerbombte Städte, Ansichten von Konzentrationslagern, Trümmer und Tote zeigten, zwangen sie zum Ansehen, den Kloß der Enttäuschung im Hals herunterzuwürgen. Alles Märchen! dachte sie. Schließlich schlug Adele die Bücher zu, kletterte vom Bett, ging in die Bibliothek und meinte, es sei nicht die richtige Lektüre gewesen. Im Badezimmer wusch sich Adele Hände und Gesicht. Ausgiebig cremte sie sich ein, zupfte die Augenbrauen, trug Lippenstift auf. Letzteres war im *Makarenko* nicht gern gesehen, doch Adele mußte in ihr Märchen zurückfinden.

Nachts, als Jüpchen bei ihr lag, verlangte sie, daß sie den Schwur dreimal wiederhole. *Kein Wort zu niemanden.* Jüpchen tat, was die Blutsschwester sagte. Am nächsten Morgen wurde Adele Möbius zu Direktor Gutermilch bestellt. Ob alles in Ordnung sei, wollte er von seinem Zögling wissen.

»Alles in Ordnung«, sagte Adele.

Sonja, die erfahren haben wollte, daß Adele eine heimliche Liebschaft mit Direktor Gutermilch pflegte, befahl Jüpchen: »Du kriegst das für mich raus!«

Jüpchen wußte, daß die Geschichte mit Gutermilch gelogen, daß Adele allein auf ihre, Jüpchens Liebtreue, versessen war. Ich tu's nicht, wollte sie sagen, aber Sonja, der niemand zu widersprechen wagte, brauchte nur eine Nadel aus ihrem Haar zu lösen und sie vor Jüpchens Augen tanzen zu lassen. Von diesem Tag an blieb der Schlafplatz neben Adele leer. Adele verlangte von Jüpchen zu wissen, ob jemand Schlechtes über sie sage oder ob es ihr inzwischen neben ihr zu eng geworden sei.

»Wir sind doch schon groß«, erklärte Jüpchen mit zuckenden Mundwinkeln.

Es dauerte nicht lange, da erhielt Sonja Rapport. Mit eigenen Augen, log Jüpchen, habe sie Adele und Gutermilch miteinander auf dem Wäscheboden gesehen.

»Dufte Nummer, die du mit dem Direx abziehst. Steck ihm doch mal, daß ich auch was von ihm lernen will.«

»Du hast ja 'n Vogel unterm Pony«, sagte Adele.

»Das Jüpchen ist viel zu dumm zum Lügen.«

Biest! dachte Adele, Jüpchen zur Rede stellend.

»Ich hab nicht gepetzt«, jammerte sie, die Schwurhand hebend.

Adele packte Jüpchen am Kragen, schleifte sie die Stiege zum Dachboden hinauf, zwang sie, in der Gerümpelecke niederzuhocken, sich wegzukrümmen und still zu sein. Am liebsten hätte sie Jüpchen gestreichelt, als sie das Mädchen so hocken sah. Hätte am liebsten alles rückgängig gemacht. Aber Adele durfte nicht. Durfte nicht durchgehen lassen, was ihr in schäbiger Feigheit angetan wurde. Eine Nacht lang Strafe hatte sie für die Verräterin vorgesehen. Am Tag darauf wollte Adele ihr das Bild wegnehmen und es in der Mitte durchschneiden: ihren König von Jüpchens Vater trennen.

Am Tag darauf fand man Hilde Jüphorst, genannt Jüpchen, auf dem Wäscheboden zwischen Bettlaken an der Leine hängen. Die Pfütze unter ihr war noch warm.

Fahnen wurden gehißt, Girlanden über Türen, um Zäune und Straßenlaternen geschlungen. *Über allen strahlt die Sonne.* Nach wochenlangen Vorbereitungen, da man das Haus gemalert und geputzt hatte, begrüßten die Kinder des *Makarenko* den elften Jahrestag der Republik. Chöre und Tanzgruppen hatten sich formiert, Pionierhalstücher und Blauhemden waren aufgebügelt, Lieder einstudiert. *Besuch uns mal, besuch uns mal in unsrer neuen Stadt. Das hat Berlin noch nicht gesehn, da bleibt dir glatt der Atem stehn!* Alle Türen standen offen. Gäste wurden erwartet: Abordnungen der Bezirksparteileitung, des Ministeriums für Volksbildung, sowie die Anlieferung eines Fernsehapparates und einer Zuckerwattemaschine. Hell klangen die Stimmen der Kleinsten, *Faßt euch an den Händen und kommt in unsern Kreis,* die Lieder der Älteren, die Mühe hatten, ernste Form zu bewahren, *Heimatland reck deine Glieder!,* während die Großen parierten und gleichzeitig mit dem Start der Zuckerwattemaschine die angekündigte Gruppe der Genossen vom Bauernverband den Heimgarten betrat, Männer in Anzügen, Krawatten, festen Schrittes, die sich neugierig umschauten und -hörten, *Im Märzen der Bauer die Rößlein einspannt …* und Prima! und Klasse! riefen, die sich auf frischgestrichene Gartenbänke setzten, das Programm der Zöglinge vor sich ablaufen ließen, lächelnd klatschend durstig. Die Mädchen der Bienengruppe servierten Kaffee, die der Pilzgruppe Selbstgebackenes. Weiße Kniestrümpfe blitzten, alles war sauber und ordentlich. Direktor Gutermilch hielt eine Rede über das Kind als Kollektivmitglied, das an Gehorsam und nützlicher Arbeit orientiert sein soll und der Forderung, den jungen Menschen das Gefühl der Verantwortung einzupflanzen.

»Kinder sind lebendiges, herrliches Leben!«

Mit diesen Worten schloß Gutermilch die Rede, wischte sich den Schweiß von der Stirn, während Erzieher gähnende Zöglinge ermahnten, Jungen mit Keulen jonglierten, Mädchen in Baströckchen schlüpften und Reifen um ihre Hüften drehten. Den Genossen wuchs eine Flasche Wodka aus dem Tisch. *Druschba!* riefen sie und begehrten noch einmal die Baströckchengruppe zu sehen.

Genosse Helmar Eden, dessen zweiwöchiger Lehrgang auf der Bezirksparteischule mit dem Besuch des Kinderheimes seinen Abschluß fand, spendete am lautesten Beifall. Auch wenn sich der Bauer im neuerworbenen Anzug anfangs wie in einer Strohpresse gefühlt hatte, war er, nach dem Besuch des Seminars, bald in seinem Empfinden erweitert worden: Nie zuvor im Leben hatte man ihm soviel Wichtiges, Zukunftsgestaltendes angetragen, wie in den letzten Tagen. Nie zuvor hatte man ihm auf Lehrveranstaltungen so deutlich eröffnet, daß nur die kühnsten, verantwortungsbewußtesten Männer Fortschrittliches zu leisten imstande wären. Nach drei Wodkas und zahlreichen künstlerischen Darbietungen hatte Helmar Eden eine Idee. Er drehte die Idee eine Weile in seinem Kopf herum, feuerte sie mit weiteren Wodkas an, sah aus der Zuckerwattemaschine rosa Wolken wachsen – und beschloß zu handeln. Für sich. Für die Zukunft des Landes. Bevor er nach Lärchenau zurückkehren mußte. Er winkte Adele Möbius zu sich.

Mäuseken, dachte er und bat sie mit lallender, aber freundlicher Stimme, noch einmal extra für ihn zu singen. Verblüfft musterte Adele den Mann, dessen Gesicht sie in Unruhe versetzte. Vielleicht meinte er es ja ernst, wollte wirklich noch etwas von ihr hören. Aber was? Adele zögerte.

»Der Genosse Eden beißt nicht«, flüsterte Gutermilch dem Zögling ins Ohr.

Unschlüssig zog Adele zunächst das Baströckchen aus. Darunter trug sie eine schwarze Turnhose mit breitem weißem Gummibund.

»Nun sing dem Genossen noch was!« sagte Gutermilch und legte seinen Arm um Adele.

Sie zuckte zurück, wollte davonlaufen, weg vom Fest, in den Trosthimmel steigen, den sie wieder allein besaß. Aber die Welt um Adele Möbius sang trank lockte mit treibenden Klängen. Singen sollte sie, doch sie vermochte es nicht, wie damals im Kindergarten, und sie stand in ihrer Anmut, die keine Turnhose, keine Bockigkeit entstellen konnte und suchte, erschrocken über sich selbst, den Blick des Genossen.

Sonja, die seit kurzem eine Ausbildung zur Zerspanungsfacharbeiterin beendet hatte und kurz vor der Zuweisung einer eigenen kleinen Wohnung stand, hatte beobachtet, wie ihr Adele schon wieder einen Schritt vorauseilen wollte.

»Prinzeßchen singt sich überall hin, wenn's ihr was bringt«, gab Sonja Helmar Eden zu verstehen und fügte hinzu: »Dabei kann sie nur flöten, wenn Sie wissen, was ich meine. Fragen Sie den Direx.«

Adele fuhr ihre Krallen aus, riß Sonja am Haar, kniff sie, und bald führten die Mädchen den Gästen eine vollkommene Rauferei vor. Gutermilch brachte die Mädchen auseinander, entschuldigte sich mit dem Hinweis auf die Energie der Jugend, die manchmal aus der Bahn gerate, und forderte Sonja auf, unverzüglich das Geschirr von den Tischen zu räumen.

Adele befahl er: »Sing!«

Sie stand vor Bauer Eden. Stramm die Hände an den Seiten. Sing! Sie blickte ihn an, bis er die Augenlider senkte.

»Mußt nicht, wenn du nicht willst«, sagte er.

»Doch, ich will.«

Adele holte Luft und sang: *Da wurd die Spinne, da wurd die Spinne ärgerlich, und spuckt dem Bub und spuckt dem Bub ins Angesicht.*

Die Genossen lachten. Sonja zeigte der Feindin einen Vogel. Noch einmal wurde die Zuckerwattemaschine angelassen. Rosa Wolken drehten sich, dufteten, schwebten durch den Garten, von Kind zu Kind, wurden in süße schmelzende Fetzen gezupft, und den Gästen wurde warm ums Herz.

Adele Möbius sollte nur noch unterschreiben. Der Vorsitzende der LPG »Hoffnung«, Genosse Helmar Eden, hatte einen Antrag eingereicht: die Vormundschaft für Adele. Sobald sie die zehnte Klasse abgeschlossen haben würde, teilte er dem Heimleiter mit, sei ihr an der Staatlichen Landwirtschaftsschule ein Ausbildungsplatz als Facharbeiterin für Land- und Nahrungsgüterwirtschaft sicher. Sie sollte nur noch unterschreiben.

»Eine großartige Chance für dich«, sprach Gutermilch zu Adele, die ihm im Büro gegenübersaß. Über dem Schreibtisch hing das Bild Walter Ulbrichts, daneben das von Anton Semjonowitsch Makarenko. Unter den Bildern saßen Gutermilch und Eden, der den Ausgehanzug mit sauberer Bauernkluft getauscht hatte und dem Mädchen mit bunten Worten ausmalte, was sie auf dem Land erwarte. Bis zum Beginn der Kartoffelferien drei Probemonate in der LPG, ein eigenes Zimmer bei ihm im Haus, außerdem könne sie jederzeit ins Heim zurück, wenn's ihr nicht behage.

Adele sollte nur noch unterschreiben. Sie bat um Bedenkzeit. Befragte ihren Himmel, ob das Angebot ein Zeichen von ihm wäre. Der Himmel schwieg. Seit es Jüpchen nicht mehr gab, schien es Adele, als hingen die Laken schwer, grau, bremsten Träume aus, erdrückten Geheimnisse. Was sollte Adele noch hier? Sie unterschrieb.

Die zehnte Klasse schloß sie mit mittlerem Durchschnitt ab. Zur Abschlußfeier wurde Bauer Eden von Frau Panzoch persönlich begrüßt und offiziell verkündet, daß Adele als zukünftiges Mitglied der Landjugend besonders zielstrebig den Weg zum Sozialismus beschreiten werde: Solche Chance hätte ein Waisenkind im Kapitalismus nie und nimmer gehabt. Regungslos nahm Adele in Empfang, was man ihr an Glückwünschen überreichte. Ein Spielmannszug marschierte über den Schulhof. Adele schloß die Augen, sah geschmückte Pferde Ritter Prinzen. Trommeln knatterten, der Schellenbaum rasselte, das Tamburin schepperte, *Freundschaft!* scholl es von überall her, und Adele streckte langsam den Arm nach vorn, hob ihn ein wenig an, als fordere sie vorbeieilende Schüler Lehrer Eltern auf, ihre Finger an die Lippen zu führen …

Am nächsten Tag packte Adele ihre Sachen, verstaute sie in Edens Barkas-Bus, nahm von den Kindern und Erziehern des *Makarenko* einen Blumenstrauß in Empfang und setzte sich auf den Beifahrersitz neben den Mann, der ab nun für sie dasein sollte.

»Kannst ja jederzeit zurück, Mäuseken.«

Mit seinem karierten Taschentuch wischte der Bauer Adele die Tränen ab.

Schembarts Wurstküche war noch nicht saubergeschrubbt, da traten Bauer Würtz und Gert, der sich seit neuestem *Traktorist* nannte, ein. Die Stiefel schlammig, latschten sie durch Schlieren Schmierseife, ließen sich, wie so oft, am Hackstock nieder, schnippten die Verschlüsse der Bierflaschen auf und erleichterten sich zum Feierabend mit raunzigen Bemerkungen zum Hier und Jetzt.

»Det gloobt keen Aas in der Welt«, stöhnte Bauer Würtz, »det wa jetzt im Aujust ernten solln. Oberste Anordnung von janz oben: raus of die Felder un ab mit die Halme. Det Land hat nuscht zu fressen! Aba ick frag mir, wat tun wir in die LPG eijentlich den janzen Tach?«

»Aba det Jetreide is doch noch jar nich reif«, warf Gert ein.

»Für unsre Jenossen isset reif, wenn die sagen, es is reif.«

Schembart tat gut daran, den Laden vorn zu verschließen und den Liefereingang auf ungebetene Gäste hin zu überwachen. Seit dem Übertritt Edens auf die andere Seite war er mißtrauisch geworden. Auch beunruhigte ihn, daß dieser seltsame Knabe Giersch jeden Tag hier auftauchte, ewig lang die Auslagen betrachtete, oft andere Kunden vorließ, bevor er dann fuffzig Gramm Mettwurst kaufte. An jenem Tag, da Bauer Würtz und Gert der Traktorist mit ihren Dreckslatschen die Wurstküche versauten, schmiß der Fleischermeister die Kettenschürze in die Ecke.

»Wat iss'n euch in de Krone jefahrn?«

»Haste nich jehört?«

»Ick hör hier nur's Schmalz brodeln.«

»In Berlin lassen se de Leute nich mehr rin und ribber.«

»'ne Mauer hamse hochjezogen, drei Meta hoch.«

»Wenn det reicht.«

»Und unsa Eden hat ooch beijestanden wie 'n Bock vor der Zibbe.«

»Woher weeßte?«

»Kamma sich denken.«

»Der kriecht eene rinjewürcht, wenner zurick is von seine Verjnüjungsreise.«

»Stellt euch vor: drei Meta!«

»Wenn det reicht.«

»Jetzt«, sagte Schembart, »lieg' ma of da Krepierseite.«

Am Morgen, da er nach seinem Hauptstadtbesuch das Verwaltungsbüro der Genossenschaft betrat, an seiner Seite das Mädchen Adele, nahm Genosse Eden auf seinem gewohnten Stuhl Platz. Ein Schmerz durchfuhr ihn, so daß er aufsprang und sich heulend ans Hinterteil faßte. Es blutete durch die Hose. Jemand hatte ein Stück Stacheldraht ins Kissen genäht.

Adele mußte schwören. Kein Wort zu niemanden. Sie bekam von Eden ein Fahrrad, mit dem sie Lärchenau erkunden und sich den Bewohnern bekannt machen sollte. Adele tat, was Eden ihr auftrug. Sie radelte durch Lärchenau und zeigte sich. Der Rock flatterte im Sommerwind, das Haar wehte. Wer die Neue zu Gesicht bekam, schüttelte den Kopf oder pfiff durch die Zähne. *Die is aus'm Heim,* hieß es, und doch wollte es keiner glauben. Später bekam Adele von Eden eine Kluft für die Ferienarbeit: Schürze Stiefel Kopftuch.

»Det hier is 'ne jroße Sache, weil der Boden uns jehört, vastehste? Und weil wir doch die Kraft von euch Frauen brauchen und ick von dir besonders, *wir* sind's doch, die dat Leben vaändern, und meins hat sich mit dir schon vaändert, Adeleken …«

»Ich kanns nicht versprechen«, sagte Adele.

»Wirst sehen, wie's hier funktioniert, und 'n paar Groschen kannste sicher jut jebrauchen«, sagte Eden und zeigte dem ländlich verkleideten Mündel das Reich seiner Genossenschaft.

Adele, die das Fahrrad akzeptierte, weil es sich unter ihr zum edlen Roß verwandelte, hatte es schwer, die Arbeitskluft als ihr gemäß zu empfinden. Die Strümpfe kratzten, die Schürze war speckig, in den Stiefeln staute sich die Hitze. Noch ein paar Kilo auf den Knochen, und ich seh aus wie meine Mutter, dachte Adele.

»Kannst jederzeit zurück«, bekräftigte Eden noch einmal die getroffene Abmachung.

»Nein«, sagte Adele.

Die Ferienarbeit würde schließlich irgendwann zu Ende gehen und auch der dümmste Bauer einmal merken, wer Lärchenaus Bevölkerung bereichere.

Von der Spreu bekam Adele Frieseln im Gesicht. Im Rinderstall wurde sie von einer Kuh getreten und stürzte in die Futterrinne. Beim Rübenverziehen tat ihr nach zehn Minuten der Rücken weh. Der eiserne Schwanz der Pflugschar war ihr unheimlich. Auch um die langen Gestänge der Ackerwalzen machte sie einen Bogen. In der Schweinemastanlage blieb Adele die Luft weg. Beim Kraftfuttermischen zerfraß es ihr die Fingernägel. Sollte sie an Sicheln und Sensen ein Gefühl fürs Mähen bekommen, blieb sie mit den Geräten im Gras stecken. Auf der Pflaumenplantage wurde Adele von einer Wespe gestochen. Vor den alten Pferdekarren fürchtete sich Adele ebenso wie vor der modernen Getreidekombine. Das Zischen der Garben durch den Maschinenbauch bereitete ihr Magenschmerzen. Das satte Geknatter der Traktoren, deren schreckliches Abgebrumm mittags und abends, dröhnte Adele in den Ohren. Sie machte einen Bogen um Traktoren Förderbänder Rüttelsiebe. Spritzte der Güllewagen seinen Segen über die Felder, kotzte sich Adele fast die Seele aus dem Leib. Die größte Angst hatte sie vor den Mäusen im Futterstroh.

Die Bauern übten mit der Helferin Geduld, nicht nur, weil

Eden es befohlen hatte. Wo immer sein Mündel versagte, sie tat es mit Liebreiz. Wie erfrischend anmutig war Adeles Erscheinung! Bei ihrem Anblick vergaß man das verdörrte Getreide, die ins Kraut geschossenen Kartoffeln, die Maul- und Klauenseuche; vergaß für kurze Zeit das hohe Abgabesoll, den Fünfjahresplan, den falschen auftrumpfenden Namen der LPG, dessen Vorsitzender Helmar Eden noch Wochen nach dem Attentat seine Hose mit Zeitung ausstopfte. Ungerührt nahm Adele immer neue Aufgaben entgegen, kassierte als Lohn die begehrlichen Blicke der Landarbeiter, bis Eden Adele aus der unmittelbaren Praxis abzog. Mit dem Fahrrad mußte sie nun kleine Botengänge erledigen, was sie ohne weiteres bewältigte.

»Die is nich umsonst hier«, versprach Eden jedem, der sich nach dem Mädchen erkundigte.

Jeden Tag nach dem Abendbrot, das Adele mit Eden gemeinsam in dessen Küche einnahm, verzog sie sich in ihr neues Reich. Der Bauer hatte dem Mündel das Zimmer seiner verstorbenen Frau hergerichtet: Neues Tapetenmuster stach die Teppichornamente aus. Das mit Federn aufgefüllte Bett versprach, Adele vor Kälte zu schützen, und eine eigens für das Mädchen eingebaute Waschecke bewies Fürsorge und Respekt des Bauern. Die Nächte waren wie stille dunkle Körper um Adele. Noch wußte sie nicht, was sie fühlen sollte, hier auf dem Bauernhof, in dessen Stallungen es blökte grunzte gackerte, wo aber auch Moos die Scheunendächer erdrückte, die Speicher durchfeuchteten und der Wohntrakt nach alter, nicht auszukehrender Zeit roch.

Konnte Adele nicht einschlafen, knipste sie das Licht an und betrachtete sich im Spiegel über der Waschkommode. Hatte sich Adele am eigenen Spiegelbild müde gesehen, ging sie wieder zu Bett. Unter der Matratze lag das zerschnittene Foto des

Führers. Adele nahm es manchmal hervor, um den lachenden Mann, ihren König, zu sehen, auf dessen Schildmütze das Adlerkreuz stand.

Im Dorfkonsum verlangte Adele, Zigaretten zu kaufen.

»Für Bauer Eden«, log sie.

Am Ufer des Mennichensees übte Adele Rauchen. Das Haar trug sie hochgesteckt, toupiert, mit Lack gefestigt. Die Augenbrauen zupfte sie zu schmalen Strichen, lackierte die Fingernägel. Eigenhändig kürzte Adele ihre Kleider, nähte Röcke eng, überzeugte Eden, ihr in der Stadt eine quietschgelbe Bluse zu kaufen, ebenso Absatzschuhe, Handtasche und Sonnenbrille. Auf die Frage, zu welchem Anlaß sie auf dem Land sich so auftakeln wolle, antwortete sie: Das werde er schon sehen.

Helmar Eden sah die Lärchenauer seinem Mündel hinterherglotzten. Sah die Dorfjungen um den Hof herumlungern. Manche fuhren mit knatternden Mopeds auf und ab. Manche drehten vor seinem Fenster das Kofferradio auf.

Wenn die an 'nem Misthaufen vorbeikommt, treibt der Blüten, hieß es.

Auch Hanswerner Giersch, der wegen, wie es offiziell lautete, *Disziplinarverstößen* die Erweiterte Oberschule verlassen und eine Lehre bei der Deutschen Post beginnen mußte, blickte Adele vom Fahrrad aus hinterher. Er wartete, ob sich bei ihm ein Gefühl für sie regte. Das tat es nicht. Hanswerner radelte Adele hinterher, und einmal bremste er scharf neben ihr, um sie zu fragen, warum sie so anders sei, was sie damit beabsichtige, ob er ihr helfen könne.

»Steh mir nicht im Licht, Kleiner«, sagte Adele und ließ ihn stehen.

In Schembarts Wurstküche kochte die Vorstellung, die überkandidelte Stadtgöre sei Edens Geheimwaffe und in ihrer Gegenwart müsse man vorsichtig sein. Adele liebte es, die Fleischerei mit der Zigarette in der Hand zu betreten, die Warteschlange der Kunden zu ignorieren, sich mit halbaufgeknöpfter Bluse über die Verkaufstheke zu lehnen und mit seimiger Stimme von Schembart ein Würstchen zu verlangen. Sie bekam immer, was sie wollte. Den Rest der Ferien langweilte sie sich durch die Tage.

Im September 1961 begann für Adele Möbius in der LPG »Fortschritt« die Lehre als kaufmännische Angestellte. Edens ursprüngliche Vorstellung, sie könne ihren Facharbeiter für Land- und Nahrungsgüterwirtschaft machen, mußte Adeles Begabung weichen, die sich auf leidliche Schreibkenntnisse und vor allem auf einen gewissen Ordnungssinn beschränkte. Genosse Eden, der ohnehin eine Sekretärin benötigte, war guter Dinge und brachte Adele am ersten Tag, da sie zur Berufsschule nach Beeskow fahren sollte, an die Bushaltestelle.

»Ick bau off dir«, sagte er, »wirst 'ne tüchtige Kraft werden.«

In der Berufsschule erwarteten Adele zwanzig Mädchen. Enttäuscht darüber, daß kein Junge den Anblick kichernder, von, wie Adele meinte, nach Stall riechender Gänse auflockerte, steckte sich Adele in der Pause eine Zigarette an. Dem *Unerhört!* der Ausbilderin folgte eine Taschenkontrolle, an deren Ende die Raucherin Zigaretten und Lippenstift abgeben mußte.

»Das brauchen wir hier nicht«, sagte die Ausbilderin.

Nach zwei Wochen Theorie brauchte sie eine Pause. Am See rauchte Adele Zigaretten, bis ihr schlecht war, begab sich daraufhin ins Landambulatorium zu Doktor Krause und hustete ihm was vor. Er ermahnte das Mädchen, die Pafferei einzustellen, und schrieb sie krank. Als Adele an jenem Tag das Abendbrot verweigerte und unverzüglich ins Bett zu gehen verlangte, ahnte sie nicht, daß vor der Kammertür Bauer

Eden stand und wartete. Wartete, bis aus dem Zimmer kein Geräusch mehr drang und er sich traute, die Tür einen Spalt öffnen. Lange stand er und sah der Schlafenden zu. Es war alles gut so.

Auch die LPG »Fortschritt« konnte Zahlen und Fakten aufweisen, die keines Tadels bedurften. Adele, die in kurzer Zeit lernte, Edens Büro zu führen, fand durch oft geäußertes Lob langsam Gefallen an dem, was sie tat. War der LPG-Vorsitzende unterwegs, setzte sie sich mit übergeschlagenen Beinen auf den Drehstuhl am Schreibtisch, zündete eine Zigarette an und hackte in die Schreibmaschine, was anfiel an Rechnungen Auflistungen Ertragsberichten. Eden zählte die Tage bis zu Adeles achtzehntem Geburtstag.

Am 6. September 1962 fand im Gartenlokal »Zum Ochsen« eine geschlossene Gesellschaft statt. Der Begriff Gartenlokal war untertrieben. Zwar befand sich der »Ochse« am Rande einer Kleingartensparte, war aber durchaus ein Lokal für höhere Zwecke und nicht nur aufs Feierabendbier ausgerichtet. Zwei Gasträume konnte er vorweisen: einen kleinen mit Sprelacardtischen für die schnelle Erfrischung, einen größeren mit gedeckten Tafeln für Sonntagsessen und Familienfeste. Ebenso gab es im »Ochsen« einen Tanzsaal samt Bühne, der, wenn es gefordert wurde, zum Versammlungsraum umfunktioniert werden konnte.

An diesem 6. September verwandelte Semmelweis-Märrie auf Bitten von Rosie Konarske ihre Spelunke in ein Festzimmer: Tischdecken, geputztes Besteck, achtzehn Kerzen auf einer Eierlikörtorte. Hier sollte Gunters Geburtstagstisch aufgebaut werden. Der größere, hintere Raum wurde für Edens Mündel Adele hergerichtet: Girlanden, Luftballons, Astern, Dahlien, leuchtende Sträuße Goldrute und eine Schnur bunter

Glühbirnen verzauberten den tristen Raum in ein Gemach. Eden wußte inzwischen, was Adele begehrte.

Das ganze Dorf war eingeladen. Der Zufall, daß zwei Lärchenauer am selben Tag ihre Volljährigkeit begehen sollten, wurde von den Bürgern und dem Verwalter der Gemeindekasse großzügig bedacht. Jeder spendete etwas oder erklärte sich bereit, bei den Vorbereitungen zu helfen. Kuchen wurde gebacken, Salate hergestellt, Waldmeisterbowle angesetzt, Geschenke gebastelt. Giersch erschien mit einem Fotoapparat und seiner Mutter, um im Namen der Partei zu gratulieren. Horst Gegenbauer, bester Tänzer Lärchenaus, baute eine Schallplattenanlage mit Lautsprecher auf. Bauer Würtz brachte Schlagsahne aus eigener Wirtschaft. Melker Dankwart Thiel, dem die ums Hirn wandernde Bleikugel inzwischen die Sprache und andere Fähigkeiten ausgelöscht hatte, ließ sich, eine Traube Luftballons in der Hand, im Rollstuhl heranrollen. Selbst Schembart, der Eden am liebsten nicht mehr kennen würde, steuerte einen Schweinskopf in Aspik bei.

»Ick tu's für die Kinder«, sagte er, zog ein weißes Hemd an und bat, als Gegenbauer Platten aufzulegen begann, Adele um den ersten Tanz.

Das lindgrüne Kostüm stand ihr gut. Auch die Lackschuhe, deren hoher pfennigschmaler Absatz Adeles Beine um ein begehrliches Maß zu verlängern schienen, empfand Schembart nicht als verfehlt. Daß Eden ihm schneidende Blicke zuwarf, gab ihm Genugtuung. Der Fleischer legte seinen Arm um die Hüfte des Mädchens, zwinkerte Kumpel Gert zu und raunte Adele ins Ohr: »Eins A lobenswert siehste aus.«

»Schembart«, sprach Adele mit spöttischem Blick in des Tänzers Augen, »soviel Schmalz wie du redest, kannst du dein Lebtag nicht mehr verkaufen.«

»Frech werden, wa?« rief Schembart.

Lachend drehte er Adele im Kreis, sie drehte sich mit ihm, bis Bauer Eden dazwischenging, sein Mündel abklatschte und den nächsten Tanz forderte. Adele ließ Schembart stehen, schlang ihre Arme um Edens Hals, während Horst Gegenbauer scharfen Foxtrott auflegte und das halbe Dorf sich darüber amüsierte, wie Eden schnaufte stolperte trampelte, bis Adele zum nächsten überging, heiß im Gesicht, denn kein Mann, nicht einmal Hanswerner Giersch, schlug ihr einen Tanz aus, jeder Junge begehrte, wenigstens einen Hopser mit der Schönen vollführen zu dürfen. Lärchenau, glaubte Adele, liege ihr zu Füßen. Sie dankte dem Schicksal, daß es sie hierhergebracht hatte.

Nur einer hielt nicht um Adeles Tanzhand an: Gunter Konarske, der Adele bis zu diesem Tag noch nie zu Gesicht bekommen, dem Mutter Rosie, war er auf Urlaub, nur erzählt hatte, daß eine Neue im Dorf sei. Tanzen kam für Gunter nicht in Frage.

Dennoch stand ihm die Uniform der Nationalen Volksarmee, in der er erschienen war, gut. Schon sah er, wie Adele, als es zum offiziellen Anstoßen mit den Geburtstagskindern ging, sich ihn ausguckte, ein Lächeln um die Lippen, und ihre Augen schienen zu fragen: *Na?*

Konarske drehte Adele den Rücken zu. Mit einem Bier in der Hand setzte er sich zu Schembart an den Tisch und schaute gelangweilt auf die Uhr.

»Na, wie isset als richtjer Mann?«

Schembart, der Korn und Bier in sich kippte, als wäre es Wasser, klopfte dem jungen Soldaten auf die Schulter.

»Nichts ist«, sagte Gunter gequält.

Plötzlich durchschoß ein Blitz die Gesellschaft. Giersch hatte fotografiert.

»Verzieh dich, Arschloch!« zischte Schembart.

Ein erneuter Blitz, gegen den Fleischermeister gerichtet – und Hanswerner Giersch war abgetaucht.

Adele wollte von Gunter den Tanz.

»Ich tanze nicht.«

»Jeder tanzt heute.«

»Bin ich jeder?«

Gunter erhob sich, schob Adele beiseite und gab vor, auf die Straße kotzen zu gehen. Schnösel! dachte Adele. Da hatte Schembart sie wieder gefangen, wirbelte mit ihr über die Dielen. Gegenbauer legte einen leisen anschmiegsamen Blues auf, worauf Schembart seine Schnapsfahne in Adeles Gesicht hauchte und Adele sich von ihm losmachte, um der Abfuhr des eingebildeten Soldatenbubis nicht länger nachhängen zu müssen und alle Männer, die hier und heute habbar waren, ihrem Willen folgen zu lassen. Doktor Krause war der nächste, den Adele auf die Tanzfläche zog, und obwohl Tanzen gegen die Natur des Doktors ging, bemühte er sich um höfliche Pflichterfüllung. Nach ein paar Takten jedoch drängte sich eine Frau zwischen das Paar: Rosie Konarske, die mehrere Gläser Bowle intus und den ganzen Abend mit sich gerungen hatte, den Doktor zum Tanz aufzufordern. Daß ihr die Göre zuvorkam, erschreckte sie. Erschrecken jedoch hieß für Rosie Leben, und sie griff nach Krause. Der riß sich los. Wollte weder Adele noch Rosie, wollte nur noch nach Hause, auch weil er ahnte, daß am nächsten Tag seine Sprechstunde gefüllt sein würde mit den Halbtoten der Feier. Enttäuscht wankte Rosie durch die heitere Schar der Geburtstagsgäste. Sie hielt sich an Dankwart Thiels Rollstuhl fest, wollte die Luftballons pflücken, aber der Rollstuhl kippelte und konnte gerade noch von Bauer Würtz aufgefangen werden. Rosie rief nach Gunter. Keine Antwort. Sie nahm die Schöpfkelle aus dem Bowleneimer und trank daraus. Gegenbauer rief sie zu, er möge ihr Lieblingslied spielen, aber der kannte es nicht und legte statt dessen Blasmusik auf. Ein Luftballon zerplatzte. Dankwart Thiel griff sich an den hämmernden Kopf. Da stolperte Rosie zwischen Tischen und Stühlen umher, bis sie Bauer Eden zu fassen bekam, aber für ihn war Rosie längst gestorben, denn Adele, sein schönes Mündel, war heute achtzehn Jahre alt geworden.

Draußen war es stockschwarze Nacht. Auf dem Wirtschaftshof des »Ochsen« stand Gunter Konarske und blickte in den mondlosen Himmel. Katzen huschten über den Hof. Es mußte nach Mitternacht gewesen sein, als er dicht neben sich Rauch bemerkte.

»Na sieh mal an«, sagte er.

Adele, der das Kostüm verrutscht war, stand am Aschekübel mit angezündeter Zigarette.

»Auch eine?« fragte sie.

Konarske nickte. Aus ihrer Handtasche nestelte sie die Pakkung hervor, nahm mit spitzen Fingern eine Zigarette und reichte sie dem Jungen. Der schlug sie ihr aus der Hand und zertrat sie mit seinen Stiefeln auf dem Boden. Adele schlug zurück, gab Konarske eine Ohrfeige, daß es knallte. Er packte Adele. Grillen zirpten, als stünde die Nacht unter Strom. Fester schloß Gunter seine Finger um Adeles Handgelenke. Lange standen sie so, sahen, wie sich ihre Atemwölkchen miteinander vermischten, und keiner wollte den anderen mehr loslassen. Aus dem Lokal drang Musik wie das Schlagen eines technischen Herzens.

2. TEIL

# Rosenkavalier

*»Sag, daß du mir gehörst! Mir!«*

(Octavian)

*»Kaserne ›W. W. Kurasow‹, den 1. Januar 1965*

*Liebe Adele,*

*Dein hübsches Angesicht vorzustellen, macht mir Vergnügen. Du mußt wissen, daß von meinen Kameraden keiner einen solch weiblichen Casus seine Freundin nennen darf.*

*Gestern habe ich den Immatrikulationsbescheid für mein Medizinstudium an der Humboldt-Universität Berlin erhalten. Sei ohne Sorge: Ich werde Praktikum, Approbation, Physikum, Promotion schnell erledigen, denn es ist bereits vieles in mir drin, was abrufbar wäre. In jeder freien Stunde, wenn die Kameraden schwofen gehen, vergrabe ich mich in Büchern und Beobachtungen der menschlichen Natur. Meine Lektüre, mit der ich inzwischen viele Fachgebiete und alle Jahrhunderte durchstreift habe, ist nützlicher Ausgleich zum groben Einerlei des Soldatseins. Doch Ehrendienst ist Ehrendienst.*

*Du mußt wissen, daß meine Sehnsucht nach Dir noch von einer anderen Leidenschaft flankiert wird. Ich stelle mir oft vor, wie es wäre, würde eines Tages unsere geistige und anatomische Gewöhnlichkeit einer spannenden Vielfalt weichen. Wie könnten wir einander erfreuen, wenn wir uns immer erst finden müßten – um wieviel aufregender wären unsere Begeg-*

*nungen! Als zukünftiger Arzt und Wissenschaftler ist mir nämlich das Außergewöhnliche, Abstruse, von großem Interesse. Du kannst auch sagen: Das Ungeheuerliche einer Mißbildung scheint mir von höherer Bedeutung als die Heilung banaler Krankheiten. Ich will Dich nicht langweilen, aber gerade in meiner Zeit als Soldat der Nationalen Volksarmee fällt mir auf, daß in jedem von uns Ansätze zur animalischen Erscheinung vorhanden sind, nur daß sie nicht richtig reif werden und wir sie deswegen nicht immer erkennen. Wäre es nicht wundervoll, dir würden zu gegebener Zeit Schmetterlingsflügel wachsen, oder meiner Mutter, wie einem Maulwurf, ein Paar Grabschaufelhände? Ich selbst könnte vielleicht mit Facettenaugen oder einer Spinndrüse Dich verzaubern. Unteroffizier Hundsthal ist bereits ein realer Fall – steht er vor der Kompanie, kommt es vor, daß sich seine Uniform zu kleinen Buckeln wölbt, als würden sich bei ihm die Rippen nach außen durchbohren. Den Lurchen ist es eigen, daß ihnen das Brustbein fehlt und die Rippen frei im Leib stehen. Komisch, was? Aber auch genial! Das Beispiel Hundsthal zeigt uns das Hohe einer Mißgeburt, für die ich meinen gewöhnlichen medizinischen Verstand bereits ad acta gelegt habe. Problematisch ist nur, daß wir in unserer, wie es heißt, ›Gesellschaft des neuen Menschen‹ wie vordem nur unseresgleichen sehen wollen und keinen Sinn für die Vielfalt der Träume haben.*

*Liebe Adele, jetzt muß ich Schluß machen. Zapfenstreich. Ich bitte Dich nur noch, daß Du diesen Brief, nachdem Du ihn gelesen hast, vernichtest oder an einem Ort versteckst, wo ihn niemand findet. Auch ich muß ihn heimlich zur Post bringen, denn jemand könnte ihn mißverstehen.*

*Rauch nicht so viel, und bleib mir treu, so wie ich Dir.*

*Gunter.*«

Bauer Eden mußte sich Zeit nehmen. Zu sehr nagte in ihm der Zweifel, ob es gestattet sei, nachdem sein Mündel die Volljährigkeit erreicht hätte, ihm näherzukommen. Schlief Adele, stand er oft an ihrer Kammertür. Auf der einen Seite bedauerte er, daß Nacht für Nacht dieses blühende Leben allein im Bett lag, auf der anderen Seite war es beruhigend, daß Adele noch keinem Mann zugeneigt schien. Ihm freilich auch nicht. Obwohl es Bauer Eden nicht entging, welchen Reiz Adele auf die Jungen und Männer ausübte, versicherte er sich ihrer Enthaltsamkeit. Er beobachtete sie auf ihren Wegen durchs Dorf; fand heraus, daß sie heimlich rauchte; beargwöhnte ihr herausforderndes Auftreten an Schembarts Fleischtheke; war unsicher, ob sie ihr Haar nur für sich in einen lackduftenden Turm verwandelte – und doch: Es gab kein Indiz für die Liebe.

Was darüber am Büroschreibtisch der LPG »Hoffnung« gesagt und ausgetragen wurde, bekam der Vorsitzende nicht mit. Im Büro war Adele Sekretärin. Sonst nichts. Er, der Schreibkram und Bürokratie gern delegierte, vertraute ihr, kontrollierte nur selten, unterschrieb, was sie ihm übern Tisch reichte. Saß Adele mit übergeschlagenen Beinen und wippenden Füßen auf dem Drehstuhl, lächelte sie ihren ehemaligen Vormund und gegenwärtigen Vorgesetzten an. Er forderte zum Diktat auf oder verlangte mit mürrischer Stimme eine Telefonverbindung. Die meiste Zeit war Eden unterwegs in seinem Reich. Morgens nahm Adele als erstes Post in Empfang. Alle zwei Wochen lag ein Brief vom Soldaten Konarske im Stapel.

»Das muß ja 'ne mächtige Liebe sein«, spottete Hanswerner Giersch, der nach seiner Lehre bei der *Deutschen Post* mit dem Fahrrad Briefe und Zeitungen austrug.

»Nur kein Neid«, sagte Adele.

Sobald Giersch zur Tür hinaus war, riß sie den Umschlag auf, las, verstand nicht viel, las noch einmal, wunderte, ärgerte, fürchtete sich, rätselte, hielt das Papier gegen das Licht, damit es vielleicht an Klarheit gewinne, ahnte Großes in Gunters Worten, spürte Erregung, Stolz, die Gewißheit seiner Zuneigung. Gunters phantastischen Ausführungen konnte sie nichts abgewinnen. Zwar ahnte sie, daß eine Gefahr von Gunters Briefen ausging, aber nachdem sie, seinem Befehl folgend, dieselben vernichtet hatte, kümmerte es sie nicht weiter. Adele tippte ihrerseits ein paar schwärmerische Zeilen auf der Schreibmaschine, legte gepreßte Blumenblüten in den Brief, besprühte ihn mit Kölnisch Wasser. Als Gunter in einem der folgenden Briefe behauptete, er könne durch das Eau de Cologne hindurch Tabakrauch riechen, gab Adele das Rauchen auf. Zu Hause, in der Kammer des Eden-Hofes, unter der Matratze, lag neben dem Führerbild ein Foto von Gunter Konarske.

Auch Hanswerner Giersch bewahrte ein Geheimnis. Morgens, wenn er vom Bezirkszustellamt mit der Lärchenauer Post ins Dorf kam, lud er den Packen zunächst bei sich zu Hause ab. Mutter Liesbeth war schon auf Arbeit, so konnte Hanswerner ungestört Postkarten lesen oder anhand der Briefumschläge überlegen, welcher für weitergehendes Interesse in Frage käme. Fand er ein verdächtiges Kuvert, weichte er es über dem Dampf des Wasserkessels auf, öffnete es und las den Inhalt der Briefe. Bestätigte sich ein Verdacht, legte Giersch die Briefe beiseite. Enthielten sie harmlose Mitteilungen, verschloß er die Umschläge wieder. Nach getaner Vorarbeit bestieg Giersch sein Fahrrad und fuhr die Post aus. Mitunter warteten Lärchenauer zwei Wochen auf einen Brief. Manchmal kam er auch gar nicht beim Empfänger an. Was die Briefe von Gunter Konarske an Adele Möbius anbelangte, so gab Giersch acht, daß, nachdem er sie gelesen hatte, sie stets pünktlich zugestellt wurden.

Eines Sonntagmorgens öffnete Bauer Eden die Tür. Weil er es nicht mehr aushielt, sein Leben wie Gülle verfließen zu sehen. Mit zusammengekniffenen Augen, einen Stapel Brennholz unterm Arm, stand er in Adeles Kammer und gab vor, er müsse den alten Kanonenofen durchheizen, damit er im Winter ordentlich ziehe. Er würde so lange die Augen zubehalten, bis Adele angekleidet sei.

»Komm ruhig 'rein.«

Die Augen öffnend, sah er, was über seinen Verstand ging: Adele packte gerade ihre Sachen. Die Holzscheite entglitten Eden. Adele küßte den Bauern auf die Wange, dankte ihm noch einmal für all die Fürsorge und versprach zum Abschied, daß es kein wirklicher Abschied, sondern nur ein Umzug in eine neue Wohnung sei. Sekretärin würde sie weiterhin bleiben. Bei ihm im Büro. Vor dem Tor des Eden-Hofes stand Gunter in Zivil.

»Willste mir nicht gratulieren?« rief er seinem Freund zu.

»Ick dreh dir 'n Hals um, wenn det wahr is!«

Konarske winkte lachend ab, schulterte Adeles Tasche und ging seiner Braut voran.

Rosie Konarske schlug die Tür zu. Seit ihr Junge vom Armeedienst zurückgekehrt war, hatte er sich noch mehr verändert. Von früh bis spät kommandierte er sie herum, hielt unverständliche Vorträge über den seelischen Ursprung von Krankheiten. Als er Adele als seine zukünftige Braut vorstellte und gleichzeitig die Tatsache eröffnete, sie würde jetzt bei ihm wohnen, ließ Rosie die Tür hinter sich zufallen.

»Ihr kommt schon klar miteinander«, versprach Gunter.

Adele richtete sich ein. Wie stets, wenn sie einen neuen Lebensort zugewiesen bekam. Zwar war das Zimmer, das sie mit Gunter teilen sollte, ähnlich eng wie die bisherigen Räume, aber die Gegenwart des Verehrers, der ihr imponierte, sie als ihm zugehörig bestimmte, weitete ihre Gefühle. Endlich hatte die morgendliche Schönheitstoilette einen Sinn. Endlich wußte Adele, für wen sie Lippenstift Lidschatten Wimperntusche auflegte und auch wochentags Dederonstrümpfe Absatzschuhe Seidenbluse trug. Gunter, der selbst ein ansehnlicher hochgewachsener junger Mann war und gern – Rosie hatte es ihm einmal erzählt – wie sein Vater in hellen Hosen und Hemden einherging, sah Adeles Aufputz mit Vergnügen. Es gefiel ihm, wenn ihre fein ausgemalten Lippen verschmierten, in Wundphantasien entarteten oder das Haarnest sich unter seinem Zugriff in Filz verwandelte. Hatte er genug, ließ er von dem Mädchen ab und begab sich zu seinen Büchern. Oft wußte Adele nicht, was sie mit dem Rest ihrer Zeit dann anfangen sollte.

»Hilf meiner Mutter im Haus«, sagte Gunter.

Aber Rosie ließ sich nicht helfen. Konarske mußte Geld verdienen und war oft im Dorf unterwegs. Was er aufgrund seiner Heilerfolge zugesteckt bekam, genügte, um eines Tages mit einem roten Motorroller vor Rosies Haus vorzufahren. Mit freudigem Aufschrei kam Adele die Treppen herunter. Er ließ sie aufsitzen, fuhr mit ihr die Dorfstraße entlang, knatternd, hupend, und Adele klammerte sich an ihren Bräutigam. Ihr war schwindlig vor Glück. Wieder zu Hause angekommen, stand Rosie vor der Haustür, Arme und Beine voller Bläschen. Erschrocken wollte Adele wissen, was das für eine Krankheit sei, aber Gunter, dem ein flüchtiger Blick auf Rosie genügte, wußte, was er immer wußte: »Das ist nichts weiter. Diesmal Brennesseln. Gut gegen Rheuma.«

Zu Adele sagte er: »Daran mußt du dich bei meiner Mutter gewöhnen.«

Immerhin spürte Rosie Zorn. Etwas, das sie seit Jahren nicht mehr empfinden konnte. Mit diesem Zorn lief sie durch Lärchenau, über sandige Wege, kreuzte die Hauptstraße, am

Ambulatorium, am Konsum, am Fleischer vorbei, weiter, bis sie ihre letzte erhoffte Rettung ansteuerte: den Eden-Hof.

»Bauer Eden!« rief sie. »Bauer Eden! Hier bin ich!«

Diesmal nahm er sich Zeit.

»Hier ist Rosie! Schwe-ster-Ro-sie!«

Eden erschien am Tor. Er hatte rote Augen.

»Verdammt, wo brennts denn?«

»Bei mir«, sagte Rosie leise.

Helmar Eden ließ das Hoftor zufallen, so daß die Hunde anschlugen.

Als Grund, warum Student Gunter Konarske täglich seinen Motorroller anwerfen, jeweils eine dreiviertel Stunde von Lärchenau in die Hauptstadt und zurück fahren würde, gab er an: Ein Weib wie seine Verlobte sollte man nachts nicht allein lassen. Sie wolle, wie die *Rote Rakete*, regelmäßig getankt werden. Das Grinsen der Kommilitonen über derartige Zoten verbuchte Gunter als Erfolg. Der wahre Grund für die tägliche Hin- und Herfahrt war, daß es für Konarske keinen Platz im Studentenwohnheim gab. Niemand, der weniger als hundert Kilometer von Berlin entfernt wohnte, hatte einen Anspruch darauf.

Oft traf Gunter erst bei Dunkelheit in Lärchenau ein. Er stieg vom Roß, die Aktentasche unterm Arm und widmete sich den Praktika des Lebens. Längst hatte sich Adele schlafen gelegt. Geisterte Rosie durchs Haus, versteckte sich Gunter, wartete, bis er unbemerkt in sein Zimmer gelangte. Nach Vorlesungen, Seminaren und gelegentlichen abendlichen Lokalbesuchen war ihm nicht nach familiärem Hickhack zumute. Seine Gedanken waren, wie er stets betonte, frei.

Lag Gunter neben der Geliebten im Bett, vergaß er die dörfliche Enge. Endlich hatte er Zeit, seine zunehmend euphorischer werdende Stimmung für sich zu genießen. Es war alles perfekt: die Stille um ihn herum, da er noch einmal seine Tageserfolge erinnerte; der halbentblößte Körper der Schlafenden, der sich sanft atmend bewegte. Schade, dachte Gunter in Erinnerung an die von Todesangst gefüllten Augen Beates. Diese Erinnerung heizte Konarske regelmäßig an, doch Adele blieb in arglosem Schlummer. Der Student glich das Leben mit dem zu Lernenden ab. Sieben Halswirbel zählte Konarske an seiner Braut, indem er, ohne sie zu berühren, mit den Fingern vom Scheitel abwärts stupste, zwölf vertebrae thoracicae, Lenden-, Kreuz-, Steißwirbel, bei denen er sich länger aufhielt, in Gedanken tiefer in Adele drang, den Canalis analis als erste Wegstrecke schönster Erkenntnis beschritt, weiter, das Rectum passierend, den aufsteigenden Colon nutzend, um dann den mit mondförmigen Falten versehenen Intestium crassum Richtung Mons pubis zu nehmen. Bis der Student nicht mehr der Theorie folgen, sondern probieren wollte, tatkräftig praktisch, und er Adeles Nachthemd über die Hüfte schob, sie an den Backen packte, den Mittelfinger, mit dem er tastend Innwendiges zu prüfen gelernt hatte, streckte und …

Leider erwachte Adele jedes Mal, bevor Gunter seinen Traum verwirklichen konnte. Lächelnd, die Augen halb geöffnet, umarmte Adele ihren Liebsten. Er brachte dann, was sie erwartete, schnell und ohne Besonderheiten hinter sich.

Nachdem der LPG-Vorsitzende Eden sich eingestehen mußte, sein Mündel für immer verloren und statt dessen eine, wenn auch fleißige, so doch unnahbare Sekretärin als Dank für seine Betreuung zu haben, überhäufte er Adele mit Arbeit. Sie mußte Akten neu sortieren, jahrealte Abrechnungen überprüfen, viel unnötiges Papier beschreiben. Vertippte sie sich auf der

Schreibmaschine, zog Eden mit scharfem Ratsch den Bogen heraus, zerknüllte ihn und diktierte von vorn.

»Ick bin nich der Trottel vom Dienst«, schimpfte er.

Adele lernte, Edens Ausfälle zu ignorieren. Sie hörte das Gepolter wie von fern, war bemüht, seine Wünsche zu erfüllen, schwebte doch in Gedanken künftiger Freiheit. Schon sah sie sich, erlöst von der Sekretärinnenfron, in einem geräumigen hellen Haus als Gattin von Dr. med. Gunter Konarske. Schon hatte sie vor Augen: wie er in weißem Kittel vor ihr steht, von Tatkraft erschöpft, aber hungrig nach ihr, wie er sie hochhebt, wegführt aus dem niederen Büroalltag in den silberhellen Schein höheren Daseins.

Adeles Dasein jedoch war getrübt durch langwierige Prüfungen, die ihr Gunter abverlangte. Kam er nach Haus, redete er oft seltsam mit ihr, zitierte aus alten medizinischen Schriften, philosophierte, forderte von Adele, sie möge ihm ihre Ansichten zu Asklepios, Homer oder Jean Paul erörtern. Adele vermochte zu alldem nichts beizutragen.

»Ich langweile dich«, sagte Gunter.

Nein, wollte Adele erwidern, nein, du langweilst mich nicht. Aber Konarskes müdes Lächeln nahm ihr die Kraft zur Gegenrede.

Es kam vor, daß Adele nach Dienstschluß die Spätsprechstunde von Doktor Krause besuchte. Sie genoß die Zeit im Wartezimmer, wo sie jedesmal, tat sich die Tür zum Sprechzimmer auf, einen Blick auf den Arzt warf. Wie wichtig er hinterm Schreibtisch saß. In der Kitteltasche die göttlichen Instrumente: Kugelschreiber Spatel Stethoskop. Adele stotterte etwas von schlechter Verdauung und ließ sich Carmol-Tropfen verschreiben.

»Deswegen kommen Sie zu mir?« fragte der Doktor.

»Naja«, sagte Adele, und ein Lächeln flog über ihr Gesicht.

»Sie wollen mir noch etwas sagen?«

Krause putzte seine Brille und blinzelte über den Schreibtisch. Da Adele den Arzt lächelnd anschwieg, fragte er nach: »Ihr Gatte, der Wunderdoktor, kann Ihnen nicht helfen?«

»Nur *Sie* können es«, flüsterte Adele, und Doktor Krause bat Schwester Angela, unverzüglich den nächsten Patienten hereinzuholen. Beim Verlassen des Sprechzimmers streifte Adele den Kittelärmel des Arztes. Sie beneidete sogar den Schierling, der über dem Tisch hing.

Im August 1968 wurde die Fernverkehrsstraße von Beeskow nach Berlin wegen einer aufgerissenen Fahrbahn gesperrt und die Lärchenauer Dorfstraße als Umleitung ausgewiesen. Von Stund an knatterten Autos, donnerten Laster über die Bodenwellen des Asphalts. Fahrzeuge streiften die Hofmauern, brachten Zäune zum Einsturz. Putz fiel von den Häuserwänden, wenn Lastern Landmaschinen folgten, Traktoren ihre Riesenräder durchsetzten. Tonnen von Teer und Schotter wurden verschüttet. War der Riß an einer Stelle repariert, tat sich die Straße an einer anderen wieder auf.

Zuerst gingen die Katzen die Wände hoch. Dann Semmelweis-Märrie, deren Erdbeerbeet von Autoreifen durchpflügt wurde. Eine Gänseherde überlebte nicht bis Weihnachten. Ebenso Melker Dankwart Thiel, der die Wanderkugel im Kopf nicht mehr ertrug und seinen Rollstuhl gegen den Verkehr steuerte. Durch Abgase verloren Sauen, die sich in der Rausche befanden, ihren Geruchssinn und wollten sich nicht decken lassen. Durch Abgase wurden Schembarts Würste doppelt geräuchert. Ein dreijähriges Kind konnte einem Tankwagen nicht ausweichen. Der Pfarrer schlug und setzte mehrere Kreuze.

»Wir müßten unsan Stall mal ausmisten, wie die Tschechen!«, klang es aus dem Dorf.

War Hanswerner Giersch in der Nähe, hieß es: *Haltet bloß die Klappe.*

Monate später war die Baustelle auf der Fernverkehrsstraße aufgehoben. Sandiges Schweigen legte sich über Lärchenau. Regen füllte die Schlaglöcher der Dorfstraße. Feierabendbrigaden stellten Stützbalken gegen die Häuser.

Gunter Konarske, der im letzten Semester studierte und in Vorbereitung seiner Assistenzarzttätigkeit seit geraumer Zeit mit Patienten in Kontakt kam, brachte öfter etwas für Adele aus dem Krankenhaus mit: mal ein Päckchen Jacobs-Kaffee, mal ein Stück Palmolivseife, Wrigley's Kaugummi, duftende Körperbalsame, illustrierte Frauenzeitschriften. Adele, die das Gleichmaß ihrer Tage durch solcherlei Geschenke durchbrochen sah, war jedesmal glücklich. Fiel sie ihrem Geliebten um den Hals, spürte sie, wie er sie von sich schob, um weitere Kostbarkeiten hervorzuzaubern: Nylonstrumpfhosen, ein seidenes Hemdchen, einen Arztroman. Adele küßte jedes Ding einzeln, küßte auch den Mann, der sie so großzügig bedachte, roch schmeckte fühlte die Gaben, und wenn sie in Doktor Krauses Wartezimmer saß, blätterte sie, für alle sichtbar, in den bunten, nicht mit hiesiger Währung zu erstehenden Heftchen. Der Neid war Adele gewiß. Nur Rosie, die von ihrem Sohn keine Patientengabe zugesteckt bekam, warnte sie: »Wenn du dich mal nicht verrechnest, Mädel!«

Lautlos trat er von hinten an sie heran. Legte den Arm um ihren Hals, zog sie vom Fenster, wo sie auf ihn gewartet hatte, weg. Er verband ihr die Augen mit einem Tuch, zog Heftpflaster von einer Rolle, verklebte ihr die Lippen, drückte sie auf den Stuhl. *Sitz still.* Sie hörte, wie er den Kleiderschrank öffnete und etwas herausnahm. Er half ihr in den Morgenmantel, führte sie zur Tür heraus, die Treppen hinunter und verlud sie in ein Gefährt. Am Geruch erkannte sie Bauer Edens Barkas-Bus.

Bei der Fahrt über die Dorfstraße fror Adele. Zwar hatte sie ihren Entführer erraten, Ähnliches schon einmal in lustvollen Träumen versponnen, doch der Schrecken über den wirklichen Schmerz kühlte sie ab. Gunter streichelte Hände Arme Schultern. Liebkosend entkleidete er die Frau von Morgenmantel und Nachthemd, während auf dem Fahrersitz Bauer Eden feixte und im Rückspiegel sah, wie Gunter über Adeles Schultern züngelte. Er zog ihr die gelbe Seidenbluse an, streifte Nylons über die Füße, rollte die Nylons hoch zu den Schenkeln, wo er eifrig zu fingern und Eden zu hupen begann. Adele, blind, stumm, schlug mit den Ellenbogen aus. Sie traf das Sitzpolster, einen Lachsack, der nicht abzustellen war. Jetzt saß sie fertig im lindgrünen Kostüm.

»Noch eine Minute, Mäuseken«, hörte sie Konarske sagen, oder war es der Bauer, ihr Vormund, ihr Chef, der nicht mehr an sich halten konnte vor Vergnügen

Der Barkas stoppte. Die Männer zogen Adele aus dem Wagen und steckten ihr Stöckelschuhe auf die Füße. *Komm.* Nach ein paar Schritten nahm Gunter das Tuch von den Augen, löste den Knebel.

Sonntag war, und das Standesamt im Rathaus hatte geöffnet. Konarske und Eden führten Adele eine Treppe nach oben. Adele wußte nicht, wie ihr geschah. Zu dritt saßen sie im Trauzimmer. Der Standesbeamte redete. Adele starrte an die Wand, wo das Bildnis Walter Ulbrichts hing. Noch schmerzten ihr die Lippen vom abgerissenen Pflaster, noch rauschte der Kopf. Sie hörte Konarske *Ja!* sagen und sich selbst antworten: *Ja!* Gunter steckte den goldenen Ring auf ihren Finger.

»Jetzt du.«

Adele ließ den Ring fallen. Eden, der Trauzeuge, half. Das

Paar durfte sich küssen. Als man wieder auf dem Marktplatz stand, begriff Adele. Eden hatte ihr Blumen überreicht, damit alles seine Ordnung habe, wie er sich ausdrückte. Sie blickte zu ihrem Bräutigam auf. So eine Überraschung war nicht schnell zu verkraften, aber im Moment des Größten, was sie je erträumt hatte, war es wunderbar. Sie hing an Gunter. Da sie mit Küssen und Liebesbeteuerungen nicht aufhören wollte, bat er seinen Freund abermals um Hilfe. Eden pflückte ihm Adele vom Leib, hielt sie fest und dachte plötzlich, daß alles ganz und gar verrückt sei. Abermals verband er die Augen des Mädchens und sagte mit belegter Stimme: »Det Schönste kommt noch.«

Adele kicherte. Ein Knebel war nicht mehr nötig. Diesmal saß sie bequemer. Auch der Geruch des neuen Gefährtes war weniger streng als der des Barkas. Schnurrend fuhr der Wagen los. Gunter hielt Adeles Hand. Adele spielte mit der seinen. Die Ringe. Das riesige verrückte Glück. Den Himmel durchkreuzte Adele. Es war ein Ritt in die Zukunft. Gunter, ihr zukünftiger Gott, hatte dieses Abenteuer nur für sie bereitet. Für einige Momente gedachte Adele Mutter Liese, die dick und tot unter der Erde lag und nicht das Heranwachsen ihrer Prinzessin erleben konnte. Auch der Führer, als blasses Foto im Matratzenverlies, wurde in Adeles Andacht einbezogen. Von ihm wußte niemand etwas. Von ihm galt es zu schweigen. Es dauerte, bis Adele abermals als Blinde aus einem Wagen geladen wurde. Diesmal war es ein viertüriger Wolga, den Bauer Eden für diesen Tag organisiert hatte und chauffierte.

»Sollst mal nich behauptn müssen, det deine Hochzeit wat Jewöhnliches jewesen war«, sprach er, löste das Tuch von Adeles Augen, äffte eine Verbeugung nach und verabschiedete sich.

Sonntag war, und vom Klinikum der Charité stand ein Seiteneingang für das frisch vermählte Brautpaar offen. Aufgeregt stöckelte Adele an Gunters Seite. Hochzeitsreise in die

Hauptstadt mit waschechter Brautentführung – ein hinreißender Einfall, den Adele ihrem Gatten zugestand. Jetzt, glaubte sie, wolle er ihr das Reich seiner Tätigkeit zeigen, denn davon müsse sie als künftige Arztgattin einen Eindruck haben.

Kaum war die Tür hinter ihnen geschlossen, drückte süßscharfer Geruch auf Adeles Kehle. Schweigend ging Konarske voran. Den Gang entlang, die Schräge hinunter zum Keller. Wände aus gekalktem Backstein. Abermals ein Gang, linksrechts Türen. An der gewölbten Decke summten Leuchtstoffröhren. Adele, schwer schluckend, folgte Gunter auf dem Fuß. Einmal stand ein länglicher Kasten im Weg.

»Was ist das?« flüsterte Adele, und Gunter sagte: »Sie warten schon auf uns.«

Im Moment, da er den Riegel der Tür am Ende des Kellers zurückschob, setzte der Walzer ein. Mit Schwung nahm Gunter seine Braut auf die Arme, trug sie über die Schwelle, tanzte den Takt zweidrei, wirbelte sie durch den Saal, so daß sie einen Schuh verlor, und bevor Adele etwas erkannte, hörte sie von allen Seiten Beifall, Rufe, und lauter wurde die Musik, flinker die Lichter um sie herum, der zweite Schuh flog davon, Adele klammerte sich an ihre Liebe, die sie festhielt und mit ihr woherwohin tanzte, *bis daß der Tod …*

Der Walzer verdrehte Adeles Kopf. Gunters Kommilitonen hatten zur Hochzeit gratuliert. Sie trugen Kittel oder Gummischürzen. Jemand setzte Adele einen Reifen aus Stanniol auf den Kopf. Ein anderer überreichte der Braut eine Rose gleichen Materials. *Hals- und Beinbruch!* Adele vermochte gerade noch das Schild über der Tür zu buchstabieren: ÜBERALL HIMMEL ÜBERALL HÖLLE, da drückte Gunter ihr einen Kuß auf die Stirn, klatschte in die Hände, worauf das Licht ausging, Gelächter und Gemurmel verstummten. Wunderkerzen wurden entzündet. Knisternde Funken verwandelten den gekachelten Kellerraum in einen Festsaal. Vom Tisch wurde das Tuch gezogen:

Nieren- und Petrischalen voller Fleisch und Gemüse. Fisch Käse Wurst in Instrumententrommeln, drapiert mit aus Mull gedrehten Blumen. Spatel in Butter. Kuchen Brot Brötchen, denen mit Obduktionsmessern beizukommen war. Käsewürfel auf Lanzetten. An Gefäßklemmen gezweckte Salatblätter. Knochenmeißel für gegrillte Hühnerbeine. Würstchen an chirurgischen Nadeln. Kasselerbraten, der sich, herzhaft duftend, unter Wundhaken spreizte. Frische Früchte, die mit scharfen Löffeln auszuschaben waren. Kieferahlen, gespießt in Konfekt. Schwammzangen in Roter Grütze. Pasteten und Sülzen hergerichtet als dünngeschnittene Bioptate. Ein präparierter Schädel, aus dem Weintrauben wuchsen. Sekt sprudelte in Erlmeyerkolben. Wein sollte aus Reagenzgläsern zu trinken sein. Spritzenkörper voller Wodka warteten auf ihren Schuß. Zwischen alldem: eine dreistöckige Torte. Jeder der an der Hochzeitstafel Versammelten hielt ein Skalpell in der Hand.

»Auf uns und die Zukunft!« rief Gunter Konarske.

Beifällig klirrten die Gäste mit dem Besteck. Das Büfett war eröffnet.

Adele wünschte sich ihre Augenbinde zurück. Die Hölle hatte sich vor ihr aufgetan und alles verschluckt, woran sie eben noch geglaubt hatte. Am Rand der Tafel stand Gunter auf seinem Posten. Die Hochzeitsgäste ermunternd, daß sie doch ordentlich zugreifen mögen, beobachtete er seine Gemahlin: wie die anfängliche Röte ihres Gesichtes verblaßte, wie sie den Mund verzog, die Augen aufriß und schloß, wie ihre Halsadern pulsierten, sie schlucken mußte, wie die Knie zitterten. Da war er wieder: der erregende Anblick der Furcht.

»Musik!« rief Konarske, nachdem er seine Beobachtungen im Kopf gespeichert hatte.

Beim Foxtrott führte er Adele durch den Saal. Beim Walzer löste er sich von ihrer Seite. So heiter hatte ihn Adele noch nie gesehen. Da legte er einer Studentin beide Hände auf die Schultern und biß ihr in den Nacken. Alles kreischte vor Übermut.

»Du langweilst dich?« fragte Gunter seine Braut.

Nein! wollte sie ihm entgegnen, aber da tanzte er schon mit einer anderen Frau, klatschte die nächste ab und wieder die nächste. Ein Kommilitone von Gunter führte die Braut aus dem Saal ins Freie.

»Spaß musses machen«, sagte er, »sonst machts keinen Spaß.«

Dann begab er sich zurück zum Fest. Adele wartete am Nebeneingang der Charité das Ende ihrer Hochzeit ab. Die kühle Luft tat ihr gut.

Der frischdiplomierte Facharzt Gunter Konarske wurde zunächst, da Ärztemangel herrschte, in die ambulante Chirurgie des Kreiskrankenhauses beordert. Ein neuerworbener blauer Wartburg hatte die *Rote Rakete* abgelöst und brachte den Arzt in einer halben Stunde von Lärchenau in die Stadt und zurück. Mit Hilfe fleißiger Lärchenauer und seiner dankbaren beziehungsreichen Patienten, erweiterte Konarske die Wohnung seiner Mutter, riß Wände ein, baute an und um, bis er über drei geräumige Zimmer verfügte. Rosie selbst wollte nichts für sich vergrößert wissen.

»Da bist du ein anderes Kaliber, was, Prinzeßchen?« scherzte Gunter mit Adele.

Sie nickte. Sie nickte immer, wenn er so sprach. Das Schlafzimmer, das er mit strukturierter Tapete, neuen Möbeln und Himmelbett ausgestattet hatte, gefiel ihr. War sie allein, was durch Gunters Nacht- und Bereitschaftsdienst oft vorkam, lag Adele unterm Himmel und dachte sich ihr Leben aus. Von Tag zu Tag wurde es reicher. Da Gunter weiterhin einen guten Ruf genoß, häuften sich die Patientengeschenke, die er Adele treu überreichte. Er hatte Spaß daran, die Gabenspender nach ihrem Leiden einzuteilen: »Die Schokolade ist vom Darmkrebs, der Kaffee von der Fistel, die Phlegmone hat Beziehungen zum Feinkosthandel, der Rasierapparat stammt von der Platzwunde, das Parfüm vom Abszeß, die Rumkugeln vom Atherom, die Westmark vom Beinbruch ...«

Jedesmal, nachdem Adele ihre Gänsehaut überwunden hatte, liebkoste sie den Gatten. Er mochte zwar ihre Fähigkeit des Erschreckens, nicht aber diese Anhänglichkeit. Er gewöhnte sich an, im schmutzigen Kittel zu Hause zu erscheinen. Wußte Konarske etwas von Adele, war es dies: Mit so etwas ließ sie sich auf Abstand halten. Adele jedoch gewöhnte sich an diesen Anblick. Ähnelten die Güllegerüche der LPG oder Bauer Edens raunziger Bieratem nicht dem nach Äther Jod Gummi duftenden Konarske? Hieß es nicht Verständnis aufbringen, wenn Blut und Eiter von Heldentaten des Mannes kündeten? Adele roch sich den Gatten angenehm, zeigte so ihre Liebe und konnte der winzigsten Berührung, die erwidert wurde, tagelang nachsinnen.

An ihrem vierundvierzigsten Geburtstag ging Rosie Konarske an den See. In der Hand trug sie ein Sektglas aus geschliffenem böhmischem Bleikristall. Gunter hatte, da Mutter auf sein Klopfen nicht öffnete, drei Stück davon am Morgen vor die Tür gestellt. Versehen mit *Herzlichem Glückwunsch.*

Die klare Winterluft lud Rosie zum Feiern ein. Still lag der See. Über Nacht hatte sich eine dünne Eisschicht gebildet, die am Tag leise klirrend zu Bruch ging. Rosie, bekleidet mit Jacke Rock Hausschuhen, spürte keine Kälte, keinen in den Schuhen reibenden Sand. Sie war nicht anwesend, und doch sah sie sich auf einem Baumstumpf am Ufer Platz nehmen. Bläßhühner flogen über das Wasser. Schnell ging Rosies Atem. Schilf Erlen Weiden: bizarre Wesen, die mit dem Nebel spielten. In einem Schwaden glaubte Rosie das Gesicht Bauer Edens zu erkennen, aber dieses Gesicht drehte sich linksrechts linksrechts, sagte *neinnein, ich will dich nicht mehr, es ist zu spät.*

»Rochus«, flüsterte Rosie und lauschte dem zärtlichen Krächzen, das ihrem Mund entwich, nach.

»Gratuliere«, sagte der See.

Rosie nahm das Sektglas, lief ein paar Schritte ins flache Uferwasser, hoffte, daß ihr die Füße erstarrten. Sie spürte nichts. Schöpfte Wasser, ging zurück zum Baumstumpf. Im Gegenlicht brach sich die trübe Medizin silbrig im Schliff des Kristalls. Rosie lächelte, hob das Glas und trank. Schweiß trat ihr auf die Stirn. Swing klang durch die Schnüre der Weiden. *So tired.* Nebelfetzen lösten sich von den Erlenbüschen. *Doktor Lingott hat einen Schrank voller gebrauchter Brautkleider!* wisperte eine Stimme.

»Das ist nicht wahr!« rief Rosie Konarske.

Sie trank noch einen Schluck und noch einen, bis das Glas leer war. Dann stieg sie endgültig aus sich heraus, sah, wie ihr Körper sich von ihr entfernte, und nichts tat ihr mehr leid.

Als Gunter Konarske vom Förster, der seine Mutter am Mennichensee gefunden hatte, gerufen wurde, wälzte er sich auf dem Boden, heulte, brüllte, trommelte mit den Fäusten, wollte Rosies Leiche aufdecken, sie berühren, küssen, über das Haar streichen, wollte sie wiedererwecken, wärmen, ihr ein liebender Sohn sein. Sechs Monate lang ging Konarske täglich zum Grab seiner Mutter und weinte. Dann befahl er seiner Trauer ein Ende.

In Lärchenau wie im Rest des Landes galt die Existenz als *FrauzuHause* nur in Ausnahmefällen. Gelegentlich hatten Mütter kinderreicher Familien das Recht, auf eine Arbeitsstelle in *Vollbeschäftigung* zu verzichten. Was aber die kinderlose Adele Konarske dazu erhob, ihren Beruf als Sekretärin in der LPG »Fortschritt« aufzugeben und forthin als *FrauzuHause* zu sein, blieb ein Grund zur Empörung. Am Tag, als es galt, Gunter Konarskes Promotion zu feiern und das Namensschild am Haus mit einem Titel aufzuwerten, beschloß Gunter, die Bedeutung seines mühelosen Aufstieges nicht durch proletenhaft-kleinliche Gesetzgebungen herabzustufen. Seine Frau sollte den Büroschreibtisch mit der Freiheit ihrer Selbstbestimmung tauschen, sofern sie ihm, Doktor Konarske, nützlich war.

»Jetzt hastes jeschafft«, sagte Eden zu Konarske, als Adele ihren Ausstand gab.

Der frischgebackene Doktor tröstete den Freund damit, daß dieser ja nun die Sexihexi los sei und fortan ruhigen Gemüts der sozialistischen Landwirtschaft dienen könne. Es hätte nicht viel gefehlt und Eden wäre Konarske an die Gurgel gegangen.

Von nun an begann für Adele der Tag ohne Weckerklingeln. Gunter, falls er Frühdienst hatte, bestand darauf, daß sie ihm ihren morgendlich zerknautschten Anblick erspare und im Bett bleibe. Frühstück würde er in der Kantine zu sich nehmen. Um den Abschied hinauszuzögern schlug Adele vor: »Ich zieh mich schnell an, und dann trinken wir noch einen Kaffee.«

Konarske erwiderte: »Ich mach dir einen Termin beim Ohrenarzt.«

Dann hörte Adele ihren Mann mit dem Auto davonbrausen. Dann war es still unterm Himmelbett. Die ersten Freiheitstage genoß Adele, indem sie sich ausgiebig im Badezimmer der Toilette unterzog. Der Spiegel zeigte sie in ihrer ganzen

Schönheit. Sie war nicht dürr, nicht dick, und trotz der üppigen Brüste glich sie eher einer Ricke als einer Milchkuh. Obwohl Adele mit sich einverstanden war, glaubte sie mitunter, in ihrem Brustkorb löse sich ein Schmerz und wollte nach außen dringen. Adele kämmte ihr Haar, ondulierte es, zupfte die Brauen, legte Wimperntusche Lidschatten Wangenrouge auf und malte sich die Lippen rot. Die Fingernägel, die keine Schreibmaschinentasten mehr fürchten mußten, feilte sie und überzog sie mit Lack. Die Kleider, die Adele trug, stammten, wenn nicht von Konarskes beziehungsreichen Patienten, aus dem *Exquisit-Laden.* Eine Kittelschürze, wie sie jede Lärchenauerin besaß, fand man nicht in Adeles Kleiderschrank.

Seit Mutter Rosie die gemeinsame Wohnung verlassen hatte, nahm Adele die Zimmer unbefangen in Besitz. Jeden Morgen nach Kaffee und Toast suchte sie dort nach Staub. Einmal pro Woche ordnete Adele Wäsche in den Schränken, wischte sie aus, polierte Möbel, putzte Fenster. Brach ein Fingernagel ab, war ihr zum Weinen zumute. Dann mußte sie schnell aus dem Haus, um an der frischen Luft ihr Privileg zu erfahren. Frei war sie wie niemand sonst. Und wie man ihr nachschaute. Wie die Alten am Tag hinter ihren Gartenzäunen standen, in Schürzen und Kopftüchern, in Kordhosen und Karohemden, wie sie ihr hinterherglotzten und manchmal – Adele war sich da ganz sicher – huldvoll winkten. *Frau Doktor!* Die Jungen verkniffen sich diese Anrede und sprachen von Adele als einer, *die 'n Reibach und sonst nuscht im Lebn jemacht hat.* Hanswerner Giersch, der, in seiner wasserdampfgesättigten Küche fremde Briefe lesend, Aufschluß über Adeles Weltanschauung erhoffte, fand nichts Verwertbares. Dennoch übte er, seinen Verdacht in Worte zu fassen, und es gab ihm das Gefühl, etwas gutzumachen.

Adele konnte nun am Tag einkaufen gehen. Sie hatte es

nicht mehr nötig, sich nach Feierabend in Schembarts Fleischerei vorzudrängeln und busenwogend frische Ware zu fordern. Unterm Ladentisch stand alles für sie bereit: fleischerne Raritäten, die Schembart ihr zuschob und für diesen Dienst eine Extrabehandlung von ihrem Gatten einforderte. Auch im Dorfkonsum wußte Adele, daß sie nie von der Zuteilung begehrter Waren ausgeschlossen wurde. Stets verließ sie den Laden mit vollem Beutel. Frau Brünning, die Verkaufsstellenleiterin, rief ihr nach: »Jrüßen Se den Herrn Dokta, und sagen Se, er hat so viel Jutes für meene jemarterten Beene jetan!«

Stolz war Adele. Wichtig war sie. Kam Gunter aus der Kreisstadt zurück, bestellte sie ihm eifrig Grüße und Wünsche der Dorfbewohner. Manchmal machte er sich nach Dienstschluß noch auf den Weg, um diesem oder jenem mit altbewährten Mitteln zur Heilung zu verhelfen. Doktor Krause, der Konarske schon als Kind kannte, sah dessen wachsende Beliebtheit mit Verdruß.

Bald zählte Adele nicht mehr die Tage und Nächte, an denen sie allein war, sondern jene, an denen Konarske, der Vielbeschäftigte, die Zeit mit ihr teilte. Es waren so wenige, daß sie mitunter an seinem Willen zum Privatleben zweifelte. Gunter schilderte den zeitraubenden Ambulanzalltag, der sich auf Zusatzdienste in der Klinik ausgeweitet hatte. Außerdem, wußte Gunter die Gattin zu trösten, würde er an einer patentverdächtigen Neuentwicklung zur Erkennung einer Erbkrankheit arbeiten, daß dies Zeit koste, müsse sie verstehen. Adele verstand. Konarske, der wußte, wie er zu handeln hatte, tat an seinen freien Tagen alles, was sie wollte. Dann fürchtete sie nur, daß das Glück nicht noch höher hinauskonnte.

Bald schleppte sich Adeles freie Zeit dahin. Länger wurden die Tage, der Spiegel im Badezimmer bekam Flecken. Der Stapel Illustrierte neben dem Himmelbett wuchs. Adele verschenkte Teile der Lektüre an die Lärchenauerinnen. Der Dank, der ihr zukam, reichte bis zur nächsten Einsamkeit. Auf der Suche nach etwas Aufregendem außerhalb ihres täglichen Schminkens Wohnungsputzens Einkaufens, kam sie auf die Idee, den Tratschweibern des Dorfes das Märchen über ihren Vater aufzutischen. Adele verwarf die Idee, da sie ihr irgendwie schmutzig und unwürdig vorkam.

Einmal räumte Adele den Keller auf. Hinter der Kartoffelhorde fand sie eine Kiste grauer Hefte, die Einblick in Gunters Zeitvertreib während der Schulzeit gaben: komische Bleistiftzeichnungen, Tiere, Fabelwesen, die sie in keinem Märchenbuch je gesehen hatte. Ein dicker, in Leinen gebundener Band *Ovid,* dem, als Adele ihn durchblätterte, lauter Zettelchen entflogen. Auch fand Adele in der Kiste Korkplatten mit zu Ornamenten aufgespießten Käfern. Da sie sich davor ekelte, warf sie die Platten in den Aschekübel, wo sie Gunter später fand und seiner Frau die Ohren langzog.

»Das tust du nie wieder!«

Adele versprach es. Gunter küßte sie auf die Stirn.

Eine gewisse Befriedigung ergriff Adele, wenn sie in städtischem Chic sich zum Schloß begab, um es träumend zu betrachten. Kniff sie die Augen zusammen, verschwammen Mauerrisse, bildete sich das Schloß einladend neu. Man hatte es jedoch lediglich von der Maschinenausleihstation zum Gerätelager umfunktioniert. Ich versauere hier, dachte Adele. Sie faßte Mut, bei Gunter Beschwerde einzulegen. Sie würde zu oft allein sein, langweile sich, fände das Landleben kulturlos, denke sogar daran, wieder arbeiten zu gehen. Tage später verlegte die *Deutsche Post* einen Telefonanschluß in Konarskes Wohnung.

»Damit du mich jederzeit in der Klinik erreichen kannst«, sagte Gunter.

Adele erreichte ihren Mann selten. Meistens rief sie zu Zeiten an, wo er im Operationssaal stand. Das jedenfalls teilten ihr die Schwestern am anderen Ende der Leitung mit. Adele, mißtrauisch, forderte einen Rückruf. Blieb er aus, telefonierte sie in der Klinik herum, bis sie Doktor Konarske gefunden hatte.

Zum Geburtstag schenkte er Adele einen Schallplattenspieler mit Stereoboxen, zu Weihnachten einen Fernseher der Marke »RFT Color«. Es war der erste und einzige Farbfernseher in Lärchenau und Umgebung. Oft saß Adele zu Beginn des Vormittagsprogrammes vor dem Gerät. Weil sie die Sendungen des *Deutschen Fernsehfunks* bald anödeten, wurde die Antenne mittels Besenstiel und Kupferdraht verstärkt. Von nun an konnte Adele *Westfernsehen* gucken. Der Blick in diese Welt, die ihr außerirdisch bunt vorkam, tröstete Adele über Lärchenaus Farblosigkeit hinweg und bestärkte sie darin, ihrem Dasein als Arztgattin Glanz geben zu wollen.

Wieder einmal klingelte Postbote Hanswerner Giersch an der Wohnungstür. Er warf die Post nicht wie sonst in den Kasten am Gartenzaun, sondern bat Adele, aufgrund einer Sonderzustellung eintreten zu dürften.

»Nett hier«, sprach er, einen Blick durch den Flur werfend.

»Was willst du?« fragte Adele.

Aus einem Stoffbeutel zog Giersch eine Schallplatte mit Musik der *Beatles.*

»Verschwinde!« rief Adele. »Hau ab, oder deine Mutter erfährt, was du da hast.«

»Laß mal«, sagte Giersch und fügte schnell hinzu: »Mein Freund Gunter hat mir verraten, daß du auf so was stehst. Ich kann sie dir für zwei Zehner überlassen.«

»Du kannst mich mal was anderes.«

»Warum? Das ist mächtig gute Ware von meiner Tante Christel aus Hamburg.«

»Wer's glaubt.«

»Wenn du nicht willst, weißt du sicher, wer mir das gute Stück abnehmen würde.«

»Ich geh jetzt zu deiner Mutter«, drohte Adele.

Giersch packte die Schallplatte wieder ein und verließ das Haus. Dich krieg ich noch ran, dachte er.

Adele indes war auf eine Idee gekommen. *Mit Musik geht alles besser.* Diese Parole kannte sie von Helmar Eden, der in Hühner-, Rinder- und Schweineställen Radios installieren ließ und die Erträge förderte. Warum sollte sich nicht auch Adeles Befinden dadurch bessern. Doch nicht durch Beat, auch nicht, was die Lärchenauer Landbevölkerung mochte: Schlager, Blas- oder Tanzmusik. In einem der Westjournale hatte Adele gelesen, daß Leute besserer Kreise Opernmusik bevorzugten und darin ihre gesellschaftliche Position bewahrt wüßten. Adele beauftragte Gunter, aus der Stadt entsprechende Musik zu besorgen. Tage später überreichte er seiner Frau eine Langspielplatte mit Opernmelodien. Adele legte die Platte sogleich auf – ein Medley brausender Töne, darin Perlenfischer, Figaro, Violetta, Rigoletto, Alberich und Octavian sie um die Wette betörten. War es anfangs noch fremd, sich auf die hochtragenden Sängerstimmen einzulassen, ließ sich Adele nach einigen krampflösenden Likörchen von der Musik tatsächlich entführen. Die Arien trugen sie aus den Zwängen des Alltags heraus, erlösten sie aus der Langeweile und der Furcht, sie müsse irgendwann werden wie alle im Dorf. Heitere und tragische Chöre drängten zurück, was Adele von sich wußte: der schäbige Ort ihrer Herkunft, das Wald- und Suppendeutsch ihrer Mutter, das Kinderheim, das Sekretärinnendasein. In Don Giovannis Höllenfahrt tauchte mit einem Mal das Vaterbild auf, und als Samiel, der schwarze Jäger, durch Adeles Wohnstube schoß, lachte der Führer, und das Flügelkreuz stieg über dem Sofa auf und kreiste im röhrenden Rheingoldgeschwader um Lampe Gardine Tisch.

Konarske, obwohl er die neue Leidenschaft seiner Frau nicht verstand, brachte Nachschub. Kam er vom Dienst erschöpft nach Hause, hatte er Adeles Liebe zu ihm nicht zuletzt der Opernmusik zu verdanken.

Beim Abspielen der Platten öffnete Adele gern das Fenster und ließ die Lärchenauer an ihrem Vergnügen teilhaben. Ältere Frauen, die sich an Doktor Lingotts Musiktherapie erinnert fühlten, sagten: »Det is nich det jleiche, det is Anjeberei!«

Im Wartburg fuhren sie in der Hauptstadt vor. Konarske, der nach langem Arbeitstag keine Zeit zum Rasieren gefunden hatte, hatte sich zumindest auf Anzug und Krawatte eingelassen. Adele trug ein bodenlanges Taftkleid. Das Haar war mit einem granatbesetzten Reif zurückgesteckt. Das Parfüm, das ihrer Präsenz den rechten Duft gab, verströmte in edelsten Nuancen. Schon vor dem Eingang ins Opernhaus drehten sich die Leute nach Adele um. Aufregung rötete ihr Gesicht. Als Adele, eingehakt in Konarskes Arm, das Foyer betrat und erste Schritte ins Licht des festlichen Spiegelglanzes setzte, schlugen in ihr bereits Töne an. In diesem Augenblick verzieh sie Konarske alles. Obwohl er ein Stöhnen nicht unterdrücken konnte, führte er seine Frau folgsam vom Foyer die Wandelgänge des Parketts entlang, stieg mit ihr zum ersten Rang, an die Bar, wo Adele zum Einklang des Abends übermütig Sekt verlangte.

»Guten Abend, Kollege Konarske!«

Die Stimme gehörte einem älteren Herrn, der mit Ehegattin die Bar belagerte. Er stellte sich als Obermedizinalrat Professor Tuchscherer vor, schüttelte Konarskes Hand und gratulierte ihm zu seinen Forschungserfolgen, die, wie die werte Gattin bestimmt wisse, bereits international Beachtung fänden. Adele, die davon noch nie gehört hatte, griff nach Konarskes Hand. Heller leuchtete das Licht, und alle Leute schienen Adele im Blick zu haben.

»Außerordentlich! Au-ßer-or-dent-lich!!«

Der Professor klopfte Konarske auf die Schultern.

Adele zugewandt fragte er: »Und Sie, Frau Kollega?«

Bevor Adele etwas erwidern konnte, stürzte Konarske den Sekt hinunter und zog seine Frau fort.

Der *Rosenkavalier.* Das Vorspiel, stürmisch bewegt, verfolgte Gunter mit disziplinierter Aufmerksamkeit. Nachdem sich der Vorhang geöffnet hatte, spürte er Adeles Hand auf seinem Knie. Er schob sie, Gähnen unterdrückend, herunter. Die Bühne gab den Blick auf das Anfangsbild frei: das Schlafgemach mit breitem, sich schräg zum Horizont aufbäumendem Himmelbett. Darinnen, in zärtlicher Tändelei, die Feldmarschallin und Octavian. Bloß nicht! dachte Konarske, nachdem die ersten Töne gesungen waren. Die Musik, ein Sedativum, sickerte durch ihn. Einmal straffte er sich, da die Bühne ein in ein weißes Pagenkostüm gekleideter Zwerg betrat. Konarske registrierte noch »Körperlänge vierzig Prozent unter der Norm« und schlummerte daraufhin weg. Er schläft, dachte Adele empört, er schläft wie ein Bauer nach der Feldarbeit! Während der Pause verließ das Ehepaar die Oper. Gunter bat um Entschuldigung: »Sei nicht böse, ich hatte heute drei Penetrationen, zwei Appendixe und eine Persistentia pupillae.«

Doch in dieser Nacht tröstete Gunter Adele. Obwohl ihn Enttäuschung weniger erregte als ein handfester Schrecken, küßte er Adeles Leib, rieb sich an ihrer Haut, löschte den Durst seiner Prinzessin mit ungeahnten Quellen und versprach, daß sich alles ändern werde.

Manchmal vergaß er ihren Namen. Manchmal nannte er sie Mauseprinzessin und lachte, wenn sie diesen Namen abscheulich fand. Nach jeder Demütigung, die Konarske seiner Frau verabreichte, fühlte sich diese erweckt. Jede Herablassung, jede Beleidigung verschaffte ihr gleichsam Widerwillen als auch Lust. Nach jedem Kampf gab es nur einen Sieger: Konarske. Aber Adele nannte es Glück.

Es gab Tage, da riß sie, nachdem sie Gunter zum Dienst verabschiedet hatte, das Fenster auf. Frei, lebendig, voller herrschaftlichem Glück fühlte sich Adele. Sie hatte alles, was sie begehrte. Die Wohnung, mit modernen Haushaltsgeräten ausgestattet, verlangte Bewunderung. Doch wo sie lebte, lief die Zeit anders; und die Menschen waren andere – unfähig zum Staunen über Adeles hohe Zunft.

Eines Nachmittags, als an Adeles Fahrradlenker zwei Körbe voll mit Waren hingen, die in Lärchenau allenfalls zu Feiertagen auf den Tisch kamen: Filetfleisch, Schinken, Schlagsahne, Bohnenkaffee …, da hielten sie die Weiber auf der Straße an. Alte und junge Dörflerinnen, die aus den Ställen oder mit erhitzten Gesichtern aus einer Versammlung kamen, stoppten Adele und meinten, sie müßten ihr behilflich sein, ihr etwas abnehmen, damit sie nicht ersticke an diesem Edelfraß. Womöglich wisse Adele nicht, keiften die Weiber, womit man hierorts Tag für Tag überlebe. Mit Filet? Sahne? Bohnenkaffee? Adele warf keß ihr Haar über die Schulter und machte Anstalten, die Barriere zu durchbrechen. Doch sie hatte nicht mit der Kraft der Weiber gerechnet, die ihr das Fahrrad, die Einkaufskörbe wegnahmen und sie selbst, wie man es in Kriminalfilmen sieht, mit verschränkten Armen abführten. Adele schrie, man solle sie loslassen, aber das Dorf war taub, und die Häscher führten sie unter Kreischen und Plappern die Straße entlang. Vor der Großküche der LPG machten sie halt. *Hilfe!*

rief Adele. Durch den Wrasendampf der Küche drang keine Hilfe. Eine Bäuerin öffnete die Deckel der Speiserestebehälter. *Hhhmm!* summte der Chor der Lärchenauerinnen. Jetzt sollte Adele kosten. Von dem, wovon man hierorts überlebte. Von Kartoffelbrei, der wie flüssiger Zement schwer im Eimer lag und aufquoll im Mund. Von Gräupchensuppe, mit schleimigen Mehlklümpchen gestreckt. Von Weißkohleintopf, der, mit Rindertalg abgerundet, die Gedärme aufblähte. Mit Fleckeneintopf, der sauer nach Kuhpisse stank, von dem man, auf Fetzen scheußlichsten Gewebes beißend, Lebenskraft schöpfen sollte. Adele, die über den Eimern würgte, flehte um Gnade. Sie würde ihre gesamten Einkäufe verschenken und alles tun, um hier wegzukommen. Doch ihr wurde noch ein Löffel Gräupchen eingeflößt, noch ein Kaldaunenzipfel, eine Spachtelspitze Kartoffelbrei, ein Blähkohlblatt ... und keiner wollte etwas abhaben von Adeles Delikatessen.

Als Adele wieder zu Hause war, schnitt sie das Filet klein, kippte die Schlagsahne und was sie sonst noch im Speiseschrank fand, hinzu, kochte es auf großer Flamme und servierte es am Abend ihrem Mann.

»Schlangenfraß!«, sagte Konarske und warf das Ragout ins Klo.

Am nächsten Tag teilte Hanswerner Giersch Adele mit süßsaurem Lächeln mit, daß er von der Unverschämtheit der Bürgerinnen aus Lärchenau gehört habe. Er bedauere Adele und finde deren Verhalten ihr gegenüber unsozialistisch. Adele hingegen beweise mit ihrem Stolz eine gewisse Weltgewandtheit, und das täte dem Dorf gut. Adele hörte sich Gierschs sülzige Komplimente an, bevor sie ihm recht gab und die Tür vor der Nase zuschlug. Weltgewandt würde sie sein und nie wieder so unvorsichtig, sich von den Dorftrutschen beleidigen zu lassen.

Adele überlegte, ob sie, wie sie es in entsprechenden Westmagazinen gelesen hatte, Empfänge geben wolle. Sie könne den Bürgermeister, Landrat, Parteisekretär oder Doktor Krause einladen, vielleicht sogar Gutermilch, den Direktor des *Makarenko* oder ihren ehemaligen Vormund-Chef-LPG-Vorsitzenden Helmar Eden. Schließlich hatte sie allen Grund dazu. Sie verwarf die Idee, denn Konarske wollte abends, falls er überhaupt zu Hause war, nur die Beine hochlegen, fernschauen oder sich in sein Arbeitszimmer verkriechen.

Neben Tagen des Wohlbefindens gab es Tage, an denen Adele schwer aus dem Bett kam. Nach dem Erwachen war ihr übel. Sie schwitzte und spürte grundlos Wut in sich. Mitunter mußte sie ohne Anlaß weinen, gelüstete plötzlich wieder nach Zigaretten, hörte statt Opernmusik im Radio Schlager und ertappte sich dabei, wie sie eine Packung Pralinen aufaß. Mehrfach versuchte sie Gunter auf ihr wechselndes Befinden hin anzusprechen, aber Gunter konnte ihr nicht helfen.

»Du siehst blendend aus. Du bist nicht krank«, sagte er.

Als sich die schlechten Tage häuften und Adele die Pralinen aus ihrem Magen direkt in die Toilette beförderte, beschloß sie, Doktor Krause um Hilfe zu bitten. Wie alle Patienten sollte sie im Wartezimmer ausharren, so daß sie sich demonstrativ auf den Boden erbrach.

»Hätten Sie doch was gesagt«, sprach die Schwester und kam mit dem Wischlappen.

Doktor Krause untersuchte Adele und stellte fest, daß diesmal keine Carmol-Tropfen helfen würden.

Sie nahm den letzten Bus. Er schaukelte, roch muffig, aber Adele begegnete jedem Schlagloch mit freudiger Erwartung. Ihre Übelkeit bremste sie durch das Schnüffeln an einem Erfrischungstuch. In der Dämmerung erreichte der Bus die

Kreisstadt. Adele stieg in ein Taxi und befahl: »Zum Krankenhaus!«

»Was Schlimmes?« erkundigte sich der Fahrer.

»Was Großartiges«, sagte Adele. »Ich bekomme ein Kind.«

»Man sieht's Ihnen nicht an.«

»Und wenn schon. Beeilen Sie sich.«

»Also zur Entbindungsstation?«

»Zur Unfallchirurgie und zwar fix.«

Der Taxichauffeur vergewisserte sich, daß mit seinem Fahrgast alles in Ordnung sei, und setzte die Schwangere wunschgemäß am Haupteingang der chirurgischen Klinik ab. Adele gab reichlich Trinkgeld. Mit vorgestrecktem Bauch betrat sie das Haus. Doktor Konarske hatte Nachtdienst, und Adele wollte ihm die gute Nachricht umstandslos zukommen lassen. Sie spürte seine Freude schon in der Luft.

Zum ersten Mal bekam Adele jenen Ort zu Gesicht, an dem ihr Gatte soviel Zeit verbrachte. Ehrfürchtig blickte sich Adele im Eingangsflur um. Hinter der Scheibe des Aufnahmekabüffchens blätterte eine Schwester in Akten. Neben der Aufnahme stieß Adele auf die *Tafel der Besten,* mit angezweckten Fotos von Ärzten Schwestern Pflegern des Monats. An vorderster Stelle: Dr. med. Gunter Konarske. Adele genoß die Überraschung. Am liebsten hätte sie einen Kuß auf das Foto gedrückt, doch in diesem Augenblick wurde in notgedrungener Eile ein Verletzter durch die Tür geschoben. Ein Sanitäter der *Dringlichen Medizinischen Hilfe* stieß Adele zur Seite. Ein Arzt schnauzte, was sie hier zu suchen habe, eilte sofort weiter und verschwand mit dem Verletzten in der Schwingtür am Ende des Flures.

»Gunter!« rief Adele.

Die Aufnahmeschwester fragte die Besucherin, was sie für einen Lärm veranstalte und wen sie suche.

»Ich möchte zu meinem Mann, zu Doktor Konarske.«

»Der ist eben an Ihnen vorbeigerannt.

»Aber ich bekomme ein Kind«, rief Adele, mit dem Fuß aufstampfend. »Ich will zu ihm, sofort!«

Die Schwester musterte Adele, ging zurück ins Kabüffchen, griff zum Telefon. Langsam wählte sie eine Nummer.

»Station acht? Aufnahme, Schwester Marion. Ich habe hier eine Entbindung. Für Doktor Konarske. Ja, du hast richtig gehört, eine Schwangere! Und sie will nur zu Doktor Konarske ...«

Adele ließ sich nicht länger aufhalten. Sie folgte dem Hinweisschild zur Station acht, eilte durch Treppenhäuser und Flure, bis sie ihr Ziel erreicht hatte. Der Flur war voller Verletzter. Die keinen Platz auf der Wartebank gefunden hatten, lehnten an der Wand oder hockten auf dem Boden. Klopfenden Herzens blickte sich Adele um. Kein Mensch erschien, um sie zu begrüßen. Ihr fiel ein Wort ein, das Gunter stets gebrauchte, wenn er es nicht rechtzeitig nach Hause schaffte: Personalmangel. Hier herrschte Personalmangel. Adele schlich den Flur entlang und legte ihr Ohr an verschiedene Türen: OP septisch, OP aseptisch, Sterilisator, Wäschekammer, Teeküche ... Nirgendwo ein Hinweis auf Personal. Statt dessen vernahm die werdende Mutter aus ihrem Inneren leises Rumoren. Unser Kind hat Hunger, dachte Adele, bevor ihr schwindlig wurde und sie sich neben einen Mann mit mullumwickeltem Finger setzen mußte. Der Mann war eingeschlafen. Auch die anderen Patienten harrten in regloser Geduld darauf, daß sie versorgt würden. Die Uhr an der Wand zeigte elf. Endlich öffnete sich am Flurende eine Tür mit der Aufschrift GIPSSAAL. Eine Schwester hastete vorbei, lief hinter eine weitere Tür, kam hervor, ein Paket in der Hand – und verschwand im GIPSSAAL.

Adeles Herz schlug bis in den Hals. Doktor Konarske, der

Arzt des Monats. Gleich wird er, hoffte sie, aus dem Saal auf sie zutreten und die Nachricht seiner Vaterschaft glücklich empfangen und Adele hochheben und schweben lassen. Aber Konarske nahm sich Zeit. Schließlich erschien er in blutbespritztem Kittel.

»Du hier?« fragte er, schwach vor Müdigkeit.

»Wir bekommen ein Kind«, sagte Adele.

Da ihr Held nicht reagierte, wiederholte sie: »Wir bekommen ein Kind.«

Konarske schüttelte den Kopf. Adele nickte. Sie lächelte und nickte, und Konarske verbat sich das Lachen und Nicken und verlangte zu wissen, warum sie ihm hinterherlaufe.

»Aber das tu ich doch gar nicht.«

Adele nahm Gunters Hand, legte sie auf ihren Bauch. Vom Flurende rief die Schwester zur Operation: »Der Tisch ist gedeckt!«

Im weißen wehenden Kittel lief Doktor Konarske dorthin, wo man ihn brauchte.

»Mein liebes dickes Mauseprinzeßchen«, flüsterte Gunter, Adeles Bauch streichelnd.

Auf rückenstützende Kissen wurde die werdende Mutter gebettet, eine Reinemachfrau engagiert, ein Timur-Trupp Jungpioniere zum Einkaufen verpflichtet. Aus der Milchküche des Krankenhauses brachte Konarske in Thermosbehältern Schwangerenkost mit nach Hause. Seit dem Tag der Verkündung, daß er Vater würde, war Konarske bemüht, seine Wochenenddienste zu drosseln und öfter über Adele zu wachen. Abends saß das Ehepaar gemeinsam auf der Couch vor dem Fernseher. Adele hatte ihre Beine auf Gunters Schoß gelegt. Er massierte, rieb sie, und meinte, die Beine würden langsam zu Stampfern mutieren. Den Schrecken in Adeles Augen nutzend, griff Gunter in Adeles Schoß und machte sie besinnungslos froh. Erkundigte Gunter sich, ob es seiner *Mauseprinzessin* gut gehe, antwortete sie: Ja, wenn es dir gut geht, geht es mir auch gut.

Am 6. September 1970 wurde auf der Entbindungsstation des Kreiskrankenhauses der mit Oberarzt Doktor Gunter Konarske verheirateten Adele ein Junge geboren. Unter Vollnarkose, die bei der Durchführung eines Kaiserschnittes vonnöten war. Weniger vonnöten als die Narkose war der Kaiserschnitt selbst: Mit unnachgiebigem Flehen hatte die Schwangere den Einfluß ihres Gatten auf den Chefarzt der Frauenklinik erzwungen, denn Adele wollte genau am 6. September gebären. Eine Woche vor dem offiziellen Termin. Jeder andere Tag wäre ihr gewöhnlich, fern jedes magischen Zaubers und ihrer hochempfundenen Existenz vorgekommen. Auch ging das Gerücht, daß Kinder nach einem Kaiserschnitt von besonderer Schönheit und Ebenmäßigkeit seien. Mit der Erfüllung ihres Wunsches hatte Adele insofern Glück, da in diesem Jahr überhaupt das erste Mal die Möglichkeit einer frei gewählten, ohne medizinische Indikation ausgeführten Schnittentbindung bestand. Und auch das nur in Ausnahmefällen.

Adele war so eine Ausnahme. Im Einzelzimmer residierend, versammelte sie zur Visite sämtliche Ober- und Chefärzte um sich, die die Narbe an ihrem Bauch begutachteten. Auch Gunter stand, wann immer er eine freie Minute hatte, an Adeles Bett und hielt ihre Hand. Dreimal am Tag brachten die Schwestern den kleinen Timm zum Stillen. Dreimal am Tag bemühte sich Adele, das Kind sattzumachen – allein die Milch schoß nur dünn in ihre Brüste, und nach einer Woche versiegte sie ganz.

»Bist du glücklich?« fragte Adele den Vater des hübschen

ebenmäßig gestalteten Kindes, und Gunter antwortete: »Es gibt nichts Schöneres.«

Bei sich dachte er, daß ihn dieses Geschöpf langweilen werde. Nicht die Spur einer abstrusen Struktur. Keine Zelle, die dem Gewöhnlichen entwuchs!

War Doktor Konarske wieder zum Dienst gegangen, lauschte Adele den Worten *Es gibt nichts Schöneres* nach, genoß die Erinnerung an seine Zärtlichkeiten, roch an den Rosen, die er ihr auf den Nachttisch gestellt hatte, und war sich sicher: Timms Geburt hatte Konarskes strenges Medizinerherz erweicht, und einen Moment lang glaubte sie an die große Lüge des Glücks.

Mehrere hellblaue Jäckchen und Mützchen, gestrickt und bestickt, zahlreiche samtige Strampler, Schaffellschühchen, Strümpfe, Jüpchen, zwei Dutzend weiche Moltontücher und schneeweiße Windeln, dazu buntbedruckte Gummihöschen, ein mit Mickymäusen gemustertes Babykörbchen, Rasseln Klappern Nuckel, daunenzarte Ausgehdecken, ein Penaten-Pflegekoffer sowie ein moderner hochrädriger Kinderwagen zählten zu Timms Erstausstattung.

Kein Lärchenauer Kind hatte zu Beginn seines Lebens jemals solch üppige Versorgung genossen. So kam es, daß Adele, schob sie ihr Neugeborenes im Wagen über die Dorfwege, von den Lärchenauern nicht mehr gegrüßt wurde. Selbst die Fürsorgerin, die, so war es vom Gesundheitswesen aus vorgesehen, Adele in der Wohnung aufsuchte, um die künftigen Lebensbedingungen des Säuglings zu kontrollieren, gab nur wortkarg ihre Zufriedenheit kund. Dabei wünschte sich Adele, daß man ihr Ehrfurcht erweise. Nichts konnte sie weniger vertragen als Spott und Herablassung. Die Erinnerung an die Großküchenverkostung bereitete ihr noch immer Magenschmerzen. Noch ging die junge Mutter gekrümmt. Schlug das Wetter um, schmerzte die Bauchnarbe, aber Adele nahm alles auf sich, um wieder und wieder ihren kaiserlich auf die Welt gekommenen Sohn entzückt zu betrachten.

Zum Führerbild, das sie manchmal heimlich betrachtete, sprach sie: Ich habe einen Sohn! – Dann glaubte sie, der lachende Mann auf dem Foto verziehe seinen Mund bis zu den Ohren, und sogar die untere Zahnreihe war zu erkennen.

»Det gloobt man einfach nich, det 'ne Jungfer aus 'm Heim es zu sone Madam jebracht hat«, lästerte man nicht nur in Schembarts Wurstküche.

Mit einigen Lärchenauern, wenn er ihnen die Post zustellte, versuchte Hanswerner Giersch über Adele ins Gespräch zu kommen. Doch mit dem *Hundertprozentigen*, so freundlich er um Vertrauen bat, mochte keiner plaudern. So kam ihm von Semmelweis-Märrie gerade mal zu Ohren, daß das Neugeborene wahrscheinlich mit Operngedudel gequält würde. Doktor Krause verwies auf seine ärztliche Schweigepflicht. Auch LPG-Vorsitzender Helmar Eden verweigerte dem Genossen Giersch die Aussage. Einzig Horst Gegenbauer, ehemaliger Gutskutscher und bester Tänzer Lärchenaus, bemerkte nicht nur in Gegenwart des Postboten, daß es bei Konarskes inzwischen wie bei Fürstens zuginge, und er hätte den Hausherrn sogar schon mal mit einem Dienstmädchen gesehen. Frau Brünning meinte nach wie vor, *Frau Doktor* bevorzugt bedienen zu müssen, denn man wisse ja nie, was mal kommt. Die LPG-Bäuerinnen stöhnten: »Bei der Schickse sollma nun an Sozalismus globn?«

Blieb Konarske allzulang im Dienst, verabschiedete er sich sogar für Tage und gab vor, auf Kongresse oder ins Forschungsinstitut nach Berlin zu müssen, trug Adele ihren Sohn von Zimmer zu Zimmer, küßte streichelte schaukelte ihn. Er trank gut, nahm schnell an Gewicht zu. Weinte er, tat sie es ihm nach. Konarske schrieb manchmal eine Ansichtskarte. Den Vaterländischen Verdienstorden in Bronze bekam er für hervorragende Forschungsleistungen auf dem Gebiet der Humanmedizin, und man ernannte ihn zum *Geheimnisträger*. Nach drei Monaten war Timm aus dem ersten Strampler herausgewachsen.

Eines Tages kündigte Bauer Eden seinen Besuch bei Konarskes an – er müsse sich persönlich vom Glück des jungen Freundes und seines ehemaligen Mündels überzeugen. Adele, erfreut, den eintönigen, fast nur aufs Kind beschränkten Tagesablauf mit Gesellschaft auffrischen zu können, bereitete alles vor: putzte die Wohnung, deckte den Tisch, buk Pastetchen, stellte Bier kühl. Aufgeregt war sie, denn endlich einmal betrat ein bedeutender Gast ihr Reich: Helmar Eden, der ihr vom Waisenmädchen zur Sekretärin verholfen hatte.

»Mach dir nicht soviel Mühe«, sagte Konarske zu seiner Frau.

Adele wollte sich Mühe machen. Sie zog ein hübsches Kleid an, putzte Timm heraus, dekorierte das Wohnzimmer mit frischen Blumen. Das Parfüm, das sie hinter den Ohren verrieb, trug den Namen Chanel. Helmar Eden erschien in Stallkluft.

»Nuscht für unjut«, sagte er zu Adele, einen Kuß auf ihre Stirn hauchend, »ick steck bis zum Hals in Scheiße. Zweihundert säugende Säue, da is ma selbst als Vorsitzender am Abend janz abjeweidet.«

Konarske, der Timm auf dem Arm trug, bat den Bauern einzutreten und beruhigte ihn: Er habe ein tapferes Weib, das einiges gewohnt sei. Es ergehe Adele nämlich ähnlich jener Labormaus, welcher Konarske kürzlich mit einem gentechnologischen Eingriff bestimmte Riechzellen aus der Nasenschleimhaut entfernt habe. Dadurch sei die angeborene

Abneigung der Maus gegenüber dem Geruch von Feinden nicht zum Tragen gekommen, obwohl sie diesen noch wahrgenommen habe. Wenn man wolle, erklärte Konarske Bauer Eden, könne man die verlorengegangene Abneigung jedoch wieder antrainieren.

Eden verzog das Gesicht und brummte. Gunter bat Adele, das Bier zu bringen. Sie tat es, setzte sich zu den Männern und zwang sich, den Geruch von Bauer Edens Kluft zu ertragen. Er bat, das Kind auf den Arm nehmen zu dürfen, um seinen Quasi-Enkel endlich ordentlich begrüßen zu können. Er wartete das Einverständnis der Eltern nicht ab, entriß das Baby Konarskes Armen. In seinen großen Händen lag Timm wie ein rundlicher, ebenmäßiger Engel. Friedlich grunzend drückte er die Äuglein zusammen, das Köpfchen färbte sich plötzlich rot, dann ballte er die Fäuste, verzog die Schnute und plärrte.

»Ich muß den Kleinen windeln, dann geht er ins Bett«, sagte Adele und entzog dem Bauern das Kind.

Eden meinte: »Schade, wo ick doch mit so süßen Ferkeln jerad vertraut bin.«

Die Männer lachten. Lange nicht hatte Adele ihren Mann so herzhaft lachen gehört. Überhaupt schien Edens Besuch Konarske aus seiner Grübellaune zu bringen. Zurück vom Kinderzimmer, sah sie die Männer vereint am Tisch, jeder zwei Bier intus, die Pastetchen vertilgt. Die Köpfe zusammengesteckt redeten sie, was nicht für Adeles Ohren bestimmt schien. Erst als sie das Wort *Fidelio* aufschnappte, glaubte sich Adele dem Gespräch zugehörig, setzte sich wieder zu den Männern. Der Fidelio, von dem Bauer Eden sprach, hatte ein Problem mit der Samenblasendrüse und sollte seinen Platz räumen für *Prolet*, den hoffnungsvollen Jungeber aus der Zuchtlinie PS 2497.

»Er muß das Doppelte bringen, mindestens!« rief Eden, köpfte eine weitere Flasche Bier, trank und legte den Arm um seinen Freund. Der empfahl Adele, sie möge schon mal zu Bett gehen, es sei spät und er habe mit Helmar noch einiges zu bereden.

»Aber ich störe euch doch nicht«, sagte Adele.

»Nein, Prinzeßchen, aber wir stören dich.«

»Ich will aber«, widersprach sie, und Gunter gab nach.

»Wenn sie will, dann will sie.«

So saß Adele streng geduldet am Tisch und hörte dem kryptischen Flüstern der Männer zu. Sie bekam nur soviel mit, daß Konarske mit dem Bauern einen Pakt einging.

*Lärchenau, 3. September 1972*

*Betr.: Kontakt mit Adele Konarske*
*In ihrer Wohnung am 2. September 1972, 13.21 Uhr*

*Wie geplant gelang mir mit 1 fingierten Päckchen aus Westberlin der Zutritt zur Wohnung der Familie K. Ich traf wie geplant nur Adele K. und ihren Sohn an, da ihr Mann auf 1 Medizinkongreß war. Wo wollte mir die K. nicht sagen. Ich weiß aber, daß es Krakow/VR Polen ist.*

*Die K. weigerte sich erst, mich in die Wohnung zu lassen. Als ich aber wie geplant sagte, daß ich wegen warmen Pflaumenkuchen mächtigen Durchfall habe, ließ sie mich aufs Klo … Das Klo befindet sich im Erdgeschoß, d. h. es gibt in der Wohnung 2 Klos, 1 ist noch im Badezimmer. In dem Klo, wo ich wegen dem fingierten Durchfall war, lag neben dem Waschbecken 1 Stück Seife (BRD). Als ich aus dem Klo herauskam, hatte die K. wie geplant das Päckchen geöffnet und die 3 Kafka-Bücher beiseite gelegt. Sie schien überhaupt nicht erfreut zu sein oder überrascht, eher ärgerlich. Es stellte sich in 1 kurzen Wortwechsel heraus, daß sie nicht gern Bücher liest und den Autor auch nicht kannte. Sie wollte, daß ich gleich wieder verschwinde, aber ich habe fingiertes Interesse an den Büchern gezeigt, obwohl ich ja Kafka auch nicht kenne. Die K. vermutete, daß die Lektüre für ihren Mann ist, aber Romane liest der auch nicht, nur Fachbücher.*

*Irgendwie war die K. mächtig enttäuscht über das Päckchen, und ich war es auch. Aber das Gute war, daß die K. mir Kaffee angeboten hat, solange der Sohn Mittagsschlaf macht. Ich habe Ja zu dem Kaffee gesagt, und man kann ja auch in die Wohnstube dazu gehen. Ich habe meinen fingierten Charme eingesetzt, und die K. war einverstanden. Ich hatte den Eindruck, daß sie unzufrieden mit ihrer Situation war. Ich war es nicht, denn es gab ja nun die Möglichkeit, mich umzusehen, und während ich das wie geplant tat, hat die K. an 1 Schrankbar (!) 1 Flasche Bols Likör (BRD) und 1 Flasche Kreuz des Südens (Delikat) geholt. Mir hat sie keinen angeboten, nur Kaffee.*

*Da habe ich noch 1 mächtigen Schreck bekommen, weil die K. sagte, sie wundert sich, daß ich mit Durchfall Kaffee trinke. Ich hab auch gleich aufgehört damit und bin nochmal fingiert aufs Klo. Diesmal ins Badezimmer. Da lag 1 Stapel bunte Frauenzeitschriften (BRD), aber kein »Bild«, »Spiegel« oder dgl., jedoch Seife, Rasierwasser (alles BRD). Das spricht eindeutig für Feindberührung. Als ich aus dem Klo wieder herauskam, war die K. mächtig alkoholisiert und ganz redselig. Sie hat sich z. B. beklagt, daß in Lärchenau so wenig Schönes los ist und daß ihr Sohn Timm immer Theater macht, weil er sich nicht mehr windeln lassen will. Ich habe K. gesagt, daß es in unserm Staat viel zu tun gibt, auch für sie! Z. B. bei ›Unser Dorf muß schöner werden‹. Aber da hat die K. mächtig gelacht und gesagt, nur sie selbst muß schöner werden. Hab fingiert mitgelacht.*

*Wie geplant habe ich dann gemeint, daß ich schon gern mal nach Westdeutschland möchte und ob sie sich das auch vorstellen kann, auch weil ihr Mann ja Reisekader aber nicht in der Partei ist. Irgendwie hat mir K. nicht geglaubt, und ich bin schnell noch mal aufs Klo. Als ich da wieder rauskam, war überall Opernmusik, und die K. hat selber mitgesungen, z. B. Du bist mein Bub, du bist mein Schatz, ich hab dich lieb ... oder Da geht er hin, der aufgeblasne schlechte Kerl ... Die K. hat mächtig Gefühle gezeigt bei dem bürgerlichen Zeug, und hat plötzlich meine Hand genommen und gesagt, daß ich gut aussehe, aber 1 Waschlappen bin. Da bin ich mächtig erschrocken, aber konnte nun wie geplant meine Provokation anbringen. Ich hab der K. also gesagt, daß ich meinen alten Schulkameraden Gunter vor ein paar Tagen in der Stadt mit 1 jungen Mädchen getroffen habe, wo die sich geküßt haben u.s.w. Aber die K. hat nur gelacht. Die hat so gelacht, daß sie aufs Klo gehen mußte, und dort hat sie weitergelacht und mir dann gesagt, daß mir der beste Witz aller Zeiten gelungen ist.*

*Ich war sicher, daß das Mißtrauen von K. zu mir von der negativ-feindlichen Einstellung zu unserem Staat kommt. Gegen 15.00 Uhr hat mich die K. alkoholisiert durch die Wohnung geführt und mir auch das Himmelbett und den Keller gezeigt (Extraprotokoll liegt bei). Ich habe mich für alles wie geplant fingiert begeistert, aber die K. hat immer noch lachen gemußt. Am Ende hat sie mir meine Postmütze weggenommen und auf die Spitze von der Westantenne im Wohnzimmer gehängt. Da begann das Kind zu schreien, und ich konnte endlich wie geplant mein Geschenk anbringen: ein Post-Stempelspiel. Die K. hat das Kind aus dem Bett geholt, und es hat bei dem Geschenk mächtig geschrien. Da hab ich beschlossen, den Vorgang abzubrechen, weil alles außer Kontrolle geraten war.*

*Verlassen des Objektes: 15.32 Uhr.*

*»FELGE«*

Fidelio, Bauer Edens bester Zuchteber, erlag im Jahr 1973 den Folgen eines Samenblasenkarzinoms. Bevor er dahinschied, hatte Doktor Konarske, obwohl der Humanmedizin verpflichtet, dem Eber versuchshalber eine eigenkomponierte Flüssigsubstanz injiziert, woraufhin Fidelio in die Lage versetzt wurde, das letzte Mal seine Rute vollständig auszufahren und seine Lieblingsstammsauen Ännchen, Rolline und Teurung zu decken. Fidelio verstarb, als er Jungsau Melusine aufsitzen wollte. Der Krebs hatte ihm die Knochen zermürbt, so daß ihm beim Schlußakt die Beine brachen. Konarske aber war sicher: Sein Impfstoff würde zu den epochalen Erfindungen zählen. So war es auch.

Dreimal wöchentlich bekam Fidelios Nachfolger Prolet PS 2497, prächtigster Vertreter des deutschen veredelten Landschweines, eine Spritze. Der Vorgang war geheim. Selbst die Zuchtmeister durften nichts davon erfahren, um den Wettbewerbserfolg der LPG »Hoffnung« nicht durch Gerüchte zu untergraben. Schon nach der ersten Injektion legte Prolet los, konnte nicht abwarten, bis ihm brünstige Sauen unterkamen, besprang im Deckstand ein Astloch, um sogleich kraftvoll abzusamen. Von Eden zur Sauherde umgeleitet, stand Prolet weiter unermüdlich im Dienst, schnaufte, grunzte, blies Schaum zwischen den Zähnen hervor, so daß die Begehrten aus ihrer Rausche nicht herausfinden wollten. In den Augen von Beate, Sauna, Mädel oder Malzbonbon glaubte Bauer Eden einen ungekannten Glanz zu beobachten. Das Resultat war riesig. Aus von Prolet gezeugten Ferkeln entwickelten sich mächtige Schweinekaliber. Am Ende wog jedes von ihnen mehr als einhundertdreißig Kilogramm, war fett, fleisch- und frohwüchsig zugleich, mit einer Kotelettfläche von vierzig Quadratzentimetern und einer Speckdichte von mehr als zehn Zentimetern. Bauer Eden konnte es nicht fassen. Auch die

Zuchtmeister staunten über den Erfolg, ungläubig, daß Eden ihn in einem einfachen Trick begründete: Radios in Ställen Buchten Ferkelnestern. *Mit Musik geht alles besser.*

Doktor Konarskes Wundermittel bekamen verschiedene Eberzuchtlinien verabreicht, so daß nach einem Jahr das Herdbuch der LPG »Hoffnung« von überwältigenden Erfolgen sprach. Schweine wuchsen heran, so stark und zahlreich, daß Edens Genossenschaft einhundertfünfzig Prozent Mast- und Zuchtleistung vorweisen konnte. Die Tiere verkauften sich gut. Vor allem Firmen aus Hamburg und Wuppertal interessierten sich für die außergewöhnliche Qualität.

»Wir haben's geschafft«, sagte Eden zu seinem Freund, und Konarske versprach: »Das ist erst der Anfang.«

In jener Zeit hatten Infektionskrankheiten fast im ganzen Land die Rinder- und Geflügelproduktion zum Erliegen gebracht. Auch in Lärchenau kam es zu einem Massensterben von Kühen und Hühnern. Bald hatte Fleischermeister Schembart nur noch Schweinernes anzubieten: Schmalz, Schnitzel, Speck, Schwarten, Schweinegulasch und -kotelett, Schweinewurst, Sülze, Wellfleisch, Schweinekrustenbraten, Eisbein, Spitzbein, Flomen, Schweineköpfe in Aspik, Schweinelunge und -zunge, Leber vom Schwein. Spanferkel gingen über die Theke. Schweinefleisch wurde in solchen Mengen produziert, daß man selbst Futterhäuser damit belieferte und zwischen üblichem Schrot Rüben Kartoffeln den Tieren Hackfleisch aus eigener Familie untergemischt wurde.

Bei der Schweineleistungsschau in Leipzig erhielt Helmar Eden für die republikweit besten ökonomischen Ergebnisse seiner LPG eine Prämie. *Weiter so!* sagten die Genossen. So ging es weiter. Der Schweinebestand der LPG »Hoffnung« erweiterte sich auf fünfundneunzigtausend Tiere, deren Stammeber regelmäßig mit Konarskes Wundermittel gestärkt wurden. Zwar erreichten sie durch die intensive kraftzehrende Deckarbeit nicht mehr das übliche Alter, aber es gab so reichlich Nachwuchs, daß man die frühen Abgänge verkraften konnte: Prolet wurde vom ebenbürtigen Sattelschweineber Unwirsch abgelöst, der machte Platz für Quinquin, dieser wiederum war nur Vorläufer von Hofdiener, Romulus und Unflat.

Lärchenau machte von sich reden. Der Fortschritt zog ein. Kam ein Besucher an den Ort, sagte er: Man riecht's gegen den Wind! Zehn Kilometer unterirdische Rohrleitungen, die bis in den Mennichensee hineinreichten, wurden verlegt, um einen Teil der massenhaft anfallenden Rohgülle abzuleiten. Die übrige Gülle wurde auf Feldern verregnet oder als Fugat in Scheunen gelagert. Im Wald, in dem Jahr für Jahr goldgelb glänzende Lärchenröhrlinge und Edelreizker wuchsen, machte sich am Totholz Hallimasch breit. Windwürfe ließen Lichtungen entstehen. Trocken und sauer wurde der Boden. Ammoniak Stickstoff Nitrat konnten noch vierhundert Kilometer entfernt gemessen werden. Die Werte wurden in geheimen Akten festgehalten. Nicht einmal Eden durfte sie einsehen. Der Anglerverein sowie die Binnenfischerei schrieben Eingaben über Eingaben. Im Mennichensee schwammen Fische mit dem Bauch nach oben. Den Molchen wuchsen rote Kiemen an der Bauchseite. Der Bürgermeister ließ ein Schild am Ufer anbringen: BADEN VERBOTEN.

Jeden Samstag spielte das Blasorchester Lärchenau zum Tanz auf.

Als *FrauzuHause* sah Adele Konarske keine Notwendigkeit, ihren Sohn in den Kindergarten zu geben, obwohl das Fürsorgeamt riet, Timm die Gemeinschaft nicht vorzuenthalten. Er würde in der Schule Probleme bekommen, weil er womöglich den anderen hinterher sei. Zusätzlich äußerte der Kinderarzt

Bedenken wegen Timms Gewicht, das zwar nicht extrem, aber deutlich über der Norm sei. Aber Timm war Adele Trost, wenn Vaters Dienstzeiten immer länger wurden, mitunter bis zu einer Woche lang.

Timm vertrieb ihr den Tag. Morgens ließ ihn Adele im Kinderzimmer spielen. Verlangte er das elektrisch gesteuerte Auto, durfte er in Flur, Diele und Wohnstube sein Spielreich erweitern. Nachmittags zog Adele den Jungen fein an, nahm ihn bei der Hand und führte ihn durchs Dorf. War das Wetter gut, gestattete sie ihrem Sohn, seinen roten Luftroller zu benutzen. Die Holzroller-Kinder, an denen Timm prahlerisch vorbeifuhr, warfen mit Kienäpfeln nach ihm und nannten ihn *Fettsack.* Um den Spielplatz mit Klettergerüst und Sandkasten versuchte Adele einen Bogen zu machen, obgleich Timm quengelnd dorthin wollte. Nach dem Spielplatzbesuch, bei dem er vorwiegend im Sand saß, mußte er sich jedesmal einer Badeprozedur unterziehen und sich komplett umkleiden. Auch Adele kleidete sich gern um: Oft stand sie vorm Schlafzimmerspiegel im Taftkleid, den granatgeschmückten Reif im Haar. Musik dröhnte aus dem Plattenspieler. Adele stellte sich vor, sie sei in der Oper. Timm, der Mutter mit großen Augen betrachtete, erzählte sie, sie sei eine Königstochter.

Einmal, als nach Tagen Dauerregen im Haus des Doktors die Langeweile herrschte, und Adele nicht wußte, womit sie sich und Timm noch beschäftigen sollte, lüftete sie das Matratzengeheimnis. Sie war neugierig, was ihr Junge dazu sagte, und zeigte ihm das Bild. Timm nahm das verblichene Foto, auf dem ein fremder freundlich lachender Mann zu sehen war, und sagte nichts.

»Das ist dein Opa«, verkündete Adele.

»Apo!« rief Timm, watschelte zum Spielschrank, griff nach seinem neuen Stempelspiel, und ehe Adele es verhindern konnte, drückte er dem Führer Sonne, Stern, Biene und das Zeichen der Deutschen Post auf.

Kam Doktor Konarske nach längeren Diensten oder Kongreßreisen nach Hause, wurden Timm und Adele mit Spielsachen, Seife, Konfekt und anderen Kostbarkeiten beschenkt. Gunter erzählte von seiner Arbeit, was Adele hören wollte, daß er stark beschäftigt sei. Auch schwor er, daß er oft an seine Mauseprinzessin zu Hause denke. Eines Tages gestand Adele, daß sie vom Postboten mehr als nur Post erhalten hatte, so zum Beispiel die Information, Giersch habe gesehen, wie Gunter eine junge Frau geküßt und sie, Adele, sich über den Witz halb totgelacht habe.

»Daß du über solchen Scheißdreck lachen mußt«, sagte Gunter.

Unterm Himmel des Bettes liegend, meinte er vorwurfsvoll: »Wenn Frauen, die ihre Männer ernst nehmen, so eine Geschichte hören, erschrecken sie – du lachst!«

Adele ließ die Erschütterung durch ihren Leib, bis sie dieselbe verlassen und der Lust Platz gemacht hatte. Konarske befahl Adele, die Augen zu öffnen. Er müsse ihr beim Liebemachen in die Augen sehen, sonst könne er es ja auch mit einer Toten treiben. Adele gehorchte. Als er in sie gedrungen war und kurz vor seiner Erfüllung stand, flüsterte er: *Katrin! Katrin!* Der Schmerz, der für Adele nicht größer hätte sein können, sammelte sich in ihrem Schoß.

Zur Faschingszeit, als Lärchenaus Kinder auf Betteltour durchs Dorf streiften und vor Haus- und Hoftüren ihren Spruch aufsagten: *Ick bin der kleene Jünter und habe keen Zylinder, und wenn Se mir nuscht jebn, dann nehm ick mirs Lebn!* forderte Gunter seine Frau auf, sie möge Timm ebenfalls verkleiden. Er könne doch nicht dauernd außerhalb stehen, müsse lernen, seinen Platz zu finden und sich mit Altersgenossen auseinandersetzen. Adele erschrak über die Worte ihres Mannes. War es doch der Doktor selbst, der sich längst nicht mehr mit allen Lärchenauern gemein machte und die meisten als dumme Knechte oder Landpomeranzen bezeichnete. Sogar Kollege Krause war vor Spott nicht sicher. Das einzig interessante an Krause sei, meinte Konarske, dessen Abstammung: Vater Qualle, Mutter Kröte. Man müsse nur mal seine Augen, diese ausgeprägte ophtalmo gelasponii betrachten!

Da Adele keine Idee hatte, wie man Timm zu Fasching verkleiden sollte, nutzte Konarske die Gelegenheit, sich seinen Jungen vorzunehmen.

»Mach dich mal frei«, sagte er zu Timm und half ihm beim Ausziehen.

Wie der Vierjährige vor ihm stand, pummelig nackt, dennoch ebenmäßig, wohlgestalt, ein Putto, nach kaiserlicher Art ans Licht gehoben – da mußte Doktor Konarske schlucken. Nichts hatte sich an seinem Sohn geändert. Keine Spur Verwachsung. Eine allzubekannte Art präsentierte sich vor seinem Schöpfer.

»Vielleicht als Marienkäfer!« rief Adele aus dem Schlafzimmer, wo sie im Kleiderschrank ein abgelegtes rotes Kleid gefunden hatte, was man zu einem Kostüm umschneidern könnte.

»Kinderei!«

Konarske versprach seinem Sohn das originellste Kostüm. Zu diesem Zwecke besorgte er bei Schembart einen Schweineschwanz, den Konarske an einen Unterrock seiner Frau heftete. Aufgenäht: fünf Knöpfe links, fünf rechts, die Zitzen. Timm drehte sich begeistert vorm Spiegel, daß der Sterz einen Ringeltanz aufführte.

»So kommt er mir nicht aus dem Haus«, sagte Adele.

Doch Timm drängte, sich den Kindern anschließen zu dürfen. Er wollte mitlaufen in der Schar der kleinen Bettler, Süßigkeiten, Münzen erheischen, wollte sich zwischen Indianern, Marienkäfern, Rittern und Prinzessinnen als Glückstier präsentieren. Voller Stolz auf seinen Vater, der ihn an diesem Tag das erste Mal richtig wahrgenommen hatte. Als Timm in rosa Röckchen und mit wippendem Schwänzchen die Wohnung verlassen hatte, riß Adele Gunter an der Jacke und rief: »Warum tust du das!«

»Ach, Mauseprinzessin«, seufzte Doktor Konarske, »unser Junge muß lernen, sich zu wehren. Ich gebe ihm die Gelegenheit dazu.«

Wenig später kehrte Timm weinend nach Hause zurück. Ein Hund hätte das Schwänzchen gefressen, und die Kinder hätten ihn *Dickmadam* genannt.

»Da siehst du's«, sagte Adele vorwurfsvoll zu Gunter.

Er fand das Unternehmen im wahrsten Sinne des Wortes saukomisch.

Im Mennichensee hatte der Mulm die auf dem Grunde liegende Gefahr zugedeckt. Der letzte lebende Hecht, der bislang in ehrfürchtiger Scheu vor dem rostigen Ungetüm seinen Lauerplatz in Ufernähe beanspruchte, war gülleblind geworden und wagte sich tiefer hinab. Sechsflossige Karpfen, Schleie mit phosphorleuchtenden Geschwüren und doppelt gezähnte Stichlinge gründelten arglos im Modder. Stieß der Haubentaucher hinab durch die Algen und traf mit dem Schnabel auf Metall, machte es leise *Ping*. Mehr nicht. Selbst die aufgrund roter Außenkiemen giftresistenten Molche, den Gewässerrand bevorzugend, vermuteten um die einstige Gefahrenzone herum eine neue Nahrungsquelle.

Am Ufer des Mennichensees indes trafen sich drei junge

Lärchenauer, damit ihnen die Stille und Reglosigkeit, die sich überall ausbreitete, nicht eines Tages das Leben nahm.

Der zehnjährige Kai-Uwe, genannt Admiral, Sohn des in Groß Eichholz lebenden NVA-Flottenadmirals Manfred Christ, führte das Wort. Der sommersprossige Rotschopf brüstete sich gern mit seinem Vater und behauptete, als Schiffsjunge mit ihm zur See gefahren zu sein.

In Wirklichkeit bezog Kai-Uwe bei geringstem Fehlverhalten zu Hause Dresche. Mußte Lektionen zur Erreichung stählernen Willens und Disziplin über sich ergehen lassen. Von Flottenadmiral Christ, dem kleinen, heringsschlanken Mann, dem die Koteletten bis zum Kinn reichten. Ein Seemann in der Mark Brandenburg, der, kam er auf Urlaub nach Hause zu seiner Familie, gern von seiner *Verantwortung zur Verteidigung des Friedens* berichtete. Während dieser Referate ließ er Kai-Uwe sowie dessen Mutter Renate in der Diele antreten. Als seien sie Rekruten, erörterte er ihnen die Ziele der Soldatenerziehung: das Ausbilden *wertvoller Charaktereigenschaften und von Gefühlen unter Gefechtsbedingungen.* Der Flottenadmiral meinte, man könne mit Erziehung zu Mut, Opferbereitschaft, Entschlossenheit, Standhaftigkeit, Ausdauer und Siegesgewißheit nicht früh genug anfangen und dürfe keinen Tag, auch keinen Sonntag auslassen. Vor allem sei *Kameradschaft* oberstes Gebot, das auch in der Ehe gelte. *Kammerrattschaft!* sagte Manfred Christ. Überhaupt redete er oft über seine *Kammerratten.* Als Kindergartenkind hatte sich Kai-Uwe vor diesem Wort gefürchtet. Das schnarrende Rattern kannte er aus Partisanenfilmen, zu denen ihn Vater manchmal ins Kino einlud. Spielte der Junge Begeisterung vor, gab es nach dem Film zur Belohnung ein Eis. Zeigte sich Kai-Uwe hingegen mürrisch oder ungehorsam, bezog er Prügel mit dem Pantoffel, oder, wovor ihm noch mehr grauste – er wurde zum *Schämen* in die Speisekammer gesperrt. Dort gab es Mäuse. Der Flottenadmiral sagte: Auf Schiffen gibt es Ratten. Kammerratten. Hatte Manfred Christ gute Laune, spielte er das Spaß-Spiel. Er bedachte Frau und Sohn mit militärischen Ehrenbezeigungen. Genosse Sohn! rief er, Genossin Oberfeldwebel! Renate knallte daraufhin beleidigt die Türen, während sich der Genosse Sohn gestärkt vorkam.

Kai-Uwe Christ, genannt *Admiral*, führte die Mennichenseebande an. Er war befähigt dazu. Er glaubte zu wissen, weswegen die Gegend so modrig still war. Wagte es jemand, Kai-Uwe wegen seiner roten Haare zu verspotten, setzte es rücksichtslos Hiebe. Dabei konnte er, winselte der Feind um Gnade, voll nachsichtiger Güte sein.

Der zweite im Bunde war der vierzehnjährige Helge Hemlock, dessen Mutter Marie in Lärchenau eine Leihbibliothek führte. Es ging das Gerücht, Helges Vater sei gleichzeitig sein Großvater. Dieser hatte sich kurz nach Helges Geburt vom Acker, das heißt Richtung Westen, gemacht und stand für eine Überprüfung des Falles nicht zur Verfügung. Ein weiteres Gerücht besagte, Großvater Hemlock sei ein verkappter Poet, jedenfalls aber ein Büchernarr gewesen und hätte allerlei unverständliches Druckwerk, wie beispielsweise Gedichte und philosophische Schriften auf dem Dachboden gelagert. Mit diesem Nachlaß hatte Marie Hemlock 1960 in einem ausrangierten Bauwagen die Leihbibliothek gegründet. Über das Rätsel hinaus, wer sein wirklicher Vater sei, gab Helge ein weiteres ab: das über sein Geschlecht. Weizenblond, mit schneckenartig beweglichen Lippen, Stupsnase und kleiner Goldbrille wirkte er mädchenzart. Doch die grazilen Bewegungen, sein Hang zum Weinen und Säuseln konnten abrupt in ungeahnte Faustschläge oder heftiges Fluchen wechseln. Sekundenschnell sprang Helge Hemlock vom Weiblichen ins Männliche, schlug auf Schwächere mit dem Ungestümen ein, und wußte selbst oft nicht, wohin er gehörte.

In der Schule verweigerte sich der Junge dem Lernen, obwohl er in Mutters Bibliothek sämtliche Bücher gelesen hatte. Die Lehrer versuchten, den nachweislich intelligenten Burschen zu ermuntern und seine Belesenheit in das verlangte schulische Wissen einfließen zu lassen. Doch Helge blieb im Unterricht teilnahmslos sitzen, zeichnete kryptische Formeln auf Löschpapier oder schockierte den Deutschlehrer damit, daß er zum Beispiel statt des verlangten Gedichtes »Festtag des Sieges« das gesamte Erste Buch der Ovidschen Metamorphosen in Hexametern auswendig hersagte. Helge Hemlock lernte ständig *am Thema vorbei.* Im Halbjahr der achten Klasse verkündete er Lehrern und Schülern gegenüber, er werde Schriftsteller studieren. Das Jahresendzeugnis fiel so schlecht aus, daß Helge nach der achten Klasse die Schule verlassen und im Sägewerk eine Lehre als Holzarbeiter beginnen mußte.

»Ein heller Kopf und so fehlgeleitet«, seufzte die Klassenlehrerin.

Insgeheim erklärte man Helges Verstocktheit durch seine schändliche Abstammung. Zum anderen fiel der Verdacht auf den zweifelhaften Einfluß seiner Mutter, die Hemlock sehr liebte. In einer Ecke des zur Bibliothek umfunktionierten Bauwagens hatte sie ihm eine persönliche Lesestelle eingerichtet, wo Helge stundenlang schmökerte und, wenn gerade kein Kunde da war, mit zarten dankbaren Berührungen Mutter seine Zuneigung bekundete.

Ein Stammkunde der Bibliothek war Hanswerner Giersch. Er hatte den Auftrag, jenen Zweifel, daß Marie ihrem Sohn nicht guttue, auszuräumen. Giersch erschien jeden Mittwoch und Freitag, um wahllos Bücher aus den Regalen zu ziehen, sie bei Marie registrieren zu lassen, auf den Fahrradgepäckträger zu schnallen und davonzuradeln. Erkundigte sich die Bibliotheksfrau Tage später bei ihrem Kunden danach, ob ihm die Lektüre gefallen habe, bekam sie meistens ein kurzes *Geht so* zu hören. Öfter kam es vor, daß Giersch vorgab, Bücher verloren zu haben. Drei Bände Kafka kamen so durch Zufall abhanden. Über andere Bücher äußerte er sich abgeneigt: Sie gehören, sprach er, nicht zu jener Art Literatur, die unsere Menschen bräuchten; beispielsweise verherrlichten sie bürgerliche oder gar aristokratische Lebenskultur, verwirrten durch unrealistische Darstellungen, Nihilismus, Pornografie oder durch Aufruf zur Konterrevolution. Marie hatte Giersch daraufhin ein paar Bilderbücher in die Hand gedrückt und gemeint, das sei das Richtige für Analphabeten. Im übrigen verlange sie Schadensersatz. Obgleich Hanswerner alle Zweifel an Marie Hemlock bestätigte, wurde die Leihbibliothek in Lärchenau geduldet.

Auch Hanswerner selbst war nicht zu vertreiben. Neben seiner Aufgabe, den Bücherbestand der Bibliothek unter Kontrolle zu halten, hatte er sich selbst die Pflicht erteilt, Helge zu beobachten. Der blasse feingliedrige Junge, dessen Lippen Gierschs Blicke auf sich zogen, saß, wann immer er freie Zeit hatte, lesend in Mutters Bibliothek. Mitunter half er in der Ausleihe, beriet Kunden, versuchte dem einen oder anderen Lärchenauer ungewohnte Lektüre nahezubringen. Oft stand Hanswerner an den Regalen und tat, als sei er in ein Buch vertieft. In Wirklichkeit versenkte er sich in Helges Anblick, der ihn unruhig machte, froh und schreckhaft zugleich. Am liebsten hätte er den Jungen aus seiner Leselust gerissen, ihn mitgenommen zu einem handfesteren, lustvolleren Vergnügen. War Giersch auf dem Höhepunkt seiner Sehnsucht angelangt, schlug er das Buch, hinter dem er sich versteckt hielt, zu und beschloß, den Laden endgültig auffliegen zu lassen. Schmiegte er sich beim Verlassen des Bauwagens an Helge entlang, katzengleich, wie zufällig, wünschte er jedoch, daß Marie Hemlocks Bibliothek die Leihstation seiner Lüste bliebe.

Kai-Uwe begegnete Helge, als dieser ein Buch über die Geschichte der Schiffahrt ausleihen wollte. Helge vermeinte, Kai-Uwes Rotschopf vor Neugierde brennen zu sehen. So entzündeten sich beide Jungen gemeinsam an maritimen Reiseberichten, Abenteuern und Beschreibungen von Seeschlachten. Machte Marie Feierabend, hatte auch Hanswerner Giersch den Wagen verlassen, gestattete sie den Jungen, sich noch in der Bibliothek aufzuhalten. Sie hatte ihrem Sohn sonst nicht viel zu bieten. Waren Helge und Kai-Uwe allein, las Helge dem Jüngeren aus Büchern vor, die nichts mit der Seefahrt zu tun hatten. Kai-Uwe gefiel es. Oftmals gingen sie danach zum See, um ihre entbrannten Vorstellungen von Abenteuer in wahrer Kulisse ablaufen zu lassen. Giersch, der den Jungen mit dem Fahrrad folgte, konnte sich bald nicht mehr entscheiden, auf wen seine Wahl fallen sollte. Das macht mich mächtig fertig, dachte er.

Zu Hause mußte Kai-Uwe, genannt *Admiral,* zur Strafe für sein unerlaubtes Ausbleiben, der zunehmenden Verwirrung seines Geistes und Aufweichung der Disziplin in die Speisekammer zu den Kammerratten.

Der dritte im Bunde der Mennichenseebande war Johannes, im Dorf Jack genannt. Das Waisenkind und Bruder des verunglückten Melkers Dankwart Thiel hatte, wie Helge, seinen vierzehnten Geburtstag hinter sich und ebenfalls die Schule nach der achten Klasse verlassen. Im Gegensatz zu Helge war das schlechte Zeugnis bei Jack auf dessen Faulheit und schlichte Selbstwahrnehmung zurückzuführen. Täglich trainierte Jack seine Muskeln in Streckübungen mit Fahrradschläuchen und Hantelstemmen. Das kantige, in breitem Kinn verlaufende Gesicht strahlte unzweifelhaft Männlichkeit aus. Die Augen hingegen glänzten von hundehafter Liebesbedürftigkeit. Hals Schultern Brust versprachen Durchstehkraft auf allen Gebieten. Jacks tiefe, unerwartet sanfte Stimme betörte zuweilen ihn selbst. Jack war mit sich zufrieden. Nach den Sommerferien begann er in Schembarts Fleischerei als Zerlegegehilfe zu arbeiten, was ihm kräftemäßig zusagte und ihn zudem zum Mädchenschwarm erhob. Im blauweißgestreiften Fleischerhemd, mit Schirmmütze und Schneideschutz saß er oft zur Mittagspause im Häuschen der Bushaltestelle und rauchte. Von den großen Schulmädchen bis zu den weiblichen Lehrlingen hatte es sich bald herumgesprochen, daß sich Johannes Thiel, genannt Jack, für drei Zigaretten küssen ließ. Daß er nach Schweiß Fett Schlachteblut roch, störte die Mädchen nicht. In Rauchschwaden verflog jedes Bedenken.

Obwohl Jacks Phantasie, was das Leben anbelangte, in geraden, durch Muskelkraft bestimmten Bahnen verlief, zeigte er eine gewisse Empfindsamkeit gegenüber Schwächeren. So half er alten Leuten im Dorf beim Kohleschleppen, baute in seiner Freizeit ein Klettergerüst für den Kindergarten und forderte beim Wochenendtanzvergnügen schon mal ein Mauerblümchen zur Polka auf. Jack wohnte im Haus seiner Schwägerin Lucie, einer verbitterten, nach dem Tod ihres Mannes in sich gekehrten Gärtnerin, die eine Vorliebe für Holunder besaß. Holundersaft und -suppe, Holundergelee und -kuchen, auch Holunderwein und -schnaps tischte sie bei jeder Gelegenheit auf. Jack, der das muffig schmeckende Zeug haßte, flüchtete an den See. Zwar wuchsen auch dort Holunderbüsche, aber sie zwangen Jack zu nichts. Am See traf Jack auf Kai-Uwe und

Helge. Er rauchte mit ihnen gegen seinen Kummer. Sprachen die Jungs von Abenteuer und Freiheit, grinste Jack. Galt es, einen morschen Baum mit den Händen umzulegen, war er sofort dabei. Als Jack eine aus Schembarts Laden gestohlene Dauerwurst für die Jungs mitbrachte, gehörte er zu ihnen.

Die Zuckertüte überragte Timm Konarske um Kopfeslänge. Bis zum Rand mit Süßigkeiten und Spielsachen gefüllt, vermochte er sie selbst nicht zu tragen. Helmar Eden, der sich bereit erklärt hatte, Gunter bei den Vorbereitungen der Einschulung zur Seite zu stehen, trug sie, so daß Timm unbeschwert an der Hand seiner Eltern einhergehen konnte.

Nach der offiziellen Veranstaltung ging es in den »Ochsen«. Diesmal hatten Doktors nicht das gesamte Dorf eingeladen, sondern nur jene, die der Familie am nächsten standen oder von Adele für wichtig empfunden wurden: Bürgermeister, Pfarrer, den Kreisvorsitzenden und den Leiter des Blasorchesters. Gunter redete in Adeles Entscheidungen nicht hinein. Seine Toleranz ging so weit, daß er neben Ober- und Chefärzten des Kreisstadtklinikums und diversen Professoren der Charité auch Doktor Krause um sein Erscheinen bat. Man müßte doch, hatte ihn Gunter kürzlich auf sein distanziertes Verhalten angesprochen, unter Kollegen nicht neidisch sein. Krause hatte daraufhin geantwortet: Er würde auch nicht verstehen, wieso Kollege Konarske auf ihn neidisch sei. Doktor Krause erschien zusammen mit Schwester Angela.

»Wir werden bald heiraten«, verkündete er zur Begrüßung.

»Schau an«, sagte Konarske, küßte Schwester Angela die Hand und flüsterte ihr ins Ohr: »Jedem Tierchen sein Pläsierchen.«

An jenem Tag gab es auf Timms Einschulungsfest alles, was in dieser Zeit möglich war und mehr, als je ein Lärchenauer gesehen hatte. Konarske hatte Semmelweis-Märrie beauftragt, über den Feinkostladen *Delikat* ein Büfett zusammenzustellen, nicht an teuren Importwaren und auch nicht an Exotischem zu sparen. Semmelweis-Märrie, die von einer Extrabelohnung in Monatshöhe ausgehen konnte, tafelte, wie befohlen, Sekt, Schwalbennester, Rheinwein, Schildkrötensuppe, Kognak und Kaviar auf.

»Da wird einem ja schon vom Ankieken koddrich«, meinte sie und hielt in der Küche für alle Fälle Bockwürste warm.

Die Gäste lobten Doktor Konarske, überhäuften seine Gattin mit Komplimenten und strichen am Ende auch Timm über den Kopf. Neben der Tafel wurde Tanz mit einer extra aus der Kreisstadt engagierten Combo, eine Bauchtänzerin und ein Zauberer geboten. Adele hatte auf einer Zuckerwattemaschine bestanden.

Es war ein Fest, das vor allem Adele glücklich machte. In ihrem Kleid sah sie bezaubernd aus. Nach zwei, drei Gläsern Sekt glühte ihr Gesicht voller Begehren, in diesen Stunden das Leben auszuschöpfen. Beschwipst, als seien ihr Flügel gewachsen, taumelte Adele von einem zum anderen, ließ sich huldigen, zum Kichern verführen, gaukelte in Zuckerwattewolken zwischen allen Stühlen umher. Im Lokal stand die Luft. Die Combo spielte. *Es fährt ein Zug nach nirgendwo.*

Timm indes saß in der Ecke am Gabentisch, Zuckerwatte essend. Aus dem Fenster blickend, sah er einen geschmückten Traktor vorbeifahren. Auf dem Hänger die Abc-Schützen. Gert der Traktorist hupte fröhlich vom Bock herunter. Da schlich sich Timm aus dem Lokal hinaus auf die Straße. Traurig winkte er dem bunten Gefährt hinterher, doch den einzigen Menschen, den er zurückwinken sah, war Hanswerner Giersch.

Gunter Konarske hielt zum Ausklang des Tages noch eine

Überraschung bereit. Sie sollte Doktor Krause zukommen und im Toast auf eine unverbrüchliche Wertschätzung gipfeln. Zu diesem Zwecke träufelte Konarske etwas, von dem er überzeugt war, daß es eine große Zukunft besitze, in ein Sektglas.

»Na, kommen Sie schon!« sagte Konarske, Krause das Glas reichend.

»Auf uns, Herr Kollege!«

Krause trank. Die Augen hinter der dickglasigen Brille funkelten. Die Combo spielte. Doktor Krause nahm Schwester Angela an der Hand, merkte nicht, wie ihm die Brille auf der Nase verrutschte und er halb blind, halb hellsichtig durch das Lokal tanzte. Konarske platzte fast vor Schadenfreude, bis Adele ihn ansprang, *Damenwahl!* und ihn auf die Tanzfläche zerrte, aber Konarske sagte: »Ich tanze nicht, das weißt du doch.«

Auf dem Wirtschaftshof standen sie sich gegenüber. Gunter und Adele, die die Einschulung ihres Sohnes gefeiert hatten. Durch den Abendhimmel schob sich der abnehmende Mond. Eine Maus huschte zwischen den Aschekübeln einher.

»Liebst du mich?«, fragte Adele.

Konarske verzog den Mund. Er nickte. Geduckt kichernd liefen zwei Gestalten über die Straße und verschwanden im Holundergebüsch. Zeigs ihr, Krause! dachte Konarske. Aus dem Lokal klang die Musik wie das Schlagen eines tierischen Herzens.

Am Abend des 2. September transportierte Giersch auf seinem Fahrradgepäckträger einen Eimer. Kräftiger als sonst mußte der Radler die Pedale treten, denn der Dynamo bremste und der Inhalt des Eimers wog schwer. Am Bauwagen, darin die Leihbibliothek untergebracht war, stellte Giersch das Rad ab, wuchtete den Eimer herunter. Durch einen Türspalt sah er

Helge und Kai-Uwe, wie sie, in Büchern blätternd, die Köpfe zusammensteckten und ihren Spaß fanden. Längst war Marie nach Hause gegangen und hatte das Paradies den Jungen überlassen. Längst stand der Mond über Lärchenau, grau schattiert von aufziehenden Wolken. Giersch hatte kalte Füße. Ungeduldig rieb er sie abwechselnd am Hosenbein, während er den Anblick der lesenden Knaben genoß. Der Vorstellung ergeben, er, Hanswerner, säße an Kai-Uwes Stelle: Helges Gesicht mit der Wange berührend, den Schneckenpfad, den Weg hinab unter dem Strickpullover zum feingliedrigen Leib, der sich ihm willig eröffnet, sanft, hingegeben einer unbeobachteten Lust ... in diesem Moment knallte Giersch die Tür an den Kopf, und ohne daß er etwas bemerkt hatte, verließ Kai-Uwe mit Büchern unterm Arm die Bibliothek. Jetzt war Helge allein. Giersch verrieb den Schmerz auf der Stirn, um sich gleich darauf wieder in Position zu bringen. Durch den Türspalt spähend, flüsterte Giersch: Bitte, sieh mich an. Helge, der in einem Buch über Waldtiere blätterte, hob den Kopf nicht. Giersch zitterte. Kratzte auf dem Pappdeckel des Eimers. Suchte Beistand im Mondlicht. Schalt sich schwach schweinisch durchtrieben. Er erstarrte im dunklen Winkel des Bauwagens, als auch Helge die Bibliothek verließ. Fröhlich pfeifend, ein glücklicher Mensch. Wie festgeklebt stand Giersch. Zorn fiel ihn an wie ein tollwütiger Fuchs. Mit einem Schulterstoß brach Giersch die Bibliothekstür auf und schwor: Den Auftrag würde er erfüllen. In vollem Umfang.

Nur mit Mühe gelang es Giersch, den Eimer in den Wagen zu bugsieren. Er nahm den Deckel ab, roch den stinkenden Leim aus Knorpeln und Knochen. Mit einem Pinsel, den Mitarbeiter der Deutschen Post zum Einstreichen der Paketverpackung benutzten, holte er goldbraunen Kleber aus dem Behältnis, griff das erste Buch aus dem Regal und schmierte einen dicken Streifen über die Seiten. Der Leim suppte durch das Papier, tropfte auf den Boden, und Giersch schmierte das nächste Buch ein, tauchte den Pinsel bis zum Anschlag in den Eimer, ließ den Knochensirup auf Buchdeckel laufen, strich ihn breit, verklebte die Märchen Bilder Abenteuer, verkleisterte alle gedruckten Sehnsüchte und seine eigenen, die ihm durch die Nacht davongelaufen waren. Bis in die Morgenstunden war Hanswerner Giersch damit beschäftigt, Marie Hemlocks Leihbücher vor zukünftigen Zugriffen der Leser zu bewahren. Und vor Helge, dem Jungen mit den Schneckenlippen und den weitsichtigen Augen.

Am nächsten Tag stand Hanswerner gemeinsam mit anderen Lärchenauern vor der unbrauchbaren Bibliothek und drückte sein Bedauern über das Vergehen aus. Da Helge, weinend wie ein Mädchen, nicht zu beruhigen war, nahm ihn Giersch in die Arme. Helge drückte sein Gesicht an die Brust des Mannes, und momentelang wußte Giersch nicht, ob alles nach Plan gelaufen war.

Eine Woche später erhielt Giersch in Anerkennung seiner Leistungen die Verdienstmedaille der Nationalen Volksarmee in Bronze sowie eine Geldprämie in Höhe von eintausend Mark. Er zeigte den Orden Mutter Elsbeth, die ihren Sohn gebührlich lobte und gleichzeitig davor warnte, allzu öffentlich mit dieser Ehrung umzugehen.

»Sei stolz und schweigsam«, sagte sie.

Adeles Stolz war ein Rosengarten. Das Fleckchen Brachwiese hinterm Haus, wo sich bislang Wäschestangen und ein schrottreifer Wellblechschuppen befanden, erfuhr eine Metamorphose. Von Doktor Konarske bezahlte Bauhelfer rissen Stangen und Schuppen ab, gruben die Wiese um, schütteten ein Extragemisch Erde aus, setzten Laubengitter Bogendrähte

Ranksäulen. Gärtner der Gärtnerischen Produktionsgenossenschaft »Roter Oktober«, Patienten Konarskes, pflanzten Rosen aus dem Zuchtprogramm ihrer Genossenschaft. Die Palette, farblich und poetisch auf höchstem Niveau, reichte von der glänzendweißen »Kristall«, über die gelbrotgeflammte »Komet«, die zuckerwattefarbene »Rosa Sinfonie«, über die sattgelbe »Sonne der Freundschaft« bis hin zur rotblühenden Strauchrose mit dem Namen »Wilhelm Pieck«, die besonders große Hagebutten versprach.

Da Doktor Konarske auch was Adeles Glück anbelangte, gern einen Weltbezug herzustellen im Sinn hatte, ließ er über Patienten mit Beziehungen aus dem Westen Rosen einführen: die weiße, doppelt gefüllte, englische »Centifolia«, die orangerote, reichblühende, überhängende »Fürstin von Werdenberg« oder die pastellfarbene stark duftende Moschusrose. Rosenlauben und -säulen, romanische und viktorianische Bogen gaben dem Garten eine märchenhafte Struktur. Während Adele, fast überschnappend vor Freude, es nicht erwarten konnte, ihren Gott unter Rosenranken zu küssen, hatte ein von Konarske eigens kreierter Sämling erste Blüten getrieben. Als der Garten angelegt war, überreichte Gunter seiner Frau die schönste aller Blumen: »Prinzessin Adele«, eine seidigrote Kletterrose mit dunkelbraunem Laub, deren kugelig gefüllte kirschgroße Blüten sonderbar dufteten.

»Wie meine Mädels im Stall«, kommentierte Bauer Eden, der als erster an den Blüten roch.

»Du bist und bleibst ein Banause«, sagte Konarske, zwinkerte seinem Freund zu und taufte das Rosarium *Garten Eden.*

Genosse Eden, der stets offen für Späße war, äußerte jedoch bald Konarske gegenüber Bedenken. Adele sei im Dorf isoliert, sagte er. Sie lebe wie auf einem anderen Planeten, so taten- und nutzlos …

»Willst du sie wiederhaben?« unterbrach Konarske barsch.

Nein, dachte Eden, eine Fremde kommt mir nicht ins Haus.

Bis zum ersten Frost sorgte der Rosengarten für Adeles Glück. Danach sorgte Konarske dafür. Er wußte: Am besten gelingt das Spiel, wenn Adele mehrere Tage allein geblieben ist. Dann war sie hungrig, begehrte seine Gegenwart und vor allem – Konarske hatte es seit Monaten analysiert – erregte sie, wenn sie am Boden ihrer Erwartungen lag. Konarske selbst feuerte es an, wenn er grausame Spiele spielte und dann den Schrecken aus Adeles Augen destillierte. So präparierte er einmal Adeles Nachthemd mit einem Pulver, das er aus zerstoßenem Hagebuttensamen gewonnen hatte. Wie Konarske seine Frau dann erblickte, von heftigem Brennen und Jucken ergriffen, wie die Haut sich feurig rötete und Quaddeln schwollen, da trieb es den Arzt zu höchster Lust. Und er streute das Pulver, pfefferte nach, bis Adele weinte und im gleichen Augenblick ihrem Mann vor die Füße rutschte. Konarske schleifte sie über den Flur ins Badezimmer, wo er sie in die Wanne setzte, selbst hinterherstieg, die Dusche aufdrehte und Adeles Brennen nicht nur mit Wasser löschte. Am Ende solch eines Spiels meinte Konarske jedesmal: »Ich weiß, ich langweile dich.«

Jedesmal widersprach Adele. Nach Feierabend und am Wochenende ließ er Baubrigaden anrücken, motivierte sie mit harter Währung und der Maßgabe, das bisherige, zwar schon einmal vergrößerte, dennoch bescheiden gebliebene Haus in ein dem Doktor entsprechendes Eigenheim umzufunktionieren. Erkennbar sein sollte es im Ausbau des Dach- und Kellergeschosses zu diversen nutzbaren Räumen. Ebenso sei der Anbau eines Wintergartens sowie eine überdachte Terrasse notwendig. Wände wurden eingezogen, eine Nische für Tischtennis entstand und wie nebenbei ein drei mal drei Meter großer Raum, den Doktor Konarske nur für sich beanspruchte.

»Darin hast du nichts zu suchen«, sagte er zu Adele.

Auch Timm verwies er unter Strafandrohung darauf, den Raum zu meiden: Man würde bei dessen Betreten einen Schlag bekommen. In dem Maße wie der Ausbau des Konarskeschen Anwesens vonstatten ging, wurden im Dorf die Zungen gewetzt. Nicht nur bei Fleischermeister Schembart, wo unter Gerüchten die Wurstbrühe hochkochte. In jedem Stall, jedem Laden, in jedem Arbeitskollektiv, hinter jedem Gartenzaun tuschelte man über *Doktors.* Im Wartezimmer von Doktor Krause gingen bunte Journale von Hand zu Hand, und manche Leserin glaubte nach der Lektüre zu wissen, daß es bei den Konarskes zuginge *wie bei denen drüben* und *Die schwimmen im Geld.*

Adele schwamm im bezirksweit ersten privaten Pool. Vorm Haus knackte der Winterfrost. Die zurückgeschnittenen Rosen im Garten waren verschneit. Auf den Feldern konnte die Gülle nicht abfließen und gefror in braunen harschen Pfützen. Landesweit gab es Probleme in der Brennstoffanlieferung. Auf der Gemeindeversammlung wurden Vorwürfe gegen Adeles asoziales Verhalten erhoben. LPG-Vorsitzender Eden, obwohl er ebenso dieser Meinung war, verwies auf die Sonderstellung Doktor Konarskes bei der Forschung. Man müsse ihm und Adele Privilegien zugestehen, außerdem habe Konarske einen Draht zum Direktor des Kohlehandels. Während sich die Dorfkinder mit Holzschlitten auf der Rodelbahn tummelten, triumphierte Timm mit einem doppelkufigen Bob aus Metall. Da es ihm schwerfiel, die Rodelbahn nach jeder Abfahrt wieder hochzulaufen, ließ er sich von anderen Kindern ziehen und gestattete ihnen dafür, seinen Bob zu benutzen.

Aber nicht nur Lärchenaus Kinder waren es, die oft vor

Konarskes Haus stehenblieben. Hanswerner Giersch fuhr mehrfach mit dem Rad vor und stellte die Post zu: jeden Brief einzeln. Und jedesmal suchte er einen Blick durch Konarskes Wohnung zu schicken, der ihm sagen sollte: Die Indizien der Feindberührung haben sich verschärft. Aber Gierschs Blicke fanden keinen Einlaß. Er sah nichts mehr und versuchte, Verdächtiges in Gerüchen zu erkennen, aus Tapetenmustern zu lesen, in den Milchglasscheiben der Haustür zu entschlüsseln. Unter dem Fußabstreifer fand Giersch nur gewöhnlichen Dreck, und wenn er mal die Gelegenheit fand, Timm anzusprechen, streckte der ihm nur die Zunge heraus.

Nach getaner Arbeit saß Hanswerner zu Hause am Küchentisch vorm Schreibblock. Nun wollte mittlerweile die Tinte im Federhalter nicht mehr recht fließen. Giersch kritzelte ein paar Zeilen, dann gab er auf. Mutter Elsbeth, die oft spät von Versammlungen nach Hause kam und ihre ganze Zuwendung ihren Genossen zukommen ließ, versuchte den Sohn manchmal aufzumuntern. Er solle sich nicht, hieß es aus ihrem Mund, seiner privaten Schwäche hingeben und zaudern. Hanswerner jedoch wehrte die Mutter ab: Ihr kaltherziges Getue würde ihn ankotzen! Außerdem beschwerte er sich, daß die Küche so dunstig und eng sei. Die Konarskes, obwohl von denen keiner in der Partei sei, hätten dagegen eine Riesenküche. Elsbeth sagte: Die Konarskes sind asozial, ein bürgerliches Relikt, das die schwierige Übergangsphase des Sozialismus zum Kommunismus kennzeichne.

Doktor Konarske sah sich veranlaßt, im Frühjahr eine übermannshohe Hecke um sein Anwesen zu pflanzen.

Am Tag, da Oberarzt Doktor Konarske in der Kreisstadt im Rahmen einer abendlichen Feierstunde zum Chefarzt berufen werden sollte, bekam Timm das erste Mal im Leben die Gelegenheit, ein *Schlüsselkind* zu sein. Adele, aufgeregt und herausgeputzt, hatte ihrem Sohn ein Bändchen geflochten, woran sie den Wohnungsschlüssel befestigte. Die Eltern ermahnten das Kind, das Haus nach ihrem Weggang nicht mehr zu verlassen, niemandem zu öffnen, das zurechtgestellte Abendbrot zu verzehren, den Fernseher nur zur Sandmännchenzeit anzuschalten, acht Uhr ins Bett zu gehen, am nächsten Morgen den Wecker nicht zu überhören und pünktlich, ohne das Abschließen zu vergessen, den Schulweg anzutreten. Timm müsse beweisen, daß er schon groß sei. Timm gab sein Pionierehrenwort. Kaum war der blaue Wartburg den Blicken des Jungen entschwunden, bekam er Besuch. Helge Hemlock, Jack und Kai-Uwe, genannt Admiral, klingelten Sturm.

»Mach auf, Fetti!« rief Jack.

Helge gemahnte zur Freundlichkeit, denn nur diese würde Türen öffnen.

»Mach auf, Timm, dein Vater hat etwas vergessen«, sagte er.

Die Tür blieb geschlossen. Nun versuchte Admiral sein Glück: »Aufmachen, Kammerratte Timm! Aufmachen, oder ich schieße!«

Da öffnete sich die Tür, und Timm konnte nichts mehr tun. Sie standen in der Diele. *Nur mal kieken, wie sich's so lebt,* lautete die Parole. Der nächste Befehl hieß: Zeig uns alles! Timm, halb bewundernd, halb ängstlich, führte Admiral, Jack und Hemlock zuerst ins Kinderzimmer. *Kammerratte* hatten ihn die großen Jungs genannt. Was war das? Timm beschloß, daß dieser Name etwas Gutes bedeutet. Aber sosehr sich der Junge mit seinen Spielsachen rühmte – die Jungs hatten kein Lob dafür, sondern steckten Mickymaushefte, Matchboxes, Filzstifte und was sie sonst noch fanden, einfach in ihre Jakkentaschen.

»Das brauchst du nicht mehr«, sagten sie.

Timm, an Tränen schluckend, führte die Bande ins Wohnzimmer, wo Jack, als er die beleuchtete Schrankbar entdeckte, *Bols-Likör* und *Kreuz des Südens* hervorholte und dem Chef das Vorrecht des erstes Schluckes zugestand.

»Auf unseren Moppel!« rief Admiral, trank kirschroten Bols und reichte die Flasche an seine Kameraden weiter.

Sie stießen Timm voran. *Zeig uns alles!* Das elterliche Schlafzimmer. Dort hüpften sie auf dem Himmelbett, daß die Matratzen quietschten, schmissen sich Kissen um die Ohren, tanzten mit Adeles Nachthemd. Da fiel unter dem Bettrahmen das Foto hervor. Admiral, der den lachenden Mann, auf dessen Schildmütze und Gesicht hellila Stempel der Deutschen Post prangten, sogleich erkannte, sagte bewundernd: »Mensch, det is ja der Hitla. Wenn det mein Vata wüßte, der würde mit der Harpune in det Rattennest schießen.«

»So wat hat meen Bruda och in seine Schublade vasteckt«, gestand Jack und legte kameradschaftlich seinen Arm um Timm.

Helge, der das Foto argwöhnisch hin- und herdrehte, meinte, so einen lachenden Hitler hätte er noch nie gesehen.

»Das ist Opa, kein Hitla«, sagte Timm, entriß Helge das Bild und steckte es wieder unter den Bettrahmen.

Admiral, der Timm doof und kindisch nannte, rollte nun eine Federdecke zusammen. Bäuchlings umklammerte er die Rolle mit den Beinen, ruckelte mit dem Unterkörper hin und her. Dann tat er, als wische er sich Arbeitsschweiß von der Stirn und fragte seine Jungs: »Na, habt ihr schon mal?«

»Klar«, log Helge und putzte an seiner Brille herum.

Admiral grinste.

»Du? Bei dir weeß man doch jar nich, wat Sache is.«

»Det gloob ick och«, sagte der schöne Jack.

Hemlock, seine Hose herunterlassend, ließ aufblitzen, was

Beweis genug war. Jack bat Admiral, er solle den Quatsch beenden.

»Schiß?«

»Nee«, sagte Jack, »der Schuppen stinkt mir mehr als verjammelte Wurscht.«

Auch Helge äußerte, daß er von dem Fischzug genug hätte.

»Ist doch nett hier«, warf Admiral ein.

Zu Timm gewandt, wiederholte er den Befehl: »Zeig uns mehr, Kammerratte Timm!«

Da war wieder das Wort. Stolz klang es, wie ein glückbesiegelnder Handschlag unter Brüdern. Kammerratte. Timms Augen blitzten. Hatte er eben noch befürchtet, seine Eltern würden ihm dem Hintern versohlen, führte Timm seine neuen Freunde weiter. Der Schlüssel am Hals klingelte. Im Badezimmer steckten die Jungs teures Rasierwasser und Seife ein. Während Helge im ausgebauten Dachboden medizinische Fachbücher durchstöberte, bedienten sich die anderen Jungs in der Küche. Im Keller begeisterten sie sich für die Tischtennisplatte, die Fahrräder mit Gangschaltung und natürlich den Pool.

»Haste uns jar nich vakleckert, wat du allet in dein Arsch jesteckt bekommst, Moppelchen«, sagte Admiral und faßte Timm mit zwei Fingern unter das Kinn.

»Kiek mich an, wenn ick mit dir rede.«

Helge versuchte, den Chef zum Rückzug zu animieren, aber Jack zog es nach kurzem Bedenken wieder vor, den Luxus auszukosten. Er zog sich aus und sprang ins Wasser, daß es klatschte.

»Auf drei!« rief Admiral.

Nun warfen er und Helge Timm samt Kleidung ins Wasser und sprangen hinterher. Die Bande tollte im Pool. Timm, der nicht schwimmen konnte, plantschte, strampelte, verschluckte sich.

»Fett schwimmt oben!« rief Jack.

Admiral packte den Jungen im Rettungsgriff, zog ihn zum Poolrand. Jack wollte dem Boß beistehen, indem er Timm die in der Überfließrinne hängende Leiter unterschob. Admiral stieß die Leiter weg, ließ Timm abermals untertauchen, um ihn unter Aufbietung aller Kräfte allein an Land zu hieven. Naß, hustend lag Timm auf den Fliesen. Der Leib bebte. Timms Arme ruderten noch immer, als ginge es ans Ertrinken. Als Timm endlich still atmete, fragte ihn Admiral, wer ihm das Leben gerettet hätte.

»Du«, preßte der Junge hervor.

»Stimmt das?« fragte Admiral die Kameraden. »Ja!« riefen Jack und Hemlock.

»Was sagt man, wenn man etwas geschenkt bekommen hat?« fragte Admiral.

»Danke«, sagte Timm.

Tatsächlich schien ihm Admirals Lebensrettung eine Heldentat gewesen zu sein. Zu späterer Stunde, da Timm, trotzdem er die nassen Sachen ausgezogen hatte, fror und vor Müdigkeit winselte, verlangte die Bande, er möge nun jene Tür öffnen, an der ein Schild mit Totenkopf zum Verbot gemahnte.

»Da ist Strom drin«, rief Timm erschrocken.

»Det wolln wa sehen!«

Admiral ließ sich so einfach nicht abspeisen.

»Wir brechen die Tür auf!«

Jack rieb sich die Hände. Mit schwachem imbezilem Augenflackern zeigte er Begeisterung für Admirals Vorschlag, und es entfuhr ihm: »Mensch, Chef, wenn du da rinkiekst, leuchtet deine Omme bestimmt noch röter!«

Admirals Sommersprossengesicht erblaßte. Obwohl einen Kopf kleiner als Jack, holte Admiral zum Schlag aus und verpaßte ihm eine Platzwunde an der Lippe. Da man den Schlüssel zum verbotenen Raum nicht fand, erhielt auch Timm von Admiral eine Kopfnuß.

»Laß ihn. Er kann nichts dafür«, sagte Helge.

Er drängte zum Aufbruch. Am frühen Abend beendete die Bande ihre Exkursion, verließ über den Rosengarten das Grundstück der Konarskes und wußte nun, *wie sich's so lebt.*

Niemand in Lärchenau schien etwas vom Einbruch der Mennichenseebande in Doktors Haus gemerkt zu haben. Augen- und ohrenlos war das Dorf, wenn die Dunkelheit das Licht der Straßenlaternen erdrückte. Gegen zehn Uhr gingen die meisten Leute zu Bett. Nur manchmal kam in den Ställen unter den Tieren nächtliche Unruhe auf. Da schlugen die Hunde an.

Am nächsten Morgen vermißte Chefarzt Konarske zuerst das gute Rasierwasser, Adele die teure Seife, dann sahen sie die Überschwemmung im Keller. *Was war da los?!* In seiner Not log Timm, Onkel Giersch sei dagewesen, wollte sich aus dem Keller Kohlen borgen und sei dabei ins Wasser gefallen.

Bei der nächsten Briefzustellung paßte Konarske den Briefträger ab. Er schlug ihm die Faust ins Gesicht, unverschämt bäurisch. Giersch, dem das Blut aus der Nase schoß, ging in die Knie, rappelte sich an der Hecke hoch und murmelte: »Entschuldige, Gunter, bitte entschuldige mich.«

»Du meinst wohl, das reicht?«

»Bitte, bitte, sag', wie ich's wiedergutmachen kann.«

»Was, du Idiot, willst du *gut*machen?«

»Weiß nicht. Weiß nur, daß ich mächtig Scheiße gebaut habe.«

»Du *bist* Scheiße, Hanswerner! Und wenn du noch einmal in mein Haus einsteigst, schick ich dich in den See.«

Doktor Konarskes blauer Wartburg verwandelte sich in einen silberfarbenen Dacia. Da Gunter ihn für seine Fahrt in die

Kreisstadt benutzte oder ihn in der Garage hätschelte, hatte Adele kaum Gelegenheit, das erhebende Gefühl in einem wirklich auserwählten Wagen zu erleben. Unternahm die Familie einen Ausflug, mußte Adele auf dem Rücksitz neben Timm sitzend achtgeben, daß sie ihm rechtzeitig die Brechtüte unterhielt. Timm vertrug anfangs das Autofahren nicht. Der Dacia wurde im Dorf bewundert wie vor dreißig Jahren der Vierspänner derer von Lärchenau. Daß Konarske einmal vor seinem Haus durch ausgestreute Reißnägel fuhr, kümmerte ihn nicht weiter. Der Chef der Kfz-Reparaturwerkstatt war Konarskes Privatpatient und dem Doktor stets zu Diensten.

Adele Konarske indes besaß das Privileg der Langeweile. War Timm morgens mit dem Fahrrad in die Schule gefahren, setzte sie sich aufs Sofa, schaltete den Plattenspieler an und genehmigte sich zur Musik ein Glas *Kreuz des Südens.* Dessen Süße entzündete für Momente ein zufriedenes Gefühl, um kurz vor Mittag in das zähe Befinden der Nutzlosigkeit überzugehen. Dann beklagte Adele ihr Schicksal, daß sie als *FrauzuHause* nicht mehr besaß als Schrankbar, Pool und Rosengarten. Und ihr Märchen, das sich in Trunkenheit wiederholte.

Mittags kam Timm nach Hause. Als einziges Schulkind im Dorf besuchte er keinen Hort, aß nicht, was die Großküche der LPG für die Schulspeisung kochte. Er verzehrte, was Mutter ihm an Lieblingsspeisen zusammenrührte: Puddingsuppe, Milchreis, Nudeln. Nach dem Essen wartete er, bis Adele auf dem Sofa eingeschlafen war, und verließ am Nachmittag die Wohnung. Seit neuestem war Timm Mitglied der Mennichenseebande. Seine Aufgabe: Versorgung der Kameraden mit Westsachen: Schokolade Kaugummi Schnaps. Timm tat alles, was man von ihm verlangte. Er tat es so, daß kein Verdacht gegen irgendwen aufkam.

Eines Tages überbrachte Schwester Angela, die im Landambulatorium Dienst tat, Adele die Nachricht, daß sie und Doktor Krause geheiratet hätten.

»Gratuliere«, sagte Adele und erblickte sogleich das Kommende.

»Es werden Drillinge.«

Schwester Angela ließ ihre Hände auf dem kürbisrunden Bauch kreisen. Adele schluckte, hätte der Schwangeren am liebsten alles Glück entrissen.

»Ich wußte es!« rief Konarske, als Adele ihm am Abend die Neuigkeit berichtete. Er hob seine Frau hoch, wirbelte sie durch die Luft. Als er sie wieder absetzte, sah er, daß sie geweint hatte.

»Mauseprinzeßchen! Bist du etwa eifersüchtig? Willst du etwa auch noch mal?«

»Nein, nicht, wenn du mich *so* fragst«, sagte sie.

Später wurde Doktor Konarske von Hanswerner Giersch zusammen mit Schwester Angela im Schloßpark beobachtet. Dort soll er ihren Bauch entblößt, sein Ohr daran gelegt und lange mit ihr geflüstert haben. Adele fragte ihren Mann, ob *er* der Vater der zu erwartenden Drillinge sei. Wie sie auf solchen Blödsinn komme.

»Dieser unsägliche Mensch erzählt es überall herum.«

Gunter schwor seiner Frau, daß an dem Gerücht nichts Wahres sei, bestellte Helmar Eden als Zeugen und informierte sogar den tatsächlichen Erzeuger über die Verleumdung. Krause reagierte gelassen. Seit der mit gespritztem Sekt besiegelten Freundschaft zwischen ihm und dem berühmten Kollegen, konnte ihm kein Hohn mehr etwas anhaben.

»*Ich* habe die drei zustande gebracht«, bestätigte er Adele die außerordentliche Zeugung.

Adele beschloß, es zu glauben. Am Ende des siebten Monats

erlitt Schwester Angela eine spontane Fehlgeburt. Als blutige Klumpen waren die Föten einfach aus ihr herausgerutscht.

»Verdammt!« rief Konarske, als er davon erfuhr.

Am Abend des Ereignisses besuchte er Kollege Krause.

»Es geht immer weiter«, beruhigte er den Verzweifelten, schenkte ihm Bier ein und gab ein paar jener selbstgebrauten Tropfen hinzu, die den Trost bekräftigen sollten.

Noch in derselben Nacht und obwohl es gegen jede ärztliche Vernunft war, trieb es Doktor Krause, seiner armen Braut das Unglück durch neue, noch fruchtbarere Hoffnung zu ersetzen.

Im Klassenbuch stand in der Spalte Timm Konarskes ein rotes I, das eigentlich seinem Vater galt. I wie Vertreter der Intelligenz. Hinter dem Namen der Mutter stand S für Sonstiges. Neben dem Sohn des Parteisekretärs war Timm der einzige, von dem man wegen des Is Besonderes erwartete und ihn als Kandidat für die Erweiterte Oberschule nominierte. Tatsächlich verfügte Timm über eine gute Auffassungsgabe, lernte schnell, gründlich, zeigte jedoch keine besonderen Befähigungen und Interessen. Am Pionierleben, vor allem an Wandertagen und Manövern, beteiligte er sich nur widerwillig. Beim Tragen des Halstuches legte er Lässigkeit an den Tag, die sich sogar in einer Beurteilungsrüge niederschlug. Es machte dem Jungen nichts aus, zumal er zu Hause deswegen keinerlei Ärger bekam. Timm war bequem. Ein Feind der Machtausübung, des Wettkampfes und der langen Wege. Am liebsten hätte er es gehabt, vom Vater mit dem Auto gefahren zu werden, aber dieser dozierte, Fettsein allein erzeuge noch keinen außergewöhnlichen Casus. Aus dem Jungen müsse etwas anderes herauswachsen als Fett. Er käme jetzt in die Pubertät, werde ein Mann! Da es ihm nicht an Intelligenz fehle, wünschte sich doch ein Vater wie Konarske etwas Tollkühnes, drahtig Verbautes, eine sperrige Existenz, die der allgemeinen Belanglosigkeit den Kampf ansage. Timm sagte *laß mich,* nahm das Fahrrad, radelte damit zum Mennichensee. Dort gab er den Kameraden die vereinbarten Kostbarkeiten, was ihn, trotz regelmäßiger Pflichterfüllung, nicht dazu erhob, wirkliche Anerkennung zu erringen.

»Es reicht nicht«, sagte Admiral, und ähnlich wie Vater ließ er verlauten: »Eine Kammerratte muß mehr draufhaben. Sie muß mutig und beweglich sein, und sie muß etwas wollen.«

»Ich will doch«, sagte Timm leise.

Admiral schickte den heulenden Timm zurück ins Dorf. Helge folgte dem Jungen manchmal, versprechend, daß, wenn Timm seine Aufgabe begriffen hätte, er Floßkapitän werden würde. Das war immerhin ein Trost.

Auch im Klassenkollektiv fand Timm wenig Anschluß. Spott Neid Mißgunst ärgerten ihn. Schließlich kam Timm zum Entschluß, seine Lernleistungen drosselnd, sich den anderen Schülern anzupassen. Kurzzeitig wirkte die Adaption ans Mittelmaß. Es geschah nur noch selten, daß Timm zum Gespött der Klasse wurde.

Einmal, im Umkleideraum der Turnhalle, paßten ihn seine Schulkameraden ab. Sie zogen ihm Turndreß und -hose aus, stellten ihn nackt an die Wand und kniffen in die Bauchwülste, die sie Schwimmringe nannten. Dann vermaßen sie mit dem Lineal jenes Körperteil, das Timm zwischen den Schenkeln wie ein Zitat seiner Männlichkeit hing. Was die Jungen zum Lachen bewegte, erwies sich für Timm als belanglos. Er hatte nicht einmal Lust, sich zu wehren, betrachtete allenfalls staunend, was die Linealskala zeigte: Länge zwölf Zentimeter, Durchmesser anderthalb. Wienerwürstchen! dachte Timm. Er sah keinen Grund, sich zu schämen. Da ihm zum Vergleich seine Mitschüler stärkere Kaliber präsentierten, erschienen vor Timms Augen Bock- und Dauerwürste, und das einzige, was ihn anbetrachts der Siegerparade überkam, war Hunger.

In ihrer Not rief Schwester Angela Doktor Konarske zu Hilfe. Zum wiederholten Mal stand eine Mehrlingsgeburt bevor. Da Angela im fünften Monat ihrer neuen Schwangerschaft schmerzhaftes Ziehen im Unterleib verspürte, alarmierte sie Konarske. Lief ihm doch ein ruhmvoller Ruf voraus! Wußten doch die meisten Lärchenauer sich seiner Wunderheilungen zu erinnern, und die Privatsprechstunde, die er in den Räumen seines Hauses hielt, war legendär. Doktor Krause, der seine Frau lieber dem Notfalldienst übergeben hätte, mußte zusehen, wie der Kollege seiner Pflicht in übertriebenem Maße nachzugehen bereit war, wie er geradezu darauf versessen war, Angela beizustehen.

Als Konarske im Landambulatorium den ersten Untersuchungsschritt einleitete, indem er Angelas Muttermund abtastete, hielt er plötzlich in der Hand, was abermals nicht gedeihen wollte: einen kohlkopfgroßen Klumpen. Blutig, ohne weitere Schmerzen, war er auf die Welt gekommen. Winzige Gliedmaßen erkannte Konarske, doch aufgrund der Unreife der Föten war nicht eindeutig auszumachen, wie viele davon Schwester Angela diesmal verloren hatte. Mehr als drei waren es gewiß. Blaß, apathisch sah Krause zu, wie Konarske Angelas entzündeten Schoß mit Mull versorgte und beruhigend auf sie einsprach. Bevor sich Krause vom Schock erholte, hatte sein Kollege die Früchte des Abortus in ein Glas gelegt, dasselbe in seiner Tasche verstaut und alle Spuren des Unglücks beseitigt.

Einen Liter abgekochtes und dreimal durch Leinen geseihtes Mennichenseewasser täglich, das Doktor Konarske seiner Patientin verabreichte, wirkten Wunder. Schwester Angela erholte sich und begann zusammen mit ihrem Mann über den Verzicht auf die Lust nachzudenken. Doktor Konarske freilich hatte den Beweis, daß Krause nicht dazu bestimmt war, sein Mittel, das bei Fidelio Prolet Unrat Wunder wirkte, auf humanem Gebiet zu bestätigen. Ich hätte es mir denken können, dachte Konarske, legte Schwester Angelas Fehlgeburt in Spiritus, stieg hinab in den Keller seiner privaten Forschungsstation, um den Fehlschlag der Studien zu widerlegen.

Für das folgende Experiment hatte der Doktor Helmar Eden ausersehen und Weinbrandbohnen mit der Wunderflüssigkeit geimpft. Eine Nebenwirkung wäre, hoffte Konarske, Freund Eden würde sich endlich wieder den Frauen zuwenden. Er überreichte ihm das Konfekt mit den Worten, Eden müsse dafür sorgen, daß Adele nicht mehr an Alkohol herankäme: es bestünde die Gefahr einer Abhängigkeit, selbst Weinbrandbohnen seien gefährlich. Eden nahm das Geschenk entgegen, wunderte sich über Konarskes Fürsorglichkeit und steckte die Pralinen dennoch der ehemaligen Ziehtochter zu.

Erfahrung mit Alkohol machte in dieser Zeit auch Timm. Sein erstes Erlebnis auf diesem Gebiet bestimmte der im Konsum billig erworbene Bowlenwein. Obgleich die Mennichenseebande, dank Timms Heimbardiebstählen, über anspruchsvolle Spirituosen wie *Kreuz des Südens* und sogar über Brandy verfügte, beschloß Admiral, da der Bandenjüngste es wagte, die Frage nach dem versprochenen Floß zu stellen, ihm die Regeln der Männertreue beizubringen.

»Gleich wirste 'ne hübsche Floßreise machen«, tönte Admiral.

Er befahl Jack, Timm festzuhalten. Hemlock sollte dem Jungen Wein einflößen. In Jacks Schwitzkasten hängend, trank Timm tapfer, was man ihm verabreichte. Der Wein schmeckte wie saures Wasser. Timm war beruhigt. Wenn das alles war, was man vom Alkohol zu befürchten hatte, dünkte sich Timm stark im Nehmen. Jetzt wurde Brandy ins Spiel gebracht. Jack setzte die Flasche nach Fleischerart an, nahm einen großen Schluck. Seemännisch tat es ihm Admiral nach, in Gedanken seinem Vater salutierend. Helge, der seinen Mut lieber in Träumen ausdrückte, spuckte den Schnaps heimlich wieder aus, schob seine Goldbrille auf die Nasenspitze und blickte streng über den Gläserrand Timm in die Augen.

»Wie alt bist du eigentlich?« fragte er.

»Zwölf«, antwortete Timm wahrheitsgemäß, griff nach der Brandyflasche, roch aber nur daran und wollte wissen, wann endlich der Floßbau vonstatten ginge. Er, Timm, sei schließlich kein Kind mehr und wolle am See nicht nur Molche beobachten.

»Krieg du erst mal 'n Bart, Moppel«, knurrte Jack und entzog Timm die Flasche.

Helge, der seinen zwanzigsten Geburtstag hinter sich hatte, griff sich, obwohl er nicht gemeint war, ans Kinn. Es war glatt wie Mädchenhaut.

»Jetzt hör mal jut zu, Fetti«, sprach Admiral zu Timm, »haste noch nich kapiert, det so 'n albernes Floß jerade wat für Kinda is? Damit jeb'n wir uns schon lange nich mehr ab. Mußte doch jemerkt haben. Wat wir vorhaben, is nix für Schwächlinge, nix für Schnösel. 'ne jroße Sache, da kannste Jift drauf nehmen. Stimmt's, Jack? Hemlock, ha' ick recht?«

»Klar«, sagte Hemlock, nervös seine Brille zurechtrückend,

Auch Jack nickte. Die Welt um Timm herum wankte. Der Bowlenwein schien sich im Magen in Essig zu verwandeln. Timm stieß sauer auf, tastete nach Jacks Arm, torkelte ins Leere.

»Wir wolln nämlich varreisen!« rief Jack großspurig.

Timm staunte. Das waren schon richtige Männer, die da vor ihm Kraft tranken. Brandykraft. Wie sie dastanden, lässig die Hände in den Hosentaschen, den See, das Land, die Welt einfordernd mit harten Sprüchen. Sie wollten ihn mitnehmen. Ihn, die Kammerratte Timm. Den sie Moppel Fetti Dickmadam nannten, aber das wollte er sich nicht länger gefallen lassen.

Admiral rief zur Reise auf. Nach einem weiteren Schluck Wein war Timm bereit. Sturm auf hoher See hieß das Spiel. In die Hände klatschend forderte Admiral Jack und Hemlock auf, mit dem Jungen den *Taifun* zu machen. Timm kreiselte gehorsam, drehte sich um sich selbst oder war es ein fremder schwerer Leib, der sich, von ihm entfernend, auskotzen wollte vor den leeren Versprechungen der Freunde, Timms Füße knickten weg, und er drehte sich, wurde gedreht, bis ihm der Wein, oder war es das Meer, aus dem Mund schwallte, ihn übergoß, das Seeufer tränkte …

Jemand, der nicht gesehen werden wollte, aber alles in Lärchenau sah, der hinter Hecken, Hoftoren, in Läden und Ställen seine Augen hatte, der Nachrichten zustellte, verschwinden ließ, weitertrug – dieser Mensch saß auf seinem Fahrrad im undurchsichtigen Ufergestrüpp und hielt sich am Stamm einer Erle fest. Durch ein Opernglas beobachtete er das Mennichenseeufer. Eigentlich wollte er nur Helge Hemlock heranzoomen, ihn dicht vor Augen haben, das eigene Herzklopfen spüren. Aber heute war Helge nicht allein. Heute erkannte der Späher die Katastrophe, den getarnten Schuppen, den geheimen Bandentreffplatz, die verlorene Chance. Da ist mächtig was im Gang, dachte Giersch. Er sah Timm vor den Männern kreiseln, wie sie ihn auf Reisen schickten, auslachten, zurechtschlugen, abfüllten mit Essigwasser und wie Timm den Boden unter den

Füßen verlor. Giersch hörte Admirals Befehl an Kammerratte Hemlock, er möge ihm die Suffleiche aus den Augen schaffen, der mache nur Ärger. Helge schien sich dem Befehl zu widersetzen. Blaß, erschrocken sah er aus und mochte den im Dreck liegenden Knaben nicht anfassen. Schließlich, nachdem auch Dorfdummi Jack Helge zugeredet hatte, zerrte dieser Timm vom Ufer weg den Waldpfad nach oben.

Erst duckte sich Giersch, wie er es gewohnt war, dann plötzlich sprang er aus dem Hinterhalt hervor. Helge erschrak derart, daß er Timm loßließ und dieser mit dem Kopf auf eine vorragende Baumwurzel knallte. Giersch fragte nicht, woher und wohin. Er stand vor Helge, sah nur ihn und nicht Timm, und Helge rückte seine Brille zurecht, die Lippen zitterten.

»Laß gut sein«, sagte Giersch.

Eine Zeitlang standen sie beieinander, Hanswerner Giersch und Helge Hemlock. Zu ihren Füßen Timm, halb heulend, halb kichernd. Wein Tränen Rotz liefen ihm aus Mund und Nase.

»Nun hol schon die Bullen«, flüsterte Helge.

Giersch, dessen Fahrrad umgefallen war, trat einen Schritt auf Helge zu, so nah, daß er dessen Angst als Wärme spürte.

»Bin doch kein Verräter.«

Auch Giersch flüsterte. Alles flüsterte um ihn herum, webte einen Wisperteppich, ließ ihn vergessen, für Momente irre werden an seiner ersten Gelegenheit, zu tun, wonach ihm seit Jahren verlangte. Bin doch kein Verräter.

»Entweder«, sprach Hanswerner, »ich übernehme euer Opfer oder ...«

»Oder?«

Helge war zurückgetreten. An einen Kiefernstamm gepreßt, verharrte er vor Giersch, der Pilzgeruch ausströmte oder nach Fuchs Bock Keiler stank, der Helge bat, er möge ihm einen mächtigen Gefallen tun.

»Faß mich an«, flehte er, »tu es, hol ihn heraus, nimm ihn in die Hand, halt ihn, mach mit ihm, was du willst, hab keine Angst.«

Helge, die Hände hinterm Rücken verschränkt, schloß die Augen. Fuchs Bock Keiler. *Nimm ihn!* Während Giersch sich mit der Rechten selbst bediente, griff seine Linke nach Helges Hand. Blitze zuckten hinter seinen Lidern. Er wollte Giersch nicht helfen, und doch tat seine Hand, was er von ihm verlangte. Die Finger am Kiefernstamm abwischend, vermeinte Helge, Harz klebe daran. Am Boden schlief Timm mit offenen Augen.

»Gut«, sagte Giersch, nachdem er sich die Hose zugeknöpft hatte, »ich will mal nicht so sein. Du überläßt mir den kleinen Konarske, und kein Schwein wird erfahren, was du mit mir gemacht hast.«

Wie wahnsinnig blickte sich Helge im Wald um. Wollte Admiral und Jack um Hilfe rufen oder wenigstens den besoffenen Timm wegbringen, doch Angst trieb ihn davon. In komischen ruckartigen Sprüngen rannte er durch den Wald, streifte immer wieder seine Hand an Baumstämmen ab, wäre sie am liebsten losgeworden, hüpfte, sprang hakenschlagend, bis er auf die Lärchenauer Landstraße gelangte und von dort aus …

»Ich habe ihn in letzter Minute gerettet. Er hat mächtig Glück gehabt.«

Mit diesen Worten lieferte Hanswerner Giersch Timm zu Hause ab. Konarske, die erbärmliche Sendung in Empfang nehmend, meinte, daß er so was hätte kommen sehen und Giersch sich verziehen sollte, bevor er, Konarske, der Sache auf den Grund gehe. Giersch schwor, das einzig Richtige getan zu haben, indem er Timm aus den Fängen von Rowdys befreit hätte. Er wüßte auch die Namen. Wenn Gunter sich dafür interessiere, könne er sie nennen.

»Interessiert mich nicht«, sagte Konarske.

»Gehen wir zur Polizei und zeigen die Bande an.«

»Das sieht dir ähnlich!«

Mit einer Erinnerung an seine Schlagkraft beförderte Gunter Giersch zur Tür hinaus. Im Flur tapste Timm von einem Fuß auf den anderen, lallte *Jetzt fahrn wir übern See, übern See.* Konarske forderte Timm auf, sich ins Bett zu legen, seinen Rausch auszuschlafen. Doch Timm sang. Sang vom See, über den er fahren wollte, sang laut, mit einer Stimme, die überschnappte und in die hohe Lage eines adipösen Jungen zurückfiel. *Jetzt fahrn wir übern See übern See jetzt fahrn wir übern …*

Bis Gunter Konarske versprach: »Wir fahren bald zusammen Dampfer. In Berlin. Auf dem Müggelsee.«

Tränen standen in Timms Augen.

»*Du* willst mit mir Dampfer fahren?« fragte er leise.

»Warum nicht. Schließlich bin ich dein Vater.«

Timm nickte. Das war ja sein Vater.

Schon am Abend hatte Gunter Konarske sein Versprechen vergessen. Noch lange lästerte man in der Bande über die Trinkschwäche des Jüngsten. Allen voran Helge, der ihn mit Spott übergoß und, als wünschte er, nie mehr zur Besinnung zu kommen, in Gelächter ausbrach.

In Gedanken ließ Timm Schiffe fahren, als Kapitän Konarske, der am Bug eines Dreimasters stand, den Blick nach vorn, ringsum Ufer, schwankend, flüchtig, und der Bug versank in den Wellen und hob sich, und Timm blickte auf ein Meer, in ein Nichts hinein, das ihn blendete. Einmal, als Adele selbst im Rausch versunken war, bot sie ihrem Jungen, den sie *schon groß* nannte, ein Glas *Kreuz des Südens* an. Daraufhin lief Timm in den Keller. Er stürzte sich, im Sturm seiner Seele, in den Pool, wollte auf Grund gehen. Für immer. Aber das Wasser trug ihn.

Am 6. September 1984 stießen Adele und Gunter im Badezimmer aufeinander. Vor dem Waschbecken betrachtete Adele ihr Gesicht im Spiegel, als Konarske auf sie zutrat, in den Augen noch Schlaf, die Pyjamajacke halb offen. Adele rührte sich nicht, hoffte, Gunter möge an ihren Rücken gepreßt verharren, sein Gesicht neben ihrem, hoffte, er würde sich zu ihr herabbeugen, seine Lippen zärtlich auf die Stelle zwischen Kinn und Schulter drücken. Adele durchschauerte es. Sie reckte ergeben den Hals, da spürte sie Konarskes Finger als Zange an ihrer Halshaut. Stille im Badezimmer. Nur der Wasserhahn tropfte.

Bitte, sag, daß ich deine Prinzessin bin, flehte Adele lautlos.

»Mauseprinzeßchen«, flüsterte Konarske, »meine empfindliche kleine Maus …«

Adele am Ohr knabbernd, lenkte er seine Küsse den Hals hinunter, stieg wieder hinauf, küßte ihre Lippen, stemmte seine Frau plötzlich von sich und genoß die Enttäuschung über die Titulierung in ihren Augen. Er nahm es als Adeles Geschenk und fragte gespielt vorwurfsvoll, ob sie denn ihren gemeinsamen Geburtstag vergessen habe. Ohne eine Antwort abzuwarten, verließ Konarske das Badezimmer.

Adele, gekränkt die Küche betretend, sah den Tisch gedeckt. Gunter hatte das Goldrandgeschirr samt Silbermesser aufgelegt, Kaffee gekocht, Brötchen aufgeschnitten, als Trost ein Glas Nutella hervorgezaubert. Neben Adeles Teller: ein Strauß weißer Rosen der Sorte »Kristall«. Mit übereinandergeschlagenen Beinen saß Doktor Konarske in Anzug und Krawatte und bot Frieden an. Adele, unfähig, den Geburtstag spontan zum Festtag zu erklären, setzte sich im Morgenmantel zu Tisch.

Gunter streichelte Adeles Hand, gratulierte ihr. Zum Vierzigsten.

»Nun haben wir das Gröbste geschafft, Prinzeßchen.«

Adele, plötzlich gerührt, nahm auf Gunters Schoß Platz. Ich muß seine Ausfälle ertragen, sagte sie sich, liebkoste den Mann, gratulierte ihm ebenfalls, rieb ihre Wangen an seiner Hemdbrust, bis er, wie stets, der Versöhnung überdrüssig wurde.

»Zieh dir was an.«

Adele lächelte. Na warte, dachte sie. Und ließ den Bademantel von ihrem nackten Leib zu Boden gleiten. Konarske schlug die Hände vors Gesicht. In diesem Moment stand Timm in der Küchentür. Barfuß, in zerschnittenen Hosen und Unterhemd. Mit grüngefärbtem Haar, darauf eine nach Besenborstenart gekämmte rote Tolle.

»Häppi Börrsdeeh!« sagte Timm und wackelte mit dem Hintern.

Ein Schweineschwanz haftete daran. Stille in der Küche. Nur die Kaffeemaschine summte. Als Doktor Konarske seinen Sohn fassen wollte, entwischte er ihm.

»Du kümmerst dich zu wenig um ihn«, sprach Gunter zu Adele, packte sie an den Ohren und zog daran. Dann verließ er die Küche, das Haus, und fuhr im silberfarbenen Dacia davon, daß die Reifen quietschten.

Jene Schachtel Weinbrandbohnen, die Konarske für seinen Freund Eden mit Kraftstoff präpariert hatte, tröstete statt dessen Adele über ihr Versagen hinweg. Stück um Stück verzehrend, spürte sie Erweckendes. Schalt sie sich bis eben ihrer Schwäche, da sie nicht in der Lage war, Gunter in seinen ausfälligen Momenten die Stirn zu bieten, fühlte sie sich nun zur Rache bestimmt, wohl auch deswegen, weil Adeles Leben im märkischen Lärchenau ungenutzt verstrich: Weit ab von dem, was im Dorf und im Land geschah, reifte sie zu einer Frau, die sich von allen, wie Konarske sich ausdrückte, Dorftrutschen unterschied. Stets war Adele gekleidet, als würde sie auf einem Fest tanzen wollen. Der Duft Chanel umspielte sie wie die Aromen des Rosariums.

Nach der letzten Weinbrandbohne kam etwas über Adele, das sie aus dem Haus trieb. Doch nicht wie sonst, da sie sich vor jedem Schritt auf die Straße einer ausgiebigen Kosmetik unterzog und vor dem Spiegel herausputzte. An diesem Tag zog Adele ein Sommerkleid über, machte sich ungeschminkt auf den Weg. Wohin, wußte sie nicht. Adele fühlte ihren Leib als etwas Überzuckertes sich gegen sie erheben. Oder war es der Kitzel, der sie anstachelte, den Weg auf ein Ziel hinzuführen? *Eine neue Liebe ist wie ein neues Leben.* Trällernd trieb sie sich an mit rachevoller Sehnsucht nach irgendwem.

Da sie auf der Dorfstraße keinem Mann unter Greisenalter begegnete, schlug sie den Weg zu den Ställen ein. Die Betonplatten, die dahin führten, kamen Adele endlos vor, so daß sie seufzend kehrtmachte und zurück zur Straße lief, in der Hoffnung, bald würden die Frühschichtler oder ein Bauernfuhrwerk daherkommen oder ein Traktor, von dem ihr wer zuwinken würde. *Mauseprinzessin* hatte Konarske sie zu ihrem vierzigsten Geburtstag genannt. Jetzt schwor die Maus Rache.

Im Wartehäuschen der Bushaltestelle vor Schembarts Fleischerei saß Jack und rauchte. *Du bist mein Bub, du bist mein Schatz, ich hab dich lieb,* sang Adele, kichernd beim Anblick des Mannes im blauweißen Fleischerhemd. Mit der scheinheiligen Frage, ob er auf den Bus warte, nahm Adele Jack die Zigarette aus dem Mund und sog daran.

»Wie lange haben wir Zeit?«

Bevor Jack antworten konnte, daß er nicht auf den Bus warte, sondern im Bushäuschen ungestört seine Mittagspause verbringen wollte, hockte Adele auf seinem Schoß. Sie roch Tabak Fett Schweiß. Sie roch, wie Jack mit dem Messer Rinder- und Schweinehälften zertrennte. Sie roch Blut.

»Um Jottes willen, wer hat Ihn' denn anne Hirnschrauben jedreht?«

Jack verlangte eine Erklärung, was Timms Mutter, die allbekannte Doktorsfrau, veranlaßte, *ihn*, den Zerlegegehilfen Johannes Thiel, am hellichten Arbeitstag in Lärchenaus Bushaltestelle ohne Lohn zu reiten.

»Du dreckiges Tier«, raunte Adele ihrem Opfer ins Ohr, wobei ihre Lippen den Hals des Schlachters entlangstupsten, in den Hemdkragen, auf die Schultern und, obgleich es sie würgte, auf Jacks Brust. So viele Mädchen begehrten diese Brust, aber nur Adele Konarske wagte sich zu nehmen, was sie wollte. Jack rutschte auf der Bank nach vorn und fummelte auf Befehl an Adeles Kleid herum.

»Du stinkst«, hauchte Adele, ergriff Jacks Hände, führte sie an ihren Nacken und bat den Mann, er möge ihr bestätigen, daß sie nicht zu einer Maus mutiert sei. Jack, Adeles Nacken und Brüste ertastend, meinte, in ihr eine abgebrühte Sau zu erkennen. Adele öffnete Jacks Hosengürtel. Da den Mann nichts mehr abhalten konnte, das Sonderangebot reifer Weiberlust anzunehmen, gab er Adele, was sie von ihm verlangte. In ihrem Kopf rauschte es. In diesem Augenblick war sie Herrin über alle Reiche der Welt. Bevor er wieder bei Schembart seiner Arbeit nachging, ließ sich Jack zu einem Kompliment hinreißen: »Ick vamute, det is die reine Wahrheit, det Se aus'm janz besondern Stall kommen tun, Frau Dokta. Stimms oder stimms nich?«

Adele, die nicht einmal Zeit gefunden hatte, sich über ihren Angriff auf den Dorfdummi zu wundern oder gar Scham zu empfinden, glaubte, daß hier und jetzt Gelegenheit war, sich aufzureißen, alles zu offenbaren, den schwarzen Edelstein ihrer Zeugungsgeschichte leuchten zu lassen.

»He«, sprach sie zu Jack, »damit du weißt, was für ein ekelhaftes, verdorbenes Dreckvieh du bist: Du hast es gewagt, mich mit deinen … Du hast mit der Tochter …«

Adele sah den Bus herankommen. Jack ermunterte sie, in ihrem Geständnis fortzufahren.

»Du hast mit der Tochter des Führers geschlafen.«

»Kiek ma an!« sagte Jack.

Im Sommer geschah es, daß Bauer Edens Zuchteber, angeführt vom dreijährigen Ostwind, die Drahtgitterzäune ihrer Stallungen durchbrachen, quiekend über den betonierten Auslauf zur Weide galoppierten und Rasenbatzen ausgruben. Hitzig verwirrt ging es zurück Richtung Stall, wo Ostwind seine Artgenossen anstieß, damit sie aus der Jaucherinne söffen. Die Schweine erbrachen sich, verbissen sich gegenseitig die Schwänze, brüllten, rannten Richtung Maststall, wo arglose Läufer und Jungsauen Futtertröge durchstöberten. Vor Ort warf Ostwind mit der Schnauze Stroh hoch, so daß es den Entlüftungsventilator verstopfte, die Luft im Stall dick und gefährlich wurde. Die Eber, welche ihre Sauen nicht mehr erkannten, rannten gegen sie und sich selbst – heillose Randale nahm ihren Lauf, bis Stallarbeiter erschienen. Die Tiere begannen zu kreiseln und folgten Ostwind, der die Ohren anlegte, zum Endsturm. Aus den Stallungen ging es Richtung Dorf. Zwei Dutzend Eber und Sauen aller Rassen bewegten ihre schweren hybriden Körper. Manche hatten abgebissene Schwänze, andere blutende Ohren. Die Tiere durchwühlten Anger Rasenflächen Gärten. Lärchenauer, die den Aufstand mit ansehen mußten, riefen nach der Polizei, aber statt dessen war Hanswerner Giersch sogleich zur Stelle. Auch er konnte nichts tun, schwang sich aufs Rad und fuhr davon. Da grunzten und gruben sich die Tiere weiter durchs Dorf, versperrten die Straße, rammten Fahrräder Autos Strommasten. Vor der Konsumverkaufsstelle fraßen sie die neu ausgepreisten Frühkartoffeln, pflügten Vorgärten um, scheuerten sich an der Kirchentür. Vor dem Landambulatorium stieß Jungsau Bilse die Tafel mit den Sprechzeiten um. Sogar Konarskes Haushecke mußte tierischen Verbiß über sich ergehen lassen. Schließlich führte der Weg Richtung Fleischerei. Dort wurden sie schon erwartet. Als erstes traf es die deutsche veredelte Landschweinsau Undine 2344. Gebannt blieb sie vor einem Trog Äpfel, als Lockmittel aufgestellt, stehen, hob die Schnauze und schnüffelte.

»Gutes Mädchen«, sagte Schembart und gab das Zeichen.

Zerlegegehilfe Johannes Thiel setzte den Bolzen auf Undines Stirnbein. Sie hörte Ostwinds Quieken, spürte aber keinen Fluchtimpuls. Meister Schembart schlug mit dem Hammer den Bolzen in Undines Gehirn. Sie brach bewußtlos zusammen. Undines Tötung folgte Jungläufer Bismarck, dann Attila Uschi Ostermaid Grütze Dornröschen und der Aufständischen Rest. Ostwind, der noch einmal versuchte, seine Tiere in eine andere Richtung zu lenken, wurde als letztem der finale Schlag verpaßt.

Helmar Eden, dem der getreue Giersch inzwischen Alarm geblasen hatte, stand hilflos vor den auf der Straße liegenden Tieren. Der Menschenauflauf um ihn herum ängstigte ihn. In wirren Gedanken überlegte er, was geschehen war. Die schmähliche Notschlachtung der Tiere, allesamt Eigentum der LPG, es war womöglich seine Schuld! Eden sah sich im Vernichtungsfeuer der Bauern, vor dem Kadi, dem Höllentor, das ihn nicht mehr zurückließ in sein altes Leben. Dann kam ihm die Idee.

»Mensch, Leute«, rief Eden, »det is doch'n Wunda, wat in unsan Schweinen für 'ne Kraft steckt! Wir müssen nur lernen, sie richtig für uns zu nutzen, kapiert ihr das?«

Die Lärchenauer Bauern schüttelten die Fäuste gegen ihren Vorsitzenden.

»Bist woll nich recht bei Jroschen, Jenosse! Jetzt loofen die Viecha schon von alleene ins Messa, det is doch unnormal is det.«

Spätnachts, als der Spuk vorbei war, tigerte Helmar Eden in seinem Haus herum, grübelnd, wie alles ins Gute zu kehren wäre. Weit kam er nicht.

Die LPG-Mastanlage, dank Doktor Konarskes Wundermittel republikweit zu den ökonomisch besten zählend, drohte nach dem Putsch Verluste zu machen. Eber wie Primus Parzival Henselmann, welche sich Ostwind nicht angeschlossen hatten, verweigerten spätsolidarisch ihre weitere Mitarbeit. Bei Ebern, die reaktionär ihre Deckkraft ausleben wollten, waren es die Sauen, die ihnen die Köpfe zudrehten, und nur diese. Helmar Eden stellte die Stallradios lauter. Es wollte nichts nützen. Da sich der Bauer solch komplettes Versagen nicht erklären konnte und der um Rat gebetene Freund Konarske an den Tieren Spätwirkungen seines Serums vermutete, beschloß er, in seiner Aufgabe als LPG-Vorsitzender das Ministerium für Landwirtschaft um Hilfe zu bitten. Die Hilfe wurde umgehend gewährt.

Durch vertrauliche Informationen, hieß es im offiziellen Schreiben an Eden, wüßte man bereits, daß es in der LPG »Fortschritt« über Jahre hin zu Gesetzeswidrigkeiten gekommen sei, welche jedoch keine negativen Auswirkungen auf Produktion und Handel gehabt hätten und daher lediglich »beobachtet« wurden. Das aktuelle Ereignis hingegen verpflichte das Ministerium, Maßnahmen einzuleiten. Um ein

Gerichtsverfahren zugunsten des internationalen Ansehens sozialistischer Landwirtschaft zu umgehen, müsse sich der Genosse Eden unverzüglich den Beschlüssen der Tierzuchtorganisation fügen. Helmar Eden war zu allem bereit.

Haus und Hof, in welchem er seit sechzig Jahren lebte, schienen plötzlich von Geistern bewohnt. Einmal glaubte Helmar, die tote Beate mit dem Wäschestampfer hantieren zu sehen. Ein andermal lachte ihm aus dem Tapetenmuster Adeles zigarettenrauchender Mund entgegen. Auch zerbarst im Traum der Wasserkessel. Wolken geflügelter Spinnen stiegen aus den Trümmern auf.

»Ick gloob, ick werd meschugge«, klagte Eden.

Konarske registrierte die Unruhe im Gesicht seines Freundes. Sein Eifer war erwacht. Gunter erkundigte sich nach Edens Befinden, ob er eine Veränderung in sich erfahren habe und ob er wieder Lust auf Frauen verspüre. Auf Weiber, sagte Helmar Eden, habe er keinen Appetit. Die besten seien ohnehin vergeben. Außerdem sei die LPG so etwas wie Familienersatz für ihn. Wenn nicht die Schweine durchgedreht wären. Konarske bedauerte, den Putsch nur vom Hörensagen erlebt zu haben. Dabei sei diese außerordentlich zutage getretene Energie seinem, Doktor Konarskes, Wunderserum zu verdanken. Er wollte alles von Helmar Eden wissen. Vom Reden wird dir besser werden, versprach er. Während Eden die Revolte noch einmal erzählend durchlitt, notierte Gunter Konarske die Einzelheiten. Vor allem wollte der Forscher die Augen der Tiere exakt beschrieben haben. Was Eden im Moment ihrer Begegnung mit dem Schlachter darin gesehen hätte. Hoffnung? Irrsinn? Angst?

»Beschreib mir die Angst.«

Gunter spürte das Herz in der Kehle klopfen.

»Angst? Es war Haß«, sagte Eden.

Der Ministeriumsbeschluß erschien in Person der jungen Moskauer Agraringenieurin Genossin Olga Poljuchowa, die mit weißer Leinenbluse, kurzem Rock und erbarmungswürdigen Deutschkenntnissen in Edens Eberstall auftauchte. Ihre Aufgabe war: die neueste sowjetische Methode der künstlichen Besamung in Lärchenau einzuführen.

Künstliche Besamung. Helmar Eden, wissend, daß diese Methode der tierischen Fortpflanzung bereits seit Jahren republikweit angewendet wurde, hatte sich bislang gegen dieselbe gesperrt. Das Privileg sowie die Erfolge seiner serumgestärkten Eber berechtigten ihn dazu. Nun aber sollte Edens Fortschritt den von oben verordneten Maßnahmen weichen. Helmars Herz zuckte, als Olga Poljuchowa ihm das eigens in Moskau produzierte und Lärchenau als Geschenk zu überreichende Novum präsentierte.

»Paschalista. Bitte«, sagte sie.

Eden, die grobgeschnitzte, auf vier Holzfüßen stehende Kiste begutachtend, war sich sicher: »Det nehm' meine Jungs nie an.«

»Otschen nowui Instrument!« rief Olga, das schweinekopfimitierende Vorderteil des Phantoms tätschelnd.

Die Vorstellung, Primus Parcival Henselmann und andere, ihm noch verbliebene Eber würden, ihre Verweigerung auflösend, jene Apparatur bespringen, belustigte Eden. Olga Poljuchowa fand nichts daran erheiternd. Sie machte sich an ihre Aufgabe, dem rückständigen Genossen die Funktion des Neuen zu erläutern. Zu diesem Zweck forderte sie Helmar Eden auf, ihr die Hand zu reichen. Er tat es. Seine Finger zur Faust gedrückt, führte Olga Helmars rechten Unterarm in das hintere offene Ende des Phantoms. Eden, bemüht, den Unterweisungskünsten der Genossin zu folgen und sich nicht durch ihre aus dem Rock gerutschte Bluse irritieren zu lassen, erschauerte. Das Innere des Apparates fühlte sich glatt weich kalt an.

»Du Kaban!« schnarrte Genossin Poljuchowa mit heller Stimme, steckte das an der Nachbildung befindliche Kabel in die Steckdose und hob mit Beginn des elektrischen Surrens triumphierend den Zeigefinger.

Um Edens in der Holzsau verschwundenen Unterarm erwärmte sich langsam der Gummischlauch.

»Charascho.«

Nach ein paar Minuten stellte Olga den Strom ab, befreite Eden aus seiner Testhaltung und klopfte an das gläserne Behältnis, in welches der Schlauch in der Phantommitte mündete.

»Muß werden voll Semja«, sagte Olga.

Eden sah erleichtert, daß die Genossin fähig war zu lächeln. Das Lächeln dauerte nur kurz. Der Gast aus dem Brudervolk gab dem Lärchenauer Landwirt zu verstehen, daß das Absamen des Ebers im Phantom verglichen mit der nachfolgenden Insemination, das heißt mit dem Eindringen des Samens in das befruchtete Ei, ein Kinderspiel sei. Eden war bereit, jedes Spiel zu lernen. Er wollte die Angst besiegen. Wollte das Neue. Damit alles gut werde. Olgas Blicke suchend, hoffte er auf Zuspruch. Er blieb nicht aus. Schwitzend vor Eifer, jedoch beruhigt, daß kein Genossenschaftsmitglied den Vorsitzenden in eben stattgefundener Situation gesehen hatte, drängte Helmar Olga, sie möge ihm zeigen, was zukünftige Zuchterfolge der LPG »Hoffung« garantierte. Zum Dank werde ich sie am Abend einladen, dachte er. Olga Poljuchowa machte keine Anstalten, Edens Augenblitzen zu erwidern. Zur Weiterführung ihres Lehrprogrammes forderte sie ein lebendiges Beispiel: Bauer Edens beste Sau.

Liebauge PS 444, einer bedeutenden Sauenfamilie entstammend, mehrfach von Eber Ostwind gedeckt, Mutter Dutzender

Ferkel, befand sich gerade in der höchsten Stufe ihrer Rausche. Von Eden zum Deckstand geführt, grunzte und schmatzte Liebauge. Eden registrierte Olgas Zufriedenheit. Auch er war zufrieden. Schien sich doch alles ins Gute zu kehren, jetzt, da er nicht mehr auf Konarskes Mittelchen angewiesen war und die Rettung der LPG in greifbarer Nähe stand.

Olga Poljuchowa, deren Wangen inzwischen reizende Röte zierte und deren Bluse im Arbeitseifer verrutschte, präsentierte weitere Geräte: einen Spritzenkörper, wie man ihn zu Klistieren verwendet, eine fingerdicke stumpfe Kanüle, Ampullen verschiedener Größe und Füllungen. Eden versuchte, die unruhig gewordene Sau mit Ohrenkraulen zu beruhigen. Aber Liebauge schüttelte den Kopf, drehte sich in ihrer Zelle, biß um sich.

»Mach bereit krasiwui Swinja!«

Der Vorsitzende war ratlos. Olga brauchte nur die Hand zu heben, schon stand Liebauge still. Eden betrachtete die Spritze, welche sich unter Olgas flinken Händen mit gelblicher Ampullenflüssigkeit füllte. Ihm wurde kribbelig zumute, so daß er erwog, Liebauge aus ihrer Situation zu befreien, den Blödsinn mit künstlicher Besamung für seine LPG abzublasen und auf Pflanzenzucht umzusatteln. Aber Olga befahl den Vorsitzenden in den Deckstand, redete, was Eden nicht verstand, faßte seine Hände und führte sie an Liebauges Gesäuge.

»Massasch!«

Olga brachte dem deutschen Kollegen bei, Liebauges Zitzen sanft zu reiben und zu kneten, die Finger am Bauch der Sau hin- und herzuführen, bis das Tier bereit war. Eden massierte gehorsam. Olga führte die erste, dann eine zweite, zur Verdünnung gedachte Füllung in Liebauges Gebärmutter ein. Zum Schluß preßte Olga hundert Kubikzentimeter Luft nach, die als Propfen das Auslaufen des Samens verhinderte.

Helmar Eden, dem am Ende des Tages die Hände flatterten, verlangte nur noch nach Bier.

»Wir müssen den Fortschritt begießen«, sprach er zu der sowjetischen Kollegin, unsicher, ob er sie wirklich zu so etwas Profanem einladen sollte.

Olga Poljuchowa ließ sich nicht zweimal bitten. Im »Ochsen«, wo das Paar vieldeutig raunend begrüßt wurde, nahm Helmar Eden ein Beruhigungspils, dazu zwei Klare, um das flaue Gefühl im Magen zu kurieren. *Na Starowje!* rief Eden, prostete erst den Gästen, dann seiner Kollegin zu. Diese grüßte mit Malzbier zurück.

»Det gloob ick jetzt nich«, sagte Eden, Olga am Blusenärmel zupfend, »Sie sind ... ick meine, Sie repräsentieren wirklich ...?«

»Kak?«

»... unsa Brudavolk?«

»Da!« rief Olga, lachte, schlug mannhaft mit der Hand auf den Tisch und trank auf Ex.

Vom Nachbartisch herüber grinste Gert der Traktorist. Er brachte gerade seinem sechzehnjährigen Bruder Ole das Biertrinken bei und ergänzte nun die Lehrstunde um eine Lektion im »Ischenaufreißen«.

»Wat unsa Herr Vorsitzender da tut«, sprach er zu Ole, »det nennt man praktisch umjesetzte deutsch-sowjetische Freundschaft.«

Ole nickte staunend. Auch die anderen Gäste betrachteten das Paar mit unverhohlener Neugier, wobei Horst Gegenbauer sein Weltbild überdachte und meinte: »Ick hab ja mit die Patai nie wat am Hut jehabt, aba wenn ick ’ne Chance bei *der* Madam hätte, ick würd ma übazeujen lassen.«

Helmar Eden, unbedacht seiner Vorbildfunktion, orderte einen weiteren Schnaps. Die Mutbremse war gelöst.

»Ach wissen Sie«, hauchte Eden Olga Poljuchowa ins Ohr, »ick kann det allet jar nich fassen. Sie haben nich nur unsre LPG jerettet, Sie haben auch mir persönlich jezeigt, det wir in 'ner rewollutionären Zeit leben. Weg mit dem alten Gejamma! Hin zu neuen Ufern! Imma wenn du denkst, et jeht nich mehr, kommt von irjendwo jemand, der weeß, wie die Scheiße zu verdampfen is ...«

»Nje panimaju. Nix verstehen«, säuselte Olga, tief in Edens Augen blickend.

»Ich auch nix verstehen.«

Eden, den warmen Blick erwidernd und zu Olgas Bluse führend, spürte die von Erfolgsschweiß feuchten Brüste ihm entgegenbeben. Helmar Eden zählte bis drei, dann griff er zu. Olga Poljuchowa versetzte ihm eine Ohrfeige, daß augenblicklich jeder Laut im »Ochsen« verstummte. Der Fingerabdruck prangte auf Edens Wange. Gerührt sah das Kneipenvolk den roten fünfstrahligen Stern erglühen. Es dauerte, bis Gert der Traktorist Mut faßte und Bruder Ole zuflüsterte: »Die Russenpuppe nimmt sich janz schön wat 'raus. Ick rate dir: Finga weg von so wat.«

Die Stille brach zusammen. Gelächter kam auf. Eden rieb sich die Wange. Olga bestellte noch ein Malzbier.

»Tawaritschi!« prostete sie den Gästen zu.

Horst Gegenbauer, der stets im Dorf für Stimmung sorgte, zeigte, was seine alten Knochen hergaben, trat in die Mitte des Raumes, schlug die Fersen zusammen, ging in die Hocke und schleuderte abwechselnd die Beine vor.

»Ka-sa-tschok! Ka-sa-tschok!« rief er.

Alle klatschten mit, während Olga Poljuchowa aufstand und das Lokal verließ. Ohne sich von Helmar Eden zu verabschieden.

Am nächsten Morgen sah Liebauge PS 444 Helmar Eden aus

zufriedenen Äuglein an. Die Ferkel, die sie nach regelrechter Tragezeit warf, besaßen solch positiven Erbwert, daß auch diese wiederum vollständig zur Fortpflanzung freigegeben wurden. Nach ihrem ersten, durch künstliche Besamung erfolgten Wurf, war Liebauge von allen Ebern bekehrt. Wie geplant.

Wieder schäumte im »Ochsen« Bier über. Semmelweis-Märrie konnte so schnell nicht zapfen, wie Helmar Eden diesmal im Beisein von Gunter Konarske Nachschub orderte. Der Durst der Männer war groß wie Edens Zorn.

»Nie wieder Weiba!«

Eden griff mit der Rechten sein Glas, trank es in einem Zug leer, nahm mit der Linken Konarskes Glas und spülte nach.

»Noch zwei!« rief er Semmelweis-Märrie zu.

Konarske rang um Fassung. Zwanzig Milliliter Wunderserum auf zwanzig Weinbrandbohnen verteilt, sollten bei Eden nichts als Busengrapschen und den Drang zum Saufen bewirkt haben? Schlimmer: Das Mittel schien der menschliche Mann einfach zu absorbieren. Oder hatte Eden das Konfekt gar nicht verzehrt? Gunter, um Gewißheit über sein heimliches Experiment zu erreichen, lockte ihn zur Offenbarung: »Du hättest dieser Olga Weinbrandbohnen geben müssen. Frauen stehen auf so was.«

Eden verstand, trotz pilsverschäumtem Hirn, Gunters Anspielung, aber log, er habe die süßen Dinger leider ganz allein verspeist. Verflucht, dachte Konarske. Von den Frauen, heulte Eden, die ihm das Schicksal auserwählt hätte, hätten ihn die wenigen hübschen wie zum Beispiel Olga stets mit perversen Aktionen verprellt. Konarske solle sich nur einmal vorstellen, wie es wäre, würde er statt seiner schönen Adele eine hölzerne Kiste vögeln. Konarske sagte: »Ich muß es mir nicht vorstellen.«

Den Freund umarmend, roch er im Hopfenatem das Elend der Welt. Mit jedem Bier, das, überschäumend, nur halb die Gläser füllte, spürte Konarske das erste Mal in seiner Forscherlaufbahn, wie ihm etwas entglitt.

»*Du* mußt dir doch keine Sorgen machen!« lallte Eden, Konarskes Hemdbrust tätschelnd, »aber mein Ostwind … der is weg von die Weiba und von die Zwänge. Auch wenn's für ihn nuscht jebracht hat. Aba bei uns Menschen is alles so ins Jrübeln vastrickt, det mit der Liebe und wat man macht im Leben. Aba mein Ostwind …«

»Glaub mir, das ist erst der Anfang«, sprach Konarske.

Eden erwiderte müde: »Wer weiß.«

Konarske fischte eine Fliege aus dem Schaum seines Bierglases, setzte sie auf den Tisch und betrachtete sie beim Putzen. Als die Fliege trocken war und zum Wegfliegen ansetzte, legte Konarske einen Bierdeckel auf sie. Helmar Eden rief Semmelweis-Märrie zu: »Noch zwei!«

Einen Tag bevor Chefarzt Doktor Gunter Konarskes Beförderung zum Obermedizinalrat und seine Berufung zum Professor anstand, sollte er das Endjahreszeugnis seines Sohnes unterschreiben. Ahnend, daß es nicht zum besten bestellt war, zögerte Konarske. *Timm wird in die zehnte Klasse versetzt* – diesen Satz las der Vater, bevor er seine Enttäuschung über Timms Leistungen, die sich in schaurigem Mittelmaß zwischen 3 und 4 bewegten, hinunterschluckte. An einen Besuch der Erweiterten Oberschule war damit nicht zu denken, obgleich Frau Bäffke behauptete, das Intelligenz-I im Klassenbuch hätte für Timm Ansporn sein können. *Timm fehlt es an Konzentration auf das Unterrichtsgeschehen sowie an Kontakt zu seinen Klassenkameraden,* lautete die Gesamteinschätzung. Konarske schlug das Zeugnisheft zu, gab es Adele mit dem

Vorwurf, der Junge wäre im Schulhort besser aufgehoben gewesen, als bei einer unterbemittelten Hausfrau, die aus dem Heim komme.

»Unterbemittelt! Das ist ja wohl die Höhe!« empörte sich Adele und zählte ihrem Gatten auf, mit welchem Wissen über Musik, Rosenzucht und Kindererziehung sie ausgestattet sei.

»Wissen!« sagte Gunter spitz und stieg in sein Kellerlabor.

Adele rief ihm hinterher, er sollte sich den Jungen doch mal ansehen, wie er herumlaufe! So leibesmächtig! So aufsässig! Wie hätte sie ihn denn anders erziehen sollen?

Obermedizinalrat Professor Konarske hatte keine Zeit. Er wollte Timm nicht vor Augen haben, zumal dieser, wie er glaubte, ihn in Verruf bringe. Dabei wurde im Rat des Bezirkes gerade erwogen, ob Gunter Konarske trotz fehlender Parteimitgliedschaft weiterhin als Auslandsreisekader eingesetzt werden sollte. Auf dem Gebiet der Forschung am Menschen wurde ihm aus Fachkreisen Weltniveau bescheinigt. Adele sagte zu Gunter: »Verzeih mir. Ich halt das nicht aus, wenn du so bist.«

In Wahrheit aber waren es Weinbrandbohnen, ohne die sie keinen Tag mehr auszuhalten glaubte und sich öfter eine Schachtel davon im Konsum kaufte. Jene aufbäumende Wirkung freilich, die Adele nach dem Genuß des von Bauer Eden gestifteten Konfekts gespürt hatte, wollte bei der selbstgekauften Sorte nicht eintreten. Nicht einmal einen Schwips bekam sie. Selbst als Konarske ihr »Asbach-Uralt«-Weinbrandbohnen verschaffte, spürte Adele nur Ekel. Nichts trieb sie vor die Tür. Kein Gedanke an den starken Jack wollte sich zur Tat erweitern. Kein Liebesduett aus der Opernplattenkiste sie zur Umsetzung der Sehnsucht animieren. Daß Konarske seiner Frau in diesem Zustand auch noch Versagen in Timms Erziehung vorwarf, während von ihm zu Hause oft nur Wofaseptgeruch anwesend war, ließ Adele kapitulieren.

»Such dir ein Hobby, wenn du dich langweilst«, empfahl Konarske.

Tischtennisplatte Pool Wintergarten blieben unbenutzt. Die tadellos gepflegte Wohnung bereitete keine Freude mehr. Ebenso wenig wie die Lektüre der Zeitschriften und das Fernsehen. Ohne erhebende Wirkung der Inhalt der Hausbar. Im Rosarium vergingen sich Läuse an der »Fürstin von Werdenberg«, an »Centifolia« und »Kristall«. Deren Schwestern wurden von Mehltau und Rosenrost heimgesucht, bekamen Flekken, Pusteln und rollten ihre Blätter ein. Nur *Prinzessin Adele* war resistent und trieb stinkende Blüten.

Angesichts ihres allumfassenden Unglückes legte die Hausherrin ihre Lieblingsplatten auf, öffnete das Fenster, ließ Musik dröhnen. Nur mit Musik gelang es, die Prinzessin aus sich herauszuholen, sich einzuspielen mit den gewohnten glitzernden Phantasien und ihren Prinzen zu sich zu befehlen. *Such dir ein Hobby.* Die Musik war ihr lediglich Trost. Aber Adele suchte. Sie ging in ihrem Reich umher, besoff sich an Selbstmitleid und *Kreuz des Südens,* liebte die süßen Fluchthelfer. Bis sie sich aufs Himmelbett warf und irgend etwas Großes, Vernichtendes herbeiwünschte.

Das Foto, unter der Matratze hervorgeholt, war verblichen. Kaum, daß der Führer noch als lachender Mann zu erkennen war. Ein Nebelgeist blickte Adele entgegen, mit einer hellen oberen Zahnreihe, wie Schnee zwischen den Lippen. Der Stempel der Deutschen Post, den Timm dem Bild verpaßt hatte, leuchtete hellila. Adele hielt das Bild von sich weg, führte es wieder nah an die Augen und spürte, wie langsam eine schreckliche Vergeblichkeit in ihr Platz nahm. Sie wünschte sich eine mörderische Legende, radierte das Lachen aus dem Bild, ergänzte es durch ein Schreckensantlitz und fürchtete sich gleichsam davor, wahnsinnig zu sein. In den Windungen der Arien weinte sich Adele in tragische Höhen empor. Bis sie müde wurde und einschlief. Bis Timm von irgendwoher aufkreuzte, die Küche nach Eßbarem durchstöberte, hinunterschlang, was er fand, und schließlich Mutter auf dem Sofa liegen sah. Atemschwach, zornig, dennoch befangen von ihrem Anblick, wartete er, bis sie die Augen aufschlug. Dann trollte er sich.

*Abteilung 0 / VIII / XV* *Storkow, 20. 04. 1986*

*Operatives Ausgangsmaterial »Molch I«*
*Bearb.: Oltn. Grubelpeter*
*Quelle: IM »Felge«*
*Tonbandabschriften / schriftl. Berichte*

*Inoffiziell wurde am Lärchenauer Mennichensee ein geheimer Treffpunkt von vier Personen bekannt, die als moralisch und politisch labil eingeschätzt werden müssen und den gerichtlichen Tatbestand der unerlaubten Zusammenrottung erfüllen.*

*Beobachtungssubjekt Christ, Kai-Uwe, geb. 19. 1. 1964, gilt offensichtlich als Anführer der Bande. Der nach 3 Jahren Ehrendienst bei der NVA als Monteur im VEB Landmaschinenbau Kummersdorf Tätige ist mit einer gewissen Schauerte, Irma aus Philadelphia (Bezirk Brandenburg) verlobt. Der Vater der Zielperson, Flottenadmiral Christ, galt bis zu seinem Tod 1984 als überzeugter Genosse unserer Partei. Er besaß einen starken (?) Einfluß auf seinen Sohn, indem er ihm Wesentliches einer sozialistischen Führungsperson beigebracht hatte. C., der sich nach seinem Vater »Admiral« nennt, habe aber offensichtlich kein Interesse, die erworbenen Fähigkeiten positiv in unserer Gesellschaft anzuwenden, sondern übe sie lediglich auf privater Basis aus, womit er für konterrevolutionäre Unruhe sorge.*

*Die Vorgangsperson ist von stark launischen Charakterzügen geprägt. Einerseits gibt C. den verständnisvollen Freund und Kollegen ab, andererseits zeigt er seinen sog. Kameraden gegenüber aufbrausendes, selbstgerechtes und argumentativ wirres Verhalten. Unter der Tarnung der Mitgliedschaft im »Anglerverband« rottet sich das Beobachtungssubjekt seit geraumer Zeit (?) regelmäßig mit drei weiteren Subjekten zusammen. Er soll mehrfach mit ihnen über »ein großes Ding, was in Angriff zu nehmen sei«, gesprochen haben. Es ist unklar, ob er sich dabei auf die Große Sozialistische Oktoberrevolution (W. I. Lenin) bezogen hat, ob er in herabwürdigender Weise meint, das rev. Wesen unserer Gesellschaftsordnung sei kein »großes Ding«, bzw. das »große Ding« meint einen (sexuellen?) Ausdruck von Halbstarken. Der C. ist in seiner Art zu sprechen schwer zu verstehen, zumal er nicht als intellektuelles Oberhaupt gilt. Es handelt sich bei ihm um eine egozentrische und labile Herrschernatur.*

*Dem C. nahezu hörig ist der dorfbekannte »Mädchenaufreißer« Thiel, Johannes, geb. 29. 5. 1960, ledig, Hilfsarbeiter für Zerlegetechnik in der HO-Fleischerei. Den Berichten des IM zufolge hat sein unmoralisches Verhalten auf die Bande großen Einfluß, da es deren reaktionär asozialen Charakter (Männerbund) unterstreicht. Das Zielsubjekt soll sexuell derartig auf Frauen fixiert sein, daß der IM »Felge« an die Grenze seiner Fähigkeit zur objektiven Beobachtung gelangt sei.*

*Des weiteren höre T. aus seinem Kofferradio (Marke RFT) die imperialistischen Hetzsender RIAS und RTL. T.s Äuße-*

*rungen zum geplanten »großen Ding« der Bande seien jedoch berichtsmäßig nicht relevant, da sie sich auf Kopfnicken oder -schütteln beschränken, bzw. gar nicht stattfinden. Bei T. handelt es sich lediglich um ein irregeleitetes Element, dem nicht allzuviel Bedeutung beizumessen ist.*

*Von operativem Interesse jedoch ist der jüngste der Bande: Konarske, Timm, geb. 6.9.1970, Absolvent der Polytechnischen Oberschule. Das Zielsubjekt ist Sohn des Arztes und Forschers Prof. Konarske, Gunter (siehe OV »Labor«) und dessen Frau Adele, welche bereits durch zahlreiche negativ-feindliche Verhaltensweisen aufgefallen ist (siehe OV »Rosenkavalier«).*

*Der IM beschreibt K. als ungewöhnlich groß und kräftig mit einem undurchsichtigen Charakter. Er nehme, wie seine Eltern, nur selten am gesellschaftlichen Leben im Dorf teil, werde gehänselt und ausgegrenzt. Er äußere den Wunsch, in einer Fleischerei eine Lehre zu beginnen.*

*Einerseits scheint es, das Beobachtungssubjekt gehöre lediglich aus persönlichem Anerkennungsdrang (Minderwertigkeitsgefühle, nicht vorhandene sex. Beziehungen, starke Mutterbindung, gestörtes Vaterverhältnis) zur Bande. Andererseits bestehe die Möglichkeit, daß K. durch den großbürgerlichen Lebensstil, in dem er aufgewachsen ist, seine Kameraden zu beeindrucken sucht. Unterzeichneter verwickelte die Zielperson außerhalb des Zielortes mehrfach in Gespräche, wo er die ideologische Unentschiedenheit des K. feststellte, mehr aber nicht.*

*Wie der IM in seinen zahlreichen, z. T. ungeordneten Aufzeichnungen auflistet, ist als eigentliche gefährliche Hauptperson des op. Vorgangs Hemlock, Helge, geb. 3.11.1960, zu vermuten. H. ist der Sohn von Hemlock, Marie (siehe abgeschl. OV »Bücher-*

*narr«) und aufgrund seines permanent antisoz.Verhaltens zur Bewährung in der Produktion im VEB Sägewerk als Arbeitskraft eingesetzt. Dort gilt er unter den Kollegen als Sonderling, scheint aber durchaus beliebt (!) zu sein, da er die Kollegen zum Bücherlesen und Diskutieren animiert.*

*Die Zielperson (Anm.: oft distanzlose Sicht des IM mit bekanntem persönlichem Hintergrund) sei eindeutig der Kopf der Bande und rüste sie intellektuell zum getarnten Angriff auf unsere fortschrittliche Gesellschaft. Geplant sei, mit dem »großen Ding«, das Dorf L. und den gesamten Bezirk zu verunsichern, sowie die Bürger durch offen faschistische Machenschaften vom rechten Weg abzubringen. Man wolle die »Zufriedenheit der Spießer« mit einer »Explosion der Stille« unterminieren.*

*Aufgrund der eindeutigen politischen Untergrundtätigkeit des H. sieht der IM die dringliche Notwendigkeit des baldigen Einschreitens der bezirklichen Organe. Eine gezielte Zersetzung, Liquidierung und Unschädlichmachung der Bande ist unbedingt geboten.*

*Anm. Oltn. Grubelpeter: Rechtschreibung+Grammatik stillschweigend korrigiert.*

*Anlage: 3 Fotos, 1 Lageskizze*

Schembarts Fleischerei. Dieser Ort war Timm vertraut. Hier hatte er als Kind stets ein Rädchen Wurst zugesteckt bekommen, damit er groß und stark werde. So wie jetzt. Der Geruch machte ihm Appetit. Nach kurzem Blick in die Wurstküche, tat der Arztsohn sogleich, was Schembart zur Bedingung von drei Wochen Ferienarbeit machte: Gerätschaften schrubben. Timm schrubbte. Als ob sie aus Pappe wären, bewegte er Töpfe Schüsseln Kessel Hackklötze Schneidbretter und -werkzeuge von einer Stelle zur anderen, säuberte sie mit scharfen Bürsten und Seifen, polierte und wischte am Ende die Kachelböden mit Schmierseife sauber.

»Det gloob ick nich«, sagte Schembart, »det Jungchen von Herrn Professor in meene Wurschtfabrik! Und machtet och noch picobello. Wenn da mal wat nich in Ordnung is!«

Jack, dem Kumpanen zwischen Paletten von Schlachtabfällen zuzwinkernd, meinte: »Der is schon in Ordnung, Meesta, det kann ick bezeujen.«

Mit Wurst und lobenden Worten wurde Timm von Schembart ausgezahlt. Später gab es Geld. Nach einigen Schrubbtagen setzte der Meister Timm als Helfer für den Transport für die aus dem Zentralschlachthof gelieferten Rind- und Schweinehälften ein. Wenig später durfte er mit einer Kratzmaschine Schweineköpfe nachentborsten. Daraufhin unterwies ihn Jack in der Kunst der Entfernung von Augen aus den Köpfen und inneren Ohrenteilen, wie man die Sehnen der Hinterbeine durchschnitt und die Schlachtkörper in einer Waschmaschine nachreinigte. Die Arbeiten gingen Timm von der Hand, als hätte er sie sein Leben lang ausgeführt. Die Lehrstelle als Fleischereifacharbeiter bei Schembart war gesichert. Nun mußten nur noch Timms Eltern davon in Kenntnis gesetzt werden. Timm bat Jack um Unterstützung.

»Du mußt mir helfen, mein Vater schlägt mich vielleicht tot.«

Jack zögerte.

»Ick riech imma nach tota Sau, ooch wenn ick mich waschen tu. Det könnte deine Mutta erschrecken.«

»Was kümmert dich meine Mutter?«

»Nuscht«, sagte Jack schnell, errötete und lief davon.

Timm stand die Offenbarung, daß er eine Fleischerlehre antreten werde, allein durch.

»Es heißt Facharbeiter für Fleischgewinnung und Nahrungsgüterwirtschaft«, erklärte er.

Vaters hoffnungsloser Blick ging ihm nicht lange nach. Daß Mutter stumm am Küchentisch saß und nichts anderes tat, als stumm am Küchentisch zu sitzen, und auch am nächsten Morgen stumm an Timm vorbeischlich, bestürzte ihn.

Im November 1988 drangen zwei Männer in grauen Wattejakken unbefugt in das Gelände des Sägewerkes ein. Zielgerichtet liefen sie durch die Stapel des Holzlagers zur elektrischen Säge, wo Helge Hemlock im Dröhnen der Blockwagen, im Kreischen der Zahnräder und im Rasseln der Gatterrahmen Bretter und Bohlen zuschnitt. Einer der Männer brüllte: »Mitkommen!«

Hemlock, nachdem er seine Brille vom Staub befreit hatte, staunte. Eine Ahnung kam in ihm auf, und die Hände erhebend sagte er: »Ich kann mich hier nicht einfach so davonmachen.«

Die Holzbrigade, erklärte er den Besuchern, hinke der Planerfüllung hinterher. Da müsse jeder jede Minute nutzen. Es stünden Überstunden an, keine Zeit für Kaffeekränzchen, man könne den Meister fragen …

»Wir sind von der Bezirksleitung der FDJ und möchten gern etwas mit Ihnen besprechen«, sprach der zweite Herr.

Der erste ergänzte: »In Sachen Jugendarbeit.«

Hemlock erwiderte: »So jung wie ich aussehe, bin ich nicht.«

Inzwischen war der Meister erschienen und erkundigte sich, ob der Kollege wieder einmal etwas angestellt habe.

»Was stellt er denn an?« wollte der erste Wattejackenmann wissen.

»Nichts«, sagte der Meister.

Schnell hatte er begriffen, in welchem Auftrag die Herren erschienen waren, und bereute bereits, daß er sich eingemischt hatte.

»Sie müssen wissen«, fügte er entschuldigend hinzu, »unser junger Kollege ist verliebt. Da hält er manchmal die Norm nicht, hat nur Augen für seine Madam, fährt unsre Hobel in Klump und kann 'n Rundholz nicht von 'nem Tannenzapfen unterscheiden. Aber ansonsten ist unser Helge 'n anständiger Junge, pünktlich, fleißig, einsatzbereit ...«

»'n Junge also«, sagte der erste Mann spitz.

Der andere lästerte: »Einsatzbereit, soso.«

Die Wattejackenherren schauten einander vielsagend an, schlugen die Kragen hoch, und obwohl es nur leise nieselte, liefen sie über den Hof des Sägewerkes, als kämpften sie gegen Sturm. In ihrer Mitte der wie vom Wind schiefgeblasene Helge Hemlock, den kein Meister mehr retten konnte.

Auch Hanswerner Giersch war nicht mehr zu retten. Zwar erlebte er, hinterm Bretterzaun versteckt, mit dem Abtransport Hemlocks das Gefühl, eine Aufgabe mit mehreren Unbekannten gelöst zu haben, gleichzeitig erschrak er vor dem endgültigen Erfolg. Nach dem Abenteuer im Wald begehrte er Hemlock heftiger als zuvor. Und haßte sich für die Schändlichkeit seiner Begierde, die er vor sich hertrug, eingesperrt in sein Bewußtsein, das ihn manchmal verließ und krank vor Verlangen machte. Giersch wollte sich aus sich selbst herausschlagen oder Helge Hemlock, den zarten schneckenmundigen Jungen aus seiner Welt schaffen. Das hatte Giersch nun erreicht. Abgeführt wurde das Subjekt. Hanswerner ereilten Stolz und Hundeheulen, dazwischen lachte er, schlug sich auf die Schulter, fuhr mit dem Fahrrad sinnlose Kreise, brachte etwas zu Papier, das keiner mehr zu entziffern vermochte. Als er am Abend zum Mennichensee radelte, um in der Abwesenheit

Hemlocks sich seines Erfolges zu vergewissern, spielte ihm sein eigener Eifer übel mit. Als hätte er die trainierte Vorsicht vergessen, als wäre ihm die stets überzeugende Vertraulichkeit abhanden gekommen, die Tarnkappe plötzlich zu schwer geworden – Hanswerner Giersch zeigte sich der Bande. Was er hier zu suchen habe, fragte Admiral, und Jack sagte: »Hier tagt der Anglerverein.«

Aber Giersch begann zu plaudern. Haltlos, hoffnungslos, schrecklich in seiner überschießenden Erleichterung. Er tat alles kund, was gutbezahltes Geheimnis gewesen war. Als wäre er sein eigener Nebenmann, hörte Giersch sich reden, sah er in Offenbarungen sich entblößt. Admiral erhob sich von seinem angestammten Baumstumpf. Er lief um den Plauderer herum in den Schuppen und kam mit einem Stemmeisen zurück. Er drückte Jack das Werkzeug in die Hand. Giersch biß sich in die Faust. Ein Haubentaucherpärchen schwamm aus dem Schilf Richtung Ufer, tauchte unter, und irgendwo, an einer uneinsehbaren Stelle des Sees, kam es wieder an die Oberfläche.

Timm, der nur verstand, daß etwas Unerhörtes vonstatten ging, stellte sich drohend vor Giersch. Langsam kam er zu sich. Noch langsamer begriff Giersch, was er soeben verraten hatte.

»Ihr solltet mir dankbar sein«, stotterte er, »ich habe euch vor Hemlock geschützt, glaubt mir. Ohne mich wärt ihr schon lange …«

»Wo?«

Admiral, dessen Haarschopf zu glühen schien, hielt Jack an, das stumpfe Ende des Stemmeisens gegen Gierschs Stirn zu drücken.

»Schwein«, sagte er, »und wat muß man mit ’nem Schwein, det ausjedient hat, machen?«

Giersch knickte ein. Admiral befahl Timm: er als Fleischerlehrling möge Hanswerner die einzelnen Schritte des schmerzfreien Übergangs in ein anderes Dasein erläutern. Erst theoretisch, dann praktisch. Giersch winselte. Timm, einen mannhaften Impuls verspürend, sah seine Stunde gekommen: die Freiheit, nach den Gesetzen der Ehre Rache zu üben. Admiral, der das Stemmeisen befehligte, erwuchs ihm zum Herrn über das Schicksal.

»Na mach schon. Sag Jack, dat er droffhaun soll«, drängte Admiral und zwinkerte Timm zu.

Der gab Jack ein Zeichen. Fester drückte das Eisen gegen Gierschs Stirn. Im nächsten Moment lag er am Ufer des Mennichensees und stellte das Atmen ein.

»Ich hab doch gar nichts gemacht«, rief Timm erschrocken.

Auch Jack, das Stemmeisen fallen lassend, beteuerte, er hätte Giersch nur leicht berührt. Admiral, der den reglosen Körper des Verräters mit dem Fuß anstieß, war zufrieden.

»Der hat sich selbst jerichtet.«

Timm sagte: »Ich hol meinen Vater.«

»Det läßte schön bleiben«, meinte Admiral. »Ick sag nur: Ab morjen lassen wir 'n großet Ding steigen, und Kammerratte Hemlock, da könnter 'n Besen fressen, den ham wa bald wieda unta uns.«

Das Abenteuer war eingeläutet. Als die Bande den See verlassen hatte, quälte sich Hanswerner Giersch aus seiner Lage nach oben. Ein paarmal atmete er tief durch, klopfte Sand und Schlick von den Hosen, um dann auf sein Fahrrad zu steigen. Die Reifen waren zerstochen. Giersch schob das Rad vom See weg über die Felder, an Ställen Wiesen Gehöften vorbei und wußte nicht, wohin.

Ein Jahr später, am 9. November 1989, traf Adeles Fernseher der Schlag. Ein Kurzschluß ließ ihn implodieren. Da Gunter gerade auf einem internationalen Kongreß für Zellforschung in Chicago weilte und Timm in der Berufsschule war, blieb Adele mit dem kaputten Gerät allein. Sie zog das Antennenkabel heraus und drehte es über dem Kopf, daß die Luft pfiff. Schicksal, dachte Adele, es ist mein Schicksal! Aus der Hausbar genehmigte sie sich ein Glas *Kreuz des Südens.*

»Prost, Herr Professor, Operation gelungen, Patient tot!«

Kichernd entnahm Adele dem Vertikoschränkchen eine Schachtel Weinbrandbohnen, verspeiste sie und wendete sich dem Plattenspieler zu. Auf Sehnsuchtsmelodien von Donna Anna Violetta Quinquin schwamm sie in versunkene Zeiten, träumte edelblütig den Sieg über die Abwesenheit aller Liebe und peitschte, bis es Abend wurde, ihre Ängste ums Haus.

Wo Timm bloß blieb? Er muß doch zu Abend essen, dachte Adele, schlurfte in die Küche, nahm Milch aus dem Kühlschrank, stellte sie auf den Tisch, setzte sich, nickte ein. Gegen ein Uhr morgens klingelte das Telefon. Adele, benommen ins Wohnzimmer schlurfend, griff nach dem Hörer und atmete schwer hinein. Am anderen Ende der Leitung meldete sich die Stimme der Fernmeldevermittlung und kündigte einen Anruf aus Amerika an. Sie solle bitte warten.

»Hallo?« flüsterte Adele. »Hallo, Amerika?«

Im Telefon tutete es. Kreischend warf sich Adele in die Sofakissen, so daß der Hörer aus der Hand fiel. *Hallo? Hallo?* Der Ton aus der Ferne amüsierte Adele. Endlich hatte sie den Hörer wieder aufgenommen und hauchte: »Ameeerika?«

»Ich bin's. Gunter! Aus Chicago! Verdammt, was ist los?«

»Oh«, sagte Adele, »der Herr Professor. Was kann ich für Sie ausrichten?«

»Hast du getrunken?«

»Trink, trink, Brüderlein trink …«

Trällernd riß Adele das Telefon vom Tisch, verhedderte

sich im Kabel und stürzte zu Boden. Am anderen Ende der Leitung knackte es.

»Adele? Bist du noch dran?«

»Ich bin immer dran, dann und wann immer dran«, lallte sie.

»Was ist los bei euch? Die Grenze soll offen sein, stimmt das?«

Adele überlegte. Alles drehte sich im Kopf.

»Hallo!« rief Konarske. »Ist das wahr?«

»Was – ist – wahr?«

»Daß die Leute rübergehen. In den Westen. Weißt du nichts? Ist der Fernseher nicht an? Sprich doch mit mir. Was ist mit dem Fernseher?«

»Tot«, sagte Adele.

Und legte auf. Schwankend trat sie zum Fenster, öffnete es, sah hinaus. Überall im Dorf brannten Lichter. Von weitem hörte Adele Leute miteinander reden, Autohupen, Fahrradklingeln, laute, unverständliche Rufe. Hunde schlugen an.

»Hallo?« fragte Adele. »Hallo? Hallo?«

Aus Richtung Sägewerk wurden Feuerwerkskörper gezündet. Blaue rote grüne Kugeln stiegen in den märkischen Himmel und verpufften.

»Prosit Neujahr!« rief Adele. »Hallo! Hallo! Hallo!«

Die Nachtluft trug ihren Atem davon.

Im August 1990 wurde die Lärchenauer Dorfstraße wegen Erneuerungsarbeiten als nur einseitig befahrbar erklärt. Innerhalb einer Woche waren Risse Schlaglöcher Bodenwellen verschwunden. Dank des frisch aufgezogenen Bitumenbelags konnte die Fernverkehrsstraße von Beeskow nach Berlin nun zehn Minuten schneller als bisher erreicht werden.

Im August 1990 war das Bürgermeisteramt von sämtlichen alten Akten Schränken Schreibmaschinen geräumt und empfing mit neuer moderner Ausstattung den zukünftigen Bürgermeister von Lärchenau: Herrn Markus Schellhas, ehem. Verwaltungsbeamter aus Neustadt an der Waldnaab.

Im selben Monat ging das VEB Sägewerk, ebenso wie der staatliche Holzhandel, wieder in die Hände ihrer einstigen Besitzer über. Die veränderte Auftragslage gab Gelegenheit zum Spekulieren: Einerseits mußte im von Stickstoffüberschuß zerstörten Wald viel totes Holz geräumt werden, andererseits blieben offizielle Aufträge aus. Auch wenn mancher Arbeiter Lärchenau Richtung Westen verlassen hatte, zeigte das Rasseln der Maschinengatter, das Kreischen der Zahnräder Zuversicht an.

Im August 1990 eröffnete eine bayerische Dachdeckerfirma ihr Geschäft und bot den Lärchenauern Kredit an. In kürzester Zeit war die Hälfte der Dächer im Dorf neu gedeckt.

Am 14. August 1990 warf Hanswerner Giersch sein Parteibuch hin und beschloß, die Repressalien, von denen er behauptete, ihnen in vergangener Zeit ausgeliefert gewesen zu sein, bei der »Märkischen Kurierzeitung« öffentlich zu machen. Dort gab er dem neuen Chefredakteur ein Interview, in dem er von der Verfolgung der diktatorischen Staatsorgane wegen seiner sexuellen Neigung sprach, wie man ihn zum Verrat an Freunden gezwungen, seine schriftstellerische Begabung unterbunden und wie er trotzdem stets für Freiheit und Ansehen der Lärchenauer gekämpft hätte. Nach Erscheinen des Interviews verabreichte Mutter Elsbeth ihrem Sohn mit den Worten *Du solltest dich was schämen!* eine Ohrfeige.

Im August 1990 quittierte Frau Bäffke den Schuldienst, verließ mit ihrer Familie das Dorf und nahm eine Arbeit als Wäschereihelferin im Altersheim der Kreisstadt an. Kinder waren Frau Bäffke plötzlich unheimlich geworden, vor allem weil in Lärchenaus kleiner Schule keiner mehr recht wußte, was wie zu lehren und lernen sei und viele Kinder sich plötzlich auffällig verhielten.

Den gesamten August über weilte Professor Konarske auf Kongressen in Peking Frankreich Australien. Mit der Entwicklung einer genetischen Suchmaschine, die zur Chimärenforschung diente, erhielt er die Ehrendoktorwürde in Illinois.

Im August 1990 wurde die Lärchenauer Konsumverkaufsstelle geschlossen, das ehemalige Gutsherrenhaus eingerüstet, der Außenputz abgeschlagen, das Dach neu gedeckt. Später fehlte es an Geld für den Weiterbau. Das Haus stand für Monate nackt, verfiel, wurde niedergerissen.

Im August 1990 erfolgte die Abwicklung des Forschungsinstituts der Berliner Charité. Nach erfolgter Aktenprüfung wurden 170 Mitarbeiter entlassen. Der Rest, darunter der politisch unbescholtene Professor Konarske, wurde vom Münchener »Institut für Rekonstruktive Neurobiologie« unter Leitung von Professor Holm Dickescheidt übernommen.

Im selben Monat feierte Schembart ein Eröffnungsfest. Anläßlich der Reprivatisierung seiner Fleischerei spendierte er Freibier und einen Eintopf vom Wildbret aus einheimischer Jagd, der so köstlich schmeckte, daß Schembarts angehender Geselle Timm den Vorschlag machte, künftig einen *Eintopftag* ins Leben zu rufen.

Im August 1990 öffneten sich Türen und Tore des Schlosses. Was vierzig Jahre lang in dessen Inneren lagerte, wurde mit schwerem Gerät herausgezogen: Strohpressen, Pflüge, Grubber, Anhänger, Ackerbürsten, Eggen, Wiesenwalzen, Mäher, Häcksler, Drill- und Erntemaschinen. Eine Schrottfirma aus Blaubeuren holte die Gerätschaften ab. Der Vertreter einer westdeutschen Landmaschinenfirma stand für die Zukunft bereit, und über das Grundbuch beugten sich die Notare.

Im August 1990 faltete der ehemalige Gutskutscher Horst Gegenbauer, mit neunzig Jahren noch als Eintänzer beim Dorftanz fungierend, die Hände und dankte Gott für das, was kommen würde.

In jenem August wurde mehr als die Hälfte des Viehbestandes der LPG »Hoffnung« abgegeben. Tiere, die nicht von Mitarbeitern des Zentralschlachthofes abgeholt wurden, verteilte man auf einzelne Wirtschaften. Die hölzerne Sau wurde zerhackt, die Ställe verkleinert, teilweise abgerissen, teilweise ungenutzt stehengelassen. Eine moderne schwedische Gülleaufbereitungsanlage sorgte zwischen Philadelphia und Groß Eichholz für die Verbesserung von Luft Wasser Boden. Für brachliegende Felder erhielten die Bauern Prämien.

Den ganzen August über arbeiteten neue, an Grundwasserbrunnen angeschlossene Pumpen und sorgten für einen Wasseraustausch im Mennichensee. Mit Netzen holte man die verwunschenen Fische und rotkiemigen Molche heraus und setzte neue Jungfische hinein. Sumpfschwertlilien wurden an Uferzonen gepflanzt, die für ihre eigene Photosynthese die restlichen Abfälle aus dem Wasser filterten.

Im August 1990 wurde auf Geheiß von Bürgermeister Schellhas das Badeverbotsschild aus dem Mennichensee entfernt. Der Bürgermeister selbst stieg unter dem Beifall der Lärchenauer als erster in das Wasser, schwamm von einem Ufer zum anderen und zurück.

Zur gleichen Zeit am selben Ort wuchsen Brombeergebüsch und Efeu über den Bootsschuppen, welcher der Mennichenseebande als Treffpunkt galt. Holzwürmer nisteten sich in den Wänden ein. Kai-Uwe Christ war Vater von zwei Kindern geworden und seit drei Monaten arbeitslos. Jack und Timm wußten nicht mehr so recht, wozu man sich noch treffen sollte. Manchmal hockten sie zur Mittagspause im Häuschen der Bushaltestelle, warteten auf den Bus. Jack meinte, Timm müßte endlich einmal eine Frau ficken.

Ende August 1990 kam es im märkischen Landkreis zu Diebstählen aus Höfen, Materiallagern, Landmaschinenbetrieben, Autowerkstätten, Garagen und von Sperrmüllhalden. Vor allem wurden Werkzeug und Metallteile entwendet. Die Polizei fand keine Spur des Täters.

Im August 1990 erkärte Gunter Konarske dem Kollegen Volker Krause, die Immobilie, in welcher sich das Landambulatorium befinde, sei dem Grundbuch nach Eigentum seines Vaters, des verstorbenen Doktor Rochus Lingott. Da Konarske die Villa nun für seine Familie beanspruche, müsse sich Krause auf einen Praxisumzug gefaßt machen.

Seit August 1990 parkte in Professor Konarskes Garage ein schwarzer viertüriger Ford. Den silberfarbenen Dacia hatte Helmar Eden für eine symbolische Mark übernommen.

Im August 1990 blühte im Rosarium *Prinzessin Adele* in ungewohnter Pracht. Das Blühen nahm solches Ausmaß an, daß sich mehrere Bienenvölker auf den Duft spezialisierten und der Imker bald eine neue herzhafte Sorte Honig anbieten konnte.

Im August 1990 trieben fremde dunkeläugige Menschen auf einem Floß über die Oder, durchquerten zu Fuß das Schlaubetal, nahmen am Rande Lärchenaus einen verfallenen Lagerschuppen in Besitz. Das erste Mal spielten sie ihre Musik auf dem Anger, wo die Kinder Geigen Rasseln Ziehharmonika bewunderten. Später fiedelten sie auf der Dorfstraße, und kein Lärchenauer wußte, ob und wie er dazu tanzen sollte.

In diesem Monat hatte Adele, Gattin des bekannten Arztes und Forschers Professor Konarske, beschlossen, ihrem Leben die Krone aufzusetzen und Unternehmungen ohne ihren Mann zu machen.

Im August 1990 wurden zwischen Philadelphia und Groß Eichholz, wenige Meter von der Gülleaufbereitungsanlage entfernt, mehrere Hektar Wald abgeholzt. Gert Mannschatz fuhr zum letzten Mal in seinem Leben Traktor, danach bekam er keine Aufträge mehr. Wochen später entstand auf der freigewordenen Fläche ein *Megamarkt*, in dem es alles zu kaufen gab, was kein Mensch dieser Gegend je erträumt hatte.

Im August 1990 brachte der Verein »Nationaler Aufbau« einen Wagen mit einer kleinen Leihbücherei ins Dorf. Die Lärchenauer konnten daraus Schriften wie »Der Landser«, »Mein Kampf« oder Bücher über den deutschen U-Boot-Krieg entleihen. Der Besitzer der Leihbibliothek sprach persönlich bei Adele vor und meinte, jemand hätte ihm gesteckt, daß Frau

Doktor Voraussetzungen mitbrächte, dem Verein beizutreten. Der Führer sei nämlich gewissermaßen auch dessen Vater. Adele, die den Burschen sprechen hörte, überkam plötzlich ein verrückter Stolz.

Nur im Gartenlokal »Zum Ochsen« blieb alles unverrückt: Tresen Holztische Stühle. Die schummrig gelben Plastelampen bewährten sich. Mit erhöhten Preisen und unverändertem Speiseangebot frönte Semmelweis-Märrie der Tradition.

Pfarrer Niklas war klein, hackwütig und mager wie ein trokkener Ganter. Seine hohe Stirn zierte eine ewig fettglänzende Stelle. Zu den altmodischen Nylonhemden trug der Gottesmann Manchesterhosen. Stand er sonntags auf der Kanzel, konnte es sein, daß der Talar falsch geknöpft war und das Beffchen schief am Kragen hing. Niklas lebte im Witwerstand und ließ sich täglich von der »Ochsen«-Wirtin eine Schüssel Eintopf servieren. Er schwärmte vom Einfachen, und im Schwärmen klagte er über die Anspruchslosigkeit der Menschen. Mit Abfall würden sie sich zufriedengeben, seien selbst schuld an ihrem klagvollen Dasein, an Preiserhöhungen, Betrügereien, Insolvenzen; an der Trägheit der Jugend, der Arbeitslosigkeit, dem Verfall, der Nutzlosigkeit ihrer Träume. Sogar das schlechte Wetter machte Pfarrer Niklas seinen Schäfchen zum Vorwurf.

Nachdem in Lärchenau die neue Zeit angebrochen war, lief ihm öfter als sonst die Galle über. Da knirschte er vor Zorn mit den Zähnen, schrieb ungeduldig seine Predigten um, und die Ungeduld hörte man im Bimmeln der Glocke, die er mitunter vorzeitig schlug.

Da das religiöse Interesse der Lärchenauer nach wie vor ohne Eifer war, faßte Pfarrer Niklas den Plan, im »Ochsen« auf Werbetour für seine Mission zu gehen. Semmelweis-Märrie duldete alles, solang es ihren Umsatz nicht beeinträchtigte. So kam es, daß Niklas sogar Elsbeth Giersch, die ihren Posten als Kreisparteivorsitzende los war, für sich gewann. Elsbeth erklärte ihre Wandlung, sie hätte sich mit dem Kirchgang zwischen Nutzlosigkeit und neuem Glauben für das kleinere Übel entschieden.

Als im August 1990 der ehemalige Sägewerksvorarbeiter Helge Hemlock mit einer großen Schädelnarbe nach Lärchenau zurückkehrte, fand er seinen Platz nicht mehr und mochte mit niemandem reden. Grimassenschneidend lief er durchs Dorf, pochte an jedes Haus- und Hoftor. Fragte ihn jemand, wer er denn sei oder was er wolle, gab er ein Rasseln wie von Holzschneidemaschinengittern von sich. Nur Pfarrer Niklas gelang es, den verstörten Mann zu sich zu nehmen. Er kleidete Helge neu ein, schenkte ihm eine Pudelmütze gegen die Kälte, unter der die Narbe schmerzte. Niklas liebte Helge Hemlock herzlich, da dieser ihm nach und nach bewies, ins Leben zurückgefunden zu haben.

Sprunghaft, unartikuliert, doch für den Pfarrer verständlich, erzählte Hemlock von dem, was ihm im Zuchthaus widerfahren war. Niklas, seitdem er das Unheil begriffen hatte, verschärfte seine Bibellesungen mit zornigem Augenblitzen. Nicht nur im Stillen verfluchte er die Gleichgültigkeit und Hinterlist seiner Gemeinde und ahnte gleichzeitig: Mit jedem harsch gelesenen Vers vermehrten sich deren Untugenden ins Unerträgliche. Niklas predigte, ging seinen Schafen an den Pelz, verzweifelt, tollwütig auf Erlösung. Helge Hemlock indes sorgte für Sauberkeit in der Kirche.

Als es ihm einmal so schlecht ging, daß Pfarrer Niklas glaubte, Helge würde vom Herrn abberufen werden, ging er in seiner Not mit ihm in Professor Konarskes Privatpraxis. Nach ausgiebiger Anamnese mußte dieser seinen ersten wirklich hoffnungslosen Fall eingestehen. Am Ende der Untersuchung biß ihn Hemlock in die Finger, und nach einigen Tagen hatte er sich ohne Hilfe des Arztes gefangen.

Im August 1990 warf Semmelweis-Märrie den Vertreter einer Brauerei aus dem Fränkischen kurzerhand zur Tür hinaus. Eine neue Biersorte kam für sie nicht in Frage.

Und Helmar Eden? Im silberfarbenen Dacia fuhr er die Dorfstraße entlang, über die holprigen Betonplatten zu den Ställen. *Mach was, Genosse!* forderten die Bauern von ihrem Vorsitzenden, der sich so nicht mehr nannte und noch keinen neuen Titel für sich beanspruchte. *Genosse* sagten sie hämisch und böse und machten Eden damit krank.

Die LPG »Hoffnung« hatte sich aufgelöst. Das Land war an die genossenschaftlichen Eigentümer zurückgegeben. Landwirte, Wiedereinrichter, gruben die Äcker ihrer Väter und Großväter um, endlich Glückserträge erhoffend. Bauern in Rente nannten ein paar Hektar Land ihr eigen, zerkrümelten mit ihren Händen die Schollen und rochen gute, fruchtbare Erde. Schulden Entschuldung Schuldkapital – bissige Worte tanzten in Lärchenau und anderswo ihre Hexenreigen. Es tauchten Leute von der Kreditanstalt für Wiederaufbau auf, deren dreisten Betrugsmethoden selbst Schellhas, kampferprobter Bürgermeister aus Neustadt an der Waldnaab, erlag. Die neugegründete Agrargenossenschaft mußte nach einigen Monaten Insolvenz anmelden. Keiner vermochte den Bauern auf Dauer brauchbare Hilfe anzubieten. Schon gar nicht Helmar Eden, von dem man noch immer etwas erwartete.

Es kam der Tag, den Eden selbst als seinen schwersten bestimmte. Wenn ich den überstehe, nahm er sich vor, mach ich mich vom Acker. Er wollte endgültig weg aus Lärchenau. Auf gut Glück. Ins Blaue hinein. Jetzt, wo alles erlaubt und möglich war, die Welt offenstand wie die Gatter der Schweineställe.

Helmar Eden machte Inventur. Zuerst räumte er seinen Büroschreibtisch, warf in den Müll, was Neuerungen noch nicht zum Opfer gefallen war: ungültiges Briefkopfpapier, Stempel mit dem Klischee »LPG Hoffnung«, Fachliteratur zur Tierzucht, Handelsregister für die Staaten der Sozialistischen Länder, sogar seine altgediente Thermosflasche nebst Brotbüchse. Es folgten Historie gewordene Listen Edenscher Zuchttiere, daraus der Bauer mit belegter Stimme noch einmal nachflüsterte: Fidelio Prolet Unwirsch Ostwind Bilse Undine ... Ein Buch nach dem anderen wanderte in den Papierkorb. Schließlich fand Eden das Mitgliedsbuch der Partei. Er gab es zu den Altstoffen.

»Det is unklug, allet wegzuschmeißen«, spotteten einstige LPG-Bauern, »wat, wennet morjen wieder andersrum kommt? Imma schön wachsam, Jenosse!«

»Ich bin nicht euer Genosse!« schimpfte Eden, fegte mit dem Arm vom Tisch, was sich als unersetzbar behaupten wollte, knallte die Tür und ging.

Dorthin, wo er hauste. Wo sein Leben, wie er heute empfand, sich in Mist verwandelt hatte und ihm aus jeder Ecke entgegenstank. Keine Frau, kein Kind, keine Sau mehr, vierzig Jahre Arbeit umsonst – nichts, was Helmar Eden in irgendeiner Form blieb und Stütze war. Statt dessen: ein halbverfallener Hof, ein Haus, von Mäusen und Weberknechten beherrscht. Eden riß ein Stück herunterhängende Tapete von der Dielenwand. Sie war so vergilbt und morsch, daß Putz hinterherbröckelte. Seit Beates Tod hatte Eden nichts mehr an der Behausung erneuert. Seit Adeles Weggang nicht einmal mehr aufgeräumt.

Jetzt aber sollte es geschehen. Helmar Eden schaffte Ordnung. Mit einem Stallbesen kehrte er Haus und Hof aus:

Staubwolken, Sand, Spinnenhäute, Mäusekot, Gerümpel eines halben Jahrhunderts türmte sich. Eden, die Ärmel hochgekrempelt, schaufelte den Dreck in Schubkarren und kippte sie hinterm Haus ab. Obwohl dem Mann bei dieser Tätigkeit ein grober Schmerz in die linke Brustseite fuhr, kehrte er mit dem schäbigen Nachlass auch seine Verzweiflung zusammen. Von Fuhre zu Fuhre wurde ihm leichter ums Herz, obgleich dasselbe plötzlich zäh zu schlagen begann, als wolle es sich aus nasser Erde hervorarbeiten. Helmar Eden zwang sich zu einer Pause, brühte Kaffee, trank, um gestärkt die obere Etage in Angriff zu nehmen. Dort, in Adeles ehemaligem Zimmer, stand auch sein Koffer. Den würde er gleich packen, und dann –

Eden atmete schwer. Schimpfte sich sentimentalen Gockel, da er beim Anblick des Bettes, in dem sowohl seine arme Beate als auch sein Mündel geschlafen hatten, weinen mußte. Tränenschwach, keuchend, die Hand auf die schmerzende Brust gepreßt, beschloß er, seinen Freund Konarske anzurufen. Vielleicht, dachte er noch, kann er mir helfen. Treppab auf dem Weg zum Telefon verlor Helmar Eden das Gleichgewicht und stürzte ins Schwarze hinein.

*FUNDSTELLE: AIM 4010/89*
*Abteilung 0 / VIII / XVI* *Storkow, 11.03.1987*

*Bestätigt: Leiter der Abteilung*
*Grubelpeter, Oberstleutnant*

*Einsatzkonzeption*
*Des IM »Felge« – Reg.-Nr. XIV / 734 / 72 – zur Eindringung in Feindverbindungen und Bearbeitung negativ-feindlicher Personen.*

*Einschätzung des Entwicklungsstandes des IM*

*Der IM »Felge«*
*Name, Vorname:* *Giersch, Hanswerner*
*geb. am:* *10.01.1943*
*wohnhaft:* *Lärchenau, Heideweg 67*
*Beruf:* *Postangestellter/Briefträger*

*Seine Mutter, Giersch, Elsbeth, ist Genossin der Kreisparteileitung. Der Vater des IM, zu dem keinerlei Verbindung besteht, lebt in West-Berlin.*

*Der IM ist ledig. Er mußte die Erweiterte Oberschule nach der 11. Klasse aufgrund einer Lese- und Rechtschreibschwäche sowie ausgeprägter moralischer Abartigkeit verlassen. Nach anfänglichen Vorbehalten entwickelte sich beim IM ein überdurchschnittlicher Wille und befähigte ihn, Zielstellungen mit guten bis sehr guten Ergebnissen zu realisieren. Charakterlich besitzt der IM eine mäßig rasche Auffassungsgabe, hat ein eingeschränktes Ausdrucks- sowie Abstraktionsvermögen, kann aber gut beobachten, logisch denken und ist verläßlich.*

*2. Operative Ergebnisse*

*Der IM »Felge« arbeitet seit 1961 inoffiziell mit dem MfS auf Basis der Überzeugung zusammen. Kontinuierlich zeichnet er sich durch eine hohe Einsatzbereitschaft und vorbehaltlose Erfüllung erhaltener operativer Aufträge aus. Systematisch wurde der IM als Postbote einem für negativ-feindliche Personen interessanten Profil aufgebaut. Daraus resultierend gelang es, den IM an operativ-relevante Personen zur vorbeugenden Verhinderung, Aufdeckung und Bekämpfung politischer Untergrundtätigkeit zum Einsatz zu bringen. Durch sein ge-*

*schicktes operatives Verhalten konnten durch den IM mehrfach Beweise staatsfeindlicher Tätigkeit gebracht werden, u. a. eine Klärung folgender Operativvorgänge:*

- *1963 OV »Vatertier« – § 106 StGB, XX / 9, Giersch, Hartmut, Lärchenau, Ausweisung nach West-Berlin*
- *1964 OV »Büchernarr« – § 773 StGB, II / 21, Hemlock, Marie, Lärchenau, Vernichtung der Leihbibliothek*
- *1970 OV »Boulette« – § 775 StGB I / II, Schembart, Fritz, Lärchenau, weitere Beob.*
- *1973 OV »Dickmadam« – § 775 StGB 1 / II, Semmelweis, Maria, Lärchenau, intensiv. Beob.*
- *1979 OV »Labor« – § 1118 / StGB, X / 33, Dr.Konarske, Gunter, Lärchenau und Berlin, weitere Beob.*
- *1983 OV »Rosenkavalier« – § 45 / StGB, III / 10, Konarske, Adele, Lärchenau, weitere Beob.*
- *1985 OV »Altar« – § 135 / StGB, X / 4, II, 2, Pfr.Niklas, Hans-Martin, intensive Beob.*
- *1986 OV »Molch« – § 667/ StGB, XI / 2, Christ, Kai-Uwe / Thiel, Johannes / Konarske, Timm, Lärchenau, in besond. Beob.*
- *1988 OV »Schnecke« – § 106 StGB, XX / 7, Hemlock, Helge, Lärchenau, EV mit Haft*

*Ständige inoffizielle Überprüfungen, einschließlich operativer Technikmaßnahmen, bestätigen die unbedingte Ehrlichkeit und Zuverlässigkeit des IM. In Anerkennung der gezeigten Leistungen des IM »Felge« wurde er mit der Verdienstmedaille der NVA in Bronze ausgezeichnet.*

*Weitere Zielsetzung des IM »Felge« ist die … (abgerissen) … und des … (abgrissen)*

Erst als der Graf Gutfried, Sohn des 1970 verstorbenen Admirals Graf Julius von Lärchenau, Philadelphia hinter sich gelassen hatte und sein Wagen von der Bundesstraße 246 nach wenigen Kilometern südlich abbog, das Urstromtal durchfuhr, an Seen Wiesen Heideflächen vorbei, an Brachfeldern mit bunten Sommerblumen, alten Gehöften, Richtung Groß Eichholz, linksweg durch sanfthügliges Sandgebiet, als er noch ein Stück westwärts fuhr, hatte er die Heimat seiner Väter erreicht.

Er sah sofort, daß der Ort wenig zu bieten hatte: kein Schlachtendenkmal, keine alte Feldsteinkirche, nicht einmal ein Storchennest. Dabei war Lärchenau eingebettet in renaturierte Landschaft, und die meisten Dächer im Dorf waren mit neuen Schindeln gedeckt. Graf Gutfried wies seinen Fahrer an, vor dem Gartenlokal »Zum Ochsen« haltzumachen. Er stieg aus dem Wagen und tat seine ersten Schritte im märkischen Sand.

Zu dieser Zeit saßen im Lokal nur Horst Gegenbauer und der arbeitslose Gert Mannschatz beim Bier.

»Nu seh eener an«, sagte Gert zu Gegenbauer, und Gegenbauer sagte zu Gert: »Ein doller Otto.«

Der Graf stellte sich bei Semmelweis-Märrie vor: »Guten Tag, ich bin Gutfried Graf von Lärchenau!«

Ehrfürchtig erstarrte die Wirtin vor dem Gast, der im hellen Anzug und wappenverziertem Basecap den Anschein machte, als sei eben ein Engel herabgestiegen. Märrie rannte in die Küche, wechselte ihre fettige Schürze gegen eine saubere, befahl dem Koch höchste Alarmbereitschaft *Der Graf! Der Graf!*, kam wieder aus der Küche und fragte den Grafen, womit sie denn dienen könne.

»Bringen Sie mir ein Wasser«, bat er.

»O bitte, o gleich, o was hätten Sie denn gern für ein Wasser?«

»Ein hiesiges.«

Hiesig. Mit rotem Kopf lief Semmelweis-Märrie zurück zum Koch, rief *Wasser! Wasser!*, aber das im Angebot befindliche Mineralwasser war ausgegangen. Das Leitungswasser schmeckte nach Chlor. Semmelweis-Märrie rotierte. Kein Wasser im Haus. Da kam ihr die rettende Idee. Mit einer leeren Flasche in der Hand rannte Semmelweis-Märrie, so schnell ihre Füße sie trugen, zum Hintereingang des Lokals hinaus über die Straße hinunter zum Mennichensee, schöpfte und kam mit Wasser zurück. Graf Gutfried von Lärchenau trank es.

»Nu seh eener an«, knurrte der neunzigjährige Gegenbauer, und Gert sagte: »Ein doller Otto.«

Die Wirtin, die Stammgäste böse anfunkelnd, erwartete das niederschmetternde Urteil des Fremden.

»Ich wußte es«, sprach der Graf, sein Basecap aus der Stirn schiebend, »es ist ein gutes Wasser.«

Semmelweis-Märrie atmete auf. Stolz berichtete sie vom Mennichensee, dessen Wasser so heilkräftig sei, daß sogar Tote, wenn man sie damit beträufele, wieder zum Leben erweckt werden. Der Graf meinte schmunzelnd: Tot sei er Gott sei Dank noch nicht, aber mit sechzig Jahren benötige sogar er ab und zu eine Stärkung.

»Sechzig Jahre, det sieht man Ihnen aba nich an«, flötete Märrie.

Das Lächeln des Grafen verbreiterte sich. Am Tresen, wo die Männer, beim Bier sitzend, den Fremden beäugten, wurde Horst Gegenbauer plötzlich unruhig.

»Ick weeß nich«, flüsterte er Gert zu, »aba der kommt ma vor wie schon mal wo jesehn.«

»Uff'n Fasching, wa?«

»Nee, in meim ersten Leben.«

»Det gloobste selba nich.«

»Det gloob ick doch.«

»Bitte ein Bier für die beiden Herren und die Rechnung!« rief der Graf.

Semmelweis-Märrie machte einen Knicks und hatte nur einen Wunsch: der Herr möge Lärchenau, vor allem den »Ochsen«, in guter Erinnerung behalten.

»Nicht nötig«, sprach der Graf, zahlte, ging zur Tür, und bat den draußen wartenden Fahrer, er möge *den größten* und zwei kleine bringen.

Als Semmelweis-Märrie den schweren Edelstahltopf in den Händen hielt, versagte ihr das Maulwerk. Auch die Zecher am Tresen, welche jeweils mit einem kleinen Bräter bedacht wurden, verstummten.

»Zur Begrüßung.«

Der Graf, da keiner im Raum einen Mucks tat, erklärte lächelnd: »Gutfried-Töpfe haben bislang all ihre Köche überlebt. Viel Freude damit.«

Als er um den Anger herum bis ans Dorfende fuhr, erblickte der Graf das Schloß. Jenen zeitzerfressenen Landsitz seiner Sippe. Der vierzig Jahre lang als Lagerhalle für Landmaschinen diente. Hinter dem sich ein verwilderter, ehemals barokker Park in den märkischen Wald hinein öffnete.

Seit jenem Tag kochte man in Lärchenau in neuen Töpfen. Jedem aus dem Dorf hatte Firmeneigner Graf Gutfried einen Topf oder Tiegel, eine Pfanne oder Kasserolle, einen Bräter oder Wasserkessel geschenkt. Wer sich sein Geschenk nicht selbst aus dem extra für diesen Zweck errichteten Zelt auf dem Anger abholen konnte, dem wurde es von Hanswerner Giersch nach Hause gebracht.

Giersch, von seinem Dienst bei der *Deutschen Post* entlassen, hatte sich erfolgreich als » Privatprokurist mit buchhalterischen Fähigkeiten« bei denen von Lärchenau beworben. In Anzug, Krawatte, mit dünnem Schnauzbart und eigenem Firmenwagen ausgestattet, genoß er sein neues Leben mit Tiegeln und Töpfen. Es gab Lärchenauer, die schlugen die Tür vor ihm zu. Andere staunten über den *Hundertprozentigen* und über die Zeit, die manche Menschen so leicht mit sich trägt.

Als Giersch, einen Schmortopf unterm Arm, bei Konarske klingelte, öffnete niemand. Dabei sollte jeder Lärchenauer einen echten »Gutfried« erhalten, jeder das neue Kochgefühl erfahren! Fleischermeister Schembart wurde mit einem Wurstkessel aus mattiertem Edelstahl bedacht. Hausfrauen lobten die außerordentliche Qualität der Gaben, und mit dem Kochgeschirr priesen sie den Spender. Noch als der Graf mehr als die Hälfte der Lärchenauer Straßen und Wege, die meisten Felder, Wiesen, Brach- und Nutzflächen in sein altes Eigentum überführt hatte, hoben die Lärchenauer, an ihren Kochherden stehend, andachtsvoll die gläsernen Deckel, rührten in Töpfen, in denen alles viel schneller garte und nichts mehr anbrannte.

Seit jenem Tag wurde am und im Schloß der Putz abgeschlagen, elektrische Leitungen, Kirschbaumparkett und aquafarbene Badezimmerfliesen verlegt, Holzbalken erneuert, Wände durchbrochen, ein Wasser- und Gasanschluß geschaffen, frisch verputzt, gemalert, das Dach gedeckt, doppelglasige Fenster und eine nach historischem Vorbild verzierte hölzerne Tür eingesetzt. Bunt, hoffnungsvoll drehte sich der Richtkranz über dem Dach. Alle Dorfbewohner waren geladen zu feiern.

Die Familie des Grafen traf im Frühjahr 1992 in Lärchenau ein. Im neu angelegten Garten blühten erste Blumen. Forsythie leuchtete den Weg aus. Osterglocken läuteten Willkommen. Der Springbrunnen vorm Schloß ließ Fontänen steigen, und Bürgermeister Schellhas ließ es sich nicht nehmen, Gräfin

Grazyna Agnes von Burghagel und Lärchenau sowie deren dreiundachtzigjährige Mutter Gräfin Baronin Edelgarde von Burghagel persönlich zu begrüßen.

»Bitte keinen Aufwand«, sagte Graf Gutfried zu Schellhas und begehrte noch am Abend des offiziellen Familieneinzuges konkrete Pläne über die Zukunft des Dorfes.

Nur Arbeit und Erfolg adele den Menschen. Mit den Zukunftsplänen jedoch erschien der gräflichen Familie ein Stück Vergangenheit: Horst Gegenbauer hatte seinen über Jahrzehnte geretteten Anzug angezogen und war ohne Scheu und Zagen zum Schloß gegangen, wo er sich der Familie als verbunden vorstellte. Der neue Graf zeigte ehrliche Freude über den alten Mann, der Vater Graf Julius in ehrfurchtsvollen Tönen und sein Glück beschrieb, dessen Sohn in Glanz und Herrlichkeit begegnen zu dürfen. Gräfin Grazyna, eine schlanke ältere Dame in englischem Tweedkostüm, überreichte Gegenbauer eine Zigarre und rang sich einen respektvollen Blick ab.

»Ick gloob, ick träume«, sagte Horst Gegenbauer abends im »Ochsen«, die Zigarre im Licht drehend.

»Det tun wa alle«, sagte Semmelweis-Märrie und ließ den Bierhahn fauchen.

Nun besaßen die Lärchenauer wieder ein Schloß. Herrschaftlich, dennoch bescheiden in seinen Ausmaßen, fügte es sich in die Landschaft. Der altrosa Außenputz gab dem Gebäude einen Anschein von Behaglichkeit. Standen die gräflichen Limousinen in der Tiefgarage, war es wie früher: Manch Lärchenauer hörte die Kutschen vorfahren. Das restaurierte Schloß wurde Anziehungspunkt für Wanderer, Volkskundler und motorisierte Touristen. Zwar durfte es kein Fremder betreten, doch allein die Tatsache, daß es dem Verfall entrissen war, weckte begehrliche Träume.

Als Graf Gutfried das erste Mal mit seiner Hunterstute ausritt, zog Novembernebel aus den Wäldern über die Felder. Das Pferd lief in gemächlichem Trab. Mit beiden Händen hielt der Reiter straff die Zügel. Nur der dumpfe Hufschlag im Gras war zu hören. Graf Gutfried umritt sein Anwesen. Der Besitzer des Burghageler Kochtopfimperiums, das seit der Heirat mit der Baronin seinen Namen trug, wollte diese Landschaft liebgewinnen. Hier hoffte er, die Anstrengungen seiner Existenz abstreifen, den Lebensabend in Harmonie verbringen zu können. Dieser Ort war unberührt von Firmenhektik. Auch war er hier den Zuständen seiner Frau nicht ausgesetzt. An seinem sechzigsten Geburtstag hatte Graf Gutfried beschlossen, zurückzukehren. Dorthin, wo er nie gewesen war.

Gutfried gab dem Pferd die Sporen. Schneller sollte es laufen, damit er dem Nebel entkäme. Über Felder Wiesen Weiden gelangte Gutfried an seinen schönsten Besitz, den Mennichensee. Still lag das Wasser in der Senke zwischen den Wäldern. Das Schilf schien fast schwarz. Ein Kormoran hatte sich auf dem Uferpfahl niedergelassen und blieb sogar sitzen, als er den Reiter kommen sah. Wie ruhig es hier ist, dachte der Graf. Einmal vermeinte er zwischen trüben Schwaden am Ufer drei Männer zu erkennen. Als er heranritt, waren sie verschwunden.

Mit Einbruch der Dämmerung stieg Graf Gutfried vom Pferd und führte es am Zügel durch das Dorf. Auf dem Weg zum Schloß gelangte er an Professor Konarskes Haus, das hinter mannshohen Hecken versteckt lag. Der Graf hatte bereits Gerüchte über den Professor gehört, war ihm aber, da er Dorffeste, Topfpartys und dergleichen mied, noch nie persönlich begegnet. Um einen Blick über die Hecke werfen zu können, schwang sich der Graf abermals auf sein Pferd. Was er sah, waren lauter Rosenstöcke und -büsche: teils für den Winter beschnitten, teils in später Blüte. Was der Graf nicht sah, war

Adele, der, im Haus hinter den Gardinen hervorlugend, das Herz bis unter die Zunge schlug.

»Er ist ein solch schöner, stolzer Mensch.«

»Alkohol und Langeweile machen dich blind, Prinzessin.«

»Ein Graf, wie ich ihn mir vorgestellt habe.«

»Eine Chimäre aus Haifisch und Goldfasan.«

»Du kennst ihn?«

»Du träumst nachts von ihm?«

*»Ich schaff' mir meine Träuhäuhäum nicht an …«*

»Membrana tympani perforatii! Willst du, daß ich ertaube?«

»Ich will, daß du mir zuhörst.«

»Ich kenne nur eine Pflicht, die heißt: Arbeit.«

*»Wo hat Er seine Maniehiehieren gelernt …«*

»Ruhe! Oder ich weise dich in die Klinik ein.«

»In die Oper!«

»Adele, du weißt, ich bin ein gefragter Mann. Ich habe keine Zeit für so etwas.«

*»Aber die Musik geht ins Bluhuuut …«*

»Seit dieser Graf hier ist, wütet die Hirnpest in Lärchenau.«

»Du bist Arzt. Dir vertrauen die Leute.«

»Also gut, was verlangst du?«

»Ein Schloß.«

»Und weiter nichts?«

»Und weiter nichts.«

»Dann gibst du Ruh?«

»Dann geb ich Ruh.«

»Ich werde mein Bestes tun. Schlaf deinen Rausch aus.«

*»Wie die Stund hingeeeht, die der Wind verweeeht, so sind wir bald alle zwei dahiiiin. Menschen sin' ma halt …«*

Adeles Sopran sollte, wie es Konarske versprochen hatte, bald in größeren Räumen erklingen. Von keinem Publikum erhört, auf der Lust musikalischer Zukunftsphantasien getragen, sang Adele unter dem Bild des Schierlings, den sie im Keller gefunden hatte und der vergilbt und rissig als Relikt an der Wand hing. Noch war der Salon unmöbliert. Noch roch es nach Medizin. Noch gingen Räumtrupps und Vermesser aus und ein.

Gunter Konarske hatte die Villa seines Großvaters Rochus Lingott zurückerworben. Als rechtmäßiger Erbe und Eigentümer. Doktor Krause mußte in Konarskes bisheriges Wohnhaus umziehen. Er hatte keine Wahl. Als Entschädigung übernahm Konarske für den Kollegen die Kosten des Umzuges, spendierte neue medizinische Gerätschaften und war erst zufrieden, als Adele ihm um den Hals fiel. Da der Professor wenig Zeit hatte, den Um- und Ausbau der Villa persönlich zu kontrollieren, sprach er seiner Frau ins Gewissen: sie möge endlich einmal im Leben Verantwortung übernehmen und ihm, Timm, sich selbst, den Leuten im Dorf und vor allem dem Topfgrafen zeigen, wer in Lärchenau Herr und Meister ist.

»Du machst das schon, Mauseprinzeßchen«, sagte Konarske, stieg in seinen Wagen, fuhr davon.

Für Tage. Oder Wochen. Oder Monate. Nie war es vorauszusehen. Adele Konarske aber setzte ihre Krone auf. In weinrotem Kleid, auf dem Rüschen Bommeln Pailletten blühten, ging sie durch ihr neues Heim, das zwei Etagen, acht Zimmer, einen Salon, Wintergarten, Pool, Hobbyräume und alles und mehr umfaßte. Architekten Ingenieure Handwerker standen unter Adeles Aufsicht, die sie mit ungewohnter Strenge führte. Es machte ihr Spaß. Von Raum zu Raum schreitend, dirigierte sie die Arbeitenden, rügte lobte verbesserte. Mädchenhaft spielte sie die Unerfahrene, um gleich darauf wie die künftige Herrscherin über dreihundert Quadratmeter Eigentum aufzutreten. Beklagte sich jemand über die Musik, die aus ihrem Mund oder der neuen Hi-Fi-Anlage durch das Anwesen schallte, bekam er von Adele Trostbier, oder sie steckte dem Gequälten Schweigegeld zu.

Nach Feierabend zog Ruhe in die Baustelle Villa Konarske ein. Fröhlich und unruhig zugleich stieg Adele über Kisten, Mörtel- und Schutthaufen. Sie sah sich als Kind an Mutters Hand durch die Trümmerstadt Berlin gehen. Sie roch den Rauch, die Märchen der Kindheit, sah sich vor der Fee Traudel tanzen oder hoch oben auf den Armen des Soldaten Oleg – *Gdje schewjosch? Wo wohnst du?* – Hier wohne ich, sagte Adele und ging von einem Raum in den anderen. Große helle Zimmer gehörten nun ihr. In diesem Moment sah sie etwas die Kellertreppe heraufflitzen. Aus Gunters umgelagerten Privatlabor, dem geheimen Kabinett, war das Wesen entwischt. Nicht größer als eine Maus. Aber doch anders. Adele vermeinte, auf dem Rücken des Tieres einen Spalt zu erkennen. Dieser Spalt öffnete sich, und ein menschliches Auge sah heraus, einen Moment lang, dann schloß sich der Spalt wieder. Adele entfuhr ein Schrei, der das Tier in nichts verwandelte. Daraufhin begehrte Adele ihren Mann, so heftig, wie noch nie.

Den Lärchenauer Klatsch, der lange Zeit der gräflichen Familie galt, lenkte bald wieder Adele Konarske auf sich.

»Dem Dokta seine Tussi is ja woll jrönungsbedürftig. Macht nu uff Oberklassenoblesse. Unsa Jraf hinjejen is son 'n feina bescheidna Mensch!«

»Bescheiden? *Mir* jehts bescheiden mit meine paar Hungapiepen von Rente.«

»Aba der Herr Jraf haut nich off die Kacke wie Frau von und zu Konarske. Da merkt ma, det der nich ausm Heim kommt, sondan janz echt is mit seim Adel.«

»Na, ick kann unsa Adeleken vastehn. Möchtest *du* 'n Ollen haben, der tote Menschen un Tiere uffschnippelt, un der dir nachts mit seine Stinkepfoten an'n Busen jreift?«

»Bessa es jreift übahaupt eena an Busen, als wie bei mir, wo mein Oller nur noch nach Bierflaschen jreift.«

»Selba schuld, wennde nuscht aus dir machst, Suse!«

»Wat soll *ick*'n aus mir machen? Sach schon, Märrie, sach schon, wat unsaeena hier aus sich machen soll!«

So ging es im »Ochsen« hin und her. Auch in Schembarts Fleischerei kam mit der Wurst manch saures Wort über die Theke. Mit jedem Stich, den der Fleischerlehrling den Schlachtkörpern versetzte; mit jedem Hieb, der sie spaltete; mit jedem Schnitt, der Muskeln von Knochen und Fett trennte, befreite sich Timm Konarske von seiner Herkunft. Sah er sich noch beim Auslösen von Schweinenieren aus der Fettkapsel, beim Herausnehmen des Gehirns aus der Kopfhälfte oder beim Abtrennen des Schwanzes an der Schwanzwurzel der Profession seines Vaters verwandt, wurden ihm Mutters Gebaren von Tag zu Tag fremder. Was die Lärchenauer über sie spotteten, hörte er nicht mehr. Kam ihm doch etwas zu Ohren, drehte er seinen Gram durch den Fleischwolf, verschlachtete den Rest seiner Liebe zu unbrauchbaren Konfiskaten. Meister Schembart war mit Timm zufrieden.

Hatte Jack mal keine Frau zu beglücken, teilte er seine freie Zeit mit Kollege Timm. So hockten die Fleischzerleger zusammen in der Bushaltestelle. Jack erzählte von Weibern. Timm mochte es nicht, wenn Jack sich über Mädchen ausließ. Es lief ihm dann immer das Wasser im Mund zusammen, und Timms Zunge schmeckte fleischern. Jack, der davon nichts merkte, plauderte fort, beschrieb in simplen Worten die Resultate seiner Eroberungen. Bei diesen Berichten schloß Timm die

Augen und dachte an Wurst. Jack redete von Frauen, Timm träumte von Wurst. Einmal wagte es Jack, ohne Namen zu nennen, Adele ins Register seiner preiszugebenden Abenteuer aufzunehmen.

»'ne scharfe Braut war die Dame, det kann ick dir flüstan«, schwärmte Jack, »Mensch, Timmi, brauchste nich auch mal so wat unta deine Pfoten?«

Timm dachte: Ich werde eine Wurst erfinden, wo einem die Flammen aus dem Mund schlagen. Eines Tages, Timm und Jack lümmelten zur Mittagspause gerade wieder im Wartehäuschen, stieg aus dem einfahrenden Bus Kai-Uwe Christ.

»Mensch, det is aba 'ne Übaraschung!« rief Jack, »so lange ham wa uns nich jesehn! Dachten schon, du hast die Kurve jekratzt. Setz dir, laß dir ankieken!«

»Ich«, sprach Kai-Uwe Christ mit fremder Stimme, »möchte nur mal schauen, in welchen Bahnen euer Leben läuft.«

»Bahnen?« fragte Jack, »wenn de die Weiba meinst, kann ick dir sajen: Die loofen wie jeschmiert.«

Unerwartet gab Kai-Uwe Christ, der sich noch immer Admiral nannte, Jack einen Schlag gegen die Stirn.

»Respekt, Kamerratte Jack! Ich meine es ernst.«

Timm, war, seit er für die Arbeit in der Fleischerei lebte und die gemeinsame Bandenzeit in sein ferneres Gedächtnis verschoben hatte, vom Auftauchen Admirals überrascht. Sein rotes, straff zurückgekämmtes Haar war gräulich geworden. Das Gesicht hatte sich verschmälert, und auf Admirals Nase wuchs ein kleiner Höcker.

»Und du?« fragte Admiral. »Bist du auch den Frauen verfallen?«

Timm schüttelte den Kopf. Sonderbar blechern, wie mit fremden Gedanken und Tönen gefüllt, klang Admirals Stimme. Blinkködern gleich fing sein Blick die Männer, welche mit einem Mal die Zeit vergaßen, und als er sie lockte, das Wartehäuschen zu verlassen, um, wie früher, als man noch jung war, ihm zu folgen. Es half auch nicht, daß Fleischermeister Schembart nach Ablauf der Mittagspause persönlich seine Gesellen zum Weiterarbeiten suchte und sie nicht mehr fand.

Admiral war mit ihnen an den See gegangen. In Fleischerhemden und karierten Hosen standen Jack und Timm vor dem alten Bootsschuppen und wußten auf die Frage, wie es um ihr Bewußtsein stünde, nichts zu antworten. Admiral lachte, sagte, es wundere ihn nicht, und führte die Männer in den Schuppen, der seine Werkstatt war. Schweißbrenner, Werkzeugkisten, Stahlstreben und jede Menge Metallschrott gab es darin.

»Wat wird'n det?« fragte Jack.

Admiral antwortete: »Rache ist unsere Tugend, Haß unsere Pflicht.«

Jack, der gelernt hatte, daß er seinen schwachen Geist besser nicht reden ließe, kratzte sich am Hals. Auch Timm schaute ratlos. Admiral ließ seine Fingergelenke knacken, holte aus einer Kiste eine Bauplane aus Plastik und breitete sie auf dem Boden aus.

»Seid ihr bereit?«

Ohne eine Antwort abzuwarten, legte sich Admiral rücklings auf die Plane, klopfte mit den Händen links und rechts neben sich.

»Nur durch Gefahren geht der Weg zu unserer Freiheit«, sprach er.

Jack flüsterte Timm zu, Admiral sei wahrscheinlich auf Drogen, doch dessen klarer Blick, die scharfe, von keinerlei Unsicherheit geprägte Stimme, ließ ihn zweifeln.

»Komm schon«, forderte Timm den Kollegen auf, »Admiral hat uns etwas zu sagen.«

»Aba der quatscht so jeschwolln!«

»Er ist erwachsen geworden, Jack. Redet nich so 'n Stuß wie du.«

Auf der Bauplane liegend sprach Admiral: »Sehr richtig, Kammerratte Timm, wir sind erwachsen worden. Unsere Jugend nämlich ist nicht nur vergangen, man hat sie vernichtet. Sie wollten uns zu Vasallen der Macht abrichten, uns im engen Maß ihres gehorsamen Menschenbildes lassen, aber sie haben sich getäuscht. Sie haben uns zwar die Fähigkeit geraubt zu hassen, aber unsere Kraft nicht gekannt, die aus unserer Gemeinschaft heraus erglüht und uns kundtut: Wir können hassen. Wir wollen hassen. O wie schön ist es, hassen zu können.«

Während Jack noch zögerte, hatte sich Timm neben Admiral auf die Plane gelegt.

»Haßt du deinen Vater, Timm?« fragte Admiral.

»Ich weiß nicht«, antwortete Timm.

Admiral: »Du mußt deinen Vater hassen. Es ist deine Pflicht. Der Vater ist immer der erste. Erst dann geht unser Haß auf die anderen über, auf Mutter, Onkel, Tante, auf unsere Lehrer, Ausbilder, unsere Kinder …«

»Timmi, unsa Meesta sucht uns bestimmt schon. Wir komm andamal wieda!«

Blitzartig fuhr Admiral auf, packte Jack, zwang ihn, sich neben ihn zu legen.

»Euer Meister«, sprach er, »das bin ich. Warum seid ihr mir wohl an den heiligen Ort gefolgt?«

»Wat is denn hier heilig?« wagte Jack zu widersprechen.

Da hatte Admiral beide Seiten der Bauplane über seinen, sowie über die Körper der Männer geschlagen und mit einem Zugband festgezogen. Jack dachte: Der Kerl ist verrückt geworden. Timm dachte: Roulade! Ich bin eine Roulade, eine dicke Menschenroulade, gefüllt mit Speck und Sprache, ach, das Leben kann so verdammt irre sein … Jack ergab sich dem Experiment, nicht ohne sich darüber zu grämen, seine männliche Wehrkraft versiegen zu sehen. Statt dessen wurde er an Admirals Seite gequetscht, die Plastehülle über dem Kopf.

»Das müßt ihr euch vorstellen«, sagte Admiral, sich enger an die Kameraden pressend, »so ähnlich wird es sein, wenn wir den *Molch* gebaut habe. Wir sind auf großer Fahrt. Unter Wasser. Im Mennichensee. Wir: drei Kammerratten, eine Gemeinschaft, nur uns allein zugehörig. Eng ist es. Angespannte Nerven. Ihr glaubt, wir warten auf etwas, ich aber sage euch: Es kommt nichts von allein. Wir sind die, auf die man wartet, und andere werden sich unserem Haß anschließen. Wir werden zur Feindfahrt rüsten. Aber wer ist unser Feind? Wir hören und sehen ihn nicht. Unsere Väter haben ihn uns hinterlassen. Diese Stille. Diese gestockte Zeit. Dieses endlose Rudern im Meer des Nichts. Wir werden zusammenschmelzen zu einem Torpedo des Hasses. Krieg werden wir führen, und den Menschen wollen wir so lange Angst machen, bis sie sich vor uns wegducken.«

»Ick vasteh nur Bahnhof«, preßte Jack hervor.

Timm waren während Admirals Ansprache Tränen in die Augen getreten. Obwohl ihm die beengte Lage die Luft abschnürte, lauschte er den Klängen der Worte erregt nach. Jack, dem dieselben wie Biesfliegen im Gehirn schwirrten, kämpfte mit Atemnot. Auch mißfiel ihm der zunehmende Geruch von Männerschweiß, und er sehnte sich in die Welt der Weibervergnügungen zurück. Noch immer schnürte die Bauplane jeden Gedanken an Befreiung ab. Als Jack drohte, blau anzulaufen, gab Admiral seine Kameraden frei. Erschöpft saßen sie im Bootsschuppen zwischen Stahlblechen und Schweißgasflaschen.

»Nu sach uns ma, wat du wirklich mit uns vorhast«, japste Jack, bereit, für frische Luft sich noch einmal auf ein Bandenspiel einzulassen.

Admiral stand auf, klopfte sich die Hosen von Staub frei, und befahl Jack und Timm, sich ebenfalls zu erheben. *Stillgestanden!* Sie standen still. Es war ihnen, als hörten sie von Ferne Schembart fluchen.

»Alles klar?« fragte Admiral Kammerratte Jack.

Dieser nickte, obwohl er nicht wußte, warum.

»Alles klar?« fragte Admiral Kammerratte Timm.

Dieser antwortete laut *Ja!*

»Ich wußte es!«

Da Admiral einen Kopf kleiner als Timm war, stieß er ihn anerkennend gegen den Bauch. »Deine Mutter ist phänomenal. Erst wollte ich es nicht glauben, dann aber hat sich mein Zweifel zerstreut. Ich wußte es, seit ich dieses Foto gesehen habe. Kammerratte Timm, du bist der Enkel des Führers. Stimmts, Jack, das merkt man?«

Jack überlegte eine Weile und nickte. Noch immer wartete er auf Admirals Plan.

»Ihr werdet es vollbringen«, sprach Admiral, »und ich werde erfahren, wie es ist zu töten.«

»Nu machs ma halblang«, murrte Jack.

Timm gebot ihm zu schweigen. Das *große Ding* war im Gange. Mit einer Flasche Doppelkorn gründeten die Männer ihre Bande neu, ritzten sich blutsbrüderlich mit Brombeerdornen die Haut. Die Tarnung des Schuppens wurde verstärkt, mit Schweineblut ein Kreuz über die Tür gemalt. Über den See blickend, auf dessen mulmigem Grund sich die Gefahr noch immer langsam zersetze, griffen die Männer mit erhobener Hand in die Luft.

In kurzer Zeit war die Villa Konarske renoviert, ausgebaut, mit hellem Putz versehen und zierte die Dorfstraße als prachtvoller Bau. Das Rosarium, aus dem alten Garten umgepflanzt, zeigte erste Blüten.

Das Einzugsfest fand auf Wunsch des Hausherrn im engen Kreis statt: Forschungskollegen waren geladen, ebenso Bürgermeister Schellhas und der Hausarchitekt. Als auf Konarskes Zukunft angestoßen werden sollte und Adele, seit dem Morgen beschwipst, die Hände in den Raum hineinstreckte, zündete Timm die Bombe. Von Vater gebeten, er möge zur Feier des Tages und als Beweis seiner Restkultur den Mundschenk geben, schüttelte er eine Champagnerflasche, drehte den Draht vom Korken, schüttelte, bis es den Korken nach oben trieb, warf das Geschoß durch den Salon, wo es an der Wand explodierte und als Schaum verflog. Nachdem die Gäste halb erschrocken, halb belustigt mit leeren Gläsern *Prosit!* riefen und Gunter seiner Frau hart in den Nacken griff, trat Timm in die Mitte des Salons.

»Du bist unglaublich! Was soll dieses Theater?« zischte Konarske.

»Haß!«

Ein Lächeln huschte über Timms rundes, von hektischen Flecken übersätes Gesicht. Konarske packte Adeles Haar, schlang es um seine Hand. Er entschuldigte sich bei den Gästen. Aus der Art geschlagen sei sein Sohn, einfach nur aus der Art geschlagen, ein male accidit, ein mißglückter Casus des Menschen. Professor Dickescheidt meinte: Wohl gerade deshalb für die Wissenschaft von größtem Interesse. Timm verbeugte sich.

»Du tust mir weh!« preßte Adele zwischen den Zähnen hervor.

Konarske: Gewiß, solcherlei Einsicht tät allen Anwesenden

weh. Timm verbeugte sich abermals. Professor Konarske orderte eine zweite Flasche Champagner.

»Auf dieses wunderbare Haus!«

Da verließ Timm den Salon. Unter seinen Schuhsohlen, auf dem frisch versiegelten Parkett, knirschten die Scherben.

Adele wartetete. Auf die bekannte Leere, die zährenreiche Trübsal. Gleich würde sich die Schrankbar öffnen und ihre Geister durch Adeles Schlund hetzen. Gleich würde die Krone verglühen. *Sag, daß du mir gehörst! Mir!* Adele gehörte nur noch sich selbst. Timm war ausgezogen. Ins Hinterzimmer der Fleischerei, wo er zwischen Paletten und ausrangierten Gerätschaften auf einer Luftmatratze nächtigte. Gunter Konarske weilte, wie so oft, im hauptstädtischen Forschungsinstitut. Wann er zurückkommen würde, hatte er nicht gesagt. Adele wartete. Zweifel Seufzer Langeweile blieben aus, erbaten keinen Einlaß in Adeles neues Reich, wollten sie nicht länger am Zügel halten. Licht fiel durch die Villenfenster, mäanderte über das Meublement, kringelte auf dem Boden, zauberte herbei, was Adele endgültig befreite.

Am Nachmittag fuhr das Taxi vor. Ein viertüriger Mercedes. Adeles neueste Robenkreation bestand aus knöchellangem honigfarbenem Seidenrock und einer gerüschten Bluse, die beim Atmen knisterte. Im Haar trug Adele Korallenschmuck. In der Hand hielt sie einen Rosenzweig. Der Duft Chanel umspielte dessen Miasma, eine Ouvertüre, die der Taxifahrer erstaunt kommentierte: »Se jehn off de Hochzeit von Präsidenten, stimmts, gnädje Frau?«

»In die Oper!«

Adele griff ihr Täschchen, raffte das Kleid und stieg in den Wagen. Durch die Dämmerung ging es aus Lärchenau hinaus, die Bundesstraße entlang, an deren Rändern abgeschlagene

Bäume freie Sicht ins Land zuließen. Auf den Brachfeldern blühten Lupinen. Adele sah Fackeln leuchten.

Die Oper betretend, schien es ihr, als würde sie jemand hochheben. In fedriger Vorfreude begab sie sich zur Garderobe, sah im Spiegel das geputzte Publikum. Kristallüster, Seidentapeten, Marmorboden, Stuck. Ich hab es geschafft, flüsterte Adele, es gehört alles mir. An der Bar gönnte sie sich ein Glas Champagner.

»Sehr zum Wohle!«

Graf Gutfried mit Gattin Gräfin Grazyna hatten ihr zugeprostet, doch schon im nächsten Augenblick waren sie im Getümmel der Zuschauer verschwunden. Adele raffte ihr Kleid, drängte sich durch die Menschen im Foyer. Die Rose, welche sie aufgeregt in der Hand drehte, hatte ihre Blüte entfaltet. Man sah Adele hinterher wie keiner anderen Frau. Als würde sie zu einem Ball geladen sein oder als Kostümmodell die Gäste auf die Kunst einstimmen wollen, schritt Adele zwischen Parkett Rang Loge hin und her. Von fern erblickte sie noch einmal den Grafen, winkte ihm zu und wischte sich eine Träne aus den Augen. Mehr konnte das Schicksal Adele nicht bieten. Endlich klingelte es zum Einlaß in den Zuschauerraum. Adele streckte den Hals, betrachtete sich abermals im Spiegel, fand schließlich auf ihren Platz. Erster Rang, erste Reihe. Mit schönster Sicht auf das Geschehen.

Der Vorhang öffnete sich. Adele hielt die Luft an. In diesem Moment erlosch auch der letzte Zweifel in ihr, daß sie ihr Leben jemals wieder fremder Bestimmung opfern oder Lust aus Demütigung erfahren würde. Erleichtert atmete sie aus. Gunter, dessen Kreditkarte Adele im Handtäschchen trug, befand sich in einer anderen Galaxie.

Mit dem ersten Bild tauchte Adele ins Licht ihrer eroberten Welt. Auch wenn sie das rote Blütenfeld an ihr hauseigenes

Rosarium erinnerte. Hier war alles glänzender, aufgeladen mit dem Feuer der Begierde. Hunderte von Papptäfelchen, auf die jeweils eine Blüte gedruckt war, hingen an Metallspießen wie an reifen Kornhalmen. In diese fragile Pracht war eine kleine Kissenlandschaft gebaut, darauf die Marschallin eine heitere Runde ihres Liebestreibens mit Octavian austrug. *Wie du warst! Wie du bist! Das weiß niemand, das ahnt keiner!* Adele bestieg die Leiter schwelgerischer Töne und sah von dort aus, wie die beiden, am hellen Vormittag in Fleischeslust verkeilt, seitwärts abrollten, ohne in die Dornen zu geraten; wie sich die Fürstin dann aufrichtete, den Rücken straffte gegen aufkommende Wehmut. Da trat durch die Rosenranken jener Zwerg, den Adele aus ihrer ersten Vorstellung des *Rosenkavaliers* erinnerte. Sie erschrak. An dieser Stelle war Konarske eingeschlafen. Hier hatte man vor Jahren den Opernbesuch abgebrochen, war zurückgefahren aufs Land, dessen Duft, in der *Prinzessin-Adele-Rose* gefangen, sich gerade kämpferisch in der Oper verbreitete. Adele nestelte den Chanel-Flakon aus der Handtasche und sprühte das Gegengift.

*Hier bin ich der Herr!* Octavians warmer Mezzo stärkte Adeles Gewißheit, daß sich mit dieser Vorstellung alles ändern würde. Der in Weiß gekleidete Zwerg trippelte über die Bühne, verneigte sich tief, die Arme über der Brust gekreuzt, gegen das Kissenlager, tanzte zierlich rückwärts, verneigte sich noch einmal, zauberte einen ebenfalls weißen Sonnenschirm hervor und hielt ihn über das Haupt der Marschallin. Wie süß! dachte Adele und applaudierte mitten in die Szene hinein. Vom Sitznachbarn angezischt, setzte sie sich beschämt auf ihre Hände. Dann trugen sie die Liebesweisen davon, der süffigschmissige Walzer, worin sie sich wiegte, der feingemischte Klang der silbernen Rose; und die Zeit, von der nicht nur die Geschichte lebte, drängte an Adele vorbei. Erkannte sie sich in den Wechseln und Verwechslungen der Lust, sah sie auf dem inzwischen ramponierten Rosenfeld sich selbst eingefriedet in künstlicher Blütenpracht. Die Augen geschlossen, ließ Adele in ihrer Vorstellung jeden büßen, der ihr die wahre Liebe verweigert hatte:

Mutter Liese, welcher, beim zartsilbrigen Klang der Celesta, der Führer vernichtende Liebe kundtat: *Im schmutzigen Kittel schlumpt sie her …* Tante Lotte, der mit fistulierender Stimme das Schandmaul brach; Traudel Schieke, deren Feenglitzerkleid im Trommelwirbel vereiste; Klassenlehrerin Frau Panzoch, unter Flötenklängen zur Mumie verdorrt; Ulf Häfner, den Adele mit Harfenschmalz zum ewigen Säugling salbte; Sonja, Bärbel, Jüpchen, die sie orgelnd in den Kissen erstickte; Helmar Eden selig, dem sie geigensüß den Schweinewalzer spielte; Timm, den sie von der Baßtuba schlucken ließ; Hanswerner Giersch, den sie in der großen Pauke verkochte; Jack, posaunend zum Lakaien gekrönt; Graf Gutfried, den sie zum Dirigenten erspann, und schließlich Gunter, ihren Gatten, der sich ihrer Vorstellung entzog – keine Idee, kein Ton vermochte Adele sich einzubilden, nichts, das Gunter in irgendeiner Weise verformte. *Ist ein Traum, kann nicht wirklich sein, daß wir zwei beieinander sein …*

Bei dem Wort *Ewigkeit* schreckte Adele auf. Sie sah, wie Sophie das Taschentuch aus der Hand fiel und sie mit ihrem Octavian vereint in der Gasse verschwand. Auf der leeren Bühne öffnete sich noch einmal ein Weg. In silbernen Schnallenschuhen, den Schirm wie ein Karussell drehend, tänzelte der Zwerg durch das Endbild. Adele schien es, als würde er ihr zuzwinkern. Am liebsten hätte sie ihm eine Kußhand zugeworfen, so putzig, virulent und stolz vollführte er seine Auftritte. Jetzt fand der Zwerg das Taschentuch, hob es auf, winkte Adele damit zu und trippelte auf krummen Beinchen hinaus.

Am Ende der Vorstellung war der Rosenzweig zwischen Adeles Rockfalten verschwunden. Die Sänger traten zum Applaus auf die Bühne. Adele klatschte mit erhobenen Händen. Als erste stand sie vom Sitz auf und rief: *Bravo!* Alle, die sie in den letzten Stunden beglückt hatten, sollten wiederum von Adele Glück erfahren – Fürstin, Baron, der junge Herr aus großem Haus, Faninal, Sophie, Witwen, Waisen, Lakaien, Kellner – jedem applaudierte sie mit ganzer Kraft. Die Sänger bedankten sich: mit Knicks und Handküssen die Solistinnen, mit tiefem Diener die Solisten; flink, höflich die Sänger der Nebenrollen, Chor und Statisten, und noch immer wollte der Applaus nicht abreißen. Vor allem der Zwerg schien nicht genug zu bekommen. Schon beim ersten Beifall sprang er an die Bühnenrampe, den Sonnenschirm überm Kopf drehend, verneigte sich nach links und rechts, warf dem Publikum Küsse zu, verschwand hinter dem Vorhang, um kurz darauf abermals zu erscheinen, präsenter als zuvor, ausgiebiger vom Beifall kostend. Auch Adele war begeistert. Wie dieses Menschlein strahlte! Wie es, trotz seiner stummen Rolle, verstand, vom Publikum Ehrerbietung zu erheischen, die einem Solisten zukam. Der Zwerg winkte ins Publikum. Wollte gar nicht abtreten, so erregt war er vom Klatschen der Menge. Erste Pfiffe ertönten. Da warf Adele den Rosenzweig. Wie einen Pfeil vom Rang herunter über die Köpfe der Leute auf die Bühne vor die Füße des Zwerges. Er hob die Rose auf und, bis zum Boden sich verbeugend, küßte er sie. Bravo! rief Adele. Der Saal hatte sich geleert, das Orchester seinen Platz verlassen. Der Zwerg stand noch immer auf der Bühne. Adele konnte sich nicht sattsehen an ihm und war die letzte, die den Zuschauerraum verließ. Auf dem Besetzungszettel las sie seinen Namen: Stolle. Das paßt, dachte Adele. Als sie im Foyer abermals dem Grafen Gutfried begegnete, stand ihr Entschluß fest.

Trotz fiebriger Wangen fror Adele in ihrer dünnen, in der Nachtluft knisternden Bluse. Am Bühneneingang des Opernhauses wartete sie mit anderen Besuchern auf den Moment, da die Sänger das Haus verließen. Nach und nach erschienen die Starsolisten, gaben in erschöpfter Eile Autogramme, fuhren davon. Adele, etwas abseits, wartete auf Stolle. Als der kleine Mann in Hut und Mantel durch die Tür kam, zögerte sie. Adele aber faßte Mut, trat auf Stolle zu und sprach: »Bitte, ich will Ihnen nicht zu nahe treten, aber Sie waren für mich der … beeindruckendste … der wunderbarste auf der Bühne.«

»Sagen Sie ruhig: der größte«, schnarrte Stolle, runzelte seine hohe Stirn und giftete: »Leute wie Sie habe ich alle Tage hier stehen.«

Energisch ging er an Adele vorbei, zog den Hut und schlug meckerndes Lachen an.

»Warten Sie!« rief Adele.

In wenigen Schritten hatte sie ihn eingeholt.

»Ich möchte Sie etwas fragen.«

»Ich habe Feierabend.«

Adele, irritiert von Stolles Gesicht, das von nahem alt und müde war, bestand darauf, ihre Frage loszuwerden: »Haben Sie Lust, mich zu besuchen?«

»Ich – Sie?«

Stolle, die Arme in die Seiten gestemmt, stampfte mit dem Fuß auf. Adele glaubte, silberne Schnallen klingeln zu hören, und gestand, daß sie es gewesen sei, die die Rose auf die Bühne geworfen habe, daß sie ihn bezaubernd finde und mit der Einladung nach Lärchenau keinerlei Hintergedanken verbinde.

»Lärchenau!« rief Stolle. »Wollen Sie mich veralbern?«

Er blickte Adele von unten herauf an und seufzte: »Ach Gott, Sie tun mir leid.«

»Ihnen wird es leid tun, wenn Sie meine Einladung ausschlagen. Ich möchte Sie wiedersehen. Sonntag fünfzehn Uhr.«

Adele kritzelte ihre Adresse auf den Programmzettel und reichte ihn Stolle zusammen mit einen Fünfzigmarkschein. Sie sagte: »Nehmen Sie sich ein Taxi.«

In einem extra für seine Körperbeschaffenheit umkonstruierten Auto traf Stolle in Lärchenau ein. Mit quietschenden Reifen hielt er vor dem »Ochsen«, kletterte behend aus dem Wagen, betrat das Lokal und warf einen verächtlichen Blick durch den Raum. Wie jeden Tag um diese Zeit saßen Horst Gegenbauer und Gert Mannschatz beim Bier. Stolle nickte ihnen kurz zu, ging zum Tresen und reckte sich, um vielleicht irgendwo die Wirtin zu erspähen.

»Nu seh eener an«, sagte Gert zu Gegenbauer, »als ob wa mit die Zijeuner nich schon jenuch vom Weltelend in unsam Dorf ham.«

Der ehemalige Gutskutscher, der seit neuestem Krawatte trug, meinte: »Ick weeß nich, kann och sein, dett det Männeken für unsan Herrn Jrafen bestimmt is, als lustjer Aujust sozusagn, so wie die Könje früher wat zum Lachen jehabt ham.«

»Im Jejenteil zu unsaein heute.«

»Meine Herrschaften«, sprach Stolle und zog den Hut, »ich will Sie nicht in Ihrer Philosophie unterbrechen, aber würden Sie mir bitte sagen, auf welchem Weg ich zu Professor Konarske komme?«

Gegenbauer und Gert schauten einander an. Gert flüsterte: »Jetzt wird ma allet klar: Der Krüppel is vom Professor seiner Materie. Der züchtet so wat, ha ick jehört.«

»Blödsinn!« raunte der alte Gegenbauer zurück. »Der is bestimmt von Professors Jattin 'n Zeitjenosse. Die kommt doch ausm Heim. Da hatten se damals allet hinjesperrt, wat nich jroß und jerade war, vastehste?«

»Möchlich is allet, aba allet is nicht möchlich«, sagte Gert und nahm einen tiefen Schluck aus seinem Glas.

Inzwischen war Semmelweis-Märrie aus der Küche getreten. Sie wischte sich die Hände an der Schürze ab und ließ den Bierhahn zischen.

»Auch eins?« fragte sie Stolle, der sich ihr in den Weg gestellt hatte.

»Nein. Ich bin motorisiert. Außerdem habe ich eine Verabredung und nichts anderes vor, als den Weg zu Professor Konarske zu erfahren. Die Herren dort am Tisch scheinen es nicht zu wissen.«

Stolle klatschte mit der Hand auf den Tresen, so daß Gegenbauer und Gert erschraken. Auch Semmelweis-Märrie zuckte zusammen.

»Zwei mal links, zwei mal rechts, am Bürgameista vorbei, dann sehn Sie schon die Villa.«

Stolle nickte, setzte den Hut wieder auf, trat auf die Biertrinker zu und stemmte drohend seine Arme auf den Tisch. Gert fragte vorsichtig: »Sie ham doch nuscht jehört?«

»Wir Zwerge hören das Gras wachsen.«

»Nuscht für unjut«, sagte Gegenbauer.

An der Tür blieb der Gast noch einmal stehen. Den rechten Arm schräg in die Luft streckend, knallte er die Absätze zusammen und ließ sein meckerndes Lachen erklingen.

»Wat war'n ditte?« fragte Semmelweis-Märrie.

»Ne janz jroße Numma«, sagte Gert.

Vor der Tür der Villa erwartete Adele den Besuch mit einer weißen Rose. Stolle warf die Rose über den Zaun, funkelte die Gastgeberin böse an und meinte, er könne auch sofort wieder zurückfahren, wenn sie denke, ihn zum Affen machen zu wollen.

»Aber das will ich doch gar nicht«, sprach Adele und führte den Gast ins Haus.

Im Salon war der Tisch gedeckt. Schokolade, Kuchen, Champagner für den Fall, es würde ein gelungener Nachmittag. Adele in hellem Chiffonkleid, gratulierte sich. Er war gekommen. Der Held ihrer selbstverfaßten Oper. Ihrer ausgebauten Leidenschaft. Von welcher Konarske nur am Rande Notiz genommen hatte: Na, hatte er gesagt, hat meine Mauseprinzessin doch noch etwas für sich gefunden. Allein in die Oper, warum nicht.

Warum nicht, dachte auch Stolle und nahm mit geübtem Sprung auf Adeles Sofa Platz. Fußwippend thronte er auf dem smaragdgrünen, mit venezianischem Samt bezogenen Meuble.

»Sagen Sie mir jetzt bitte nicht, was ich schon weiß.«

Adele, die sich Mühe gab, den Gast nicht anzustarren, schenkte Schokolade ein und tat ihm ein Stück Kuchen auf den Teller. Stolle schob den Teller beiseite und sagte: »Danke, das ist bereits der zweite Irrtum.«

»Wieso das?«

»Wenn Sie glauben, daß wir Zwerge naschhaft sind, dann täuschen Sie sich. Wir fressen nur Fleisch.«

Stolle ließ sein Meckern ertönen, wurde gleich darauf wieder ernst. Ungeduldig blickte er auf die Uhr.

»Was ist nun? Wollen Sie mir endlich einen Heiratsantrag machen?«

»Nein«, sprach Adele gefaßt, »ich möchte Ihnen etwas anderes anbieten. Hier, bei mir in Lärchenau.«

Das durch die Villenfenster fallende Licht erleuchtete den Salon. Stolle kniff die Augen zusammen. Kurzatmig hob und senkte sich sein Brustkorb. Jetzt wurde Stolle rot, schnappte nach Luft, rollte mit den Augen. Adele preßte die Hände zu Fäusten, wartete auf den Blitz, der sich über dem Haupt des Gastes entladen würde.

»Sie sind unverschämt«, flüsterte Stolle.

Biest! dachte Adele. Indes hatte sich Stolle wieder gefangen und fragte: »Gnädige Frau, soll ich meinen Schirm über Sie halten? Soll ich Ihnen Ihr Schnupftuch aufheben? Ihnen die französische Referenz machen? Das können Sie mir nicht antun. Was Sie von mir gesehen haben, ist eine Rolle. Es handelte sich um Theater, verstehen Sie? Es ist Kunst, wofür sie mich lieben. Lieben ... lieben ...! Ach Gott, ich habe den Weg zu Ihnen umsonst gemacht. Aber gut, der Mensch, von Gott mit gutem Willen geschaffen, ist das Gegenteil von Kunst. Ich bin ein Mensch. Sie müssen unterscheiden lernen, Madame. Den infantilen Blick des Erhabenen im Moment der Begegnung mit dem Albernen ablegen. Dabei habe ich, als ich Sie gesehen habe, gedacht ...«

Stolle drückte seine Hände gegen das Gesicht, als würde er weinen. Adele öffnete das Fenster. Warme, blütengesättigte Luft drang herein.

»Dreitausend«, sagte sie.

Der Zwerg ließ die Hände sinken.

»Wofür?«

»Ich möchte Sie mieten. Für einen Sonntagmorgen.«

Mit flinkem Griff nahm Stolle die Anzahlung entgegen. Dann knallte der Korken.

## DIE ZEIT, DIE IST EIN SONDERBAR DING

In kalligraphischen Lettern prangte der Spruch über der Villentür. Zehn Leute waren geladen. Zum *Lever des princesse Adéle.* An einem Sommersonntagmorgen im Jahr 1994, im märkischen Dorf Lärchenau.

Von mir aus, hatte Gunter Konarske zu seiner Frau gesagt, von mir aus kannst du tun und lassen, was du willst. Laß dir Flügel wachsen, flattere herum. Vergnüge dich mit Eierlegen, brüte dir Märchen aus. Ich werde dir deine Langeweile nicht vorwerfen. Weil ich schuld bin. Weil ich zu wenig Zeit für dich habe. Weil ich dich nicht mitnehmen kann auf meinem Weg. Die Umschichtung animal implantierter Probanden für das Ausleben zerebraler Hemmungen – wie klingt das für dich? Die Forschungen machen mich zum Sklaven der Zukunft, für die ich verantwortlich bin. So ist das. Von mir aus, hatte Konarske gesagt, von mir aus kannst du diesen Empfang ausrichten. Ich werde dabeisein, damit du nicht sagst, dein Mann liebt dich nicht. Ich liebe dich, Prinzessin. Du hast sicher recht, wenn du meinst, es sei an der Zeit, daß wir dies der Öffentlichkeit zeigen, daß wir *uns* zeigen. Und daß du mit mir Frieden schließt.

Yvo spielte die Geige. Am Wegrand positioniert hatte er den Auftrag, beim Eintreffen der Gäste als Ouvertüre sein heiterstes Repertoire zu bieten.

Ausgerechnet Doktor Krause und Schwester Angela, die den Schluß der Gästeliste bildeten, erschienen zuerst. Zu Fuß, in gewöhnlich ländlicher Kleidung. Krauses Hornbrille, aus Zeiten seiner schlesischen Vergangenheit, war an einem Bügel mit Heftplaster geklebt. Wie Quallen funkelten die Gläser in der Morgensonne. Das schütter gewordene Haar trug der Doktor wie dünngezogene Ackerfurchen sorgsam über die Kopfhaut gekämmt.

»Peinlich«, flüsterte Adele Gunter zu, und Gunter flüsterte zurück: »Ein Landarzt eben, was erwartest du.«

»Immerhin ist er ein studierter Doktor, wie du.«

»Ach, Mauseprinzessin«, seufzte Gunter, »wo lebst du eigentlich?«

»Die Frage ist wohl, *wie* ich lebe«, preßte Adele zwischen den Zähnen hervor und winkte dem Ehepaar Krause zu.

Doktor Krause grüßte den Musikanten: »Na, Yvo, was macht die Kunst?«

Yvo lächelte wortlos, strich, zupfte die Saiten, ließ den Bogen fliegen, lustig schrumm schrumm, wie es Adele befohlen und im voraus bezahlt hatte.

»Das geht richtig ins Blut«, schwärmte Angela, tänzelnd im Csárdásrhythmus.

»Die Herrschaften lassen sich was einfallen«, spottete Krause, führte Angela übertrieben galant die Stufen zur Tür hinauf, in welcher die Gastgeber zum Empfang bereitstanden.

Professor Konarske im feinen Zwirn. Er wirkte etwas derangiert, da er die Eleganz, mit der er ausgestattet war, als zu kompliziert empfand. Alle paar Minuten zupfte er den Binder zurecht. Adele empfing in einem enganliegenden pastellgestreiften Kleid. Ihre Gestalt bewahrte unvermindert Frische und bewies ihre Kraft im Wogen des Busens unter dem Dekolleté. Doch auch wenn Adele das Haar auberginenrot gefärbt hatte, wuchs ein Ansatz Grau als Beweis fortschreitender Jahre unverdeckt weiter.

Adele genoß den Moment, da das Ehepaar Krause wie vorgesehen die Einladungskarte präsentierte. In ornamentaler Silberschrift wirkten die Namen *Angela und Doktor Volker Krause* wie aus einem royalen Wappen. *Graf und Gräfin von Lärchenau und Burghagel haben ihr Kommen zugesagt.* Dieser Satz krönte das Büttenpapier, in welchem eine Rose als Wasserzeichen blühte.

»Wir danken für diese Ehre«, flötete Angela, einen Knicks vollführend. Ihrem Gatten in den Salon folgend, zischte sie: »Warum tun wir uns das eigentlich an, Volker?«

»Er ist mein Kollege.«

»Ein Angeber!«

Im Salon erwartete das Paar die nächste Überraschung. Dutzende von Kissen waren kunstvoll auf dem smaragdgrünen Sofa und dem Parkett verteilt. Von der Decke hingen an dünnem Draht verankerte Blüten aus Adeles Rosarium. Silberne Kerzenständer und Teppiche aus Makramé veredelten das Ambiente. Stolle, in weißem Pagenkostüm, mit Schnallen-, Samthandschuhen und Zylinder, trat hinter dem chinesischen Wandschirm hervor und servierte auf einem Intarsienbrettchen den Begrüßungstrunk.

»Bittschön«, sagte er.

Doktor Krause nahm erstaunt die Brille ab, beugte sich zu dem Zwerg und betrachtete ihn.

»Ich bin echt!« zischte Stolle und zeigte seine Zähne.

»Selbstverständlich«, sagte Krause.

Schwester Angela meinte, hätte sie gewußt, daß man zum Karneval geladen sei, hätte sie sich als Blinde verkleidet. Da müßte sie sich wenigstens wegen der geschmacklosen Anblikke nicht schämen.

»Ich wundere mich auch«, flüsterte Krause.

Inzwischen fuhr ein Wagen mit Berliner Nummer vor. Mit einem Mal belebte sich die Straße. Leute aus dem Dorf erschienen, liefen wie zufällig an Konarskes Villa vorbei, hatten plötzlich an diesem Ort etwas zu besorgen, trafen sich, als wollten sie einander in die Töpfe gucken. Hinter Bäumen Gartenzäunen Hoftoren beflüsterten die Lärchenauer, was an diesem Sommersonntagmorgen in ihrem Dorf geschah.

Csárdás Tango Canteflamenco. Yvo spielte auf. Diesmal für den berühmten Zellforscher Professor Holm Dickescheidt aus dem Institut für Rekonstruktive Neurobiologie. Konarskes Kollege war mit Gattin geladen. Birgit Biberle-Dickescheidt, Schwäbin von Geblüt, rühmte sich ihrer Begabung als kreative

Floristin und überreichte Adele zur Begrüßung ein selbstgestaltetes Trockenbeerengebinde.

»Entzückend«, sagte Adele.

Sie bat das Ehepaar einzutreten. Gunter, der vom Lächeln Gesichtsschmerzen hatte, verspürte Erleichterung, als er Freund Dickescheidt durch die Champagnerblume zu verstehen gab, daß es sich bei diesem Empfang um eine einmalige, seiner Frau zuliebe arrangierte Komödie handele.

»Womit wir schon bei der Sache wären, Herr Kollege!«

Dickescheidt hatte etwas täppisch Professorales an sich. Sein Gang war schwankend wie von zu schwerem Wissen beladen. Menschen, die in seiner Gegenwart von Empfindung sprachen, belächelte er als banale Naturen. Kollegen, die dergleichen in ihr Fach einbrachten, als Stümper. Dickescheidts Unbeliebtheit war ebenso berühmt, wie seine Erfolge auf dem Gebiet der Zellforschung berühmt, waren, die er gern als »erstes außermenschliches Humangebiet« bezeichnete. In Konarske hatte er einen Mitstreiter. Dickescheidt schaute sich kurz um, zog seinen Kollegen ans Fenster und sprach: »Es paßt doch alles. Sehen Sie diesen Fiedler draußen auf der Straße. Ein incessus menschgewordenen animalis! Billig, ich möchte sagen, abscheulich in seiner Überlebenskraft, aber er paßt hierher. Man darf so etwas ja heutzutage nicht laut äußern, aber der Auftritt dieses Mikrosomen könnte nicht besser gewählt sein. Hab ich recht?«

»Ich muß zugeben: Ich habe kein Faible für Theater«, entgegnete Konarske.

Dickescheidt fuhr tröstend fort: »Das ist auch nicht nötig. Vor kurzem wurden in einem Institut in Iowa menschliche Gehirnzellen in Larven von Salamandern gepflanzt. Auf diese Weise ist ein humanisierter Lurch entstanden, mit einem Gehirn, das zu denken beginnt. Stellen Sie sich das vor! Geschlechtliche Kernverschmelzung als Quelle neuer Genome. Es ist, als würde dieses Kuhdorf eine Spur von Berlin oder New York abbekommen. Eine neue Stammexistenz entstünde, ein bizarrer Provinz-Welt-Hybrid. Ist das nicht allerbestes Theater? Unter unserer Regie?«

Konarske nickte eifrig.

»Natürlich«, sagte er, »jetzt spüre ich es auch. Aber dies hier ist mehr als eine Komödie. Ein circus hystericus. Adele sieht schon Mäuse. Sie ist von schlichtestem genus. Getrimmt auf das Gewöhnliche, hat sie gelernt, eine Vielfalt von Träumen zu haben. Von uns aus gesehen, erleben wir gerade die Entstehung einer regelrechten Chimäre als die experimentelle Verschmelzung des Wahnsinns mit meiner Frau.«

»Das ist es! Kollege Konarske, ich sehe, Sie sind bereit. Amentia adele, der neue Biotypus, lebend in bastardisierter Prinzessinnenstube! Sie wird dahingehen, verglühen wie alles Schrille, aber wir läuten ein neues Zeitalter der Forschung ein!«

Doktor Krause hatte sich zu den Kollegen Professoren gesellt, um ihren Disputen zu folgen. Da er nicht mitreden konnte, setzte er ein fragendes Gesicht auf, was wiederum Konarske nicht verborgen blieb. Kurzerhand stellte er Krause dem Forschungskollegen als bewährten *Landarzt* vor und sagte mit herablassendem Bedauern: »Es ist leider so, daß der Herr Kollege unserem Thema nicht zu folgen vermag. Aber was soll ich tun? Die Vorbereitung populärwissenschaftlicher Vorträge kostet viel Zeit. Zeit, die man im Labor verbringen kann. Wer sich auf die Öffentlichkeit einläßt, kann keine Spitzenforschung betreiben. Man muß alles in wenigen Sätzen erklären, es auf eine knackige Essenz bringen, in einer Schlagzeile zusammenfassen. Deswegen, lieber Kollege Krause, verzeihen Sie uns, daß wir Sie mit gewissen Details unserer Arbeit verschonen müssen.«

»Am besten verschonen Sie mich ganz mit ihnen«, sprach Krause und wandte sich von den Professoren ab.

Diese blickten zum Fenster hinaus, wo gerade ein weiteres Auto parkte. Als würde ihm ein Schmerz am Hals die Kraft nehmen, setzte Yvo die Geige an die Brust und fiedelte. Konarske entfuhr lautes Lachen, in welches Kollege Dickescheidt einstimmte, und in das Gelächter hinein wurde ein neuer Gast geführt.

Norbert Heckmann, Direktor der Landesbank Südost-Brandenburg. Über diesen Mann pflegte Professor Konarske in spezieller persönlicher Betreuung das eine oder andere Geschäft abzuwickeln. Da Heckmann über seine privaten Verhältnisse Diskretion erbat, war er entsprechend solo der Einladung gefolgt. Gekleidet in einen anthrazitfarbenen Anzug mit strohgelber Krawatte, an deren Spitze ein applizierter roter Adler prangte.

»Das ist Norbert Heckmann, mein Schatzmeister.«

Mit diesen Worten stellte Konarske den Bankdirektor den Ehepaaren Krause und Dickescheidt vor, worauf Frau Birgit Biberle-Dickescheidt das unwiderstehliche Verlangen ankam, das Wappentier an Heckmanns Krawatte zu berühren.

»Ich hoffe, es beißt nicht«, kicherte sie.

Heckmann, dessen vorstechendes Merkmal ein fliehendes, beinahe nicht vorhandenes Kinn war, die Unterlippe bildete förmlich das Halsende, rang sich ein Lächeln ab. Birgit Biberle-Dickescheidt plapperte, sie kenne viele Leute mit Geld, habe aber schon immer mal einen Schatzmeister in natura sehen wollen. Die ihr bis zum Überdruß bekannten Forscher und Mediziner seien allesamt zynisch, leibesfixiert, bei einem Schatzmeister hingegen stelle sie sich die Ästhetik des Kapitals als vollendetes Ikebana vor.

»Interessant«, sagte Heckmann.

Bemüht, die Frau von weiteren Annäherungen fernzuhalten, gesellte er sich zu den Professoren. Er steckte sich eine Zigarette an, wonach beim Rauchen der Mund sich als molluskenhafter Schlot öffnete. Birgit schnappte ein und suchte ein neues Opfer ihrer Leutseligkeit: Doktor Volker Krause, der seine Empörung über die Herabwürdigung, die er von den Professoren erfahren hatte, im Knabbern von Salzstangen erstickte.

»Und was machen Sie so?« erkundigte sich Birgit.

Da sie erst jetzt die abnorme Brille des Doktors wahrnahm, gab sie sich die Antwort in hausgemachtem Mitleid selbst: »Sie sind sicher bei Professor Konarske in Behandlung. Schrecklich, mit so etwas geschlagen zu sein. Sie müssen die Welt als eine Nebelwüste wahrnehmen. Der Mensch quält sich voran, weiß von den schönen Blüten seines fühlenden Universums, aber da ist dieser Nebel! Ich kann Sie beruhigen: Ich sehe auch schlecht. Zwei Komma drei minus auf dem linken Auge. Und Sie? Ach, Sie Ärmster. – Ist das Ihre Begleitung?«

Unversehens hakte sich Birgit bei Angela unter.

»Kommen Sie, lassen wir die Männer unter sich. Meine Liebe, Sie machen einen so hilflosen Eindruck. Ich nehme an, Sie haben lange nicht ein solches Ereignis gehabt ... Frau Professor hat durchaus Geschmack ... Allein dieses Sofa. Was für ein Grün. Brunnenkresse meine ich, es sieht aus wie Brunnenkresse!«

Schwester Angela befreite sich aus Birgits Griff und gab vor, auf die Toilette zu müssen. Inzwischen ging Stolle mit einem neuen Tablett zwischen den Gästen umher.

»Was starren Sie mich an?« fragte er Birgit, die interessiert beobachtete, wie der Zwerg das Intarsienbrettchen balancierte.

»Ich starre nicht«, gab Birgit zurück, »ich sehe Sie nicht einmal!«

Stolle spitzte seine Lippen, bevor er mit gemeinem Lächeln den Zylinder lüpfte und mit einer Verbeugung Frau Biberle-Dickescheidt Champagner offerierte.

»Bravo«, sagte sie, »ich könnte Sie küssen, kleiner Mann!«

In diesem Moment jauchzte vor dem Fenster Yvos Instrument auf.

»Die Kakerlaken kommen«, sagte Konarske, »meine Frau ist ganz wild auf dieses adlige Gesindel.«

Dickescheidt sprach: »Zu allem, was wir vorhin erörtert haben, kommt hinzu: Ihre Gattin ist nicht mehr ganz taufrisch. Da leiten sich die Begierden um. Kinder- und Hausmärchen sind angesagt. Regressive Puppenliebe. Artes penetratio! Oder ist Madame Adele ihrem Herrn und Meister noch ernsthaft offen?«

»Jetzt gehen Sie aber zu weit, Herr Kollege.«

Konarske trat auf die neuen Gäste zu. Sie waren freilich nicht gräflich, jedoch der zweite Mann im Ort, Bürgermeister Markus Schellhas mit Gattin Cordula. Schellhas, mittleren Alters, war sonnengebräunt, hatte mehrere Fettabsaugungen an der Hüfte hinter sich und trug einen weitgeschnittenen Anzug im elegant gestylten Landhauslook. Gattin Cordula, ein mageres Persönchen, gab sich schlicht gekleidet. Im himmelblauen Strickkostüm mit Stickereibluse blickte sie sich halb furchtsam, halb achtungsvoll im Salon um.

»Schön, daß Sie gekommen sind. Durch Sie, liebe gnädige Frau Schellhas, verehrter Herr Bürgermeister, ist doch Lärchenau erst geworden, was es jetzt ist«, sagte Konarske.

»Was ist es denn?« wollte Doktor Krause wissen.

»Eine Herausforderung!«

Schellhas lachte mit dröhnendem Baß. Cordula an seiner Seite nickte. Eine Herausforderung, ja. Das mußte sie auch gerade wieder erleben. Stolle reichte ihr ein Glas Champagner, worüber Cordula derart erschrak, daß sie das Glas fallen ließ.

»Ttth ttth thhh!«

Stolle schnalzte, lief aus dem Salon in die Besenkammer nach einem Lappen.

»Sie ist sehr schreckhaft«, sagte der Bürgermeister, »eine Schellhäsin eben. *Meine* Schellhäsin.«

Er strich Cordula über den Kopf, worauf sie weinen mußte und Doktor Krause schnell zur Stelle war, um sie mit Mineralwasser wieder in Fassung zu bringen.

»Ein richtiger Onkel Doktor. Ein Schmerz, ein Griff, ein Heilerfolg!«

Konarske hielt bereits das dritte Glas Champagner in der Hand und prostete Krause zu. Adele zückte einen Taschenspiegel und puderte sich die hektischen Flecke von Stirn und Wangen. Von hinten blies ihr Heckmann Rauch in den Nacken. Adele fuhr herum: »Sie wünschen?«

»Das kann ich Ihnen so direkt nicht sagen«, hauchte ihr der Banker ins Ohr, »aber wenn Sie in den nächsten Tagen mal in meiner Sparkassenfiliale vorbeikämen, allein, also ohne Ihren Herrn Gatten, dann könnten wir gemeinsam …«

»Ich bitte Sie!«

»… ein Konto eröffnen. Oder besitzen Sie schon eine eigene Kreditkarte, Frau Adele?«

»Eine Kreditkarte? Wozu?«

Schnippisch wandte sich Adele von Heckmann ab. Birgit Biberle-Dickescheidt verlangte zu wissen, wann endlich die versprochene gräfliche Familie erscheine. Auch Schwester Angela war unruhig. Etwas ratlos stand die Gesellschaft im Salon herum, da öffnete sich abermals die Tür. An Adele vorbei stürmte ein junges Mädchen im Minirock. Ihr gekraustes Haar war perlenbestückt, das roséfarbene enge Shirt zog sofort alle Blicke auf sich, und noch bevor Adele furienhaft den Eindringling erwischen konnte, flüchtete das Mädchen in Konarskes sicheres Revier.

»Deine Frau hat gesagt, ich bin nicht geladen!« rief sie unter Tränen.

Konarske: »Natürlich bist du geladen. Meine Frau hat dich vergessen, oder die Post ist nicht angekommen, beruhige dich, Annina, beruhige dich.«

»Annina!« stieß Adele hervor. »Na, das ist ja schön, daß ich das auch mal erfahre!«

»Ich stelle vor: meine Aspirantin.«

Professor Konarskes Hand glitt der jungen Frau wie zufällig von hinten an die Hüfte, worauf Annina die magere Vorstellung ergänzte und meinte, sie besäße auch einen Nachnamen, nämlich Agricola ... Annina Agricola!

»Fräulein Bauer also«, sagte Professor Dickescheidt, einen Handkuß andeutend.

»Agricola!« rief Annina beleidigt.

Da hatte Adele ihren Mann bereits von dem Mädchen gelöst und ihm ins Ohr gezischt, was dieser Auftritt solle, wer diese Person wirklich sei und warum sie den Eindruck habe, man würde das Lever nicht als solches ernst nehmen.

»Du irrst dich, Prinzessin« sagte Konarske, Adele einen Kuß aufs Haar drückend, »wir nehmen dich alle sehr ernst. Aber ich habe bisher immer vorausgesetzt, daß du mich in meiner komplexen Persönlichkeit einschließlich des Bedarfes einer Aspirantin akzeptierst.«

»Wie sprichst du eigentlich mit mir?« fauchte Adele.

Vor dem Fenster war die Geige verstummt. Stolle trat hinter der chinesischen Wand hervor, die Hausherrin erinnernd, daß die Zeit fortgeschritten sei und man zum Brunch-Büfett in den Nebenraum bitten sollte.

»Gott, ist der süß!«

Stolles Auftritt ließ Aninna alle Herablassung der Herren Professoren vergessen. Sie bückte sich, sein Gesicht zu sehen, und sagte entzückt: »Nein, so was!«

Adele klatschte in die Hände.

»Liebe Gäste!« rief sie. »Ich freue mich, daß Sie gekommen sind ...«

Adele stockte.

»Was ist?« flüsterte Konarske. »Du mußt den Leuten schon erklären, warum sie sich in aller Herrgottsfrühe hier einfinden mußten.«

»Deine Aspirantentussi habe ich nicht gebeten.«

Adele sah Stolle, wie er, ganz Profi in kleinen Schritten rückwärtsgehend, mit einladenden Handbewegungen die Gäste in den Nebenraum beorderte. Sie spürte, wie etwas in ihrer Kehle wuchs, ein Pfropfen Enttäuschung die Luft nahm.

»Wo bleibt denn nun unser Graf?« wollte Schwester Angela wissen.

Auch Birgit Biberle-Dickescheidt, die ängstliche Schellhäsin und Annina Agricola hatten es plötzlich eilig, die Krönung der Gäste zu erleben. Schließlich versprach die Einladungskarte: *Graf und Gräfin von Lärchenau und Burghagel haben ihr Kommen zugesagt.* Perlweinbeseeltes Kichern. Es fiel Schwester Angela leicht zu behaupten, das mit dem Grafen sei der liederlichen Phantasie der Hausherrin entsprungen.

»Aber es gibt ihn?« erkundigte sich Birgit Biberle-Dickescheidt besorgt.

Angela antwortete: »Es gibt ihn, aber er wird nicht kommen.«

»Dachte ich mir's doch ... alles heißer Wind«, sagte Annina.

Cordula Schellhas seufzte, als sei ihr eine Last von der Brust genommen.

»Meine Damen, worauf warten wir eigentlich?«
Adele gab ein Zeichen, und die Frauen folgten ihr.

Stolle hatte die Glocke geläutet. Nun stand sein Publikum vor der mit Köstlichkeiten beladenen Tafel. Er selbst hatte sich auf ein kleines Zirkuspodest in die Raummitte placiert. Den Zylinder in der Hand. Stolle verbeugte sich. Tief, bis sein Haar die silbernen Schuhschnallen berührte. Beifall.

»Bravo!« rief Professor Dickescheidt und stieß Konarske vergnügt in die Seite. »Respekt, Herr Kollege, diesen Artifex kann man durchaus gelten lassen.«

Konarske lächelte gequält. An Bürgermeister Schellhas' Blicken konnte er ablesen, wie peinlich alles war. Vom Büfett abgewandt, schritt der Bürgermeister an der Bildergalerie vorbei, tat, als würde er die Exponate betrachten. Ein neuer Schrecken spannte Konarskes Nerven. Die Bilder, von Adele nach Art einer Museumsausstellung gehängt, waren in seinen Augen allesamt scheußlichster Natur: puddingfarbene Landschaftsaquarelle neben kubistischen Kästchen, von irgendeinem Kunstmaler fabriziert, mit seiner, Konarskes Kreditkarte finanziert! Gerade wollte er sich beim Bürgermeister für diesen Dilletantismus entschuldigen, da trat Heckmann auf den Hausherrn zu und meinte, endlich besäße er Sicherheit, daß sich ihre Zusammenarbeit rentiert habe. Betrachte er den Lebensstil seines Klienten, könne er sogar vermuten, der Aufschwung Ost sei in diesem Ort kulminiert.

»Ich lache später«, sagte Konarske verärgert.

Ihm war plötzlich übel geworden.

»Sie sollen die Gäste bedienen und keine Zirkusnummern aufführen«, herrschte er Stolle an, der sich, den Zylinder auf den Fingerspitzen balancierend, auf dem Podest drehte.

Gehorsam stieg der Zwerg von seiner stolzen Höhe herab, trippelte in die Küche, holte hochprozentigen Apfelgeist und reichte ein Glas davon dem Hausherrn. Konarske kippte den Geist hinunter. Augenblicklich vertrieb er die zornigen Gedanken, und als Dickescheidt dem Kollegen dazu ein auf Entreéhäppchen gestreutes Beruhigungspülverchen verabreichte, war Konarske geheilt.

In diesem Moment heulte vor dem Fenster Yvos Geige auf. In feurigem Prestissimo kündigte sie hohen Besuch an, spielte eine tollwütige Mazurka, tobte sich aus im Heiduckentanz, verwandelte die Geige in ein trommelbesessenes Tamburino, klopfte hackte fiedelte jauchzte, so daß den Lärchenauern die Beine zu zucken begannen und sie hinter ihren Beobachtungsposten nur unter Mühe erkennen konnten, wer als letzter Gast Professor Konarskes Villa betrat.

Sie waren gekommen. Stolle stand mit Champagner bereit. Gräfin Grazyna verlangte ein Glas Wasser, woran sie kurz nippte. Graf Gutfried sagte: nein, danke, er habe gerade gefrühstückt. Guten Morgen, sagte man, guten Tag, die Herren! Oh, was für eine Überraschung, und ach, sagte Birgit Biberle-Dickescheidt, sie hätte schon einige Aristokraten gesehen, aber noch nie solch einen entzückenden Grafen. Keine Ursache, dankeschön, bitteschön, ach, was für schöne Rosen überall, und leider müsse man sich schon wieder verabschieden, die Pflicht rufe, aber später würde stellvertretend für sie noch jemand erscheinen.

Als das gräfliche Paar das Lever nach wenigen Minuten wieder verlassen hatte, galt Yvos Auftrag als erfüllt. Der Zigeuner hatte seine Position aufgegeben. Graf und Gräfin bestiegen ihre Limousine. Hinter einem Gartenzaun klatschte Mannschatz-Suse, Frau des Bauern Ole, Beifall. Hinter anderen Zäunen gab es Pfiffe. Auch flogen faule Äpfel auf die Schloßbewohner. Unverdrossen winkte Grazyna den Lärchenauern zu, und es war ihr, als würde sie in allen Häusern schon die Topfdeckel fürs Mittagessen klappern hören.

Adele mußte sich setzen, so kraftlos hatte sie die Enttäuschung über das kurze Erscheinen des Grafen gemacht. Abermals schob Stolle das Podest in die Saalmitte. Er kletterte darauf, patschte in die Hände und verbeugte sich. Der schwache Beifall konnte ihn nicht entmutigen. So stieg er wieder herab, flitzte hin und her, zog Korken aus Weinflaschen, schenkte ein, gab das eine oder andere Aperçu von sich, bis die Gesellschaft satt, betrunken, bis Adele den Grafen vergessen hatte und wieder bereit war, ihre Krone zu tragen.

»Musik!« rief sie, torkelte zur Hi-Fi-Anlage und schob die Kassette mit dem *Rosenkavalier* ein.

»Bitte, nicht schon wieder«, stöhnte Gunter Konarske.

Den Tönen fliehend, hielt er Anninas Hand in der seinen und

EIN SONDERBAR DING DIE ZEIT brach aus stürzte linksrechts einer auf den anderen Kissen auf smaragdgrünem Sofa weiße Wolken rutschten übers Parkett Weingeist Rosen Bub und Spinne Doktor Krause suchend Schwester Angela in Schierling und Engelwurz eine Hand in der anderen anderswo Heckmann redend von Renditen dem der Halsmund gestopft ward von Zunge Annina Frau Biberle-Dickescheidt oui Madame möchte sich wo verstecken kommen Sie kommen Sie wollen Sie Schnee fallen sehen Jajaja keine Angst eine Linie ist schnell gezogen Schellhäsin zeig deine Rose Trockenblumen passé so spricht wer Bürgermeister oder Professor im Salon oder Pool Annina mit spreizenden reizenden Beinen hinauf oder hinab wer möchte sich bei mir verstecken mich kann nichts Häßliches erschrecken Birgit Annina Angela Cordula tränenreich lachreich und Prinzessin Augenmaus peitscht die

Gäste durch das Haus in den Keller da tanzen Föten in Spiritus wo hat Doktor Krause seine Brille verloren Eh bien Mamsell wo die Liebenden sind.

Nach der dritten Verbeugung, die Stolle vollführte, wurde unter den Gästen Unmut laut. Betrunken, verschwitzt vom erotischen Zwischenakt des Levers, murrten sie, der Zwerg solle ihnen endlich aus den Augen gehen.

»Unglaublich!« schimpfte Professor Dickescheidt. »Wann ist endlich Schluß damit?«

»Wer wird denn hier von Schluß sprechen?«

Mit dieser Frage betrat der angekündigte Stellvertreter des Schloßherrn den Salon, hängte seinen Strohhut auf eine Kunststele, blickte um sich und machte den Eindruck, als hätte er einen langen Weg zurückgelegt. Der Mann schien der Anti-Mode verpflichtet zu sein. Zugleich gab er vor, mit schimmernden Röhrenhosen und taillenbetontem Samtjackett zu den Stilavantgardisten zu zählen. Die Haare von eitlem Lichtgrau. Das rasierte Gesicht rougegepudert. Von Schweiß glänzend der dünne Oberlippenbart. Ein Rosenquarz zierte den Siegelring am kleinen Finger.

Der erste, der in dem Gecken Hanswerner Giersch entlarvte, war Gunter.

Mit einem Mal stürzte für ihn der ungeliebte Theaterhimmel in billige Possenreißerei: dieser Nachsteller! Dieser virulente Dauererreger! Traute sich, ungeladen hier zu erscheinen. Als sei er einer Insektenpuppe entschlüpft, geflügelt, wiewohl kriechend; lymphatisch, stechgierig nach Blut und so dreist, daß Konarske blitzschnell entschied, dieses elende Dasein induktiv aufzuheben.

Gerade machte Giersch Anstalten, der Hausherrin die Hand zu küssen, hatte auch dieser der Schrecken die Augen geweitet.

Sie kratzte dem Anschleicher mit scharfen Fingernägeln übers Gesicht.

»Bravo, Konarske! Jetzt wirds blutig. Sie lassen sich wirklich was einfallen«, rief Dickescheidt.

Gunter zog unterm Raunen der Gäste den ehemaligen Schulkameraden aus den Krallen der Gattin. In die Mitte des Salons. Dazu hatte er Giersch nur leicht am Arm berühren müssen. Von der Ehrenplacierung überrascht, drehte sich dieser mal jener, mal dieser Seite des Publikums zu. Ein rautengemusterter Seidenschal, um die Schultern geschlungen, drapierte ihn auf unnatürliche Weise. Verfilzte Brustwolle quoll unter dem Batisthemd hervor, begleitet von blumigem Eau de Parfum. Adele rief, der Kerl möge sofort das Haus verlassen, er sei unerträglich, *unerträglich*!

»O mein Gott, wer ist dieser Mann?« fragte Birgit Biberle-Dickescheidt. »Kenne ich ihn? Muß ich ihn kennen?« Giersch zugewandt: »Sind Sie auch Künstler?«

»Nicht wirklich, Madam«, sprach er mit gedämpfter Stimme. »Eher ist es eine Kunst, mich zu begreifen. Ich kann es ja selbst nicht, obwohl ich mächtig bemüht bin, mich zu verstehen.«

»Der Herr war mal Briefträger! Gunter, tu was!« rief Adele.

»Briefträger? Herrlich! Ich habe noch nie einen Briefträger bei mir zu Hause als Gast gehabt«, sagte Birgit Biberle-Dickescheidt.

»Er soll gehen«, befahl Adele.

Giersch blieb. Stolle krähte vergnügt. Gunter beschwichtigte seine Prinzessin, sie möge sich als Gastgeberin nicht gehenlassen. Eine Tiernummer sei gewiß der Höhepunkt des Abends, und ihn, Konarske, verlange es schon lange, einmal als Dompteur seinen Forschungen empirischen Nachdruck zu verleihen. Gehorsam setzte sich Adele auf die Couch und mußte sich von Annina die Frage gefallen lassen, ob dieser Briefträger ein verflossener Liebhaber sei. Abermals fuhr Adele ihre Krallen aus. Annina tänzelte schnippisch zu Gunter, der Giersch am Kragen gepackt hatte. Mit kleinen strengen Augen blickte er auf den Probanden, fixierte die Leute im Salon und sprach: »Hier, liebes Publikum, sehen Sie meinen ehemaligen Schulkameraden Hanswerner. Er hat mich einmal sehr geliebt. Aber die Zeiten sind vorbei, die Liebe vergessen. Hanswerner leidet an einer pathologischen Krümmung des Gewissens, einer sogenannten conscientia sinus. Doktor Krause hat ihn leider nicht heilen können.«

»Das ist nicht wahr! Dieser Mensch war nie mein Patient!« rief Krause empört.

»Keiner hat ihm die Beulen des Gewissens auswuchten können. Dabei war er nur ein simpler Fall, ein verläßlicher Zusteller der Lüge. Heute ist er ein sogenanntes hohes Tier. Ein animalis mucus, wenn ich recht sehe. Meine Herrschaften, bemerken Sie, wie sich das Blut in seinem Gesicht zu Schleim verwandelt? Gleich wird Hanswerner die letzten hirnlichen Beschränkungen seines Menschseins aufgeben. Diese Zähne … diese Augen … diese Finger … was ist das Gefährliche an dieser Erscheinung …?«

»Laß das!« rief Giersch feindselig. »Ich bin als Vertreter des Grafen hier.«

Mit rotgestriemtem Gesicht stand Giersch im Kreis derer, die sich neugierig um ihn versammelt hatten. Langsam, mit von Konarske gebändigten Bewegungen, drehte sich Hanswerner Giersch auf den Fußballen. Dabei streckte er seine Arme zur Seite, tat, als ob er fliegen wollte, trippelte zu Doktor Krause und bat mit fistelnder Stimme, er möge dem Adler bitte seine Brille überlassen. Heiterkeit kam im Publikum auf. Doktor Krause, jeden Humor ablehnend, griff nach der Hand seiner Frau Angela, wünschte der Gesellschaft noch viel Spaß und empfahl sich.

»Ein stolzer Mensch, unser Onkel Doktor«, sagte Konarske und fuhr, auf Hanswerner weisend, fort: »Mir selbst aber gilt dieser casus ignavus disciplina als eine Besonderheit unter den Geschöpfen. Wie wir unser Tierlein hier so stehen sehen, drängt sich doch die Frage auf – wie können *wir*, die Mittelklasse der Gesellschaft, es schaffen, vom Urzustand einer Amöbe über den Status einer tausendäugigen Maus zur fortgeschrittenen Existenz eines homo porcus superior gelangen? Kollege Dickescheidt, wissen Sie es?«

»Champagner!« antwortete Dickescheidt mäßig belustigt.

»Gibs ihm, Gunter!« rief Adele.

Die übrigen Gäste applaudierten vorsichtig, als gehe von der Person, die der Hausherr vor ihnen tanzen ließ, tatsächlich eine Gefahr aus. Frau Biberle-Dickescheidt versuchte, ihren Gatten von Zwischenrufen und dergleichen anbiederischen Aktionen abzubringen. Der Anblick des verletzten, in albernen Verrenkungen sich ergebenden Gastes, widersprach ihrer Ästhetik der Würde. Trotzdem verfolgte sie gespannt den weiteren Verlauf der Vorstellung.

»Mein lieber Hanswerner«, sprach Konarske, »ich freue mich, daß du auf unserer kleinen Party erschienen bist. Das heißt: Ich freue mich, daß du uns deine ungeheuerliche Immunität vorführst, ein Dasein, das jeden Erreger, jedes Widerstandsgift, jede Ehrlichkeit frißt. Du bist sehr unterhaltsam. Es ist uns eine Ehre. Wirklich, Hanswerner, es freut uns alle außerordentlich. Aber willst du uns nicht endlich deinen gelernten Beruf verraten? Briefträger? Was du nicht sagst. Ein Schriftsteller warst du. Einer, dem große Gedanken die Feder geführt haben. Ein Künstler des Erinnerns. Was für ein Leben! Was für eine ratio robustus! Hochinteressant. Ein tierisches Exempel, das man mittels humangenetischer Kernfusion multiplizieren könnte. Was ist, Hanswerner? Willst du uns nicht etwas von deiner Kunst vorführen?«

»O ja, bitte!« rief Frau Birgit Biberle-Dickescheidt.

Annina, die suggestiven Kräfte ihres Angebeteten schätzend, wünschte sich gleichfalls dem Professor erlegen zu sein. Der Schellhäsin hingegen grauste es davor, die Kontrolle über sich zu verlieren, während sich der Bürgermeister ungerührt gab. Heckmann, der die multiplen Begabungen seines Kunden bereits in Dividenden hochrechnete, beobachtete vergnügt, wie es weiterging. Nah war Konarske an Giersch herangetreten. Mit zwei Fingern berührte er dessen Stirn. Gierschs Augen flackerten.

»Entspann dich, es ist alles ganz leicht«, sprach Konarske in einem Ton, bei dem Adele und Annina erschauerten.

Giersch knickte in den Knien ein. Tief, langsam ging sein Atem.

»Jetzt bist du bereit«, fuhr Konarske fort, »setz dich an deinen Schreibtisch. Ja, wo ist er denn? Wo ist dein Schreibtisch? Such, Hanswerner, such deinen Platz!«

Giersch machte sich auf die Suche. In ruckartigen Stelzbewegungen lief er durch den Salon, blickte in jede Ecke, schob die Gäste beiseite. Belustigt wichen sie von ihm, so daß Hanswerner in somnambulem Ehrgeiz frei um sich greifen konnte. Jetzt war Stolle an der Reihe. Konarske führte den Zwerg seinem Probanden zu. Stolle grinste mit großen Zähnen, sich vor Giersch verbeugend. Heiterer Beifall der Gäste. Konarske gemahnte zur Konzentration.

»Hier ist dein Schreibtisch, Hanswerner. Nimm Platz. Wir sind auf deine neueste Geschichte schon gespannt. Wie? Du weißt nicht, was du schreiben sollst? Du bist ganz ruhig. Du setzt dich. Du nimmst den Kugelschreiber aus deinem Jackett.

Es ist leicht. So leicht wie nie. Du vergißt die Zeit … alles geht von allein … du hast Adleraugen … dein Stift arbeitet für dich … wir werden uns alle wiederfinden in deiner Geschichte … schreib, schreib weiter …«

Während Giersch auf Stolles Rücken zu kritzeln begann, knisterte der Salon vor gespannter Stille. Nach einer Weile bot Stolle seine Vorderseite an. Auch darauf schrieb Hanswerner, schrieb, was er sah, was aber keinen Gedanken mehr in ihm auslöste. Der Autor kniete sich auf das Parkett und befand sich nun in Augenhöhe mit dem Zwerg.

»Zeig, daß du deinen Schreibtisch liebhast«, sagte Konarske.

Hanswerner Giersch küßte Stolle auf Stirn, Schultern, küßte sich die krummen Beine herab zu den Silberschnallenschuhen und leckte das Leder. Der Tritt, den er zwischen die Augen bekam, warf Giersch nach hinten um.

Abend war es geworden. Landschwere Luft drang durch die geöffneten Fenster. Ein Hund bellte von ferne. Schon stand der erste Stern am blauklaren Himmel über Lärchenau, als sei dieser Ort eine Jungferngeburt Gottes. Giersch, der, ohne die Auflösung seiner Trance abzuwarten, die Villa verließ, heulte den Mond an. Keiner kümmerte sich mehr um ihn. Bürgermeister Schellhas hatte sich mit den Worten verabschiedet, seine Schellhäsin müsse ins Ställchen, sie besäße eine schwache Kondition. Für ihn gelte es, die Regierungsgeschäfte nüchtern zu verfolgen. Annina, die sich von Konarskes Dressur begeistert zeigte, nahm dem Meister das Versprechen ab, noch in dieser Stunde die Raubkätzin für ihn spielen zu dürfen. Fang mich, wenn du kannst, hatte Konarske gesagt. Stolle begab sich hinter die chinesische Wand, zog das Pagenkostüm aus und verließ den Salon.

»Warten Sie!« rief ihm Adele hinterher.

Vor der Hoftür hielt sie ihn auf. Heiß war ihr vom Fest. Heiß von der Show, die Konarske geboten hatte. Und sie machte sich mit den Blicken auf, den Mann zu suchen. Eine verstohlene, zehrende Sehnsucht nach der Herrschaft ihres Prinzen … Aber Adele fand ihn nicht. Gunter war mit Annina in den Keller zu den Mäusen gegangen.

»Komm!«

Adele zog Stolle hinters Haus in den Garten, führte ihn durch die Rosenrabatten. Er folgte ihr widerstrebend; hatte den Auftrag erfüllt und war dennoch bereit, seinen Dienst zu verlängern.

»Das wird teuer«, flüsterte er.

Da hatte ihn Adele schon hochgehoben und auf den Deckel der Regentonne gesetzt. *Ich möchte mich bei dir verstecken und nichts mehr wissen von der Welt …* Adeles Gesang, Stolles Ohren kränkend, verstummte, solange er mit seiner Zunge ihren Mund verschloß. *Wenn Er mich so in seinen Armen hält, kann mich nichts Häßliches erschrecken …*

»Sag, spürst du's so wie ich?«

Stolle sang das erste Mal solo, krächzte, was er tausendmal gehört hatte, küßte zwischen Arien und Nachtgestirn seine Prinzessin, die den Höhepunkt ihrer Lust nicht mehr erleben sollte, denn –

Stolle hatte genug. Sich aus Adeles Umarmung windend, sprang er von der Regentonne. Und lief davon. Adele sah noch die Schuhschnallen aufblitzen, hörte deren leises Klingeln, darauf das Starten von Stolles Auto, dann hupte es, dann war Stille.

Erst spätnachts, als auch Annina das Fest verlassen hatte, stieg Gunter die Kellertreppen hoch und begab sich in den Garten. Dort stieß er auf seine Frau. Hingestreckt lag sie auf dem Kiesweg, der an weißen Centifoliabüschen entlangführte. Mit geübtem Griff hob Gunter Adeles Augenlider und sah sie am Leben. Der Mond beschien ihr Gesicht, machte es fahl.

»Mäuseken«, flüsterte Konarske, »steh auf, es wird kalt.«

Adele rührte sich nicht. Das Kleid war über die Schenkel gerutscht. Das auberginenrote Haar schien in der Nacht ergraut. Ratlos blickte Konarske sich um. Er zog Adele über Kies und Rasen, bis er sie erschöpft ablegte. Professor Dickescheidt betrat den Garten.

»Das kann man ja nicht mit ansehen«, rief er dem Kollegen zu.

»Wir werden alle nicht jünger«, entgegnete Konarske.

»Sagen Sie das nicht!«

Dickescheidt holte ein Etui aus der Jackentasche, entnahm eine Spritze, steckte eine Kanüle auf, reichte das Instrument Konarske. Konarske zögerte. Champagner Überdruß Applaus kreisten in seinem Kopf. Dickescheidt raunte ihm ins Ohr: »Tun Sie's. Sie werden sehen, es hilft.«

Professor Konarske setzte Adele die Spritze in den Oberschenkel. Sie zuckte nicht einmal.

»Gut«, sagte Dickescheidt, »jetzt müssen wir uns verabschieden.«

Er rief nach Birgit, seiner Frau. Als die Eheleute ihren Wagen bestiegen hatten, begab sich auch Gunter Konarske zu Bett. So erschöpft war er, daß er vergaß, Adele mitzunehmen.

Gegen vier Uhr morgens wurde sie von drei Männern aus dem taufeuchten Garten getragen. Heimlich waren sie durch die Hecken gedrungen, ums Haus geschlichen und hatten, im Mondschein durchs Fenster spähend, die zerbrochenen Reste der Kulissen erblickt. Kein Mensch zu sehen. Kein Licht. Auch war es schon still in der Villa gewesen.

3. TEIL

# Der Molch

*Zeichen gab ich, ein Gott sei da, und die*
*Leute begannen*
*Anzubeten …*

(Ovid: Metamorphosen)

Grau kroch der Morgennebel von der Mitte des Mennichensees über die Teichrosen Richtung Ufer, verteilte seine Schwaden im Binsengras, um Schilf und Rohrkolben herum. Er staute sich als Wand vor halbversunkenen Weiden, Schwarzerlenbüschen, schob sich fädchenweise durch Kalmus, an Sumpfdotterblumen vorbei, bis er vor den Stengeln des Wasserschierlings kreiselte, dessen Doldenkrone gerade zu blühen begann.

Noch war die Sonne nicht aufgegangen. Enten und Haubentaucher ließen sich vom See in der Uferdeckung wiegen. Das weiße Stirnschild hielt das Bläßhuhn unterm Flügel versteckt. Auf einem Pfahl saß reglos mit ausgebreiteten Flügeln ein Kormoran. Frösche ruhten in den Teppichflecken der Wasserlinse. Noch war die Ringelnatter unterm Kies nicht aktiv. Ruhe auch am Grunde des Sees. Karpfen Schleie Bitterlinge lagen im Schlamm. In der Uferzone stand der Hecht. Doch zwischen Steinen und angeschwemmtem Holz lauerte der Molch. Er war der erste von allen, der Beute machte.

Adele schlug die Augen auf und blickte ins Dunkle. Der Kopf schmerzte. Die hahnenschwanzbunten Farben der vergangenen Nacht flatterten ihr durchs Gehirn. Adeles linker Oberschenkel brannte, als hätte sie ein giftiges Insekt gestochen. Muffig roch es nach Brettern Stroh Maschinenöl. Adele stieß gegen einen Gegenstand, der polternd zu Boden fiel. Ihr war so übel, daß sie nicht einmal Angst haben konnte. Jetzt hörte sie draußen jemanden husten. *Hallo!* rief sie, klopfte an die Bretterwand, aber das Husten entfernte sich wieder. Zum Weinen fehlte Adele ebenso die Kraft wie zum Versuch, ihre Lage zu erkunden. Schließlich sackte sie zu Boden, fiel mit dem Kopf auf etwas, das sich wie Sägespäne anfühlte, und verlor das Bewußtsein.

Als Adele abermals erwachte, stand sie in hochhackigen Schuhen und Partykleid nah am Wasser. Auberginenrot glänzte das Haar. Der Duft von Chanel mischte sich mit dem würzigen Aroma des Kalmus. Obwohl Adele noch immer Kopf und Beine schmerzten und sie nicht begriff, wie sie hierhergelangt war, ob es Traum Märchen Oper oder das Ende von allem war, spürte sie die Größe ihrer Vollendung. In Anbetracht des Horizontes, erhabener und unwirklicher als jedes Bühnenbild, wagte Adele keinen Blick hinter sich. Zwar nahm sie fremden Atem in ihrem Nacken, ein heißes Begehren in der Morgenkühle wahr, aber es kam ihr kein Gedanke an Flucht. Sie blinzelte ins Morgenrot, hörte Entenschnattern, sah das Bläßhuhn mit langem Lauf über die Wasseroberfläche zum Flug starten, flügelklatschend abheben und, als würde es bellen, mit lautem *köw! köw!* davonfliegen. Sie sah den Kormoran die Flügel anlegen und, sich das Gefieder putzend, von seinem Pfahl herab ins Wasser tauchen. Adele sah die Sonne aufgehen.

Kai-Uwe Christ, genannt *Admiral,* schlich sich von hinten heran. Er legte Adele beide Hände auf die Stirn, strich über ihre Schläfen und sprach: »So seiest du also unsere Schutzheilige.«

Admiral drückte Adele die Augendeckel zu, ließ sie wieder los, damit sie, vom Dunkel ins Helle stürzend, den göttlichen Ort erkenne.

Aus dem Licht heraus trat Jack. Er stellte sich zwischen

Adele und die Sonne. Der schöne Jack, der die Augen der Frau fixierte, als wüßte er in ihnen zu lesen. Adele lächelte. Fleischhauerduft roch sie, ein starker Moment, auf den sie gewartet hatte. Im Eilflug glitt der Tag ihrer ersten Entführung vorüber: von Gunter inszeniert, endend in einer barocken anatomischen Feier. Dann sah sich Adele an der Bushaltestelle … *Jack!*, dem sie das Hemd von der Brust riß …

Jack schlug ein Kreuzeszeichen über Adele.

»Wenn alles stürzt, so fassen wir die letzte Planke und sehen im ewigen Wechsel das Walten des Zorns. Unser Gott ist ein Gott der Stärke! Er mag nicht den Qualm des Weihrauches, nicht das entehrende Kriechen der Menge. Wir stehen vor ihm, und dies war sein Zeichen.«

Admiral sprach seinen Text, der Jack Schauer über den Rükken zog. Gewiß wünschte Jack Admirals gepriesene Tatkraft umzusetzen, um sein Mannsein auf höherer Ebene zu beweisen, um dem ewigen Gleichlauf der Zeit ein Abenteuer abzuringen. Admiral hatte Jack gelehrt, das dumme Wort *Weiber* zu verschlucken und statt dessen *Führer* zu sagen. Oder *Admiral*, was dasselbe bedeutete. Es war ein klarer Befehl. Poesie jedoch ertrug Jack nur widerwillig.

Timm hatte die Arbeit als Zerleger und Wursthersteller noch übergewichtiger gemacht. Er überragte Jack und Admiral um Kopfeslänge, kaufte seine Hemden über einen Katalogversand für X-Large-Größen, besaß Hände wie Bärentatzen. Als Timm vor seiner Mutter stand, verschmolzen die Energien der Flucht und des ewigen Bleibens in irrer Rotation. Adele wollte dem mystischen Grummeln ihrer Entführer entfliehen und sich ihm hingeben gleich den wilden, unartigen Träumen der vergangenen Stunden. *Timm!* wollte Adele rufen, *Timm, mein Junge!* Admiral, der die Töne bestimmte, forderte vom Jüngsten, nichts als seine Pflicht zu tun.

»Mama«, flüsterte Timm, »du mußt es laut aussprechen.«

»Was?« flüsterte Adele zurück.

»Den Namen deines Vaters.«

Adele blickte ihren Sohn an, der die Aussicht auf den See verstellte. Sie schüttelte den Kopf. Das hatte sie nicht erwartet. Ihre Oper war zu Ende. Auch die Krönung, das *Lever des princesse Adéle* konnte keinen weiteren Höhepunkt vertragen.

»Bring mich nach Hause«, bat Adele und fügte müde hinzu: »Ich habe keine Zeit für Kinderspiele.«

»Du mußt nur sagen, *wer* es war! Wir wollen den Namen hören.«

Timm und Jack wiesen auf die Morgensonne, die, über dem Schilf stehend, die Luft erwärmte. Admiral dozierte mit erhobenen Händen: »Tu den Opfergang um der Zukunft willen. Adele, werde ein Held der Überwindung, wie wir Helden geworden sind! Wir alle warten auf das Wunder höherer Existenz, auf die Mißgeburt in der Masse glatter Versager. Aber dieses Wunder müssen wir selber tun, indem wir mit einem gigantischen Glauben der Rache uns vom Schwachen trennen. Sag den Namen, Adele! Die Liebe deines Sohnes sei dir gewiß wie unsere ewige Verehrung.«

Da sprach Adele aus, was ihr einst so schwer über die Lippen ging, weil sie nie wußte, wer oder was oder wie alles wirklich gewesen war. Sie wußte es auch an diesem Tag nicht, nannte den Namen, in der Hoffnung auf Erlösung. Der See war erwacht. Der Molch hatte den ersten Wurm gefressen. Adele Konarske wurde von der Mennichenseebande zur Schutzheiligen erhoben. Nach dem Segensspruch sprach Timm zu seiner Mutter: »Jetzt gehören wir wieder zusammen.«

*Blick dich nicht um,* wisperte Timm ihr noch zu und daß er sie liebhabe.

Adele blickte sich nicht um. Das Kleid, obwohl an einer Naht gerissen, spannte um die Schenkel. Ein Schuhabsatz war gebrochen. Sie zog die Schuhe aus, nahm sie in die Hand, lief barfuß den Weg vom See durch den Wald. Baumwurzeln Zweige Kiefernzapfen zerkratzten die Füße. Die Einstichstelle am Oberschenkel juckte. Adele tupfte Speichel darauf. Am Waldrand leuchteten orangerot die Köpfe der Edelreizker. Berührte Adele die Lamellen, trat Blut heraus. In Beerenbüschen hatten Spinnen ihre Netze gewoben. Ein Fuchs schnürte den Weg entlang. Adele sah ihn als verzauberten Prinzen. Weiter! dachte sie, das ist mein Glückstag heute, ich bin eine Heilige geworden. Als sie aus dem Wald trat, war es bereits so warm, daß Adele Durst verspürte.

»Stolle, einen Cocktail bitte!« rief sie, lachte, ging vor Gelächter in die Knie, der Kleidersaum riß bis zur Hüfte auf. Adele erinnerte sich an Stolles Kuß, wie der kleine Mann an ihr heruntergerutscht und wie alles so furchtbar komisch geworden war … Es dauerte, bis sich Adele beruhigt hatte. Sie wollte den Beweis der Endlosigkeit ihres Glücks finden. Brombeeren, vom Strauch gepflückt, schmeckten nach diesem Glück. Von Dornen gestochen, war sich Adele all ihrer Märchen gewiß.

Prinzessin Adele aus dem Rosenschloß, von unerhört hoher Geburt, Schutzheilige der Mennichenseebande, Frau des berühmten Arztes Gunter Konarske, Mutter eines Sohnes, der Großes vorhatte, blickte über das Land. Sanfthügelig hingestreckt, in den frischen Farben des Frühsommers, ein Paradies der Mark Brandenburg. Hell leuchtete der Horizont, wenngleich etwas getrübt von Staubschwaden der Landmaschinen, die seit den Morgenstunden über die Felder rollten. Adele genoß den Anblick des Friedens, der über Lärchenau lag.

Ich habe es zu mehr gebracht als all die Landweiber, dachte sie, ich setze meine Schritte nicht in Gülle und Sand, sondern im Reich meiner selbst. Im Moment, da sie sich das einredete, wies sich Adele ihrer Schwärmerei wegen zurecht, befahl sich, den letzten Rest arglosen Hausfrauendaseins abzulegen und mit sinnstiftender Verantwortlichkeit endlich Format zu zeigen. In Gedanken schickte sie einen Gruß an Graf Gutfried, der, wie sie wußte, mit Einsatzwillen und hohen Investitionen nicht nur seiner Topffabrik, sondern auch Lärchenaus maroder Landwirtschaft zum Aufbau verholfen hatte. Zwei Drittel der Felder gehörten inzwischen denen von Lärchenau und Burghagel, teils durch Rück-, teils durch Neukauf erworben. Das Versprechen des Grafen, jedem im Dorf würde es durch *Innovation* besser gehen, lag in der Luft.

Adele ging voran. Sie zog es nicht nach Hause, weil sie dort das Chaos erwartete.

Lärchenau war erwacht. Zur Linken blühte der Raps. Sein fettiges Gelb erinnerte Adele an die Farbe im Malkasten des Kindergartens. Rapsgelb hatte sie die Sonne des Friedens gemalt. War damals auf den Feldern der LPG »Hoffnung« das Gelb verblüht und waren die Schoten dunkel und reif geworden, kamen die Mähdrescher und hatten den Raps geerntet. Für die Ölmühle und das Futterwerk. Jetzt rollte ein Traktor mit angespanntem hydraulischem Pflug über das Feld. Unter den kreisenden Stahlmessern sah Adele das leuchtende Gelb stürzen, die Halme knickten, kippten in Schwaden zur Seite, Erde wurde nach oben gehoben, mit trockenem Schmatzen, bis die Furche gewendet stand, der Pflug am Furchenende umkehrte, um in einem zweiten Durchgang die Erde und das Gelb und das Grün zu zerkleinern. Komisch, überlegte Adele, etwas ist anders als sonst. Frohgemut winkte sie dem Traktorfahrer zu, der vom Führerhaus starr nach vorn auf die Furchen blickte. Der ist nicht von hier, dachte Adele, der müßte mich kennen. Sie lief am Rapsfeld vorbei. Rechterhand stand hüfthoch der Weizen. Dicht, gleichmäßig, dazwischen blinkten wie kleine Blaulichter Kornblumen auf. Adele, die Schutzheilige, riß eine Ähre ab, drückte die halbreifen weichen Körner aus den Spelzen und kostete vom mehligen Saft. Dieses Jahr wird es eine gute Ernte geben. Adele wunderte sich, daß ihr so etwas in den Sinn kam. Als würde sie diese Felder als ihren Besitz wähnen dürfen, hoffte sie auf hohe Erträge. Eine Staubwolke rollte plötzlich auf Adele zu. Spreu Grannen Halme flogen ihr unter den Rock. Auch auf diesem Feld fuhr ein Pflug in schnellem Tempo hin und her, den Weizen rechts links wendend, bis er, zerhackt und vermischt mit Erde, untergepflügt war. Die Pflüge auf den Kartoffel- und Rübenackern, Roggen- und Maisfeldern taten das ihre. Wohl ein Dutzend waren im Einsatz, gruben Messer und Scheiben in die Erde, zerhackten die Früchte, rissen Wurzeln aus, holten Steine hoch, warfen alles neben sich. Pausenlos ging es voran. Kein Traktorfahrer grüßte Adele. Keinen Landarbeiter traf sie, den sie kannte. Als Adele die Felder verlassen hatte und barfuß, staubig, erschöpft die Dorfstraße erreichte, flog ihr eine Kartoffel an den Kopf.

»Na sieh mal an!« rief die Gierschmutter hinterm Gartenzaun hervor, »Madame Konarske läßt sich auch wieder mal beim einfachen Volk blicken! Vielleicht bringt sie uns ja das Kapital der Ausbeuter, das der Herr Graf für eine Weltrettungsaktion hält!«

»Det sieht ma eha aus wie schlecht jefrühstückt mit 'm Jesindel!« keifte Suse, auf Adeles zerissenes Festkleid verweisend.

Gert Mannschatz, der auf dem Weg zum »Ochsen« war, lud auf Adele seinen Zorn ab: »Ha ick doch vorhin jesehn, wie du uff die Polacken abjefahrn bist! Hast mit deine Oochen det Jesindel fast ausjezogen. Det würd ick jern mal dein Herrn Jatten stecken, aba der is ja och son Balbierer!«

»Polacken? Det is nich Frollein Adeles Krajenweite!« rief Frau Brünning, einst Leiterin der Konsumverkaufsstelle und legte nach: »Die is uff deutschet Männerfleisch aus. Könnter doch 'n Lied von singen, wa, Mannschätzchen? Oder wer von euch hat der ihrn Kleid ofjerissen?«

»He! He!« riefen die Bauern beleidigt.

Adele wehrte die Geschoße ab. Verlangte zu wissen, was die Lärchenauer gegen sie auskochten. Die Dorfleute begannen durcheinanderzurufen, schüttelten Fäuste, warfen Adele nicht nur Kartoffeln an den Kopf. Die gesamte Ernte, hieß es, würde der Graf unterpflügen lassen. Mit Billigarbeitern aus dem Osten und mit hiesigen Idioten, die für dreifuffzig die Stunde rackern. Dafür bekäme man Subventionen der Europäischen Union.

»Was kann ich dafür?« rief Adele aufgebracht.

»Du kannst nuscht dafür«, sagten die Leute, »du kannst nich mal wat für dich selba. Bist ja aus'm Heim! Det merkt man solange, bis de ins Jras beißt!«

Noch hatte auch Hanswerner Giersch nicht zu sich zurückgefunden. Noch hielt ihn die von Konarske induzierte Trance schmerzfrei, so daß er nicht bemerkte, wie er, halb hüpfend, halb kriechend, nach dem Fest aus der Villa gelangt war. Im Gesicht die Striemen sonderten gelbes Sekret ab. Zwischen den Augen klaffte eine Wunde. Giersch spürte nichts davon.

»Mächtig prächtig!« rief er.

Den Seidenschal schwenkend, stimmte Hanswerner Heldengesang an. Vor seiner Haustür angelangt, nestelte er den Schlüssel aus der Jacke hervor. Da ihn das Glitzern der Jacke nervös machte, fiel Giersch der Schlüssel aus der Hand in das Gitter das Fußabstreifers. Giersch jaulte kurz auf und klingelte nach seiner Mutter. Doch diese hörte ihren Jungen nicht. So kniete er sich nieder, kritzelte mit dem Finger die Buchstaben A U F an die Tür, fügte ein Ausrufezeichen hinzu. Da es nichts bewirkte, begab sich Hanswerner rückwärtslaufend, die Augen halb geschlossen, von seiner Wohnung weg und folgte dem vermeintlichen Pflichtruf zur Arbeit.

Giersch hoppelte den jasmingesäumten Schloßweg entlang. Als er am Ort seiner Arbeitgeber ankam, waren noch sämtliche Tore verschlossen. Also zurück. Wohin? Leise tropfte Blut aus Gierschs Stirn und markierte seinen Weg. Als Giersch an der Kirchentür rüttelte, blieb auch diese zu. Er stieg über das Friedhofstor und sang den Toten sein Klagelied. Frühnebel zog über den Gräbern auf. Giersch stolperte, stürzte gegen die Regentonne, rappelte sich an ihr hoch und erblickte im Wasserspiegel sein Gesicht. Mächtig prächtig, dachte er. In den Hecken tschilpten Sperlinge. Hanswerner, der beim Anblick seines Konterfeis vor Ehrfurcht erschauerte, begab sich zum Hintereingang der Kirche. Er kannte ihn aus alten Briefträgertagen, hatte ihn oft benutzt, um Pfarrer Niklas' Predigten zu lauschen und zu rapportieren, was ihm daran nicht geheuer schien.

Nun betrat der Mann mit veränderter Seele und noch immer nicht erwacht, den Kirchenraum. *Friede sei mit euch.* Ein Altarlämpchen zitterte in der Finsternis. Es roch nach Holz, Wachs, Schimmel. Bedrohlich schienen dem Eindringling jene Wände, worauf in grober Unkünstlichkeit Christus' Leidensgeschichte abgebildet war. Kein Bild wollte sich Giersch erklären. Kein Mensch sich seiner gemarterten Kreatur annehmen. Er zwängte sich ins Kirchengestühl, spürte dem beginnenden Brennen im Gesicht nach.

Die Kirchentür tat sich auf. Helge Hemlock, einen Federwisch in der Hand, kam auf leisen Sohlen herein. Sein schmaler Leib war mit einer Strickjacke umhüllt. Der Bommel auf der Pudelmütze nickte bei jedem Schritt. Plötzlich hielt Helge inne. Pilziger Geruch lag in der Luft. In der Sekunde, da Helge ihn wahrnahm, begann er mit den Armen um sich zu schlagen. Schreckliches Zucken ergriff Helges Körper. Er peitschte sich mit dem Federwisch gegen die Schienbeine, schlug sich gegen die Stirn, griff mit den Fingern in seinen Mund und riß sich die Lippen auf. Mit einem Sprung duckte Helge sich hinter den Altar. Dort bekreuzigte er sich, witterte, kroch langsam wieder hervor und entstaubte den Altar mit dem Federwisch. Nachdem dies vollbracht war, rückte Hemlock die aufgeschlagene Bibel zurecht, ordnete die Blumen in der Vase und schickte ein Notgebet zum Herrn, er möge ihn nie nie nie wieder von hier fortbringen lassen.

Wie versteinert saß Hanswerner Giersch in der Bank. Den Blick starr auf die zum Kirchendiener verwandelte Liebe gerichtet. Noch hatte der ihn nicht entdeckt. Noch beeilte sich Giersch, die Bilder versunkener Zeiten zurückholen – die Leihbibliothek, wo er seine schneckenlippige Lust fand; der Leim, aus Knochen gekocht, der alle Hoffnung verschmierte; die süße Fieberjagd im Wald und der Tag, an dem die Liebe in die Hölle kam.

»Friede sei mit dir«, sprach es aus Giersch.

Ein Rauchwölkchen entstieg seinem Mund. Hemlock hob seinen Blick aus dem Gebet. Wieder der Pilzgeruch oder Tier oder Aas. Doch diese Gestalt, die Helge im Frühdunkel sitzen sah, konnte er keiner Kreatur zuordnen. Er trat an sie heran. Der erste Strahl Morgensonne, der durchs Kirchenfenster schien, traf Gierschs Gesicht. Hemlock zog seine Bommelmütze über die Augen. Scheppern von Sägegittern drang durch die Kirche, Kreischen von Holzfräsen und von der Kanzel herab die Stimmen zweier Männer. Aber Giersch war es nicht, der da sprach. Giersch war ein anderer. Helge Hemlock schob seine

Mütze wieder von den Augen, neigte den Kopf und blickte dem Mann ins Gesicht.

»Du bist es nicht«, flüsterte er.

»Ich bin es«, sprach Giersch.

»Nein, nein, das ist unmöglich.«

Da stupste Helge mit dem Zeigefinger der rechten Hand in das Wundmal, das Giersch auf der Stirn trug.

Konarske legte seine Hand auf Adeles Scheitel. Flach ging ihr Atem. Wenn *er* mir doch wenigstens gratulieren würde, dachte sie, Hoffnung in Gunters zärtliche Finger setzend. Hell leuchtete das Badezimmerlicht Adeles Haar aus, das Gunter Strähne für Strähne untersuchte.

»Du darfst es küssen«, flüsterte Adele.

»Soll ich dir etwas sagen?«

Adele spürte die große Zeit des Verstehens. Timm war, wenn auch nicht leibhaftig, zu ihr zurückgekehrt. Auch Gunter würde es tun. Für die *Familie.* Die Zeit ein sonderbar Ding. Konarske nahm den Kamm, setzte zur Offenbarung an und sprach: »Wir haben Läuse in der Klinik. Ich will sichergehen, daß ich dir keine mitgebracht habe.«

Diesmal schwor Adele, nicht schwach zu werden, sich von ihrem Gatten, der dieses Spiel so gern spielte, nicht kleinmachen zu lassen.

»Ich liebe dich«, sagte sie unbeirrt.

Er lachte: »Das ist auch angebracht. Mein Mauseprinzeßchen liebt mich, weil sie weiß, was gut ist. – Da!«

Konarske entriß Adeles Kopfhaut ein Haar und hielt es ins Licht.

»Was ist damit?«

Adele juckte es bereits.

»Grau!« rief Gunter. »Es ist mausgrau!«

Härter als die Kartoffelsalven der Lärchenauer traf Adele die Bemerkung ihres Mannes. Sie hatte ihr Haar doch gerade erst gefärbt. Adele betrachtete das ausgerissene Haar. Es war auberginenrot.

»Du willst mich ärgern«, sagte Adele zu Gunter.

»Ach«, meinte er, »dazu fehlt mir die Zeit. Was glaubst du, wie viele graue Haare du hast, wenn die Farbe herausgewachsen ist.«

»Ich weiß«, sagte Adele beleidigt, »aber wenn du dich selbst im Spiegel betrachtest ...«

»Prinzeßchen, das kannst du nicht vergleichen. Ich brauche keine Farbe auf dem Kopf.«

»Aber du bekommst graue Haare, Gunter. Wie ich.«

Gunter Konarske strich sich durch den Schopf. Seinen Arm um Adele geschlungen, wiegte, machte er sie ruhig und sagte:

»Ja, ich besitze graue Haare. Aber ich besitze auch etwas noch viel Besseres.«

Mich, dachte Adele, er besitzt *mich*! Das will er mir doch sagen! Treibt sein Spiel stets an diesen Punkt, aber er liebt mich. Tief Luft holend kündigte Konarske an: »Ich habe –«

»Du hast – was?«

»Die Nominierung zum Nobelpreis. Für meine Arbeit an der Evolution des Stammzellengesetzes. Für mein chimärisches Zukunftsmodell: das Hausweib in der Hausmaus. Ungeschlechtliche Kernverschmelzung. Das Tier mit der Extraportion Mensch. Nobelpreis. Verstehst du, Adele? Verstehst du, was ich eben gesagt habe?«

Adele zuckte mit den Schultern. Sie verstand, daß sie etwas gegen das Herauswachsen der Farbe aus ihrem Haar tun mußte. Sie war mehr, als Gunter wußte. Sie war eine Schutzheilige. Gunter ahnte nichts davon. Er hatte seine Frau am Morgen nach dem großen Fest nicht einmal vermißt.

»Jetzt bist du doch mein erschrockenes Mäuschen«, sprach er. »Wir müssen es beide erst einmal verkraften. Nobelpreis, Adele … Ich habe lange nach so einem Glück gesucht, und nun …«

»Ich denke, du suchst nach Läusen.«

»Richtig: Nicht die Laus lebt vom Menschen, sondern der Mensch in der Laus. Das ist die Zukunft.«

»Du spinnst, Gunter. Du warst schon immer ein Spinner. Aber deswegen hab ich dich lieb. Red nur, tu nur verrückte Sachen … Schau dir meinen Kopf nur genau an …«

»Natürlich. Ich spinne. Ich will dich nur erschrecken. Erschrecken setzt Adrenalin frei. Dein Kopf ist verschlossen. Du hörst nicht einmal, was ich dir mitzuteilen habe. Man müßte einen Bypass legen in deinem Hirn.«

»Was hast du da in der Hand?«

»Vitamine, Prinzeßchen.«

»Wozu?«

»Sie werden dir helfen.«

»Wobei?«

»Mich zu verstehen.«

»Aber das tu ich doch.«

»Die Evolution des Stammzellengesetzes, das verstehst du nicht. Aber vielleicht das: Ich werde vom schwedischen König empfangen werden.«

»Von Carl Gustav?«

»Siehst du, ich wußte es.«

»Sag, daß du mich mitnimmst zum König.«

»Wenn du artig bist.«

Gunter Konarske injizierte Adele eine Flüssigkeit in den Oberarm und versprach, daß Adele alles haben sollte, was sie begehrte.

Mitschka Prohaska saß im Gartenlokal »Zum Ochsen« und las aus dem Schaum. Mit am Tisch hockte Gert Mannschatz sowie der ehemalige Gutskutscher Horst Gegenbauer, der seinem hundertsten Geburtstag mit diversen Gebresten entgegenlitt. An seiner kalten Zigarre kauend, lief ihm Tabaksaft aus dem Mund über Kinn Hals Fliege, über den Kragen des einst weißen Hemdes auf die antike Livreeweste. Als Stammgast war Fleischermeister Schembart in die Runde getreten. Seit einem halben Monat bezog er Rente, trank Bierchen und Körnchen auf den Abschied von Fleischtheke Hackstock Wurstkessel. In seiner Fleischerei führte inzwischen Timm die Geschäfte.

Die alte Mitschka wog drei Zentner. Ihre Beine waren wie mit Beize getränkt. Der schwarze Wollrock schaffte es kaum, sie zu bedecken. Mitschka roch nach Bärlauch und Rindenmulch. Ein buntes Tuch um den Kopf geschlagen, machte sie auch in größter Hitze den Eindruck, ihr sei kalt. Die Strickjakke, an etlichen Stellen aufgedröselt, erzählte mehr, als ihre Trägerin je zu erzählen vermochte. Dabei drangen Wortschwälle aus Mitschkas Mund.

»Nu«, sprach sie mit tiefer Greisinnenstimme und schüttelte die Neigen der Biergläser, bis sie Schaum bildeten, »wollt ihr Männer heeren wohl, was eich blieht in den Jahren, die eich mechten hierzuland noch bleiben?«

»Nur wat jut is und jerecht«, sprach Gert mit scheelem Blick auf die nackten, in Plastikschlappen steckenden Füße der Zigeunerin.

Auch Schembart, der seinen Metzgerverstand gern mit Philosophieren auffrischte, wollte Mitschkas Angebot nur zögernd annehmen.

»Det is doch allet Humbug, jute Frau. Wat gloobste, wat'n uffjeklärter Mann wie icke mit so wat anfangen soll? Bier is Bier, und wat ick draus lesen tu, is, det ick von zu wenich Durscht bekomme. Isset so oder isset nich so?«

Gert nickte, schob Mitschka sein eben geleertes Glas hin, darin eine ordentliche Neige Schaum haften blieb.

»Hapora, fapora, sapora …«, murmelte die Alte, mit höckrigen Fingern über dem Glasrand kreisend.

»Ick vasteh nur Bahnhof«, rief Gegenbauer, dem etwas wie Hanffasergewölle aus den Ohren wuchs und ihn fast taub gemacht hatte.

Mitschka verzog ihr Gesicht und nahm Gegenbauer die Zigarre aus dem Mund.

»Trink, Jungchen«, sagte sie.

Das Wort Jungchen brachte Gert und Schembart zum Lachen. Mitschka und der Kutscher hatten gemeinsam gewiß ein Alter von zweihundert Jahren, wenn es überhaupt korrekt auszumachen war. Gegenbauer ließ sich von der Zigeunerin Bier einflößen und schluckte, daß das Ohrgewölle zitterte. Der Schaum floß auf den Grund des Glases zurück und wurde nun von Mitschka sehenden Auges beschrieben: »Oi, Jungchen, was ist das? Du geheerst an eim großen Geschlecht von Ochsvieh, das gespannt is vor Pflug, der wohl hat an sich eine feiergliehende Schar. Oi, wie mußt schnaufen du! Aber das wird sein sehr gutt, denn Wölf und Hexen kommen nit auf dich herab, wenn du denkst dran: Der Pflug muß wern reingeholt vor der zwelften Stund, da sonst kännten Hexen draufpinkeln und lassen mißraten die Saat!«

»Was sagt sie?« rief der ehemalige Gutskutscher, mit den Händen die Ohrmuscheln nach vorn stülpend.

»Dat du ’n oller Ochse bist, Horst!« brüllte Gert Mannschatz.

»Nee, nee, so was.«

Gegenbauer schob die weichgekaute Zigarre wieder zwischen die Lippen und winkte Semmelweis-Märrie heran, sie möge ihm das Glas nachfüllen. Während dies geschah, murmelte Mitschka über der Neige aus Gerts Bierglas Unverständliches. Der Ungläubige sah sich den Zauber eine Weile mißgelaunt an, wurde schließlich neugierig und verlangte zu wissen, was Mitschka dem Schaum für seine Zukunft entnehmen könne. Er vermute, viel Gutes würde es nach so langer Arbeitslosigkeit gewiß nicht sein.

»Du«, sprach die Zigeunerin zu Gert und versenkte ihren Blick in den schnell zusammenfallenden Schaum, »du wirst werden Reiter auf einen Pferd, das geht iebers Land wie Blitz und Teifel.«

»Ein Reiter? Ich?«

Gert beschwerte sich, Mitschka wolle ihn veräppeln: Er wisse sehr wohl, daß das Reiten auf dem Bock des Traktors sein Leben gewesen war. Bis es keine Felder mehr für ihn zu beackern gab, obwohl er noch gekonnt hätte. Pferde hingegen seien heutzutage allenfalls Hobbytiere für junge Mädchen oder für die Herrn Edelleute –

»Nejj!« beschwichtigte ihn Mitschka, »mußt erst heeren meine Wort zu End. Du wirst werden einer, der mit jemand auf Ricken von Pferd tut sitzen. Will sagen als zweiter Mann, hintauf! Du wirst haben Ziegenfüß, und deim Herrn wirst du sein eine Qual, weil teiflich immerfort in Trab.«

»Ick der Deibel? Det klingt jescheit. Märrie – drei Blonde bitte, och eens für die jute Frau ausm fahrenden Volk! Oda is det wahr, wat man sagt über euch, det ihr am liebsten die einjeweckte Pisse von eure Urahnen trinkt, weil det Jraft gibt?«

Mitschka kniff die Lippen zusammen, schob Gerts Bierglas von sich und kreuzte die Hände vor der Brust. Tränen liefen ihr plötzlich aus den Augen, tropften übers Kinn, versickerten in den groben Maschen der Strickjacke.

»Mensch«, zischte Schembart seinen Kumpanen an, »du warst och schon mal schamanta!«

Semmelweis-Märrie brachte frisches Pils und warnte Mitschka: »Det du mir ja nich mein Jeschäft vadirbst.«

Gert trank sein Glas in einem Zug aus. Während Gegenbauers Finger im Werg, das ihm aus den Ohren wuchs, pulte, wollte er wissen, ob er wirklich ein alter Ochse sei. Gert meinte, ob Ochse oder Teufel, das sei heutzutage egal. Jetzt juckte es Schembart, sich ebenfalls in der Zukunft unterweisen zu lassen. Mitschka wischte sich die Tränen ab. Mit der Rechten Schembarts Glas bedeckend, schüttelte sie den Kopf.

»Will haben alles seine Zeit. Muß erst sehen, wie ich anschaff, wo ich kann beiseit legen für was tut in den nächsten Stunden niederkommen auf die Erd ...«

»Was will sie?« brüllte Gegenbauer.

»Ich vermute: Bares!«

Schembart steckte der alten Prohaska einen Zehner zu, worauf ihre Augen zu leuchten begannen. Gerts Beleidigung war vergessen. Soviel Geld auf einmal hatte sie für ihre Kunst noch nie erhalten. Dafür verlangte Schembart, daß er etwas Besonderes wahrgesagt bekommen sollte. Immerhin habe er als Fleischermeister zeitlebens der Menschheit mit Schwerstarbeit gedient. Mitschka lächelte und tätschelte Schembarts Hand.

»Sollst haben beste Wahrheit, guter Mann!«

Halbhoch stand der Schaum in Schembarts Glas. Mitschka senkte den Blick hinein.

»Oi!« rief sie, die Finger zur Decke streckend.

Schembarts Herz klopfte. Auch Gert, von plötzlicher Wißbegier gepackt, rückte näher an das Medium heran. Gegenbauer versuchte, mit einem Streichholz in seine Ohren Hörschächte zu stechen. Selbst Semmelweis-Märrie blieb am Stammtisch stehen, als würde dort etwas Einmaliges verhandelt.

»Schembarrrt, Schembarrrt!» grummelte Mitschka, blickte aus dem Schaum heraus auf Schembarts unrasiertes Kinn.

»Nu, wat siehst du?« drängte er.

»Du warst gewesen ein Mensch mit große Messer und Gerät, zu töten auf dieser Erd ...«

»Klar!« rief Schembart, »ick war Fleischameista von Beruf. Da bleibt det nich aus. Aba ick hab imma mit vorjeschriebena Betäubung jearbeitet, keen Schwein hat unta mir jelitten, kannste glooben ...«

»Oi, nicht tu mir sprechen in mein Orakel. Mitschka weiß, was Mensch muß tun oder lassen und was hat für Plan. Jetzt ich seh, was du wirst sein nach dein Erdetag, Schembarrt!«

Schembart brach der Schweiß aus. Wollte den Stammtisch verlassen, den Quatsch verfluchen, gab Gert in all seinen dummen Äußerungen recht, wünschte sich Gegenbauers senile Taubheit und verlangte doch, aus dem Mund der Magierin sein Nachleben zu erfahren.

»Schembarrt wird werden was mit rote Augen ... oi, ich sehe Schwein, gespickt dern Herz mit Nadeln. Wird bringen grooß Glick und Liebä.«

»Ein Schwein?« rief Schembart.

Gert schlug sich vor Vergnügen auf die Schenkel. Selbst Gegenbauer, imaginäre Rauchkringel produzierend, glaubte, etwas zu verstehen. Mitschka fuhr fort: »Zu Neijahr du mußt deinen Rissel stecken in gefrorene Erde von Feld. Schubbern deinen Ricken an Tor von Kirche und kratzen deine Fieß an Schwelle von Stall. Das macht fruchtbar all was du beriehrst. Einmal nun wird werden abgeschnitten dein Schwanz ...«

»Saustark!« rief Gert und lachte, daß er fast vom Stuhl fiel.

»Halt die Klappe«, schnauzte Schembart, wollte wissen, welche Folter ihn über das Schwanzabschneiden hinaus noch erwarte.

»Nuu«, schnarrte Mitschka sanft, »Mädchen, die werden heiraten reiche, beriehmte Männer, wo sie bekommen auf silbernen Teller aufgetragen dein Schwanz. Das geschehen wird bei vollem Mond und niemals und nicht am Gallustage, denn da wird, ich sehe, bitter werden all, was du wirst tun.«

Schembart war es, als sei der Schaum in seinem Glas nach der Wahrsagung nicht wie bei den anderen zusammengefallen, sondern hätte sich verdoppelt. Als Gert frech behauptete, an Schembarts Kinn würde bereits Borsten zu sehen sein, packte er die Zigeunerin am Handgelenk, drängend, sie solle ihre Weissagung zurückzunehmen, sonst müsse sie den Zehner wieder rausrücken. Mitschka aber nahm nichts zurück, rückte nichts heraus. Heftiger drückte Schembart ihren Arm. Da befreite sie sich, indem sie gewandt aus ihrer Jacke schlüpfte. Das Leibchen, das sie darunter trug, war grau und löchrig. Rindenmulchduft stieg zwischen Mitschkas Brüsten auf.

»Ham wa hier jetzt 'n Stripptieslokal?« fauchte Semmelweis-Märrie, der die Zauberstunde langsam auf die Nerven ging, weil sie den Bierfluß verlangsamte.

»Was is los?« rief Gegenbauer, ratlos in die Runde blickend.

»Mir reichts«, sagte Gert.

Da erblickte er auf Mitschkas nacktem Unterarm bläulich verwaschene Zeichen.

»Siehste die Hyrumglüfen, Schembart? Die Frau is doch nich astrein.«

Schembart, auf die Zeichen glotzend, meinte: »Sieht aus wie 'ne Telefonnummer.«

»'n Zijeuner hat doch keen Telefon«, zweifelte Gert.

»Ach wat«, sagte Schembart, »det is heut nich mehr so. Die telefonieren wie unsaeiner. Aba die ham keen Telefonbuch. Weilse immer von een Ort zum andern ziehn. Da stört son dicket Buch nur.«

»Klingt vanümpftig«, gab Gert zu.

In diesem Moment wurde die Tür aufgestoßen. Manilo, Mitschkas jüngster Sohn, stürmte in das Lokal und rief: »Es geht los! Es geht los!«

Baba wurde über die Dorfstraße zum Anger getragen. Mit angewinkelten Beinen, als säße sie auf einem Stuhl, hing sie in Manilos und den Armen ihrer Schwiegermutter. Es folgten Doktor Krause und Schwester Angela, die von besorgten Bürgern alarmiert worden waren. Es würde, hatte man dem Doktor am Telefon zu verstehen gegeben, dank der Zigeuner in Lärchenau zugehen wie in der Steinzeit! Er müsse das verhindern, sonst gäbe es Tote.

Krause versuchte, die stracks zum Anger laufenden Prohaskas ins Arzthaus umzuleiten, wo doch, bemühte er sich ihnen verständlich zu machen, für eine Geburt bessere Bedingungen vorherrschten als in freier Natur. Schwester Angela trug ein Entbindungsnotfallbesteck mit sich, doch alles Reden war umsonst. Mitschka und Manilo schleppten die Kreißende direkt auf den Anger. Unterm Rotbuchenbaum hielten sie an. Mitschka, die Hände kronenwärts erhebend, murmelte Zauberformeln und Gebete. Manilo, ein Bursche mit feiner Spitznase und pechglänzendem Haar, jammerte, als müsse er Babas Wehen austragen. Mitschka fuhr ihren Sohn unwirsch an, er möge ihr den Doktor und dessen Gehilfin vom Leibe halten. Baba, auf der Wiese hockend, zog an ihrem Zopf, als könne sie dadurch Schmerzen ableiten. Lärchenauer hatten sich eingefunden und beobachteten, was sich auf dem Anger tat.

Auf Mitschkas Geheiß ergriff die kugelbäuchige Baba jenen Ast vom Rotbuchenbaum, der ihr knapp über den Kopf reichte. Mit beiden Händen hängte sie sich daran, spreizte die Beine und preßte, daß ihr die Augen aus dem Kopf hervorquollen.

Schwester Angela packte Tücher, Geburtszange und chirurgische Nadeln aus. Doktor Krause, der sich von seiner Pflicht nicht abhalten ließ, schaute Baba unter den Rock, wo sie sich wie eine große dunkle Blume öffnete. Gerade noch gelang es Angela, ein Tuch unter die Gebärende zu legen, da ergoß sich über Krauses Hände Fruchtwasser, das Kindsköpfchen erschien, und nach drei Wehen war das Kind geboren. Manilo schlug unterm Baum ein Kreuz, während Mitschka, die Helfer zur Seite drängend, der Geburt mit Gottesformeln den würdigen Abschluß gab. Wie sie es schon oft getan hatte. Baba indes hielt sich noch immer am Ast fest. Blut und Schleim liefen ihr die Beine herab.

»Da kommt noch mehr!«

Doktor Krause nahm seine schwere Brille ab, putzte sie, als müsse er sich von der Diagnose überzeugen.

»Madonna tut es meinen gutt mit uns«, rief Mitschka, bekreuzigte sich und zählte Minuten später zwei weitere Kinder.

Inzwischen waren Pfarrer Niklas, Krankenwagen und Polizei am Ort erschienen. Mitschka Manilo Baba benötigten sie nicht. Sie brachten das Ereignis so zu Ende, wie es gut und richtig war.

»Det is ja zum Abjewöhnen«, hatten entsetzte Lärchenauer beim Anblick von Babas öffentlicher Niederkunft gerufen. Aber einige unter ihnen hatten gestaunt und gemeint, in Sachen Tapferkeit könne man sich von den Zigeunern eine Scheibe abschneiden.

Am Abend, als Volker Krause und seine Frau zu Hause saßen, fragte Angela: »Warum *die*, warum nicht *wir*.«

»Das kann man nicht erklären«, sagte Krause.

Manilo zog die Haut ab, indem er mit der Messerspitze auf der Bauchseite den Schnitt vom After zum Hals hin führte und den Igel mit geübtem Griff ausschälte. Die Stachelhülle samt Kopf beiseite gelegt, war es Manilos Bruder Joschka überlassen, das Fleisch kräftig zu salzen, mit Speckscheiben zu ummanteln und, unter Zugabe von Knoblauch, Pfeffer sowie wildem Majoran in den Topf zu geben. Dort kochte es auf kleiner Flamme zwei Stunden lang. Mitschka hatte Salat aus frischem Löwenzahn zubereitet, süßsauer vermischt mit Schlehenbeeren. Mitschkas Drittältester Finko hatte Kartoffeln grob in Butter gerieben, mit Salz Salbei Safran gewürzt, den Brei auf ein Blech gestrichen und über offenem Feuer langsam ausgebacken.

Am Dorfrand, bei den Brachwiesen, wo die Skelette der Offenställe standen, wohnten die Prohaskas im ehemaligen Kesselhaus der LPG. So hatte es Bürgermeister Schellhas angeordnet. Von fernher hatte es die sechsköpfige Familie nach Lärchenau verschlagen. Keiner wußte, wie, warum und was sie hier wollten. Yvo, Mitschka und ihre Kinder waren einfach gekommen. Mit ihrer Musik, ihren Farben, ihren Leibspeisen. In den Gutfried-Töpfen der Dorfleute kochten Gerüchte.

Heute saßen die Prohaskas vor dem Kesselhaus ums Feuer herum. In Tücher gewickelt, blumengeschmückt: Babas Drillinge Bitschi, Miezi und Lo. Yvo, dem an der linken Halsseite eine kohlkopfgroße Geschwulst wuchs, versuchte, seine Geige unter das Kinn zu klemmen. Mitschka seufzte, früher hätte man den Krebs im Fluß gehabt, heute sei er im Menschen. Finko goß Wein in Gläser. Joschka hob den Topfdeckel und fächelte sich den Bratenduft zu. Igel ist besser als Schwein, sagen die Zigeuner. Manilo, der frischgebackene Vater, durfte den Braten anschneiden. Zart saftig würzig war der Igel. Joschka teilte aus. Baba bekam Herz Leber Nieren. Yvo die zartfleischigen Schenkel. Kartoffelbacksch, Salat und Wein für alle.

Yvo mußte sein Geigenspiel unterbrechen und sich niedersetzen. Er war schwach geworden in den letzten Tagen. Von Doktor Krause, der ihn ohne Versicherung und Honorar behandelte, wußte er, es würde nicht mehr lang dauern. Aber für seine Würmchen Bitschi, Miezi und Lo, die an Babas Brüsten lagen, lohnte es, den Schmerz zu überspielen. Mit sanftem großväterlichem Timbre sang er ein Lied zu ihrem Erscheinen, legte das Instrument auf die wunde Stelle am Hals, strich den Bogen, mal langsam, mal schnell, das Rubato seiner Liebe. Als er am Tagesende kraftlos sich niederstrecken mußte, betete Mitschka zur Madonna: sie möge für ihn beim Herrn ein gutes Wort einlegen.

Die Schüsse vernahm Admiral, als er eines Sonntagmorgens im Schuppen am See gerade den Schweißbrenner anwarf, um die ersten Teile des *Molches* zusammenzufügen. Sieben Mal hörte er es knallen. Dunkle Punkte stürzten vom Himmel. Ins Wasser oder an Land, er konnte es nicht genau erkennen. Dann war es still über dem See. Admiral griff sich an die Kehle. Es geht los, dachte er. Mir, dem Sohn des Flottenadmirals Christ, gibt der Teufel als erster sein Geschenk!

Doch so früh am Morgen war es Admiral nicht recht nach Philosophieren und Teufelsbesuch zumute. Die Zeit, da er, seine Einsamkeit pflegend, unbenennbare Trauer über Verlorenes zelebrierte, gehörte ihm allein. Mit abgeschirmten Augen sondierte er sein Gebiet. Es ärgerte ihn, durch die Knallerei aus der Arbeit gerissen zu sein. Lange genug hatte Admiral auf die Umsetzung seines Planes warten müssen. Erst jetzt, die Fünfzig überschritten, als erwachsener Mann, sollte sein Ziel Vollendung finden.

»Ich habe nichts zu hoffen und alles zu befürchten.«

Mit diesen Worten ermunterte sich Admiral, zurück in den Schuppen zu gehen. Hier war sein Hauptquartier. Er drehte das Ventil des Schweißbrenners auf. Hinter den schwarzgrünen Filtern der Schutzmaske verdunkelte sich Admirals Welt, um mit der ersten, aus der Brennspitze des Gerätes hervorfauchenden Flamme sie gleichsam zu erleuchten. Wie sich die Teile unter der lohen Flamme erwärmten! Wie sie an den Rändern schmolzen, sich blasenwerfend miteinander verbanden, zischten, glühten, um im ionisierenden Metalldampf ihre unverbrüchliche Union einzugehen.

In solchen erhabenen Momenten grübelte Admiral dennoch über sein Schicksal nach. Warum er zum Beispiel sein Leben lang hiergeblieben war. In Lärchenau. Wie fast alle Männer seines Alters war er geblieben und hatte die Welt nicht mit eingerichtet. Nicht, wie Vater es getan hatte, um dann vom Panzerkreuzer zu prahlen, von den Kammerratten, die das Land verteidigt, ein *Bewußtsein* gehabt, und wie Kai-Uwe, genannt *Admiral,* dieses Bewußtsein ohne eigenes vor sich hergetragen hatten. Jetzt glaubte er an die Legende von Adeles hoher Zeugung. Und Timm drohte Admiral, falls die Geschichte mit seinem Großvater gelogen sei, mache er ihn und seine Mutter kalt.

Admiral stellte den Schweißbrenner aus. Dreieinhalb Meter maß das erste Bugstück. Admiral strich über die noch heiße Schweißnaht. Alles war korrekt. Die Kammerratten konnten kommen.

Zuerst erschien Timm. Hier war sein Ort. Hier tanzte er unter Admirals Regie, nahm dessen Lob wie Honig auf, dessen Schläge als Folgen unbedingter Gerechtigkeit. Im Schuppen, wo sich Pläne Werkzeuge Halbfabrikate stapelten, wo an der Wand auch Mutters Bild hing, hielt sich Timm am liebsten auf. Hier baute man für die Zukunft. Admiral begrüßte ihn mit dreifachem Handschlag: »Alles klar?«

Bei Timm war immer alles klar. Das fertige *Molch*-Teil goutierte er mit Hochachtung, wobei er sich selbst einfallslos vorkam. Bisher hatte Timm nichts Wesentliches zum Plan beigetragen. Selbst Jack in seinem beschränkten Vorstellungsvermögen hatte eine Ahnung von dem, was man anrichten könnte: ein Knall, der alles Starre erlöse. Timms Phantasie hingegen arbeitete für die Wurstmaschine, drückte sich in der Erfindung neuer Wurstspezialitäten aus. Inzwischen gab es in »Schembarts Fleischerei« einen Imbiß, der mit seinen deftigen Gerichten über die Grenzen Lärchenaus bekannt war. Wenn's losgeht, hatte Admiral Timm versprochen, würden die Kammerratten hochkalorische Verpflegung benötigen. Timm müsse ein Kraftfleisch komponieren, das sie in der tiefsten Tiefe ihrer Mission, unter der enormen Nervenbelastung, die diese mit sich bringen werde, stärken solle. Solche Worte bauten Timm auf. Er war ein Künstler geworden. Er schwor, das beste Kraftfleisch aller Zeiten zu kreieren. Sah Admiral nicht hin, küßte er das Bild der Schutzheiligen.

Jack traf am Mennichenseequartier nach einer Nacht ein, die er, wie er behauptete, durchvögelt hätte. Mit mehreren Weibern, nach der Dorfdisko in Philadelphia. Im Heu, juchhe!

»Schluck!« befahl Admiral, und Jack, erschrocken über sein flüchtiges Gedächtnis, verschluckte das Wort *Weib,* wie er es gelernt hatte.

Timm, dem beim Hören von Jacks Frauengeschichten das Wasser im Mund zusammenlief und Würste vor Augen standen, Würste in allen Formen und Farben, war Admiral dankbar, daß wenigstens *er* die Einsicht hatte, Weiber würden einem nur die Energie abziehen. Mit müden Augen betrachtete Jack das Werkstück, und war sogleich bereit, das glänzende Teil über alle Weiber der Welt zu stellen. Auf das Metall klopfend, lauschte er dem Gong, spürte das Vibrieren des Stahls.

Admiral strich sich durch den Backenbart, den er im Gedenken an seinen toten Vater, den NVA-Flottenadmiral, wachsen ließ. Saubre Arbeit. Er überlegte, ob er die Kameraden über die Schüsse in Seenähe aufklären sollte, kam jedoch zum Entschluß, seine Maßnahmen für das Entstehen einer handlungsfähigen Gemeinschaft nicht mit falschem Alarm zu beginnen.

*Das Märchen von der wundersamen Edelfrau Grazyna Agnes von Burghagel, in Anlehnung mündlicher Berichte ihro selbst, mit Tinte niedergeschrieben und phantasievoll ergänzt von ihrem Privatsekretär Hanswerner Giersch.* Hinter den sieben Bergen, da wo die Sieg sich mit dem mächtigen Rhein vereint, ward im Jahre 1938 dem Baron Hans Eitel von Burghagel und seiner Frau Edelgarde (geb. vom Drachenfels) eine Tochter mit dem Namem Grazyna Agnes geboren. Die Baronesse wuchs im mächtigen Erbgemäuer mit 2 Ammen und 3 Kinderfrauen auf. Sie hatte alles, was das Herz begehrte: Spielzeug, Pferde, goldene Kleider, einen Zwergpudel und einen Puppenwagen mit lauter Edelsteinen. Nur eines hatte Grazyna nicht: die Liebe von Vater und Mutter. Der Baron war ein mächtiger Mann. Er besaß Stahlgießereien und Fabriken, wo man Eisenbahnschienen, Panzerketten und Kochtöpfe herstellte. Der Baron war nur selten zu Hause. Wenn er es einmal war, saß er im Jagdzimmer unter einem mächtigen Hirschgeweih. An diesem Ort, den die Baronesse nie betreten durfte, rauchte der Baron mit geheimnisvollen uniformierten Männern Zigarren. Baronin Edelgarde war nach Grazynas Geburt schwermütig geworden und zeigte mächtiges Mißfallen am Zigarrenrauch, der durch die ganze Burg drang. Da rief sie: Es brennt! Es brennt!, und wenn die Dienerschaft sie zur Ruhe gebracht hatte, weinte sie oft stundenlang. Die kleine Grazyna, die in ihrem Kindersalon zwischen lauter Spielsachen saß, begehrte täglich etwas Neues zum Spielen. Jeden Tag kauften die Kinderfrauen auf Anweisung der Baronin in der Stadt ein Spielzeug: mal eine Puppe mit echtem Haar, mal ein Schaukelpferd, sogar Jungenspielzeug wie Zinnsoldaten, Holzauto und eine Blechtrommel begehrte das junge Freifräulein zu besitzen. Sie beschäftigte sich nicht lange mit ihren Errungenschaften, um sie alsbald in die Ecke zu werfen und etwas Neues zu fordern. Als der Krieg in der Welt immer mächtiger wütete und der Baron immer reicher wurde, konnte sich bald keiner mehr um Grazynas Wünsche kümmern. So lief Grazyna einsam durch das Erbgemäuer, weinte, schrie, daß sie nichts zum Spielen habe. Mitunter begegnete sie auf ihren Schreigängen Edelgarde, wie diese Es brennt! Es brennt! rief. Mutter, flehte Grazyna, kauf mir etwas Neues zum spielen! Doch die Baronin sah und hörte ihre Tochter nicht. Der Arzt mußte kommen und der Baronin etwas zur Beruhigung verabreichen. So lebte die kleine Baronesse schrecklich einsam dahin, und es geschah, daß sie auf eigenen Füßen die Burg verließ, um den Dorfkindern ihr Spielzeug wegzunehmen. – Eines Tages, im siebten Jahr nach dem Krieg, besuchte Graf Julius von Lärchenau mit seinem Sohn Gutfried das Burghageler Erbgemäuer, um mit dem Baron über Geschäfte zu sprechen. Graf Julius war ein mächtiger General gewesen, und Gutfried konnte von sich als der beste Reiter mit vier Jahren sprechen. Gutfried hatte ein Kindergewehr bei sich und zielte damit auf Grazyna, doch das Mädchen verstand sich zu wehren. Es nahm dem Knaben das Gewehr ab und führte ihn in das verbotene Jagdzimmer. Dort zeigte sie ihm die Waffen ihres Vaters, und Gutfried versprach Grazyna: Dich werde ich später heiraten. – Zunächst wurde die Baronesse auf ein angesehenes Schweizer Mädcheninternat geschickt, wo sie lernen sollte, Besitztümer fachmännisch zu mehren und zu verwalten. Doch Grazyna, sosehr sie für diese Fächer eine Begabung zeigte, verfiel dem Neid und der Habgier. Da sie wegen Erpressung und Diebstahls bei Zöglingen und Internatspersonal vor der Zeit nach Hause geschickt wurde, war es dem jungen Grafen Gutfried von Lärchenau beschieden, die Baronesse noch vor dem 21. Lebensjahr zu ehelichen. Es war ein mächtiges Hochzeitsfest gewesen, und Grazyna sah in ihrem Brautkleid so schön aus, daß sie sich selbst beneidete. Kurz nach der Hochzeit verstarb Baron Hans Eitel von Burghagel. Baronin Edelgarde lebte auf. Nie wieder rief sie, Es brennt! Es brennt!, nie wieder weinte sie um ihr Schicksal. Großzügig regelte sie die Erbangelegenheiten mit ihrem Schwiegersohn, überschrieb ihm Stahlwerke und Fabriken, machte ihn zu einem mächtigen Mann. Grazyna, die sich bemühte, ein Kind von ihm zu bekommen, bekam leider nicht mehr als den Titel einer Gräfin. So war sie es zwar nicht zufrieden, lebte aber Seit an Seit mit ihrem Gatten und ihrer Mutter, bis daß der Tod sie einmal scheiden würde.

Graf Gutfried von Lärchenau hatte trotz seines Alters noch blondes Haar, das sich sanddünenhaft wellte, wenn er in leichtem Galopp auf seinem Hunter daherpreschte. Er kam über den Feldweg, durch den Wald, gab seiner jungen Scheckenstute die Sporen, sah nicht links, nicht rechts, war trotzdem stets im Gleichgewicht mit dem Pferd. An der linken Seite des Jagdrockes trug Gutfried eine Hetzpeitsche mit Lederschlag, über der Schulter eine zweiläufige Browning, zwölf Kaliber. Er hob sich aus dem Sattel, um voranzukommen, wenngleich er nicht wußte, ob er schon genug unterwegs war und genug erlegt hatte.

Die Stute scheute, da der Waldweg, sich verengend, im Gebüsch mündete. Die Vorderbeine nach oben gerissen, brachte sie den Reiter beinahe zu Fall. Gutfried aber stürzte nicht, befahl dem Tier den Sprung nach vorn, wo es an jener Stelle auflandete, die die Mennichenseebande als ihr geheimes Quartier bestimmt hatte.

»Aaachtunk!« rief Admiral.

Zu sich sagte er: Verdammt, jetzt haben sie uns. Der Graf brachte seine Schecke zur Ruhe, indem er sie an der Mähne packte, und stieg aus dem Sattel. Jack flitzte sogleich in den Schuppen, um, nach Maßgabe des Notfallplanes, Verdächtiges hinter aufgeklappten Liegestühlen zu verbergen. Die Werkzeuge waren nur mehr Hobbygeräte, die *Molch*-Teile Alteisen. Eine eilig aufgestellte Angelausrüstung diente ebenso zur Tarnung wie ein Stapel Natur- und Tierbestimmungsbücher. Vorm Schuppen wartete Timm, seine Brust kratzend. Ihm fiel nichts ein, um den plötzlich aufgetauchten Feind zum Rückzug zu bewegen.

»Wir machen es uns hier manchmal gemütlich«, entschuldigte sich Admiral bei dem hohen Besuch, und Jack fügte mit salbiger Stimme hinzu: »Unsre Weiba wollen uns nich inner Küche. Mit Ihrn juten Spendiertöppen kochen se unsa Mittagessen am liebsten alleene. Is ja och bessa so. Jedem det Seine, Herr Jraf, jedem det Seine!«

Fasziniert starrten die Kammerratten auf des Jägers Tweedrock, auf das weiße Hemd, das schmückende Plastron; die schwarzen, stulpenbesetzten Lederstiefel, die Peitsche und vor allem auf die Flinte.

»Ich habe Sie nichts gefragt«, sprach der Graf.

Seine Stimme war hell, ein Makel, den er mit scharfer Diktion zu verbergen suchte. Die grannigen Augenbrauen, im Kontrast zu den Haaren, berührten sich über der Nasenwurzel. Die Augen grau, die Lippen schmal, das Gesicht glatt. Trotz seiner Jagdausrüstung zeigte sich der Graf empfindlich. Nur wie er an den Satteltaschen hantierte, wirkte er willensstark.

Timm schämte sich. Noch immer fiel ihm nichts ein. Ratlos stand auch Admiral vor dem Eindringling, hatte jeden Mut zur Verteidigung verloren. Jack zog seine Schultern nach vorn.

»Bildscheenet Tier«, sagte er, auf die Stute weisend.

»Noch einmal«, sprach Gutfried, »ich habe Sie nichts gefragt!«

Timm zuckte zusammen. Admiral hob die Hände, als müsse er Frieden stiften. Der Graf hatte die Satteltaschen geöffnet. Die Beute legte er der Bande vor die Füße. Sieben Kormorane.

»Super!« rief Jack, und guckte etwas blöd auf die erlegten Vögel.

Admiral gab dem Kameraden einen Schlag gegen die Brust.

»So dankt man nicht einem Grafen.«

»Schon gut«, sprach Gutfried.

Timm, die schwarzen Vögel betrachtend, dachte sogleich an Wildbret: herzhaft zubereitet mit Senf Lorbeer Wacholder. Kormorane müssen wie Fasan schmecken, solch eine Beute dürfe man nicht verderben lassen.

»Nehmen Sie sie als Geschenk«, sagte der Graf.

Im Gegenzug verlangte er die Wahrheit. Wer man wirklich sei. Was hier vorgehe. Wieso man sich am gräflichen Privatsee um diese Herrgottszeit träfe. Ohne Erlaubnis. In der geschützten Uferzone. Wenn man ihm etwas verschweige, würde er die Polizei holen.

»Herr Graf, wir wollen Ihnen nichts verschweigen. Doch wir sind voller Sehnsucht, uns auszuschalten aus unserer Kleinheit und Beschränkung. Ihr See, Herr Graf, ist ein göttlicher Ort, und wir wissen ihn hoch zu schätzen. Sehen Sie uns zu, und Sie werden verstehen.«

Admiral änderte seine Strategie. Er legte die Kormorane im Kreis um einen alten Weidenstumpf, die Köpfe mit den an der

Spitze gebogenen Schnäbeln rechtsgerichtet nach außen. Wie gefiederte Haken die Flügel vom Rumpf der Vögel spreizend, entstand ein schwarzer Stern, schuf Admiral das Emblem der Mennichenseebande. Auf seinen Befehl hin schlugen sich Jack und Timm mit der Faust auf die Brust.

Mit ernstem Gesicht fixierte der Graf die Männer, nahm seine Peitsche vom Gürtel.

»Wir meinen es nur gut mit Ihnen«, sagte Admiral zurückweichend.

Er sah den *Molch* bereits vor seiner Vollendung im märkischen Sand vertrocknen. Gutfrieds Mund zog sich als Strich in die Länge. Er lächelte. Am Ufer schnaubte die Hunterstute. Die Peitsche knallte über den Köpfen der Männer, tanzte ihnen etwas vor, das sie antrieb, benommener, wilder machte, als sie es je gewünscht hatten zu sein.

»Ich habe nicht vor, Sie zu verstehen«, sprach der Graf, »aber mir scheint, Sie sind von einiger Wachsamkeit und Stärke.«

»Jawoll!« rief Admiral.

Gutfried fuhr fort: »Ich schlage Ihnen daher vor: Bewachen Sie meinen See. Mein schönstes Eigentum, was ich habe. Schlagen Sie Wilderer in die Flucht, Umweltsünder und Fremde, die von Osten über die Grenze kommen. Seien Sie wachsam, daß hier nichts geschieht. Daß kein Gesindel auftaucht, daß Lärchenau keine Gefahr droht. Im Gegenzug dazu dürfen Sie Ihre Runde pflegen, *wie,* geht mich nichts an. Ich verstehe sogar, daß Sie als Männer ein Dasein ohne Frauen pflegen. Ich meinerseits habe zu diesem Zwecke der Erholung die Jagd. Kommen wir ins Geschäft?«

Admiral schlug die Hacken zusammen. Sein Haar strahlte noch einmal rot auf, und in Gedanken sah er das Flügelkreuz der Kormorane über dem Mennichensee steigen.

Im Jahr 2000 wurden sämtliche Wiesen derer von Lärchenau abgemäht. Das Abgemähte blieb auf dem Boden, welkte, verrottete. In manche Wiesen wurden Gras Klee Lupinen eingefräst, Brennesseljauche darübergekippt, damit die Verrottung schneller vonstatten ging. Graf Gutfried ließ von Hanswerner Giersch, seinem Privatprokuristen und Schriftführer, die Legende vom Gründünger verbreiten, aber eine neue Aussaat gab es nicht. Maulwürfe Regenwürmer Schnecken eröffneten ihr Paradies.

Ein Paradies für Kunst gedachte Frau Birgit Biberle-Dickescheidt, kreative Floristin und Schirmherrin der Stiftung für ostbrandenburgische Künstlerinnen, in Lärchenau anzusiedeln. Zu diesem Zweck erwarb sie neben der Gunst von Gräfin Grazyna einen ungenutzten Rinderoffenstall. Dieser sollte, nach Birgit Biberle-Dickescheidts Vorstellungen, nicht weiter uninspiriert in der Landschaft herumstehen, sondern einem *Windhappening* dienen. Mit an Schnüre gefädeltem Plastikmüll und klingendem Schrott ausgestaltet, ließ der ehemalige Offenstall den Wind mit neuer Kraft durch sich ziehen.

Zorn siedete unter den Lärchenauern. Aus den Tiefen vieler Küchenschränke wurde das alte Kochgeschirr hervorgeholt. Die unverwüstlichen Gutfried-Töpfe verbannte man auf den Dachboden, benutzte sie als Freßnapf für Tiere oder spendete sie den Prohaskas. Nur einige waren, wenn schon nicht zufrieden, so doch gleichgültig gegenüber dem, was sich unter gräflicher Scheinheiligkeit tat. Semmelweis-Märrie sah nicht ein, warum sie im »Ochsen« wieder etwas anbrennen lassen sollte. Ebenso wie Horst Gegenbauers Ohren für den Rest des Lebens nichts Rebellisches mehr wahrnahmen, wollte auch Fleischer Timm nichts von Meuterei wissen und seine edlen

Wurstkessel niemals rücktauschen in die rostigen Behältnisse der Vergangenheit.

Während der Wind kunstvoll durch den Offenstall pfiff, beschafften die Prohaskas Holz Kohle Konserven. Mitschka sagte einen eisigen Winter voraus. Während im Sägewerk die letzten Bretter aus den Maschinen liefen und die Auftragsbücher für immer zugeklappt wurden, wurde auch der *Megamarkt* vor Groß Eichholz abgerissen, weil der Umsatz rückläufig war. Während Yvo täglich mehr an Gewicht verlor, seine Geschwulst hingegen an selbigem zunahm, ergab eine Einwohnerzählung im Landkreis einen Bevölkerungsrückgang von vierundzwanzig Prozent, vor allem unter der Jugend.

Während Doktor Krause vornehmlich die Leiden des Alters einschließlich seiner eigenen zu behandeln hatte, scharte Pfarrer Niklas seine Schäfchen um sich und vertraute protestantisch auf Gott. Des Pfarrers Bemühungen, seiner müden Gemeinde mit dem Wort Gottes Hoffnung zu vermitteln und zur Umkehr aufzurufen, waren vergebens. Ungeduldig schlug er die Glocke ein paar Minuten vor der vollen Stunde, konnte es nicht erwarten, seine Predigt mit scharfer Rede zur Gegenwart zu halten. Mit skeptischen Gesichtern ließen die Lärchenauer die neuen Töne über sich ergehen. Sie forderten Bekanntes, die alten Lieder, den Seim der Gesänge. Offenhalten sollten sie ihre Augen, ihre Ohren putzen. Statt Seelenschmerz und Herzensreue Tatkraft und Versöhnung zeigen. Pfarrer Niklas konnte viel erzählen. In den Klingelbeutel, mit dem Helge Hemlock herumging, gaben sie abgezählt ihre Münzlein.

Auch Gunter Konarske machte sich daran, das Dorf zu retten. Nicht, daß es ihm am Herzen lag und er öffentlich verkündet hätte, er wolle für mehr Wohlergehen sorgen, aber ein Teil seines guten Rufes als Wunderheiler von Lärchenau existierte noch immer. Den galt es zu verteidigen. Darauf hoffte man, zumal Gerüchte im Gange waren, der Professor sei auf dem Weg zum Weltruhm. Auf Drängen von Adele, die ihm ihre Begegnung mit den Dorfleuten geschildert hatte, entwickelte Konarske ein Experiment, wie man Lärchenaus niederliegender Feld- und Viehwirtschaft wieder aufhelfen könnte, ohne gräfliche Erlasse, die sich als *europäisch notwendig* ausgaben, zu umgehen. Realpraktische Lösungen zu finden, begründete Konarske sein plötzliches Heimatinteresse, sei ein Seitenzweig seiner Forschungen. Der Nobelpreis würde schließlich nicht an jemanden verliehen, dem die Menschheit egal sei. Adele hätte alles hingeben können für diesen Moment des Stolzes.

Zunächst kaufte Konarske von Bauer Ole Mannschatz, der als einziger Lärchenauer noch eine kleine Schweinezucht besaß, drei Sauen. Granne, Sissi und Distelblüte entstammten der berühmten Familie von Liebauge PS 444, die in ihrer besten Zeit keines Ebers mehr bedurfte. Durch künstliche Besamung hatte sie ausnahmslos hochwertige Ferkel geworfen. Liebauge war im Alter von fünfzehn Jahren gestorben, aber Töchter und Enkelinnen gaben das Vermächtnis der Stammsau in vollem Maße weiter.

Professor Konarske ließ im Rosengarten seiner Villa einen Stall bauen. Für Granne Sissi Distelblüte. Für die Zukunft Lärchenaus.

»So geht das nicht«, schimpfte Adele, »du bist Arzt und kein Viehwirt.«

»Ich bin, was ich bin«, sprach Konarske und küßte seiner Frau die Stirn.

Er erinnerte sie daran, daß, wenn sie nicht artig sei, sie den Schwedenkönig vergessen könne. Als Adele bei ihren Rosen

Trost suchte, fand sie, zumindest was die Sorte *Prinzessin Adele* anbelangte, daß sich deren Duft von dem der Jungsauen kaum unterschied. Mein Mann ist verrückt, dachte sie, aber dafür liebe ich ihn.

Nach Tagen der Eingewöhnung im neuen Stall begann das Training. Von Bauer Mannschatz, der sich für Konarskes Vorhaben auch praktisch zur Verfügung stellte, bekamen die Sauen gekochte Kartoffeln mit nussig riechendem Öl serviert. Es dauerte nicht lange, da hatten Granne Sissi Distelblüte die Mahlzeit verschlungen. Schmatzend stießen sie ihre Schnauzen in den Trog, damit er noch mehr der Köstlichkeit hergebe. Die Tiere drehten sich im Kreis, schnüffelten auf dem Boden, in der Luft, quiekten nach der Gunst ihres Herrn, der sie so außerordentlich verwöhnte.

*Dreimal täglich zehn Milliliter* lautete Konarskes Verordnung. Er behielt sich vor, den Fortgang des Experimentes auf seinem Grundstück zu verfolgen. Mannschatz, bereit für Neues, war mit allem einverstanden. Nach jeder Fütterung leckten Granne Sissi Distelblüte ihm die Hände ab.

Nach jedem vollbrachten Tag setzte sich Adele ihre Vitaminspritze. War Gunter einmal nicht in Sachen Forschung unterwegs, übernahm er die Injektion selbst. Adele ließ es sich gefallen. In den Momenten des Eindringens der Kanüle war sie ganz nah an ihrer Liebe, spürte mit jedem Stich mehr, wie etwas in sie strömte, das sie bestärkte. Noch war Adele nicht sicher, worin diese Stärke bestand. Nur daß sie sich nach jeder Verabreichung frisch ausgeruht fühlte. Daß sie wieder bereit war, ihre Villa mit Pool und Garten zu genießen. Und daß sie Gunter genießen wollte. Betrachtete sich Adele im Spiegel, bemerkte sie, daß die auberginenrote Farbe aus ihrem Haar heraus-, natürliches Braunhaar nachgewachsen war. Nichts

Graues mehr, nichts, das sie verstecken mußte. Nahm Gunter, selbst überrascht von der Wirkung des Präparates, seine Frau in den Arm oder trug sie in ihr Prinzessinnenbett, bat er, sie möge ihn in seinem Glauben an den Preis bestärken.

»Er ist dir so sicher wie der Tod«, sagte Adele.

Ende November war der Ackerboden mehrere Zentimeter tief gefroren. Die Bauern saßen, wenn nicht zu Hause, im »Ochsen«, verzechten ihre Rente oder Sozialstütze oder wärmten sich einfach nur auf. Semmelweis-Märrie war gnädig mit allen, die ihr Bier anschreiben ließen. Am Stammtisch verharrte noch immer der greise Gutskutscher. Gegenbauer schien sich an seinen Zustand vollkommener Taubheit gewöhnt zu haben wie an die Tatsache, daß sich die einst von Gräfin Grazyna geschenkte Zigarre langsam aufzulösen begann. Nur noch ein Viertel ihrer Ursprungsgröße steckte als kalter Stummel zwischen Gegenbauers Lippen.

Gert Mannschatz, der zweite Stammtischler, war seit kurzem von einer Idee besessen. Im *Internet* hatte er von einem Traktorenmuseum gelesen, das im Schwäbischen großen Zuspruch finde. Gert, als Kenner der Materie, wollte in Lärchenau auch so ein Museum errichten. Mit Landmaschinen aus der Zeit genossenschaftlichen Eigentums. Er selbst würde für den Posten des Direktors zur Verfügung stehen. Diese Idee trug Gert in den »Ochsen«, wo er sie zur Diskussion stellte. Die Bauern und Alttraktoristen jedoch zeigten Gert einen Vogel: Was in Lärchenau noch an altem Gerät existiere, tauge nicht mal mehr zur Verschrottung. Außerdem, *wer*, um Gottes willen, würde denn nach Lärchenau reisen und sich verrostete Traktoren angucken? Gert ertränkte seine Idee im Bierschaum.

Schembart, der dritte in der Runde, hatte etwas Reelles zu begießen: den Abschied von der Fleischerei. Nachdem Timm von der Landesbank einen Kredit zugebilligt bekam, hatte Schembart die Fleischerei an seinen Gesellen verkauft. Mit dem Versprechen, das Geschäft würde in Schembarts Sinne weitergeführt – ohne Schluderei, ohne Tricks, ohne modernen Schnickschnack. Timm hatte es versprochen und Schembart Geld in den Taschen. Er warf Saalrunden, trank Glas auf Glas, goß Schnaps nach, sagte nicht nein zum Kräuterbitter. Als Semmelweis-Märrie gegen Mitternacht ihr Lokal schließen wollte, bot sie an, Schembart nach Hause zu begleiten.

»Kriegst ja keen Fuß mehr vorn andren.«

»Ick krieg noch janz wat andres hin!« lallte der Fleischermeister a.D., riß sich aus den Armen der Wirtin, torkelte davon.

»Morjen jibts nur Wassa!« rief ihm Semmelweis-Märrie hinterher.

Aus der Dunkelheit klang Schembarts Lachen wie das eines alten Weibes. Der Mond hatte sich verzogen. Nachtnebel drang vom See her über die Felder. Eine Rotte Wildschweine hatte den Dorfanger für sich entdeckt und begann, die Wiese umzuwühlen. Schembart witterte, dann kippte er, fiel zu Boden, tamperte auf Händen und Knien die mit Milchglaslicht ausgeleuchtete Dorfstraße entlang, schubberte sich an Laternenpfählen, schnaufte, zog die Jacke über den Kopf, so daß die Ärmel als wackelnde Ohren herabhingen, lief vierfüßig, gelangte zur Kirche, kratzte sich an deren Stufen den Buckel, kroch weiter, wälzte sich in einer halbgefrorenen Pfütze, und seine Augen wurden klein.

Am Morgen, Jack war auf dem Weg zur Arbeit, sah er auf dem Acker hinter der Bushaltestelle einen Menschen liegen. Er trat zu ihm, sprach ihn an. Da er nicht antwortete, stieß ihn Jack mit dem Fuß und drehte ihn vom Bauch auf den Rücken.

Es war Schembart. Zerfetzt steifgliedrig gefroren. Jack, von Müdigkeit noch benommen, nahm den Toten auf die Schulter und trug ihn ins Warme.

Schembart taute auf und sollte doch nicht wieder zum Leben erwachen. Als Timm seinen Laden betrat und auf der Fleischbank den Exchef liegen sah, wie ihm geronnenes Blut in Mund und Nase stand, wie seine Augen hervorquollen, das Gesicht zerschürft, als hätte Schembart einen Keiler geküßt; als Timm Konarske das erste Mal einen toten Menschen erblickte, versagten ihm beinahe die Füße. Jack schwor, er hätte den Chef vom Feld aufgelesen und niemanden sonst gesehen.

»Bierschaumgeschwätz«, sagte Timm, »das hat er nun davon.«

»Nix hatter mehr.«

Jack legte dem Verstorbenen eine Gummischürze aufs Gesicht, kreuzte die Arme über dem Bauch, band Schembarts Hände mit Wurstgarn zusammen, damit sie nicht über den Rand der Fleischbank baumelten. Als Timm seinen Schrecken überwunden hatte, rief er die Polizei, die die Leiche abholen ließ. An diesem Tag öffnete der Laden eine Stunde später.

An diesem Tag war es auch, als hätte der unheimliche Morgenfund den neuen Metzgereiinhaber nicht nur in den Tiefen seiner mitleidenden Empfindungen gerührt, sondern auch eine Ader schöpferischer Einfälle aufgebrochen. Obgleich oder weil ihm der Anblick des Toten nicht aus dem Kopf ging, schuf Timm Neues. Während Jack im Laden bediente, schloß sich Timm in der Wurstküche ein. Mit Gewürzbüchsen hantierend, Fleisch Speck Schwarten Leber Herz und Nieren von Schwein Rind Geflügel neu verarbeitend, trieb sich Timm in einen ihm unbekannten Rausch. Er schnitt, rührte, drehte, was ihm geeignet schien, durch den Fleischwolf, zauberte Schweinetournedos in einem Jus von Kiefernharz, verfeinerte sein Boulettenrezept unter Zugabe von Blutmehl, erfand eine rattenscharfe Leberpastete und träumte sich in einen weltumspannenden Verkauf als Meister aller Würste. Timm Konarske vermochte an nichts anderes mehr zu denken als an seine erwachte Schöpferkraft. Er brauchte dazu nicht einmal mehr Jacks Weibergeschichten.

Neun Uhr abends. Längst hatte er Jack nach Hause geschickt, um sich ungestört den überfließenden Ideen hinzugeben, sie zu notieren und somit der Nachwelt zu überlassen. Einmal klingelte das Telefon. Adele erkundigte sich, ob sie den Sohn besuchen dürfe.

»Ja«, sagte Timm überrascht, »komm ruhig. Ich freue mich.«

Er teilte ihr noch mit, daß Schembart tot sei und die Bouletten jetzt besser schmeckten und daß der Laden einer Renovierung bedürfe und daß er jetzt endlich seinen Weg gefunden habe und daß Mutter eine so junge Stimme habe und überhaupt: Irgendwie sei sein Leben plötzlich genial.

Unweit der Gülleaufbereitungsanlage, hinter dem siebenjährigen Brachfeld und Ole Mannschatz' Kartoffelacker, wo im Lärchen- und Kiefernwald Herrenpilz und Edelreizker wuchsen, dort, wo der Boden im Sommer knisterte, es Kienäpfel regnete, Farne verholzten; an dieser Stelle waren, im Auftrag von Nobelpreisanwärter Professor Konarske, mit Zustimmung des Grafen von Lärchenau, die Nadelbäume abgesägt und mit Eichen- und Haselnußsetzlingen aufgeforstet worden. Konarske hatte es sich nicht nehmen lassen, das selbstgezüchtete, genetisch veredelte Myzelium im Boden zu versenken, es mit Erde anzudrücken, zu wässern und zu warten.

*Tuber gigantes conarscum.* Bauer Mannschatz, obwohl zunächst mißtrauisch, hatte, während die zarten Fädchen unterirdisch sich ihre Baumpartner zum Gedeihen suchten, Granne, Sissi, Distelblüte mit öligen Kartoffelmahlzeiten verwöhnt. Sie konnten ihren Einsatz kaum erwarten.

Es ging den Tieren wie Adele. Gunter hatte seine Frau über den aktuellen Fall Lärchenauscher Existenzrettung in Kenntnis gesetzt, obgleich seine Wissenschaftswelt für Adele tabu war. Zwar bereitete es ihm Vergnügen, die Gattin mit kryptischen Referaten zu verwirren, um ihre – wie er meinte – Beschränktheit zu provozieren, aber diesmal verlangte er Anerkennung. Adele verstand nicht, *was* Konarskes erfinderischem Geist entsprungen war, aber da sie ihm diesbezüglich vertraute, war sie sich des Erfolges gewiß. Adeles Wunsch, bei wichtigen Anlässen an Gunters Seite gesehen zu werden, war der Erfüllung nah.

Der Tag, an dem Lärchenau endlich berühmt werden sollte, war herangekommen. Fast zeitgleich mit Adele waren Graf Gutfried und Gattin Grazyna am präparierten Forststück, dem *Truffière,* erschienen. Frühmorgens. Mücken surrten. Blindschleichen raschelten. Von den Bäumen ließ sich in dünnen Fäden der Altweibersommer hängen.

»Schrecklich«, flüsterte die Gräfin und versuchte, das unsichtbare Gespinst abzuwehren.

Der Graf stand schweigend. Die Jagdjacke über den Schultern, das Basecap ins Gesicht gezogen, stieg auch er der Idee einer neuen Produktentwicklung nach. Ein Joint Venture zwischen biologischer und technischer Sphäre strebte er an, auch wenn er Konarske nie zu seinem Vertrauten wählen würde.

Adele reichte Grazyna die Hand. Ahnend, daß so ein Handschlag ungehörig war, aber vor Freude und Überraschung, die Herren von Lärchenau anzuzutreffen, überkam sie Respektlosigkeit. Grazyna, in der Tat pikiert, erwiderte Adeles Willkommen mit schlaffem Händedruck. Überhaupt fühlte sich die Gräfin herabgesetzt, nicht nur, weil sie hierorts wie ein Waldarbeiter im Unterholz Wunder besichtigen sollte.

Schon länger hatte Grazyna die zweifelhafte Arztfrau im Blick. Die Einladung damals zum *Lever des princesse Adéle* hatte Grazyna als Brüskierung empfunden, ihre Zusage als Herablassung. Es fuchste die Gräfin, daß in ihrem Umkreis eine Frau existierte, die vorgab, von Bedeutung zu sein. Es drang nicht viel aus dem Dorf ins Schloß. Nur Hanswerner Giersch sorgte dafür, daß Grazyna etwas über Adele erfuhr. Sie mochte sich nicht um Einzelheiten kümmern, doch bei jedem Gerücht, das über Adele kursierte, spürte Grazyna Neid. Wie kann man nur, dachte sie, in ihrem Alter so geschmacklos jung aussehen.

»Sind Sie auch aufgeregt?« wollte Adele wissen.

Die Gräfin antwortete, daß sich ihre Aufregung in Grenzen hielte. Suse Mannschatz, Frau des Schweinezüchters, war ebenfalls, zwei Spankörbe unterm Arm, zum *Truffière* gekommen. Sie würde, hatte Mannschatz versprochen, schon vom Geruch, der jenes Waldstück durchströme, von der enormen Ausbeute der Kostbarkeit überzeugt sein.

Ungeniert verlangte sie von den Gräflichen zu erfahren, ob man in ihren Kreisen vielleicht die Nase nicht nur höher, sondern auch mit feinerem Geruchssinn ausgestattet trage.

»*Ick* riech nämlich nuscht«, sagte Suse.

»Gute Frau«, sprach Grazyna, »wir sind alle neugierig, ob Professor Konarske Glück über unseren Grund und Boden bringt, aber mäßigen Sie sich.«

Sie war neidisch auf die Freiheit, die die Bäuerin sich nahm, unverschämt gegen die Gräfin zu sein.

Bürgermeister Schellhas erschien mit einer Flasche Champagner. In Krawatte und Anzug hatte er sich an diesen Ort fahren lassen, über den ihn die Meldung erreichte, er würde künftig die Goldgrube Lärchenaus heißen. Vor Schellhas flog ein Schwarm Fliegen auf. Der Ortsvorsteher bereute bereits, den Termin wahrgenommen zu haben, zumal die Fliegen nur auf ihn erpicht schienen und ihn schwarzwolkig umsurrten. Diesmal frohlockte Grazyna.

»Wat meen Oller is, der hat jesagt, det mit den Fliejen is 'n jutet Zeichen«, versuchte Suse Mannschatz den Bürgermeister zu beruhigen.

»Ein gutes Zeichen wäre, wenn es endlich losginge«, schimpfte Schellhas.

Adele entgegnete, es sei schon längst losgegangen. Hinter Brombeerhecken hockte Mitschka Prohaska, die den Ort als Fundgrube für Marone Steinpilz Reizker kannte. Zufällig befand sie sich hier, wußte beim Anblick der hohen Versammlung keinen Rat, als sich zu verstecken. Mit angehaltenem Atem überfiel sie die bekannte Angst, sah sie die Dornen der Büsche drahtig verstrickt, ein Zaun, der vor ihr wuchs, wollte hindurch, fort von hier, oder wollte sich hineinwerfen, wie 1944 ihre Mutter oder die anderen ihrer Familie, die …

»Hier stinkt es«, stellte Schellhas fest.

Suse Mannschatz meinte, jetzt rieche sie es auch. Die Gräfin fächelte sich mit einem parfümierten Tuch Luft zu und blickte genervt zu Graf Gutfried. Der zog sein Basecap tiefer in die Stirn. Zehn Uhr erhob sich im Wald ein Knacken Grunzen Schnaufen. Den Weg entlang liefen Gunter Konarske und Ole Mannschatz. Der Bauer hielt drei Sauen an der Leine. Wie unter Strom stürmten die Tiere voran, zerrten ihren Herrn hinter sich her und begannen im Boden zu wühlen.

»Es funktioniert!« rief Konarske.

»Großer Gott!«

Grazyna entfuhr ein Schrei, als Grannes Rüsselscheibe vor ihren Füßen in den Waldboden stieß, Erdbatzen heraushob und sie ihr unter den Rock schleuderte. Da drängte sich Adele mutig vor die Sau, schob sie seitwärts, nahm Gestank und Geifer in Kauf, um den gräflichen Rock aus der Gefahrenzone zu bringen.

»Was fällt Ihnen ein!« kreischte Grazyna.

*Brrr! Brrr!* Mannschatz versuchte die Tiere zur Ruhe zu zwingen und, wie es eigentlich vorgesehen war, sie in langsamer Annäherung an die unterirdische Kostbarkeit heranzuführen. Aber Granne Sissi Distelblüte setzten ihre Wühlarbeit ungebremst fort, erschnüffelten höchste Befriedigung, die, von Fliegenschwärmen bestätigt, sich zu geilen Bodenminen formierte, und die Schweine rodeten das duftende Terrain, wo das gräfliche Paar, der Bürgermeister, Suse Mannschatz, Adele und der Schöpfer Konarske auf das Wunder warteten.

Sissi befreite sich als erste von ihrer Leine. Mit einem Biß ins Leder. Durchs Gestrüpp stürzend, die Nase pflügend in der Erde, riß sie Wurzeln heraus und fand, was alle hier begehrten: einen *Tuber gigantes conarscum,* schwarz, von einem Pfund Gewicht. Jetzt mußte Mannschatz der Sau das Fundstück entreißen, doch Sissi hielt es schon zwischen den Zähnen, kaute, schmatzte, begann noch im Schlucken die Suche nach weiteren Knollen der Lust.

»Das gehört mir!« rief Gräfin Grazyna dem Tier zu.

Sissi grunzte, wühlte sich bis zu den Augen in die Erde und merkte nicht einmal, wie ein Mensch diesen Ort floh – Mitschka schlug sich aus dem Gestrüpp, woraufhin sie entdeckt und von Gutfried angebrüllt wurde, was sie hier zu suchen habe! Das sei Privatgebiet! Sie solle sich davonscheren!

»Oj, oj,oj ...«, jammerte Mitschka.

Ihr Rock hatte sich in den Dornen verfangen, hielt, zog sie zurück. Da schlüpfte sie aus dem Rock heraus und lief, nur im Unterkleid, mit schweren Beinen davon. Suse glaubte zu hören, daß die Fliehende den Schweinen etwas zurief.

»Was nehmen sich die Leute hierzulande eigentlich heraus«, ereiferte sich Grazyna.

»Zu viel für unsereinen«, gab Adele zur Antwort.

Sie suchte nach einem Blick der Gräfin. Sie bekam ihn nicht. Die Jagd nach der Kostbarkeit ging weiter. Die erste Beute war so bedeutend wie ihr Verlust gewesen. Mannschatz versuchte, Sissi zurück an die Leine zu nehmen. Statt dessen rissen die anderen. Granne und Distelblüte taten es ihrer Schwester nach. Der Bauer fand sie, wann immer er ihnen die Beute entreißen wollte, kauend. Geriet er in die Nähe der Tiere, bissen sie um sich. In kurzer Zeit war alles gefunden. Mehr gab das *Truffière* nicht her. Drei Trüffel von Walnußgröße lagen in Suses Korb.

»Bravo!«

Bürgermeister Schellhas steckte die Champagnerflasche ein. Grazyna wünschte sich nach Burghagel, wo man etwas von Trüffeln verstehe. Graf Gutfried versprach, es würde keiner etwas von der Pleite erfahren. *Seine* Entwicklung stünde als perfektes Pendant zum archaischen Chaos, das unerfahrene Experimentierer erzeugt hätten. Konarske, der den Grafen reden hörte, meinte lachend: Jetzt erst würde er die untrennbare Verbindung Schwein – Trüffel begreifen. Suse kommentierte das Desaster mit einem Blick in den Spankorb: »Sieht aus, als ob's der Fuchs jeschissen hat.«

Der Schaden, wie Konarske errechnete, ging in die Tausende. Jeder, der Suse Mannschatz erzählen hörte, wußte, wer Schuld an Lärchenaus dauerndem Unglück trug. Rund um das ehemalige Kesselhaus, wo die Prohaskas wohnten, ließen die Lärchenauer ihre Hunde laufen.

Gunter Konarske lastete den Mißerfolg Ole Mannschatz an. Er glaubte an die Dummheit der Bauern, wie an die Unfehlbarkeit der Wissenschaft. Er wollte sich rächen. An den Lärchenauern. An ihrer Einfalt, ihrer Arroganz, ihren Vorurteilen, ihrem Unvermögen. Er suchte nach einer Möglichkeit der Rache. Im Geheimen ging seine Hoffnung dahin, mit einer positiven Nachricht aus Stockholm jeden Rachegedanken vergessen zu können.

»Du mußt Geduld haben«, tröstetete Adele ihren Mann und hatte doch selbst keine Geduld.

Als der Stall in Konarskes Garten abgebaut, die Sauen geschlachtet werden sollten, gelang es Granne während des Ladevorgangs auf den Transporter, dessen Rampe herabzurutschen und im Schweinsgalopp über die Felder in den Wald zu fliehen. Obgleich der Jäger umgehend informiert wurde, blieb Granne verschwunden.

Eines Morgens, als Professor Konarske den viertürigen Mercedes bestieg, um in die Klinik zu fahren, begegnete ihm Yvo, der von Joschka auf einem selbstgebauten Rollwägelchen die Dorfstraße entlanggeschoben wurde. Wohin des Weges, wollte Konarske wissen. Joschka antwortete: »Zu Doktor Krause gegen die Pein, was macht mein Papa krank.«

Der Professor lud den Musikanten ein, im Mercedes Platz zu nehmen, und erklärte dem Sohn, er würde Yvo in seiner Berliner Klinik operieren. Höchstpersönlich und noch am selben Tag.

»Aber Doktor Krause hat Wissen, Krebs nicht soll werden weggeschnitten, weil er tut wachsen in Leib hinein, und man nur kann geben Mohnsaft für Schlaf …«, stotterte Joschka.

Konarske entgegnete, Krause dürfe man nicht auf die Menschheit loslassen, in seinem Unverstand höre der Eid des Hippokrates bei Zigeunern und Juden auf.

»Wir keine Jud!« sagte Joschka empört.

Konarske drückte Joschka einen Geldschein als Beweis für seine Ernsthaftigkeit in die Hand und setzte Yvo neben sich auf den Beifahrersitz. Der alte Mann vermochte den Kopf nicht mehr zu drehen, so heftig drückte ihm die Geschwulst den Hals ab.

Am nächsten Tag gab es vor der Berliner Universitätsklinik eine Ansammlung von Menschen, die aufgeregt hinauf zum dreizehnten Stock blickten. Aus dem Fenster, wo Yvo Prohaska frisch operiert lag, drang schwarzer Rauch. Im Moment, da die Feuerwehr alarmiert wurde, wallte er auf. In Begleitung zweier Krankenschwestern eilte Konarske zu seinem Patienten.

Hinter der Krankenzimmertür erkannte man die Ursache des Rauches: ein elektrischer Campinggrill. Auf dem Grill brutzelte ein Fleischstück. Joschka wendete es mit einer Gabel, strich es mit Öl ein, um eine gute Kruste zu erhalten. Am Nachtschränkchen, neben der Bettpfanne, lag die abgezogene Stachelhaut. Mitschka schlug Kreuze über Yvos Halsverband. An Großvaters Fußende hockte Baba mit den Drillingen und gab ihnen die Brust. Manilo spielte Mundharmonika. Finko goß Wein in Gläser.

»Oh, Professor!« rief Mitschka, Konarske die Hand küssend. »Sie sein der größte Mensch wo hat Gnade auf Erden! Muttergottes werd heeren von Ihnen als ein Wunder, und mein Yvo werd spielen für Sie die scheensten Lieder für kein Geld, wenn er ist wieder bei Kraft! Oh, was ein Glick, und sehen Sie, der Mann kann drehen sein Hals wie Vogel! – Professor, Sie missen essen das beste Stick!«

Joschka reichte dem Professor das Herz des Igels. Konarske lehnte dankend ab. Die Operation war optimal verlaufen, Doktor Krause somit vollends entmachtet. Das genügte Konarske. Als die Feuerwehr in der Klinik eintraf, wurde er zum nächsten scheinbar hoffnungslosen Fall gerufen.

Am Sonntag nach Yvos Genesungsfeier stellten Mitschka und ihre Söhne die Madonna in Lärchenaus Kirche auf. Pfarrer Niklas, der die Puppe erst zur Vesperzeit vor dem Altar entdeckte, ließ sie sogleich wieder entfernen. Seit wann würde es hierorts katholisches Spielzeug geben, schimpfte er und überreichte die Puppe Helge Hemlock, seinem treuen Gehilfen. Hemlock, nachdem er den Pfarrer mit skeptischem Blick gemustert hatte, drückte die Madonna an sich und wiegte sie wie ein Kind.

»Gott, mach es nicht noch schlimmer«, betete Pfarrer Niklas.

Wenn der Gast vom Westen her aus Richtung Burghagel kommt, Philadelphia hinter sich gelassen hat und von der Bundesstraße 246 nach wenigen Kilometern südlich abbiegt, dann das Urstromtal durchfährt, an Seen Brachwiesen Heideflächen vorbei, wird er kurz vor Groß Eichholz an den Alleebäumen rote Fähnchen bemerken. Der Gast, obwohl er weiß, wozu er geladen ist, wird irritiert sein, vielleicht, weil er meint, es triebe ihn etwas in die Enge. Aber bald wird er linksweg durch sanfthügliges Sandgebiet fahren, in dem Kiefern und Lärchen harzige Wärme verströmen. Ein als *privat* gekennzeichneter Weg, von Jasminbüschen gesäumt, wird ihn an jene Stelle bringen, von der aus er alsbald das Schloß erblickt: den Landsitz derer von Lärchenau. Altrosa verputzt, glänzende Dachschindeln, Stallungen für die Wagen. Der vierzig Jahre lang als Lager für Landmaschinen diente. Hinter dem sich jetzt ein barocker Park in den märkischen Wald hinein öffnet. Der Gast wird, nachdem er von einem schweigsam-höflichen Mann auf abgegrenzte Parkstreifen eingewiesen wurde, am Tor das neue Familienwappen erblicken: vor grüner Auenlandschaft, ornamental umrahmt, eine rote Flamme, daneben eine Lärche.

Wäre der Gast ein Schalk, würde er im gräflichen Wappen ein Warnschild für Waldbrand vermuten. Unter den Gästen gab es jedoch keinen Schalk.

In schnellen Limousinen und hochrädrigen Jeeps reisten sie an: geschäftige Fuhren, die, als ginge es auf Safari, die Mark als Abenteuerland entdeckten. Einige brachten Pferde und Hunde mit. An die zweihundert Gäste hatte der Graf geladen, seine Freunde und Jagdgesellen, die er in Burghagel zurücklassen mußte, um in Lärchenau das angestammte väterliche Terrain wieder einnehmen zu können. Dieses Opfer sollte gefeiert werden. Mit einem Fest auf die Zukunft und der urwüchsigen Verbundenheit mit den Einheimischen. Für den nächsten Tag war eine Wolfsjagd versprochen.

Die Gäste erschienen einzeln, paarweise oder in Gruppen: Freiherren, Fürsten, Erbprinzen, Grafen, von geringem Adel, doch hochbetitelt, begleitet von wachsamen Leuten. Es trafen ein: Mitglieder der Burghageler Jägerschaft, der Hornbläserverein, auch Anwälte, Wirtschaftsprüfer, Wildmeister, Zuchtwarte, Revieroberjäger, Büchsenmacher, ein Künstler und der Vorsitzende des Verbandes der Grundbesitzer. Auch Damen und Herren kamen, die nur selber wußten, wer sie waren.

Das Schloß, mit Fahnen Girlanden Lampions geschmückt, hielt sein Tor offen für Leute von Welt. Wenn Lärchenau auch sonst nichts zu bieten hatte. Nicht einmal ein Storchennest. Graf Gutfried begrüßte jeden einzelnen Gast: »Seien Sie willkommen. Ich hoffe, daß wir Sie überraschen können.«

Gräfin Grazyna Agnes von Burghagel und Lärchenau lächelte Handschlag um Handschlag.

Die einleitende Überraschung des Hubertusfestes bestand aus getrüffeltem Rührei. Ein Kilogramm teuerste Sommertrüffel hatte der Schloßherr aus Frankreich einfliegen lassen. Der Koch mußte den Schwur leisten, niemanden etwas von ihrer Herkunft zu verraten, sondern Graf Gutfrieds Legende, die Trüffel, von einem Lärchenauer Nobelpreisgenie gezüchtet, entstammten hiesigen Wäldern, unter den Geladenen zu verbreiten. Hanswerner Giersch half ihm dabei, indem er, was er über Konarske wußte, anekdotisch erzählte. Das Staunen der jagdmännisch gestimmten Gäste wurde durch die Vorführung der eigens von Gutfried entwickelten Trüffelreibe aus Titan vermehrt. Auf ihr entstanden feinste Scheibchen der Köstlichkeit, die sich als hauchdünnes Aroma über das flockige Ei legten. Auf dem Schloßhof duftete eine Lüge zum Himmel, die alle Gäste entzückte.

Horst Gegenbauer sollte die zweite Überraschung sein. Er war als letzter lebender Zeuge heroischer Vergangenheit zum Fest geladen. Hanswerner Giersch empfand es als angenehme Pflicht, den Einhundertvierjährigen ins Schloß zu geleiten. Er hatte Gegenbauer mit einer Zigarre und lauten Worten aus dem »Ochsen« auslösen müssen. Auch war es ein schwieriges Unternehmen, dem steifknochigen Greis die historische Gutskutscheruniform anzupassen und ihn per Automobil zum Ort der Veranstaltung zu schaffen. Giersch, dem durch Professor Konarskes Hypnose nicht nur eine tiefsitzende erzählerische Begabung, sondern auch selbstbewußtes Zupacken in praktischen Dingen hervorgeholt wurde, konnte sich rühmen, ein Fossil wie Gegenbauer heil auf dem Schloßhof abgeliefert zu haben. Dort stand die Kutsche bereit: der restaurierte Vierspänner, in dem Admiral Graf Julius von Lärchenau im Juni 1945 das Dorf verlassen und den Leuten zugerufen hatte: *Es dauert nicht lang!*

Gegenbauer, Zigarre im Mund, hager, gebeugt, in weißen Handschuhen und mottenkugelduftender Livreé, wurde auf den Kutschbock gestemmt. Dort saß er nun, staunte, griff mit den Blicken um sich, verstand kein Wort. So stolz und würdevoll, wie er, die Arme angewinkelt, tat, als hielte er die Zügel, hatte er sich selbst noch nie erlebt. Ein beeindruckender Anblick, dem die Gäste applaudierten. Ob Horst Gegenbauer die Gewehrsalven hören oder nur den Pulverdampf riechen konnte, er war sich sicher: Gott hielt ihm an diesem Tag persönlich die Himmelstür auf.

Der Wildtiermaler Anton Hasenhüttl, Ehrenmitglied der Burghageler Jägergesellschaft, war ein Mann mit schlechtem Appetit und hippeliger Energie. Seine Kraft erschöpfte sich keinesfalls in der bildnerischen Gestaltung von Schauflern, Keilern, Muffelwiddern, sondern wurde durch Auftragsarbeiten von zu portraitierenden Adligen gekrönt. Ab und an brach Hasenhüttls innerer Stolz, und ein erregendes Ausscheren ins Standesungemäße brachte ihn zu neuen kreativen Ideen. Mit dem Anstich des ersten Bierfasses nämlich erwog Anton Hasenhüttl, vom Gutskutscher ein Portrait zu entwerfen. Eichenlaubumrankt sollte es sein, nach alter Wildmalermanier. Die Gesichtszüge ausgestattet mit denen eines edlen Rappen. Nachdem der Maler den neuen Plan für sich besiegelt hatte, widmete er sich der Repräsentation seiner Kunst.

Im Speisesaal des Schlosses hingen Hasenhüttl-Gemälde. Im Jagdzimmer wurden Trophäen von Hirsch Bock Murmel Gams durch Ölbildnisse aufgewertet. Der Blick des Künstlers war nicht nur naturgetreu, sondern verhalf der Natur zur Vollkommenheit, indem er sie ausmalte, verfeinerte, Fehlendes ergänzte. Oft bemühte er den Mond als Gesellen. Vor allem den waidmännischen Urtraum von der Verschmelzung des Jägers mit seiner Beute vollendete Hasenhüttl im realimpressionistischen Stil seiner Gemälde. Gästen erläuterte der Künstler gern, was er sich bei dem oder jenem bildnerischen Arrangement gedacht habe. »Rotrocks Raubzug« zum Beispiel assoziiere in seiner farbigen Vitalität die bewiesene Überlebenskraft der Geschlechter von Lärchenau und Burghagel. Wobei die Gans, die sich, verwundet zwar, aber aus eigener Kraft dem Fuchsfang entrissen hat, den Adel verkörpere. Desgleichen das Bild »Dame mit Damhirsch«. Es zeige Edelgarde als Baronesse, vor sich einen erlegten Sechsender, dem eine Krone auf dem Geweih stand. »Schwarzkittel mit Gebrechschuß« hingegen sei – so Hasenhüttl – eine Abrechnung mit den Feinden der Jagd, die, wenn immer es eine Gelegenheit gäbe, die edlen Ziele des Waidmanns untergraben würden.

Erstaunlicherweise war es Gräfin Grazyna, die mit mißbilligendem Blick auf die Gemälde meinte, sie würde auch lieber einen Gebrechschuß erleiden, als am Töten Freude empfinden zu müssen. Maßlos sei der Mensch und fordere mit seinen Trieben Gott heraus. Niemand wagte zu widersprechen. Anton Hasenhüttl blickte irritiert in die Runde. Besaß er doch den Auftrag, die Gräfin zu portraitieren. Als Jagdhündin (Deutsches Drahthaar). Das Ganze gestellt in märkisches Kieferngrün. Jedoch die Gräfin schien keinen Sinn für Hasenhüttls Ambitionen zu hegen. Sie neidete ihm nur die Zufriedenheit, die ihm seine Kunst einbrachte.

Das Brunftgestöß der Jagdhornbläser auf dem Hof malträtierte Grazynas Gehör. Die Gäste, die von herumflitzenden Dirndlmädchen Trüffelrührei Taubenragout Hirschsteak serviert bekamen, wünschte die Gräfin an Luderplätze voll Aas. Sie rückte das aus lauter bunten Federn geflochtene Hütchen zurecht und haßte sich. Am liebsten würde sie schreien, kindische Protestlaute äußern gegen den rasenden Ablauf der Zeit. Ihre Jugend wollte sie zurückkaufen, die verpaßten Momente heiterer Existenz dinglich anhäufen, doch das Hubertusfest empfand sie, als würde ihr Leben durch den Wolf gedreht.

Zerkleinert in selbstherrlichen Tönen, vermischt mit den läufigen Farben der Jagd. Heute hatte nur Grazynas neunzigjährige Mutter Baronin Edelgarde das Recht, schweigend im Herrinnenstuhl ihre Demenz auszukosten und sich für nichts auf dieser Welt verantwortlich zu fühlen. Heute, da Grazyna ihren Gatten Gutfried fröhlich unter den Trophäenjägern sitzen sah, flatterten ihr rote Lappen vor Augen. Niemand bemühte sich um sie. Keine Festminute lang war Grazyna als Mittelpunkt erkoren. Morgen würde es zur Jagd gehen. Zwei Rudel polnische Wölfe, zum Abschuß freigegeben. Schon sah Grazyna Vater-Mutter-Flinten, die das Mädchen anpeilten.

Während sie sich trübsinnigen Ängsten ergab, peitschte im Schloßhof Horst Gegenbauer die Luft. *Hüh!* rief er, schnalzte, und mit klapperndem Gebiß ahmte er den Hufschlag der Pferde nach. Der Burghageler Jägerchor stimmte sein Lied an. *Im Wald und auf der Heide, da such ich meine Freude, ich bin ein Jägersmann …* Schüsse knallten, Hunde bellten, Glocken klangen, Waidmannsheil, Hirschrufen, Pirschen, Prasseln, Messerklicken, ein Schreckkonzert in Grazynas Ohren – sie begehrte diese Jägerfreude an sich zu reißen, im Wald und auf der Heide … Keine Lust, kein dianisches Gefühl ergriff sie. Eine überdrüssige Leere trieb sie in die Enge. Im Speisesaal bissen sie Hasenhüttls Bilder weg. Im Jagdzimmer lockten die Gehörne zum finalen Stoß. *Im Wald und auf der Heide, halli hallo, halli hallo, da fand sie keine Freude, den Forst ja treu zu pflegen, das Wildbret zu erlegen, kein Lust fand sie daran …*

Im Schloß jagte eine Überraschung die nächste: Ein gegrilltes Wildschwein wurde angeschnitten, Oberzuchtwart Kötter lud zur Bärenjagd nach Kroatien, ein anderer zur Videopirsch. Es gab ein Jagdquiz und einen Jägerstammtisch. Horst Gegenbauer gab vor, endlich die Welt wieder zu verstehen. Nach

Gräfin Grazyna stach der Neid wie die Spitze eines Hirschfängers.

In absenter Glückseligkeit, gekleidet wie eine Fürstin, thronte Baronin Edelgarde im Wintergarten auf einem generationenbewährten, löwenprankengeschnitzten Stuhl. In den gefalteten Händen hielt sie einen Fächer und blickte durch Orchideen- und Palmenpflanzen hinaus auf den Hof. Ihre Tochter vermochte Edelgarde nicht mehr zu erkennen, wohl aber den Gutskutscher, der, ehrwürdig auf dem Bock sitzend, zum Ausflug einlud.

»Bringen Sie mich zu ihm«, befahl die Baronin.

»Das geht nicht«, sagte Grazyna, hoffend, Mutter würde ihre Stimme erkennen, aber die Baronin machte Anstalten, sich mit den Worten *Ich komme!* vom Stuhl zu erheben.

»Mutter, um Gottes willen! Die Kutsche ist ein Museumsstück!« rief Grazyna.

Die neunzigjährige Baronin fauchte, sie würde sich nicht länger für dumm erklären und einsperren lassen. Mit forschen Schritten trippelte sie zwischen Blumenkübeln Richtung Ausgang, stieß unwirsch die ihr angebotene Hand von sich, um mit erwachtem Bewußtsein auf dem Hof ihren Willen zu repräsentieren. *Halli hallo, halli hallo*, jubelte der Jägerchor. Die Baronin hob die Hände, worauf der Chor verstummte. Vom Kutschbock herab winkte Horst Gegenbauer. Zwar war er nie Diener dieser Herrin gewesen, aber der Anblick der Dame, die ihm mit milder Gnade, ja, wie er glaubte – mit Freundschaft entgegenkam, versicherte ihm den Höhepunkt seines Erdendaseins.

»Wohin fahren wir?« rief die Baronin dem Kutscher zu.

Gegenbauer ließ die Zigarre fallen und brüllte: »Jawohl, ich komme!«

»Aber wohin?«

»In den Himmel, wenns recht ist!«

Obgleich die Baronin Einstiegshilfe befahl, wollte keiner der anwesenden Gäste ihr in die Kutsche helfen. Peinlich berührt oder verwundert, welch Ausmaß die gräflichen Überraschungen annahmen, taten sie, als bemerkten sie nichts.

»Singt was!« befahl Graf Gutfried dem Chor, bemüht, die Schwiegermutter von ihrem Vorhaben abzubringen.

Der Chorleiter wußte nicht recht, was zum augenblicklichen Anlaß gesungen werden sollte. Gutfried zischte: »Was Lustiges, verdammt noch mal!«

Der Chor hob an. Mit ihm die Jagdhornbläser. Horst Gegenbauer, ehemaliger Gutskutscher bei denen von Lärchenau und einst bester Tänzer des Dorfes, machte Anstalten, vom Bock zu springen. Doch der Sprung mißglückte, so daß Gegenbauer mit gebrochenen Knochen auf dem Kopfsteinpflaster des Schloßhofes, vor den Füßen der Baronin, landete. *In einem Polenstädtchen, da lebte einst ein Mädchen, das waaar so schööön,* sang der Chor. Die Baronin beugte sich ein wenig nach vorn, um den am Boden liegenden Mann besser sehen zu können. Daraufhin schwindelte ihr, und ganz langsam, als würde sie in sich zusammenschmelzen, legte sie sich neben Gegenbauer auf die Steine und verstarb. *Es war das allerschönste Kind, das man in Polen find, aber nein, aber nein, sprach sie, ich küsse niiiee …* Als der Chor zu Ende gesungen hatte, schlug auch Horst Gegenbauers Herz den letzten Takt. Er merkte es nicht einmal.

Trotz versprochener Wolfsjagd reisten die meisten Gäste ab. Es war ihnen auf Schloß Lärchenau unwohl geworden. Einige Treuverbundene standen um die im Schlafgemach aufgebahrte Edelfrau. Im Kerzenschein flackerten die Bilder an den Wänden, verwischten die Farben der Ahnen. Der ehrwürdige Freiherr von Burghagel besaß nun ein wie mit breitem Pinsel gemaltes Fell. Die Augen der berühmten Brüder, in Luchsaugen verwandelt, blickten aus ihrem Rahmen scharf auf die Verstorbene herab. Jetzt hat sie alles, dachte Grazyna. Auch verdroß es sie, ihren Mann weinen zu sehen.

Im Jagdzimmer des Schlosses lag Horst Gegenbauer auf einer Pferdedecke. Der Hausmeister, der ihm die Augen zugedrückt hatte, telefonierte im Dorf nach jemandem, dem der Tote angehörte. Keiner, nicht einmal Hanswerner Giersch, wußte etwas.

Kaum, daß Gräfin Grazyna den feinpolierten metallenen Sargbeschlag zu berühren, die gekörnten Verzierungen tastend auszuspüren vermochte – der Totenschrein war von solch erfinderischer Pracht, daß sie davor erschauerte. Aber nicht die außergewöhnliche Ausführung des Sarges oder der ihm innewohnende Tod machte Grazyna Angst, sondern die Tatsache, daß sie dieses Behältnis nicht besitzen konnte. Daß es, selbst wenn sie es bezahlte, nie und nimmer ihres sein würde. Graf Gutfried sah mit besorgter Miene Grazyna auf dem Sargdeckel trommeln. Du darfst ihn nicht haben, Mama! sagte sie. Gutfried betete zu Gott, er möge den Wahnsinn beenden.

Durch Lärchenaus Dorfstraße zog eine Trauergemeinde, wie sie hierorts noch nie gesehen wurde. Personen niederen Adels, die dem märkischen Nadelholzgeruch weltmännische Parfüms entgegensetzten. Schweigende, dunkelgekleidete Herren mit seidenen Brusttüchern; Damen, die kunstvolle, aus schwarzen Federn gebaute Hüte trugen. Da können Störche drin brüten! spotteten Lärchenaus Zuschauer. Sie hatten sich hinter Zäunen versammelt und verfolgten von dort aus die Prozession.

Dem Sarg, von sechs Trägern getragen, begleitet vom Burghageler Jagdhornbläserverein, folgte Gräfin Grazyna am Arm ihres Mannes. Edelgardes Sarg glänzte im Frühlicht. Während aus Wald- und Parforcehörnern dumpfe Stöße getrieben wurden und ein Marsch sich formierte, ausgeführt in schweren Schritten der Trauernden, verlangte es Grazyna, sich aus dem Arm ihres Mannes zu lösen, um einmal noch den Versuch zu unternehmen, den Kasten an sich zu reißen, der zu besitzen ihr versagt war. Sie befahl einem der Sargträger, beiseite zu treten, packte den freigewordenen Griff. Bei jedem Schritt wippten die Federn auf Grazynas Hut. Die Lärchenauer tauften den Sarg der Baronin *Gänsebräter.*

An der entgegengesetzten Friedhofseite, wo das siebenjährige Brachfeld, strotzend von Schafgarbe Melde Goldrute, anschloß, wurde die Urne mit der Asche Horst Gegenbauers in die Erde versenkt. Da der Verstorbene keine Hinterbliebenen besaß, hatte das Ordnungsamt die Organisation der Einäscherung übernommen sowie einen kleinen Liegestein bestellt. Der Trauerzug bestand neben Pfarrer Niklas aus Gert Mannschatz, dem es um seinen Freund und Semmelweis-Märrie, der es um ihren Stammgast leid tat. Obwohl oder weil Horst Gegenbauer als bester Tänzer Lärchenaus vielen Frauen Schwung ins Leben gebracht hatte, wollte keine von ihm Abschied nehmen.

Und als sie im Badezimmer ihr Haar mit goldenen Spangen feststeckte, drehte sie sich vorm Spiegel und fragte ihn: »Wie alt bin ich eigentlich?« Und der Spiegel antwortete: »Alt genug.« Da lachte Adele und strich sich über die Haut, wo gerade ein letztes Fältchen unsichtbar wurde. Und Adeles Brust, eben noch ein wenig schlaff, straffte sich mit einem Mal und drängte dem Spiegelbild entgegen.

Der Himmel wurde ausgetauscht. Der weiße Tüll, über Jahre hin grau geworden, wich einem Baldachin azurner

Seide, unter dem Adele hingestreckt lag. Neben ihr Gunter Konarske. Mit zartfingriger Neugier pfirsichsamtene Haut ertastend, spürte er am Hals seiner Frau den starken Puls. Es war alles, wie Konarske es erwartet hatte, und mehr noch: Adele hatte nichts von dem, worunter andere Frauen ihres Alters litten. Keine Mattheit, keine Krätzigkeit von in die Jahre gekommenen Bäuerinnen trafen auf Adele zu. Zwar war sie schwerbrüstig reif, aber trug die Süße einer Rosenfrucht in sich. Das schulterlange braune Haar glänzte. Mit der Vermutung, Adele würde eine spezielle Färbemethode anwenden, lagen die Dorfunken falsch.

Konarske selbst war beinahe vollständig ergraut: die Schläfen heller als das Haupthaar, dieses durchwebt mit dunklen Einzelexemplaren. Mitunter wollten Lärchenauerinnen wie Minna Mannschatz oder Elsbeth Giersch in Gunter etwas von seinem Vater, ihrem Schwarm Doktor Rochus Lingott, erkennen. *Irjendwat fehlt,* behaupteten sie dennoch.

Gunter Konarske fehlte die Musik. So wie ihm das Verlangen fehlte, Verzweiflung anderer Menschen durch Verständnis und Zuspruch geistiger Art zu mildern. Konarske verachtete die Seele, wiewohl er sich fragte, warum ihn das Warten auf die Nachricht des Nobelpreiskommitees so außerordentlich beunruhigte. Dabei lag der Erfolg seiner Forschungsarbeit beweiskräftig neben ihm.

Adele, seine Prinzessin, die sich mit juvenilem Begehren ihm hingab. Ihr leibliches Drängen registrierte Gunter, verglich es mit der Ergebenheit seiner ihm zugetanen Assistentinnen, füllte mit seinen Beobachtungen Tabellen aus, zeichnete Erregungsdiagramme und wußte: Seine Erfindung war der Durchbruch. Er schlief mit Adele, die der mäßigen Kunst des Gatten mit der Hybris ihrer Einbildung begegnete: Labien von Rosenblüten, scharfes Rankengewind, in das sie sich zu werfen sehnte. In ihr stieg die Sehnsucht auf, ihren Betthimmel zu übersteigen. Eine Reise begehrte sie zu tun, die sie an Goldstrände und in Metropolen trug. War Gunter bei ihr, glaubte sie an die große Lüge seiner Göttlichkeit.

Die Kiste mit Fotos und Briefen Doktor Lingotts fiel Gunter Konarske in die Hand, als er im Keller eine Kartoffelhorde beiseite räumen und Platz für eine Laborerweiterung schaffen wollte. Konarske wollte den Fund umgehend in den Müll werfen. Doch irgend etwas erregte seine Aufmerksamkeit. Das Bild, das ihm aus der Kiste entgegenfiel: Rochus Lingott als feiner Herr, silberweißes Haar, ein Dandy, in gefälliger Pose abgelichtet vor einem Flügel. Erstaunt, gleichsam peinlich berührt von der Erscheinung des Vaterbildes legte Konarske den Inhalt der Kiste auf dem Kellerboden zur Besichtigung aus.

Das war er also. Der Vor-Gott, der ihn, Gunter Konarske in einer übermütigen Stunde im Jahr 1944 gezeugt hatte. Mit Rosie, der Krankenschwester. Von dem man erzählte, er besäße einen Schrank voller gebrauchter Brautkleider. Den die Frauen geliebt hatten, der nie die rechte Hand zum Gruß erhob. Dem Musik Medizin gewesen war. Über dessen Tod niemand im Dorf Genaues sagen wollte. Fundstücke legte Konarske auf dem Boden ab. Briefe an Doktor Lingott, die davon sprachen, daß er die Absenderin bis ins Tiefste ihres Herzleides geheilt hätte. Briefe, bedruckte Postkarten, nochmals Briefe, Tintenstift auf Bütten, Sütterlinschönschrift, oft mit kläglicher Orthographie. Rosenbekränzte Engel als Stammbuchblümchen. Ausgeschnittene Märchenfiguren, ritterliche Helden, das Heil der Verheißung. Auch Fotografien von Mädchen und Damen; Bäuerinnen, die sich für ihren Doktor herausgeputzt hatten. Angebote. Eindeutig oder kindlich verbrämt. Danksagungen aller Art. Auch von Männern, denen Lingott die

Angst vor Tod und Leben im Mennichensee ertränkt hatte. Dann wieder blütengepreßte Küsse auf einem Bild der jungen Minna Mannschatz als Arbeitsmaid, mit Ärmelabzeichen und Hakenkreuzbrosche. Oder Elsbeth Giersch, die sich dem Doktor in Schulmädchenkitteln als unheilbar verliebt vorstellte. Des weiteren entdeckte Gunter Arzneimittelrezepturen, von Lingott verfaßte Wehruntauglichkeitsgutachten und Notenblätter. *Tiger Rag, Goody-goody, Bub und Spinne.* Gunter schritt die Vatergalerie ab. So düster die Kellerbeleuchtung auch war, er fand, wonach er nie gesucht, doch worin er, Gunter Konarske, seinen Ursprung hatte. Unschlüssig, ob er das Behältnis als Schatz, Mirakel oder unheilvolles Zeichen deuten, ob er es wegwerfen oder auswerten sollte – das Lob und Liebesweh, das Vater Lingott betraf und dem Sohn mehr als ein halbes Jahrhundert später aus einer Kiste entgegenfiel, machte ihm zu schaffen.

Warum er, warum nicht ich? fragte er.

Gunter ertappte sich bei einem Gefühl, das einer ihm widerfahrenen Vernachlässigung gleichkam. Auch wenn es ihm seit seiner Kindheit an Bewunderung nicht mangelte und er bis heute mehr Ruhm und internationalen Erfolg zu verzeichnen hatte, als sein Vater je erreicht hätte, bohrte in Gunter Mißgunst. Es müßte doch, dachte er angesichts des Materials, noch etwas zu erwarten sein, womit ich etwas anfangen kann. Und Konarske beschloß, es zu suchen.

»Nee!« geiferte die dreiundachtzigjährige Minna Mannschatz, »nee, von Ihrm Herrn Vata sein Ableben kann ick Ihn' nuscht jenauet sajen. Keena weeß wat jenauet. Außerdem war ick damals in Arbeitsdienst, hatte nur Zeit für Mist un Kuhmelke. Könn Se Frau Jiersch frajen! Die hat in der Nähstube von dem Herrn Jrafen jewürkt un hatt es nur mit Nadel un Faden, wenn

Se wissen, wat ick meene. Frau Jiersch un icke – klar doch, wir ham den Dokta Lingott jekannt. Der war nich von schlechten Eltern, det kann jeda bestätjen, der noch übrich is von damals. ’n Jemietsmensch war der Dokta, aba och’n Schlawina. Zum Beispiel det mit der Musike. Nee, Herr Professa, det war nuscht Vabotnes, wir wollten se nur nich mehr hörn. Irjendwann jinget ein’ of die Nerven, dieset Buggiwuggi, wissen Se. War ja keen Jassenhauer. Also, wir hams dem Dokta auch nich übeljenomm, det er ’n Kaliba wie die Rosie Konarske, Ihre Mutta selig, zur Jattin erwählt hat. War ja die Scheenste von uns. Jut, sollet so sein, ham wa jedacht. Nee, vapetzen wolltn wa den Dokta wirklich nich. Ick und och Frau Jiersch, die könn Se frajen, hatten nur so ’n Jefühl jehabt, det der famose Mann mit sein komischet Jeklimpa fehl am Platz der Zeit jewesen is. Aber det *ick* ihm wat rinjewürgt habn soll, nee, det weeß ick aba bessa. Det war nämlich, nu halten Se sich fest – Elsbeth Jiersch. *Die* hat’s weitajetragen zu die Jräflichen. Allet üba unsan Herrn Dokta. Hat zum Beispiel immer ’ne Jiftpflanze übas Führabild jehang. Janz schön mutig, wa? Se müssen wissen, det Schloß war damals janz schwarz vor lauta Uniform. Und Jraf Julius, Mann, det war och keen Hund mit seine Totenköppe am Hemde. Der hat nu allet noch weita weg jetragen. Vielleicht war et ja wie bei der stillen Post, wissen Se, die Jiersch hat dem Jrafen wat ins Ohr jeflüstert un der wieder seim Jeneral, un so weita, bis ebnd wat rauskam, wat den juten Herrn Dokta nich sein Bestet jewesen war. Naja, nu ma langsam, die Elsbeth hat so dahinjeplaudert, wies unsaeiner halt tut. Um det lieben Friedens willn, müssen Se wissen, um det lieben Friedens willn!«

Am Tag, da über den Nobelpreis entschieden werden sollte und Gunter Konarske seine höchste Hoffnung darauf aktivierte, zog er den Himmelsvorhang weg und forderte Adele auf, ihren Koffer zu packen. Er würde mit ihr verreisen, um in exklusiver Atmosphäre feiern zu können. Nur er mit ihr. Wie stets, wenn Adele die Liebe am Ende glaubte, sendete das Schicksal im letzten Moment ein Feengeschenk. Als hätte Konarske die erblühte Sehnsucht seiner Prinzessin geahnt. Sie dankte Gunter, indem sie – es kam einfach über sie – ihm die Hand küßte. Gunter, die Hand von Adeles Lippen ziehend, drängte zum Aufbruch. Es sollte eine Vergnügungsreise werden.

Ihren Koffer hatte Adele zuletzt benutzt, als Helmar Eden sie aus dem Kinderheim nach Lärchenau geholt hatte. Da aber Adele endlich die erste wirkliche Reise ihres Lebens unternehmen sollte, kaufte sie in der Stadt einen neuen Koffer aus rotem Leder. Er wurde gefüllt mit Kleidern, Tüchern, Kostümen, mit hochhackigen Schuhen, Seidenstrümpfen und einem Bikini. Unter einen neuen Himmel gedachte Adele zu fahren, übers Land hinaus, dessen Wälder Dörfer Städte wie Relikte eines alten Lebens an ihr vorbeiflogen. Als sie, eine halbe Stunde von Lärchenau entfernt, auf der Autobahn das Wegweisschild *FLUGPLATZ BERLIN TEGEL* bemerkte, war sie abermals geneigt, ihrem Mann die Hand zu küssen. Doch Konarske bog nicht an der passenden Ausfahrt ab, fuhr rechts an Berlin vorbei, südwärts Richtung Finsterwalde, die Bundesstraße entlang, so daß Adele sich immerfort umdrehte, und glaubte, sie hätten die Ausfahrt verpaßt. Konarske hatte nichts verpaßt. Schon der Moment, da seine Prinzessin meinte, daß er sich ins Ziellose verfahren habe, stimmte ihn vergnügt. In dieses Vergnügen drang die Hoffung, daß er bald die schönste aller Nachrichten erhalten werde. Erst als Konarske dem Schild *AUTOBAHN DRESDEN* folgte, wagte Adele, sich nach dem Ziel der Reise zu erkundigen. Vielleicht, hoffte sie noch, würde man von woanders durchstarten nach London, Paris, New York oder die Insel der Perlenfischer …

»Kenn ich alles«, gab Gunter zur Antwort, die rechte Hand im Nacken seiner Frau.

»Aber du hast doch gesagt …«

»*Was* hab ich gesagt?« fragte Gunter spitz.

Adele schwieg. Sanft schnurrte der Mercedes über Sachsens Straßen. An Dresden vorbei, an Chemnitz, Richtung Zwickau. Es ist wieder eins seiner bösen Spiele, dachte Adele enttäuscht. Wälder Hügel Städte. Nicht halb so idyllisch wie Lärchenau. An Straßenrändern und Bahngleisen verblühte Industrie. Plötzlich bog Konarske in ein Waldstück ab und hielt an. Aus seiner Jacke zog er ein Tuch hervor und sprach: »Wenn du brav bist, habe ich eine Überraschung für dich.«

Adele zögerte. Verlangte zu wissen, was er vorhabe.

»Wenn du brav bist, wirst du es sehen.«

Den Rest des Weges wurde sie mit verbundenen Augen chauffiert. Im Dunkeln trat Adele eine Rückreise in die Zeit ihrer Brautentführung an. Die Liebe, der sie damals erlegen war, glitzerte in ihrer Erinnerung auf, und sie dachte: Wie konnte ich so etwas vergessen. Am Ziel nahm Gunter seiner Frau das Tuch ab. Er wußte: Wenn sie erschrickt, würde es ihm Laune machen.

»Wos ham Sie vor e schiens Maadl, Herr Professor!«, rief Pauline, die Wirtin vom Schuricht-Hof.

Die zähwüchsige Greisin wuchtete die Koffer die Stiege zu den Pensionszimmern hoch und winkte den Gästen, sie mögen ihr folgen. Konarske herrschte sie an, die Dame an seiner Seite sei seine Gattin und hätte die Fünfzig bereits überschritten. Schuricht-Pauline gab zu verstehen, daß sie Adele um so mehr bewundere.

»Naa, des su e vornehme Madam bei mir su bescheidne Ferien machn will ...«

»Hier hat der Esel meine Frau im Galopp verloren. Nun leidet sie an Heimweh«, scherzte Konarske.

Da die alte Schuricht nicht begriff, ergänzte er: »Vielleicht hört sie ja noch auf den Namen Möbius!«

»Gunter! Wo sind wir?« rief Adele empört.

Adeles Entsetzen bereitete Konarske solch Vergnügen, daß er es in den Lenden spürte. Die Wirtin betrachtete Adele, die stöckelbeschuht, mit breitkrempigem Strandhut, auf dem zu Gästezimmern ausgebauten Dachboden stand.

»Ach, du liebe Giede, des is doch net ebber die Klaane von dor Möbius-Liesl?«

»Sie ist es«, bestätigte Konarske.

Von Adele wollte er wissen, wie ihm die Überraschung gelungen sei.

»Dreckskerl«, zischte Adele, »soll das alles sein?«

Gunter lachte. Die Wirtin, in heller Aufregung, faßte Adele an den Händen, wackelte mit dem Kopf, blickte sie mit tränentrüben Augen an und murmelte: »Iech wußt's, dos du miech eins Dogs besuchen kommst.«

»Wer sind Sie?«

»Dei Großmuddor.«

Diese Auskunft überraschte selbst Konarske. Besser hätte es nicht kommen können, meinte er, endlich wäre das Geheimnis um Adeles Herkunft gelüftet, sie solle ihm dankbar sein, daß er sich mit ihr gemeinsam auf genealogische Spurensuche begebe, das sei aufschlußreicher als jede Weltreise. Adele rang um Fassung.

»Großmutter?«

Adele ergriff Gunters Hand, um in drohender Ohnmacht abgestützt zu werden.

»Jo, mei armer Gong. Aber itze muß iech auf denne Schreck erschtemoll an dreng'n«, sagte Pauline, und zu Adele sprach sie: »Bist doch nuch e weng do, mei Klanne, nuch es ganz Stickel ...«

Nachdem Pauline die Holztreppen hinabgeächzt war, warf Gunter seine Frau auf das historisch quietschende Bauernbett, kitzelte, brachte Adele zum Kreischen, zog ihr Schuhe Kleid Unterrock aus und bereitete ihr ein liebevolles Willkommen in Katzgrün.

Abends saß das Paar versöhnt im Pensionslokal. Pauline trug vogtländisch Hausgemachtes auf: Eintopf aus Waldpilzen Kartoffeln Rindfleisch, abgeschmeckt mit Majoran und Petersilie. Danach Wickelklöße Speckbirnen Holunderlikör. Während des Servierens schlurfte sie um den Tisch der Gäste herum, beäugte Adele mal von der, mal von jener Seite, fand nichts an ihr, was an Nilpferdhexen erinnerte, wohl aber Züge ihres Sohnes: Argloses, Zurückgesetztes, eine zarte unverbrüchliche Kindlichkeit. Noch anderes las die alte Schuricht aus Adeles Gesicht: etwas Falsches, so wie das, was damals als tolle Behauptung herumging im Dorf.

Nach dem Essen, von Adele gelobt, von Gunter als zu üppig befunden, setzte sich die Wirtin zu den Gästen. Sie nahm Adeles Hände, und beide Frauen schauten sich gerührt in die Augen.

»Ich kann das alles nicht glauben«, flüsterte Adele.

»Ich a net.«

Mit einem zerknüllten Taschentuch tupfte sich Pauline Tränen aus den Augen. Gunter stöhnte. Weibergeheul bahnte sich an. Das kannte er von seinem Schwesternpersonal, das langweilte ihn. Streng orderte er einen Vogelbeergeist, hoffend, daß ihn der ersehnte Anruf aus Stockholm endlich erreichen und die Blase des Kleingeistes, von der sich Konarske umgeben sah, endlich platzen würde. Hier, in Katzgrün, das ihm zu seiner Belustigung eingefallen war. Doch lustig war es jetzt nicht mehr. Das Handy blieb stumm. Schuricht-Pauline, nachdem sie ihrem Gast Schnaps eingeschenkt hatte, verließ den Schankraum, kam mit einem gerahmten Bild zurück.

Bevor Adele bereit war, schloß sie die Augen, um den Moment der Begegnung hinauszuzögern. Dann erblickte sie das vergilbte Foto. Aber *er* war es nicht. Diesen Mann konnte Adele nicht vergleichen mit dem lachenden Opa auf jenem Bild, das seit Jahren unter ihrer Matratze lag, ihr heimlicher König, zerschnitten, verblichen, abgestempelt, doch von großem schrecklichem Namen. Adele schob das Foto der Großmutter zu.

»Er ist es nicht.«

»On obor'sch is! Do war or nuch jung. Hot vode Weibsbildor kaa Ahnung g'hat. Wie a, wenn or a weng bleed g'wesn war. Der arme Kerl. On g'hinkt hot or a. Vo deinor Muddor hot or emmer g'traamt. Naa, ho iech g'socht, die is nix für dich. Abor do Gong hat sich ganz als Maa g'fiehlt. On erbeiten konnt or, des ging em ganzn Land rem, deß dor Schuricht-Knecht e fleißicher war.«

Gunter wurde aufmerksam.

»Jetzt erklärt sich mir einiges, Prinzessin.«

»Das ist nicht mein Vater, das muß ein Irrtum sein.«

In gröbstem Wald- und Suppendeutsch berichtete Schuricht-Pauline, daß der einzige Irrtum jener gewesen sei, daß die Braunhemden ihren Jungen abgeholt hätten. Mitten aus dem Strohdreschen heraus. In ein Auto sei er verfrachtet und in die Stadt gebracht worden. Dort sei er in eine Klinik für Geistesschwache gekommen. Man hätte versucht, ihm zu helfen. Aber einem Schuricht-Knecht sei nicht zu helfen gewesen. Also sei er umgesiedelt worden, nach Dachau, wo er …

»Das darfst du nicht glauben«, sagte Adele zu Konarske, der

mit einem Mal nachzuforschen begehrte, welche Einzelheiten über Adeles Vater noch zu erfahren seien.

Da sprang Adele vom Tisch auf. Mit fester Stimme sprach sie: »Mein Vater war der Führer.«

Konarske zückte seinen Kugelschreiber, um etwas auf der Serviette zu notieren. Er beruhigte Pauline, die nach Adeles Behauptung böse auf den Tisch klopfte, indem er klarstellte, daß seine Frau dringend der Erholung bedürfe. Sie rede öfter wirres Zeug, leide unter schizophrenen Schüben, bei *den* Abstammungsverhältnissen sei das kein Wunder.

In diesem Moment klingelte Gunters Telefon. Er schrie in den Apparat: »Konarske, ja, bitte?«

Dann erhob er sich, verließ wortlos das Lokal, ging aufs Zimmer, kam mit seinem Koffer ins Lokal zurück, überreichte Adele die Kreditkarte und sagte, sie möge auf keinen Fall ihre Vitaminspritzen vergessen, alles andere sei ihm egal. Dann bestieg er den Wagen und fuhr davon.

Einmal täglich eins Komma fünf Milliliter lautete die Medikation, die sich Adele bis zu dieser Stunde regelmäßig und korrekt verabreicht hatte. Auf dem Rand des Bauernbetts sitzend, beim ostinaten Klopfen der Kuckucksuhr, brach sie zwei Ampullen gleichzeitig auf. Sie lauschte, ob sich vielleicht die Tür öffne, Gunter hereinkäme, einen Joker aus dem Ärmel ziehen und sagen würde: Ich wollte dich nur erschrecken. Die Tür blieb geschlossen. Adele zog die Flüssigkeit aus beiden Ampullen mit einer Spritze auf. Wie üblich quetschte sie mit den Fingern der linken Hand die Haut des Oberschenkels, um das Serum subkutan zu injizieren. Doch diesmal entschied sie sich anders. Den Arm streckend ballte sie die Faust, stach die Vene an und allmählich, als genieße sie den Vorgang, drückte sie das Serum direkt ins Blut. Der Kuckuck, der mit gespreiztem Holzgefieder aus der Uhr herausfuhr und zwölfmal blökte, verwandelte sich in Adeles Augen in einen Greif. Wilde Hitze durchströmte sie. Am liebsten wäre Adele auf den Schwingen des Vogels zum Fenster hinausgeflogen. Doch legte sie sich ins Bett, zog das schwere Plumeau über ihren Leib und spürte in schmerzhaften Wellen Erleichterung. Ihre Fingerspitzen kreisten um die Brustwarzen, sie schloß die Augen, spürte die Haut am Leib sich straffen, und ihr wurde leicht. Am nächsten Morgen, nach tiefem erholsamem Schlaf, verlangte Adele nach einer Zigarette.

Auf seinem Hunter spürte Gutfried von Lärchenau die Wärme des Getragenseins. Bevor die Sonne aufging, Tautropfen auf Spinnennetzen den Wald verzierten, ritt der Graf aus. Er liebte die Morgenstunden des Dämmerungswildes, da weder Wanderer noch Pilzsammler den Forst durchstreiften. Am Lichtungsrand wechselte er in eine langsamere Gangart. Meistens setzte Gutfried an einer Baumleiter ab, um von oben in ungestörter Freisicht den Tagesanbruch zu erwarten.

An jenem Morgen, bevor er vom Pferd steigen konnte, fiel ihm etwas vom Korb der Baumleiter herab auf den Rücken: ein Mensch, der sich an ihn ankrallte, aufsaß, ein betrunkener Kerl, der ihn beschwerte, so daß die Stute in wildem Schrecken davonpreschte, über die Lichtung, und Feldhasen sprangen linksrechts ins Gebüsch. Der Graf vermochte kaum den Zügel zu halten, versuchte, die Last abzuschütteln, doch der Mensch hatte seine Beine um den Bauch des Grafen, die Arme um dessen Brust geschlungen. Im Galopp gelangte der doppelte Reiter auf die gegenüberliegende Waldseite, durchbrach das Unterholz, übersprang Erlen Moos Haselstrauch. Gutfried, im ersten Schimmer des Morgenlichtes, sah Wasser blinken, da stolperte das Pferd und kopfüber stürzten die Männer und landeten im See.

Admiral, Jack und Timm hatten die Nacht im Schuppen verbracht. Jede Minute ihrer freien Zeit zur Fertigstellung des *Molches* genutzt. Sie sah sich dem Ziel ganz nahe. Drei Meter Länge maß seine äußere Gestalt: eine glänzende, nach vorn spitz zulaufende Tonne. Nachdem die Männer das Platschen gehört hatten, traten sie aus dem Schuppen.

Noch im Wasser, aus dem der Graf stieg, saß ihm der Mensch auf dem Rücken. Wollte ihn einfach nicht loslassen, klammerte sich fester, machte sich nichts aus den drei Männern, die ihn mit einer Brechstange von seinem Träger lösten, fesselten und beim Namen nannten: Gert Mannschatz. Der im »Ochsen« vollgetankt hatte und tun mußte, was ihm vorausgesagt war. Der nun, mit Algen und Schlamm bedeckt, vor der Bande stand und sich an nichts erinnern konnte.

Gutfried, leicht am Fuß blessiert, beachtete seinen besinnungslosen Angreifer vorerst nicht. Er beruhigte den Hunter, indem er ihn an der Mähne packte. Den Pferdeschweiß mit einer Kardätsche abreibend, sprach er kein Wort. Dann erst zog er die Jacke zum Trocknen aus und sprach: »Ich bin enttäuscht über Sie, meine Herren. Sie waren für meine Sicherheit zuständig.«

Nach diesen Worten riß der Graf sein Jagdmesser aus dem Gürtel und gab mit ruhiger Stimme den Befehl an die Männer, den Spion und vorsetzlichen Mörder einem Schnellgericht zuzuführen. Gert, der ehemalige Traktorist, schwankte. Sich auf die eigenen Füße tretend, wirr, abgerissen murmelte er etwas von Mitschka der Zigeunerin. Der Graf reichte Jack das Messer.

»Aber den könn' wa doch nich abstechen«, versuchte dieser Einspruch zu erheben, »Jert hat vielleicht voll die Schnapshakke, is aba keen Mörda. Ick kenn' ihn, det is 'n harmloses Aas.«

Gutfried setzte seinen kalten Blick auf. Jack verstummte.

Auch Admiral und Timm wagten nicht, dem Befehl mehr entgegenzustellen als die Behauptung, sie wüßten nicht, wovon die Rede sei.

»Ihr habt noch nie jemanden zur Strecke gebracht?«

Der Graf wendete sich Timm zu, der überlegte, vor seiner Furcht davonzulaufen. Da entschloß sich Admiral, den Fall zu übernehmen.

»Ich will es tun«, sprach er mit fester Stimme, »der Herr Graf soll nicht von uns enttäuscht werden. Er ist zu uns gekommen mit einer Prüfung, und wir haben sie zu bestehen. Er vertraut uns, aber ich bin euer Führer. Es ist mir zugesprochen worden, meinen größten Wunsch heute und jetzt zu erfüllen. Blut singt in den Adern. Wir tasten uns von Stufe zu Stufe zu unserem Gott. Ich muß. Ach, Vater, wenn du mich sehen könntest. Du siehst mich immer, hast du gesagt. Ich will es. Ich will es, auch wenn ich dir die Augen anstecken könnte mit meinem Haß!«

Admiral nahm das Messer. Gert, dem das Restbier aus dem Magen schwallte und sich vor die Füße ergoß, hörte nur noch wie Admiral *Hinlegen!* schnauzte. *Hinlegen,* sagte auch Jack. Timm sagte nichts. Endlich lag Gert am Boden, das Gesicht im Erbrochenen. Da forderte der Graf plötzlich das Messer zurück.

»Das geht mir zu schnell«, sagte er und wies Admiral an, auf seinen Hunter zu steigen.

»Ich kann nicht reiten«, gestand Admiral.

»Sie gehorcht jedem, der Mut hat.«

Schon saß Admiral auf dem Rücken der Stute. Sie schnaubte, warf den Kopf nach hinten. Der Graf schnalzte mit der Zunge. Am kurzen Zügel trippelte das Pferd vor Gerts Kopf. Dann, in gemächlichen Schritten, führte es der Reiter um den Gefangenen herum, im reinen Takt des Hufschlags, im Kreis, zu den Büschen, nach einer Kehrtwendung mit Anlauf im Steilsprung über ihn, die Zügel herangerissen, kehrtum, noch einmal über Gert hinweg, wobei die Stute das unbekannte Hindernis nur scheuend nahm, um nach einigen Spielminuten den Hufschlag auf dessen Rücken zu placieren, Gutfried sie zum Kreiseln bewegte, um beide Vorderhufe auf dem Hingestreckten landen zu lassen, bis –

Admiral stieg vom Pferd. Seine Knie waren watteweich, sein Stolz fest. Mit kurzem Gruß empfahl sich der Graf und ritt davon. Keiner wagte etwas zu sagen. Admiral starrte über den See. Kaum, daß sich das Wasser kräuselte. Selbst von den Haubentauchern war nicht das übliche Glucksen zu hören. Schauer jagten über Admirals Rücken. Er wußte nicht, ob es Unbehagen oder Erleichterung über die endlich aufgebrochene Starre war. Kniff er die Augen zusammen, hörte er aus den Abgründen der Stille seinen Vater, den NVA-Flottenadmiral. Erst klang es wie Flüstern, dann ein singender Befehl: Kammerratten, aufgepaßt! Dasein! Für alle! Für einen! Kammerratten seid ihr! Kai-Uwe verlor sich aus der Gegenwart, einstimmend in Vaters Gesang vom *wahren Heldentum,* den *gerechten Kriegen,* vom *Haß auf den Klassenfeind* und dem *festen Willen, jeden Aggressor zu vernichten …* diese Töne, die Kai-Uwe schon im Kinderbett mitsingen konnte, fanden einen Ausgang, trieben nun, Jahrzehnte später, über den See, quälten, lösten den Mann aus seiner Qual. Kai-Uwe, genannt Admiral, hatte es vollbracht.

Jack, der sich scheute, den Toten zu betrachten, schlich sich in den Schuppen zum *Molch,* nahm ein Stück Stahlblech, polierte es. Der Hals war Jack zugeschwollen vor Angst. Unablässig rieb er mit einem Tuch auf dem Metall, als wollte er Zweifel und Abscheu wegreiben. Als Glanz ihn blendete, hob Jack seinen Blick zum Bild der Schutzheiligen. Adele schien ihn aus dem Rahmen herab zu erwidern. Jack glaubte sogar, daß sie ihm etwas mitteilen wollte. Eine Art Schnalzen vernahm er, und als er weiter das Werkstück wienerte, klang es wie Hufklappern aus Adeles Mund. Drüber! Drüber! flüsterte Jack, durchleuchtet von grobkörnigen Bildern der Erinnerung ... die Bushaltestelle ... Adeles Rosenduft ... das Feld nebenan ... der erfrorene Schembart ... der Graf ... das Pferd ... der besoffene Mannschatz ... der Ritt ... drüber ... drüber ... Jack ließ das Blech fallen. Es schepperte. Nachdem Lärm und Lust verklungen waren, drehte Jack das Bild an der Wand um.

Reglos, mit dem Rücken zum Ermordeten, hockte Timm am Ufer. In seiner Phantasie sah er sich an der Kuttermaschine, dahinein er alles lud, was ihn umgeisterte: Fleisch Fett Blut Haut Haare Knochen Stahlspäne Lötzinn Zungen Lebern Ufersand Salz. Timm ekelte sich bei der Vorstellung und füllte trotzdem Därme Mägen Blasen mit Brätmasse ab, ließ eine Parade aufmarschieren, Bock-, Blut-, Jagdwürste, braun rot weiß, ein Mummenschanz mit rosa Rock und Schweinesterz, gekrönt von Vaters streichelnder Hand, bewundert von Mama. So zwischen Ekel und Begierde trieb es Timm, bis Admiral ihn aus seiner Traumloge zog.

»Kammerratten!« rief er. »Aufwachen, Kammerratten! Wachsam sein! Schwören: gemeinsame Sache! Hört ihr? Gemeinsam!«

Timm schwor mit geschlossenen Lippen. Jack, ebenfalls lautlos, schwor, daß er nie wieder bei so etwas mitmachen würde. Zu dritt baten sie die Schutzheilige Adele, sie möge die Männer vor der Polizei schützen.

In der Nacht luden Admiral, Jack und Timm den Leichnam in einen Kahn. Weidepfosten aus Stahlbeton hatten sie an Gerts Gliedmaßen gebunden, den Rumpf mit einer Schweißgasflasche beschwert. Geräuschlos ließen die Männer den Toten ins Wasser gleiten. Er sank sofort. Auf dem Grund des Sees kam er neben etwas zu liegen, das, vom Mulm der Jahre überdeckt, sich nun ein wenig bewegt hatte.

*Zum Flugplatz!* befahl Adele dem Taxifahrer, der am »Schuricht-Hof« eintraf. Adele sagte, es sei egal, welchen Flugplatz er ansteuere, Hauptsache, es würden von dort Flüge in weiteste Ferne gehen. Ob München recht sei, wollte der Taxifahrer wissen. – Ihr sei alles recht, nur wolle sie eben weit weg. – München, okay, junge Frau, wenn Sie es sich leisten können. – Ich, sprach Adele, kann mir alles leisten.

Sie ließ Katzgrün zurück. Ihren Geburtsstall. Das Lügennest. Die ratlose gekränkte alte Schuricht-Pauline. Die Legenden, die niemandem mehr gehorchen wollten. Nachdem das Ziel erreicht war, bezahlte Adele das Taxi mit Kreditkarte. Adele triumphierend: Das war erst der Beginn. Konarske sollte bluten. Hatte sich einfach davongemacht! Kein Feiern in exklusiver Atmosphäre, kein schwedischer König. Kein gemeinsamer Urlaub. Keine Liebe mehr im Bauernbett. Ganz zu schweigen von London, New York, Paris. Dafür das Vatermärchen vom Katzgrüner Dorftrottel. Und die Schmach des Verlassenseins.

Ein weltumspannendes Bühnenbild schien Adele die Flughafenhalle: die stählernen Konstruktionen, das Glas, die Geschäfte, Restaurants, Laufbänder, Menschen mit Koffern, schnurrende Rolltreppen, Gepäckwagen, die hallenden Ansagen und Aufrufe aus den Lautsprechern. Adele wartete, daß man ihren Namen rief, und im Warten kniff sie die Augen zusammen, woraufhin sich alles Gewesene auf sein wahrnehmbares Maß verkleinerte, zur Operette verkümmerte, verseucht von schmissiger Musik, und die Menschen auf dem

Flughafen sah Adele als geschäftige Liliputs in einer Flimmerkulisse ... eben noch groß und verheißungsvoll, jetzt albern geschrumpft.

»Ich werde es tun«, beschloß Adele.

Ihre Blicke suchten auf der Anzeigetafel des Abflugschalters: New York, London, Teneriffa, Mallorca, Marseille, Stockholm, vieler Herren Länder und Städte. Beunruhigt blickte sich Adele um. Im plärrenden Orchester der Flugplatzhalle klang in ihr der vertraute rosenkolorierte Gesang ... *und ich, ich sitz hier, ich juhunges Bluuut ...*

*Ich werde es tun.* Am Reiseschalter verlangte sie ein Ticket für den nächstmöglichen Flug. – Wohin? – Egal. – Ein wenig exakter müssen Ihre Angaben schon sein. – Wo noch ein Platz frei ist. – Auf der Flucht, schöne Frau? – Wenn Sie es so nennen wollen. – Da hätte man in der Maschine nach Amman noch etwas in der Businessklasse. – Warum nicht. – Sie zahlen bar? – Mein Mann zahlt. – Mit Karte also. – Ja. – Ihren Ausweis, bitte. Sie sehen jünger aus als auf dem Paßbild – Das kommt davon, sagte Adele, wenn es einem gut geht.

*Hinaus! Hinaus! Und kein Adieu!*
*Sonst steh ich nicht dafür, daß ich nicht was Verwirrtes tu!*
*Hinaus aus diesen Stuben! Nur hinaus!*

Sie steckte einen Fuß ins Wasser, zog ihn sofort zurück. Beim zweiten Versuch ging Adele tapfer einen Schritt auf dem von rauhen Salzkugeln bestückten Meeresboden, einen weiteren, bis sie hüfthoch im heißen Element stand. Saunaluft. Quecksilbrig zitternde Wasseroberfläche. Bis zum Horizont reichte der Meerespool. Das glaubt mir keiner, dachte Adele. Sie legte sich auf den Rücken, ließ sich treiben. Das Wasser fühlte sich ölig an. Der Himmel eine Glocke aus Rauchglas. Keine Wolke. Kein Vogel. Von ferne ein Flugzeug, das irgendwo hinter dunstigen Wüstenhügeln verschwand. Mit minimalem Händerudern schaukelte Adele in der Brühe, blickte in das, was sich über und vor ihr eröffnete.

Sie glaubte es selbst nicht. Ihr Start in die Welt. Allein. Ohne Rücksprache mit irgendwem. Nach sechzig Jahren Kaff. Lärchenau, wo liegt das? Ihr altes Leben dünkte Adele in einem Maße entfernt, daß sie sich an nichts erinnerte. Nicht heute. Nicht hier, in der zufälligen Wüste, am tiefsten Punkt unter dem Meeresspiegel. Adele fühlte sich so erlöst, daß sie spaßeshalber versuchte abzutauchen. Die Salzlauge drückte ihren Leib immer wieder nach oben, hielt ihn in der Waagerechte, und Adele mutmaßte, das Meer wolle sie austreiben.

Im Hotelschwimmbecken erfrischte sie sich. Ihren Aufenthalt im »Superior Qumram« hatte sie mit Konarskes Kreditkarte im voraus bezahlt. Jetzt genoß sie. Im babylonischen Stil gebaut, inmitten eines Gartens mit Lagunen, Wasserfällen, Olivenbäumen und Palmen bot sich das Hotel Adele standesgemäß an. Nach dem Schwimmen im Pool ruhte sie ein wenig unter einem orientalischen Zelt, nahm einen Drink aus Grenadine und Champagner zu sich. Später, auch die Tage darauf, unterzog sie sich im hauseigenen Wellnessbereich Massagen, Peelings und sonstigen Schönheitsbehandlungen. Lärchenau, was war das? Es war die einzige Frage, die sich Adele, in ayurvedischen Balsamen und königlichen Ölgüssen wegdämmernd, stellte. Mit einem Sonnenhut aus weißem Bast lag sie am Strand. In den Boutiquen hatte sich Adele neu eingekleidet. In den Bars, in denen sie sich mit Cocktails freitrank, tanzte sie mit Männern, die jünger waren als sie und melodische Namen trugen. Maghrebinische Burschen mit feurigen Augen hatten es Adele angetan. Auch jene, nach Kalmus und Opium duftende, in lange Gewänder gehüllte Orientalen, die Adele rauchig klingende Versprechungen machten. Mancher steckte ihr einen Edelstein zu, mancher fragte: Where is your husband? – Stets lachte Adele, tat, als verstünde sie keine Sprache der Welt, nicht einmal ihre eigene.

Einmal stellte sich ihr ein in silberdurchwirktes Gewand gehüllter Mann vor, der sich Schah Dschinn-Latif-Kaschi-Al-Hadjdji-Habasch nannte und einen prächtigen Schnauzbart trug. Das Tuch seiner Kaffiya war von einer aus Gold geflochtenen Kordel gehalten und hing bis auf die Schultern herab. Er lud Adele zu einer Besichtigung der besonderen Art ein: »You will Wüst sehen mit Arab eyes!«

Adele kicherte, schob, wie sie es sich angewöhnt hatte, ihre Sonnenbrille auf die Stirn.

»Ich nicht verstehen.«

Der Schah legte die rechte Hand auf seine Brust und senkte den Kopf.

»Meiner Herrin will be ich zu Diensten. Tomorrow at daybreak du wirst erleben great event with me and the bright Arab sun … you will komm? Sag mir, you will komm with the fairnessest Schah of the world.«

In den dunklen Augen des Mannes sah Adele etwas, das sie vom Kichern abbrachte: einen tiefen Ernst, der aus edler Schönheit sprach. Warum nicht, dachte Adele.

Schah Dschinn-Latif-Kaschi-Al-Hadjdji-Habasch lud Adele in seinen Jeep. Fünf Uhr morgens. Umstandslos stieg die Sonne hinter den Bergen hervor: ein orangeroter Ball, der die Meeresoberfläche anrollte.

»In einer Stunde back to hotel«, verlangte Adele, auf ihre Armbanduhr klopfend.

Der Schah nickte, lächelte mit weißen Zähnen. Über steinige staubige Wege ging die Fahrt. Linksrechts zerklüftete Bergwände, die, wenn der Jeep vorbeiratterte, sich zu bewegen schienen. Mit weißgelbbräunlich mäandernden Mustern durchzogen, bauten sie sich vor Adele auf. Weiter ging die Fahrt, an Salzfeldern vorbei, über schroffe Geröllpisten, bis die Wege sanfter wurden, die Distelbüsche kleiner, bis die Sonne den Schattenlauf der Wüste veränderte und auch Adeles letztes skeptisches Empfinden in die bezaubernde Landschaft abgab.

Vor einem Berg mit einer spitz nach oben zulaufenden Höhlenöffnung hielt der Jeep. Der Schah, indem er mit seinen edelsteinberingten Händen eine ergebene Geste machte, bat Adele auszusteigen.

»Mußt schmecken Wüste wie your life«, sprach er.

Adele, die Landschaften nie in deren Natürlichkeit wahrgenommen hatte, war überwältigt. Wie fein hier der Sand durch die Finger rieselte. Viel feiner als in Lärchenau. Beinahe fühlte sie gar keinen Sand, sondern eine Materie wie Mehl oder Talkum, das Konarske manchmal zu Hause von seinen Fingern wusch. Ach Gunter, dachte Adele, du tust mir leid!

Ein Skorpion krabbelte vor Adeles Füßen. Erschrocken setzte sie sich auf das Trittbrett des Jeeps und zog die Beine hoch. Schah Dschinn-Latif-Kaschi-Al-Hadjdji-Habasch packte das Tier mit der bloßen Hand, hielt es am Stachel fest, ließ es kopfunter hängen, bevor er es hinter sich warf. Adele staunte. Was für ein Abenteuer! Ein rotgeringeltes Schlänglein bewegte sich wie eine springende Drahtfeder und hinterließ, sonderbare Muster im Mehlsand. Wie ein Kugelblitz rollte eine Samenkapsel an Adele vorbei, verschwand hinter einer Düne und stieg als glühende Frucht am Horizont wieder auf. Salzrosen erblühten, und der Schah begrüßte die Sonne. Adele konnte wieder lachen.

Vor der Höhle zog Schah Dschinn-Latif-Kaschi-Al-Hadjdji-Habasch ein kleines Gerät aus Messing unter seinem Gewand hervor.

»Was ist das?« wollte Adele wissen, erneut von Mißtrauen erfaßt.

Sie hatte im Hotel allerhand von durchtriebenen Touristenfängern gehört, die arglose Europäerinnen mit Rauchwerk und Drogen gefügig machten, sie womöglich entführten und als moderne Sklavinnen auf dem Basar feilboten. Doch das Behältnis erwies sich als harmlos: eine alte Öllampe, wie auch Bauer Eden eine im Stall gehabt hatte. Der Schah zündete den Docht mit einem Feuerzeug an und ging Adele voraus. Sie folgte ihm durch kalkige Labyrinthe, durch naturgebaute Säle Korridore Sandgrotten, ohne eine Spur von Angst. Still war es hier, nur die Lampe leuchtete den Weg.

»It's my serail!«

Irgendwo, das wußte Adele, hatte sie dieses Wort schon einmal gehört. Schah Dschinn-Latif-Kaschi-Al-Hadjdji-Habasch führte Adele die Lichtspur entlang zu einem Höhlensalon prächtigsten Ausmaßes. Dort war der Tisch gedeckt: zwei Kissen, ein bunter Teppich, darauf Silberteller mit Datteln Feigen Rosinen. Ölkuchen war aufgeschnitten, Mandeln, Kokosnüsse, ein zerbrochener Granatapfel lockte mit glänzenden Beeren, weißes Brot und Kaffee mit Ambra standen bereit. Smaragde Chrysolithe Hyazinthen glitzerten im Lampenschein, und der Schah strich Adele über das lange glänzende Haar. Es gefiel ihr. Es gefiel ihr derart, daß sie wünschte, der Vorhang möge sich vor ihr schließen und Applaus ein Ende bereiten. Denn das Schönste an allem Schönen war für Adele die Erinnerung. Da rieb der Schah mit seiner Hand an der Lampe. Die Flamme blakte, schwarzer Rauch stieg empor.

»Du mir jetzt zeigen your eyes«, sprach der Schah.

»Was?« fragte Adele.

Sie griff nach dem Kuchen, biß in den honigschweren Teig und schloß die Augen.

»The colour of your eyes, please, zeig mir«, bat Schah Dschinn-Latif-Kaschi-Al-Hadjdji-Habasch.

Da Adele ihre Augen nicht öffnete, war es an dem Schah zu raten, was er nicht sehen konnte: »Blue!«

»Nein«, sagte Adele plötzlich feindselig, »ich habe braune Augen.«

Sie war versucht hinzufügen: braun wie die vom Führer.

»Brown? Oh!«

Der Schah hielt die Öllampe vor Adeles Gesicht und wiegte bedenklich den Kopf. Da gebot Adele, sie wolle jetzt zurück ins Hotel.

»Ich nix verstehen«, sagte der Schah, griff nach einer Feige und biß hinein.

Nachdem er sie verspeist hatte, malte er mit dem Finger den Umriss eines Kamels auf den mehligen Boden.

»Oh!«

Diesmal war es Adele, die diesen Ruf ausstieß.

»Brown eyes«, sprach der Schah traurig, »ist nicht mehr worth als one camel.«

Er leitete Adele durch die Höhle zurück in die Wüste. In der grellen Sonne schlug Adele die Hitze wie ein Brett entgegen. Ein Kamelführer führte Touristen auf seinen Tieren aus. Er winkte dem Schah zu und rief: *Salâm!* Das Mobiltelefon des Schahs klingelte, und während er mit dem Anrufer sprach, öffnete er für Adele den Jeep. Ohne ein weiteres Wort zu verlieren, fuhr er zurück ins Hotel.

»Wann sehen wir uns wieder?« fragte Adele ihren großzügigen Verehrer zum Abschied.

»Ich nix understand«, knurrte der Schah, lud seinen Gast aus dem Wagen, gab Gas und ward von Adele nie wieder gesehen.

Nur der Geschmack des Honigs klebte Adele noch im Mund.

Das glaubt mir keiner, dachte sie. Das einzige, was Adele im »Superior Qumram« von ihrem ehemaligen Leben beibehielt, waren die Spritzen. Täglich drei Milliliter, intravenös. Erblickte sich Adele nach vollzogener Injektion im Spiegel, versicherte ihr dieser: Braunäuglein, du bist die Schönste auf der Welt.

Mit jedem Kilometer, den Gunter Konarske von Katzgrün zurück nach Lärchenau fuhr, schwand die Hoffnung auf einen Anruf des Nobelpreiskomitees. Mit jedem Kilometer jedoch näherte er sich auch jener Stelle, die ein weiteres Verhängnis bedeutete. Jener Notruf, der Gunter ereilt hatte, war von Gräfin Grazyna gekommen. Graf Gutfried, hieß es, sei schwer erkrankt. Doktor Krause sowie herbeigerufene Spezialisten ratlos. Nur Professor Konarske, da sei Grazyna sicher, würde den Grafen erlösen können. Sie nannte den Arzt ihren heimlichen Genius, versprach ihm hohen Lohn und Ehre, was immer er wünsche.

Gunter Konarske wünschte Gewißheit auf das Große. Adele hatte sie verhindert. Grazyna, die er eigentlich verachtete, bot sie ihm an. Also fuhr er vom Ort der mißglückten Vergnügungsreise und vergeblichen Zuversicht zurück in das Gebiet, das ihm vertraut war, das ihm Vertrauen entgegenbrachte.

Das Schloß derer von Lärchenau. Bei heruntergelassenen Fensterläden lag Graf Gutfried auf dem Bett. In Jacke, Hemd, Krawatte, Hose und Schuhen. Vor drei Tagen war er vom Ausreiten nach Hause gekommen, schweigsam, mit einer zornigen Falte zwischen den Augen. Er hatte sich hingelegt und seitdem nicht mehr gerührt. Niemand im Schloß war in der Lage, den Grafen zu ermuntern oder wenigstens, der Bequemlichkeit und Hygiene wegen, zu entkleiden. Sein Körper befand sich in kataleptischer Starre, von der ein Widerstand ausging, der jeden Menschen, der sich ihm näherte, abstieß. Gutfrieds

Haut war kalt, trocken, die Lippen zusammengepreßt. Nur die Lider hielt er auf unheimliche Weise aufgerissen.

»Er lebt nur noch mit den Augen«, seufzte Grazyna.

Konarske meinte, er würde aus dem Gesicht der gnädigen Frau gewisse Hoffnung oder gar Erleichterung über den Zustand ihres Gatten lesen. Die Gräfin gab zu verstehen, daß sich die offensichtliche Erleichterung auf den eben eingetroffenen Genius, also ihn, Professor Konarske, beziehe. Sie liebe ihren Gatten und sei verzweifelt darüber, daß es für seinen Zustand keine Erklärung gäbe. Konarske warf einen abschätzigen Blick auf die Dame, deren enggeschnittenes Tweedkostüm ihre Magerkeit betonte.

Konarske untersuchte den Grafen, indem er ihn auspalpierte, Herz- und Atemfunktion überprüfte und einige Tests anstellte, die Grazyna mit skeptischer Bewunderung verfolgte. Bei jeder Untersuchung bewegten sich Gutfrieds Augäpfel, als wolle er Erklärendes zu seinem Zustand beisteuern.

»Und?« fragte Grazyna ungeduldig. »Was ist mit ihm?«

»Der Befund spricht für etwas Seltenes«, sprach Konarske, »aber um Näheres sagen zu können, muß ich den Herrn Grafen mit in die Klinik nehmen.«

»Und wenn ich das nicht möchte?«

»Es ist Ihre Entscheidung.«

»Stirbt er?«

Abermals bemerkte Konarske dieses Funkeln in den Augen der Gräfin und sagte: »Nein. Er wird so bleiben wie er jetzt ist.«

»Wie lange?«

»Solang, bis er genug hat.«

»Was meinen Sie damit?«

»Es ist etwas, das selbst ich nicht kurieren kann.«

»Eine Erbkrankheit?«

»Schlimmer, gnädige Frau.«

Die Augen der Gräfin trübten sich. Konarske genoß den Anblick von Grazynas Angst, begehrte mehr, wollte sie zur Panik hochpeitschen. Zu Gutfried gewandt sprach er: »Herr Graf, wissen Sie eigentlich, wer Ihr Vater war?«

»Natürlich weiß er das«, antwortete Grazyna an seiner Statt, »aber was hat das mit Gutfrieds Krankheit zu tun?«

»Er soll es mir selbst sagen.«

Der Graf rollte mit den Augen, als wollte er tatsächlich auf die Frage des Professors antworten.

»Ich bin sicher«, sprach Konarske, »er weiß nichts von seinem Vater. So wie ich von meinem nichts gewußt habe. Bis vor kurzem. Als ich die Kiste im Keller fand. Eine Kiste voll Musik, Liebesgeschwätz und billigen Tröstereien. Unsere Väter kannten sich. Gnädige Frau, soll ich Ihnen die wahre Geschichte von Doktor Lingott und Admiral Graf Julius erzählen?«

In diesem Moment ging ein Zucken durch Gutfrieds Leib. Die Augäpfel rollten nach unten, so daß nur noch das Weiße zu sehen war.

»Er stirbt!« rief Grazyna.

»Er versteht mich, das ist alles.«

»Herr Professor!« flehte Grazyna. »Ich will, daß das hier ein Ende hat. Oder gehen Sie.«

»Wollen Sie mich ins Gas schicken? Wie Graf Julius, der meinen Vater ins Gas geschickt hat?«

»Wieso kommen Sie mir mit den alten Geschichten?« brauste Grazyna auf. »Was kann ein Mensch für seinen Vater? Was kann Gutfried für seinen Vater? Außerdem ist alles eine Legende, ein Märchen! Lieben Sie Märchen? Dann lassen Sie sich von meinem Privatsekretär eins vorlesen. Überhaupt: Was sind *Sie* eigentlich? Worin gründet sich Ihr Ruhm? Wenn ich meinem Sekretär glauben darf, treiben Sie krudeste Experimente, und das nicht nur mit Tieren. Sie pflanzen den Menschen Mäusegehirne ein, habe ich gehört.«

»Andersherum, gnädige Frau. Die Welt dreht sich andersherum!« lachte Konarske.

Grazyna sagte: »Sie versündigen sich.«

»Dann muß ich um Vergebung bitten.«

Konarske griff nach seiner Arzttasche. Als er in der Tür stand, hängte sich ihm die Gräfin an den Arm, flehend, er möge ihr und ihrem Gatten Erleichterung verschaffen. Nach kurzem Überlegen meinte Konarske, er würde am Grafen eine neuartige Schocktherapie erproben, nur dazu müsse er allein mit ihm sein.

Am nächsten Abend, nach einem langen Tag im Forschungslabor, betrat Gunter Konarske das Krankengemach seines Patienten. Konarske hatte Grazyna zu Bett geschickt, ebenso dem Hausmeister und sonstigem Personal verboten, sich dem Zimmer des Grafen zu nähern. Selbst das Licht wurde heruntergedimmt. Konarske blickte in Gutfrieds Augen, die unabhängig voneinander in den Höhlen rotierten.

»Ich wünsche Ihnen eine gute Nacht, Herr Graf«, sprach Konarske.

Nachtfalter stießen gegen das Fenster. Unter dem Sims: das schwache Zirpen der Grillen. Gunter hörte Schritte heranschlurfen, die vor der Zimmertür haltmachten und wieder abdrehten. Jetzt war es Zeit, die Heilung in die Wege zu leiten. Konarske entnahm seiner Arzttasche ein CD-Gerät und Kopfhörer. Er setzte die Kopfhörer dem Grafen auf und schaltete das Gerät an. Der Körper des Kranken bebte.

»Gefällts Ihnen?«

Der Graf antwortete mit den Augen.

»Ich wußte, daß Sie Geschmack haben«, sagte Konarske und drehte lauter.

Mendelssohn, die *Gurrelieder,* dann Swing, Blues, mehr Swing, leis infundierender *One O'Clock Boogie … Just a minute …* der *Tiger Rag …* Das Blut begann in Gutfrieds Adern zu stocken, und Konarske legte die nächste Musik ein, drehte noch lauter. *Mit Musik geht alles besser.* Konarske machte eine Pause, erkundigte sich, ob der Graf bereits eine Besserung seines Befindens spüre. Schaum drang zwischen Gutfrieds Lippen hervor, dünne Fäden Aufbegehrens gegen den Arzt und die Töne, mit denen er ihn folterte. Swing, Swing … und Gutfried bebte im Takt. Drei Uhr vierzig, da sich Graf Gutfrieds Augen geschlossen hatten, drehte Konarske das Licht aus und öffnete das Fenster für Eulen Grillen Nachtfalter. Als der Arzt das Schloß verlassen wollte, ertappte er Hanswerner Giersch, wie er am Tor stand.

»Noch wach?« fragte Konarske.

»Ist mächtig kalt hier«, hauchte Giersch, rieb sich die Hände und verschwand, ohne daß Gunter sah, wohin.

Bevor die Ansichtskarte vom »Hotel Qumram« dem Adressaten Timm Konarske zugestellt wurde, ging sie heimlich unter den Dorfbewohnern herum.

»Da hat sich det Adeleken aba wat jejönnt.«

»Kiekt euch det an, die hat ihrn Brotfressa bestimmt sitzen lassen, wennse sich so alleene in de Weltjeschichte 'rumtreibt! Und wat für 'n Palast! Als obse hier nich jenuch hat mit ihr'm Protzjerümpel.«

»Wat heeßt alleene – ick gloob, det se sich 'n Scheich jeangelt hat.«

»Nee, bei die Wüstensöhne jehts so: der Scheich angelt, und die Frau beißt an, und dann wirdse in Harem vafrachtet.«

»Det is nich der Konarske ihr Jeschmack, die steht of deutschet Jroßvieh.«

»Jrafen und Brotfressa, unta dem machtses nich, die Zickenhure.«

»Könnt ick druff pfeifen. Aba 'n Scheich wär och mal wat für'n Ole Mannschatz seine Suse. 'n Palast, joldne Ringe und eena, der die Stube kehrt, un Sonntags mit'm Kamel uf de Kirmes.«

»Hast doch schon 'n Kamel zu Hause – dein Ollen, haha!«

»Bessa als mit 'n schmutzjen Stock in't Ooge.«

»Mönsch, muß det scheen sein bei die Muslemms dort unten.«

»Totet Meer? Wem's jefällt.«

Hauptkommissar Reineke begann die Ermittlungen zum Verschwinden von Gert Mannschatz in »Timm's Fleischerei«. Dort stand Adeles Postkarte an der Theke, so daß jeder Kunde sehen konnte, in welche Weiten Lärchenau seine Bewohner zu entlassen vermochte. Wenn sie nur wollten. Die Polizei wollte von Timm wissen, ob wann wo er den Vermißten zuletzt gesehen habe. Man wisse, Mannschatz sei zu Schembarts Zeiten im Laden ein und aus gegangen, sozusagen als Freund der Familie. Timm zuckte mit den Schultern. Gert würde, sprach er, seine Wurst schon lange im Supermarkt kaufen. Der Kontakt zu ihm sei abgebrochen. Er habe wirklich keine Ahnung, wohin sich Gert fortgestohlen hätte.

»Wie kommen Sie darauf, daß er sich fortgestohlen hat?«

»Was würden Sie denn tun, wenn Sie hier nichts zu tun hätten?«

»*Ich* stelle die Fragen.«

Hauptkommissar Reineke, ein kugelbäuchiger Beamter, der schwer an einem Doppelkinn trug, drückte sich am ebenfalls kugelbäuchigen Fleischermeister vorbei und blickte sich im Laden um. Timm, hoffend, es möge jetzt keine Kundschaft erscheinen, schwitzte.

»Warum sind Sie so nervös?« fragte der Hauptkommissar.

»Liegt in der Sache der Natur«, antwortete Timm.

»Aha, erzählen Sie.«

»Ich sagte doch schon«, sprach Timm, »ich weiß nichts.«

Reineke, den Verkaufsraum inspizierend, entdeckte nichts Verdächtiges an den neu gekachelten Wänden; nichts Verdorbenes in den Auslagen. Er betrat den Arbeitsraum, wo Jack gerade Fleisch durchdrehte. Timm versuchte den Hauptkommissar abzulenken, indem er erklärte, daß das Geschäft wieder richtig gut laufe, seitdem man die Feinschmeckerkreationen in ländlich Rustikales rückgetauscht habe. Jack stelle gerade Schweinemett ohne Exotik und Firlefanz her. Der Lärchenauer, dozierte Timm Konarske, sei ein traditionsbewußter Mensch und für Experimente auf Weltniveau leider nicht zu gewinnen.

»Weltniveau, soso.«

Reineke, nachdenklich über sein Doppelkinn streichend, umschlich Kessel Hackstöcke Maschinen, öffnete Kühlschränke Räucherkammern Gewürzbüchsen.

»Sie glauben doch nicht, daß wir hier etwas Illegales tun«, sprach Timm und reichte Reineke eine Messerspitze Wurstbrät zum Kosten.

»Nein, danke, ich bin im Dienst.«

Von Jack verlangte Reineke zu erfahren, was er über den Toten zu berichten wußte. Jack, der das einer Schweinsblase ähnelnde Kinn des Kommissars bewunderte, schüttelte den Kopf.

»Nee«, sagte er, »ick kann mich nur meim Meesta anschließen. Ick weeß nuscht. Det letzte, wat ick weeß, war, dat der jute Mann hat ’n Trakorenmuseum jründen wollen. In unsarn

Dorf. Stell'n Se sich dit mal vor. Wer will'n sowat hier habn? Un nu isser wahrscheinlich in Westen abjehaun.«

»In den Westen, soso.«

»Naja, weeß man's?«

»Meine Herren, hier geht es wahrscheinlich um ein Tötungsdelikt, und Sie wollen mir erzählen, daß niemand im Dorf etwas über den gesuchten Bürger weiß?«

»Det ha'm wa nich behauptet«, sagte Jack.

Die erste heiße Spur zu Gert fand sich im Bierschaum.

»Wenn ihr wollt glauben an Mitschkas Sprüch, wo sie sieht Wahrheit, dann würd sein Polizei bald ohne Lohn.«

Mitschka Prohaska senkte ihren Blick in jenes Glas, das Hauptkommissar Reineke von Dienst wegen bei Semmelweis-Märrie ordern und austrinken mußte. Erst als der Schaum auf den Grund zurückgeflossen und Hapora Fapora gemurmelt war, fühlte sich Mitschka in der Lage, eine Aussage über den Fall zu machen.

»Frau Prohaska, Sie wissen, daß jeder Hinweis für uns wichtig ist, aber die Polizei hat kein Verständnis für Märchen, die Sie uns auftischen.«

Reineke bemühte sich nach dem genossenen Alkohol um einen sachlich nüchternen Eindruck. Doch schon beschwerte sich Mitschka: »Märchen? Ich? Kannst du fragen alten Fuhrmann, der ist gewesen in Schloß zu seiner letzten Stund. So wie ich wahr gesprochen hab für ihn. Oder kannst fragen Schembarrrt, der hat gefressen eisige Ackererd, so wie ich gesagt hab, das wird er tun an sein Lebensend. So du auch kannst fragen Gert, der is geritten dem Grafen hintauf und wird ihm brechen das Genick.

»Frau Prohaska!« rief Reineke, »auf Falschaussage steht Meineid, das wissen Sie doch.«

Erst blickte Mitschka den Hauptkommissar mitleidig an, schüttelte dann den Bierschaum, um behaupten zu können, sie würde gerade in einem Strudel etwas Interessantes erkennen.

»Was? Frau Prohaska, *was* sehen Sie?«

Nervös blickte der Hauptkommissar abwechselnd auf Mitschkas geheimnisvolles Treiben und auf Semmelweis-Märrie, die feixend neben dem Tisch stand.

»Sach schon«, forderte Märrie die Zigeunerin auf, »der Herr Wachtmeesta gloobt sonst noch, wir hätten det arme Schwein off'm Jewissen.«

»In der Tat! Das ist das einzige, was ich hier glaube«, sagte Hauptkommissar Reineke.

Mitschka bat, man möge schweigen, wenn sie mit dem Medium kommuniziere.

»Ich sehe«, drückte sie zwischen den Lippen hervor, »ich sehe See, dahinein sie tun Steine werfen ... eins, zwei, drei ...«

»*Wer*, verdammt noch mal?« rief Reineke ungeduldig.

»Lo, Bitschi, Miezi. Bei uns Zigeinern will heißen, wenn Kinder tun werfen Steine in Wasser, da muß drunten liegen ein Leich, die, wenn sie beriehrt die Stein, wird werden zum Tier.«

Die Badestelle am Mennichensee wurde geschlossen, das Ufer weiträumig abgespert, der Feldweg mit einer Kontrolle versehen. Zunächst suchten die einberufenen Polizeieinheiten das Ufergelände mit Stöcken und Hunden ab. Sie stießen dabei auf den im Gesträuch verborgenen Schuppen. Weil die Hunde zwar unruhig waren, jedoch nicht anschlugen, wurde der Schuppen nur flüchtig durchsucht und für die Ermittlungen als uninteressant eingestuft. Der Leiter der Einsatztruppe vermutete das Versteck eines Hobbyhandwerkers und wies an, das Ordnungsamt vorbeizuschicken, um eine eventuelle unerlaubte Grundstücksbesetzung anzuzeigen. Einer der Fährtenhunde schnüffelte an der erloschenen Feuerstelle vor dem Schuppen, knurrte, nahm eine Spur auf. Diese endete im Schilf, wo die Beamten einen toten Kormoran hervorholten. Weiterziehend durchkämmten sie Büsche Unterholz Uferbewachsung, störten die Gelege der Wasservögel auf, stießen mit Stangen in Suhlen und Morast, untersuchten halb versunkene Weiden, Fuchs- und Kaninchenbaue. Von dem Vermißten keine Spur.

Gegen Abend wurden Taucher eingesetzt. Mit einem Boot fuhren sie auf die Mitte des Sees, um von dort aus die Suche fortzusetzen. Wenige Minuten, nachdem sie abgetaucht waren, brachte eine Erschütterung aus der Tiefe das Boot zum Wanken. Dumpf krachend hatte es die Bombe auseinandergerissen, nach sechzig Jahren verhaltener Energie die Gefahr gesprengt und den See mit einem Mal in eine schlammbraune Suppe verwandelt. Die Druckwelle erzeugte einen Strudel, verbreitete sich kreisrund, schlug an den Rändern zusammen und lief wieder auseinander. Vom Helikopter aus, der über dem Mennichensee kreiste, konnte man zwischen Hunderten, auf der Wasseroberfläche treibenden Fischleibern, die Fetzen der Tauchanzüge und menschlicher Gliedmaßen erkennen. Anschließende Untersuchungen ergaben, daß sich unter den Opfern auch der Vermißte befand.

In der Stunde, da die Nachricht jenes schrecklichen Geschehens durchs Dorf lief, hielt ein Taxi vor der Villa Konarske. Adele stieg aus: braungebrannt, flammenrotes Kleid, Strohhut, Sonnenbrille, Highheels. Sie ließ sich vom Chauffeur die Koffer ins Haus tragen und überreichte ihm ein Trinkgeld der Extraklasse.

»Where is my husband? Where is my prince?« rief Adele.

Da keine Antwort kam, warf sie sich auf das smaragdgrüne Sofa und schleuderte die Stöckelschuhe gegen die Wand.

Gunter Konarske, der seit den letzten Ereignissen einer gewissen körperlichen Schwäche unterlegen und gerade aus einem Erschöpfungsschlaf erwacht war, erkannte Adele erst auf den zweiten Blick. Seine Gedanken ging sofort dahin, mit Professor Dickescheidt Kontakt aufzunehmen, denn das Wunder, wofür beide geforscht, das die Nominierung zum Nobelpreis zur Folge hatte, war eingetreten. Es war nur noch eine Frage der Zeit, Adele ganz und gar für Konarskes Weltkarriere als Probandin zu haben. Adele verfiel in Gelächter, da Konarske sie zur Begrüßung küssen wollte.

»O mein Goott!«

Adele griff nach dem perlenbestickten Handtäschchen, das ihr ein ambraduftender Herr im »Qumram« geschenkt hatte, zog ein Zigarettenetui hervor, steckte eine Zigarette an.

»Was willst du?« fragte sie Gunter.

Betroffen stand er vor seiner Frau. Mit ersten Zeichen von Vergeßlichkeit, während Adele Rauchkringel zur Decke paffte und nach etwas roch, das von sehr fern zu kommen schien.

»Also, was willst du?«

Sie fügte noch das Wort »Shugarboy« hinzu und sah zufrieden, wie Konarske errötete.

»Gib mir sofort meine Kreditkarte zurück.«

Die Kreditkarte also. Das Zauberplättchen der Freiheit. Das Adele aus dem Kaff hinausgetragen hatte. Das also verlangte Konarske zurück. Nicht die verratene Liebe, nicht die erschöpfte Geduld, nicht die ausgekühlte Bewunderung.

»Mann, bist du ein Idiot!« fauchte Adele.

Die Kreditkarte warf sie ihm vor die Füße.

Später lief Adele die Dorfstraße entlang. Fluchend, daß Risse und Schlaglöcher ihre Schuhe ruinierten. Hinter Fenstern Zäunen Hecken verfolgten die Lärchenauer jene fremde Erscheinung, vor der Katzen die Wände hinaufgingen, Hunde zu winseln, Burschen zu glotzen begannen.

»Is denn so wat drin?«

Suse Mannschatz ließ erstaunt ihre Schälkartoffeln aus der Schürze rollen. Suses Mutter bemerkte: »Erst knallt's bei uns, det ma denkt, der Kriech is ausjebrochen, un jetzt tauchen schon wieda Zijeuna bei uns auf!«

»Det is unsa Adeleken! Ick sach nur: zu ville Wüstensonne.«

»Das ist sie nicht«, meinte Elsbeth Giersch, »das ist ein Phantom.«

»Det is keen Phantom, det is 'ne jüngre Schwesta vom Adeleken.«

»Det is, wat nich sein kann!«

Doktor Krause, der sich gerade auf dem Weg zu einem Hausbesuch befand, nahm bei der Begegnung mit Adele die Brille ab, im Glauben, seine Sehschwäche sei in Wahnvorstellungen kulminiert. Aber Adele sprach: »*Ich* bins, Herr Doktor.«

Verblüfft putzte Krause die Brillengläser. Als er wieder durchblickte, war Adele bereits seinem Blick entschwunden.

In der Fleischerei roch es nach Nieren und heißer Brühe. Die Luft, vom brummenden Deckenventilator verwirbelt, legte sich sogleich auf Adeles Gemüt. Fliegen surrten über dem Aufschnitt, der sich an den Rändern wölbte. Timm war nicht zu sehen. Selbst Jack, an den Adele eigentlich nicht mehr denken wollte, schien sich vor ihr zu drücken. Eine Gruppe Tiefbauarbeiter, die Lärchenaus Rohrsystem reparierten, machten gerade Mittagspause. An der Theke aßen sie Buletten, drehten sich nach Adele um, pfiffen, und einer rief: »He, Meista, scharfe Ware!«

Timm erschien aus dem Nebenraum. Adele sah: Noch mächtiger, flomiger war er geworden. Sein Haar hatte sich gelichtet. Müde, schlaff waren die Wangen. Ihre Hoffnung, aus dem Jungen würde, wenn schon kein erfolgreicher, so doch ein ansehnlicher Mensch werden, sah sie ins Gegenteil gekehrt. Timm wischte sich die Hände an der Schürze, dann den Schweiß von der Stirn ab.

»Sie wünschen?«

Timm konnte den Blick nicht von der Erscheinung wenden, traute seinen Augen nicht. Ein Taumel der Einsicht in die Verlorenheit seines Lebens bemächtigte sich seiner, ahnend: Was er immer gesucht hatte, stand vor ihm. Eine Frau, die sich *ihn* wünschte, keine Wurst, kein Fleisch, sondern *ihn*, Timm Konarske, den Metzgermeister von Lärchenau. Dreiunddreißig Jahre alt, ledig, stattlicher Kerl, eine gute Partie.

»Timm, erkennst du mich nicht?«

Woher, dachte Timm, soll ich so eine kennen? Inzwischen hatten sich die Bauarbeiter um Adele postiert, frech herausfragend, ob *sie* die Kundin bedienen könnten. Der Meister sei offensichtlich nicht dazu in der Lage. Adele schnippte mit dem Finger. Jack war aus der Räucherkammer getreten.

»Meesta, halt mir fest. Det kann ick jetz nich gloobn.«

Tatsächlich mußte sich Jack abstützen, denn im gegenwärtigen Moment war er sich seines Verstandes nicht mehr sicher.

»Ich bins!« rief Adele.

Der Triumph ihres Erfolges überdeckte alle schweren Gerüche. Noch bevor Timm abwog, ob er Erstaunen oder Enttäuschung in sich siegen lassen sollte, sprach ihn Mutter auf das Heikelste an, das ihn bedrückte. Sie sei so froh, ihn zu sehen. Aber diese Einsamkeit, die ihm in den Augen stünde!

Dieser traumlose Ausdruck! Sie wüßte gern, warum er noch kein Mädel habe – jeder Mann in seinem Alter habe ein Mädel, es sei unnormal, keines zu haben.

»Ich habe *das* hier«, entgegnete Timm auf den Laden verweisend.

Jack, der sich das Wundern über Adele verbot, bestätigte ergänzend: »Und zusamm' ham wa noch wat Jroßes vor.«

Timm zischte dem Gehilfen zu: »Sei still!«

Jack trollte sich. Lieber widmete er sich Realitäten wie Fleischzerlegen und Wurstbrät abfüllen. Kurz dachte er daran, seine alte Sünde aufleben zu lassen, doch die Furcht, meschugge zu werden, brachte Jack von dieser Vorstellung ab.

Adele hingegen amüsierte sich über die Verlegenheit der Männer. Plötzlich kam ihr alles komisch vor, eine Revue der Armseligkeit, in der ihre täglich sich erweiternde Liebe zum Unbekannten keinen Platz fand.

»Laß uns hier fortgehen«, sprach sie zu Timm, wollte ihn erwecken, ihrem Beispiel zu folgen, ihn schlanker machen für das Glück, das es überall gäbe, nur nicht in Lärchenau. Aber Timm, der einen höheren Auftrag hatte, sagte Nein. Nein, er würde diesen Ort nicht verlassen. Hier sei sein Platz, sein Auskommen, hier lebten seine Freunde.

»Freunde?«

Adele nahm ihren Strohhut ab, legte den Kopf schräg, zwinkerte und meinte, jetzt würde sie endlich begreifen: Timm sei ein *Homo*.

»Du bist eine verdammte Lügnerin!« rief Timm.

Adele verlangte von ihrem Sohn zweihundert Gramm »beleidigte Leberwurst«, woraufhin dieser mit der Faust aufs Hackbrett schlug und verkündete, ab heute ließe er sich von niemandem mehr beleidigen, schon gar nicht von seiner Mutter.

Admiral hatte den Sprengstoff besorgt. Er überreichte Jack die plastikumhüllten Röhren, wies ihn an, diese vorsichtig an den Bugseiten des *Molches* zu verankern. Während Jack die Aufgabe ausführte, befahl Admiral Timm, sich solange in den Wald zurückzuziehen, denn der Cocktail aus Zyklonit und Aluminiumflocken, den er aus Vaters hinterlassener Munition selbst hergestellt habe, sei noch unerprobt.

»Und wenn's jetzt knallt?« fragte Timm, an Admirals Seite hinter Haselsträuchern hockend.

»Dann war alles umsonst.«

Mit regloser Miene blickte Admiral auf die Uhr. In dreißig Minuten sollte die Taufe stattfinden. Im Anschluß daran der erste Tauchgang. Im Mennichensee. Admiral, der beschlossen hatte, sich nach geglücktem Test von seiner Frau scheiden zu lassen und endlich seine Lebenskarriere auszubauen, betete zur Schutzheiligen. Hatte er doch die Konstruktion des *Molches* bis ins letzte Winkelmaß korrekt ausgeführt und kontrolliert. Er sah sich als Ingenieur der größten Befreiungsaktion aller Zeiten. *Es geht los, Kammerratten!* Er hielt den Atem an, lauschte.

Auch Timm lauschte. Am Morgen hatte er das Bild der Schutzheiligen nicht, wie vorgesehen, zu sich genommen, sondern an der Schuppenwand hängen lassen. Seit Mutters Besuch in der Fleischerei war Timm unruhig. Mutter war schön. Noch nie hatte er eine Frau so schön gefunden. Aber vielleicht, da sie ihn wie ein Kind behandelte, hatte sie etwas von der Aktion *Molch* bemerkt? Oder Timms Kraftfleisch aus Eiweiß, Blut Kleie Vitaminen, die Götter- und Überlebensspeise der Bande. Hatte Mutter heimlich davon gekostet? Das Vorhaben entweiht? Gleich, fürchtete Timm, wird der *Molch* in die Luft fliegen.

Admiral sagte: »Mensch, du keuchst wie ein Nilpferd. Mit der Wampe kannst du nicht 'runter.«

»Natürlich komme ich mit«, erwiderte Timm und versuchte den Bauch einzuziehen.

Admiral verbot ihm den Mund und zählte bis hundert. Dann gab er Entwarnung.

Schnittig, wie ein zigarrenförmiges Tier, lag der *Molch* auf Rollbohlen am Ufer des Mennichensees. Bereit für den Wassergang. Admiral strich mit der Hand über das Metall, prüfte ein letztes Mal Schweißnähte, Druckhülle, Tauchzellen, Luftmast, Luken und Bunker. Es war perfekt. Am Heckruder stand mit schwarzer Farbe MOLCH 14075. Die Postleitzahl Lärchenaus. Auf Anweisung Admirals stellten sich die zwei Männer einander gegenüber. Die Taufe erfolgte, indem sie ohne Blinzeln ihrem Gegenüber in die Augen blickten. Admiral durchdrang Jacks Blauäugigkeit mit der Gewißheit des Überlegenen, während sich Jack frei jeder Nervosität dünkte. Timm maß sich an Admirals strenger Leuchtkraft, wobei er befürchtete, daß das Kraftfleisch die Mannschaft womöglich nicht retten, sondern vergiften könne.

»Los!« sprach Admiral und zu Jack gewandt: »Du gehst vor.«

Vielleicht war es das Licht der untergehenden Sonne, unter dem Admirals ergrautes Haar rot aufglomm. Vielleicht war es aber auch Furcht, die ihn elektrisierte und zögern ließ, den Befehl umstandslos zu befolgen. Minuten vergingen. Bläßhühner schwammen aus dem Schilf und beäugten das große blanke Ding am Ufer. Frösche ließen ihre Schallblasen knarren. Kormorane drehten Runden, auf der Suche nach Fischen. Admiral peinigte das Gefühl, etwas übersehen zu haben, und befahl dennoch ungeduldig: »Jack, zeig Timm, wie es funktioniert.«

Jack riß sich aus seiner Angst. Die Heckluke geöffnet, packte er die Griffstange, und sein Körper glitt in das Innere des *Molches.* Dort hockte er sich mit angezogenen Beinen an seinen vorgesehenen Platz. Bei sich trug Jack ein in Kunstleder gebundenes Buch. Ein Geschenk von Flottenadmiral Christ an seinen Sohn zur Jugendweihe im Jahr 1970. Ein »Friedenstagebuch«, noch unbeschrieben und im gegenläufigen Sinne sollte es endlich zu Ehren kommen. Daß Jack mit dieser Aufgabe betraut wurde, wunderte ihn zwar, machte ihn aber auch stolz.

Timm, der Jacks Einstieg mit Sorge beobachtet hatte, war beruhigt, daß er ein dreifaches Klopfzeichen hörte. Es bedeutete nachzukommen. Admiral schlug Timm auf die Schulter und bestärkte sich selbst, indem er versicherte, es sei ja nur ein Test, und er wisse, daß die Sprengkraft der Torpedos nicht mal einem Karpfen etwas anhaben könne. Timm drückte sich durch die Luke. Admirals Instruktionen, die Gemeinschaft auf engstem Raum mit Mut, Disziplin, Nervenstärke und Siegeszuversicht zu bewahren, wurden hinfällig im Moment, da Timms Leib sich zwischen Treibstoffbunker und Schnorchelanschluß verkeilte.

»Biste vom Wahnsinn umzingelt?!« rief Jack. »Hier hat keene Laus mehr Platz, so eng isset!«

Timm saß fest.

»Ich muß aber hier rein«, stöhnte er. »Mein Großvater war schließlich der Führer.«

»Halt die Schnauze!«, rief Jack.

Timm wimmerte: »Er war wirklich der Führer, verdammt!«

»Ich mach jetzt zu!« rief Admiral von außen.

Es wurde dunkel im *Molch*. Admiral überhörte, wie die Kammerratten nach ihm riefen, wie sie versuchten, das Manöver abzubrechen, weil man ohne Kommandanten nicht vollständig war und den Mut verlor. Weil Timm den Ausgang verstopfte und nichts vorging und nichts zurück. Admiral löste das Tau, schob ein wenig, und der *Molch* rollte auf knirschenden Bohlen den Uferhang hinab in den See. Dort trieb er, wie vorgesehen, halb unter Wasser und drehte Richtung Badestelle ab. Admiral hoffte, daß Jack ins Tagebuch das Wort »Hundekurve« notierte. So hieß der Weg, den der *Molch* einschlagen mußte, um anzugreifen. Es war alles perfekt. Keine äußere Gefahr im Anzug. Der Schnorchel sichtbar. Ein Kormoran flog heran, entfernte sich wieder. Dann war der Schnorchel verschwunden. Mit metallischem Flimmern entwichen der Tiefe des Sees Luftblasen. Admiral nahm das Radargerät und funkte die Besatzung an.

»Hallo – eins vier null sieben fünf? Hier spricht euer Kapitän!«

Schade, dachte Admiral, ich hätte sie gern noch einmal um Hilfe rufen gehört. Glatt lag der Mennichensee. Als sei auch diesmal nichts geschehen, quakten Frösche, raschelte die Ringelnatter durchs Schilf. Bläßhühner flogen mit *köw! köw!* über die Uferböschung Richtung Wald. Auf einmal war es still.

»Eins vier null sieben fünf! – Hört ihr mich?«

Der Haubentaucher schüttelte Schopf und Backenbart. Admirals Lippen zitterten, und er strich sich über den Mund, damit das Zittern aufhöre.

»Wirst du jetzt fromm?« fragte Gunter Konarske seine Frau, die, auf den Badezimmerfliesen knieend, die Hände gefaltet hielt.

»Ich weiß nicht.«

»Dann steh auf.«

Er griff ihr unter die Arme, zog sie nach oben. Er wehrte sich gegen ihr verzweifeltes Heulen, indem er selbst heulte, zornig, gedemütigt vom Drama des verlorenen Sohns. Er fühlte sich am Ende einer fossilen Hoffnung, Angesicht in Angesicht mit der rezenten Jugend seiner Frau. Für die er kein Gegengift entwickelt hatte. Timm war tot. Durch Fahrlässigkeit umgekommen mit dreiunddreißig Jahren. Auch Adele schätzte man inzwischen auf Mitte Dreißig. Die Schutzheilige, zu der Timm vielleicht, bevor er Wasser geatmet, gebetet hatte. Aber davon wußten seine Eltern nichts.

»Warum, verdammt noch mal, muß ich so etwas erleben?«, fluchte Gunter.

Fiepend wand sich Adele in den Armen ihres Mannes. Er ließ seine Frau zu Boden gleiten. Seine Gelenke schmerzten, der Rücken war steif. Adele hingegen war biegsam wie eine frischgetriebene Rosenranke. Sich auf den Fliesen räkelnd, irren Blickes, bat sie Gunter zu ihr zu kommen.

»Kannst du nicht mal an was anderes denken?« brüllte er.

Da verjüngte sich Adele noch weiter. Ihr Körper wurde kleiner fester zarthäutiger und ihre Stimme heller. Es war fünf Minuten vor zehn, und die Kirchenglocke begann im Dorf zu bimmeln, schrill, aufgelöst in hektischem Rhythmus. Bis in die Villa Konarske drang ihr Ruf. In dieser Sekunde beschloß Gunter, das Experiment abzubrechen.

»Der Tod ist nicht das Letzte des Lebens. Unter diesem Eingangswort, liebe Gemeinde, haben wir uns heute zur Andacht zusammengefunden. Wir wissen: Lärchenau ist ins Visier des Teufels geraten. Er hat sein Werk getan, wie er es tun mußte, und ihr versteht es trotzdem nicht. So seid ihr. Unbelehrbar, abgeschliffen von Trott und Spott. Ich muß es hinnehmen.

*Halleluja!*

Trotzdem freue ich mich, Menschen unter uns begrüßen zu dürfen, die statt der Kirche sonst eher die Tempel einer anderen Welt betreten. Solch Leid, wie es kürzlich den Familien Schembart, Thiel, Konarske, auch einsamen Seelen wie Horst Gegenbauer, Gert Mannschatz und unseren gräflichen Herrschaften widerfahren ist, treibt Menschen in letzter Not aus dem Unglück über das Verlorene in das Glück der Gemeinde.

*Liebster Jesus, wir sind hier, dich und dein Wort zu hören, lenke Sinnen und Begier auf die süßen Himmelslehren.*

Wohin *ihr* eure Begierden lenkt, ich weiß es. Ihr wißt es auch. Singt die Lüge, wie ihr sie gewohnt seid. Sie wird euch nicht vergeben, da steh Gott vor! Wir haben uns hier versammelt, weil unsere Gesellschaft über den Tod schweigt. Ich aber will sprechen und euch von dem Wunder berichten, wie es vor mehr als zweitausend Jahren in Golgatha geschah. *Als der Tag heranbrachkamenMariavonMagdalaunddieandereMariaumnachdemGrabzusehenundsieheesgeschaheingroßesErdbebendennderEngeldesHerrnkamvomHimmelherabundwälztedenSteinvomGrabJesuwegunddieFrauenerschrakenausFurchtvorihmaberderEngelsprachfürchteteuchnicht! – Halleluja!!*

Fürchtet euch nicht, sprach der Herr. Ich aber sage: Fürchtet euch! So viele Tote in kurzer Zeit in einem kleinen märkischen Dorf. Warum? Gott hat euch nicht außer acht gelassen. Gott, der euch vor nicht allzulanger Zeit, als alles am Boden lag, gesagt hat: Der Krieg seid ihr selbst gewesen. Ihr müßt selbst wieder aufbauen, was ihr zerstört habt. Gott hat euch Augen gegeben, damit ihr sehen könnt; Münder, um zu sprechen, und Hände, um redlich zu schaffen. Doch wie schnell wart ihr wieder zu den Götzen unterwegs. Feigheit und Lügen haben Lärchenaus Straßen, Höfe und Häuser rissig gemacht. Im niederen Bann der Fehler habt ihr euer Jammern geschürt und von Schlössern geträumt, wo Gespenster der Einfalt schweben. Hat man euch Neues gegeben, habt ihr es in den Bankrott gewirtschaftet und gehofft, das sei der Fortschritt. Nichts wolltet ihr jemals über euch erfahren, doch was sollte über euer Dasein auch gesagt werden?

*Kyrie! Kyriiee!!*

Vor wenigen Tagen haben Johannes Thiel und Timm Konarske, zwei gesunde standfeste Lärchenauer, versucht, mit einem technischen Wunderwerk dem Dasein auf den Grund zu gehen. Aber ihres Daseins Grund war der des Mennichensees. Gott hieß ihr Kapitän, der sie auf große Fahrt gebracht hatte. Es sollte so sein. Wir alle wissen um unser Ende und können es uns nicht erklären. Ich sage euch: Der Tod hält in Lärchenau reiche Ernte, weil hier besonderer Glaube herrscht. *Halleluja.*

Der Tod, liebe Leute, steht eurem Glauben im Weg. Was nach ihm kommt, weiß keine Vernunft. Aber ihr wollt doch alle vernünftig sein. Der Tod zerstört. Er zerstört euer braves, sinnentleertes Dasein, eure liebgewordenen Vergnügungen, eure Rosengärten und Bierschäume. Aber weil er sich in Lärchenau Gassen breit wie Autobahnen schlägt, schenkt er uns auch das Leben. Der Tod macht uns bewußt, daß wir endlich sind. Endlich und daher frei.

*Nun freut euch, liebe Christengmein, und laßt uns fröhlich springen,*

*daß wir getrost und all in ein mit Lust und Liebe singen …*

Wir Menschen fürchten den Tod. Du, Suse Mannschatz, fürchtest ihn genauso wie dein Mann Ole. Auch du, Elsbeth Giersch, tust es. Sowie dein Sohn, der unsere Gemeinschaft meidet. Semmelweis-Märrie, du zitterst vor Angst, daß irgendwann das Bier nicht mehr fließt. Auch Sie, Herr Bürgermeister, haben Angst vor dem Tod. Frau Gräfin fürchtet den Tod, wie Adele Konarske ihn fürchtet. Wir alle fürchten den Tod. Selbst mein glückverlassener Hemlock fürchtet ihn und ich selbstverständlich auch.

*Halleluja.*

Aber es ist nicht unser eigener Tod, den wir begreifen. Wir kennen lediglich den Tod der anderen und vom eigenen nur die

Angst, ihm gegenüberzustehen. Warum, Adele, ist dein Mann heute nicht hier erschienen? Er, der Herr über Leben und Tod? Der Wunderheiler, dem selbst Mäuse und Schweine Respekt zollen? Hat er sich an den Tod gewöhnt? Aber was war mit seinem Sohn Timm?

*In Sünd war ich verloren, sündlich war all mein Tun,*
*Nun bin ich neu geboren, in Christus, Gottes Sohn.*
*Der hat mir Heil erworben durch seinen bittern Tod,*
*Weil er am Kreuz gestorben für meine Missetat.*

Gestorben sind sie alle durch eure Missetaten. Dieses Wunder solltet ihr euch merken. Aber ihr behauptet: Jeder Tod sei natürlich und vor ihm seien alle Menschen gleich. Ich aber sage euch: Dieser Spruch dient nur dazu, alle Ungerechtigkeit, alle Ungleichheit der Lebenschancen für Menschen auf dieser Welt zu akzeptieren. Aber es gibt keine Gleichheit *vor* dem Tod. Nicht wahr, verehrte Frau Gräfin? Das gibt es nicht. Das ist eine Lüge. Soll ich euch die Geschichte von der Baronin und dem Gutskutscher lesen? Die eine aufgebahrt im Lichterseim, der andre auf der Pferdedecke. Die eine mit allen Ehren begraben, der andere ohne Andenken verscharrt. Und die Geschichte von Helge Hemlock, den Leute von euch im Zuchthaus den Verstand herausgeprügelt haben? Beruhigt euch doch, liebe Lärchenauer! Als Toter ist man nichts mehr. Der Tod unterbricht eure Pläne, über das Leben und die Welt zu herrschen.

*Halleluja! Halleluja!!*

Der Teufel findet auf der Erde Helfershelfer, in der Gestalt von Tieren, die aus der Erde kommen, falschen Propheten und Menschen. Seine Anhänger tragen eine reine Stirn. Sieben Engel gießen die Plagen und göttlichen Zorn auf die Erde. Wehe denen, die in Lärchenau leben. Denn hier hat der Teufel sein Hauptquartier. Laßt uns ihm die Ehre geben!

*Hallelu –*

Warum so verhalten? Halleluja! Ja! Fürchtet euch! Singt! Lobpreist den Herrn, und laßt uns zum Abschluß beten. Ewiger Gott und Vater, befreie sie, gib ihnen Ruhe, wie du sie den Entschlafenen gibst. Laß ihnen dein Licht leuchten, aber mach, daß sie die Augenlider nicht mehr schließen können. Vereine sie mit denen, die du vollendet hast, denn sie glauben nicht an die Vollendung.

*EssegneundbehüteunsderallmächtigeundbarmherzigeGott-VaterSohnundHeiligerGeistAmen.*«

Am Ende saßen die Lärchenauer noch lange in den Kirchenbänken. Cordula Schellhas rieb sich die Augen. Sie hatte geweint.

»Es ist alles so traurig«, sprach sie zu ihrem Mann.

»Eine Zumutung«, pflichtete der Bürgermeister ihr bei und fügte hinzu: »Er hat noch nie so geredet. Er muß verrückt geworden sein!«

»Ich weiß gar nicht, was unser Herr Pfarrer von den Menschen will«, beschwerte sich Elsbeth Giersch. »Ich persönlich habe mir nichts vorzuwerfen. Daß mein Hanswerner so anders geworden ist, haben wir dem Klassenfeind zu verdanken. Aber das muß ich mir doch nicht von der Kirche sagen lassen.«

Frau Brünning: »Ick weeß schon, warum ick sonst nich zu die Bibelstunde jehe. Gloob ick an lieben Jott? Nee, tu ick nich.«

»Wat müßten wa da für 'n Kopp ham, wenn wa son vaqueret Jesülze kapiern würden«, pflichtete ihr Ole Mannschatz bei.

Suse behauptete: »Det vasteht nichma unsa Brotfressa.«

Minna: »Aba man weeß nich, wofür et jut is.«

Adele: »Das weiß man nicht.«

Gräfin Grazyna, die ihren Kopf mit einem Schal umhüllte, bestätigte Pfarrer Niklas am Kirchenausgang den schwachen

Geist der Gemeinde, indem sie ihm einen Zweihunderteuroschein in die Hand drückte. Dann verschwand sie in ihrem Wagen und fuhr davon.

»Dreimal wünsch ich dir die Pest«, flüsterte Pfarrer Niklas.

Adele gab Helge Hemlock, der mit der Kollekte herumging, einen Bonbon ins Körbchen.

Kai-Uwe Christ, genannt Admiral, wurde, nachdem die polizeilichen Untersuchungen im Fall *Molch* abgeschlossen waren, wegen fahrlässiger Tötung zu einer Freiheitsstrafe von drei Jahren verurteilt. Die Presse sprach einerseits von einem tragischen Unglück, das durch falsche Vorbilder fehlgeleitete Männer selbst hervorgerufen hätten; andererseits wurde die Vermutung geäußert, der Mennichensee beherberge in seinen Tiefen ein Ungeheuer. Es gab Lärchenauerinnen, die diese Vermutung nicht mit der Tatsache einer vor Jahren abgeworfenen Fliegerbombe, sondern mit Augenzeugenberichten bestätigten. Mitschka Prohaska beispielsweise berichtete im Beisein der Presse, sie hätte einmal, an der Stelle, wo der Schierling wächst, ein gräuliches glitschiges Wesen, eine Art Riesenlurch, im Wasser gesehen. Bürgermeister Schellhas, der Lärchenau nichts nachsagen lassen wollte, dementierte jede Vermutung, übernatürliche Kräfte könnten am Werk sein. Durch den Einfluß fremder Kulturen sei dieser Hokuspokus zu erklären, durch nichts sonst. Des weiteren beantragte Schellhas die Versetzung von Pfarrer Niklas. Das Wohl der Gemeinde, behauptete der Bürgermeister, sei durch Niklas' aufsässige, von den Regeln einer ordentlichen Predigt abgekommenen Reden, gefährdet. Nach vielen Anhörungen und Diskussionen im Kirchenamt wurde der Antrag genehmigt.

Pfarrer Niklas hielt die Kündigung in der Hand und hatte

keine Zeit mehr für den Glauben. Er glaubte es und glaubte es nicht, schlug sich an die Stirn in spätem Einsehen in die Vergeblichkeit seiner Bemühungen. Er packte seine Sachen, stieg in den Glockenturm und zog die Luke von innen zu. Das Seil spannte er fest. Nun hing die Glocke und rührte sich nicht mehr. Niklas schloß die Kirche zu, schickte den Schlüssel dem Kirchenvorstand per Post. Der Pfarrer a.D. verlangte im »Ochsen« noch einen Eintopf zu essen, doch die Wirtin sagte: »Eintopp is aus!«

Der Moment, da Niklas seinem treuen Pfarrdiener Hemlock die Nachricht mitteilen mußte, war der schwerste. Obwohl Hemlock nichts sagte. Und Niklas ihm zu erklären versuchte, was das sei: wegzugehen. Helge riß seine Pudelmütze vom Kopf und schleuderte sie gegen den Pfarrer. War es ein Mann in Wattejacke oder der aasige Giersch, oder war es der Teufel, den Hemlock plötzlich in seinem Freund sah? Niklas konnte ihm nicht mehr helfen.

Da Lärchenau keine historische Feldsteinkirche, sondern nur einen Ziegelbau aus dem 19. Jahrhundert sein eigen nennen konnte, ließ man nach Pfarrer Niklas' Weggang Schimmel und Salpeter wuchern. Im Januar wurde der neue Pfarrer in die Gemeinde eingeführt und predigte nach der Ordnung. Helge Hemlock nahm die Madonnenpuppe, die die Prohaskas einst vor die Kirchtür gelegt hatten, und begrub sie auf dem Kirchhof neben seiner Mutter. Dann setzte sich Helge ans Grab auf die eisige Erde und stellte sein Leben ein.

Fremde kamen nach Lärchenau. Nicht einer gewöhnlichen Sehenswürdigkeit wegen – Adele Konarske war der Grund. Längst hatten die Lärchenauer dafür gesorgt, ihr *Verjüngungswunder* über die Grenzen des Landkreises hinauszutragen. In Kombination mit den rätselhaften Todesfällen, dem Ungeheuer des Mennichensees, dem geschaßten Teufelspfarrer und des dem Niedergang geweihten Schlosses, machte sich manch Neugieriger zum Ausflug auf, um dem Unerhörten Besuch abzustatten. Anlaufpunkt der Touristen war der »Ochse«, wo Semmelweis-Märrie asthmatisch schnaufend Bier abfüllte. Sie bezahlte die alte Mitschka dafür, daß sie den Gästen eine Besichtigungsroute ausgab. Orakelnd sollte sie das zu Erwartende schmackhaft machen.

So kam es, daß vor der Villa Konarske Ortsfremde auf und ab gingen. Über die Hecke spähend, versuchten sie, die Hausherrin zu Gesicht zu bekommen. Trat Adele aus der Tür, fragten die Besucher scheinheilig: »Wo ist denn deine Mutter?«

Dann antwortete Adele barsch: »Beim Grafen von Lärchenau! Beim schwedischen König! Beim Schah von Persien!«

Nahmen die Leute Adeles Späße nicht übel, baten sie, Adele möge das Geheimnis ihrer Jugend preisgeben. Man würde sie dafür entlohnen. Adele schickte die Leute fort. Sie wußte um kein Geheimnis. Kannte nur ihr Verlangen, sich morgens die Spitze zu geben, direkt ins Blut, auf schnellem Weg ins Herz.

Konarske, der Adele auf Entzug setzen wollte, hatte nicht mit deren Durchtriebenheit gerechnet. Unauffindbar für ihn war Adeles Ampullenvorrat zwischen Küchenvorräten versteckt. Gunter versuchte zu retten, was zu retten war. Ein weiterer Rückschlag traf ihn: Professor Dickescheidt, mit dem er gemeinsam die Daten auswertete, fürchtete die Kontrolle über das Unternehmen und daher seinen Ruf zu verlieren. Er beendete die Zusammenarbeit mit Konarske und folgte der Berufung an ein amerikanisches Forschungsinstitut.

Konarske flehte Adele an: Werd wieder normal, es reicht, es ist alles bewiesen, es ist zu Ende, ich liebe dich, aber mir ist, du seist gar nicht mehr da, ich weiß, ich bin unerträglich, du kennst mich doch, du hast immer alles von mir bekommen, du kannst einen alten Mann wie mich nicht allein lassen.

Es kam die Zeit, da Adeles Kleider weitergekürzt werden mußten. Die damenhaften Chiffons wurden eingenäht oder auf dem Dachboden verstaut. In der Stadt besorgte sich Adele der Jugendmode entsprechende Kleidung. Als ihr auch die kleinste Größe zu weit war, stieg sie auf Kinderkonfektion um. In den Läden staunte man über das entschieden auftretende Mädchen, das forsch, mit reichlich Bargeld und sicherem Geschmack ausgestattet, sich einkleidete. Dabei sprach es wie eine Erwachsene. Nur wenn Leute ihr zu nahe traten, sie fragten, wo denn ihre Eltern seien und sie angafften, streckte ihnen Adele die Zunge heraus.

Eines Tages schnappte sich Gunter Konarske seine Frau und sperrte sie in Timms ehemaliges Zimmer. Zweimal schloß er die Tür von außen zu. Er hörte Adele brüllen, gegen die Tür treten, mit Gegenständen um sich werfen. Als sie sich ausgetobt hatte, betrat Konarske das Zimmer. Er forderte sie auf, ihm sämtliche Spitzen und Ampullen zur Vernichtung zu geben. Falls sie nicht gehorche, drohte er, werde er Adele in ein Heim stecken.

Im August 2007 fand sich ein Investor aus Kaiserslautern, der »Timms Fleischerei« kaufte und zu einem »Retro-Gourmet-Partyservice auf Bio-Basis« umstrukturierte. Als Spezialität wurde Mennichenseewasser angeboten, dessen energetische Eigenschaften durch Levitation noch erhöht wurden. Bevor der neue Eigentümer die Flaschen abfüllte, ließ er das Wasser durch ein selbstgebautes Glasrohrsystem fließen. Als Heilwasser sollte es den Siegeszug von Lärchenau um die Welt antreten. Nach einem Monat blieb die Kundschaft, die von weit her angereist kam, weg. Der Investor mußte aufgeben. Wenige Wochen nach dessen Insolvenz wurde vom Enkel Ole Mannschatz' »Timms Fleischerei« mit ländlich rustikalem Wurst- und Speisensortiment wiedereröffnet. Den Lärchenauern gefiel es.

Im August 2007 erfolgte Doktor Krauses Pensionierung. Fast erblindet zog er mit seiner Frau Angela nach Storkow, wo beide in einer Seniorenresidenz ihren Lebensabend verbrachten. Die Praxis wurde nun zweimal wöchentlich von einer Ärztin aus der Nachbargemeinde betrieben. Deren Sprechstundenhilfe, Schwester Marcella, hatte in Konarskes Forschungsklinik ihre Ausbildung beendet und schätzte den Professor sehr. Dieser war es auch, der Marcella in Lärchenau eine Unterkunft besorgte.

In diesem Monat kehrte die Witwe Gräfin Grazyna Agnes von Lärchenau und Burghagel dem Dorf den Rücken. Umzugswagen fuhren vor dem Schloß auf. Während das Personal alle mobilen Gegenstände in die Wagen verlud, saß Grazyna im Jagdzimmer. Über der Tür hing das Hasenhüttl-Bild eines Jagdhundes (deutsches Rauhhaar), das Gesichtszüge der Gräfin trug und das Zimmer verfinsterte.

Im August 2007 packte auch Hanswerner Giersch seine Koffer, um der Gräfin nach Burghagel zu folgen. Sie hatte ihm versprochen, daß er dort als Chronist und Privatsekretär eine würdige Aufgabe fände. Giersch wechselte sein modisch kühnes Outfit in einen Nadelstreifenanzug, beauftragte eine Räumfirma zum Abtransport sämtlichen alten Gerümpels, das sich in seinem Zimmer der mütterlichen Wohnung über Jahrzehnte angesammelt hatte, und sagte zu seiner alten Mutter: »Ich bin mächtig stolz.«

Diese gab ihm zum Abschied nicht einmal die Hand.

Im August 2007 fanden Badegäste im Ufergesträuch des Mennichensees Granne, Vertreterin des deutschen veredelten Landschweines. Wohlig grunzend lag sie auf der Seite. An ihren Zitzen sah man acht ungewöhnlich schwarz-rosa gefleckte Ferkel. Als ein Badegast per Handy die Polizei rufen wollte, bewegte sich vor Granne etwas, das wie ein Erlenbusch aussah. Mit grollendem Schnaufen ging er auf den Badegast zu. Später, als der Keiler alle Menschen vertrieben hatte, legte er sich nieder.

Ab August 2007 war Semmelweis-Märrie selbst ihr bester Gast. Das Speisenangebot hatte sie eingestellt. Es gab nur noch eine Sorte Bier. Da auch Märries Kraft versiegt war, schloß sie den hinteren Lokalteil, hielt nur noch den vorderen, mit antiken Sprelacardtischen bestückten Raum offen. Mitunter gesellte sich Mitschka zu der Wirtin, doch wenn sie den wenigen Gästen, die den »Ochsen« besuchten, aus dem Bierschaum die Zukunft lesen wollte, sagte Märrie: »Hier weeß jeda selba, wo et mit ihm hinjeht.«

Am 6. August 2007 erreichte Professor Konarske per E-Mail die Nachricht über die Vergabe des Nobelpreises für Medizin an den Zellforscher Holm Dickescheidt (University of Horseheads, USA). Dessen Arbeit über »epigenetische Phänomen-Aktivierung« sei als bahnbrechender Erfolg für das Fortbestehen der Menschheit zu werten. Als sich Konarske beim Rasieren im Spiegel erblickte, sah er den Schrecken in seinen roten, von Tränen unterspülten Augen.

Ebenfalls im August 2007 stand Gunter Konarskes Pensionierung bevor. Das Institut hatte ihm eine Abschiedsfeier organisiert, die er mit der Begründung absagte, seine Gattin sei unpäßlich. Er müsse sich um sie kümmern. Zu Adele, die er seit dem ersten Entzugstag im Kinderzimmer eingesperrt hielt, sagte er, er würde am Abend anläßlich seines Abschieds vom Beruf die Oper besuchen. Adele solle zeitig zu Bett gehen, und wenn sie artig sei, würde es morgen eine Überraschung geben. Ich freu mich, sagte Adele. Sie kletterte auf den Stuhl und erblickte durchs Fenster, wie Gunter im Festanzug das Haus verließ. An der Garage, wo sein Wagen stand, wartete bereits Marcella. Sie trug ein lindgrünes, paillettenbesticktes Kleid und ein Täschchen aus Brokat. Als Konarske Marcella auf den Nacken küßte, gurrte es in Adeles Ohren.

Mit roten Glaskirschen band Adele ihr Haar zum Pferdeschwanz. Rief jemand ihren Namen? Aufgeladen war die Nacht, vollmondig, vom Zirpen der Grillen durchdrungen. Von weit her, doch so, als sei es gleichsam in der Nähe, klang Wummern von Musik. Im Kinderzimmer tickte Timms alter Wecker. Die Zeit, ein sonderbar Ding.

Adele trug nicht viel bei sich, als sie vom Fenstersims aus das Abflußrohr der Dachrinne ergriff und an ihm hinunterglitt. Sie landete vor dem Rosenstrauch, der ihren Namen trug. Durch die Glasbausteine der Kellerfenster sah Adele den Swimmingpool. Sie brach ein. Wie eine Diebin mittels Haarnadel. Durch den Hintereingang in den Keller. Sie stieg die Treppen herab, schlich an Pool Sauna Hobbyraum vorbei, den Gang entlang bis zur Tür, an der das Schild *Zutritt verboten* stand.

Adele war bereit. Mit leichtem Druck gegen die Tür ließ sich Konarskes Labor öffnen. Komisch, dachte Adele, warum habe ich es nicht früher gemerkt? Der mit schwarzen Rollos verhängte Raum roch nach Staub und Essenzen, die zu Kopf stiegen. An der Wand tastete die Einbrecherin nach dem Lichtschalter. Staub tanzte in der Luft. In der Mitte des Raumes: ein papierüberladener Tisch, eine rostige Schreibmaschine, Brettchen, ein Mikroskop, ein Kasten verfärbtes silbernes Tafelbesteck. Adele stolperte über eine Kiste vergilbter Briefe und Fotos. Spinnwebenüberzogene Korktafeln mit aufgespießten Insekten hingen an den Wänden. In den Regalen eine Gläserparade: schwimmende Gliedmaßen, Eingeweide, verschlungene Gewebe, Nasen, Ohren, Münder fremder tierischer Wesen. Auch die Augenmaus, die Konarske einst auf Adele angesetzt hatte, zeigte sich unverrottbar in Alkohol.

Obgleich Adele Übelkeit unter der Zunge saß, nahm sie Gläser aus dem Regal und trug sie, unter die Arme geklemmt, aus dem Labor. Sie wollte alles wegwerfen. Den Müll aus *Zutritt verboten,* das Lieblingsspielzeug ihres Prinzen, ihre Angst. Nichts mehr sollte er vorfinden. Ein Glas war auf dem Boden zerschellt. Drei bräunliche Klumpen, die sich in der Flüssigkeit befanden, rollten heraus. Als Adele sie genauer betrachtete, glaubte sie, winzige Menschlein zu erkennen. Es war kein kindlicher Schrei, der Adeles Mund entfuhr. Es war der letzte, alles zerschneidende Ablaut, der im Keller der Villa Konarske verhallte.

Adele lief die Dorfstraße entlang, ohne sich umzudrehen. Noch immer rief niemand ihren Namen. Selbst die Musik, fern oder nah, war verstummt. Wohin des Wegs? fragte Adele. Kühl blies die Nachtluft um ihre dünnen, mit Kniestrümpfen und Sandalen bekleideten Beine. Am Mennichensee wusch sich Adele die Finger. Im Mondlicht huschte ein Tier zwischen den Steinen. Adele zog ihre Hände zurück. Wind kam auf. Das Mädchen suchte Zuflucht im Schuppen. An der Bretterwand das Foto der Schutzheiligen. Adele nahm es vom Haken und zerriß es. Der Moment aufkommender Müdigkeit verflog. Adele lief vom See durch den Wald zu den Feldern.

»Wo bist du?« rief sie.

Schon lag das Dorf hinter ihr. Im ehemaligen Kesselhaus der LPG brannte noch Licht. Im überdachten Hauseingang saßen Joschka, Manilo, Finko und Yvo und rauchten.

»Madonna, was schickst du?«

Die Männer, als sie das Mädchen durch die Nacht kommen sahen, luden es ein, bei ihnen Platz zu nehmen. Sie riefen nach Mitschka, die warme Milch brachte. Baba erwachte durch das Schreien der Drillinge. Auch sie bekamen warme Milch.

»Kind, wohin willst du kommen, wenn nicht zu uns?«

Besorgt legte Mitschka Adele ein Tuch über die Schultern. Als man sie fragte, wie sie heiße, wo Mutter und Vater seien, gab Adele keine Antwort. Der alte Yvo kratzte sich an seiner Narbe, die ihm wie ein Tausendfüßer von der Schulter über den Hals kroch, und meinte, man müsse die Polizei informieren.

»Laß das!« sagte Adele.

Sie hatte die Milch ausgetrunken, erhob sich und sprach: »Mein Vater wartet auf mich.«

Und Adele, die aussah wie sechs, winkte ein letztes Mal vom Hügel, der das Brachfeld begrenzte, herab.

Adele rannte davon. Mit glaskirschengeschmücktem Pferdeschwanz, der bei jedem Schritt wippte. Davon, den Hügel hinunter, den Feldrain entlang. Sie stürzte über den Stacheldraht der Brombeerbüsche. *Madonna! Madonna!* schallte es aus Richtung Kesselhaus. Das Mädchen biß die Zähne zusammen. Der Sturz hatte ihm die Haut an den Beinen aufgerissen. Adele humpelte über das gründüngergepflügte Feld, dessen Schollen das Mondlicht versilberte. Links neben dem Feld, etwas zurückgesetzt, fast nicht zum Dorf gehörend: das Schloß derer von Lärchenau. Im Mondschatten stand es mit verdunkelten

Mauern. Niemand rief Adeles Namen. Niemand mehr wollte von ihr wissen, wer sie wohl sei. Kalt war es im Märchen.

In ihrer Not lief Adele in die Arme dreier Männer, die ihr plötzlich aus dem Unterholz entgegenkamen. Dunkel vermummt trugen sie schwarze Strickmützen. *Kto tam?* Derjenige, der das Mädchen zuerst bemerkt hatte, zog eine Pistole aus seiner Jacke hervor.

»Nicht schießen«, flüsterte Adele.

»Idi na chuj!«

Der zweite Mann, nach Schnaps und Zwiebel riechend, fluchte, packte Adele am Pferdeschwanz. Der dritte fragte: »Kuda?«

*Villa Konarske!* wollte das Mädchen antworten, doch es sprach mit verzagender Stimme: »Nehmt mich mit.«

»Nje panimaju!«

Da erhob Adele ihre Stimme. Erst summte sie eine seltsame drehende Melodie, dann sang sie: *Ist ein Traum, kann nicht wirklich sein, daß wir zwei beieinander sein ...* Sie sang fröstelnd in der kälter werdenden Nacht, den Atem der Männer im Gesicht, sie sang in höchsten Koloraturen um ihr Leben.

»Ubejte ejo, Oleg!« sprach der zweite Mann.

Der dritte hob Adele auf seinen Arm und raunte: »Malchi, dewchonka!«

Jener, der sich Oleg nannte, riß ihm Adele vom Arm. Mit einem Mal drang Grunzen aus dem Wald, oder war es das Knacken von Schritten von noch mehr Männern, die die Nacht auswarf, oder waren es Wildschweine oder der Wolf oder jemand, der Adele suchte. Oleg schlug Adele mit dem knochenharten Handrücken ins Gesicht, so daß ihr das Blut aus der Nase schoß.

»Dawaijte smatywatsa!«

Die Männer trugen Adele in das Innere des Waldes. Oleg

schlug ihr auf den Kopf. Man ließ sie fallen. Adele blieb mit dem Gesicht auf einem Ameisenhaufen liegen. Sie hörte die Schritte der Männer, wie sie sich geisterhaft durchs Unterholz davonmachten, dann brummte es an Adeles Ohren, im Kopf knisterte es, und wenn sie dazu noch in der Lage gewesen wäre, hätte Adele durch das stille, stets nachwachsende Grün der Landschaft den Lärm der erwachenden Stadt hören können.

ENDE

*Warnhinweis:*
*Sämtliche Menschen, Tiere und Handlungen, sowie der Ort Lärchenau sind frei erfunden.*

*Die Autorin dankt:*
*Peter Gosse fürs Russische, Christine und Andreas Lindner fürs Vogtländische, Dr. Carsten Wurm fürs Tierische, Doris Tschierschky und Ulrich Karlkurt Köhler fürs Kritische, sowie Klaus Siblewski fürs Letztendliche.*

FSC
Mix
Produktgruppe aus vorbildlich
bewirtschafteten Wäldern und
anderen kontrollierten Herkünften

Zert.-Nr. SGS-COC-1940
www.fsc.org
© 1996 Forest Stewardship Council

Verlagsgruppe Random House FSC-DEU-0100
Das für dieses Buch verwendete FSC-zertifizierte Papier *Munken Premium*
liefert Arctic Paper Munkedals AB, Schweden.

1. Auflage

Satz: Greiner & Reichel, Köln
Druck und Einband: GGP Media GmbH, Pößneck

ISBN 978-3-630-62152-4

www.luchterhand-literaturverlag.de